ବିବାସିନୀ

ବିବାସିନୀ

ଶ୍ରୀ ରାମଶଙ୍କର ରାୟ

ବ୍ଲାକ୍ ଇଗଲ୍ ବୁକ୍ସ

ଭୁବନେଶ୍ୱର, ଓଡ଼ିଶା

BLACK EAGLE BOOKS
Dublin, USA

ବିବାସିନୀ / ଶ୍ରୀ ରାମଶଙ୍କର ରାୟ

ବ୍ଲାକ୍ ଇଗଲ୍ ବୁକ୍‌ସ : ଭୁବନେଶ୍ୱର, ଓଡ଼ିଶା ● ଡବ୍‌ଲିନ୍‌, ଯୁକ୍ତରାଷ୍ଟ୍ର ଆମେରିକା

 BLACK EAGLE BOOKS

USA address:
7464 Wisdom Lane
Dublin, OH 43016

India address:
E/312, Trident Galaxy, Kalinga Nagar,
Bhubaneswar-751003, Odisha, India

E-mail: info@blackeaglebooks.org
Website: www.blackeaglebooks.org

First Edition: 1891

International Edition Published by
BLACK EAGLE BOOKS, 2024

BIBASINI
by **Sri Ramshankar Ray**

Copyright © **BEB**

Cover Design : **Ramakanta Samantaray**

Interior Design: Ezy's Publication

ISBN- 978-1-64560-610-9 (Paperback)

Printed in India & USA

ପ୍ରଥମ ପରିଚ୍ଛେଦ

ମନ୍ତ୍ରଣା

ଆଜି ପୌଷ ପୁର୍ଣ୍ଣିମା। ନିଶାକାର ଆକାଶ-ମାର୍ଗର ପ୍ରାୟ ଷଷ୍ଠାଂଶ ପଥ ଅତିକ୍ରମ କରି ଧୀରଭାବରେ ଶୀତକିରଣ ଚତୁର୍ଦ୍ଦିଗରେ ସଞ୍ଚାର କରୁଅଛନ୍ତି। ତେଣୁ ଶୀତକାଳ ଯୋଗୁଁ ସ୍ୱାଭାବିକ ଶୈତ୍ୟ ମାୟାମୟୀ ପ୍ରକୃତିକି ଅଭିଭୂତ କରି ଯେଉଁ ଜାଡ୍ୟ ସମ୍ପାଦନ କରିଅଛି ତହିଁରେତ ଚତୁର୍ଦ୍ଦିକ ଗମ୍ଭୀରମୂର୍ତ୍ତି ଧରି ରହିବାର କଥା, ମାତ୍ର ତହିଁରେ ଶୀତାଂ-ଶୁକଙ୍କ ସୁଶୀତଳ କିରଣଜାଳ ନିପତିତ ହୋଇ ସୌମ୍ୟଭାବ ଜନ୍ମାଇଥିବାରୁ ଶୋଭାଟି ବିଚିତ୍ର ହୋଇଅଛି।

ଦୁଇ ଚାରି ଦିନ ହେଲା ଆକାଶମାର୍ଗରେ ମେଘମାଳ ଦେଖା ଯାଉ ଥିବା ହେତୁ ଶୀତ ଯାହା ଛାଡ଼ିଯାଇ ଥିଲା, ଆଜି ପୁର୍ଣ୍ଣମାତିଥିଯୋଗୁଁ ଇନ୍ଦ୍ରଦେବଙ୍କ ଅଭିଷେକକ୍ରିୟାସମାରୋହସନ୍ଦର୍ଶନାର୍ଥ ମେଘମାଳ ଫେରି ଯାଇଥିବା ହେତୁ ପୁଣି ଶୀତ ଦେଖା ଦେଲା ଏବଂ ଦକ୍ଷିଣଦେଶରୁ ପ୍ରବାହିତ ହେଉଥିବା ଅନିଲକୁ ଉତ୍ତରାନିଳ ପୁନର୍ବାର ପରାଭୂତ କରି ମନ୍ଦ ବହୁଥିବାରୁ ସେ ଶୀତ କିଞ୍ଚିଦ୍‍ଅଧିକଭାବେ ଅନୁଭୂତ ହେଉଅଛି। କଳାକର ଦୁଇ ଚାରି ଦିନ, ମେଘମାଳା ଯୋଗେ, ଆପଣାର କ୍ଷମତା ବିସ୍ତାର କରି ପାରୁ ନ ଥିବା ଯୋଗୁଁ ଯେପରି ମନୋଦୁଃଖରେ ମଳିନ ହୋଇ ରହି ଥିଲେ ଆଜି ମେଘମାଳା ବାଟରୁ ଅପସୃତ ହୋଇଥିବା ଦେଖି ତୁହିନ-ଦୀଧୃତି ଆହ୍ଲାଦରେ ଗଦ ହୋଇ ତୁହିନ-ଜାଳ ପୃଥ୍ବୀର ଆଜନ୍ମ କରି ଥିଲେ ସୁଦ୍ଧା ନିଜ ତୁହିନ-ଜାଳରେ ତାହାକୁ ଭେଦ କରି ଚରାଚରକୁ ଅପୂର୍ବ ଶୋଭାରେ ଅବଗାହିତ କରାଇ ଅଛନ୍ତି। ଆହା! କି ମଧୁରଭାବ! ସତେକି ପ୍ରକୃତିସତୀ ସ୍ନାନ କରି ଶୀତଯୋଗେ ଧବଳବସନାବୃତା ହୋଇ ସ୍ନିଗ୍ଧଗମ୍ଭୀରଭାବରେ ସୁଧାକରଙ୍କ ସୁଧାଜ୍ୟୋସ୍ନା ସେବନ କରୁଅଛନ୍ତି! ସତେକି ଚନ୍ଦ୍ରଦେବ ଆପଣାର ସୁଧାକର ନାମର ସର୍ଥକତା ଦେଖି ଦ୍ୱିଗୁଣଭାବେ ଉଜ୍ଜ୍ୱଳହୋଇଅଛନ୍ତି। ବାସ୍ତବରେ ଶୀତକାଳରେ ବେଳେ, ଅଭାବନୀୟ ରୂପେ ଏପରି ରମଣୀୟ ସମୟଉପସ୍ଥିତ ହୋଇ ମନରେ ଅଭୁତପୂର୍ବ ଭାବ ଜନ୍ମାଇ

ଦିଏ, ଆଉ ଅନୁଭବୀ ସେ ଭାବ ହୃଦୟରେ ଅନୁଧାବନ କରୁ ଯେ ବିଭୂୟ ହୁଅନ୍ତି ତାହା କିଛି ଆଷ୍ଟର୍ଯ୍ୟର ବିଷୟ ନୁହେ।

ପାଠକେ! ଥରେ ଏହି ରମଣୀୟ ସମୟରେ ସୁଦୂରପ୍ରବାହିନୀ କଳଭାଷିଣୀ ଗମ୍ଭୀରବାହିନୀ ମହାନଦୀର ମଧ୍ୟସ୍ଥିତ ନଦିକେଶ୍ୱରୀ ପଠାକୁ ଆସନ୍ତା। ପଠାଟି ଉପରୋକ୍ତ ପ୍ରକୃତିର ଏକ ଅଂଶ ସୁତରାଂ ତାହା ଯେ ସେହିପରି ଶୋଭାରେ ସ୍ୱୟଗମ୍ଭୀରଭାବ ଧାରଣ କରିଅଛି ବୋଲିବା ଦ୍ୱିରୁକ୍ତି ମାତ୍ର। ପାଠାଟିରେ ଜନମାନବର ବାସ ନାହିଁ। କେବଳ କ୍ଷୁଦ୍ର ତଣ୍ଟିବୁଦା ଏବଂ ଠାବେ ବୃହଦାକାର ବୃକ୍ଷମାନଙ୍କରେ ଆବୃତ ହୋଇ ଅରଣ୍ୟମୟ ଏବଂ ଭୟାବହ ହୋଇଅଛି। ପ୍ରସ୍ତରମୟ ଗୋଟିଏ ସମାଧ ପଶ୍ଚିମାଂଶରେ ଶୋଭା ପାଉଅଛି ଏବଂ ତନ୍ନିକଟରେ ମହାବୀରମୂର୍ତ୍ତି ପ୍ରତିଷ୍ଠିତ ହୋଇ ସ୍ଥାନଟି ଶାସନ କରୁଅଛନ୍ତି। ଏଛଡ଼ ଆଉ କିଛି ନାହିଁ।

ସନ ୧୮୯୧ ଖ୍ରୀଷ୍ଟାବ୍ଦରେ ଉତ୍କଳ ପ୍ରଭାସକାଶେ ଲିଖିତ ଓ ପୁରସ୍କୃତ।

ଦେବାଳୟ ଶୁଣି ପାଠକେ ମନେ କରିଥିବେ ନଦୀମଧ୍ୟବର୍ତ୍ତିନୀ ପଠାରେ ଦେବାଳୟ ଥିବାସ୍ଥଳେ ଅବଶ୍ୟ ଜଣେ ହେଲେ ସେବକ କିମ୍ବା ଅପର କେହି ସେଠାରେ ବାସ କରୁଥିବେ; କିନ୍ତୁ ସେ ଆଶା ପୃଥିବୀର ସମସ୍ତ ଆଶାପ୍ରୟ ଅଲୀକ ମାତ୍ର। ନଦିକାର ଆଶା ମାୟାବିନୀରୂପେ ଛଳନା କରି ସେପରି ଲୋକରେ ଶିକ୍ଷାଦେବା କାରଣ ସମାଧରୂପ ଧାରଣ କରତଃ ପଠାଟିକି ଅଧିକତର ଗମ୍ଭୀର କରିଅଛି, ସେହିପରି ଲୋକାଳୟବିହୀନ ପଠାସ୍ଥିତ ଦେବାଳୟରେ ମହାବୀର ମୂର୍ତ୍ତି ପ୍ରତିଷ୍ଠିତ ହୋଇ ଲୋକରେ ମୟାମୟ ଅନିଷ୍ଠିତ ସଂସାରରେ କାର୍ଯ୍ୟପ୍ରଭାବବହିଁ ସାର ବେଲି ଶିକ୍ଷା ଦେଉଅଛନ୍ତି। ସେତକ ଉପାସନା ବା ପୂଜା କଲେ ଅଥବା ସାବନାଦ୍ୱାରା ତତ୍ତ୍ୱ ଘେନିବାରେ ବ୍ରତୀ ହେଲେ। ସେତକ ଗଲାରୁ ମହାବୀରଦେବ ନିର୍ଜନରେ ପୂଜାବିହୀନ ହୋଇ ପଡ଼ି ରହିଲେ। ସେହିପରି ଅନିତ୍ୟସଂସାରରେ ଅନିତ୍ୟଖେଲା! ମହାବୀର କାର୍ଯ୍ୟଯୋଗେ ଲୋକରେ ପୂଜା ପାଉଅଛନ୍ତି। ତାଙ୍କର ବିନଶ ନାହିଁ ବୀର୍ତ୍ତି ଯାହାର ନାହିଁ ତାହାର ସିନା ବିନୀଶ ହୁଏ। କୀର୍ତ୍ତି ଥିଲେ ଆଜି ନ ହେଲେ କାଲି ପୂଜା ପାଇବା, ମାତ୍ର ମରଣ ନାହିଁ ଏକଥା ନିଷ୍ଚୟ। ତେଣୁ କବିବାଣୀ କହିଅଛି କୀର୍ଯ୍ୟସ୍ୟ ସ ଜୀବତି ''।

ପାଠକେ! ମନେ କରୁଥିବେ ଏଭଳି ପଠାକୁ ଶୀତରତୁର ରାତ୍ରିକାଳରେ ଡାକିବାର କି ପ୍ରୟୋଜନ। ବସନ୍ତ ବା ଗ୍ରୀଷ୍ମକାଳରେ ବାୟୁସେବନ ବା ଆମୋଦପ୍ରମୋଦ ନିମିତ୍ତ ଏଜ୍ଞାନ ପ୍ରଶସ୍ତ ଅଟେ। ସେ ରତୁମାନଙ୍କରେ ସେତେବେଲେ ପୂର୍ଣ୍ଣଚନ୍ଦ୍ର ପ୍ରଭାବରେ ସ୍ଥାନଟି ଅଚିନ୍ତନୀୟ ଭାବ ଧାରଣ କରି ଲୋକମାନଙ୍କୁ ସେଠାକୁ ଯାଇ ଅରାମ ଉପଭୋଗ ଅଥବା ଆମୋଦ-ପ୍ରମୋଦ କରିବାକୁ ଡ଼ାକୁଥିବା

ତେତେବେଳେ ଅବା ସେଠାକୁ ଗଲେ କିଛି ଲାଭ ଅଛି, ମାତ୍ର ତୁଚ୍ଛକୁ ଶୀତକାଳର ଶୀତରେ ନଦୀମଧ୍ୟଗତା ଶୀତ-ବାୟୁପୀଡ଼ିତା ପଠାକୁ ଯାଇକି ଲାଭ ଅଛି?

ତାହା ସତ। ସେପରି ଲାଭ କିଛି ନାହିଁ, ଲୀଳାମୟ ବିଶ୍ୱକର୍ତ୍ତାଙ୍କ ବିଶ୍ୱ ସଂସାରରେ ସବୁପ୍ରକାର ଲୀଳା ଚଳୁଅଛି। ପଠାଚତୁର୍ଦ୍ଦିଗସ୍ଥ ମହାନଦୀର ସୁଗଭୀର ପବିତ୍ର ବାରି ଚନ୍ଦ୍ରଜ୍ୟୋୟ୍ସ୍ନରେ ପ୍ରଫୁଲ୍ଲ ହୋଇ ଚକ୍‌ଚକ୍‌ଦିଶୁଅଛି। ଆୟ୍ୟେ ତାହାକୁ ଦେଖ଼ିବାକୁ ଡ଼ାକୁନାହିଁ। ପଠାସ୍ଥିତ ଗଛପତ୍ର ଋତୁପ୍ରଭାବ ଅନୁଧାବନ କରି ଗମ୍ଭୀର ଭାବରେ ସୁଧାକରଙ୍କ କିରଣ-ସୁଧା ସେବନ କରୁଅଛନ୍ତି ତାହା ସୁଦ୍ଧା ଦେଖ଼ିବାକୁ ଡ଼ାକୁ ନାହିଁ। ଅଥବା ବେଳେ ଶୃଗାଳାଦି ହିଂସ୍ର ଜନ୍ତୁମାନଙ୍କର ବିକଟ ନିନାଦ କି ଯାହା ସ୍ଥାନଟିର ସ୍ନିଗ୍ଧ ଗମ୍ଭୀର ଭାବଯୁକ୍ତ ନୀରବତାକୁ କର୍କଶ ଭାବରେ ଭଗ୍ନ କରୁଅଛି ତାହା ମଧ୍ୟ ଶୁଣିବାକୁ ଡ଼ାକୁ ନାହିଁ।

ଡାକିଲୁଁ ଏଭଳି ଶୀତ ସମୟରେ ପ୍ରକାଣ୍ଡ ମୁର୍ଖ ଦୁଇଜଣ ଲୋକ ମହାବୀରଙ୍କ ସମ୍ମୁଖରେ ଉପବିଷ୍ଟ ହୋଇ ମହାନଦୀ ପରିବ୍ୟାପ୍ତ ପ୍ରଗାଢ ଶୀତକୁ ନ ମାନି କି ମନ୍ତ୍ରଣା କରୁଅଛନ୍ତି ଶୁଣନ୍ତୁ।

ଦ୍ୱିତୀୟ ପରିଚ୍ଛେଦ

କି ମନ୍ତ୍ରଣା?

କି ମନ୍ତ୍ରଣା? ଏ ମନ୍ତ୍ରଣାରେ କି ଏହିମାନେ ଏକା ସଂଲିପ୍ତ ଅଛନ୍ତି କି ଏହାଙ୍କ ସଙ୍ଗରେ ଆଉ କିଏ ଅଛି? ଏ ପ୍ରଶ୍ନର ଉତ୍ତର ଅତି ସହଜ-ମନ୍ତ୍ରଣା ଗୁରୁତର। ଏ ମନ୍ତ୍ରଣାରେ ଜଣକର ସର୍ବନାଶ ହେବି ଏବଂ ଏହି ମନ୍ତ୍ରଣାରେ ଏ ଦୁଇଜଣଙ୍କୁ ଘେନି ପ୍ରାୟ ଜ ୫୦ ଶ ଲୋକ ଲିପ୍ତ ଅଛନ୍ତି।

ଯେ ଦୁଇଜଣଙ୍କର କଥା ଉପରେ ଉଲ୍ଲେଖ କଲୁଁ ସେମାନଙ୍କ ମଧ୍ୟରେ ଜଣେ ବାହାବଳୀନ୍ଦ୍ର ଏବଂ ଆଉ ଜଣେ ବଳୀୟାର ସିଂହ ବୋଲି ପରିଚିତ। ତାଙ୍କ ଦଳର ସମସ୍ତ ଲୋକଙ୍କ ପରି ଏମାନେ ମହାବୀର-ଉପାସକ-ବୃତ୍ତି ଡକାଇତୀ।

ଲୋକ ଦୁହିଙ୍କି ଦେଖିଲେ ଯେପରି ସିଂହବ୍ୟାଘ୍ରାଦି ଦେଖି ମନରେ ଭୟ ଜାତ ହୁଏ ସେହିପରି ଏମାନଙ୍କର କାର୍ଯ୍ୟଗତିରୁ ମନରେ ଆଶ୍ୱାସ ନ ଜନ୍ମିବା ପର୍ଯ୍ୟନ୍ତ ଭାବୀ ଆଶଙ୍କା । ରେ ହୃକମ୍ପ ଜାତ ହେଉଥିବା। ସୁଦୀର୍ଘ ଶରୀର, ପ୍ରଶସ୍ତ ବକ୍ଷ, ସୁଦନ୍ତ ଜାନୁ, ପ୍ରସ୍ତରପ୍ରାୟ କଠିନ ସ୍ଥୂଳବାହୁ ବିକଟାକାର ହସ୍ତଚର୍ଚ୍ଚିତ ଶ୍ମଶ୍ରୁ, ବଡ଼ ଲୋହିତ ଚକ୍ଷୁ, ଉନ୍ନତ-ଭ୍ରୁ ଏବଂ ଗମ୍ଭୀର କଠିନ-ଲଲାଟ-ବିଶିଷ୍ଟ ଲୋକ ଦେଖି କାହା ମନରେ ଭୟ ନ ହେବ? ଏମାନେ ଏଡ଼େ ବଳୀୟାନ ଯେ ବଡ଼ ପତରଘରମାନ ବାହୁ ପିଟି ଦୋହଲାଇ ଦେଇ ପାରନ୍ତି। ସୁରାମାଂସ ପ୍ରଧାନ ଭୋଜନ। ଆପଣମାନଙ୍କ ମଧ୍ୟରେ ଯେପରି ରନ୍ଧନପ୍ରଣାଳୀ ପ୍ରଚଳିତ ଅଛି ତାହାକୁ ଏମାନେ ଗ୍ରାହ୍ୟ କରନ୍ତି ନାହିଁ –ପାଇଲେ ସମୟରେ କଞ୍ଚା ମାଂସ ଚୋବାଇ ଯିବେ। ସିଂହବ୍ୟାଘ୍ରାଦି ହିଂସ୍ରକ ଜନ୍ତୁମାନଙ୍କ ପରି ଏମାନଙ୍କର ବୁଦ୍ଧି-ମନୁଷ୍ୟ ଅବୟବ ଯାହା ଧାରଣ କରିଅଛନ୍ତି ତେତିକି।

ଏଭଳି ଲୋକଙ୍କ ତେଜ କିପରି, ପାଠକେ, ତହିଁର ଅବା ଅନ୍ୟ ପରିଚୟ କି ଦେବୁ? ଏଭଳି ଶରତରାତ୍ରରେ କୌଣସି କଷ୍ଟ ଅନୁଭବ ନ କରି ବସ୍ତ୍ରବିହୀନ ହୋଇ ଯାହା ବସିଅଛନ୍ତି ତହିଁ ରୁ ଆପଣମାନେ ଜାଣି ପାରିବେ –ଆମ୍ଭର ବୋଲିବା ଅଧିକ।

ବାହାବଳୀନ୍ଦ୍ର କହିଲେ ମହାବୀରଙ୍କ ଛାମୁରେ ବସି କହୁଛି ଆଜି ଯାବା ମୁଁ ଏକାକେ କାମ ଉଠାଇ ନ ନେବି ତେବେ ଏ ମୁଛ କାଟି ପକାଇବି।" ଏହା କହି ମୁଛରେ କରମର୍ଦ୍ଦନ କରି ବାହୁ ପିଟି ବିକଟ ଆନନ୍ଦ ପ୍ରକାଶ କଲେ।

ବଳୀୟାର ସୈଂହ ଗମ୍ଭୀରଭାବରେ ଶୁଣୁଥିଲେ। ବାହାବଳୀନ୍ଦ୍ରଙ୍କ ଏ ଦର୍ପ ଶୁଣି ଅୟ ହୋଇ ରହି ପାରିଲେ ନାହିଁ। ଚକା ପକାଇ ବସିଥିଲେ, ଜାନୁରେ ହାତ ମରି କହିଲେ "ବାହାବଳୀନ୍ଦ୍ର! ଆମ୍ଭେ କି କୁଳଙ୍ଗ ଷଣ୍ଡଙ୍କର ଜଣେ ମାଲ ନୋହୁଁ? ବାହାବଳୀନ୍ଦ୍ର ଯେବେ ଏକ ଧକାରେ ଆଡ଼େ ପାଟେରି ଭାଙ୍ଗି ବାଟ ସଲଖ କରିଦେବେ ବଳୀୟାର ସିଂହ ଅନ୍ୟ ଆଡ଼େ ଏକ କୁଦା ମାରି ପାଟେରି ଡେଙ୍ଗ ଯିବେ। ବାହା-ବଳୀନ୍ଦ୍ର! ଆମ୍ଭେ ଦିହେଁ ଆଉଁ ଶତ୍ରୁ ଏଡ଼େ ବଳୀୟାନ ଅଛି ଯେ ଜଣିଜିବେ?

ଏହା ଶୁଣି ବାହାବଳୀନ୍ଦ୍ର ବଡ଼ ସନ୍ତୁଷ୍ଟ ହେଲେ। କହିଲେ- "ଆସ ବଳୀୟାର ସିଂହେ, ପଞ୍ଜା ଲଢ଼େଇବା। ଶୀତ କି ଆମର କିଛି କରିପାରେ? ଏହା କହି ମହାବୀରଙ୍କ ସମ୍ମୁଖରେ ହାତ ଘସି ଧୂଳି କପାଳରେ ଲଗାଇ ଏକ ଲମ୍ଫରେ ତଳେ ଆସି ଠିଆ ହେଲା। ବଳୀୟାର ସିଂହ ମଧ ତାଙ୍କର ଅନୁକରଣ କରି ଆସି ଠିଆ ହେଲେ। କିଛିକ୍ଷଣ ଉଭୟଙ୍କର ପଞ୍ଜାଲଢ଼ାଇ ଓ ମାଲଖେଳ ହୋଇ ପୁଣି ଆସି ଉଭୟେ ପୂର୍ବନିର୍ଦ୍ଦିଷ୍ଟ ସ୍ଥାନରେ ଉପବେଶନ କଲେ।

ବଳୀୟାର ସିଂହ ପଚାରିଲେ "ବାହାବଳୀନ୍ଦ୍ର! ତୁମ୍ଭେ ନିଜେ ଯାଇ ଦେଖି ଆସିଛତ? ବାହାବଳୀନ୍ଦ୍ର ଉତ୍ତରକଲେ "ମୁଁ ନିଜେ ଯାଇ ଦେଖି ଆସିଛି। ଏଭଳି ଶିକାର, ତୁମ୍ଭେ ଦେଖିବ, ଆମ୍ଭେ ପରା କେବେ ପାଇ ନାହୁଁ। ଯେପରି ଗଛରେ ଅନେକ ଚଢ଼େଇ ଥିଲେ ବାଣୁଆ ବନ୍ଧୁକର ଏକ ଶବ୍ଦରେ ଅନେକ ଗୁଡ଼ିଏ ଚଢ଼େଇ ଲାଭ କରେ ସେହିପରି ଆମର ଏଥରକର ଶିକାରରେ ଅନେକ ପ୍ରକାର ଭୋଗ ମିଳିଯିବ।"

ବଳୀୟାର ସିଂହ କିଛିକ୍ଷଣ ନୀରବ ଥାଇଁ କହିଲେ "ତା ହେଲେତ ଅତିଭଲ କଥା –ଏକା ଯାଗାକେ ସବୁ ଜିନିସ ପ୍ରଚୁର ପରିମାଣରେ ପାଇଲେ ତହ୍ଁୁ ବଳି ଆଉ ଆନନ୍ଦର ବିଷୟ କି ଅଛି?"

ବାହାବଳୀନ୍ଦ୍ର ଉତ୍ତର କଲେ "ବଳୀୟାର ସିଂହେ! ଏତେ ପାଇବ ଯେ ଷଣ୍ଡେ ତହ୍ଁ ର ଛପନ ନେଲେବି ବାକୀ ଯାହା ରହିବ ତାହା ବ୍ରାହ୍ମଣବୈଷ୍ଣବଙ୍କୁ ଦାନ କରି ସୁଦ୍ଧା ସରିବ ନାହିଁ।"

ଏହା ଶୁଣି ବଳୀୟାର ସିଂହ ବିକଟ ହାସ୍ୟ କରି ଚତୁର୍ଦ୍ଦିକ କମ୍ପାଇ ଦେଲେ ଏବଂ ତହିଁସଙ୍ଗେ ବାହାବଳୀନ୍ଦ୍ରଙ୍କ ହାସ୍ୟ ମିଳିତ ହୋଇ ଆହୁରି ଭୟାନକ ହୋଇ ଉଠିଲା।

        ଏହି ସମୟରେ ଦୂରରୁ ନୌକା ବାହି ଆସିବାର ଶବ୍ଦ ଶୁଣା ଗଲା। ବାହାବଳୀନ୍ଦ୍ର ସେ ଶବ୍ଦ ଶୁଣି ହଠାତ୍‍ଉଠି "ଜୟ ମହାବୀରଙ୍କ ଜୟ" ଶବ୍ଦ କରି ବାହାରକୁ ଆସିଲେ। ବଳୀୟାର ସିଂହ ମଧ ତାଙ୍କର ଅନୁକରଣ କରି ବାହାରକୁ ଚାଲି ଆସିଲେ। ତହୁଁ ଉଭୟେ ଧରାଧରି ହୋଇ ଲମ୍ପ ପ୍ରଦାନ କରୁ ଯେଉଁ ଆଡୁ ସେ ଶବ୍ଦ ଶୁଣା ଗଲା ସେହି ଆଡ଼କୁ ଆସି ପଠାର ଶେଷ ସୀମାରେ ଦଣ୍ଡାୟମାନ ହେଲେ।

ତୃତୀୟ ପରିଚ୍ଛେଦ

ନୌକାଯାତ୍ରୀ

ପ୍ରଥମେ ଶଦ ଶୁଣା ଯାଉଥିଲା, କ୍ରମେ କ୍ଷୀଣଭାବରେ ନୌକା ଦୃଷ୍ଟିପଥଗାମିନୀ ହେଲା। ନିର୍ଜ୍ଜନପଠାରେ ନିଃଶଦଧରାତ୍ରରେ ଆହୁଲାର ଛପ ଶଦ ବଡ଼ ସୁନ୍ଦର ଶୁଭୁ ଥିଲା। ପରେ ନୌକା ସଲକ୍ଷ ବାଟେ ପହଞ୍ଚ ଦେଖା ଯିବାରୁ ଶ୍ରବଣେନ୍ଦ୍ରିୟର ସେହି ସୁମଧୁର ଭାବ ସଙ୍ଗେ ଉଭୟ ପାର୍ଶ୍ୱରୁ ଆହୁଲାଦ୍ୱାରା ଉତ୍କ୍ଷିପ୍ତ ତରଳ-ରଜତ-ସନ୍ନିଭ ଜଲରାଶି ଧବଲଜ୍ୟେସ୍ନାବରିରେ ଆପୂତି ହୋଇ ଅଶ୍ମି ଉଦ୍ଧାରଣ କରି ଆସିଲାପ୍ରାୟ ଯେ ଶୋଭା ବିସ୍ତାର କରିଥିଲା ତଦ୍ୱାରା ଦର୍ଶନେନ୍ଦ୍ରିୟ ସୁଦ୍ଧା ଚରିତାର୍ଥ ହେବାରୁ ସେହି ନୌକା ପ୍ରତି ବାହାବଲୀନ୍ଦ୍ର ଓ ବଲୀୟାର ସିଂହଙ୍କ ମାୟା ଚତୁର୍ଗୁଣ ବୃଦ୍ଧି ହେଲା।

ପାଠକେ ବୋଧ ହୁଏ ଭାବୁ ଥିବେ ଏହି ନୌକାରେ ଅବା କେହି ନିତାନ୍ତ ଆମୋଦପ୍ରମୋଦଶୀଲ ଧନୀବ୍ୟକ୍ତି ସଙ୍ଗିଜନ-ସମବୃତି ହୋଇ ପଠାକୁ ଆସୁଅଛନ୍ତି- ଆମୋଦ- ଆହ୍ଲାଦରେ ଦୁଇଘଣ୍ଟା ଅତିବାହିତ କରି ପ୍ରକୃତିର ମନେ ହାରିଣୀ ଶୋଭା କଥଞ୍ଚିତ୍ପାନ କରତଃ ନୌକାଯାନରେ ନିଜାବାସକୁ ପ୍ରତ୍ୟାବୃତ୍ତ ହେବେ। ବାସ୍ତବରେ ପଠାଟି ଏତେ ସୁନ୍ଦର ଏବଂ ବନଭୋଜୀ ଓ ଐକାନ୍ତିକ ଆମୋଦପ୍ରମେ ଦ ନିମିତ୍ତ ଏତେ ଉପଯୁକ୍ତ ଯେ ଶୀତକାଲର ଶୀତଲ-ଚନ୍ଦ୍ର –କିରଣସଂଯୁତ ଶୀତ-ରାତ୍ରରେ ସୁଦ୍ଧା କୌଣସି ପ୍ରମୋଦଶୀଲ ଲୋକକୁ ଭୁଲାଇ ଆଣିବା ବିଚିତ୍ର ନୁହେ। ମଧ ଏଭଲି ସମୟରେ ବେଲେ ଏପରି ଲୋକଙ୍କୁ ବନ୍ଧୁଜନସମାବୃତ ହୋଇ ଏଠାକୁ ଆସି ପାନଭୋଜନ ଓ ସଙ୍ଗୀତଚର୍ଚ୍ଚାରେ ଉଦ୍ବୁଦ୍ଧ ହୋଇ କ୍ଷଣକାଲ ପାଇଁ ସଂସାରରମ ୟ୍ୟାବନ୍ଧନ ଭୁଲି ଯିବା ଦେଖା ଯାଇଅଛି। ସେ ଯାହା ହେଉ ଏ ନୌକାରେ ଯଦି ଏଭଲି କେହି ଆସୁଥାନ୍ତି ତାହାହେଲେ ଆମ୍ଭମାନଙ୍କର ଶିକାର ଅନ୍ଵେଷ ଶକାରୀ ବାହାବଲୀନ୍ଦ୍ର ଓ ବଲୀୟାର ସିଂହଙ୍କ ହାବୁଡ଼େ ପଡ଼ି ଏମାନଙ୍କୁ ବୋଧହୁଏ ଘରକୁ ଆଉ ଫେରି ଯିବାକୁ ହେବ ନାହିଁ। ଦେଖାଯାଉ ନୌକାଯାତ୍ରୀ ମାଲଦୁହିଙ୍କର ଶତ୍ରୁ କି ମିତ୍ର।

ନୌକା ଅତି ଲମ୍ବ ନୁହେ କି ଅତି ପରିସ୍ରୁତ ନୁହେ। ମଲଙ୍ଗୀ ନୌକା ପ୍ରାୟ ଏଥିର ଗଠନ, ମାତ୍ର ମଲଙ୍ଗୀନୌକାର ସାଧାରଣ ଚଉଡ଼ାରୁ ଏଥିର ଓସାର ଉଣା। ନଦୀବିଷମ ଏବଂ ପାର୍ବତୀୟ ଅପ୍ରଶସ୍ତ ନଦୀସ୍ରୋତରେ ସୁଚ୍ଛନ୍ଦରେ ବହିଯିବା ହେତୁ ଅଳ୍ପପରିସର ହୋଇ ଏହା ଗଢ଼ା ଯାଇଅଛି। ଗର୍ଭ ଉଣା ନୁହେ, ବରଂ ସାଧାରଣରେ ମଲଙ୍ଗୀନୌକାର ଯେ ଗର୍ଭ ଦେଖାଯାଏ ଏ ନୌକାର ଗର୍ଭ ତହିଁରୁ କିଛି ଅଧିକ। ଉପରେ ସମୁଦାୟ ପଟତନ ହୋଇଅଛି। ଅନ୍ୟ କୌଣସି ଆବରଣ ନାହିଁ ଏବଂ ନାଉରି ଚାରିଜଣଙ୍କୁ ଛାଡ଼ି ଦଶଜଣ ଲୋକେ ପଟ୍ଟଉପରେ ବସି ଅଛନ୍ତି।

ଯେପରି ଭାବରେ ଆହୁଲା ଭଡ଼ା ହେଉଅଛି ତହିଁରୁ ସ୍ପଷ୍ଟ ଦେଖାଯାଏ ଯେ ତରଣୀ ତରତର ହୋଇ ଆସୁଅଛି। ଆମ୍ଭେମାନେ ଏତେ କଥାର ଅବତାରଣା କରୁ ନୌକା ପଠାର ସନ୍ନିକଟବର୍ତ୍ତିନୀ ହୋଇ ଯାଇଅଛି। ପଠାର ପଶ୍ଚିମପ୍ରାନ୍ତ ଆଉ ପଞ୍ଚାଶ ହାତ। ଏହି ସମୟରେ ନୌକାର ଆହୁଲା ବନ୍ଦ ହେଲା ଏବଂ ନୌକାରୁ "ଜୟ ମହାବୀରଙ୍କ ଜୟ" ଶବ୍ଦ ଉତ୍ଥିତ ହେଲା।

ସେହି ଶବ୍ଦ କର୍ଣ୍ଣକୁହରରେ ପହୁଞ୍ଛିବା ମାତ୍ରକେ ବାହାବଳୀନ୍ଦ୍ର ଓ ବଳୀୟାର ସିଂହ ସଜୋରରେ ଲଙ୍ଫ ପ୍ରଦାନ କରି "ଜୟ ମହ ବୀର କି ଜୟ" ଶବ୍ଦ କଲେ। ତହିଁର ଅବ୍ୟ-ବହିତପରେ ପୁନର୍ବାର ସେହି ଜୟଧ୍ୱନି ନୌକାରୁ ଉତ୍ଥିତ ହେଉଁ ନୌକା ପଠାପାର୍ଶ୍ୱେ ଉପନୀତ ହେଲା। ନାଉରିମାନେ ନୌକା। ଉପରୁ ଦଉଡ଼ି ପକାଇ ଦଅନ୍ତେ ଆମ୍ଭମାନଙ୍କର ପରିଚିତ ମାଲଦ୍ୱୟ ସେ ଦଉଡ଼ି ଧରି ନୌକାକୁ କୂଲେ ନେଇ ପଠାର ଉତ୍ତର ଦିଗସ୍ଥ ବଟବୃକ୍ଷ ମୂଲେ ବାନ୍ଧି ଦେଲେ।

ପାଠକଙ୍କର ଆଉ ସନ୍ଦେହ ନାହିଁ; ଏମାନେ ଆମ୍ଭମାନଙ୍କର ପୂର୍ବପରିଚିତ ମାଲଦ୍ୱୟଙ୍କର ଦଳଭୁକ୍ତ। ଯେଉଁଦଶଜଣ ଲୋକେ ତହିଁଉପରେ ବସିଥିଲେ ସେମାନଙ୍କ ମଧ୍ୟରୁ ୮ ଜଣ ମାଲ, ଏବଂ ସେମାନେ ବଳରେ ବାହାବଳୀନ୍ଦ୍ର ଓ ବଳୀୟାର ସିଂହଙ୍କର ସମ୍ପୂର୍ଣ୍ଣ ସମକକ୍ଷ ନ ହେଲେ ସୁଦ୍ଧା ଘଣ୍ଟାଏ କାଲ ତାଙ୍କୁ ଅଟକାଇ ପାରିବାର ଶରୀରରେ ବଲ ରଖ୍ୟ ଅଛନ୍ତି; ଦେଖ୍ୟବାକୁ ସେହିପରି- କେହି ଆଉ ବର୍ଷେ ଛମାସ ଉତ୍ତାରୁ ଉପରୋକ୍ତ ମାଲଦ୍ୱୟୁକ ସଙ୍ଗେ ସମ୍ପୂର୍ଣ୍ଣରୂପେ ଲଢ଼ିବାକୁ ସକ୍ଷମ ହେବେ।

ଆଉ ନାଉରି? ସାକ୍ଷାତ୍‌ଦିକ୍‌ପାଲ୍‌ମୂର୍ତ୍ତି। ଆପଣମାନେ ବିଦ୍ୟାର୍ଜନ କରି ରୁଗ୍ଣଶଯ୍ୟ। ଅଥବା କ୍ଷୀଣକଲେବରରେ ଦିନପାତ କରୁଅଛନ୍ତି। ଖାଇବାକୁ ଗଲେ କ୍ଷୁଧା ନାହିଁ। ବନ୍ଧୁସୁହୃନ୍ ମିଉପର୍ବରେ ଆମନ୍ତ୍ରଣ ହେଲେ ବେଲସ୍ୱ ଯାଇ ଶରୀର ଅସ୍ୱସ୍ଥ ଥିବା କହି କ୍ଷମା ପ୍ରାର୍ଥନା କରି ଆସିବେ। ଚାଲିବାର ତେତେ ପରାକ୍ରମ ନାହିଁ। କୋଶକ

ବେଟେ ବନ୍ଧୁ ମରି ଯାଉଥିଲେ ସୁଧା ଯାନାଭାବେ ଯାଇ ଦେଖ ଆସି ପାରିନେ ନାହିଁ। କବିରାଜ ପରାମର୍ଶ ମତେ ସକାଳସନ୍ଧ୍ୟା ନଦୀକୁଳକୁ ଯାଇ ଅଥବା ଫୁଲବଗିଚା ଇତ୍ୟାଦିରେ ଟିକିଏ ବୁଲି ଆସିଲେ ସେହିଟା ସୁଧା ସ୍ୱର୍ଗର ବିଷୟ ହୋଇଯାଏ। ପୁଷ୍କରିଣୀରେ ଜଳକେଳି କରିବାକୁ ଯାଇ ସମାନ୍ୟ ହୁଳି ଖଣ୍ଡକରେ କାଟ ପକାଇ ଚାରିଦିନ ଶଯ୍ୟାଗତ ହେବେ। ନାଉରି କି ସେଭଳି? ପାଠକେ! ଏହିଠାରେ କାୟିକ ଓ ମାନସିକ ପରିଶ୍ରମର ତାରତମ୍ୟ ଦେଖ ନିଅ। ଆଜିକାଲି ପ୍ରାୟ ସ୍କୁଲରେ ପାଠ ପଢ଼ି ୧୮ ଘଣ୍ଟା ପାଠ ଘୋଷି ସାରିଲା ଉତ୍ତାରୁ ଘଣ୍ଟାଏକାଳ ସ୍କୁଲସଂଲଗ୍ନ ଖେଳଘରେ କ୍ରିକେଟ୍ ଇତ୍ୟାଦି ଖେଳି ଯେଉଁ ବାଳକ କାୟିକପରିଶ୍ରମର ସ୍ୱର୍ଦ୍ଧା କରେ ସେ କି ଏ ବଳ ପାଇବ? ଯେ ଲାଜୁକ-ବଦନ ଚାଉଳର ଭାତ ଖାଇ ଲମ୍ଫକୁଣ୍ଠ ପକାଇ ବୁଲେ ତାକୁ ଏ ବଳ ମିଳିବ? ଏ ନାଉରିମାନଙ୍କର ଏତେ ବଳ ଯେ ଚାରିଜଣ ଲୋକ ଦୁଇ ଖଣ୍ଡି ଆହୁଲାରେ ବେଲେ ଅଗ୍ନିବୋଟଠାରୁ ଦ୍ରୁତବେଗରେ ସ୍ରୋତହୀନ ସ୍ଥାନରେ ନୌକା ଚଲାଇ ପାରନ୍ତି। କେବଳ ମୋଟ ଖାଇ ମୋଟ ପନ୍ଧି ଏତକ ବଳ ସଞ୍ଚୟ କରି ଦୀର୍ଘଜୀବନ ଭୋଗ କରୁଅଛନ୍ତି। ତାହା କାମ୍ୟ କି ନା ସେ କଥା ଆମ୍ଭର କହିବାର ପ୍ରୟୋଜନ ନାହିଁ। ଆଉ ଦୁଇଜଣ ରହି ଗଲେ। ଏହାଙ୍କ ମଧ୍ୟରୁ ଜଣେ ଦଳପତି – ନାମ ରଘୁନାଥ, କରଣ କୁଳରେ ମହାନ୍ତି ଘରେ ଜନ୍ମଗ୍ରହଣ କରି ଷଣ୍ଢଙ୍କଠାରୁ ପଟୁନାୟକ ଉପାଧ୍ୟ ଘେନି ଡକାଇତଙ୍କ ଦଳପତି ପଦରେ ବରିତ ହୋଇଅଛନ୍ତି। ରୂପ ଦେଖବାକୁ ସୁନ୍ଦର; ଚମ୍ପକ ପୁଷ୍ପ ପ୍ରାୟ ଶରୀର କାନ୍ତି, ଉନ୍ନତ ଲଲାଟ, ସୁଗାଲ-ଉନ୍ନତ-ନାସିକାର ଅଗ୍ରଭାବ କବିବର୍ଣ୍ଣିତ ଶୁକ-ଚଞ୍ଚୁ ପ୍ରାୟ, ଚକ୍ଷୁ ଦେଖିଲେ ଯେପରି କାନ ଆଡ଼କୁ ଇଷତ୍ଟଣା ହେଲାପରି ଜଣା ଯାଇ ସେ ମୁଖମଣ୍ଡଳକୁ ଦିବ୍ୟଚତ୍ସୌନ୍ଦର୍ଯ୍ୟ ପ୍ରଦାନ କରୁଅଛ। ପୁଣି ତହିଁ ଉପରେ ସୁନ୍ଦର ହୃଦୟ ତାହାକୁ ଆହୁରି ଅଲୌକିକ କରିଅଛି। ତାଙ୍କର ଦୀର୍ଘ ବାହୁ, ନାଟି-ସ୍ଥୂଳ ବକ୍ଷ ଏବଂ ସୁନ୍ଦର ଶ୍ମଶ୍ରୁରାଜି ଦେଖବାକୁ ବଡ଼ ସୁନ୍ଦର। ସ୍ଥୂଲରେ ତାଙ୍କର ବର୍ଣ୍ଣ ଯେପରି ବର୍ଣ୍ଣ ଯେପରି ମନୋହର ଶରୀରର ଗଠନ ତହିଁକି ଶୋଭନୀୟ ହୋଇଅଛି ଏବଂ ଦେଖିଲେ ବ ୩୦ ର୍ଷ ବୟସରୁ ଅଧିକ ବୋଲି କଦାଚ ବୋଲା ଯିବ ନାହିଁ ଘଟିଥିବାରୁ ମନରେ ଯେ ଗଭୀର ଦୁଃଖ ଜାତ ହୋଇଥିଲା ତହିଁର କଳଙ୍କରେଖା ଇଷତ୍ଦ୍ୱସ୍ୟଭାବେ ଉନ୍ନତ ଲଲାଟରେ ଟଣା ହେଲାପରି ଦେଖାଯାଏ। ଏଭଳି ସୁନ୍ଦର ପୁରୁଷ ଡକାଇତ-ହଳପତି ହୋଇ ଲୋକନି ହିତବୁଦ୍ଧିରେ ପରିଚାଲିତ ହେବା ଅବଶ୍ୟ ଆଶ୍ଚର୍ଯ୍ୟର ବିଷୟ ଅଟେ। ତେବେ "କାଳସ୍ୟକୁଟିଳା ଗତିଃ"। ସେଥିକି ଆୟୁ କାହାର?

ଅପର ଜଣକର ନାମ ମାୟାଧର। ମାୟାଧର ରଘୁନାଥଙ୍କ ସହକାରୀ। ସେ ମଧ୍ୟ କରଣକୁଳରେ ଜନ୍ମଗ୍ରହଣ କରିଅଛନ୍ତି। ଷଣ୍ଢଙ୍କଠାରୁ ଉପାଧି ପାଇବାର କଥା କି ବୋଲିବୁ ତାଙ୍କୁ ଠକ –ଶିରୋମଣି ପଦ ସ୍ୱଚ୍ଛନ୍ଦରେ ଦିଆ ଯାଇ ପାରେ। କ୍ଷଣେ ଏହାଙ୍କୁ ମାମୁ ବୋଲି ଡାକନ୍ତି-ଅର୍ଥାତ୍ ଦୁର୍ଯ୍ୟୋଧନଙ୍କ ଶକୁନି ମାମୁ! ବର୍ଷ ତ୍ରି ପଞ୍ଚକୃଷ୍ଟ ଅଥଚ କରଣକୁଳରେ ଭଦ୍ରବଂଶରେ ଜାତ ହୋଇଥିବାରୁ ସେ କୃଷ୍ଣବର୍ଣ୍ଣର ସୁଦ୍ଧା ଲାଲିତ୍ୟ ବିଦ୍ୟାମାନ ଅଛି। ମୁଖଭଙ୍ଗୀ ଅଧିକ ବର୍ଣ୍ଣନା କରିବାର କୌଣସି ପ୍ରୟୋଜନ ନାହିଁ– ତାହା ଦେଖିଲେ କୁଟିଳାନ୍ତଃକରଣର ସ୍ୱଷ୍ଟ ପରିଚୟ ମିଳଇ। ବିଧାତା ପ୍ରକୃତରେ ଯେପରି ମନ ଦେଇ ଅଛନ୍ତି ତାହାକୁ ସେହିପରି ସୌନ୍ଦର୍ଯ୍ୟ ସୌନ୍ଦର୍ଯ୍ୟ ସୁଦ୍ଧା ପ୍ରଦାନ କରିଅଛନ୍ତି। ବୈଲକ୍ଷଣ୍ୟ ଯାହା ବେଳେ ସଂସାରରେ ଦେଖାଯାଏ ତାହା ଅତି ଅଳ୍ପ।

ପାଠକେ ଆମ୍ଭମାନଙ୍କ ଉପରେ ବଡ଼ କ୍ରୋଧପରବଶ ହୋଇଥିବେ। କେବଳ ବର୍ଣ୍ଣନ ବର୍ଣ୍ଣନାରେ ଗୋଟିଏ ପରିଚ୍ଛେଦ ଚାଲି ଅଥଚ ଯେ ବିଷୟର ଅବତାରଣା ହୋଇଥିଲା। ତାହା ଫେଡ଼ା ହେବା ପକ୍ଷେ ବିଲମ୍ୱ ହେଲା ଆମ୍ଭେ ଅବା କି କରିବୁଁ? ଏ ବର୍ଣ୍ଣନାଗୁଡ଼ିକ ଯେ କେବଳ ଉପନ୍ୟାସର ଅଙ୍ଗ ପୂରଣ କରିବା ନିମିତ୍ତ ଲିପିବଦ୍ଧ ହେଲା ତାହା ନୁହେ। ଆଗକୁ ଯାହା ବୋଲାଯିବ ତାହା ପାଠକମାନଙ୍କୁ ବିଶେଷ ବୋଧଗମ୍ୟ କରାଇବା ଅଭିପ୍ରାୟରେ ଏ ସବୁ କହିବାକୁ ପଡ଼ିଲା।

ଚତୁର୍ଥ ପରିଚ୍ଛେଦ

ସମ୍ଭାଷଣ

ସମ୍ଭାଷଣ? ଡକାଇତଙ୍କ ମଧରେ ପୁଣି ସମ୍ଭାଷଣ? ପାଠକେ ଆପଣମାନଙ୍କ ନିକଟରେ ଯେଉଁ ସାଦରସମ୍ଭାଷଣ ସୁପରିଚିତ ଏହା ସେପରି ସମ୍ଭାଷଣ ନୁହେ ସତ୍ୟ, ମାତ୍ର ପ୍ରବାଦ ଅଛି ଚୋରରେ ଭାରୀ ମନମିଲେ, ସୁତରାଂ ଡକାଇତମନେ ପରସ୍ପର ମନକୁ ମନ ମିଲାଇ ଯେଉଁ କଥୋପକଥନ କଲେ ତହିଁକି ଅବା ସମ୍ଭାଷଣ ଶଦ କାହିଁକି ଅନୁପଯୁକ୍ତ ହେବ? ତେବେ ଅବଶ୍ୟ ସେ ଶଦଟାପ୍ରତି ଆପଣଙ୍କର ଯେ ମାୟାଅଛି ତହିଁରେ ଆପଣମାନେ ଆମ୍ଭକୁ ଏପରି ଭାବରେ ତାହାକୁ ବ୍ୟବହାର କରିବାକୁ ଅନୁମତି ଦେବେ ନାହିଁ-ଆମ୍ଭେ ଏହା ବୁଝିଅଛୁଁ।

ଗଛରେ ନୌକା ବନ୍ଧା ହେଲା। ଉଭାରୁ ସମସ୍ତେ ତହିଁରୁ ଅବତୀର୍ଣ୍ଣ ହେଲେ। ରଘୁନାଥ ଓହ୍ଲାଇ ଆସି ବାହାବଳୀନ୍ଦ୍ରଙ୍କ ହାତ ଧରି ଆଗଭର ହୋଇ ମହାବୀରଙ୍କ ଦେଉଳ ଆଡ଼କୁ ଚାଲିଗଲେ। ଯିବା ସମୟରେ ଉଭୟଙ୍କ ମଧ୍ୟରେ ଏହିରୂପ କଥାବାର୍ତ୍ତ ହୋଇଥିଲା ;-

ରଘୁ-	ବାହାବଳୀନ୍ଦ୍ର! ଆମ୍ଭେ ତୁମ୍ଭକୁ ଅତ୍ୟନ୍ତ କାର୍ଯ୍ୟଦକ୍ଷ ବୋଲି ମନେ କରୁଁ, ମଧ ତୁମ୍ଭେ ସର୍ବଦା ସେଥିର ସୁନ୍ଦର ପରିଚୟ ଦେଇ ଆସିଛ। ଆଜି ଯେପରି ବନ୍ଦୋବସ୍ତ ହେବାର ପରାମର୍ଶ ହୋଇଥିଲା ତାହା ସବୁ ଠିକ୍ଅଛି ତ?

ବାହା-	ପରାମର୍ଶ ଅନୁଯାୟୀ ସବୁ ବନ୍ଦୋବସ୍ତ ଠିକ୍ଅଛି। ତରିତୋ ଏବଂ ରଘୁନାଥ ପୁରଠାରେ ଯେପରି ଆୟୋଜନ ହେଉଥିବାର ଆମ୍ଭେ ଦେଖ଼ ଆସିଛୁଁ ଆମ୍ଭର ସମ୍ପୂର୍ଣ୍ଣ ବିଶ୍ୱାସ ଆମ୍ଭେମାନେ ପହୁଞ୍ଚିଲା ବେଳକୁ ସମସ୍ତ ପ୍ରସ୍ତୁତ ହୋଇ ରହିଥିବ।

ରଘୁ-	ତୁମ୍ଭେ ଆଜି ରଘୁନାଥପୁରରୁ କେତେବେଳେ ବାହାରିଥିଲ?

ବାହା-	ବେଳ ଦୁଇଘଡ଼ି ବାକୀ ଥିଲା। ଛଞ୍ଚାଣ ସିଂହେ କହିଲେ ରଘୁବାବୁ ଆସି ଯେବେ ତାଙ୍କର ବିଲମ୍ ହୋଇଥିବା ନ କହିବେ ତେବେ ମୁଁ ମୁଛ କାଟି ପକାଇବି।

ରଘୁ – ଉତ୍ତମ। ଚଞ୍ଚାଣ ସିଂହେ ବଡ଼ ନିପୁଣ। ଆମ୍ଭର କାହିଁକି ବିଳମ୍ବ ହେବ? ତୁମ୍ଭେ ଅବଶ୍ୟ ତରିତୋ ହୋଇ ଆସିଥିବ।

ବାହା – ଆପଣଙ୍କ ଆଦେଶ କି ବ୍ୟର୍ଥ ହେବାର? ଆମ୍ଭେ ସେହି ବାଟେ ଆସିଲୁଁ।

ରଘୁ – ସର୍ଦ୍ଦାର ସଂହେ କି କହିଲେ?

ବାହା – ସର୍ଦ୍ଦାର ସିଂହ ବଡ଼ ପ୍ରମୁଭକ୍ତ; ଆପଣଙ୍କର ବନ୍ଦୋବସ୍ତ ଶୁଣି ସେ ଭାରୀ ଖୁସି ହୋଇଥିଲେ। ଆମ୍ଭକୁ ଦେଖି କୁଦାଟାଏ ମାରି କହିଲେ 'ଦେଖ ରଘୁବାବୁଙ୍କ ପରି ପରାମର୍ଶ ଆମ୍ଭେମାନେ କାହାରିଠାରୁ ପାଇ ପାରିବା ନାହିଁ। ନୋହିଲେ କି ଷଣ୍ଢ ତାଙ୍କୁ ଏଡ଼େ ବଡ଼ ପଦ ଦେଇଥାନ୍ତେ? ସେ କହିଲେ ରାତ୍ର ପ୍ରହରକ ସରିକି ତାଙ୍କ ଉପରେ ଯେ ସବୁ ଦ୍ରବ୍ୟ ସଂଗ୍ରହ କରିବାର ଭାର ଅଛି ସକୁ ଯାଇ ନିର୍ଦ୍ଦିଷ୍ଟ ସ୍ଥାନରେ ପହୁଞ୍ଚିଥିବ।

ରଘୁ- ଲୋକବାକ?

ବାହା – ସେ କଥା ମୁଁ ସର୍ଦ୍ଦାର ସିଂହଙ୍କୁ ପଚାରି ଥିଲି ସେ କହିଲେ ସେଥିପାଇଁ ଭାବନା ନାହିଁ। ସେ ନିଜେ ଯାଇ ଚଞ୍ଚାଣ ସିଂହଙ୍କ ସଙ୍ଗେ ସାକ୍ଷାତ୍‌କରି ଉଣା ଅଧିକ ସବୁ ତୁଲ କରିଦେବେ।

ରଘୁ – ତେବେ ଆମ୍ଭମାନଙ୍କର ଏଆଡ଼ୁ କୌଣସି ଆୟୋଜନ କରିବାର ଆବଶ୍ୟକ ନାହିଁ?

ବାହା- ନା, ଉଭୟ ଚଞ୍ଚାଣ ସିଂହେ ଓ ସର୍ଦ୍ଦାର ସିଂହ ମନା କରିଛନ୍ତି। ସେମାନେ କହିଲେ ଆମ୍ଭ ଘାଟ ନିକଟରେ ନାଟ ହେବ। ଆମ୍ଭେ ସେଥିର ସବୁ ଆୟୋଜନ ନ କରିବା କାହିଁକି? ରଘୁ ବାବୁ ଯେବେ ଆମ୍ଭର ତିଲେ ଦୋଷ ବାହାର କରିଦେବେ ତେବେ ଆମ୍ଭେ ଆପଣା ହାତେ ବାହୁ କାଟି ପକାଇବୁଁ।

ରଘୁ- ଭଲ, ତୁମ୍ଭେ ଆସି ଏଠି କେତେବେଳେ ପହୁଞ୍ଚିଲ?

ବାହା- ରାତ୍ର ତିନିଘଡ଼ିଠାରେ।

ରଘୁ – ନାଟ ସ୍ଥାନକୁ ଯାଇଥିଲ? –ସେଠିତ କିଛି ଅଡ଼ୁଆ ଦେଖିନାହ?

ବାହା – ରଘୁନାଥପୁରରୁ ଆସିବା ସମୟରେ ଲୋଭ ସମ୍ଭାଳି ହେଲା ନାହିଁ। ନାଟ ସ୍ଥାନକୁ ଯାଇଁ ପୁନି ଥରେ ଉତ୍ତମରୂପେ ସବୁ ଦେଖି ପରୀକ୍ଷା କରିଆସିଛି-କିଛି ଅଡ଼ୁଆ ନାହିଁ।

ରଘୁ- ବଳୀଆର ସିଂହଙ୍କୁ କହିଥିଲ? ତାଙ୍କର କି ମତ?

ବାହ୍ୟା – ତାଙ୍କର ଆଉ କି ମତ? ଆପଣଙ୍କର ବନ୍ଦୋବସ୍ତରେ କି କାହାରି ଦୋଷ ବାଛିବାର କ୍ଷମତା ଅଛି?-ବଳୀୟାର ସିଂହକୁ ଆମ୍ଭେ ସବୁ କହିଛୁଁ। ସେ ଶୁଣି ବାହୁରେ ତାଳ ଠୁଙ୍କି ନାଚି ଉଠିଲେ-ଶୀକାର ଧରିବାକୁ ଏକାନ୍ତ ପ୍ରସ୍ତୁତ।

ଠିକ୍‌ସଲକ୍ଷ ବାଟେ ମହାବୀରଙ୍କ ମନ୍ଦିରକୁ ଯାଇଥିଲେ ଏତେ କଥା ହେବାକୁ ବାଟ ନିଅନ୍ତ ଥିଲା। ପଥାର ପଶ୍ଚିମ କୂଳେ ବୁଲି ଆଗେ ଆଗେ ରଘୁନାଥ ଓ ବାହ୍ୟାବଳୀନ୍ଦ୍ର ଓ କିଛି ଛଡ଼ାରେ ତାଙ୍କ ପଛେ ଦଳର ଅନ୍ୟାନ୍ୟ ସମସ୍ତ ଲୋକେ ଯାଇ କ୍ରମେ କ୍ରମେ ମହାବୀରଙ୍କ ମନ୍ଦିରରେ ପହୁଞ୍ଚିଲେ। ସେଠାରେ ପହୁଞ୍ଚିଲାରୁ ରଘୁନାଥ ସମସ୍ତଙ୍କୁ ବସାଇ କହିଲେ "ଦେଖ ଆଉ ସମୟ ନାହିଁ। ଶୀଘ୍ର ଭୋଜନ ସାର। ତେଣେ ବନ୍ଦୋବସ୍ତ ଠିକ୍‌ଅଛି। ବିଳମ୍ବ ହେଲେ କାର୍ଯ୍ୟରେ ବ୍ୟଘାତ ହେବ।"

ନୌକାରେ ଖାଦ୍ୟର ଅଭାବ ନ ଥିଲା। ଚୂଡ଼ା ଠାରୁ ଚାଉଳ ପର୍ଯ୍ୟନ୍ତ ଏବଂ ଲୁଣ ଠାରୁ ମରୀଚ ପର୍ଯ୍ୟନ୍ତ ସମସ୍ତ ସଂଗୃହୀତ ହୋଇ ରହିଅଛି। ଡକାଇତମାନଙ୍କର ଆଜି ଆଉ ରନ୍ଧା ହେଲା ନାହିଁ। ଅଭିଷେକ ପୂର୍ଣ୍ଣିମା ରାତ୍ରରେ ଭାତ ଖାଇବାଟା ଭଲ ନୁହେ, ଏହା ଆଗହୁଁ ସନ୍ଧାନ୍ତ ହୋଇଥିଲା। ତହୁଁ ନୌକାରୁ ଜଳପାନ ଅଣାଇ ସମସ୍ତେ ଉଦର ପୁରାଇ ଭୋଜନ କଲେ। ଭୋଜନ ସମୟରେ କେତେ ରଙ୍ଗ ରହସ୍ୟ ହେଲା। ବିନା ପ୍ରଦୀପରେ ଚନ୍ଦ୍ରଲୋକରେ ବିଜନସ୍ଥାନରେ ଏକତ୍ର ବସି ଏ ଯେଉଁ ଆମୋଦ-ପରିପୂର୍ଣ୍ଣ ଭୋଜନ ହେଲା ତହିଁକି ଦୀପମାଳା-ଖଚିତ ପ୍ରଶସ୍ତ ଦ୍ୱିତଳଗୃହରେ ଧନାଢ୍ୟ ବ୍ୟକ୍ତିଙ୍କର ଭୋଜନ କି କେବେ ସରି ହୋଇ ପାରେ? ପ୍ରକୃତରେ ଉପଯୁକ୍ତକ୍ଷୁଥା ନିବାରଣଦ୍ୱାରା ଭୋଜନରେ ଯେଉଁ ଅମୂଲ୍ୟତୃପ୍ତି ଜନ୍ମେ ତାହା ଧନବାନ୍‌ବ୍ୟକ୍ତି କାହୁଁ ପାଇବେ? ରତ୍ନମୟୀ ପୃଥିବୀ ଇନ୍ଦ୍ରିୟସୁଖଭୋଗ ନିମିଉ ନାନାପ୍ରକାର ଦ୍ରବ୍ୟମାନଙ୍କରେ ପରିପୁରିତା ହୋଇ ରହିଅଛି। ଲୋକଙ୍କ ରୁଚି ଓ କଳ୍ପନା ମଧ ସେ ସବୁ ସଂଗ୍ରହକରି ନାନାପ୍ରକାରରେ ଭୋଗ କରିବାର ବିଧ୍ ନିର୍ଦ୍ଧିଷ୍ଟ କରିଅଛି, ମାତ୍ର ତହିଁକି ମନ ନେ ହିଲେ ସେ ସବୁ ଅତି ତୁଚ୍ଛକର। ଯେଉଁମାନେ ଖଟପଲଙ୍କରେ ଶୋଇ ସର୍ବଦା ସୁଖାନ୍ଦ୍ୱେଷଣ କରିବେ ସେମାନେ ତାହା କାହୁଁ ପାଇବେ? ପୃଥିବୀର ନିୟମ କି ଏଡ଼େ ସରଳ! ସୁଖ ଖୋଜି ନେବା ଏତେ ସହଜ ହୋଇଥିଲେ ଭାବନା କି ଥିଲା? ବାସ୍ତବରେ ପରିଶ୍ରମ ମଧରେ ସମୁଦାୟ ସୁଖ ନିହିତ ଅଛି। ବିନା ପରିଶ୍ରମରେ କୌଣସି ସୁଖ ଆୟଉ ହେବାର ନୁହଇ। ଡକାଇତି ହେଲେ କି ହେଲା –ବର୍ତ୍ତମାନ ସେମାନେ ମୋଟ ଚଡ଼ା ଉତ୍ୟଦି ଖାଇ ଯେଉଁ ସ୍ୱର୍ଗୀୟ ସୁଖ ଉପଭୋଗ କଲେ ଧନବାନ ବ୍ୟକ୍ତି ପ୍ରିୟତମା ଭାର୍ଯ୍ୟାର କମନୀୟକରସଞ୍ଚାଳିତ ବ୍ୟଜନ ସାହାଯ୍ୟରେ

ମନୁଷ୍ୟ-କଳ୍ପନା –ସୃଷ୍ଟ ଅଭକ୍ଲୃଷ୍ଟ ଦ୍ରବ୍ୟ ଖାଇ ସୁଦ୍ଧା ସେ ସୁଖର କଣିକାଏ ପାଇ ନ ପାରନ୍ତି।

ଭୋଜନ ଶେଷ ହେଲା। ପଠାର ପ୍ରାନ୍ତ ସୀମାସ୍ଥ ପଥରକୁ ଯାଇ ସମସ୍ତେ ଆଚମନ ଓ ଜଳପାନ କଲେ। ତହୁଁ ପୁନର୍ବାର ଆସି ମହାବୀରଙ୍କ ସମ୍ମୁଖରେ ଠିଆ ହୋଇ "ଜୟ ମହାବୀରକି ଜୟ" ଶବ୍ଦ ଉଚ୍ଚାରଣ କରି ମହାବୀରଙ୍କୁ ଦଣ୍ଡବତ୍ପ୍ରଣାମ କଲା। ପରେ ତାଙ୍କ ସମ୍ମୁଖରୁଁ ଧୂଳି ନେଇ କପାଳରେ ଲଗାଇ ମାଲଖେଲ କରୁ ନୌକାକୁ ଆସିଲେ।

ନୌକାରେ ବସି ଇଚ୍ଛାମତ କେହି ପାନ କେହି ତମାଖୁ ସେବାରେ ନିରତ ହେଲେ। ଦଳପତି ପଟୁନାୟକ ମହାଶୟ ନାଉରିମାନଙ୍କୁ ନୌକା ଖୋଲି ଦେଇ ସେ ରାତ୍ରର ନିର୍ଦ୍ଧିଷ୍ଟ ସ୍ଥାନକୁ ଯିବା ପାଇଁ ଆଦେଶ ପ୍ରଦାନ କଲେ।

ଆଦେଶ ପ୍ରଦାନ କରିବା ମାତ୍ରକେ ନୌକା ଖୋକା ହେଲା। ଡକାଇତମାନେ ନୌକା ଉପରେ ଥାଇ ପୁନର୍ବାର "ଜୟ ମହାବୀରକି ଜୟ" ଶବ୍ଦ କରି ଆକାଶ କମ୍ପାଇ ଦେଲେ ଏବଂ ନାଉରିମାନେ ନୌକାକୁ ପଠାରୁ କିଞ୍ଚିତ୍ ଛଡ଼ାଇ ନେଇ ଗୀତ ଗାଇ ସଜୋରେ ଝୁଁଲା ପକାଇଲେ। ନୌକା ତୀରବେଗରେ ଧାବିତ ହେଲା।

ପଞ୍ଚମ ପରିଚ୍ଛେଦ

ଦୁଇଭଗିନୀ

"ଅପା, ଶୁଣିବୁ ଆଜି ରୋଷନି ଏବାଟେ ଯିବ?"

"ହଁ ଲୋ ଶୁଣିଚି।-ତୁ କା' ଠୁ ଶୁଣିଲୁ?"

"ବାପା କହୁଥିଲେ ଆମ ଦାଣ୍ଡ ବାଟେ ରୋଷନି ଯିବ। ଭଲ ଭଲ ବାଣ ମରିବ। କେତେ ଜାତି ବାଇଦ ବାଜିବ। ଅପା, ପୁଷ ମାସଟାରେ କାହାର ବାହାଘର?"

"ବାହାଘର? ତୋର ପରା ବର ଆସିବ?"

"ହଁ ସତେ କହନି ଅପା, କେମନ୍ତେ ଅଡୁଆ ଲାଗୁନାହିଁ?"

"ନାହିଁ ଲୋ ବର ନୁହେ କି ବାହାଘର ରୋଷନି ନୁହେ।-ସୁବାଦାରଘର ଅଭିଷେକ ହେବ।"

"ଅଭିଷେକ କ'ଣ ହବ ମ?"

"କି ଲୋ ଆଜି ପୁଷ ପୁନେଇଁ? ତୋର ମନେ ନାହିଁକି? ରାଜଙ୍କ ଘରେ ଗଦିରେ ବସିବାର ମଉଛବ ହୁଏ। ରୋଷନି ନାଚରଙ୍ଗ, କେତେଭଲି ସୁନ୍ଦର କରନ୍ତି?"

"ଏଠି ସୁବାଦାର ଅଛନ୍ତି?"

"ମୁ ତୋତେ ବୁଝେଇ ପାରିବି ନାହିଁ। ସୁବାଦାର ଥିଲେ ନିଜେ ବୁଲନ୍ତେ। ତାଙ୍କ ଚିଟାଉ ଆସିଚି। ନାୟେବ ପାଲିଙ୍କି ଚଢ଼ି ରୋଷନି କରି ବୁଲିବେ —ଦେଖିବୁ ସେ କେମନ୍ତ ସୁନ୍ଦର। ତୋର ପରା ତାଙ୍କୁ ବାହା ହବାକୁ ମନ ହେବ!"

"ହଁ କେତେ ଚାହୁଲି କରୁଚୁ। ଅପା, ରୋଷନି କେତେ ରାତିରେ ଆସିବ?"

"ଆସୁ ଆସୁ ଦଶଘଡ଼ି ତିନି ପହର ରାତି ହବ।"

"ତେବେ ମୁଁ ଯାଉଚି। ଖାଇ ଆସି ତୋ'ରି କଟିରେ ଶୋଇବି। ମୋତେ ଉଠେଇବୁ ତ?"

"ହଉ।"

ଯେତେବେଳେ ରଘୁନାଥ ପଟ୍ଟନାୟକଙ୍କ ଆଦେଶକ୍ରମେ ଡକାଇତମାନେ ନଦିକେଶରୀ ପଠାରୁ ସଜୋରେ ନୌକା ଚଲାଇ ଦେଲେ ଠିକ ସେହି ସମୟରେ ନବଗ୍ରାମନିବାସୀ ରାଧାଗୋବିନ୍ଦଚୌଧୁରୀଙ୍କ ଘରେ ଏକ ନିଭୃତ ସ୍ଥାନରେ ନସି ଦୁଇଗୋଟି ଅଳ୍ପବୟସ୍କା ରମଣୀ ଏହିପରି କଥାବାର୍ତ୍ତା କରୁଥିଲେ। ପଲ୍ଲୀଗ୍ରାମମାନଙ୍କରେ ରାତ୍ରପ୍ରହରକ ମଧ୍ୟରେ ପ୍ରାୟ ଖିଆପିଆ ଶେଷ ହୋଇ ଯାଏ। ତହିଁ ଉତ୍ତାରୁ ପଲ୍ଲୀଗ୍ରାମର ଦୃଶ୍ୟ ଭୟାନକ ହୋଇ ପଡ଼େ। ପ୍ରହରେ ପାଞ୍ଚଘଡ଼ି ଚତ୍ରୁ ଗଲେ ଦେଖିବ ଗ୍ରାମଟି ଜନମନୁଷ୍ୟ- ଶଦ ବିହୀନ ଗୃହମୟ ଶଶାନ ଯେମନ୍ତ କୌଣସି ମାୟାବିନୀର ମାୟାମନ୍ତ୍ରରେ ମୁଗ୍ଧ ହୋଇ ଲୋକେ ଘରେ ଅଚେତନବତ୍ପଡ଼ି ଅଛନ୍ତି, ଆଉ ଦାଣ୍ଡକୁ ବାହାରିବାର ଶକ୍ତି ନାହିଁ ଯେମନ୍ତ ମାୟାବିନୀ ପ୍ରକୃତି ଘୋରମାୟାବିସ୍ତାର କରି ଦୁରନ୍ତ କାଳର ଅପ୍ରତିହତ ପ୍ରଭାବ ଦେଖାଇବା ସକାଶେ ଏ ଦୃଶ୍ୟ ରଚନା କରିଅଛି। ଦେଖିବ କେବଳ ଘର, ଦ୍ୱାର, ବାଟ, ଗଲି, ବଣ ଆଉ କିଛି ନାହିଁ। ଯାହା ଦେଖିବ ସବୁ ଅଚେତନ। କେହି ଯଦି କୌଣସି ବିଶେଷ କାରଣରୁ ଶେଇ ନପଡ଼ି ଚେଇଁ ଥାଏ ତାହାହେଲେ ସେ ମଧ ଗ୍ରାମର ଠାବେ ଠାବେ ଭୂତ-ପ୍ରେତଙ୍କ କ୍ରୀଡ଼ା ସ୍ମରଣ କରି ଭୟରେ କାତରଭାବେ ନିଦାଦେବୀଙ୍କି ଡାକୁଥାଏ। କୌଣସି ଅନିବାର୍ଯ୍ୟ କାର୍ଯ୍ୟରେ ଯଦି ଦୁଇ ବା ତତୋଽଧିକ ବ୍ୟକ୍ତି ଲାଗିଥାନ୍ତି ତେବେ ସେମାନେ ଏତେ ଧୀରଭାବରେ କଥାବାର୍ତ୍ତା କରୁଥାନ୍ତି ଯେ, ବାହାରେ ଠିଆହେଲେ ତାଙ୍କ କଥା ଶୁଣିଯିବ ନାହିଁ ଶଦ ଯାହା କିଛି ବେଳେ ଶ୍ରୁତିଗୋଚର ହୁଏ ତାହା ଶୃଗାଳ କୁକୁରାଦି ନିଶ ଚର ପ୍ରାଣୀମାନଙ୍କର, ଏବଂ ସେ ଶଦ ନିଃଶଦଗ୍ରାମର ନାନାସ୍ଥାନରେ ପ୍ରତିହତ ହୋଇ ପ୍ରତିଧ୍ୱନି ସହିତ ଭୟଙ୍କରଭାବ ଧାରଣକରି ଗ୍ରାମର ଭୀଷଣଭାବକୁ ଅଧିକ ଭୟଜନକ କରାଇ କାଳର ନିଦାରୁଣ ବିକଟ ଡାକ ପ୍ରାୟ ଆକାଶରେ ବିଚରଣ କରୁ ଗ୍ରାମକୁ କମ୍ପାଇଦିଏ। ବାସ୍ତବରେ ପଲ୍ଲୀଗ୍ରାମମାନଙ୍କର ଏ ଦୃଶ୍ୟ ବଡ଼ ଭୟାନକ। ଯେଉଁ ମାନେ ଆଜିକାଲି ସହରରେ ବସ କରୁଅଛନ୍ତି ସେମାନେ ଏହା ବୁଝିପାରିବେ ନାହିଁ। ମାତ୍ର ଏହା ଯେ ନିତାନ୍ତ ସତ୍ୟକଥା ତହିଁରେ ସନ୍ଦେହ ନାହିଁ। ମଧ ଆମ୍ଭେମାନେ ଯେଉଁ ସମୟର କଥା କହୁଅଛୁ ସେ ସମୟରେ ପ୍ରହରକୁ ପୂର୍ବରୁ ସୁଦ୍ଧା ଗ୍ରାମମାନ ନିଃଶଦ ହୋଇଯାଉଥିଲା। ତେବେ କୌଣସି ବିଶେଷ ପର୍ବଦିନରେ ଏଥର ବୈଲକ୍ଷଣ୍ୟ ଘଟିଥାଏ। ଆଜି ପୌଷପୂର୍ଣ୍ଣିମା ଯୋଗେ ଠାକୁରଙ୍କର ଭୋଗରାଗ ହେଉଁ ହେଉଁ ବିଳମ୍ବ ହୋଇଅଛି। ତେଣୁ ଏତେ ରାତ୍ରେ ଚୌଧୁରୀଙ୍କ ଘରେ କିମ୍ବା ଗ୍ରାମର ଅପର କାହାରି ଘରେ ପହଡ଼ ପଡ଼ିନାହିଁ। ନୋହିଲେ ଏତେବେଳେ ଦୁଇଭଗିନୀ ବସି କି କଥାବାର୍ତ୍ତା କରୁଥାନ୍ତେ?

ଉପରୋକ୍ତ କଥୋପକଥନରୁ ପାଠକେ ଜାଣି ପାରିଥିବେ ସେହି ଦୁଇ ରମଣୀଙ୍କ ମଧରୁ ଗୋଟିଏ କନିଷ୍ଠା, ଅପରାଟି ବୟୋଜ୍ୟେଷ୍ଠ। ଜ୍ୟେଷ୍ଠାର ବୟସ ଷୋଳ ବର୍ଷ। ଦେଖିବାକୁ ସାକ୍ଷାତ୍‌ପୁରାଣକଥୃତା ବରବର୍ଣ୍ଣିନୀ ତିଲୋତ୍ତମା। ଯେତ୍‌ଡେ ବଡ଼ ଇନ୍ଦ୍ରିୟସଂଯମ ଶୀଳ ମନୁଷ୍ୟ ହେଉ ପଛକେ ଏହାଙ୍କୁ ଦେଖିଲା ମାତ୍ରକେ ତାହାର ଚକ୍ଷୁ ସେହିଠାରେ ଲାଖିରହିବ-ଫେରିଆସିପାରବ ନାହିଁ ଏବଂ ବଳକରି ଫେରାଇ ଆଣିଲେ ସଦ୍ଧା। କାଳକାଳକୁ ମାନସ-ପଟରେ ସେ ଚିତ୍ର ଆଙ୍କିତ କରି ଛଳପୂର୍ବକ ଦେଖାଉଥିବ। କେହି କବି ରମଣୀର ଅନୁପମ ରୂପରେ ମୋହିତ ହୋଇ ବର୍ଣ୍ଣନ କଲେ କାନ୍ତି ବିଦ୍ୟୁତ୍‌କ୍ଷଣପ୍ରଭା ହେଲା, ବଦନ ମଣ୍ଡଳ ଦେଖି ଚନ୍ଦ୍ର ପକ୍ଷକେ କ୍ଷୀଣ ହୋଇଗଲା, କେଶରୁଚି ଦେଖି ମେଘ ଆପଣା ଜୀବନରୁ ଅଗ୍ନି ଜନ୍ତାଇ ତୋଡ଼ି ହୋଇ ଧୂଆଁପରି ବିବର୍ଣ୍ଣ ହେଲା, ନାସା ଦେଖି ଗରୁଡ଼ ସର୍ପ ଭକ୍ଷଣ କଲା। ବକ୍ଷ ଦେଖି ମନ୍ଦର ପର୍ବତ ମନ୍ଦ ଶଙ୍କୁକୁ ବହିଲା, ବାହୁ ଦେଖି ମୃଣାଳ କଣ୍ଟକ ଧାରଣ କଲା, ଓ ସ୍ବ ଦେଖି ବିମ୍ବଫଳ ଭକ୍ଷ ବିଲୋପିତ ହେଲା ଅଧର ଦେଖି ଜବାପୁଷ୍ପ ମ୍ଲାନ ହୋଇଗଲା ଜାନୁ ଦେଖି କଦଳୀବୃକ୍ଷ ଫଳରେ ଅଧୋମୁଖ ହେଲା, ଦେହ-ଶୀତଳତା ଦେଖି ଚନ୍ଦନ ଖେଦରେ ଇନ୍ଧନ ହେଲା, ଦନ୍ତ ଦେଖି ମୁକୁତା ଶୁମୁକାରେ ଘର କରି ରହିଲା, ବାକ୍ୟା- କାରଣକୁ ବୀଣା ସରି ନୋହି ପରବଶରେ ନାଦ କଲା, କଟି ଦେଖି ସିଂହ କେଉ ଠାରେ ଲୁଚିରହିଲା ଠିକାଣା ମିଳିଲା ନାହିଁ ଏବଂ ଗତି ଦେଖି ରାଜସିଂସ ମୃଣ ଲର ବିଷ ନାମ ଥିବାରୁ ତହା ଭକ୍ଷଣ କରି ମୃତ ବାଞ୍ଛା କଲା। ଆୟେ ମଧ କହିପାରୁଁ ଚକ୍ଷୁ ଦେଖି ହରିଣୀ ବନକୁ ପାଲାୟନ କଲା। ଭ୍ରୁଭଙ୍ଗୀ ଦେଖି ହର-ଧନୁ ଶ୍ରୀରାମଚନ୍ଦ୍ରଙ୍କ ହସ୍ତେ ଭଗ୍ନ ହେଲା ଆଉ କଣ୍ଠ ଦେଖି ଶଙ୍ଖ ସମୁଦ୍ର ଗର୍ଭରେ ଲୁଚିରହିଲା! ମାତ୍ର ଏ ସବୁ କହିବାର ପ୍ରୟୋଜନ ନାହିଁ। ଫଳତଃ ରମଣୀର ଯେମନ୍ତ ଚକ୍ଷୁ ତେମନ୍ତ ନାସିକା, ଯେମନ୍ତ ବକ୍ଷ ତେମନ୍ତ ବାହୁ ଯେମନ୍ତ କଟିଦେଶ ତେମନ୍ତ ଜାନୁ ଯେମନ୍ତ ଗ୍ରୀବା ତେମନ୍ତ ମଖଭଙ୍ଗୀ, ଏବଂ ଯେମନ୍ତ ଛଟା ତେମନ୍ତ କଟିଲମ୍ବିତ କୁଞ୍ଚିତ କେଶ-ଦାମ। କାହାରି ଶୋଭା କାହାରିକି ଊଣା ନୁହେ ଏବଂ ସେ ସମସ୍ତ ପରସ୍ପରେ ପରସ୍ପର ଏମନ୍ତ ଗଛି ହୋଇ ଯାଇଅଛି ଯେ ଟିକିଏ ଏଣେତେଣେ ହୋଇଥିଲେ ବାରି ହୋଇ ପଡ଼ନ୍ତା। ସୁଷମାଙ୍ଗୀର ପ୍ରତ୍ୟେକ ଅଙ୍ଗ- ସୌଷ୍ଠବ ଦେଖିଲେ ଏମନ୍ତ ବୋଧହୁଏ ବିଧାତା ଏହାଙ୍କୁ ଗଢ଼ିବା କାଳରେ ତିଳେ ମାତ୍ର ଯତ୍ନରେ ତ୍ରୁଟିକରି ନାହନ୍ତି ଏବଂ ସତେ ଯେମନ୍ତ ସୃଷ୍ଟି କୌଶଳର ଶେଷ ସୀମା ଦେଖାଇବା ନିମନ୍ତେ ଏହକୁ ସର୍ଜ୍ଜ ଅଛନ୍ତି। ମାତ୍ର ଗୋଟିଏ କଥା-ପରିଧାନ ଅୟତ୍ନରକ୍ଷିତ ବସ୍ତ ଏବଂ ଦେହ ଅଳଙ୍କାର- ବିହୀନ। ତଥାପି ଶୋଭାର କିଛିମତ୍ର ଲାଘବ ହୋଇନାହିଁ। ପ୍ରକୃତରେ ଯେ ସୌନ୍ଦର୍ଯ୍ୟ ପୂର୍ଣ୍ଣତା ଲାଭ କରିଅଛି ତାହାକୁ

ବସ୍ତ୍ରାଳଙ୍କାରର ଆଡ଼ମ୍ବର କେତେ ଅବା ବଢ଼ାଇପାରେ? ସେଠାରେ ବସ୍ତ୍ରାଳଙ୍କାରର ଆଡ଼ମ୍ବରର ଅବା ପ୍ରୟୋଜନ କିସ?

ଅପରା ରମଣୀ ଏହାଙ୍କଠାରୁ ଦୁଇ ବର୍ଷ ସାନ। ସୁତରଂ କନିଷ୍ଠା। ବର୍ତ୍ତମାନ କବି- ବର୍ଣ୍ଣିତ ବୟଃସନ୍ଧରେ ପଡ଼ି ଅଛନ୍ତି। କଥାଟା ବୋଧହୁଏ ଟିକିଏ ଗୁରୁତର ହେଲା। ମାତ୍ର ଆମ୍ଭମାନଙ୍କର ସମ୍ପୂର୍ଣ୍ଣ ଆଶା ଅଛି ପାଠକେ କ୍ଷମା କରିବେ।ଉପନ୍ୟାସଲେଖକକୁ ସ୍ୱରୂପ କଥା କହିବାକୁ ହେବ ଏବଂ ସ୍ୱରୂପକଥା କହିବାକୁ ଗଲେ ଯଦି କେତେବେଲେ କଠିନ ନୀତିଶାସ୍ତ୍ର ସହିତ ଅଜ୍ଞକେ ବିରୋଧ ଜାତି ହୋଇ ପଡ଼େ ତେବେ ବଡ଼ ବିପଦର କଥା। ସେ ବିପଦରୁ ଉଦ୍ଧାର ପାଇବା ମଧ ସହଜ କଥା ନୁହେ। ଟିକିଏ ଊଣା ହେଲେ ଉପନ୍ୟାସର ଅଙ୍ଗହୀନ ହେଲା ବୋଲି ଟୈଲ ପଡ଼ିଯିବ ଏବଂ ଟିକିଏ ବହକି ଗଲେ ନୀତିଶାସ୍ତ୍ର ବରଶିଷ୍ୟ କ୍ରୋଧପରବଶ ହୋଇ ଉପନ୍ୟାସ ଖଣ୍ଡିକ ସଙ୍ଜୋରେ ଦୂରକୁ ନିକ୍ଷେପ କରିବେ। ଅଗତ୍ୟା ବୋଧ ହୋଇ ଆମ୍ଭମାନଙ୍କୁ ପାଠକଙ୍କଠାରେ କ୍ଷମା ଭିକ୍ଷା କରିବାକୁ ପଡୁଅଛି। ତେବେ ଆମ୍ଭମାନଙ୍କ କବିବରଙ୍କ ପ୍ରାୟ ଆମ୍ଭେ କହୁ ନାହିଁ ଯେ ଯୌବନରାଜା ଲଜ୍ଜାପାତମହିଷୀଙ୍କି ସଙ୍ଗେ ଘେନି ଆସି ରମଣୀର ଅଙ୍ଗଦେଶମାନ ଆକର୍ଷଣ କଲେ ଓ ନିତମ୍ବ, ଜଘନ, ଉରୁ, ପ୍ରଭୃତି ପାତ୍ରମନ୍ତ୍ରୀ ପ୍ରାୟ ଶାଢ଼ୀ ପାଇ କୃତକୃତ୍ୟ ହେଲେ ଏବଂ ହୃଦୟ-ବେଦିରେ ଅଭିଷେକ-କୁମ୍ଭର ସଂସ୍ଥାପନ ହେଲା ଇତ୍ୟାଦି। ତଥାପି ଆମ୍ଭେମାନେ ଏତିକି ବିନା ଦୋଷରେ ସାହସ କରି କହିପାରୁ ଯେ ଯୌବନର ଆବିର୍ଭାବରେ ରମଣୀର ସୁନ୍ଦର ଅଙ୍ଗପ୍ରତ୍ୟଙ୍ଗ କ୍ରମେ ପୁଲକିତ ହୋଇ ପୂର୍ଣ୍ଣତା ଲାଭ କରୁଅଛି ଏବଂ ଦେହଚ୍ଛଟା ଓ ରୂପଲାବଣ୍ୟ ଅତି କମନୀୟ ଭାବରେ ସଂବର୍ଦ୍ଧିତ ହୋଇ ମନୋହରଣର ଅବ୍ୟର୍ଥ ପାଶ ବିସ୍ତାର କରୁଅଛି। ରମଣୀର ଶରୀରର ଗଠନ ଅତି ସୁନ୍ଦର। ପ୍ରଥମୋକ୍ତ ବୟୋଜ୍ୟେଷ୍ଠାର ଶରୀରଭଙ୍ଗୀ ସହିତ ସମ୍ପୂର୍ଣ୍ଣ ସମାନ ନ ହେଲେ ସୁଦ୍ଧା ଦୁହେଁ ଦେଖିବାକୁ ପ୍ରାୟ ଏକଭଲି ଏବଂ ଏହି ହେତୁରୁ ସେହି ଗ୍ରାମ ଏବଂ ତନ୍ନିକଟବର୍ତ୍ତ କେତେ ଖଣ୍ଡି ଗ୍ରାମରେ ବିଧାତା ଏମାନଙ୍କୁ ଏକା ମାପରେ ନିର୍ମାଣ କରିଥିବାର ଖ୍ୟାତି ହୋଇଅଛି। ପୁଣି ଏହାଙ୍କର ଶରୀର-ସୌନ୍ଦର୍ଯ୍ୟ ଉତ୍ତମରୂପେ ବିଦ୍ୟମାନ ଥିବାସ୍ଥଲେ ତହିଁ ଉପରେ ଯୌବନର ଆବିର୍ଭାବ ହୋଇଥିବାରୁ ତାହା ଦ୍ୱିଗୁଣ ବଢ଼ିଅଛି ଏବଂ ଯୌବନାବିର୍ଭାବ-ଜନିତ ସ୍ୱାଜନ-ସୁଭାବ-ସୁଲଭ-ବସ୍ତ୍ରାଳଙ୍କାର —ଆଡ଼ମ୍ବର-ପ୍ରିୟତା ବିଶେଷରେ ଏହାଙ୍କ ମନରେ ଜାଗରୂପ ହୋଇଥିବାରୁ ଉତ୍ତମ ବସ୍ତ୍ରାଳଙ୍କାର ଯେ ଗେ ସେ ଶୋଭା ଚତୁର୍ଗୁଣ ହୋଇଅଛି। ରୂପଚ୍ଛଟାରେ କନିଷ୍ଠାର ଯାହା କିଛି ଊଣା ଥିଲା ତାହା ବସ୍ତ୍ରାଳଙ୍କାର ଯୋଗେ ପୂର୍ଣ୍ଣ ହୋଇଥିବାର ଏହାଙ୍କୁ ଦେଖିଲେ ଯତିଙ୍କ ମତି ଯେ ନ ଚଲିବ ତାହା କିଏ କହି ପାରେ?

ଉଭୟ ରମଣୀଙ୍କର ସ୍ୱଭାବ ଅତି ସୁନ୍ଦର। ସେମାନେ ଯେମନ୍ତ ଲଜ୍ଜାଶୀଳା ତେମନ୍ତ ପ୍ରତିୟଭାଷିଣୀ ଏବଂ ଯେମନ୍ତ ବିନୟ-ସ୍ୱଭାବ-ସମ୍ପନ୍ନ ତେମନ୍ତ ଅନବରତ ଗୃହକର୍ମ-ନିରତା। ଦାଣ୍ଡଘାଟରେ ଏମାନଙ୍କୁ କେବେ ବୁଲିବାକୁ ଦେଖାଯାଏ ନାହିଁ। ପାଶ୍ଚାତ୍ୟ ଶିକ୍ଷାର ସୁବିସ୍ତାର ଯୋଗେ ଆଜି କାଲି ରମଣୀମାନଙ୍କ ମଧ୍ୟରେ ଏ ସବୁ ଗୁଣର ଆଦର କ୍ରମେ ଊଣା ହୋଇ ଆସୁଅଛି ଏବଂ ରମଣୀମାନେ ଯେ ପରିମାଣରେ ସେମାନେ ସ୍ୱାମିର ଆଦର ପାଉଅଛନ୍ତି। ପାଠକେ ହୁଏତ ମନେ କରିବେ ଯେଉଁ ରମଣୀ ଆକାଶସ୍ଥଚନ୍ଦ୍ର ଜ୍ୟୋସ୍ନା-ବିକୀର୍ଣ୍ଣ କରିବା ଗୁଣର ଆଦର ନ କରି ଆପଣାର ବଦନମଣ୍ଡଳର ସୌନ୍ଦର୍ଯ୍ୟ ବାହାରକୁ ନ ଦେଖାଇ ଘରେ ବସି ଓଢଣା ଟାଣି ନଷ୍ଟ କରେ ସେ ତ ରମଣୀ ମଧ୍ୟରେ ଗଣ୍ୟା ନୁହେ କିମ୍ବା ଯେଉ ରମଣୀ କେବଳ ସୁଚିକର୍ମାଦିନ ନ କରି ରନ୍ଧନଶାଳରେ ଆବଦ୍ଧ ଥାଇ ସକାଳସନ୍ଧ୍ୟା ହାଣ୍ଡି ଧରି ଆପଣାର ବୁଦ୍ଧି ବିବେଚନା ଏବଂ ଶରୀର ନଷ୍ଟ କରେ ସେ ରନ୍ଧନ ଗୁଣରେ ପିତାମାତା ଅଥବା ଶାଶୁଶ୍ୱଶୁରଙ୍କର ତୃପ୍ତି ବିଧାନ କଲେ ସୁଦ୍ଧା ଆଜିକାଲି ପାଶ୍ଚାତ୍ୟ-ଶିକ୍ଷା-ବିଧୌତା ନୀତି ଅନୁଯାୟୀ ପଶୁ ମଧ୍ୟରେ ଗଣ୍ୟା। କେହି କହନ୍ତି ଯେବେ ସ୍ତ୍ରୀ ହୋଇ ସ୍ୱାମୀ ହେଲେ କି ହେଲା ଟିକିଏ ଊଣା ଅଧିକ ଦେଖିଲେ ଦି-ପଦ ଭଲ ମନ୍ଦ ଶୁଣାଇ ନ ଦେବ କିମ୍ବା ବନ୍ଧୁ ଅବା ସଙ୍ଗମେଳରେ ସ୍ୱାଧୀନ ଓ ତେଜୋଭାବରେ ସ୍ୱସ୍ପ କଥା ନ କହିବ ସେ କି ରମଣୀ ମଧ୍ୟରେ ଗଣା ହେବାର ଯୋଗ୍ୟ ଅଟେ? ଆଜିକାଲି ଯେପରି ପାଶ୍ଚାତ୍ୟ ସଭ୍ୟତାର ଅନୁକରଣ ବଢିଅଛି ଏବଂ ସେହି ସଭ୍ୟତାର ଛାଞ୍ଚରେ ପଡ଼ି ପୁରାତନ ଯେପରି ଶୀଘ୍ରଶୀଘ୍ର ଅଭିନବ ଆକାର ଧାରଣ କରତଃ ଲୋକଙ୍କର ମନକୁ ଭୁଲାଇବା ସତତ ଦେଖା ଯାଉଅଛି, ଯେତେବେଲେ ନବୀନ ରସିକମାନେ ବ୍ୟୁସେବନାର୍ଥ ଆଶ୍ୱରଥ ଯୋଗେ ନଦୀତୀରାଗତା ଯୁବାଜନ-ରଞ୍ଜନ-ବେଶଭୁଷାଧାରିଣୀ ସଦ୍‌ଗୁଣବିହୀନା କୁରୂତା ରମଣୀଠାରେ ସୁଦ୍ଧା ଆସକ୍ତ ହେଉଅଛନ୍ତି ଯେତେବେଲେ ଗୁଣବତୀ ଭାର୍ଯ୍ୟା ନୃତ୍ୟଗୀତାଦିରେ ଅପଟୁ ଥିବା କିମ୍ବା ନାଟକ-ଉପନ୍ୟାସାଦି ପଢି ରସାସ୍ୱାଦନ କରି ଜାଣୁ ନ ଥିବାରୁ ଆମ୍ଭମାନଙ୍କର ନବୀନ ଯୁବକମାନେ ବିରକ୍ତ ହୋଇ ଯାଉଅଛନ୍ତି ଏବଂ ଯେତେବେଲେ ଭାର୍ଯ୍ୟ ସୁରାମାଂସ ଭାଜନ କରି ନ ପାରେ ବୋଲି ଆମ୍ଭମାନଙ୍କର ନବୀନ ପାଶ୍ଚାତ୍ୟ ଶିକ୍ଷାପ୍ରାପ୍ତ ଯୁବକ ନୀରବେ ବସି ମନୋଦୁଃଖ ବେଗ ମନରେ ମାରି ସଭ୍ୟାଲୋକପରିଚାଲିତା ସେପରି ରମଣୀମାନଙ୍କର କେତେ ପ୍ରଶଂସା କରୁଅଛନ୍ତି, ତେତେବେଲେ ଅବଶ୍ୟ ଏଭଲି ଯୋଡ଼ିଏ ରମଣୀର ଚିତ୍ର ପାଠକମାନଙ୍କ ଆଗରେ ଉପସ୍ଥିତ କରାଇ ପାଶ୍ଚାତ୍ୟ ଶିକ୍ଷାର ଅଧିକାର ପ୍ରବଳ ଥିବା ସମୟରେ ସମସ୍ତଙ୍କର ସନ୍ତୋଷ ବିଧାନ କରିବାର ଆଶା ବିଦ୍ୟମାନା ମାତ୍ର। ସେ ଯାହା ହେଉ ଆମ୍ଭେମାନେ ବିଦ୍ୟୁତର ଦ୍ୟୁତିରେ ମେଘର ଦ୍ୟୁତି

ଅନୁମାନ କରି ନ ପାରୁ କିମ୍ବା ମେଘପ୍ରସୂତ ବଜ୍ରନିର୍ଘୋଷ ଶୁଣି ତହିଁର କମନୀୟତାରେ ଭୁଲି ପାରୁଁ। ଯେ ଗୁଣ ଅଚିରସ୍ଥାୟୀ ହିତକର, ଏବଂ ଉପଯୁକ୍ତ ସେ ଗୁଣ ମଧ୍ୟରେ ଗଣ୍ୟ ଅଟେ। ଯାହା ଚରିସ୍ଥାୟୀ, ଅହିତକର ଏବଂ ଅନୁପଯୁକ୍ତ ତାହା ଅନ୍ୟକେ ମନ ଭୁଲାଇଲେ ସୁଦ୍ଧା ବିବେଚନା ପୂର୍ବକ ତାହାକୁ ତ୍ୟାଗ କରିବା କର୍ତ୍ତବ୍ୟ। ସେ ଯାହା ହେଉ ପାଠକେ ଭଲ ପାଉନ୍ତୁ ଅବା ନ ଯାଉନ୍ତୁ ଆମ୍ଭେମାନେ ଯାହା ପ୍ରକୃତ ଥିଲା ତାହା କହି ଉଲ୍ଲିଖିତା ରମଣୀମାନଙ୍କୁ ପାଠକଙ୍କ ସମ୍ମୁଖରେ ଉପସ୍ଥିତ କଲୁଁ। ସେମାନେ ଯଦି ପାଠକଙ୍କ ମନକୁ ତୁଲାଇ ନ ପାରିବେ ସେ ଦୋଷ ଆମ୍ଭର ନୁହେ।

ଉପରୋକ୍ତ ମତେ କନିଷ୍ଠାର ପ୍ରସ୍ତାବରେ ବୟୋଜ୍ୟେଷ୍ଠା ସମ୍ମତ ହେବା ସମୟରେ ବାହାରୁ ଶୁଣାଗଲା ' ରସ! ଖାଇବୁ ନାହିଁ କି-ଏତେ ରାତି ଯାକେ ଏଠି ବସିବୁ?

ବୟୋଜ୍ୟେଷ୍ଠା ତତ୍କ୍ଷଣାତ୍‌କନିଷ୍ଠାକୁ ସମ୍ବୋଧନ କରି କହିଲେ 'ଯା, ବଉ ଡାକୁଚି ଖାଇବୁ। ଉଚ୍ଛୁର ହେଲାଣି।'

କନିଷ୍ଠା ଉଠିବାରେ ଉଦ୍ୟୋଗ କରି କହିଲେ ' ମୁଁ ଯାଉଚି ଏହି କ୍ଷଣି ଖାଇ ଆସି ବି।'

ଏହା କହି ସେ ଚାଲିଗଲେ। ବୟୋଜ୍ୟେଷ୍ଠା ଧୀରେ ଉଠି ଭୋଜନକ୍ରିୟା ସମାପନାର୍ଥ ତଳଖଣ୍ଡାକୁ ଗମନ କଲେ।

ଷଷ୍ଠ ପରିଚ୍ଛେଦ

ନବଗ୍ରାମ ଚୌଧୁରୀ

ପୂର୍ବ ପରିଚ୍ଛେଦରେ ଯେଉଁ ନବଗ୍ରାମର ଉଲ୍ଲେଖ କରାଗଲା ତାହା ନନ୍ଦିକେଶ୍ୱରୀ ପଠାର ପ୍ରାୟ ଦଶକ୍ରୋଶ ତଳକୁ ମହାନଦୀର ଦକ୍ଷିଣ ତୀରରେ ଅବସ୍ଥିତ। ଗ୍ରାମଟି ଦେଖିବାକୁ ବଡ଼ ସୁନ୍ଦର। ନଦୀର ଅତଡ଼ାକାନ୍ଥି ଉପରେ ଗ୍ରାମଟି ନିର୍ମିତ ବୋଲି କହିଲେ ଅତ୍ୟୁକ୍ତ ହେବ ନାହିଁ ଏବଂ ଯଦିଚ ପୁରାକାଳରୁ ଗ୍ରାମଟି ନଦୀଦ୍ୱାରା ନଷ୍ଟ ହୋଇ ଯିବାର ଭୟ ରହି ଅଛି ମାତ୍ର ନଦୀ ଅନୁଗ୍ରହ ବଶରୁ ହେଉ ଅଥବା ଗ୍ରାମଦେବତାଙ୍କ ଆଜ୍ଞା ବଶରୁ ହେଉ ତହିଁର ବିଶେଷ କିଛି କ୍ଷତି କରି ନାହିଁ। ଉପରେ ବଡ଼ ବୃକ୍ଷ ଏବଂ ଘରମାନଙ୍କରେ ଗ୍ରାମଟି ସୁଶୋଭିତ ହୋଇ ରହିଅଛି ଏବଂ ନିମ୍ନରେ ନଦୀ ଗଭୀରଜଳରେ ପରିପୂରିତା ହୋଇ ଅତୁଲ ଶୋଭା ବିସ୍ତାର କରିଅଛି। ଇଂଲଣ୍ଡୀୟ କୀଉଣ୍ଡସ୍ୟରୂପୀ ଆନିକଟ ମହାନଦୀର ଜଳ ତେତେବେଳେ ଅଟକାଇ ରଖ୍ ନ ଥିଲା। ସେ ଜଳ ଆଜିକାଲି ପରି ନାଲରେ ନାନା ଆଡ଼େ ବାହାରି ନ ଯାଇ ନଦୀରେ ତଳ ଅତୁଲ ଉପକାର ସାଧନି କରୁଥିଲା। ଲୋକେ ବର୍ଷ ମଧରେ ଯେତେବେଳେ ଇଚ୍ଛା ତେତେବେଳେ ନୌକାଯାନରେ ନାନା ଦିଗକୁ ଯାଇ ପାରୁଥିଲେ ଏବଂ ସ୍ୱଳ୍ପାୟାସ ଓ ସ୍ୱଳ୍ପବ୍ୟୟରେ ବାଣିଜ୍ୟ ଉତ୍ତମରୂପେ ଦେଶରେ ଚଳୁଥିଲା। ସେହି ଆନିକଟ ବର୍ତ୍ତମାନ ଅପରାପର ଅନେକ ସ୍ଥାନ ପ୍ରାୟ ନବଗ୍ରାମ ନିକଟର ନଦୀଜଳ ଅପହରଣ କରି ଗ୍ରାମର ଶୋଭା ଏବଂ ସୁବିଧା ଉଭୟ ନଷ୍ଟ କରିଅଛି। ଗ୍ରାମର ପୂର୍ବ ପଶ୍ଚିମ ଉଭୟ ପାର୍ଶ୍ୱରେ ଗୋଟିଏ ଲେଖାଏଁ ପୁରାତନ ବଟବୃକ୍ଷ ଅଛି। ତହିଁର ଗୋଟିକରେ ଭଗବତୀ ଏବଂ ଅପର ବୃକ୍ଷରେ ଶାରଳାଇଦେବୀ ବିରାଜିତା ଅଛନ୍ତି। ଦେବୀଙ୍କ ଖୋଜି ପାଇବ ନାହିଁ। ଅପର ଗ୍ରାମର ରୀତି ଅନୁଯାୟୀ କୌଣସି ପ୍ରସ୍ତରଖଣ୍ଡ ଅବା ପ୍ରତିମୂର୍ତ୍ତି ସେ ବଟବୃକ୍ଷ ମୂଳରେ ସଂସ୍ଥାପିତ ହୋଇ ନାହିଁ। କେବଳ ଗଛରେ ସିନ୍ଦୁର ଲାଗିଥିବାରୁ ଜଣା ଯିବ ଯେ ତହିଁରେ। କୌଣସି ଅକ୍ଷୟପ୍ରତୀପଶାଳିନୀ ଗ୍ରାମଦେବୀ ବିରାଜିତା

ଅଛନ୍ତି। ଗ୍ରାମ-ଲୋକର ଏମନ୍ତ ସାଧ ନାହିଁ ଯେ ଏ ବୃକ୍ଷ-ମୂଳରେ ପହଞ୍ଚି ସମ୍ମାନ ନ ଦେଖାଇ ଚାଲି ଯିବେ। ମାରୀଭୟ କିମ୍ବା ଅନ୍ୟ ଉତ୍କଟରୋଗ ଗ୍ରାମରେ ପୁହ୍ଞ୍ଜିଲେ ଗ୍ରାମଦେବୀଙ୍କ ପୂଜା ଦିଆଯାଏ ଏବଂ ସେ ସନ୍ତୁଷ୍ଟା ହୋଇ ଆଦେଶ ନ ଦେବା ପର୍ୟ୍ୟନ୍ତ ରୋଗଶାନ୍ତି ହେବ କାହିଁ ବୋଲି ଲୋକଙ୍କର ଏକାନ୍ତ ବିଶ୍ୱାସ। ଲୋକେ ସହଜରେ ଈଶ୍ୱରଙ୍କ ଶପଥ କରି ମିଥ୍ୟା କଥା କହି ଯିବେ ତଥାପି ଗ୍ରାମ-ଦେବୀଙ୍କ ନାମ ଉଚ୍ଚାରଣ କରି କଥା କହିବାକୁ ସୁଦ୍ଧା ସାହସ କରିବେ ନାହିଁ। ଦୁଃଖ ଉପସ୍ଥିତ ହେଲେ ଗ୍ରାମ-ଦେବୀଙ୍କ ଠାରେ ଗୁହାରି ହୁଏ ଏବଂ ସୁଖସମୟରେ ଅର୍ଥାଦ୍ପୁତ୍ରଜନ୍ମାଦି ଉସ୍ବ ଓ ପର୍ବମାନଙ୍କରେ ମଧ ଗ୍ରାମ ଦେବୀଙ୍କର ସେବାହୁଏ। କେହି ପୁତ୍ରକାମନାରେ ତାଙ୍କର ଅର୍ଚ୍ଚନା କରନ୍ତି, କେହି ଅବା ଶତ୍ରୁନିର୍ଯ୍ୟାତନା ନିମିତ୍ତ ତାଙ୍କୁ ପୂଜା ଦିଅନ୍ତି। ଫଳତଃ ଗ୍ରାମଦେବୀ ଇଷ୍ଟାନିଷ୍ଟ ସମସ୍ତ କାର୍ଯ୍ୟର ନିୟନ୍ତ୍ରୀ। ସୁତରାଂ ଗ୍ରାମର ପୂର୍ବ ପଶ୍ଚିମ ଦୁଇ ପାର୍ଶ୍ୱରେ ଗ୍ରାମଦେବୀ ଜଗି ରହି ଅଛନ୍ତି ବୋଲି କହିଲେ ଅତୁକ୍ତି ହେବ ନାହିଁ।

ମନୁଷ୍ୟ ଶାନ୍ତି ପ୍ରିୟ। ଚରମରେ ସମସ୍ତେ ଶାନ୍ତି ଲୋଡନ୍ତି। ସେ ଶାନ୍ତି ଜଗନ୍ନିୟନ୍ତ ସର୍ବଶକ୍ତିମାନ୍ଇଶ୍ୱର ଭିନ୍ନ ଅନ୍ୟଠାରେ ନାହିଁ। ଯେଉଁ ମାନେ ପରମଶିକ୍ଷାଲାଭଦ୍ୱାରା ତାଙ୍କୁ ପାଇଅଛନ୍ତି କିମ୍ବା ତାଙ୍କର ତତ୍ବ ଜାଣିଅଛନ୍ତି ସେମାନେ ତାଙ୍କଠାରୁ ଶାନ୍ତି ପ୍ରାପ୍ତ ହୁଅନ୍ତି। ସେମାନେ ତାଙ୍କର ନାମୋଚ୍ଚାରଣ ଏବଂ ତାଙ୍କ ଇଚ୍ଛାଉପରେ ନିର୍ଭର କରି ଆଶାନ୍ତିନିକେତନ ସଂସାରରେ ଶାନ୍ତି ପାଇ ପାରନ୍ତି। ମାତ୍ର ଯେଉଁ ମାନେ ଅଜ୍ଞ ସେମାନେ ତାହା କେଉଁଠାରୁ ପାଇବେ? ଏବଂ ଅଜ୍ଞ ତ ପ୍ରାୟ ସମସ୍ତେ। ସୁତରାଂ ମୁନିରଷିଙ୍କ ସୁକୌଶଳରୁ ତାଙ୍କ ନିମିତ୍ତ ସର୍ବବ୍ୟାପୀ ଈଶ୍ୱରଙ୍କର କେତେକ ବିଷୟରେ ଅସ୍ତିତ୍ୱ ଅରୋପିତ ହୋଇ ରହିଅଛି। ତଦ୍ୱାରା ଅଜ୍ଞ ଲୋକେ ଶାନ୍ତି ପ୍ରାପ୍ତ ହୁଅନ୍ତି। ସେହି ଆରୋପିତ ପଦାର୍ଥର କିଛି ନିୟମ ନାହିଁ କିମ୍ବା ସେଥ୍ ନିମିତ୍ତ କୌଣସି ବିଶେଷ ପଦାର୍ଥନିର୍ଦିଷ୍ଟ ନାହିଁ। ଯାହାଙ୍କୁ ଆରୋପିତ କରାଯିବ ସେ ଯେସ୍ଥଳେ ସର୍ବବ୍ୟାପୀ ସେସ୍ଥଳେ କୌଣସି ନିୟମର ଅପୋକ୍ଷା କରିବା ଅନୁଚିତ। କେବଳ ବିଶ୍ୱାସ ଉପରେ ନିର୍ଭର ରଖ୍ ନାନାସ୍ଥାନରେ ନାନାପ୍ରକାର ପଦାର୍ଥରେ ଈଶ-ଶକ୍ତି କଳ୍ପିତ ହୋଇଅଛି ଏବଂ ସେହିସବୁ ନାନାପ୍ରକାର ନାମ ଘେନି ଗ୍ରାମଦେବତାରୁପେ ବିରାଜିତ ମନୁଷ୍ୟକୁ ଶାସନ କରି ଇହକାଳ ଓ ପରକାଳର ଉପାୟ ବିଧାନ କରୁଅଛି।

ଆମ୍ଭେମାନେ ଯେଉଁ ନବଗ୍ରାମର କଥା କହୁଅଛୁ ତାହା ବର୍ତ୍ତମାନ ନବଗ୍ରାମ, ରାଗପୁର ଓ ସିଲୋ ଏରୂପ ତିନି ଗ୍ରାମରେ ବିଭକ୍ତ ହୋଇଥ୍ଲେହେଁ ଅଧିକାଂଶ ଲୋକେ ସମୁଦାୟ ଗ୍ରାମକୁ ସିଲୋ ନୁଆଗାଁବୋଲି ଡାକନ୍ତି ମାତ୍ର ସଭ୍ୟସମାଜରେ

ସମୁଦାୟ ଗ୍ରାମ ନବଗ୍ରାମ ନାମରେ ବିଖ୍ୟାତ। ନଦୀତୀରବର୍ତ୍ତୀଗ୍ରାମମାନ ବିଶେଷରେ ସଭ୍ୟତା ଏବଂ ଜ୍ଞାନାଲୋକରେ ପରିମାର୍ଜିତ ଏବଂ ବାଣିଜ୍ୟବ୍ୟବସାୟର ମଧ୍ୟ ପ୍ରକୃଷ୍ଟସ୍ଥାନ ଅଟେ। ସେହି ହେତୁରେ ନଦୀଠାରୁ ଦୂରା ବସ୍ତିତ ଗ୍ରାମମାନଙ୍କ ଅପେକ୍ଷା ଅନ୍ୟାନ୍ୟ ନଦୀତୀରବର୍ତ୍ତୀଗ୍ରାମପରି ନବଗ୍ରାମରେ ସୁଦ୍ଧା ଅନେକ ଭଦ୍ରଲୋକେ ବାସ କରନ୍ତି। ସେମାନଙ୍କ ମଧ୍ୟରୁ ଚୌଧୁରୀଘର ପ୍ରଧାନ ଅଟେ। ଏହି ଚୌଧରିଙ୍କ ନାମ ପୂର୍ବ ପରିଚ୍ଛେଦୋକ୍ତ ରାଧାଗୋବିନ୍ଦ ଚୌଧୁରୀ। ସେ ଅଞ୍ଚଳରେ ଏ ମହାଶୟ ବିଶେଷରୂପେ ପରିଚିତ ଥିଲେହେଁ ଅଧିକାଂଶ ଲୋକେ ଏହାଙ୍କ ନାମ ଜାଣନ୍ତି ନାହିଁ କିମ୍ବା ଜାଣିଲେ ଉଚ୍ଚାରଣ କରନ୍ତି ନାହିଁ। ଫଳତଃ ନବଗ୍ରାମ ଅଥବା ନୂଆଗାଁରୋଧୁରୀ ନାମରେ ଏ ମହାଶୟ ଲୋକରେ ପରିଚିତ ଅଟନ୍ତି।

ରାଧାଗୋବିନ୍ଦ ଚୌଧୁରିଙ୍କର ବୟସ ବର୍ତ୍ତମାନ ପଞ୍ଚାଶତ୍‌ବର୍ଷ। ଦେଖିବାକୁ ବଡ଼ ସୁନ୍ଦର। ବାର୍ଦ୍ଧକ୍ୟଜନିତ ନାନାପ୍ରକାର ଦୋଷ ଶରୀରକାନ୍ତି ଅପହରଣ କରିଥିଲେ ସୁଦ୍ଧା ଏହାଙ୍କୁ ଦେଖିଲେ ଯୌବନ ସମୟରେ ଏହାଙ୍କ ରୂପ କେଡ଼େ ସୁନ୍ଦର ଥିଲା ତାହା ଉଭମ ରୂପେ ଅନୁମାନ କରା ଯାଇ ପାରେ। ବାଲ୍ୟକାଲରେ ପିତା ଓ ପିତାମହଙ୍କ ଯତ୍ନରେ କିଞ୍ଚିତ ବିଦ୍ୟାର୍ଜନ କରି ସାରିଲାରୁ ପଛକୁ ସରକାରୀ କାର୍ଯ୍ୟ ଶିକ୍ଷା କରିବା ସକାଶେ ପିତାଙ୍କ ନିକଟରେ ଶିକ୍ଷାନବିସି କାର୍ଯ୍ୟ କରୁଥିଲେ ଏବଂ ପିତାଙ୍କ ପରଲୋକାନ୍ତେ ତାଙ୍କର ଚୌଧୁରିଗିରୀ କାର୍ଯ୍ୟ ପାଇ ସେହି କାର୍ଯ୍ୟ ଉଭମରୂପେ ଚଲାଇ ଆସୁଅଛନ୍ତି। ଏହି ଚୌଧୁରୀକାର୍ଯ୍ୟ ଯୋଗୁ ପିତାଙ୍କ ଆମଲରୁ ଏହାଙ୍କ ମହାନ୍ତି ଶବ୍ଦଟା ଉଠି ଯାଇଅଛି ଏବଂ ସେହି ହେତୁ ରାଧାଗୋବିନ୍ଦ ମହାନ୍ତି ପରିବର୍ତ୍ତେ ରାଧାଗୋବିନ୍ଦ ଚୌଧୁରୀ ନାମର ସୃଷ୍ଟି ହୋଇଅଛି। ଏହା ଯେ କେବଳ ଏହିଠାରେ ଘଟିଅଛି ଏମନ୍ତ ନୁହେ। ସରକାରୀ କାର୍ଯ୍ୟରୁ ଏହିପରି ପରିବର୍ତ୍ତନ ନାନାସ୍ଥାନରେ ନାନାପ୍ରକାରରେ ହୋଇଅଛି।

ଅବେକ କାଳ ଶିକ୍ଷାନବିସି କରିଥିବାରୁ ଚୌଧୁରି-କାର୍ଯ୍ୟରେ ଏହାଙ୍କ ବିଶେଷ ପାରଦର୍ଶିତା ଲାଭ ହୋଇଅଛି। ସେହିହେତୁ ଏ ମହାଶୟ ବର୍ତ୍ତମାନ ସୁବାଦାରଙ୍କର ଅତ୍ୟନ୍ତ ପ୍ରିୟପାତ୍ର। ତଥାପି ଏମନ୍ତ ବୋଲାଯାଇ ନ ପାରେ ଯେ ସୁବାଦାରଙ୍କର ପ୍ରିୟପାତ୍ର ହେଲେ ବୋଲି ସୁବାଦାରଙ୍କର ପ୍ରାପ୍ୟ ଧନ କିଛିହିଁ ଅପହରଣ କରନ୍ତି ନାହିଁ। ମାତ୍ର ଆମ୍ଭମାନେ ଯେ ସମୟର କଥା କହୁଅଛୁ ତେତେବେଲେ ଯେ ରାଜକୀୟ-ଧନ ଅଧିକ ଆମ୍ଭସାତ୍‌କରୁଥିଲା ସେ ଲୋକରେ ଅଧିକ ପ୍ରଶଂସା ପାଉଥିଲା। ଆମ୍ଭ ନଙ୍କର ରାଧାଗୋବିନ୍ଦ ଚୌଧୁରୀ ଯେ ସେହି ଛାନ୍ଧର ଲୋକ ବୋଲିବା ଅଧିକ।

ଏହାଙ୍କ ପିତାମହ ଜଣେ ଉପଯୁକ୍ତ ଶାସ୍ତ୍ରଜ୍ଞ ଥିଲେ ସୁଦ୍ଧା ନିତାନ୍ତ ଦୁଃଖୀ ଥିଲେ। ତାଙ୍କର ପାଣ୍ଡିତ୍ୟ ତାହାଙ୍କୁ କୌଣସି ପ୍ରକାର ସୁଖର ଅଧିକାରୀ କରାଇ ନାହିଁ। ଲକ୍ଷ୍ମୀ ସରସ୍ୱତୀ ଏକାଧାରରେ ବିରାଜିତା ହୁଅନ୍ତି ନାହିଁ ବୋଲି ଯେ କବି-ବାଣୀ ଅଛି ତାହା ତାଙ୍କଠାରେ ସାର୍ଥକତା ଲଭିଥିଲା। ତଥାପି ସେହି ପାଣ୍ଡିତ୍ୟ ହେତୁ ବୃଦ୍ଧବୟସରେ ଆପଣା ପୁତ୍ରକୁ ଶିବଭଞ୍ଜ ସାମନ୍ତରାୟ ମରହଟ୍ଟାଙ୍କ ନିକଟରୁ ଓଡ଼ିଶାର ଶାସନଭାର ପାଇଲା ପର ତାଙ୍କ ନିକଟକୁ ଘେନି ଯାଇ ପାରିଥିଲେ। କାବ୍ୟନାଟକାଦି ପଢ଼ିବାରୁ ଆପଣାର ଯେ ପଣ୍ଡିତ୍ୟ ଲାଭ ହୋଇଥିଲା ତାହା ସୁଖପ୍ରଦ ନୋହିବାରୁ ସେ ପୁତ୍ରକୁ କାବ୍ୟନାଟକାଦି ନ ପଢ଼ାଇ କେବଳ ସରକାରୀ କାର୍ଯ୍ୟ ଆଦି କିପରି ତଲାଇବାକୁ ହୁଏ ଏବଂ କି ନିୟମରେ ହିସାବ ଇତ୍ୟାଦି ରଖାଯାଏ ଏହିସବୁ ବିଷୟରେ ନାନାପ୍ରକାର ଲୋକଙ୍କର ସାହାଯ୍ୟ ଓ ଅନୁଗ୍ରାହରୁ ଶିକ୍ଷା ଦେଇଥିଲେ। ଶିବଭଞ୍ଜ ସାମନ୍ତରାୟ ପୂର୍ବରୁ ବୃଦ୍ଧକୁ ଚିହ୍ନିଥିଲେ ମାତ୍ର ତାଙ୍କ ପୁତ୍ରକୁ ଦେଖ୍ ନ ଥିଲେ। ବର୍ତ୍ତମାନେ ତାଙ୍କ ପୁତ୍ରକୁ ଦେଖ୍ ସେହି ସମୟରୁ ତାଙ୍କ ମନରେ କିପରି ଏକ ଅଭୁତପ୍ରକାର ଅନୁରାଗ ଜାତ ହେଲା ଯେ ସେ ତଦ୍ୱାରା ପରିଚାଳିତ ହୋଇ ତାଙ୍କୁ ଏକାବେଳକେ ଏକ ତେଲୁକର ଚୌଧୁରିକର୍ମ୍ମରେ ନିଯୁକ୍ତ କଲେ। ବୃଦ୍ଧ ପରମାନନ୍ଦିତ ହୋଇ କେତେରୁପେ ସାମନ୍ତରାୟଙ୍କର ମଙ୍ଗଳ ମନାସି ପୁତ୍ରକୁ ତାଙ୍କ ନିକଟରେ ଛାଡ଼ି ଆସିଲେ। ମାତ୍ର ଭାଗ୍ୟରେ ଯାହାର ସୁଖଭୋଗ ନ ଥାଏ ସେ କି ତାହା ଭୋଗ କରିପ ରେ? ଘରକୁ ଲେଉଟି ଆସିଲା ବେଳେ ବାଟରେ ଉକ୍ରଟ ରୋଗଗ୍ରସ୍ତ ହେଲେ। କେତେଜଣ ସଦାଶୟ ଲୋକ ଖଟିଆକରି ଏହାଙ୍କୁ ଘରକୁ ପଠାଇ ଦେଲେ ମାତ୍ର ବାଟର ଏହାଙ୍କ ପ୍ରାଣ ବାୟୁ ବର୍ହଗତ ହୋଇଯାଇ ଥିଲା। ଗଉଡ଼ମାନେ ଖଟିଆ ରଖିଲା ପରେ ଲୋକେ ଏହାଙ୍କୁ ଚେତାଇବାକୁ ଆସି ଦେଖିଲେ ଯେ ବୃଦ୍ଧର କେବଳ ମୃତଦେହ ତଦ୍ୱାରେ ପଡ଼ିଅଛି। ସୁଖବାର୍ତ୍ତା ଶୁଣି ଆନନ୍ଦଲାଭ କରିବାର ତେଣିକି ଥାଉ ଘରର ଲୋକେ ଶୋକସାଗରରେ ପଡ଼ି କ୍ରନ୍ଦନ –ରୋଲରେ ଗ୍ରାମାକୁ ଭସାଇ ଦେଲେ।

ଏଥର କିଛିଦିନ ଉତ୍ତାରୁ ସାମନ୍ତରାୟଙ୍କ ନିକଟରୁ ସନନ୍ଦ ପ୍ରାପ୍ତ ହୋଇ ରାଧାଗେ ବିନ୍ଦକ ପିତା ଘରକୁ ଆସିଲେ। ଉଚ୍ଚ କାର୍ଯ୍ୟ ପାଇଥିବାରୁ କ୍ରମେ ଏହାଙ୍କର ଗ୍ରାମରେ ସମ୍ମାନ ବଢ଼ିଲା, ଏବଂ ଅଚିରେ ନବଗ୍ରାମ ଅଥବା ନୂଆଗାଁ ଚୌଧୁରିପରେ ସେ ଅଞ୍ଚଳରେ ପରିଚିତ ମଧ୍ୟରେ ନାନା ପ୍ରକାର ସମ୍ପତ୍ତ ଲାଭ କଲେ ମାତ୍ର ବିଧ୍ ତାହାକୁ ଅଧିକ ଦିନ ବଞ୍ଚାଇ ରଖିଲେ ନାହିଁ। କାର୍ଯ୍ୟ ପାଇବାର ସାତ ବର୍ଷ ମଧ୍ୟରେ ଏହାଙ୍କର ପରଲୋକ-ଗମନ ହେଲା।

ପିତା ପରଲୋକ ଗମନ କରିବା ସମୟରେ ରାଧାଗୋବିନ୍ଦ ଚୌଧୁରିଙ୍କର ବୟସ ଅଳ୍ପ ନ ଥିଲା ଏବଂ ପିତାଙ୍କ ଚାକରୀ ଆରମ୍ଭ ହେବାର ଅଳ୍ପ ଦିନ ଉତ୍ତାରୁ ତାଙ୍କ ନିକଟରେ ସର୍ବଦା ଉପସ୍ଥିତ ଥାଇ ଅଥବା ଆଦେଶମତ କାର୍ଯ୍ୟ ଚଳାଉଥିବାରୁ ସାମନ୍ତରାୟଙ୍କଠାରେ ଉତ୍ତମରୂପେ ପରିଚିତ ହୋଇଥିଲେ। ସାମନ୍ତରାୟ ସୁଦ୍ଧା ଏହାଙ୍କ କାର୍ଯ୍ୟରେ ସନ୍ତୁଷ୍ଟ ହୋଇ ଅନେକ ସମୟରେ ଏହାଙ୍କୁ ମଧ ଗୋଟିଏ ଚାକରୀ ଦେବାର ମନଃସ୍ଥ କରିଥିଲେ, ମାତ୍ର ସୁବିଧା ଅଭାବରେ ଏତେକାଳ ତାହା ହୋଇ ପାରି ନ ଥିଲା। ବର୍ତ୍ତମାନ ଏହାଙ୍କ ପିତାଙ୍କ ମୃତ୍ୟୁବାର୍ତ୍ତା ଶୁଣିଲାମାତ୍ରକେ ସାମନ୍ତରାୟ ରାଧାଗୋବିନ୍ଦଙ୍କୁ ତାଙ୍କ କର୍ମ୍ମରେ ନିଯୁକ୍ତି କଲେ ଏବଂ ଶ୍ରାଦ୍ଧକ୍ରିୟାପରେ ରାଧାଗୋବିନ୍ଦ ସାମନ୍ତରାୟଙ୍କ ନିକଟକୁ ଯାଇ ସନନ୍ଦ ପ୍ରାପ୍ତ ହୋଇ କାର୍ଯ୍ୟ-କ୍ଷେତ୍ରରେ ଉପସ୍ଥିତ ହେଲେ।

ଅନେକ ସ୍ଥାଲରେ ଦେଖାଯାଏ ପିତା କୃପଣ ହୋଇ ଧନସଞ୍ଚୟ କରି ଯାଇଥିଲେ ତାଙ୍କର ଉତ୍ତରାଧିକାରୀ ଅପବ୍ୟୟରେ ସେ ଧନ ନଷ୍ଟ କରେ। ମାତ୍ର ରାଧାଗୋବିନ୍ଦ ପିତାଙ୍କର ଉପଯୁକ୍ତ ପୁତ୍ର। ପିତା ଯାହା ରଖି ଯାଇଥିଲେ ବିଚକ୍ଷଣତା ସହକାରେ ତାହା ଚଳାଇ ଏବଂ ନିଜଧନ ତହିଁରେ ଲଗାଇ କ୍ରମେ ଏତେ ଏତେ ସମ୍ପତ୍ତି କଲେ ଯେ ଅତି ଅଳ୍ପକାଲ ମଧରେ ବଡ଼ଲୋକ ବୋଲି ତାଙ୍କର ନାମ ଚତୁର୍ଦ୍ଦିଗରେ ବାହାରି ଗଲା, ମଧ ସମ୍ପତ୍ତି କରିବାକୁ ଏଦାଙ୍କୁ ଉତ୍ତମ ସୁବିଧା ମିଳିଥିଲା ଓଡ଼ିଶା ଅଳ୍ପ ଦିନ ହେଲା ମହାରାଷ୍ଟ୍ରୀୟଙ୍କ କରଗତ ହୋଇଥିଲେହେଁ ଶାସନକାର୍ଯ୍ୟ ଚଳାଇବାରେ ସେପରି ସୁବନ୍ଦୋବସ୍ତ ହୋଇ ପାରି ନ ଥିଲା। କ୍ଷିମିଡ଼ି ରାଜା ନାରାୟଣଦେବ ଆପଣାକୁ ଖୋର୍ଦ୍ଧାସିଂହାସନର ଉତ୍ତରାଧିକାରୀ ମନେ କରି ୧୭୬୧ ଖ୍ରୀଷ୍ଟାବ୍ଦରେ ବୀରକିଶୋର ଦେବଙ୍କ ବିରୁଦ୍ଧରେ ଯୁଦ୍ଧଯାତ୍ରା କରି ଯୁଦ୍ଧରେ ତାହାଙ୍କୁ ହ୍ରାଇବାରୁ ସେ ମରହଟ୍ଟା ସୁବଦରଙ୍କ ଆଶ୍ରୟ ଘେନିଥିଲେ ଏବଂ ଶିବଭକ୍ତ ସାମନ୍ତରାୟ ତାଙ୍କୁ ସାହ୍ୟୟ ପ୍ରଦାନ କରି ବିଶେଷ ଭାର ରାଧାଗୋବିନ୍ଦଙ୍କ ପିତାଙ୍କ ଉପରେ ନ୍ୟସ୍ତ କରି ଥିବାରୁ ତହିଁରେ ତାଙ୍କର ଉତ୍ତମ ଲାଭ ହୋଇଥିଲା ଏବଂ ପରିଶେଷରେ ବୀରକିଶୋର ଦେବ ଜୟୀ ହେବାରୁ ତାହାଙ୍କୁ ନାନାପ୍ରକାର ବହୁମୂଲ୍ୟ ଉପଟୋକନ ମିଲି ଥିଲା। ପିତାଙ୍କ ଅମଲରେ ଏହିପରି ଗୋଟିଏ ସୁବିଧା ହୋଇଥିଲା ମାତ୍ର ଏହାଙ୍କ ଅମଲରେ ସାମନ୍ତରାୟ ପଦଚ୍ୟୁତ ହୋଇ ଉତ୍ତରେଉତ୍ତର ଜଣ ନୂତନ ସୁବାଦାର ନିଯୁକ୍ତ ହେବାରୁ ଦେଶରେ ଏକପ୍ରକାର ଅରାଜକତା ଉପସ୍ଥିତ ହୋଇଥିଲା। ସୁତରାଂ ଯେଉଁ ମାନଙ୍କ ଉପରେ ଖଜଣା ଆଦାୟ କରିବାର ଭାରାର୍ପଣ ହୋଇଥିଲା ସେମାନଙ୍କ କପାଲ ଖୋଲିଗଲା। ତହିଁ ମଧରେ ରାଧାଗୋବିନ୍ଦ ବିଶେଷ ଯୋଗ୍ୟ ଥିବାରୁ ସେ ସେହି ସୁବିଧାର କ୍ଷୋଲପଣ ସୁବ୍ୟବହାର କରିଥିଲେ। ତଥାପି ନିଜର ଯୋଗ୍ୟତା ହେତୁ

ସୁବାଦାରଙ୍କ ଠାରେ ସତ୍ୟମିଥ୍ୟା ନାନା-ପ୍ରକାର ବିବରଣୀ ଆଗତ କରି ତାଙ୍କର ପ୍ରତିୟଭାଜନ ହୋଇ ରହିଥିଲେ।

ଆମ୍ଭେମାନେ ଯେଉଁ ସମୟର କଥା କହୁଅଛୁ ସେ ସମୟକୁ ଶମ୍ଭୁଜୀ ଗଣେଶ ଓଡ଼ିଶାକୁ ବର୍ଷେ ହେଲା ସୁବାଦାର କାର୍ଯ୍ୟରେ ନିଯୁକ୍ତ ହୋଇଆସିଅଛନ୍ତି। ଏ ମହାଶୟ ଶୀଘ୍ରପ୍ରଜାକଣ୍ଟକ ଶାସନକର୍ତ୍ତା ବୋଲି ଖ୍ୟାତି ଲଭିଥିଲେ! ସୁବାଦାର କାର୍ଯ୍ୟରେ ନିଯୁକ୍ତ ହୋଇ ଆସିବା ସଙ୍ଗେ ଦେଶରେ ନାନାପ୍ରକାର କର ପ୍ରଚଳିତ କଲେ ଏବଂ ନିଷ୍କର ଭୂମିମାନଙ୍କୁ ସକର କଲେ। ସୁତରାଂ ଚୌଧୁରୀମାନଙ୍କୁ ବଡ଼ ସୁପାଳକ ପଡ଼ିଗଲା ଏବଂ ରାଧାଗୋବିନ୍ଦ ଚୌଧୁରୀ ଏଭଳି ସୁସମୟ ନିମିତ୍ତ ଈଶ୍ଵରଙ୍କୁ ଶତ ଧନ୍ୟବାଦ ଦେଇ ଆପଣାର ସଂସ୍ଥାନ ବୃଦ୍ଧି କରିବାରେ ଯତ୍ନବାନ ହେଲେ।

ଏହିରୂପେ ରାଧାଗୋବିନ୍ଦଙ୍କର ସମ୍ପତ୍ତି ବିଶେଷ ହୋଇଥିଲା। ମାତ୍ର ଆଜିକାଲି ଯେପରି କୁମ୍ପାନୀ-କାଗଜର କାଳ ପଡ଼ିଅଛି ତେତେବେଳେ ସେପରି କଳା ନ ଥିଲା। ଆଜି ଜଣେ ବଡ଼ ଲୋକ ଉତ୍ତମ ଉପାର୍ଜ୍ଜନ କରି ପାରିଲେ ସେ ଜମି, ଜମିଦାରୀ ମହାଜନୀ ଧାନଅମାର ଇତ୍ୟାଦିପ୍ରତି ଦୃଷ୍ଟିନ ରଖି ଅର୍ଜିତ ଧନ କେବଳ କୁମ୍ପାନୀ-କାଗଜରେ ଖଟାଇ ଅଥବା ବେଙ୍କରେ ଜମା କରି ଛାଡ଼ି ଫୁଲାଇ ବୁଲନ୍ତି ଏବଂ ବେଙ୍କ ଫେଲ ହୋଇଗଲେ ମୁଣ୍ଡରେ ହାତ ଦେଇ ନୀରବରେ ରୋଦନ କରନ୍ତି। ପୂର୍ବେ ସେପରି ନ ଥିଲା। ତେତବେଳେ ଯହିଁରେ ଧନ ଚଳପ୍ରଚଳ ହୋଇ ସମୟରେ ଅଶେଷ ଉପକାର ସାଧନ କରି ପାରିବ ଏପରି କାର୍ଯ୍ୟରେ ପ୍ରାୟ ସମସ୍ତ ବଡ଼ଲୋକମାନେ ଅଢୁତ ଧନ ଲଗାଉଥିଲେ। ରାଧାଗୋବିନ୍ଦ ତଦନୁଯୟୀ ନାନାସ୍ଥାନରେ ଜମି ଇତ୍ୟାଦି କ୍ରୟ କରି ଚାଷ କର୍ଣ୍ଣରସୁବିଧା କରିଥିଲେ ଏବଂ ଘରନିକଟରେ ଓ ଅନ୍ୟାନ୍ୟ ସ୍ଥାନରେ ବଡ଼ ଅମାରମାନ ନିର୍ମ୍ମାଣ କରି କେବଳ ଧାନ ଜମାଉଥିଲେ। ଲକ୍ଷ୍ମୀ ଯାହାଙ୍କୁ ପ୍ରସନ୍ନ ହୁଅନ୍ତି ତାଙ୍କର କେଉଁ ରୂପରେ ଯେ ଭାଗ୍ୟ ବଢ଼ିଯାଏ ତହିଁର କଳନା ହୁଅଇ ନାହିଁ। ରାଧାଗୋବିନ୍ଦଙ୍କ ଉପରେ ଲକ୍ଷ୍ମୀ ପ୍ରସନ୍ନା ଥିଲେ ଏବଂ ପିତାଙ୍କ ମୃତ୍ୟୁର ପାଞ୍ଚବର୍ଷ ମଧ୍ୟରେ ନାନାସ୍ଥାନରେ ସହସ୍ର ଭରଣ ଧାନ ସଂଗ୍ରହ କରି ରଖିପାରି ଥିଲେ।

କୃପଣ-ସ୍ଵଭାବର ଲୋକ ଥିବାରୁ ରାଧାଗୋବିନ୍ଦକୁ ଦାନ କରିବା କଥା ଆଦୌ ଜଣା ନ ଥିଲା। ଯେଡ଼େ ବଡ଼ଲୋକ ହେଉ ପଛକେ ପତ୍ର କି ଟିପ ଲେଖି ନ ଦେଲେ ଧାନ କି ଟଙ୍କାଉଧାର ପାଇ ପାରିବ ନାହିଁ ଏବଂ ଥରେ ଉଧାର ନେଲେ ରାଧାଗୋବିନ୍ଦଙ୍କ ହାତରୁ ଉଦ୍ଧରି ଯିବା ବଡ଼ କଠିନ। ରାଧାଗୋବିନ୍ଦ କଡ଼ାଗଣ୍ଟା ହିସାବ କରି ତାହାର ଶେଷ ଶୋଣିତ ପର୍ଯ୍ୟନ୍ତ ଗୋଡ଼ଇ ଆପଣାର ପ୍ରାପ୍ୟ ଆଦାୟ କରିବେ। ଖାତକ ଯାହା ରଣ କରିଥିଲା ତହିଁର ତିନିଗୁଣ ଆଦାୟ କରିଥିଲେହେଁ ଯଦି ତାହା

ଉପରେ ହିସାବରେ ପଇସାଟିଏ ବାକୀ ହୁଏ ସେ ମୁଣ୍ଡ ପିଟି ଦେଲେ ସୁଦ୍ଧା ତାହା ଛାଡ଼ ପାଇବ ନାହିଁ। ଏପରି ଅବସ୍ଥାରେ ଦୀନ-ଦୁଃଖୀ କାହାରି ଗୋଡ଼ ରାଧାଗୋବିନ୍ଦଙ୍କ ଦ୍ୱାରେ ପଡ଼େ ନାହିଁ। ପଡ଼ିବ ଅବା କାହିଁକି? ଜୀବନ ଯାଉଥିଲେ ସୁଦ୍ଧା ଯେଉଁ ଲୋକ ହାତିର ପଖାଳ ପଛକେ ସଢ଼ି ଯାଉ ତାହା ରଙ୍କିଦୁଃଖୀଙ୍କି ନ ଦେବ ସେଠି ସେମାନଙ୍କର ପଦରଜ କାହିଁକି ପଡ଼ିବ? ହୃଦୟ ଏଭଳି କଠିନ ହେଲେ ସୁଦ୍ଧା ଭାଗ୍ୟ ତାଙ୍କର ପ୍ରବଳ ଏବଂ ଲୋକେ କହନ୍ତି ଲକ୍ଷ୍ମୀ ତାଙ୍କଠାରେ ପ୍ରସନ୍ନା ହୋଇ ତାଙ୍କ ଦ୍ୱାରେ ବନ୍ଧା ଅଛନ୍ତି।

ରାଧାଗୋବିନ୍ଦ ଦୁଇ ଥର ବିବାଦ ହୋଇଥିଲେ। ପ୍ରଥମ ବିବାହରେ ସନ୍ତାନ ଜାତ ନୋହିବାରୁ ସେହି କାମନାରେ ଦ୍ୱିତୀୟସଂସାର କରିଥିଲେ। ମାତ୍ର ବିଧି ତାଙ୍କୁ ଏବିଷୟରେ ବାମ ଥିବାରୁ ତାଙ୍କର ସେ କାମନା ଫଳବତୀ ହୋଇପାରିଲା ନାହିଁ। ଏକ ସମୟରେ ଗ୍ରାମରେ ଭୟାନକ ମାରୀଭୟ ଉପସ୍ଥିତ ହୋଇଥିଲା। ଜଣେ ସ୍ୱଜାତୀୟ ପ୍ରତିବେଶୀଲୋକ ଗୋଟିଏ କନ୍ୟାକୁ ଅନାଥା କରି ଭାର୍ଯ୍ୟାସହିତରେ କାଳକବଳରେ ପତିତ ହେବାର ଶୁଣି ରାଧାଗୋବିନ୍ଦଙ୍କ ପ୍ରଥମା ଭାର୍ଯ୍ୟ ସେହି କନ୍ୟଟିକି ଆଣି ଆପଣା ଘରେ ରଖି ପ୍ରତିପାଳନ କଲେ। ତେତେବେଳେ ସେ କନ୍ୟାର ବୟସ କେବଳ ମାସ ହୋଇଥିଲା ଏବଂ ସେ ସମୟରେ ରାଧାଗୋବିନ୍ଦଙ୍କ ଆବସ୍ଥା ନିତାନ୍ତ ମନ୍ଦ ଥିଲେହେଁ ଦୈବାଧୀନ ଏ ଭଳି ଏକ ମାୟାରେ ପଡ଼ି ସେହି କନ୍ୟାର ଲାଳନ-ପାଳନ ଓ ସ୍ନେହରେ ବିଜଡ଼ିତ ହେଲେ। କନ୍ୟାର ନାମ କଳାବତୀ ଓ ସେ ବର୍ଦ୍ଧମାନ ଆମ୍ଭମାନଙ୍କର ପୂର୍ବ ପରିଚ୍ଛେଦରେ ବର୍ଣ୍ଣିତ ହୋଇଥିବା ଷୋଡ଼ଶୀ ବୟୋଜ୍ୟେଷ୍ଠା।

ସପ୍ତମ ପରିଚ୍ଛେଦ

କୃପଣର ସଂସାର

ଆମ୍ଭେମାନେ ପୂର୍ବ ପରିଚ୍ଛେଦରେ କହିଅଛୁ ରାଧାଗୋବିନ୍ଦ ବଡ଼ କୃପଣ ସ୍ୱଭାବର ଲୋକ ଥିଲେ। ତାଙ୍କ ପିତା ମଧ୍ୟ କୃପଣ ଥିଲେ। ଲୋକ ବିଷୟବାନ୍‌ ହେବା ପର୍ଯ୍ୟନ୍ତ ତାହାର କୃପଣସ୍ୱଭାବର ଉତ୍ତମ ପରିଚୟ ମିଳି ନ ପାରେ, କାରଣ ଦୀନଲୋକଙ୍କଠାରେ ବେଳେ ଯେଉଁ ଅତ୍ୟୁତ୍କୃଷ୍ଟ ମିତବ୍ୟୟିତା ଦେଖାଯାଏ ଲୋକେ ତାହାକୁ କୃପଣତା ବୋଲି ଥାଆନ୍ତି, ମାତ୍ର ତାହା ଯେ ନିତାନ୍ତ ଭ୍ରମପୂର୍ଣ୍ଣ ଏଥିରେ ସନ୍ଦେହ ନାହିଁ। ଯାହାର ଯେପରି ଆୟ ସଂସାରରେ ତାହାକୁ ସେହିଭଳି ଚଳିବାକୁ ହେବ। ଯାହାର ମାସିକ ଆୟ ପାଞ୍ଚ ଟଙ୍କା, ଯେ ନିୟମରେ ଚଳିଲେ ମାସିକ ଖର୍ଚ୍ଚ ପାଞ୍ଚ ଟଙ୍କାରୁ ଅଧିକ ନ ହେବ ତାହାକୁ ସେହି ନିୟମରେ ଚଳିବାକୁ ହେବ। ଏହାକୁ ମିତବ୍ୟୟିତା ବୋଲି। ମାତ୍ର ଯାହାର ଆୟ ମାସିକ ପାଞ୍ଚଶାତ ଟଙ୍କା ତାହାକୁ ଅନ୍ୟ ନିୟମରେ ଚଳିବାକୁ ହେବ ଅର୍ଥାତ୍‌ସେ ବ୍ୟକ୍ତି ମାସିକ ପାଞ୍ଚଶତ ଟଙ୍କା ଖର୍ଚ୍ଚ କରି ପାରେ। ସୁତରାଂ ପାଞ୍ଚଶତ –ଟଙ୍କିଆ ଲୋକ ନିକଟରେ ପାଞ୍ଚଟଙ୍କିଆ ଲୋକ ଅତି ନୀଚ ହେଲେହେଁ ମିତବ୍ୟୟିତାରେ ତାହାର ଶ୍ରେଷ୍ଠତ୍ୱ ରହିଅଛି। ପରନ୍ତୁ ପାଞ୍ଚଶତ ଟଙ୍କା ପାଇଲା ଭଳି ଲୋକ ଯଦି ପଞ୍ଚଟଙ୍କା ପାଇଲା ଭଳି ଲୋକର ନିୟମାନୁଯାୟୀ ଚଳଇ ତାହାକୁ କୃପଣ ନ ବୋଲି ଆଉ କି ବୋଲାଯିବ? ଏବଂ ଏହି କୃପଣତାରେ କି ନୀଚତ୍ୱ ବିଦ୍ୟମାନ ନାହିଁ? ସଂସାରରେ ସମସ୍ତେ ସମାନ ନୁହନ୍ତି। ଈଶ୍ୱରାନୁଗ୍ରହରୁ ଯେଉଁ ମାନେ ଧନବାନ୍‌ଏବଂ ସମ୍ପତ୍ତିଶାଳୀ ହୋଇଅଛନ୍ତି ଦୀନଦୁଃଖୀଙ୍କ ପ୍ରତି ଦୟା ଆଚରିବା ଏବଂ ସତ୍‌ପାତ୍ର ଓ ସତ୍କର୍ମ୍ମରେ ଦାନ କରିବା ସେମାନଙ୍କର କର୍ତ୍ତବ୍ୟ କର୍ମ୍ମ ଅଟେ। ଅବଶ୍ୟ ଏପରି କେହି ଆନୁମାନ କରିବେ ନାହିଁ ଯେ ସାଧ ନ ଥାଉ ପଛକେ ଦୀନଦୁଃଖୀ ଯାହା ଚାହିବେ ତାହା ଦେବାକୁ ହେବ କିମ୍ବା ସତ୍‌ପାତ୍ର ଅବା ସତ୍କର୍ମ୍ମରେ

ଯେତେ ଲାଗି ପାରିବ ସବୁ ଚଳାଇବାକୁ ହେବ। ଏହା ଆମ୍ଭେମାନେ କଦାପି କହିବୁଁ ନାହିଁ କାରଣ ତାହା କଲେ ଅମିତବ୍ୟୟ ତାରେ ସମ୍ପତ୍ତି ହରାଇ ଶୀଘ୍ର କଷ୍ଟ ଭୋଗ କରିବାକୁ ପଡ଼ିବ। ମିତବ୍ୟୟରେ ଥାଇଁ ସାଧ୍ୟମତ ଯଥାଯୋଗ୍ୟ ଦାନ ଇତ୍ୟାଦି ଦ୍ୱାର ପରର ଉପକାର ସାଧନ କରିବାହିଁ ପ୍ରକୃତ ଧର୍ମ ଏବଂ ତଦ୍ୱାରା ଯେପରି ଧନଲାଭର ସାର୍ଥକତା ସମ୍ପାଦିତ ହୋଇ ଇହଲୋକରେ ଅତୁଳ ସୁଖ ଲାଭ ହୁଏ ସେପରି ପରକାଳରେ ପରମ ଧର୍ମାଚରଣ ହେତୁ ଉତ୍ତମ ଗତି ମିଳଇ। ରାଧାଗୋବିନ୍ଦ କିମ୍ବା ତାଙ୍କ ପିତାଙ୍କଠାରେ ଏ ଧର୍ମାଚରଣ ଆଦୌ ନ ଥିଲା। ସମ୍ପତ୍ତି ନ ଥିବା ସମୟରେ ଯେପରି ଭାବରେ ସେମାନେ ଚଳୁଥିଲେ ସମ୍ପତ୍ତି ଲାଭ ହେଲା ଉଭାରୁ ତହିଁରୁ ଅଧିକ ନ୍ୟୂନଭାବରେ ଚଳିବାକୁ ଆରମ୍ଭ କଲେ। ଦୀନଦୁଃଖୀ ଦ୍ୱାରକୁ ଆସି ମୁଷ୍ଟି ପରିମାଣ ଭିକ୍ଷା ପାଇବା ତେଣିକି ଥାଉ କେହି ଲୋକେ କିଛି କର୍ଜ କରିଥିଲେ ତହିଁରୁ କଡ଼ାକ୍ରାନ୍ତି ସୁଦ୍ଧା ବାକୀ ପର୍ଯ୍ୟନ୍ତ ଭିଟାମାଟିରୁ ଉଚ୍ଛନ୍ନ ହେଲେହେଁ ଉଦ୍ଧାର ପାଇବ ନାହିଁ। ଏହିହେତୁ ନବଗ୍ରାମର କୌଣସି ଲୋକ କିମ୍ବା ଅନ୍ୟ ଯେ ଏହାଙ୍କୁ ଭଲରୁପେ ଚିହ୍ନି ଅଛନ୍ତି ସେମାନେ ଏହାଙ୍କୁ ଭଲ ପାଆନ୍ତି ନାହିଁ, ଏମନ୍ତ କି ନବଗ୍ରାମ ଅଥବା ନୁଆଗାଁଚୌଧୁରୀ ଭିନ୍ନ କେହି ନାମେଝାରଣ କରନ୍ତି, ନାହିଁ ଏବଂ ଏମାନେ ଦାଣ୍ଡରେ ଯାଉଥିବା ସମୟରେ ଦୁଷ୍ଟ ପିଲାଏ ହାତତାଲି ଦେଇ "କେବେ ଦେଇଛି ଧାନ ପାଏ- ଗୋଡ଼ାଇ ମାଗୁଛି ଏବ ଯାଏ" ତଗ ପାକାଇବାକୁ ଛାଡ଼ନ୍ତି ନାହିଁ ମାତ୍ର ତହିଁ କି ଏମାନଙ୍କର ଭୃକ୍ଷେପ ନ ଥିଲା। ଭୃକ୍ଷେପ ଥିବ ଅବା କାହିଁକି? ତାହା ଥିବା ମଧ ଉଚିତ ନୁହେ। ଯେ ଲୋକ ସଂସାର ଶେଷିବାକୁ ଉଚ୍ଛା କରେ ତାହା ପକ୍ଷେ ଏ ଭଳି କଥାରେ କର୍ଣ୍ଣପାତ କରିବା ଅମନୁଷ୍ୟତାର କାର୍ଯ୍ୟ ଅଟେ। ଏଭଳି ଲୋକେ ମନେ କରନ୍ତି ଲୋକେ କହନ୍ତି ପଛକେ ଆମ୍ଭର ଧନତ କେହି ଘେନି ପଲାଇବେ ନାହିଁ।

ସେ କଥା ସତ୍ୟ। ଲୋକେ ସୁନୀତି ଆଚରି ଚଳିଲେ କେହି ତାଙ୍କ ଧନ ଘେନି ପଲାଇବେ ନାହିଁ। ମାତ୍ର ଲୋକଙ୍କ ମନରେ ଯେଉଁ ଅସନ୍ତୋଷର ବୀଜ ରୋପିତ ହେବ ତାହା କେଉଁ ରୂପେ ଦେଖା ଦେଇ କି ଫଳ ଫଳାଇବ ତାହା କିଏ କହିପାରେ? ଯେତେବେଳେ କୌଣସି ଲୋକର ସହ ନୁଭୃତି ପାଇବାର ଆଶାନାହିଁ ତେତେବେଳେ ସଂସାରରେ ଘର କରି କେହି କି କେବେ ସୁଖରେ ଦିନ ଯାପନ କରିବାର ଆଶ୍ ବନ୍ଧ ପାରେ? ଏହି ସବୁ କଥା ମନେ ଆଦୋଳନ କରି ରାଧାଗୋବିନ୍ଦଙ୍କ ପିତା ଆପଣାର ଘନ ଓ ଜମିଦାରୀ କଟେରୀ ଓ ଅମାର ଘରମାନଙ୍କର ଚତୁର୍ଦ୍ଦିଗରେ ସୁଦୃଢ ପ୍ରସ୍ତରମୟ ପ୍ରଚୀର ନିର୍ମାଣ କରିବାକୁ ଆରମ୍ଭକଲେ ମାତ୍ର ଅଳ୍ପ ଦିନ ମଧ୍ୟରେ ତାଙ୍କର କାଳ ହେବାରୁ ସେ କାର୍ଯ୍ୟ ରାଧାଗୋବିନ୍ଦଙ୍କୁ ସମ୍ପନ୍ନ କରିବାକୁ ପଡ଼ିଲା।

ଆମ୍ଭେମାନେ କହିଅଛୁଁ, ସନ୍ତାନ-କାମନାରେ ରାଧାଗୋବିନ୍ଦ ଦ୍ୱିତୀୟଥର ପାଣିଗ୍ରହଣ କରିଥିଲେ। ଯେ ପର୍ଯ୍ୟନ୍ତ କୌଣସି ବିଷୟ-ଲାଭର ଉପାୟ ନ ଥିଲା ସେ ପର୍ଯ୍ୟନ୍ତ ରାଧାଗୋବିନ୍ଦଙ୍କର କୌଣସି ଚିନ୍ତା ଜାତ ହୋଇ ନ ଥିଲା, ବରଂ ତେତେବେଳେ ମନେ କରୁଥିଲେ ସନ୍ତାନ ନ ହେବା ଭଲ। ସନ୍ତାନ ହେଲେ ସେମାନଙ୍କର ଭରଣପୋଷଣରେ ଅଧିକ ଖର୍ଚ୍ଚ ପଡ଼ିବ ଏବଂ ସେ ଖର୍ଚ୍ଚକୁ ତାଙ୍କର ପ୍ରକୃତରେ ବଳ ନ ଥିଲା। ମାତ୍ର ପିତାଙ୍କର ଚୌଧୁରୀକାର୍ଯ୍ୟ ହେଲା ଉଭାରୁ ଦେଖିଁ ଯେତେବେଳେ ନାନା ପ୍ରକାର ସମ୍ପତ୍ତି ଲାଭ ହେଲା ତେତେବେଳେ ତାଙ୍କ ଉଭାରୁ ସେ ସମ୍ପତ୍ତି କିଏ ଭୋଗ କରିବ ଏହି ଚିନ୍ତା କ୍ରମଶଃ ବର୍ଦ୍ଧିତ ହେଲା। ରାଧାଗୋବିନ୍ଦଙ୍କ ପିତାଙ୍କ ମନରେ ସୁଦ୍ଧା ଏହି ଚିନ୍ତା ଜାତ ହୋଇଥିଲା। ସୁତରାଂ ରାଧାଗୋବିନ୍ଦଙ୍କ ବିବାହର କଥା ପଡ଼ନ୍ତେ ପିତା ତହିଁରେ ତତ୍‍କ୍ଷଣାତ୍‍ସମ୍ମତି ପ୍ରଦାନ କରିଥିଲେ। ଏହିରୂପେ ରାଧାଗୋବିନ୍ଦଙ୍କର ୪୦ ବର୍ଷ ବୟସ ସମୟରେ ଦ୍ୱିତୀୟ ବିବାହ ହୋଇଥିଲା।

ସେ ସମୟରେ ରାଧାଗୋବିନ୍ଦଙ୍କର ପ୍ରଥମାଭାର୍ଯ୍ୟା ବଞ୍ଚିଥିଲେ। କନ୍ୟା କଳାବତୀକି ୬ ବର୍ଷ ବୟସ ହୋଇଥିଲା। ଯେପରି ପିଲାକୁ ଲୋକେ କୌତୁକିଆ ପିଲା ବୋଲି କହନ୍ତି କଳାବତୀ ପିଲାଦିନରେ ସେହିପରି ଥିଲେ ଏବଂ ସେହି ସ୍ନେହମୟୀ କନ୍ୟାଠାରେ ମାତାଙ୍କର ଅପତ୍ୟନିର୍ବିଶେଷ ଅତୁଲସ୍ନେହ ଜାତ ହୋଇଥିଲା। ରାଧାଗୋବିନ୍ଦଙ୍କର ଯେ ସ୍ନେହ ଜାତ ହୋଇ ନ ଥିଲା ଏମନ୍ତ ନୁହେ। ପରପିଲ୍ଲପ୍ରତି ସ୍ନେହ ଜାତ ହେବା ତାଙ୍କ କୋଷ୍ଠିରେ ନ ଥିଲା। କଳାବତୀ ବାଲ୍ୟକାଲରୁ ଏହାଙ୍କ ଘରେ ବଢ଼ିଥିବା ହେତୁ ଭାର୍ଯ୍ୟା ଆଦର କରି ବେଲେ ବେଲେ କନ୍ୟାଟିକୁ ତାଙ୍କ କ୍ରୋଡ଼ରେ ଦେବାରୁ ଭାର୍ଯ୍ୟାର ଅନୁରୋଧ ରକ୍ଷା କରିବା ନିମିତ୍ତ ବଳପୂର୍ବକ କୃତ୍ରିମ ସ୍ନେହ ଦେଖାଇବାକୁ ପଡ଼ୁଥିଲା। ତାହାଯେ ତାଙ୍କର ଭାର୍ଯ୍ୟା ବୁଝି ପାରୁ ନ ଥିଲେ ଏମନ୍ତ ନୁହେ, ତଥାପି କ୍ରମେ, ପିଲାପ୍ରତି ସ୍ନେହସଞ୍ଚାର କରାଇବା ଆଶାରେ ରାଧାଗୋବିନ୍ଦ ଅନ୍ତଃପୁର ମଧ୍ୟରେ ଥିବା ସମୟରେ ପ୍ରାୟ ପିଲାଟିକି ସେ ତାଙ୍କ କ୍ରୋଡ଼ରେ ଦେଉଥିଲେ। ସେ ଆଶା କିୟତ୍‍ପରିମାଣରେ ଫଳବତୀ ହୋଇଥିଲା କାରଣ ଅଭ୍ୟାସବଶରୁ ରାଧାଗୋବିନ୍ଦଙ୍କର ପିଲାଟିପ୍ରତି କ୍ରମେ ଅନ୍ଧ ହେଉ ପଛକେ ସ୍ନେହସଞ୍ଚାର ହୋଇଥିଲା ଏବଂ ସେହି ସ୍ନେହ ଉପରେ ସଂସାରମୟ କାର୍ଯ୍ୟ କରି ରାଧାଗୋବିନ୍ଦଙ୍କୁ ଅଭିଭୂତ କରିଥିଲା। ଦ୍ୱିତୀୟବିବାହର କଥା ଶୁଣି ରାଧାଗୋବିନ୍ଦଙ୍କ ଭାର୍ଯ୍ୟାଙ୍କ ମନରେ ଅତ୍ୟନ୍ତ କ୍ଷୋଭ ଜାତହେଲା। ପ୍ରଥମ କ୍ଷୋଭ ପୁତ୍ରସନ୍ତାନ ଜାତ ନ ହେବା; ଦ୍ୱିତୀୟ କ୍ଷୋଭ ସେହି ହେତୁ ସମପତ୍ନୀଲାଭ କରିବାକୁ ପଡ଼ିବ। ଏହିପରି ଆତ୍ୟନ୍ତିକ କ୍ଷୋଭରେ ନିତାନ୍ତ ଜର୍ଜରିତା ହୋଇ ରାଧାଗୋବିନ୍ଦଙ୍କର ଦ୍ୱିତୀୟବିବାହର

କଥା ପଡ଼ିଲା। ଉତ୍ତାରୁ ସେ ଦିନକରେ ସ୍ୱାମିନିକଟରେ ବସି ସେହି ସମ୍ବନ୍ଧରେ କଥା ପାକାଇଲେ। କଥାବାର୍ତ୍ତା ନିମ୍ନଲିଖିତ ରୂପେ ହୋଇଥିଲା।

ଭାର୍ଯ୍ୟା- ମୁ ଶୁଣୁଚି ତୁମେ ବାହା ହବ?

ସ୍ୱାମୀ – ତୁମ୍ଭଙ୍କୁ ସେ କଥା କହି ନାହିଁ। ପୁଅ ନ ହେବାକୁ ସେ କଥା ମନରେ ହୋଇଛି। ବାପାଙ୍କ ଠେଙ୍କ କଥା ପଡ଼ିଥିଲା-ସେ ସ୍ୱୀକୃତ ଅଛନ୍ତି।

ଭାର୍ଯ୍ୟ- ପୁଅ ହବା ନ ହବା କପାଳକଥା। କପାଳରେ ଥିଲେ କି ହୋଇ ନ ଥାନ୍ତି? ଯେବେ କପାଳରେ ନ ଥିବ ତେବେ ପାଞ୍ଚୋଟା ବାହା ହେଲେ ବି ହବ ନାହିଁ।

ସ୍ୱାମୀ- ତା, ସତ। ତେବେ କପାଳରେ ଅଛି କି ନାହିଁ କିଏ କହ ପାରେ? ଦେଖ ଯାଉ।

ଭାର୍ଯ୍ୟା- ତୁମେ କି କଳାବତୀକି ଦେଖ୍ପାର ନାହିଁ? –ଏହା କହି ପ୍ରେମମୟୀ ଭାର୍ଯ୍ୟା ଅପୁତ୍ରି ମପ୍ରେମପ୍ରଣୋଦିତା ହୋଇ ସ୍ନେହମୟୀ କନ୍ୟା କଳାବତୀକି ଆପଣା ପିଠିଆଡ଼ରୁ ନେଇ ସ୍ୱାମିକ୍ରୋଡ଼ରେ ଦେଲେ। କଳାବତୀ ମାତାଙ୍କ ପିଠିରେ ଆଉଜି ପଡ଼ି ପିତାମାତାର କଥାବାର୍ତ୍ତା ଶୁଣୁଥିଲେ। ବୁଝିଥିଲେ ବୋଲି ଶୁଣୁଥିଲେ ତାହା ନୁହେ। କେବଳ ପିତାମାତାର କଥାବାର୍ତ୍ତା ହେଉଅଛି ବୋଲି କୌତୁକାନ୍ତ୍ରାନ୍ତ ହୋଇ ଅନିମେଷ ଲୋଚନରେ ଶୁଣୁଥିଲେ ଏବଂ ମାତା ପିତାଙ୍କ ଆଡ଼କୁ ଚଳାଇ ଦେବାରୁ କଳାବତୀ ପିତାଙ୍କ କ୍ରୋଡ଼ରେ ବସିପଡ଼ି ତାଙ୍କ ଗଳାରେ ହାତଦେଇ ମୁଖମଣ୍ଡଳକୁ ଅପରିସୀମ ସ୍ୱର୍ଗୀୟ ସ୍ନେହଦୃଷ୍ଟିରେ ଅନାଇ ରହିଲେ। ମାତା କହିଲେ-'ଦେଖିଲ କଳା ଆମର କେଡ଼େ କୌତୁକୀ। ତୁମେ କି କଳାକୁ ଦେଖ୍ପାରନାହିଁ?"

ରାଧାଗୋବିନ୍ଦ ହାତାତ୍ଏକଥା ବୁଝିପାରିଲେ ନାହିଁ। ଆଶ୍ଚର୍ଯ୍ୟନିତ ହୋଇ କହିଲେ- 'ଏକଥା କାହିଁକି ପଚାରିଲ? କଳାକୁ ମୁଁ ଦେଖ ନ ପାରେଁ?' ଏହାକହି କଳାବତୀ-ମୁଖରେ ଚୁମ୍ବପ୍ରଦାନ କଲେ।

ଭାର୍ଯ୍ୟା କହିଲେ ତୁମେ ଆଉ ଗୋଟିଏ ବାହା ହେଲେ କଳା କି ବଞ୍ଚିବ? ଯଉଁ ବହୁଟି ଆସିବ ସେ କି କଳାକୁ ଦେଖ୍ପାରିବ?

ସପତ୍ନୀ ପାଇବା ସ୍ୱାମୀମାନଙ୍କ ପକ୍ଷେ ଏକାନ୍ତ ଅସହ୍ୟ। ତହିଁରେ ପୁଣି ସପତ୍ନୀ ସୌଭାଗ୍ୟବଶତଃ ସୁତ୍ରବତୀ ହେଲେ କେବଳ ଏହାଙ୍କ ପ୍ରତି ଯେ ସ୍ୱାମିର ସ୍ନେହ ଊଣାହୋଇ ଯିବ ତାହା ନୁହେ, କଳାବତୀ ପ୍ରତି ଯେ ଟିକିକ ସ୍ନେହ ହୋଇଅଛି ତାହା ବିଲୁପ୍ତ ହେବ। ସପତ୍ନୀ ଆସି ଯେ କଳାବତୀକି ଦେଖ୍ପାରିବ ଏହା ଆଶା କରିବା ବିଡ଼ମ୍ବନା ମାତ୍ର। ତଥାପି ଯଦି କୌଣସି କାରଣରୁ ତାହାର କଥଞ୍ଚିତ୍ସ୍ନେହ ଜାତ ହୁଏ

ତାହାହେଲେ ସୁଧା ପୁତ୍ରବତୀ ହେଲାପରେ ହେଉଥିଲା। ସ୍ୱାମୀ ଶେଷ କଥାରେ କୌଣସି ଉତ୍ତର ନ ଦେଇ ତୁନି ହୋଇ ରହିବା ଦେଖି ସେ କହିଲେ 'ଆମେ କହିବୁ ଚୁ ତୁମର କପାଳରେ ଥିଲେ ଅବଶ୍ୟ ପୁଅହୋଇଥାନ୍ତି। ଯାହା ହଉ କଳା ଅଛି, ତାକୁ ବାହାଦେଇ ଜୁଆଇଙ୍କି ଘରେ ରଖିବ –ସେଥିରେ ଚିନ୍ତା କି ଅଛି?

କଥାଟା ରାଧାଗୋବିନ୍ଦଙ୍କ ମନକୁ ଲାଗିଲା ନାହିଁ।'ତା କାହିଁକି- ଦେଖଯାଉ' ଏହି କଥା କହି କଳାବତୀକି ଭାର୍ଯ୍ୟାକୁ ଦେଇ ଭାର୍ଯ୍ୟାର ଅନୁରୋଧ ରକ୍ଷା ନ କରି ତରତର ହୋଇ ଅନ୍ତଃପୁରରୁ ବାହାରକୁ ଚାଲି ଆସିଲେ।

ଥରେ ନୁହେ, ଦୁଇଥର ନୁହେ, ଅନେକଥର ଏହିରୂପ ସ୍ତ୍ରୀ ଓ ସ୍ୱାମୀ ମଧ୍ୟରେ କଥା ପଡ଼ିଥିଲା। ମାତ୍ର ସ୍ୱାମୀ ତହିଁରେ କର୍ଣ୍ଣପାତ କଲେ ନାହିଁ। ଭାର୍ଯ୍ୟା ମଧ୍ୟ ଶେଷକୁ ଅଭିମାନବତୀ ହୋଇ ବାହାରେ ବାକ୍ୟରେ ବାକ୍ୟରେ ଅଥବା ଭଙ୍ଗୀରେ କିଛି ପ୍ରକାଶ ନକରି ମନେ ତୁନି ହୋଇ ରହିଲେ।

ତେଣେ ବିବାହର ଉଦ୍ୟୋଗ ଲାଗିଗଲା। ନିକଟବର୍ତ୍ତୀଗ୍ରାମର ଗୋଟିଏ ଧନିଲୋକର ଷୋଡ଼ଶୀ ରୂପବତୀ କନ୍ୟାକୁ ରାଧାଗୋବିନ୍ଦ ବିବାହ ହେଲେ। ଦେଖୁ ଏକ ଦୁଇ ହୋଇ ଚାରିବର୍ଷ ଅତୀତ ହେଲା; ମାତ୍ର ସନ୍ତାନ ପ୍ରାପ୍ତି ହେଲା ନାହିଁ। ପ୍ରଥମେ ନବପରିଣୀତା ଭାର୍ଯ୍ୟା ପ୍ରତି ଯେରୂପ ସ୍ନେହ ହୋଇଥିଲା ପୁତ୍ରପ୍ରାପ୍ତ ର ଆଶା ଊଣା ହେବା ସଙ୍ଗେ ସ୍ନେହ ସୁଧା ଊଣା ହେଲା। ସୁକୁମାରୀ ଦ୍ୱିତୀୟ ଭାର୍ଯ୍ୟା ପ୍ରତି ରାଧାଗୋବିନ୍ଦଙ୍କର ପ୍ରଥମାଭାର୍ଯ୍ୟର ଆଦୌ ସ୍ନେହ ନ ଥିଲା ଏବଂ ଦ୍ୱିତୀୟା ସର୍ବଦା ପ୍ରଥମାର ବିଷଦୃଷ୍ଟିରେ ରହି ଥିଲେ। ତଥାପି ଦ୍ୱିତୀୟା ପ୍ରକୃତ ବଡ଼ଘରର ଝିଅଥିବାରୁ ନିଜ ଶିକ୍ଷାଗୁଣରୁ ସେ ସବୁ କଥା ମନରେ ଧରୁ ନ ଥିଲେ। କଳାବତୀଙ୍କପ୍ରତି ତାଙ୍କର ସ୍ନେହ ହୋଇ ନ ପାରିବାର ପ୍ରଥମା ଯେ ଆଶଙ୍କା କରି ଥିଲେ ତାହା ଆଲୀକ ବୋଲି ପ୍ରମାଣିତ ହୋଇଥିଲେ ସୁଧା ପ୍ରଥମା ମନ୍ଦ ଆଶଙ୍କାରେ କଳାବତୀକି ତାଙ୍କ ନିକଟକୁ ଛାଡ଼ୁ ନ ଥିଲେ, ଦ୍ୱିତୀୟା ମଧ୍ୟ ଭୟରେ କଳାବତୀକି ପ୍ରଥମା ସମକ୍ଷରେ କିଛି କହୁ ନ ଥିଲେ। ସ୍ୱାମୀ ଦ୍ୱିତୀୟା ଭାର୍ଯ୍ୟ ପାଇ ପୃଥିବୀର ନିୟମାନୁଯାୟୀ ପ୍ରଥମାକୁ ଆଉ ସ୍ନେହ କଲେନାହିଁ ଏବଂ ପ୍ରଥମା ଭାର୍ଯ୍ୟା ଅଭିମାନରେ ଦିନପାତ କରି ଈଶ୍ୱରଙ୍କଠାରେ ଯେ ଦ୍ୱିତୀୟାର ମନ୍ଦ କାମନା କଲେ ତାହା ସ୍ତ୍ରୀ-ସ୍ୱଭାବ-ସୁଲଭ। ଏହିରୂପେ ଘରେ ଅଶାନ୍ତି ବିରାଜିତ ହେଲା ଏବଂ ଏକ ଅପରକୁ ଅବିଶ୍ୱାସଚକ୍ଷୁରେ ଦେଖିବାକୁ ରତ ହେଲେ।

ରାଧାଗୋବିନ୍ଦଙ୍କ ଦ୍ୱିତୀୟା ଭାର୍ଯ୍ୟା ବିବାହ ସମୟରେ ସୁଖମୟ ସଂସାରର ଯେଉଁ ଅପୂର୍ବ ସ୍ୱପ୍ନ ମନେ ଦେଖିଥିଲେ ତାହା ସମୁଦାୟ ଆଲୀକ ବୋଲି ଦେଖା ଗଲା। ସଂସାର କ୍ରମେ ତାଙ୍କୁ ବିଷମୟ ବୋଲି ପ୍ରତ୍ୟକ୍ଷ ହେଲା। ଅଶାନ୍ତିର ତୀବ୍ର-

ହିଲ୍ଲୋଳଶାଳି-ବିଷମୟ ସଂସାର-ସାଗରର ତରଙ୍ଗାଘାତରେ ଶରୀର ଓ ମନ ଅବସନ୍ନ ହୋଇ ଆସିଲା ଏବଂ ଦେଖୁ ଦେଖୁ ବିବାହର ପାଞ୍ଚବର୍ଷ ଅତୀତ ନୋହୁଣ୍ତୁ ଅତ୍ୟନ୍ତ ଉତ୍କଟ ରୋଗାକ୍ରାନ୍ତ ହେଲେ। ସ୍ୱାମୀ ତ ସହଜରେ କୃପଣ-ସ୍ୱଭାବର ଲୋକ। ତାହଁରେ ପୁଣି ସ୍ତ୍ରୀଠାରେ ତାଙ୍କର ଉଚିତ ପ୍ରେମ ଅବା ସ୍ନେହନାହିଁ। ଏପରି ସ୍ଥଳେ ସ୍ତ୍ରୀର ଉତ୍ତମ ଚିକିତ୍ସା ହେବାର ଆଶା କାହୁଁ କରାଯାଇ ପାରେ? କ୍ରମେ ରୋଗ ଭୟଙ୍କର ଆକାର ଧାରଣ କଲା ଏବଂ ଯେତେବେଳେ ନିତାନ୍ତ ଆଉ ଜୀବନର ଆଶାନାହିଁ ଏମନ୍ତ ସମୟରେ ଅନେକ ଲୋକଙ୍କ ତିରସ୍କାର ଆଦିରେ ଟିକିଏ ପ୍ରଣୋଦିତ ହୋଇ ସ୍ୱାମୀ ଏକ ବଟୁଆଧାରୀ ଗ୍ରାମ୍ୟଭଷଜଙ୍କୁ ଚାରି ପଇସା ଦେବାର ଆଶା ଦେଖାଇ ଡାକିଆଣିଲେ। ଭଷକ୍ମହାଶୟ ରାଧାଗୋବିନ୍ଦଙ୍କଠାରୁ ଯେ ପଇସା ପାଇବେ ଏ ଆଶା ରଖୁ ନ ଥିଲେ କିମ୍ବା ଚିକିତ୍ସାଶାସ୍ତ୍ରରେ ତାଙ୍କର ଯେ କିଛି ଯୋଗ୍ୟତା ଥିଲା ଏମନ୍ତ ନୁହେ, ତଥାପି ରୋଗର ଉତ୍କଟରୋଗ-ବାର୍ତ୍ତା ଶୁଣି ମନରେ କିଞ୍ଚିତ୍ଦୟାଭାବ ଉପୁଜିବାରୁ ରୋଗିକି ଦେଖି ଯାହା କରିପାରିବେ ଏହା ଭାବି ଦେଖିବାକୁ ଆସିଲେ। ରୋଗିର ରୋଗ ଷୋଳଅଣା-ବଞ୍ଚିବାର ଆଶା କିଛି ନାହିଁ। ହାତଗୋଡ଼ ଶୀତଳ ହୋଇ ଯାଇ ଅଛି। ଏତେବେଳେ ସୁଦ୍ଧା ସଉତୁଣୀ ସେବା କରିବାର ତେଣିକି ଥାଉ କରୁଣାଦୃଷ୍ଟିରେ ଅନଉ ନାହାନ୍ତି ବରଂ ମରିଯିବାର ଆଶା କରି ମନେ ଆନନ୍ଦ ଅନୁଭବ କରୁଅଛନ୍ତି। କେବଳ ରୋଗିର ବାପଘରର ଦାସୀ ଗୋଟିଏ ଆସି ଦିବାରାତ୍ର ସେବା କରୁଥିଲା। କିନ୍ତୁ ପରମାୟୁ ନ ଥିଲେ ରୋଗୀ କାହୁଁ ବଞ୍ଚବ? ତାହଁରେ ପୁଣି ଔଷଧ ନାହିଁ କି ପଥ୍ୟ ନାହିଁ। ବାପଘରୁ କିଛି ଆସିଲେ ପ୍ରଥମା ନାନା କଥା କହି ବିଷମ କଳି ଭିଆଇବେ। ଏ ହେତୁ ବାପଘରୁ କିଛି ଆସିବାର କଥା ନାହିଁ ଏବଂ ବାପ ମଧ ବିଦେଶରେ ଥିବାର ଆସି ଦେଖୁ ପାରିଲେ ନାହିଁ। ଘରେ ଅନ୍ୟ କେହି ନାହିଁ ଯେ ମାତା ତାଙ୍କୁ ପଠାଇ ବର୍ତ୍ତା ନେବେ, ତଥାପି ରୋଗବାର୍ତ୍ତା ଶୁଣି ସେବାଶୁଶ୍ରୁଷା କରିବା କାରଣ ଦାସୀକି ପଠାଇ ଦେଇ ଥିଲେ। ସେ ଦାସୀ ଦ୍ୱୀତୀୟ୍ୟାର ଧାତ୍ରୀ। ଧାଇମା ଏପରି ଅବସ୍ଥା ଦେଖି ରୋଗିକି ମିଥ୍ୟା ଆଶା ଦେଖାଇ ନୀରବରେ ରୋଦନ କରେ। ରୋଗୀ ମଧ ମୃତ୍ୟୁ ଅନୁମାନ କରି ଧାଇମାକୁ କେତେ କଥା କହେ। ଭିଷଜଙ୍କୁ ଦେଖି ଧଇମାର ଚିକିଏ ସାହସ ହେଲା। ତତ୍କ୍ଷଣାତ୍ତାଙ୍କ ଗୋଡ଼ିତଳେ ପଡ଼ି ଔଷଧ ଦେବକୁ ପ୍ରାର୍ଥନା କଲା। ଭଷକ ମହାଶୟ ଶେଷ ସମୟରେ 'ହରି ରଖେ କି ହରିତାଳ ରଖେ' ଏହା କହି ତୁଳସୀପତ୍ରର ରସ ସହିତରେ ହରିତାଳଭସ୍ମ ରୋଗିମୁଖରେ ଢାଳଦେଲେ। ଔଷଧ ଗଳାରେ ଅଟକି ରହିଲା ଏବଂ ରୋଗୀ ଊର୍ଦ୍ଧ୍ୱନୟନରେ ଥରେ ଅନାଇଦେଇ ଇହଲୀଳା ସାଙ୍ଗ କଲେ। ଭିଷକ୍ମହାଶୟ ତ ପଇସା ପାଇଲେ ନାହିଁ। ରାଧାଗୋବିନ୍ଦଙ୍କଠାରୁ

କୃତଜ୍ଞତା ଉପହାର ପାଇବା ତେଣିକି ଥାଉ ତାଙ୍କରି ଦ୍ୱାରା ଗ୍ରାମରେ ରାଷ୍ଟ ହେଲା ଯେ ବୈଦ୍ୟ ମାରି ପକାଇଲେ! ଭିଷକ୍‌ମହାଶୟ କଳିକାଳର ସଂସାରକୁ ନିନ୍ଦା କରି କପାଳ ଆଦରି ରହିଲେ। ତେଣେ ଧାଇମା କ୍ରନ୍ଦନରୋଳରେ ଗ୍ରାମ କମ୍ପାଇ ଦେଲେ। ପ୍ରଥମା ଓ ତାଙ୍କ ପକ୍ଷପାତିନ ଶାଶୁ ମହାଶୟା ଅନୁରୋଧ ରକ୍ଷାକଳାଭଳି ଟିକିଏ ମାୟାକ୍ରନ୍ଦନ କରି ଥିଲେ। ସ୍ୱାମୀ ଖର୍ଚ୍ଚ କମ ହେବା ଅନୁମାନରେ ମନେ ଆନନ୍ଦିତ ହେଲେ। ତଥାପି ମାୟାବଶରୁ ପୂର୍ବ ପ୍ରେମ ଭାବ ମନେ ମନେ ସ୍ୱତଃ ଜାଗରିତ ହୋଇ ତାଙ୍କ ଚକ୍ଷୁରୁ ଏକ ବିନ୍ଦୁ ଅଶ୍ରୁ ନିର୍ଗତ କରାଇଥିଲା। ସେ ତାହା ପୋଛିଦେଇ ଅନ୍ତ୍ୟେଷ୍ଟିକ୍ରିୟାର ଉଦ୍ୟୋଗରେ ରହିଲେ। କଳାବତୀ ଦ୍ୱିତୀୟାର ସ୍ନେହ ଭୁଲି ପାରିବେ ନାହିଁ। ତାଙ୍କର ଅନ୍ତରାତ୍ମା ଶୋକାବେଗରେ ଆଲୋଡ଼ିତ ହେଲା ଏବଂ ଦୂରେ ନିଭୃତକକ୍ଷକୁ ଯାଇ ବିକଳେ ରୋଦନ କଲେ।

ତେତେବେଳେ ବଳାବତୀଙ୍କ ବୟସ ୧୧ ବର୍ଷ। ଏଥିରେ ଦୁଇବର୍ଷ ଉଭାରୁ ରାଧାଗୋବିନ୍ଦଙ୍କ ପ୍ରଥମା ଭାର୍ଯ୍ୟାର କାଳ ହେଲା। ପିତାମାତା ଆଗହୁଁ ମରିଥିଲେ। ସୁତରାଂ ପ୍ରଥମା ଭାର୍ଯ୍ୟାର ମୃତ୍ୟୁରେ ଘରେ ରହିଗଲେ କେବଳ ରାଧାଗୋବିନ୍ଦ ଓ କଳାବତୀ।

ରାଧାଗୋବିନ୍ଦ ଏତେବେଳେ ପ୍ରଥମଭାର୍ଯ୍ୟାର କଥା ମନେ ମନେ ଅନୁଧାବନ କଲେ ଏବଂ ପଛକୁ ତାହା ମନକୁ ଆସିଲାରୁ ମୃତ୍ୟୁର ଏକ ବର୍ଷ ପରେ ବିବାହୋଚିତ ବୟସ ପାଇଥିବାରୁ କଳାବତୀକି ଗ୍ରାମର ଗୋଟିଏ ସୁନ୍ଦର ଗୁଣଜ୍ଞ ଅନାଥ ଯୁବକ ସଙ୍ଗେ ପରିଣୟ-ସୂତ୍ରରେ ଆବଦ୍ଧ କରି ସେ ଯୁବକକୁ ଗୃହଜାମାତା କରି ଘରେ ରଖିଲେ।

ଖର୍ଚ୍ଚ ସବୁଆଡୁ ଊଣା ହୋଇ ଆସିଲା। ଖାଇବାକୁ କେବଳ ଆପେ ଓ କଳାବତୀ ଏବଂ ଜାମାତା। ଦୁଃଖାର୍ଣ୍ଣବରେ ପଡ଼ି ଦୁଃଖକରିବାର ତେଣିକି ଥାଉ ଖର୍ଚ୍ଚ ଊଣା ହେବାର ଉପାୟ ଜଗଦୀଶ୍ୱର ଦୟା ବହି କରିଦେଇଥିବା ମନେକରି ରାଧାଗୋବିନ୍ଦ ଈଶ୍ୱରଙ୍କୁ ମନେ ମନେ ଅସଂଖ୍ୟ ଧନ୍ୟବାଦ ଦେଇଥିଲେ।

ଦିନେ ଦିନେ ହୋଇ କ୍ରମେ ବର୍ଷେକାଳ ଅତୀତ ହେଲା। ଜମାତାଙ୍କୁ ଆପଣାର ବିଷୟ-କର୍ମ୍ମ ବୁଝାସୁଝାରେ ଯେ ଭାର ଦେଇଥିଲେ ତାହା ଜମାତା ସୁନ୍ଦରରୂପେ ନିର୍ବାହ କରଥିଲେ। ତଥାପି ଜାମତା ତାଙ୍କ ଅନୁପସ୍ଥିତ ସମୟରେ ନାନାପ୍ରକାର ଭଲ ଭଲ ଦ୍ରବ୍ୟ ପ୍ରସ୍ତୁତ କରି ଖାଇବାର ଶୁଣି ମନରେ ବିଶେଷ କ୍ରୋଧ କାତ ହୋଇଥିଲା। ସେ ବିଷୟରେ କେତେଥର ଜାମାତାଙ୍କୁ ଶାସନ କଲେ ସୁଦ୍ଧା ଜାମତା ଶୁଣିଲେ ନାହିଁ। ରାଧାଗୋବିନ୍ଦ ଏଭଳି ଜାମାତାଙ୍କୁ ଗ୍ରାସାଚ୍ଛାଦନ ଦେଇ ଭିନ୍ନ

କରିଦେବା ମନେ ସ୍ଥିର କଲେ ମାତ୍ର କଳାବତୀ ବାହାରିଗଲେ ଘରେ ମୁଠାଏ ଭଲକରି ରାନ୍ଧ ଦେବାକୁ ନାହିଁ। ଏହେତୁ ତାହା କାର୍ଯ୍ୟରେ ପରିଣତ କରି ପାରୁ ନ ଥିଲେ। ଏମନ୍ତ ସମୟରେ ବିଧ୍ୱନିର୍ବନ୍ଧବଶରୁ ଜ୍ୱାମାତା ଏକ ଦିନର ଜ୍ୱରରୋଗରେ ମାନବଲୀଳା ସମ୍ବରଣ କଲେ। କାଳାବତୀଙ୍କର ଯେ ଦୁଃଖ ହେଲା ତାହା କହିବାର ନୁହଇ। ଏ ଦୁଃଖସମ୍ବାଦ ଶୁଣି ଗ୍ରାମଲୋକଙ୍କର ଛାତି ଫାଟିଗଲା!! ଅଳ୍ପବୟସ୍କା କଳାବତୀ ବଜ୍ରାଘାତ-ବିଦ୍ରୁଲିତା ହୋଇ ମୁର୍ଛା ଗଲେ! ଗ୍ରାମର ସ୍ତ୍ରୀଲୋକମାନେ ଅତି ବ୍ୟାକୁଳିତଚିତ୍ତରେ ଦଉଡ଼ି ଆସି ତାଙ୍କର ସେବା କରିବାରୁ କଳାବତୀ ଦୁଇଘଣ୍ଟାଉଭାରୁ ସଂଜ୍ଞାପ୍ରାପ୍ତ ହେଲେ, ନୋହିଲେ ସେହି ମୁର୍ଚ୍ଛିତାବସ୍ଥାରେ ତାଙ୍କର ପ୍ରାଣବାୟୁ ବାହାରି ଯାଇଥାନ୍ତି। ତାହା ବାହାରିଯିବା ତ କଳାବତୀଙ୍କ ପକ୍ଷେ ଶତଗୁଣେ ଶ୍ରେୟସ୍କର ଥିଲା ମାତ୍ର ଜନ୍ମ ହୋଇ ସଂସାରରେ ଯେ ଭୋଗ ଅଛି ତାହା ଭୋଗ ନ କଲେ କି ମନୁଷ୍ୟ ମରିପାରେ? କଳାବତୀ ଚିରକାଳ ଏ ଦୁଃସହଦୁଃଖକଥା ମନେ ରଖ଼ି ଅପାର କଷ୍ଟ ଭୁଞ୍ଜିବା ନିମିତ୍ତ ପୁନର୍ବାର ସଂଜ୍ଞାପ୍ରାପ୍ତ ହୋଇଥିଲେ!

ପାଠକେ ମନେ କରି ଥିବେ ଅବସ୍ଥାରେ ରାଧାଗୋବିନ୍ଦ ଦୁଃଖମୟ ସଂସାରର ଅସାରତା ଅନୁଭବ କରି ବୌରାଗ୍ୟଭାବ ଅବଲମ୍ବନରେ ଉସ୍ତୁକ ହୋଇ ଥିବେ। ମାତ୍ର ରାଧାଗୋବିନ୍ଦଙ୍କଠାରେ ତାହା ସମ୍ଭବିବା ଅସମ୍ଭବ। ଏତେ ଦୁଃଖ ଘଟିଲା ଉଭାରୁ ତାଙ୍କର ସଞ୍ଚୟେଚ୍ଛା ତିଳେ ସୁଦ୍ଧା ତୁଟି ନ ଥିଲା ଏବଂ ଯେଉଁ ଠାରେ ପ୍ରସ୍ତରମୟ ପ୍ରାଚୀରଗଡ଼ା କାର୍ଯ୍ୟ ଅଦ୍ୟାପି ଶେଷ ହୋଇ ନ ଥିଲା ସେଠାରେ ତାହା ଶୀଘ୍ର ଶେଷ କରିବାରେ ସେ ବ୍ରତୀ ହେଲେ।

ଏହିରୂପେ ଆମ୍ଭେମାନେ 'ଯେଉଁ ସମୟର କଥା କହୁଅଛୁ ସେ ସମୟକୁ ରାଧାଗୋବିନ୍ଦଙ୍କ ଇଲାକାର ସବୁସ୍ଥାନରେ ଆମାର ଚତୁର୍ଦ୍ଦିକରେ ସୁଦୃଢ ପ୍ରାଚୀର ଦଣ୍ଡାୟମାନ ହୋଇ ଯାଇ ଥିଲା ଏବଂ ସବତ୍ର ଜଣେ ଲେଖାଁଏ ସବଳକାୟ ଲୋକ ଦ୍ୱାରବାନ୍‌କର୍ଯ୍ୟରେ ନିଯୁକ୍ତ ଥାଇ ସେ ସବୁ ରକ୍ଷା କରୁଥିଲେ। ଘରଠାରେ ସବୁ ସ୍ଥାନରୁ ଅଧିକ ଉଚ୍ଚ ପ୍ରସ୍ତରମୟ ପ୍ରାଚୀର ଗଡ଼ା ହୋଇଥିଲା ଓ ତହିଁର ପୂର୍ବ ପଶ୍ଚିମ ଦୁଇ ଦ୍ୱାରରେ ଦୁଇଜଣ ପ୍ରଭୁତବଳଶାଳୀ ଦୌବାରିକ ରକ୍ଷାକାର୍ଯ୍ୟରେ ନିଯୁକ୍ତ ଥିଲେ। ସଂସାରଟି ଇଶ୍ୱରଙ୍କର ଏ କଥା ରାଧାଗୋବିନ୍ଦଙ୍କୁ ଜଣା ଥିଲା ଏବଂ ଇଶ୍ୱର ଏତେ ଧନ ସମ୍ପତ୍ତିର ଅଧିକାରୀ ବୋଲି ରାଧାଗୋବିନ୍ଦ ତାଙ୍କୁ ବଡ଼କରି ଦେଖୁଥିଲେ। ମାତ୍ର ଇଶ୍ୱରଙ୍କ ସଂସାରରୁ ଚୁଣ୍ଟାଇ ଏକତ୍ର କରିବାରେ ତାଙ୍କର ଯେ ଇଚ୍ଛାଥିଲା ତାହା ପ୍ରତିଦିନ ବଢ଼ି ବାଭିନ୍ ହ୍ରାସକୁ ଲଭି ନ ଥିଲା। ମରିଗଲେ ଯେ ସମ୍ପତ୍ତି ସ୍ୱର୍ଗକୁ ଘେନି ଯିବେ ଏ ଆଶା ତାଙ୍କର ନ ଥିଲା। କେହି କେତେବେଳେ ଧନ ଚୋରାଇ ନେଇ ଯିବ

କିମ୍ବା କେଉଁଠାରେ ଧନ ନଷ୍ଟ ହୋଇଯିବ ଏ ଚିନ୍ତାରେ ତାଙ୍କୁ ରାତ୍ରରେ ନିଦ୍ରା ହେଉ ନ ଥିଲା। ତଥାପି କେମନ୍ତ ସ୍ୱଭାବ ହୋଇପଡ଼ିଥିଲା ସେ ଧନସଞ୍ଚୟରୁ ସେ ବିରତ ହୋଇ ନ ଥିଲେ ଏବଂ ଯେତେ ଧନ ହେଲେ ସୁଦ୍ଧା ଖର୍ଚ୍ଚ କରିବାକୁ ଏକାନ୍ତ କାତର! ପାଠକେ! ଏଭଳି ଜୀବ ସଂସାରରେ ଅଭୁତ ନୁହନ୍ତି କି?

ଅଷ୍ଟମ ପରିଚ୍ଛେଦ

ବିଧବାର ସଂସାର

"ତୁମେ କେତେ କଳା ଜାଣ! ନୋହିଲେ କି ତୁମ୍ବର ନାମ ହୋଇଥାନ୍ତି କଳାବତୀ?" ବୃକ୍ଷବାଟିକାରେ ଭ୍ରମଣ କରୁ ମାଳତୀମାଧବକୁ ବିବାହ ଦେବା ସମୟରେ କିଏ ଆଉ ଏକଥା କହି ଗଣ୍ଡସ୍ଥଳରେ ସାଦରେ ତୁମ୍ବ ପ୍ରଦାନ କରିବ? ପୁଷ୍ପକେତନର ଧ୍ୱଜା ଉଡ଼ାଇ ପୁଷ୍ପମାସ ପୃଥ୍ୱୀରେ ପରିଭ୍ରମଣ କରିବା ସମୟରେ ପ୍ରସ୍ଫୁଟିତ ପୁଷ୍ପୋପରି ସମାସୀନ ପୁଷ୍ପଲିବ୍କୁ ପୁଷ୍ପରସପାନରୁ ପ୍ରଶମିତ କରି ସ୍ୱୟଂ ପୁଷ୍ପଚୟନ ପୂର୍ବକ ଦେଖାଇବା ସମୟରେ କିଏ ଆଉ ପ୍ରେମଭରେ ଆଲିଙ୍ଗନ କରିବ? ସ୍ୱହସ୍ତସେବିତା ପୁଷ୍ପବାଟିକାର ପୁଷ୍ପଚୟନକରି ଚାଙ୍ଗୁଡ଼ିରେ ରକ୍ଷା କରିବା ସମୟରେ "କୁସୁମରାଣୀ ସୁଗନ୍ଧ ଅଧିକ ଅଥବା କଳାବତୀର ଗୁଣରାଶିର ସୁଗନ୍ଧ ଅଧିକ" କିଏ ଆଉ ଏକଥା କହି ମନଃପ୍ରାଣ ବିମୋହିତ କରିବ? ଲତାକୁଞ୍ଜମଧ୍ୟଗତ ପ୍ରସ୍ତରୋପରି ଉପବେଶନ କରି କୁସୁମାକରରଚିତ କୁସୁମରାଶି ସଂଗ୍ରହ ପୂର୍ବକ ସନ୍ନିବିଷ୍ଟ ମନରେ କଳ୍ପନା ସୃଷ୍ଟ ନବବିଧ ପୁଷ୍ପୋରା ପ୍ରସ୍ତୁତ କରିବା ସମୟରେ କିଏ ଆଉ ଅତର୍କିତ ଭାବରେ ପଛରୁ ଆସି ସ୍କନ୍ଧଦେଶରେ ସ୍କନ୍ଧ ରକ୍ଷାକରି କହିବ "କଳାବତି? କେତେ କଳାରେ ତୁମ୍ବ ମନରେ ଗୁଣରାଶିଗୁଚ୍ଛା ହୋଇଛି! ସ୍ୱହସ୍ତଚ୍ଛେତ ଅନ୍ନବ୍ୟଞ୍ଜନ ଭୋଜନକରି କିଏ ଆଉ କହିବ 'ସୁଧା-ଆକର ସୁଧାକରର ଏଘେନି ଷୋଲକଳା ପୂର୍ଣ୍ଣ ହୋଇପାରି ନାହିଁ, କଳାବତି! ଦେବଦୁର୍ଲ୍ଲଭ ଏ ସୁଧାକଣିକା ଯେ ପାଇଥିବ ଜନ୍ମଯାକ ସେକି ତୁମ୍ବକୁ ଭୁଲିପାରିବ? ସ୍ୱହସ୍ତପ୍ରସାରିତ ଦୁଗ୍ଧଫେନନିଭ ସୁଖଶଯ୍ୟାରେ ଶୟନକରି କିଏ ଆଉ ବକ୍ଷୋପରି ମସ୍ତକସ୍ଥାପନ ପୂର୍ବକ ପ୍ରେମଗଦ୍‍ଗଦ ଭାଷାରେ କହିବ " କଳାବତି! କି କଳାରେ ତୁମ୍ବେ ଜନ୍ମଗ୍ରହଣ କରିଥିଲ ଯେ ଏଥୁ ବଳି ତୁମ୍ବର ହୃଦୟ ବିମଳ ଅଟଇ "? କିଏ ଆଉ ଅଲ୍‍ତା-ସିନ୍ଦୁର ଘେନିବାସମୟରେ ସମ୍ମୁଖୟ ହୋଇ କହିବ "କଳାବତି! ତୁମ୍ବର ଅତୁଳସୌନ୍ଦର୍ଯ୍ୟ କେତେକଳାରେ ଏମାନ ବଢ଼ାଇପାରେ?" ଯେତେବେଳେ

ଶରତ୍‌କାଳର ମେଘବିମୁକ୍ତ ସୁବିମଳ ଆକାଶରେ ସୁନିର୍ମଳ ପୂର୍ଣ୍ଣଚନ୍ଦ୍ର ବିରାଜିତ ହୋଇ ଚରାଚର ହସାଉଥିବେ ତେତେବେଳେ କିଏ ସ୍ନେହରେ ଦୁଆରକୁ ଓଟାରି ନେଇ ଚନ୍ଦ୍ରଦର୍ଶନକରାଇ କହିବ, "କଳାବତି! ତୁମ୍ଭହେତୁ ଷୋଳକଳା ନ ପାଇ ସିନା ଶଶାଙ୍କ ନିଜାଙ୍କରେ ନୀଜାଙ୍କରେ କଳଙ୍କ ଧାରଣକଲେ! ତୁମ୍ଭେ ଷୋଳକଳାଘେନି ପୃଥିବୀରେ ଉଦୟ ହୋଇଥିବାରୁ ସଂସାର ମୋତେ ଯେପରି ଶୋଭାମୟ ଦିଶୁଛି ତହିଁ କି ସୁଧାକର-କିରଣ ସେବିତା ପୃଥିବୀ କାହୁଁ କାହୁଁ ସରି ହେବ!" ସୁନ୍ଦର ବସ୍ତ୍ରାଳଙ୍କାରରେ ସୁସଜ୍ଜିତ ହୋଥିବା ସମୟରେ କିଏ ଆଉ ଚିବୁକ ଧାରଣ କରି ପ୍ରେମବିମୁଗ୍ଧଚିତ୍ତରେ କହିବ" କଳାବତି! ତୁମ୍ଭେ ଏମାନ ଖୋଜି ଆସିନାହ-ଏମାନ ଯଥାଯୋଗ୍ୟ ପାତ୍ର ଖୋଜି ସିନା ଏଠାରେ ଆସି ପହୁଞ୍ଛିଛନ୍ତି!"

ଆହା!! କଳାବତି! ସେ ସୁଖ-ସୁଯୋଗଶାଳିନୀ କଳ୍ପନାମୟୀ କବିତାର ସମୟଗଲାଣି। ଏ ସଂସାରରେ ତାହା କି ଆଉ ଫେରି ପାଇବ? ଯେ ସୁଖଦୁଃଖର ଚକ୍ର କରାଳକାଳବଶରୁ ଇହସଂସାରରେ ଘୂର୍ଣ୍ଣୟମାନ ହେଉଅଛି ତାହା ତୁମ୍ଭର ସେ ସୁଖମୟ ସମୟ ଚୋରାଇ ଘେନି ଯାଇଅଛି। ତାହା ନାମରେ କେତେମତେ ଅଭିଯୋଗ ଆଣିଲେହେଁ ତହିଁର ପ୍ରତିବିଧାନ ନାହିଁ। ଯେଉଁ କଳା-ନିୟନ୍ତା ସର୍ବଶକ୍ତିମାନ ପରମେଶ୍ୱର କାଳଚକ୍ର ଶୀର୍ଷସ୍ଥାନରେ ବସି ସୁଖଦୁଃଖର ଚକ୍ର ଘୁରାଉ ଅଛନ୍ତି ତାଙ୍କ ନିକଟରେ ତହିଁ ଗୁହାରି ନାହିଁ। ସେ ନିଷ୍ଠୁର ଚୂଡ଼ାନ୍ତ ଅଟଇ। କାନ୍ଦିବ କାନ୍ଦ। ଯେତେ ପ୍ରକାର କାନ୍ଦିପାରିବ କାନ୍ଦ। ତହିଁରେ ତୁମ୍ଭର ଶରୀର କ୍ଷୀଣ ହେବ, ଦେହ ନଷ୍ଟ ହେବ, ମାତ୍ର ଯାହାପାଇଁ କାନ୍ଦିବ ତାହାକୁ ଆଉ ଫେରି ପାଇବ ନାହିଁ। ତୁମ୍ଭର ବୃକ୍ଷବାଟିକା, ତୁମ୍ଭର ପୁଷ୍ପବାଟିକା- ତହିଁରେ ଆଉ ତୁମ୍ଭର ଗୋଡ଼ ପଡ଼ିବ ନାହିଁ; ସେସବୁ କଣ୍ଟକବୃକ୍ଷସମାକ୍ରାନ୍ତ ହୋଇ ଦୁର୍ଗମ ହୋଇଅଛି। ତୁମ୍ଭନିମିତ୍ତ ପୁଷ୍ପବାଟିକାରେ ଆଉ ପରିମଳ ପୁଷ୍ପ ପ୍ରଷ୍ଫୁଟିତ ହୋଇ ତୁମ୍ଭର ମନପ୍ରାଣ ଆମୋଦିତ କରିବ ନାହିଁ। ତୁମ୍ଭର କେତେ ଶରଧାର ଚାଙ୍ଗୁଡ଼ି ଅଯତ୍ନହେତୁ ଟିପାଇରେ ସଢ଼ି ନଷ୍ଟ ହେଉଅଛି –ତାହା ଆଉ ଉଦ୍ୟାନକୁ ଯାଇ ଫୁଲଆଣି ଫୁଲଝରୋ ପ୍ରସ୍ତୁତ କରିବ ନାହିଁ। ତୁମ୍ଭର ହସ୍ତ ଆଉ ତେଡ଼େ ସୁମିଷ୍ଟ ଅନ୍ନବ୍ୟଞ୍ଜନ ପ୍ରସ୍ତୁତକରି ଆପଣାକୁ ପରମ ଚରିତାର୍ଥ ମନେ କରିବ ନାହିଁ। ତୁମ୍ଭର ହସ୍ତଦ୍ୱୟ ଆଉ ସେଭଳି ସୁବିମଳଶୟ୍ୟା ପାରିବ ନାହିଁ କିମ୍ବା ତହିଁରେ ଶାୟିତା ହୋଇ ତୁମ୍ଭର ବକ୍ଷ ସ୍ୱମିମସ୍ତକ ସୁଖରେ ବହନକରି ସୁଚୀୟସୁଖାନୁଭବ କରିବ ନାହିଁ। ଶରତ୍‌କାଳରେ ମେଘନିର୍ମୁକ୍ତ ଆକାଶରେ ପୂର୍ଣ୍ଣଚନ୍ଦ୍ର ତୁମ୍ଭନିମିତ୍ତ ଆଉ ସେ ଶୋଭା ଧାରକରି ଉଦିତ ହେବ ନାହିଁ ଚରାଚର ସେ ଚନ୍ଦ୍ର କିରଣରେ ଅବଗାହନକରି ତୁମ୍ଭସକାଶେ ଆଉ ହସିବ ନାହିଁ। ସୁରଙ୍ଗ ଅଲତା ଆଉ ତୁମ୍ଭର ଚରଣ ତୁମ୍ଭନକର

ଆପଣାକୁ ଧନ୍ୟ ମନେ କରିବ ନାହିଁ! ସୁରଙ୍ଗ ଅଲତା ଆଉ ତୁମ୍ଭର ଚରଣ ତୁମ୍ଭନକରି ଆପଣାକୁ ଧନ୍ୟ ମନେ କରିବ ନାହିଁ କିମ୍ବା ସୀମନ୍ତରେ ଶୁଭବ୍ୟଞ୍ଜକ ସିନ୍ଦୁର ଶୋଭିତ ହୋଇ ଆଉ ଶୁଭବାର୍ତ୍ତା ଜଣାଇବ ନାହିଁ। ଏମାନ ଯିବାଦିନୁ ସୁନ୍ଦରବସ୍ତ୍ରାଳଙ୍କାର-ଧାରଣ ମଧ୍ୟ ବନ୍ଦ ହୋଇଅଛି –ଆଉ ସେମାନ ସୁଷମାଙ୍ଗୀର ସୁନ୍ଦର ଅଙ୍ଗ ଆଲିଙ୍ଗନ କରି ପରମାର୍ଥ ପ୍ରାପ୍ତ ହେବନାହିଁ। ହାୟ!! କଳାବତି! ଜଣକ ହେତୁ ଏତେ କଥା ତ୍ୟାଗ କରିଅଛି! ଖାଲି ତାହା ନୁହେ –ତହିଁସଙ୍ଗେ ଅଙ୍ଗମାର୍ଜ୍ଜନ ଏବଂ କେଶପାଶବନ୍ଧନ ସୁଦ୍ଧା ଚିରକାଳନିମିତ୍ତ ପରିତ୍ୟକ୍ତ ହୋଇଅଛି।

କାହିଁକି? କଳାବତି। ଏତେ ତ୍ୟାଗ ସ୍ୱୀକାର କରିବାର ପ୍ରୟୋଜନ କିସ? ତୁମ୍ଭେ କାନ୍ଦିଲ? ପ୍ରଶ୍ନ ଶୁଣି ତୁମ୍ଭର ଚକ୍ଷୁଦ୍ୱୟରୁ କାହିଁ କି ଶୋକାଶ୍ରୁଧାରା ପ୍ରବାହିତ ହେଲା? ପୃଥିବୀରେ ପୂର୍ବେ ଯେପରି ଚନ୍ଦ୍ରସୂର୍ଯ୍ୟ ଉଦିତ ହୋଇ କିରଣକାଳ ବିସ୍ତାର କରୁଥିଲେ ଏବେ ସୁଦ୍ଧା ସେମାନେ ତାହା କରୁଛନ୍ତି। ପଶୁପକ୍ଷୀକୀଟପତଙ୍ଗାଦି ଯେପରି ପୂର୍ବେ ପୃଥିବୀରେ ବିଚରଣ କରୁଥିଲେ ଏବେ ମଧ୍ୟ ସେହିପରି ବିତରଣ କରୁଅଛନ୍ତି। ବୃକ୍ଷଲତାପର୍ବତନଦୀ ଆଦି ପୂର୍ବେ ଯେପରି ପୃଥିବୀର ଅଙ୍ଗଶୋଭିତ କରିଥିଲେ ଏବେ ମଧ୍ୟ ତହିଁରୁ ବିରତ ହୋଇ ନାହାନ୍ତି। କାଳଚକ୍ରରେ ଚିକ୍ରପ୍ରାୟ ପ୍ରତୀୟମାନ ହୋଇ ଏବେସୁଦ୍ଧା ଦିନ ରାତ୍ରି ମାସ ବାର ପକ୍ଷ ରତୁ ବର୍ଷ ଆସୁଅଛି, ଯାଉଅଛି। ଏବେ ସୁଦ୍ଧା ଶ୍ରୁତିମନୋହର ଗମ୍ଭୀରନିର୍ଘୋଷରେ ନିଳାମ୍ବୁ ନୃତ୍ୟ କରୁ ଜଗଦୀଶ୍ୱରଙ୍କ ଯଶୋଗାନ କରୁଅଛି। ଏଥିର କିଛି ହାନି ହୋଇ ନାହିଁ! ସଂସାର ପୂର୍ବେ ଯେପରି ଥିଲା ଅଦ୍ୟପି କାଳଚକ୍ରରେ ସେହିପରି ଶୋଭା ପାଉଅଛି। ଜଗନ୍ନିୟନ୍ତା ଜଗଦୀଶ୍ୱର ପୂର୍ବେ ଯେପରି ଜଗତ୍‌ରୂପେ ପ୍ରତିଭାତ ଥିଲେ ଅଦ୍ୟପି ସେହିପରି ରହିଅଛନ୍ତି! ତେବେ ତୁମ୍ଭେ ଶୋକ କାହିଁକି କରୁଅଛ। ତୁମ୍ଭର ସ୍ୱାମୀ-ବିରହରେ ସଂସାରର କିଛିକ୍ଷତି ହୋଇ ନାହିଁ। ଜଣେ ଅଧେ ସଂସାରରେ କଷ୍ଟ ପାଇଲେ କିମ୍ବା ସଂସାରରୁ ଲୋକଚକ୍ଷୁରୁ ଲୋପ ପ୍ରାପ୍ତ ହେଲେ ସଂସାରର କିଛି କ୍ଷତି ନାହିଁ! ସେହିପରି ରୂପାନ୍ତର ଘଟାନ୍ତର ପ୍ରତିମୁହୂର୍ତ୍ତରେ ଲାଗିରହିଅଛି। ତେବେ କାହିଁକି ଶୋକ କରୁଅଛ?-ତୁମ୍ଭ ମନରେ କଷ୍ଟ ହୋଇଅଛି? କଷ୍ଟତ ସମସ୍ତେ ଭଞ୍ଜୁଅଛନ୍ତି। ସେ କଷ୍ଟ ଧୈର୍ଯ୍ୟଧରି ସହିବା ସହିବା ଉଚିତ ନା ବିକଳ ହୋଇ ପ୍ରାଣକୁ ଅଧିକ କଷ୍ଟ ହେବା ଉଚିତ? ଯେବ ଶୋକ କଲେ ସ୍ୱାମୀ ଫେରି ଆସନ୍ତେ ତେବେ ଶୋକ କରିବା ସାଜନ୍ତି, ତାହାତ ହେବ ନାହିଁ। ତେବେ ତୁଛାକୁ ଶୋକ କରି କି ଲାଭ ଅଛି? ଆଉ ତ୍ୟଗସ୍ୱାକାର? ତାହାରତ କଥା ନାହିଁ। ଯେତେବେଳେ ଶୋକ କରିବା ଉଚିତ ନୁହେ ତେତବେଳେ ତ୍ୟାଗ ସ୍ୱୀକାର କରିବା

କାହୁଁ ଉଚିତ ବୋଲି ବୁଝାଇବ? ହାୟ ହାୟ! କଳାବତି! ତୁମ୍ଭେତ ମନଫେଡ଼ କଥା କହୁ ନାହଁ- ଆମ୍ଭମାନଙ୍କୁ ଏଥିର ଉତ୍ତର କିଏ ଦେବ?

ପୃଥିବୀ ପୂର୍ବପ୍ରାୟ ପ୍ରକାଶିତ ହୋଇ ରହିଥିଲେହେଁ ଲୋକଙ୍କ ଆଚାରବ୍ୟବହାର କ୍ଷଣକ୍ଷଣକେ ପରିବର୍ତ୍ତିତ ହେଉଅଛି। ଆର୍ଯ୍ୟଶୋଣିତ ଆର୍ଯ୍ୟମାନଙ୍କ ଅଙ୍ଗରେ ପ୍ରବାହିତ ହୋଇ ଆର୍ଯ୍ୟସମାଜରେ ଆର୍ଯ୍ୟଜନୋଚିତ ଆଚାରବ୍ୟବହାର ସଂରକ୍ଷଣ କରିଥିଲା। ବର୍ତ୍ତମାନ ପାଶ୍ଚାତ୍ୟସମାଜ ପ୍ରବଳପ୍ରତାପରେ ଆର୍ଯ୍ୟମାନଙ୍କୁ ଶାସନ କରି ପାଶ୍ଚାତ୍ୟ ସଭ୍ୟତାସ୍ରୋତ ତୀବ୍ରବେଗରେ ଚଲାଉଥିବା ସମୟରେ ଆର୍ଯ୍ୟମାନେ ଜାତୀୟଭାବ ଛାଡ଼ି ପରିବର୍ତ୍ତନ ପକ୍ଷପାତୀ ହୋଇ ନାନାମତ ନବୀନରୂପ ଧାରଣ କରତଃ ସ୍ୱଜାତିଙ୍କି ଡାକ ଛାଡ଼ୁ ଅଚନ୍ତି। କ୍ରମେ ଅପର ଆର୍ଯ୍ୟମାନେ ସେହି ଡାକରେ ପ୍ରଣୋଦିତ ହୋଇ ନୂତନ ସମାଜରେ ପଦାର୍ପଣ କରି ତାହା ଦୃଢ଼ୀଭୂତ କରୁଅଛନ୍ତି। ଏହି ସମାଜର ଲୋକମାନେ ବର୍ତ୍ତମାନ ପାଶ୍ଚାତ୍ୟ ସଭ୍ୟ-ସମାଜରେ ସଂସ୍କୃତବୋଲି ପରିଚିତ ହୋଇ ପ୍ରସାଦ ଲାଭକରତଃ ଆପଣାକୁ ଧନ୍ୟ ମନେ କରି ଉନ୍ନତଗ୍ରୀବ ହୋଇ ବିଚରଣ କରୁଅଛନ୍ତି ଏବଂ କହୁଅଛନ୍ତି 'ପରିବର୍ତ୍ତନ-ପକ୍ଷପାତୀ ନ ହେବା ଲୋକ ମୂର୍ଖ।' କଳାବତି! ଏମାନଙ୍କ ଚକ୍ଷୁକୁ ତୁମ୍ଭର ବିଶୁଦ୍ଧ କାର୍ଯ୍ୟାବଲି ଅବିଶୁଦ୍ଧରୂପେ ପ୍ରତୀୟମାନ ହେବ ଏବଂ ସେମାନେ ତୁମ୍ଭକୁ ନିତାନ୍ତ ସଂକୀର୍ଣ୍ଣମନା ବୋଲି କହିବେ। ଯେତେବେଳେ ଜନ୍ମମୃତ୍ୟୁ ସଂସାରରେ ଲାଗିରହି ଅଛି, ଯେତେବେଳେ 'ମରଣଂ ପ୍ରକୃତିଃ ଶାରୀରିଣାଂ' ବୋଲି କବିବାଣୀ ସୁଲଳିଣୀ ସୁଲଳିତ ଗମ୍ଭୀର ଭାଷାରେ କରିଯାଇଅଛି, ଯେତେବେଳେ ପୁରାତନ ବସ୍ତ୍ରପ୍ରାୟ ଦେହିମାନଙ୍କର ଶରୀର ବିନଷ୍ଟ ହୁଏ ବୋଲି ତୁମ୍ଭର ଭଗବାନ୍‌ବ୍ୟକ୍ତ କରିଅଛନ୍ତି ତେତେବେଳେ ସେମାନଙ୍କ ମତରେ ତୁମ୍ଭରତ ଶୋକ କରିବା ଉଚିତ ନୁହେ। ବରଂ ପୁରାତନ ବସ୍ତ୍ରାଭାବେ ନୂତନ ବସ୍ତ୍ର ଗ୍ରହଣ କରି ସୌନ୍ଦର୍ଯ୍ୟର ସୁବ୍ୟବହାର କରିବା ଉଚିତ ବୋଲି ଏକାନ୍ତ ମନରେ ସେମାନେ ବ୍ୟକ୍ତ କରିବେ। କଳାବତି! କହିଲ ଭଲା ତାହା କି କରଣୀୟ ନୁହେ?

କିଏ ଆମ୍ଭମାନଙ୍କୁ ଏତେକଥାର ଉତ୍ତର ହେବ? ପାଠକେ! ପ୍ରକୃତରେ ସ୍ୱାମୀ ହରାଇ ଅଷ୍ଟବୟସ୍କା କଳାବତୀ ନିବିଡ଼ବନଗତ ସୁବିଶାଲଶୃଙ୍ଗଶାଲୀ ହରିଣ ପଦେ ପଦେ ଲତାଜାଲରୁ ବାଧା ପାଇ ବିଚରଣ କଲାପ୍ରାୟ ସଂସାରକାର୍ଯ୍ୟରେ ବିଚରଣ କରୁଅଛନ୍ତି। ମାୟାମୟ ସଂସାରର ସୁକଠିନ ମାୟାବନ୍ଧନ ଶିଥିଳ ହୋଇଯାଇଅଛି ଏବଂ ଶୋକବିହ୍ଵଳିତମନ ସ୍ୱାମିଗୁଣ ସ୍ମରଣ କରିବାରୁ କେତେବେଳେ ବିରତ ହେଉ ନାହଁ।

କହୁ କହୁଁ ଏକବର୍ଷ ଅତୀତ ହୋଇ ଗଲା। କାଳଚକ୍ର କେତେ ଲୋକର ଭାଗ୍ୟଫଳକରେ କେତେପ୍ରକାର ଚିତ୍ର ଅଙ୍କିତ କରି କେତେ ପରିବର୍ତ୍ତନ ଘଟାଇ ଚାଲିଗଲା ମାତ୍ର କଳାବତୀର ଶୋକଦଗ୍ଧ ମନର ଆଉ ପରିବର୍ତ୍ତନ ଘଟିଲା ନାହିଁ। ଶୋକ ପୂର୍ବପ୍ରାୟ ତାଙ୍କ ହୃଦୟରେ ରାଜ୍ୟବିସ୍ତାର କରି ରହିଅଛି। ତେବେ ପୂର୍ବେ ଯାହା କ୍ରନ୍ଦନରୋନରେ ପ୍ରଭୂତ ନେତ୍ରନୀର ବିସର୍ଜିତ ହେଉଥିଲା ଏବେ ତାହାସ୍ଥାନରେ ନୀରବରେ ହୃଦୟାଗାରରେ ଶୋକସିନ୍ଧୁ ତରଙ୍ଗାୟିତ ହୋଇ ହୃଦୟ ଆଲୋଡ଼ିତ କରୁଅଛି। ମାତ୍ର ଆଗେ ସେ ଶୋକକ୍ରନ୍ଦନ ଶୁଣି ଗ୍ରାମବାସିଏ ଯେପରି ଲୋତକବିନ୍ଦୁ ଉପହାର ଦେଉଥିଲେ ଏବେ ମଧ ସାକ୍ଷାତ୍‌ଶୋକମୂର୍ତ୍ତି ଅବଲୋକନ କରି ଗ୍ରାମର ଲୋକମାନେ ଯେ ସେପରି ନ କାନ୍ଦିବେ ତାହା କିଏ କହିପାରେ? ପ୍ରକୃତରେ ଯେଉଁମାନେ ଏବେ ମଧ ତାଙ୍କୁ ଦେଖୁଅଛନ୍ତି ସେମାନେ କନ୍ଦିପକାଉଅଛନ୍ତି।

କଳାବତୀଙ୍କର ସ୍ୱାମିଙ୍କର ନାମ ରଘୁନାଥ ପଟ୍ଟନାୟକ। ରଘୁନାଥ ରାଧାଗୋବିନ୍ଦଙ୍କ ଗ୍ରାମରେ କରଣକୁଳରେ ଜନ୍ମଗ୍ରହଣ କରିଥିଲେ। ତାଙ୍କର ପିତା ଉତ୍ତମ ଧନଶାଳିଲୋକ ଥିଲେ ଏବଂ ରଘୁନାଥ ପିତାମାତାର ଏକମାତ୍ର ସନ୍ତାନ ଥାଇଁ ପରମ ଆହ୍ଲାଦରେ ବଢୁଥିଲେ। ସମୟ ଚିରକାଳ ସମାନ ନ ଯାଏ। ଯେତେବେଳେ ରଘୁନାଥଙ୍କ ବୟସ ପାଞ୍ଚବର୍ଷ ତେତେବେଳେ ତାଙ୍କ ପିତା ନଦୀବଢ଼ି ସମୟରେ ଘରକୁ ନୌକାଯୋଗେ ବିଦେଶରୁ ଆସୁଆସୁ ବାଟରେ ପ୍ରବଳ ଉତ୍‌ଥିତ ହେବାରୁ ନୌକା ବୁଡ଼ିଯିବାସଙ୍ଗେ ଗଙ୍ଗାଦେବୀଙ୍କ କ୍ରୋଡ଼ଶାୟୀ ହୋଇ ଇହଲୀଳା ସମାପ୍ତ କଲେ। ମାତା ଭର୍ତ୍ତୃ ବିୟୋଗବାର୍ତ୍ତାରେ ଯତ୍‌ପରୋନାସ୍ତି ଶୋକବିହ୍ୱଳିତା ହୋଇ ପ୍ରାଣପର୍ଯ୍ୟନ୍ତ ଉତ୍‌ସଟକରିବାକୁ ବସିଥିଲେ। କେବଳ ରଘୁନାଥଙ୍କୁ ପାଳିବାର ଲୋକ ନ ଥିବାରୁ ତାହା କାର୍ଯ୍ୟରେ ପରିଣତ କରିପାରୁ ନଥିଲେ। ଅବଶେଷରେ ଆପଣା ଭ୍ରାତାଙ୍କୁ ନିଜଘରଠାରୁ ଅଣାଇ ଘରକରଣା ସମସ୍ତ ଧୀର ଭାବରେ ତାଙ୍କୁ ଦେଖାଇଦେଇ ରଘୁନାଥଙ୍କୁ ଉତ୍ତମରୂପେ ପାଳିବାକାରଣ ନିଯୁକ୍ତ କରି ସ୍ୱାମିମୃତ୍ୟୁର ସପ୍ତମ ଦିନରେ ରଜନୀଯୋଗେ ଘରୁ ବାହାରି ଯେତେବେଳେ ଜଳପୂର୍ଣ୍ଣ ମହାନଦୀ ଚନ୍ଦ୍ର କିରଣରେ ଉତ୍‌ଫୁଲ୍ଲ ହୋଇ କଳ ରବରେ ପ୍ରେମସଙ୍ଗୀତ ଗାନ କରୁଥିଲା ତେତେବେଳେ ସ୍ୱାମିପ୍ରେମବିହ୍ୱଳା ରଘୁନାଥଙ୍କ ମାତା ନଦୀତୀରେ ପହଁଞ୍ଚି ଥରେ ନଦୀ ଓ ଥରେ ଚନ୍ଦ୍ର ଆଡ଼କୁ ଅନାଇ ଏକବିନ୍ଦୁ ଅଶ୍ରୁ ତ୍ୟାଗକରି ସ୍ୱାମିର ନାମୋଚ୍ଚାରଣ କରିବା ସଙ୍ଗେ ନଦୀରେ ୟୋ ପ୍ରଦାନ କଲେ। ଆଜି କାଲି ଏଭଳି କାର୍ଯ୍ୟକୁ ଲୋକେ ବାତୁଳତା ଆଖ୍ୟା ପ୍ରଦାନ କରନ୍ତି ଏବଂ ଧରାପଡ଼ିଲେ ତହିଁଉପରେ କାରାଦଣ୍ଡ ଭୋଗ କରିବର ବିଧ୍ ହୋଇ ଅଛି। ପୂର୍ବେ ଏଥିର ମୂଲ୍ୟ ଅତ୍ୟନ୍ତ ଅଥିକ ଥିଲା ଏବଂ ଏ ଭଳି ସ୍ତ୍ରୀଲୋକ ସତୀ

ବୋଲି ଲୋକଙ୍କର ସ୍ମୃତିପଟରେ ଉଜ୍ଜାସନ ପ୍ରାପ୍ତ ହେଉଥିଲେ। ଏମନ୍ତ କି ଯେଉଁ ଠାରେ ଏ ଭଳି ସ୍ତ୍ରୀଲୋକମାନେ ସତୀ ହେଉଥିଲେ ସେହିସ୍ଥାନମାନ ଚିରକାଳ ସତୀକୀର୍ତ୍ତି ଘୋଷଣା କରିବା ଉଦ୍ଦେଶ୍ୟରେ ଲୋକେ ତାହାକୁ ନୂତନ ଆଖ୍ୟା ଅଥବା ତହିଁଉପରେ ଚଉରା କିମ୍ବା ସ୍ତମ୍ଭଦି ନିର୍ମାଣ କରାଇଦେଉଥିଲେ। ଏହିରୂପେ ରଘୁନାଥଙ୍କ ମାତା ପରଲୋକରେ ସତତ ସ୍ୱାମିସଙ୍ଗ-ସୁଖଭୋଗ କରିବା କାମନାରେ ପୁତ୍ରମାୟା ସୁଦ୍ଧା ତ୍ୟାଗ କରି ସଂସାରରୁ ବିଦାୟ ହୋଇଗଲେ —ରହିଗଲା କେବଳ ତାଙ୍କର ସତୀ ନାମ।

ଉପରୋକ୍ତମତେ ଅଳ୍ପ ବୟସରେ ରଘୁନାଥ ଅନାଥ ହେଲେ। ଘରେ ମାମୁ ଭିନ୍ନ ଆଉ କେହି ନାହିଁ। ମାମୁ ମଧ ଉପଯୁକ୍ତ ଥିଲେ। ରଘୁନାଥଙ୍କ ବିପୁଳ ଐଶ୍ୱର୍ଯ୍ୟ ଦୁଃଖ୍ୟ ମାମୁକୁ ଧନ୍ଦା ଲଗାଇଦେଲା। ମାମୁ ପ୍ରଥମେ ସରଳଭାବେ ଚଳୁଥିଲେ ମାତ୍ର କ୍ରମେ ଭାଇମାନଙ୍କ ଦୁଷ୍ଟ-ପରାମର୍ଶରେ ପଡ଼ି ଅଲକ୍ଷିତଭାବରେ ଦନ ପହରଣ କରିବାରେ ନିଯୁକ୍ତ ହେଲେ ଏମନ୍ତ କି ରଘୁନାଥ ଅଷ୍ଟାଦଶବର୍ଷ ବୟସରେ ଉପନୀତ ହେବାସମୟରେ ବିଷୟବୃଦ୍ଧି- ଆଦି ତ କିଛି ନ ଥିଲା-ଖାଇବା ପିଇବା ଭଳି ମଧ ଥିବା ଦେଖା ନ ଗଲା ତେବେ ମାମୁ କରିବା ମଧରେ ରଘୁନାଥଙ୍କୁ ସଂସ୍କୃତ ଓ ଓଡ଼ିଆ ଭାଷାରେ ଉତ୍ତମ ଶିକ୍ଷା ପ୍ରଦାନ କରିଥିଲେ। ଯେମନ୍ତ ପଣ୍ଡିତବର୍ଗରେ ତାହାଙ୍କର ଗୁଣଗ୍ରାମ ତହଲି ପଡ଼ିଲା ସେହିପରି ବିଷୟକର୍ମ ବୁଝାଶୁଝା ଏବଂ ମନ୍ତ୍ରଣା ଦେବାରେ ତାଙ୍କର ଯେ ବୁଦ୍ଧହୁଦ୍ଧି ହୋଇଥିଲା ତହିଁରେ ସେ ଲୋକରେ ଭୁୟସୀ ପ୍ରଶଂସା ପ୍ରାପ୍ତ ହୋଇଥିଲେ। ଅବଶେଷରେ ଭଣଜା ଓ ମାମୁ ମଧରେ କଳି ଲାଗିଲା ଏବଂ ମାମୁ ଆପଣାର ଲୁଗାପଟାର ବୁଜୁଲା ବାନ୍ଧି ହୃଷ୍ଟମନରେ ନିଜ-ଗୃହକୁ ପ୍ରତ୍ୟାଗମନ କଲେ। ବାସ୍ତବରେ ଭଉଣୀଙ୍କ ଆମନ୍ତଣରୁ ଫଳ-ଲାଭ ପରେ ସେ ତ କଜିଆଟିଏ ଖୋଜୁଥିଲେ ଏବଂ ତାହା ପାଇଲାକ୍ଷଣି ଭଣଜାକୁ ଛାଡ଼ିଯିବାରେ କଷ୍ଟ କି ଅଛି? ପାଠକେ! ସଂସାରରେ ଏ ଭଳି ଅନେକ ମାମୁ ଦେଖା ଯାନ୍ତି! ଏଥିରେ ବୈଚିତ୍ର୍ୟ କିଛି ନାହିଁ। ବୈଚିତ୍ର ମଧରେ ଏ କେବଳ ଭଣଜାକୁ ଲୋଖାପଢ଼ା ଶିଖାଇଥିଲେ!

ମାମୁ ବିଦାୟ ହୋଇ ଗଲାଉତ୍ତାରୁ ରଘୁନାଥ ଘରେ ଏକାକୀ ଥାଇ ଜଗଦୀଶ୍ୱରଙ୍କୁ ଡାକି ଦିନପାତ କଲେ। ବାସ୍ତବରେ ଘରେ ଏମନ୍ତ କିଛି ନ ଥିଲା ଯହିଁରେ କି ଦିନକ ସକାଶେତାଙ୍କର ପ୍ରଣରକ୍ଷା ହୋଇ ପାରେ। ସୁଯୋଗକୁ ମାମୁ ଯେଉଁ ବିଦ୍ୟାର୍ଜନ କରାଇ ଯାଇଥିଲେ ତାହା ବ୍ୟବହାର କରି ଗ୍ରାମର ଅଥବା ନିକଟବର୍ତ୍ତୀ ସ୍ଥାନର ଲୋକମାନଙ୍କଠାରୁ କିଛି ପ୍ରାପ୍ତ ହେଉଥିଲେ। ତହିଁରେ ତାଙ୍କର

ସଂସାରଯାତ୍ରା ଦୁଃଖେ କଷ୍ଟେ ଏକପ୍ରକାର ନିର୍ବାହ ହେଉଥିଲା। ଏହିରୂପେ ଦିନ ଦିନ ମାସ ମାସ ବର୍ଷ ହୋଇ ଚାରିବର୍ଷ ଅତୀତ ହେଲା।

ରାଧାଗୋବିନ୍ଦଙ୍କ ଘରଠାରୁ ରଘୁନାଥଙ୍କ ଘର ଅଳ୍ପ ଛଡ଼ା। ଯେତେବେଳେ ଅନ୍ୟ କୌଣସି କାର୍ଯ୍ୟ ନ ଥାଏ ତେତେବେଳେ ଦେଖିବ ରଘୁନାଥ ରାଧାଗୋବିନ୍ଦଙ୍କ ଘରଠାରେ। ରଘୁନାଥଙ୍କୁ ପଞ୍ଚଦଶବର୍ଷ ବୟସ ହୋଇଥିବା ସମୟରେ ଦିନେ ରାଧାଗୋବିନ୍ଦଙ୍କ ଘରଠାରେ ତାଙ୍କ ପ୍ରଥମା ଭାର୍ଯ୍ୟା କଳାବତୀଙ୍କୁ ଡ଼ାକିଆଣି ରଘୁ ନାଥଙ୍କ ସମ୍ମୁଖରେ ଠିଆକରାଇ କହିଲେ 'ରଘୁ ନାଥ! ତୁ ତ ଏଠିକି ସବୁବେଳେ ଆସୁଚୁ, କେତେ ବେଳେ କଳାକୁ ପଢ଼ାଉଥିଲେ କଳାର କତେ ପଢ଼ା ହୋଇଥାନ୍ତା।?

କଳାବତୀଙ୍କର ସେ ସମୟରେ ରଘୁନାଥଙ୍କପ୍ରତି ସ୍ନେହ ତଳିଥିଲା। ବାଳିକା କଳାବତୀ ବାଳକ ରଘୁ ନାଥଙ୍କୁ ଘରେ ଦେଖିଲେ ତାଙ୍କ ସହିତ କେତେ ପ୍ରକାରେ ଖେଳୁଥିଲେ। ମାତାଙ୍କର ଏ କଥା ଶୁଣି ଅମାୟିକଭାବରେ ବାଳିକା ରଘୁନାଥଙ୍କୁ କହିଲେ 'ତୁମେ ପଢ଼େଇଲେ ମୁଁ ଭଲ ପଢ଼ିବି'। ଏହି ଅକୃତ୍ରିମ ସ୍ନେହବିମିଶ୍ରିତ କଥା ଶୁଣି ମାତା ଆନନ୍ଦରେ ଗଦ୍‌ଗଦ ହୋଇ ବାଳିକା ମୁଖରେ ଚୁମ୍ ପ୍ରଦାନ କରିଥିଲେ ଏବଂ ରଘୁନାଥ ସେହି ସରଳ ହୃଦୟର ନିଷ୍କପଟବାଣୀ ଶୁଣି ତହିଁରେ ଅଲକ୍ଷିତଭାବେ ବିମୋହିତ ହେଲା ପ୍ରାୟ ହସି କହିଲେ 'ହଉ' ।

କରଣମାନଙ୍କ ମଧ୍ୟରେ ସ୍ତ୍ରୀଶିକ୍ଷା ବହୁକାଳରୁ ପ୍ରଚଳିତ ଅଛି। ଏବକୁ ପାଶ୍ଚାତ୍ୟ- ସଭ୍ୟତାର ଆଲୋକ ଘରେ ପ୍ରବେଶ କରି ପୂର୍ବଶିକ୍ଷାର ରୀତିନୀତି ପରିବର୍ତ୍ତନ କରୁଅଛି ଏବଂ ତାହା ଭଲ ହେଉଅଛି କି ତଦ୍ବିପରୀତ ହେଉଅଛି ତାହା କହିବାର ପ୍ରୟୋଜନ ନାହିଁ। ଭିନ୍ନ ଲୋକେ ଭିନ୍ନ ରୁଚିବିଶିଷ୍ଟ ଅଟନ୍ତି, ତହିଁରେ ପୁଣି ପରିବର୍ତ୍ତନର ବେଗବାନ୍‌କଳରେ ପଡ଼ି ପୁରାତନ ଭଙ୍ଗା ହୋଇ ନୂତନ ଗଢ଼ା ହେଉଥିବା ସମୟରେ ରୁଚିର ଠିକାଣା ମିଳିବା କଠିନ। ପୂର୍ବେ ସାଧାରଣତଃ ଦାଣ୍ଡକୁ ଅବଧାନ ସାହିତ୍ୟ ଲେଖାପଢ଼ି ଏବଂ ଫେଡ଼ାମିଶା ଇତ୍ୟାଦି ସ୍ବଳ୍ପ ଅଙ୍କଶାସ୍ତ୍ର ଶିକ୍ଷା ଦେଉଥିଲେ ଏବଂ ଘରେ ଚିତା ଦେବାଠାରୁ ଚୁଁଟିପତ୍ର କରିବା ପର୍ଯ୍ୟନ୍ତ ବ୍ୟବହାରିକ ଶିକ୍ଷା ଲାଭ ହୋଇଥିଲା। ମାତ୍ର ବଳାବତୀଙ୍କ ବୁଦ୍ଧି ତୀକ୍ଷ୍ଣ ଥିବାର ଦେଖାଯିବାରୁ ତାଙ୍କୁ ଅଧିକ ଶିକ୍ଷାଦେବାକାରଣ ମାତାଙ୍କର ଇଚ୍ଛା ବଳବତୀ ହୋଇଥିଲା। ସେହି ହେତୁରୁ ରଘୁନାଥଙ୍କ ପାଣ୍ଡିତ୍ୟର ବିବିରଣ ଅବଗତ ହୋଇ ସେ ତାଙ୍କୁ ପ୍ରୋକ୍ତ ଭାର ଅର୍ପଣ କରିଥିଲେ।

ରଘୁନାଥ ଏହିରୂପ ଭାର ପ୍ରାପ୍ତ ହୋଇ ପୂର୍ବଠାରୁ ଅଧିକ ସମୟ ରାଧା ଗୋବିନ୍ଦଙ୍କ ଘରେ କଟାଇ କଳାବତୀଙ୍କି ହୃଷ୍ଟମନରେ ଶିକ୍ଷା ପ୍ରଦାନ କରିଥିଲେ ଏବଂ

କଳାବତୀ ମଧ୍ୟ ଉତ୍ତରୂପ ପାଠାଭ୍ୟାସ କରି ଗ୍ରାମରେ ନାମ କିଣିଥିଲେ। ବୋଲା ବାହୁଲ୍ୟ ରାଧାଗୋବିନ୍ଦ ଆପଣା ଘରେ ରଘୁନାଥଙ୍କୁ ଅନେକ ସମୟ ଥିବା ଦେଖି ତାଙ୍କଦ୍ୱାରା ନାନାପ୍ରକାର କାର୍ଯ୍ୟ କରାଇନେଉଥିଲେ ଏବଂ ରଘୁ ନାଥ ଅବିମର୍ଶଚିତ୍ତରେ ତାହା ସମ୍ପାଦନ କରି ରାଧାଗୋବିନ୍ଦଙ୍କ ସନ୍ତୋଷରେ ଅପଣାକୁ ଉତ୍ତମ ପୁରସ୍କୃତି ମନେ କରୁଥିଲେ। ରାଧାଗୋବିନ୍ଦଙ୍କ ଭାର୍ଯ୍ୟାଦ୍ୱୟ ଏବଂ କଳାବତୀ ଲୁଚାଇ ରଘୁ ନାଥଙ୍କୁ ଅନେକେ ପକାରେ ସହାୟତା ମଧ୍ୟ କରୁଥିଲେ।

କଳାବତୀ ଏବଂ ରଘୁନାଥ ଏହିରୂପେ ଅନେକ ସମୟ ଏକତ୍ରାବସ୍ଥିତ ଥିବାରୁ ସେମାନଙ୍କ ମଧ୍ୟରେ ପୂର୍ବରୁ ଜାତି ହୋଇଥିବା ଅବିଶୁଦ୍ଧ ସ୍ନେହ କ୍ରମେ ଘନୀଭୂତ ହେଲା। ଅବଶେଷରେ ଦ୍ୱାବିଂଶତି ବର୍ଷ ବୟସରେ ରାଧାଗୋବିନ୍ଦଙ୍କ ପ୍ରସ୍ତାବମତେ ରଘୁନାଥ କଳାବତୀଙ୍କର ପାଣିଗ୍ରାହଣ କଲେ। ଘନୀଭୂତ ସ୍ନେହ ଏହିରୂପେ ଯେଉଁ ଅଭୂତପୂର୍ବ ପ୍ରେମରେ ପରିଣତି ହେଲା ତାହା। ଅତି ଅମୂଲ୍ୟ।!

ପାଠକେ! ରାଧାଗୋବିନ୍ଦଙ୍କ ନୀରସ ଗଦ୍ୟମୟ ସଂସାରରେ ଏପ୍ରକାରେ ରସମୟୀ କବିତା ଜାତ ହେଲା ରାଧାଗୋବିନ୍ଦ ଅତି ଅଳ୍ପକାଳ ଘରେ ଥାନ୍ତି। ଅଧିକାଂଶ ଦିନ ତାଙ୍କୁ କାର୍ଯ୍ୟୋପଲକ୍ଷ୍ୟେ ସୁବାଦାରଙ୍କ ନିକଟରେ ଅଥବା ଅନ୍ୟତ୍ର ରହିବାକୁ ହୁଏ। ରଘୁନାଥଙ୍କ ଉପରେ ବିଷୟ କାର୍ଯ୍ୟାଦି ବୁଝାଶୁଝାର ଯେଉଁ ଭାର ଥିଲା ତାହା ରଘୁନାଥଙ୍କ ଭଳି ସୁଚତୁର ଲୋକ ପକ୍ଷେ କେତେ ମାତ୍ର? ଏପରିସ୍ଥଲେ କଳାବତୀ ଓ ରଘୁନାଥ ଯେପରି ଭାବରେ ବର୍ଷଟିଏ କଟାଇଲେ ତାହା ଆମ୍ଭେମାନେ ଅବା କିରୂପରେ ବର୍ଣ୍ଣନା କରିପାରିବୁ-ତାହା କବିକୁଳ ଶିରୋମଣି କାଳିଦାସଙ୍କ ରସମୟୀ ଲେଖନୀ ବିନିଃସୃତ କବିତା ବୋଲି ବୋଇଲେ ଅତ୍ୟୁକ୍ତି ହେବ ନାହିଁ। ଦେଖୁଁ ପୁଷ୍ପୋଦ୍ୟାନ ପ୍ରସ୍ତୁତ ହୋଇ ପୁଷ୍ପଭାରରେ ଚୌଦିକ ଆମୋଦିତ କଲା ଦେଖୁ ଗୃହ ସଂଲଗ୍ନ ତୋଟାମାନ ପରିଷ୍କୃତ ହୋଇ ଅପୂର୍ବଶ୍ରୀ ଧାରଣ କଲା ଏବଂ ତହିଁରେ କିନ୍ନର କିନ୍ନର ରୂପେ ରଘୁନାଥ କଳାବତୀ ବିହାର କରି ପରମ ସୁଖସମ୍ଯୋଗରେ ରତ ହେଲେ। ପୃଥିବୀ ସେମାନଙ୍କୁ ଅପୂର୍ବ କ୍ରୀଡ଼ାସ୍ଥାନ ବୋଲି ବୋଧ ହେଲା। ଚନ୍ଦ୍ରସୂର୍ଯ୍ୟ କୁମୁଦିନୀ ପଙ୍କଜିନୀର ପ୍ରେମରେ ଅବଦ୍ଧ ହୋଇ କେବଳ କବିତା କରି ଲୋକମନ ବିମୋହିତ କରିବା ନିମିତ୍ତ ପୃଥିବୀରେ ଦେଖା ଦେଲା ପ୍ରାୟ ତାଙ୍କୁ ଜଣାଗଲା। ପ୍ରକୃତିସତୀ ବିଶ୍ୱେଶ୍ୱରଙ୍କ ମାୟାମୟ ପ୍ରେମବନ୍ଧନରେ ବିମୁଗ୍ଧା ହୋଇ ଦିଗ୍‌ଦିଗନ୍ତ ଉଲ୍ଲସିତ କରି ରହିଥିବା ପରି ତାଙ୍କୁ ପ୍ରତୀୟମାନ ହେଲା। ଅଧିକ କି କହିବୁଁ ସେମାନେ ସମୁଦାୟ ଚରାଚରକୁ ପ୍ରେମମୟ ପରମେଶ୍ୱରଙ୍କର ପ୍ରେମମୟୀ କବିତା ବୋଲି ସିଦ୍ଧାନ୍ତ କରିଥିଲେ।

ଚିରଦିନ ସମାନ ଯାଏ ନାହିଁ। ଚିରଦିନ ରସମୟୀ କବିତା ପାଠ କରି ସୁଖଭୋଗ କରିବାକୁ ଅବସର ମିଳେ ନାହିଁ। ଅଲକ୍ଷିତ ଭାବରେ କାଳଚକ୍ର ବୁଲୁ ବୁଲୁ କେତେବେଳେ କି ଘଟାଇ ଦିଏ ତାହା ଠିକଣା କରିବା ମନୁଷ୍ୟର ସାଧ୍ୟାତୀତ। କଳାବତୀ ମନେ କରିଥିଲେ ଏ କବିତା ପାଠ କରୁ କରୁ ତାଙ୍କର ଇହଲୀଳା ସଙ୍ଗ ହେବ। ମାତ୍ର ମନୁଷ୍ୟର ଇଚ୍ଛା ଯେବେ ସର୍ବଦା ଫଳୁଥାନ୍ତା ତେବେ କି ଭାବନା ଥିଲା? ବିଶ୍ୱସଂସାର କି ଭାବରେ କାହିଁ କି ନିର୍ଣ୍ଣୀତ ହୋଇଅଛି ତାହା ବିଶ୍ୱନିୟନ୍ତା ବିଶ୍ୱେଶ୍ୱରଙ୍କୁ ଜଣାଅଛି। କାହିଁକି ସୁଖଦୁଃଖ ଜଗତରେ ବିତରଣ କରି ମାୟାମନ୍ତ୍ରମୁଗ୍ଧଜୀବଙ୍କୁ ଇତସ୍ତତଃ କରୁଅଛି କିଏ କହିପାରେ?

ଦେଖୁଁ ଦେଖୁଁ ପ୍ରବଳଜ୍ୱର କରାଳକାଳ ରୂପେ ଉପସ୍ଥିତ ହୋଇ ଦିନକ ମଧରେ ରଘୁନାଥଙ୍କୁ ଇହଲୋକରୁ ଘେନି ଚାଲିଗଲା ଏବଂ ରାଧାଗୋବିନ୍ଦଙ୍କ ସଂସାର ପୁନର୍ବାର ଅତି ନୀରସ ହେବା ସଙ୍ଗେ କଳାବତୀଙ୍କ ରସମୟସଂସାରର ରସ ନିଃଶେଷିତ ହେଲା। ପ୍ରତିବାସିନୀ ସ୍ତ୍ରୀଲୋକମାନେ ଆସି ତାଙ୍କୁ ବୈଧବ୍ୟବ୍ରତାଚରଣରେ ନିୟୋଜିତା କରିଗଲେ ଏବଂ ସେ ଦିନରୁ ବାଳବିଧବା କଳାବତୀ ବୈଧବ୍ୟତନିୟମରେ ଥାଇ ରଘୁନାଥଙ୍କ ମୁଖଚନ୍ଦ୍ର ଏବଂ ତାଙ୍କର ଗୁଣାବଳୀ ସ୍ମରଣ କରି କେବେ ଜୀବନ ଶେଷ ହେବ ସେହି ଉଦ୍ଦେଶ୍ୟରେ ଭଗବାନଙ୍କୁ ଡାକିବାରେ ରତା ହେଲେ। ଏହିରୂପେ ଦିନେ ହୋଇ ବର୍ଷେ ଅତୀତ ହୋଇଅଛି ଏବଂ କଳାବତୀ ଷୋଡଶ ବର୍ଷ ବୟସରେ ଉପନୀତା ହୋଇଅଛନ୍ତି। ରାଧାଗୋବିନ୍ଦ ଘରେ ଥିବା ସମୟରେ ତାଙ୍କୁ ମୁଠାଏ ଯବ୍ୱ କରି ରାନ୍ଧ ଦିଅନ୍ତି ମାତ୍ର ସେ ନ ଥିଲାବେଳେ କେଉଁ ଦିନ ହାଣ୍ଡି ବସେ କେଉଁ ଦିନ ଅବା ନ ବସେ – ଏକସନ୍ଧ୍ୟା ଆହାର କରିବା ବିଧ୍ ମଧ ବେଳେ ଏହିରୂପେ ବିଚଳିତ ହୁଏ।

ପିଲାପିଲି ଥିଲେ ଅବା ତାଙ୍କ ମୁଖ ଦେଖ୍ ସ୍ୱାମିଶୋକ କେତେ ପରିମାଣରେ ବିସ୍ମୃତା ହୋଇପାରନ୍ତେ ମାତ୍ର ବିଧାତା ତାହା ସୁଦ୍ଧା କରାଇ ଦେଇ ନାହିଁ। ବାଲ୍ୟକାଳରୁ ନାନାମତେ ଶୋକସନ୍ତାପ ସହ୍ୟ କରି ଏବେ ଏକାକିନୀ ହୋଇ ପଡ଼ିଅଛନ୍ତି। ଥିବା ମଧରେ ସ୍ନେହ କରିବାକୁ ଏକା ସେହି ଉସକର୍ଣ୍ଣା। ରସକଳା ପ୍ରାୟ ଅଧିକାଂଶ ସମୟ କଳାବତୀଙ୍କ ନିକଟରେ ଥାଇ ତାଙ୍କର ବିମର୍ଷ ମନକୁ କିଞ୍ଚିତ୍ବିନୋଦିତ କରନ୍ତି।

ପୌଷପୂର୍ଣ୍ଣିମା ରାତ୍ରିରେ ରସକଳା ପୂର୍ବୋକ୍ତ ମତେ ରୋଷନିର କଥା ପକାଇଥିଲେ ଏମନ୍ତ ସମୟରେ ରସକଳାଙ୍କ ମାତା ଆସି ତାଙ୍କର ଡାକିଲେ। କଳାବତୀ ତଳଖଣ୍ଡାକୁ ଯାଇ ଠାକୁରଙ୍କର ଭୋଗ କିଞ୍ଚିତ୍ସେବାକରି ଅୟବ୍ ପ୍ରସାରିତ ଶଯ୍ୟାରେ ଶୟନ କଲେ। ନିଦ୍ରାତ ହେବ ନାହିଁ। ରୋଷନି ଆସିବା ଅପେକ୍ଷାରେ ନିଦ୍ରା ହେଉନାହିଁ ତାହା ନୁହେ। ଯେ ମନର ସମୁଦାୟ ରସନିର୍ଝର ବିଶୁଷ୍କ ହୋଇଯାଇଅଛି

ସେ ରୋଷନିଚୁ କି ରସ ପାଇବ ଯେ ତାହାକୁ ଅପେକ୍ଷା କରି ରହିବ? ଏକା ଥିବା ସମୟରେ ଯେଉଁ ରଘୁନାଥଙ୍କୁ ଅଦ୍ୟାପି ଝୁରୁଥିଲେ ତାଙ୍କରି ଗୁଣଗ୍ରାମ ଅଲକ୍ଷିତଭାବରେ ଆସି ହୃଦୟ ଆଲୋଡିତ କଲା ଏବଂ ନିଦ୍ରା ବିହୀନ ଚକ୍ଷୁରୁ ଅଶ୍ରୁବରି ପ୍ରବାହିତ ହେଲା!

ଏମନ୍ତ ସମୟରେ ରସକଲା ବାହାରୁ ଡାକିଲେ 'ଅପା, କବାଟ ଖୋଲିଦେ- ମୁଁ ଆଇଲିଣି।'

ନବମ ପରିଚ୍ଛେଦ

ପ୍ରଥମଧ୍ୟେୟା

ନୌକା ତୀରବେଗରେ ଧାବିତ ହେଉଅଛି। ନଦୀର ଉଭୟ ପାର୍ଶ୍ୱ କେତେ ପଲ୍ଲୀଗ୍ରାମ, କେତେ ବନ ଉପବନ ଦେଖୁ ପଛକୁ ପଡୁଅଛି। ନଦୀ ମଧ୍ୟଗତ କେତେ କ୍ଷୁଦ୍ର ବଡ଼ ପଠାମାନ ଦେଖୁ ଅତିକ୍ରାନ୍ତ ହେଉଅଛନ୍ତି। ଦୂରବର୍ତ୍ତୀନଦୀପାର୍ଶ୍ୱର ଗୋଟିଏ ଗଛ ଅଥବା ନଦୀର ଗୋଟିଏ ଚାପୁକୁ ଲକ୍ଷ୍ୟ କରି ଅନାଇ ନୌକା ତହିଁ ନିକଟରେ ପହୁଞ୍ଚି ଯାଉଅଛି। ଆକାଶସ୍ଥ ଚନ୍ଦ୍ର ଏବଂ ତଦନୁଚରବର୍ଗ ନକ୍ଷତ୍ରାବଳୀ କିମ୍ବା ନଦୀତୀରସ୍ଥ ବନରାଜି ଯାହାକୁ ଦେଖ ନୌକାର ବିପରୀତଗତିରେ ଦ୍ରୁତବେଗରେ ଧାବମାନ ହେଉଅଛନ୍ତି, ଦେଖୁ ବୋଧ ହେଉଅଛି ଯେମନ୍ତ କି ଡକାଏତ ଦେଖୁ ପ୍ରାଣଭୟରେ ଆପଣାର ଶୋଭାସମ୍ପଉ ଘେନି ପଲାଇ ଯାଉଅଛନ୍ତି। ମନ୍ଦ-ସମୀରଣ-ସଞ୍ଚାଳିତ ମହାନଦୀର ଜଳରାଶି ମଧ୍ୟ ଭୟ ବିକମ୍ପିତ ଶରୀରରେ ନୌକା ସଂଘାତରୁ ଛପ ଶବ୍ଦ କରି ଡକାଏତମାନଙ୍କଠାରେ ଦୂରକୁ ପଲାୟନ କରୁଅଛି। ଡକା ଏତମାନଙ୍କୁ କିଏ ଭୟ ନ କରେ? ଚତୁଃପାର୍ଶ୍ୱବର୍ତ୍ତୀ ସମୂଦାୟ ଚରାଚର ଏହିରୂପରେ ପଲାଇଯିବାର ଶୋଭା ଦଲପତି ପଞ୍ଚନାୟକ ମହାଶୟ ନୌକା ଚାଲିତ ହୋବାର କେତେକ୍ଷଣ ଉତ୍ତାରୁ ଆପଣାର ସଙ୍ଗିବର୍ଗଙ୍କୁ ଦେଖାଇଦେଲେ ଏବଂ କହିଲେ 'ଦେଖ ସମୂଦାୟ ବରାଚର ତୁମ୍ଭମାନଙ୍କୁ ଦେଖୁ ତ ପଲାଇ ଯାଉଅଛନ୍ତି —ତୁମ୍ଭେମାନେ ଡକାଏତୀ କରିବ କେଉଁଠାରେ?

ଦଲ ମଧ୍ୟରେ ଜଣେ କହି ଉଠିଲେ 'ତଳେ ଠିଆ ହେଲେ କି କେହି ପଲାଇ ପାରିବେ?' ବାହାବଲୀନ୍ଦ୍ରଙ୍କୁ ଏ କଥା ଭଲ ଲାଗିଲା ନାହିଁ। ସେ ଗମ୍ଭୀରସ୍ୱରରେ ଉତ୍ତର କଲେ 'ଡଙ୍ଗା ଆଗରୁ ବି କେହି ପଲାଇ ପାରିବେ ନାହିଁ। ଯାହାକୁ ନିଶାଣ ହୋଇ ନାହିଁ ତେମନ୍ତ ହଜାରେ ପଲାଇଲେ କି ଅଛି?

କଥାଟା ସତ୍ୟ। ଏମାନଙ୍କ ଆଗରୁ ଲକ୍ଷ୍ୟ ବ୍ୟକ୍ତିର ପଲାଇ ଯିବାର ଉପାୟ ନାହିଁ। ଆସ୍ମେମାନେ କହୁ ନଦୀତୀରଗତ ଶୁଭ୍ରଜ୍ୟୋସ୍ନାବିଧୌତ ସୁନୀଲ-ବନରାଜି, ନିବିଡ଼-ବନଚ୍ଛାଦିତ ନଦୀମଧ୍ୟଗତ ପଠାମାନ, ସୁବର୍ଣ୍ଣରେଣୁସଦୃଶ ଦୀପ୍ତିମାନ୍

ନକ୍ଷତ୍ରପୁଞ୍ଜ, ପ୍ରକଅତିସତୀର ମସ୍ତକାଲଙ୍କାରଖଚିତ ସୁବୃହତ୍ ହୀରକକଣ୍ଠରୂପ ଚନ୍ଦ୍ରମା ମହାନଦୀର ସୁବିମଲ ନୀଲ ଜଲରାଶି ସଙ୍ଗେ ପଲାୟନ କରିବା ଦ୍ୱାରା କେବଲ ନୌକାର ଶୋଭା ଅଧିକତର ବୃଦ୍ଧି ପାଇଅଛି। ଡକାଏତମାନେ ଏମାନଙ୍କର ଶୋଭା ଅପହରଣ କରିବା ନିମିଉ ଆଦୌ ମନ ବଲାଇ ନାହାନ୍ତି।

ବାଟରେ ଅନ୍ୟ କୌଣସି ନୌକା ଖଣ୍ଡି ଏ ସୁଦ୍ଧା ଯାତାୟାତ କରୁ ନାହିଁ। ଆମ୍ଭେମାନେ ଯେ ସମୟର କଥା ଉଲ୍ଲେଖ କରୁଅଛୁ ସେ ସମୟରେ ରାତ୍ରେ ଡଙ୍ଗା ବାହିବାର ଏକାନ୍ତ ନିଷିଦ୍ଧ ଥିଲା। ସୁବାଦାରଙ୍କ ଆଦେଶ ଏପରି ଯେ ଯେକେହି ରାତ୍ରକାଲରେ ନୌକାରେ ଯିବ ତାହାର ଧନସମ୍ପଉ ଡକାଏତଙ୍କଦ୍ୱାରା ନଷ୍ଟ ହେଲେ କୌଣସି ଗୁହାରି ଶୁଣାଯିବ ନାହିଁ। ଲୋକେ ମଧ ଡକାଏତଙ୍କ ଡରେ ପ୍ରାୟ ରାତ୍ରେ ଜଲପଥରେ ଯିବାକୁ ସାହସ କରୁ ନ ଥିଲେ। ସୁତରାଂ ବାଧା କିଛି ନାହିଁ ଏବଂ ନିର୍ବିଘ୍ନରେ ନୌକା ଚଲି ଯାଉଅଛି।

ଯେତେବେଲେ ରସକଲା ଆସି ଦ୍ୱାରେ ଅପାକୁ ଡକିଲେ ସେତେବେଲେ ନୌକା ଢେମୁହାଣୀ ଓ ତରିତୋକୁ କେତେଦୂରେ ପକାଇ ଆସିଲାଣି। ନିର୍ଦ୍ଧିଷ୍ଟ ସ୍ଥାନରେ ପହୁଞ୍ଚିବାକୁ ଆଉ ଅଳ୍ପ ସମୟ। ଏମନ୍ତ କାଲରେ ଦୂରରୁ ଖଣ୍ଡିଏ ନୌକା ଦେଖାଗଲା।

ନୌକା ଦେଖି ଡକାଏତମାନଙ୍କ ମଧରେ ତୁମୁଲ ଆନ୍ଦୋଲନ ଲାଗିଗଲା। ଏକ ଶିକାରକୁ ଯାଉଁ ଯାଉଁ ଅନ୍ୟ ଶିକାର ବାଟରେ ମିଲିଯିବାର ପ୍ରକାଶ କରି କେହି କେହି ଆନନ୍ଦରେ ଲମ୍ଫ ପ୍ରଦାନ କଲେ। ନୌକାଖଣ୍ଡି ଉପରକୁ ବାହି ଆସିଥିବାର ଡକାଏତମାନେ ସ୍ଥିର କରି ତାହାକୁ ଆକ୍ରମଣ କରିବା ନିମିଉ କୃତସଙ୍କଳ୍ପ ହେଲେ। ଦଲପତି ପଞ୍ଜନାୟକ ମହାଶୟ ସମ୍ମତି ଦେଲାମାତ୍ରକେ ନୌକା ଆହୁରି ଦ୍ରୁତବେଗରେ ଗତିବିସ୍ତାର କଲା।

ଏ ଡକାଏତମାନଙ୍କ କର-କବଲରୁ ପଲାୟନ କରିବା କାହାରିପକ୍ଷେ ସହଜ ନୁହଇ। ତଥାପି ପଲାଇବାର ଚେଷ୍ଟା କରିବା କର୍ତ୍ତବ୍ୟ। ମାତ୍ର ଆର ନୌକା ଖଣ୍ଡିକ ପଲାଉ ନାହିଁ। ତେବେ କି ସେ ନୌକାର ମାଝିମାନେ ଶୋଇ ଶୋଇ ଆହୁଲା ଭିଡୁ ଅଛନ୍ତି? ତାହା ମଧ ଆଶ୍ଚର୍ଯ୍ୟ ନୁହେ। ବେଲେ ବେଲେ ମାଝିମାନଙ୍କର ଏହି ଗୁଣରୁ ନୌକା ଅନେକ ପ୍ରକାରେ ମାଡ଼ ଖାଇବାର ଦେଖାଯାଇଅଛି। କି ଆଶ୍ଚର୍ଯ୍ୟ! ପରିଶ୍ରମ କଲାବେଲେ ନିଦ୍ରାଦେବୀର ଅଙ୍କଶାୟୀ ହୋଇ ରହିବା କେମନ୍ତ କଥା ଅଟଇ! ତେବେ ଏମାନେ ସଜୀବ ମନୁଷ୍ୟ ନା କଲ?

କଲ କହିଲେ କିଛି ଅସଙ୍ଗତ ହେବ ନାହିଁ। ନୌକା ବାହୁ ବାହୁ ମାଝିମାନେ ଯେପରି କରେ କରେ ଶୋଇ ନିଅନ୍ତି ସେହିପରି ସୁଆର ବୋହୁ ବୋହୁ

ବେହେରାମାନେ ମଧ୍ୟ କରେ ଶୋଇ ଯାଉଛନ୍ତି। ଏଥିରେ ଆଶ୍ଚର୍ଯ୍ୟ ହେବ ହୁଅ ମାତ୍ର ଅନେକ ସମୟରେ ଏହା ଦେଖା ଯାଇଅଛି। ବୈଜ୍ଞାନିକମାନେ ଏହାକୁ କେଉଁ ବିଜ୍ଞାନମଧ୍ୟରେ ଭୁକ୍ତ କରିବେ ଏଟିକି କେବଳ ଆମ୍ଭମାନଙ୍କୁ ଆଢୁଆ ଲାଗୁଅଛି। ଅପର ନୌକା ପଳାଇବାର ଚେଷ୍ଟା କରୁ ନ ଥିବା ଦେଖି ଡକାଏତମାନେ ଧିକତସନ୍ତୁଷ୍ଟ ହେଲେ ଏବଂ ତଦନୁଯାୟୀ ସାହସୀମଧ୍ୟ ବଢିଲା, ମାଝିମାନେ ଅଧିକତର ଉତ୍ସାହାନ୍ଵିତ ହୋଇ ନୌକା ବାହିଲେ। କ୍ରମେ ଡକାଏତମାନଙ୍କ ନୌକା ନିକଟ ହୋଇ ଆସୁଅଛି, ତଥାପି ଅପର ନୌକାର ମାଝିଙ୍କର ନିଦ୍ରା ଭାଙ୍ଗୁନାହିଁ। ପ୍ରଥମେ ଯାହା କ୍ଷୁଦ୍ର ବିନ୍ଦୁ ପ୍ରାୟ ଦେଖା ଯାଉଥିଲା କ୍ରମେ ତାହାପୂର୍ଣ୍ଣ ନୌକାରୂପରେ ଦେଖାଗଲା। କ୍ରମେ କ୍ରମେ ଡାକ ମାଇଲେ ଶୁଣା ଯିବାଭଳି ବାଟ ମଧ୍ୟରେ ବ୍ୟବଧାନ ରହିଲା। ତଥାପି ଅପର ନୌକାର କାହାରି ନିଦ୍ରା ଭାଙ୍ଗିଲା ନାହିଁ। ଏଥିକି ଉପାୟ କି ଅଛି? ନିଦ୍ରା ଯେବେ ନ ଭାଙ୍ଗିବ ତେବେ କିଏ କି କରିବ? ଡକାଏତମାନେ ଅପାର ଆନନ୍ଦ ଓ ଉତ୍ସାହରେ ମତ୍ତ ହେଲେ। କେହି ଦନ୍ତ କିଡ଼ିମିଡ଼ି କଲେ, କେହି ବାହୁରେ ତାଳଠୁଙ୍କି ବାହୁ ସଞ୍ଚାଳନରେ ଶରୀରର ବଳକୁ ଠୁଲ କଲେ, କେହି ଅବା ଅପରକୁ ଧରି ବାହୁରେ ବାହୁପିଟି ଅଥବା ପଞ୍ଝା ଲଢାଇ କରି ଅବା ଝିଙ୍କାଝିଙ୍କି ହୋଇ ପରସ୍ପରର ବଳ କଳି ନେଲେ। ମାତ୍ର ରଘୁନାଥଙ୍କୁ ଅପର ନୌକାର ଏପରିଭାବ ଦେଖି କେମନ୍ତ ଟିକିଏ ଅଢୁଆ ଜଣାଗଲା। ସେ ବାହାବଳୀନ୍ଦ୍ରଙ୍କୁ କହିଲେ 'ବାହାବଳୀନ୍ଦ୍ରେ! ସେ ନୌକାର ଲୋକେ କି ଶୋଇ ପଡ଼ିଅଛନ୍ତି'?

ବାହାବଳୀନ୍ଦ୍ର ବଳିୟାରସିଂହଙ୍କ ସହିତରେ ଶେଷୋକ୍ତ କାର୍ଯ୍ୟରେ ରତ ଥିଲେ। କହିଲେ 'ନାଉରି ବି ଶୋଇଛନ୍ତି।'

ରଘୁନାଥ କହିଲେ ''ଆଚ୍ଛା ଥରେ ସମସ୍ତେ 'ମହାବୀର କି ଜୟ' ଘୋଷଣା କର''।

ନୌକାରୁ ତୁମୁଲ ଧ୍ଵନିରେ ମହାବୀରକି ଜୟ' ଶଦ ଉଥିତ ହେଲା। ନଦୀଜଳ, ଆକାଶ, ତୀରବର୍ତ୍ତିବନରାଜି ପ୍ରଭୃତି ସେ ଧ୍ଵନିରେ ପ୍ରକମ୍ପିତ ହୋଇଗଲା ଏବଂ ତହିଁରୁ ଘୋରପ୍ରତିଧ୍ଵନି ଜାତ ହୋଇ ଆକାଶ ଆଲୋଡିତ କଲା। ସେ ଗମ୍ଭୀର ପ୍ରଧ୍ଵନିର ସ୍ଵର ନିଃଶେଷ ନୋହୁଣୁ ଅପର ନୌକାରୁ 'ମହାବୀରକି ଜୟ' ଶଦ ଉଥିତ ହେଲା।

ଆଉ ସନ୍ଦେହ ନାହିଁ। ସେ ନୌକା ଡକାଏତଙ୍କ ପକ୍ଷୀୟ ଲୋକଙ୍କର ଅଟେ, ଅପର କାହାରି ନୁହେ। ଡକାଏତଙ୍କ କର୍ଣ୍ଣକୁହରରେ ଅପର ନୌକାରୁ ଉଥିତ ହୋଇଥିବା ଜୟ ଘୋଷଣାର ଗମ୍ଭୀର ଶଦ ପ୍ରବେଶ କଲା ମାତ୍ରକେ ସେମାନଙ୍କର ସେ

ଉତ୍ସାହ ଊଣା ହୋଇଗଲା ଏବଂ ଭଗ୍ନମନୋରଥ ହେବା ସଙ୍ଗେ ସଙ୍ଗେ ଯାହା ଏତେବେଳକୁ ସମସ୍ତେ ଉଠି ପଡ଼ିଥିଲେ ପୁଣି ନିରସ୍ତ ହୋଇ ନୌକାରେ ବସିଗଲେ। କ୍ରୋଧୋନିଦ୍ବେଳିତ ବୀର୍ଯ୍ୟଶାଳୀ ଫଣୀ ଫଣା ଟେକି ଯାହା ଦଂଶନ କରିବାକୁ ଉଦ୍ୟତ ଥିଲା ମନ୍ତ୍ରମୁଗ୍ଧ ହୋଇ ନିସ୍ତେଜଭାବରେ କୁଣ୍ଡଳାକାରରେ ପଡ଼ିଗଲା। ମାଝିମାନେମଧ୍ୟ ନୌକାର ଗତି ଧୀରା କଲେ। କ୍ରମେ ଉଭୟ ନୌକା ନିକଟବର୍ତ୍ତୀ ହୋଇଗଲା। ଅପର ନୌକାରେ ଠିଆ ହୋଇଥିବା ଜଣେ ଲୋକକୁ ଲକ୍ଷ୍ୟକରି ରଘୁନାଥ ଏ ନୌକାରୁ କହିଲେ 'କିଏ, ସର୍ଦ୍ଧାରସିଂହେ! ସବୁ ଠିକ୍‌ତ?' ସର୍ଦ୍ଧାର ସିଂହ କହିଲେ "ଏତେବେଳ୍‌ଯାଏ ଠିକ୍‌ନ ହୋଇ କି ବାକୀଅଛି!" ଏହିକଥା ହେଉଁ ହେଉଁ ଉଭୟ ନୌକା ଲଗାଲଗି ହୋଇ ଗଲା। ରଘୁନାଥ ଆପଣା ନୌକାରେ ଥାଉଁ ସର୍ଦ୍ଧାରସିଂହଙ୍କ ହାତ ଧରି କହିଲେ 'ଆମ୍ଭଙ୍କୁତ ଆଉ କୌଣସି କଥାର ଅପେକ୍ଷା କରିବାକୁ ହେବ ନାହିଁ?' ସର୍ଦ୍ଧାରସିଂହ ଉତ୍ତର କଲେ ରଘୁବାବୁ ଆପଣା ଯେ ଆଦେଶ ଦେବେ ତାହା କି କେବେ ବ୍ୟର୍ଥ ହେବ? ଆପଣଙ୍କର ଆଦେଶ ଅନୁଯାୟୀ ଆମ୍ଭେ ସମୁଦାୟ ପ୍ରସ୍ତୁତ ରଖ୍ଛୁଁ। ରାତ୍ର ପ୍ରହରକ ସମୟକୁ ସବୁ ଠିକ୍‌ଠାକ୍‌ହୋଇଗଲା। କାଲେ କିଛି ଊଣା ଅଧିକ ରହିଥିବା ଏଯୋଗୁଁ ଆମ୍ଭେ ନିଜେ ନୌକାଯୋଗେ ଯାଇଁ ଦେଖ୍ ଆସିଲୁଁ! ଏତେବେଳକୁ ସମସ୍ତେ ଆପଣଙ୍କୁ ଅପେକ୍ଷା କରି ରହିଥିବେ।

ରଘୁନାଥ ଏକଥାରେ ଅତ୍ୟନ୍ତ ଆନନ୍ଦିତ ହୋଇ କହିଲେ 'ତେବେ ତ ଛୟାଶସିଂହ ଯାହା କହୁଥିଲେ ତାହା ଘଟିଯିବ ପରା?' ସର୍ଦ୍ଧାରସିଂହ ପଚାରିଲେ 'କି କହୁଥିଲେ?' ରଘୁନାଥ ଉତ୍ତର କଲେ 'ଆମ୍ଭେ ବାହାବଳୀନ୍ଦ୍ରଙ୍କଠାରୁ ଶୁଣିଲୁଁ ଛୟାଶସିଂହେ ତାଙ୍କୁ କହୁଥିଲେ 'ଯେବେ ସେଠାରେ ପହୁଞ୍ଚିଲା ବେଳକୁ 'ଆମ୍ଭର ବିଲମ୍ବ ନୋହିଥିବ ତେବେ ସେ ମୁଣ୍ଡ କାଟି ପକାଇବେ।'

ସର୍ଦ୍ଧାରସିଂହ ଏ କଥା ଶୁଣି ଅଟ୍ଟହାସ୍ୟରେ ଚତୁର୍ଦ୍ଦିଗ କମ୍ପାଇ ଦେଲେ। କହିଲେ 'ଏଥିରେ ନିଶ୍ଚୟ ଛୟାଶସିଂହଙ୍କର ଜିତ୍‌। ଆମ୍ଭ ଯାହା ଦେଖ୍ ଆସିଛୁଁ ଆପଣଙ୍କୁ ନିଶ୍ଚୟ ବିଲମ୍ବ ହୋଇଥିବା କହିବାକୁ ହେବ।' ରଘୁନାଥ ଏକଥା ଶୁଣି ଆନ୍ତରିକ ଆନନ୍ଦ ପ୍ରକାଶ କରି 'ମହାବୀରକି ଜୟ' ଘୋଷଣା କରିବା କାରଣ ଆଦେଶ କଲେ। ଏ ଆଦେଶ ବାହାରିବା ମାତ୍ରକେ ଉଭୟ ନୌକାରୁ 'ମହାବୀର କି ଜୟ' ଶବ୍ଦ ଉତ୍ଥିତ ହୋଇ ଚତୁର୍ଦ୍ଦିକ ଆନ୍ଦୋଳିତ କରି ଗଗନମାର୍ଗ ଭେଦି ଚାଲି ଗଲା ଏବଂ ପ୍ରତିଧ୍ୱନି ସହସ୍ରରୂପରେ ଉତ୍ଥିତ ହୋଇ ଶତ୍ରୁଦର୍ପ ଚୂର୍ଣ୍ଣୀଭୂତ ହେବାର ଜଣାଇ ଦେଲା।

ଅବଶେଷରେ ରଘୁନାଥ ସର୍ଦ୍ଧାରସିଂହଙ୍କୁ କହିଲେ 'ଆପଣଙ୍କୁ ଅନ୍ୟ ଯେଉଁ କାର୍ଯ୍ୟର ଭାର ଦିଆଯାଇଛି ତହିଁର କି କଲେ?

ସର୍ଦ୍ଦାର ସିଂହ କହିଲେ 'ତହିଁର ଉତ୍ତମ ବନ୍ଦୋବସ୍ତ ହୋଇଛି। ଆପଣଙ୍କର ନାଟସ୍ଥାନରେ ନାଟ ଖଡ଼ା ହେଲା ବେଳକୁ ସେଠାରେ ମଧ୍ୟ ନାଟ ଖଡ଼ା ହୋଇଯିବ। ଆପଣ ସନ୍ଦେହ ନ କରନ୍ତୁ। ପଛେ ଜାଣିବେ ଆମ୍ଭେ କିପରି ବନ୍ଦୋବସ୍ତ କରିଛୁ।'

ରଘୁନାଥ ସର୍ଦ୍ଦାରସିଂହଙ୍କ ହାତ ହଲାଇ ଦେଇ କହିଲେ 'ଭଲ ଭଲ— ଆପଣଙ୍କ ପ୍ରାୟ ଚତୁର ଲୋକ ସାହାୟ୍ୟ କରୁଥିବା କାଳରେ ରଘୁନାଥ ଶମନକୁ ମଧ୍ୟ ଡରେ ନାହିଁ।'

ଏଥୁଉତ୍ତାରୁ ରଘୁନାଥଙ୍କ ଆଦେଶକ୍ରମେ ପୁନର୍ବାର ଉଭୟ ନୌକାରୁ ପୂର୍ବପ୍ରାୟ ଜୟଧ୍ୱନି ଉତ୍ଥିତ ହେଲା ଏବଂ ତହିଁ ସଙ୍ଗେ ସଙ୍ଗେ ଉଭୟ ନୌକା ଛଡ଼ାଛଡ଼ି ହୋଇ ପରସ୍ପର ଲକ୍ଷ୍ୟ ଦିଗକୁ ଗତିବିସ୍ତାର କରି ବିପରୀତ ଧାବିତ ହେଲା।

ଦଶମ ପରିଚ୍ଛେଦ। ବୁଢ଼ାଲିଙ୍ଗ।

ନବଗ୍ରାମର ପୂର୍ବକୁ କିଞ୍ଚିତ୍‍ଦୂରରେ ମହାନଦୀର ଦକ୍ଷିଣତୀରସ୍ଥ ବାଲୁକାମୟ ଭୂମିଖଣ୍ଡରେ ବୁଢ଼ାଲିଙ୍ଗ ମହାଦେବ ବିରାଜିତ ହୋଇଅଛନ୍ତି। ଭସ୍ମବିଭୂଷିତ ଶ୍ମଶାନ-ବିହାରୀ ଦିଗମ୍ବର ମହାଦେବ ସ୍ୱଭାବତଃ ଆଡମ୍ବରଶୂନ୍ୟ। ସ୍ଥାନବିଚାର ତାଙ୍କଠାରେ ନାହିଁ। ଚରାଚର ତାଙ୍କଠାରେ ସମଭାବସମ୍ପନ୍ନ! ନିବିଡ଼-ବନ-ସଙ୍କୁଲ-ପର୍ବତ-ଶିଖରସ୍ଥ କଳ-ନାଦିନୀ-ନିର୍ଝରିଣୀ-ସମାବୃତ ଭୂମିଖଣ୍ଡ ତାଙ୍କୁ ଯେପରି, ସୁଦୂରବିସ୍ତୃତ ବୃକ୍ଷଶୂନ୍ୟ ବାଲୁକାମୟ ଭୂମି ଖଣ୍ଡମଧ୍ୟ ସେହିପରି। ଅତି ଦୁର୍ଗମ ବନ୍ୟଜନ୍ତୁସମାକୁଳ କାନ୍ତାର ପ୍ରତି ତାଙ୍କର ଯେପରି ଦୃଷ୍ଟି ଦିଗନ୍ତବ୍ୟାପୀ ଛାୟା-ଜଳ-ହୀନ ଦୁସ୍ତର ପ୍ରାନ୍ତରପ୍ରତି ମଧ୍ୟ ସେହିପରି ଦୃଷ୍ଟି। ସୁନ୍ଦର ଲୋକାଳୟ-ପୂର୍ଣ୍ଣ ବିସ୍ତୀର୍ଣ୍ଣ ଗ୍ରାମ ମଧ୍ୟଗତ ସୁବିଶାଲମନ୍ଦିର ପ୍ରତି ତାଙ୍କର ଯେପରି ସ୍ନେହ, ନରଶିରଃ-ଶୋଭି ଅସ୍ଥିମୟ ଭୟଙ୍କର ଶ୍ମଶାନଠାରେସୁଦ୍ଧା ସେପରି ସ୍ନେହ। ଫଳତଃ ସମଦର୍ଶୀ ଉଦାରଚେତା ମହାନୁଭବ ମହାଦେବଙ୍କର ବିରାଜିତ ହେବାର ସ୍ଥାନବିଚାର ଆଦୌ ନାହିଁ ଯେଉଁମାନେ କପିଲାସ କନ୍ଦର, ମହାବିନାୟକ, ଲୋକନାଥ, ପରମହଂସ, ଭୁବନେଶ୍ୱର, ଅଥବା ବୁଢ଼ାଲିଙ୍ଗ ମହାଦେବଙ୍କର ଦର୍ଶନ କରି ଅଛନ୍ତି, ସେମାନଙ୍କର ଏବିଷୟରେ ଆଉ ସନ୍ଦେହ ନାହିଁ। ପାଠକେ! ମନୁଷ୍ୟ ହୋଇ ଏ ସମଦର୍ଶୀ-ଭାବ କେହି କି ଲାଭ କରି ପାରେ? ତାହା ହୋଇଥିଲେ ଆଜି ପାପମୟପୃଥିବୀ ପୁଣ୍ୟକ୍ଷେତ୍ର ବୈକୁଣ୍ଠଧାମରେ ପରିଣତ ହୋଇଥାନ୍ତା।

ଆମ୍ଭେମାନେ କହିଅଛୁଁ ସହାଦେବ ବୁଢ଼ାଲିଙ୍ଗ ନଦୀତୀରସ୍ଥ ବାଲୁକାମୟ ଭୂମିଖଣ୍ଡିରେ ବିରାଜିତ ହୋଇଅଛନ୍ତି। ଏମନ୍ତ କି ନଦୀ ବଢ଼ିଲେ ମହାଦେବ ବଢ଼ିପାଣିରେ ପ୍ରତିବର୍ଷ ଅବଗାହନ କରନ୍ତି। ସମ୍ମୁଲ ମଧ୍ୟରେ ଗୋଟିଏ ଧଳାକୁ ବୃକ୍ଷ।

ବୃକ୍ଷଟି କିମ୍ବଦନ୍ତୀରେ ମହାଦେବ ବିରାଜିତ ହେବା ସମୟରୁ ଏକଭାବରେ ମହାଦେବଙ୍କ ନିକଟରେ ଦଣ୍ଡାୟମାନ ହୋଇ କିଞ୍ଚିତ୍‌ଛାୟା ପ୍ରଦାନ କରି ଆସୁଅଛି। ସେ ବୃକ୍ଷର କ୍ଷତିବୃଦ୍ଧି କିଛି ନାହିଁ। ବହୁକାଳ ପୂର୍ବେ ଯେପରି ଭାବରେ ଥିଲା ବର୍ତ୍ତମାନ ମଧ ସେହିପରି ଭାବରେ ରହିଅଛି। ଅତି ଅଳ୍ପ ଛଡ଼ାରେ ଗୋଟିଏ ପାଟଳୀ ବୃକ୍ଷ ଆଢୁରି ନଦୀ ମଧକୁ ଥାଇ ନିଜ ପୁଷ୍ପୋପହାରରେ ଦେବ-ଦେବ ମହାଦେବଙ୍କ ସେବାରେ ନିଯୁକ୍ତ ଅଛି। କିମ୍ବଦନ୍ତୀ ଏହାକୁ ମଧ ମହାଦେବଙ୍କ ସମକାଳୀନ ବୋଲି ମର୍ଯ୍ୟାଦା ପ୍ରଦାନ କରିଅଛି ଏବଂ ଧଳାଙ୍କୁ ବୃକ୍ଷ ପ୍ରାୟ ଏହାର କୌଣସି କାଳେ କିଛି କ୍ଷତିବୃଦ୍ଧି ଦେଖାଯାଇ ନାହିଁ। ଦୁହେଁ ମହାଦେବଙ୍କ ପାର୍ଶ୍ୱରେ ବିରାଜିତ ଥିବା ସମୟରେ ଅପରଟି ମନୋରମରକ୍ତବର୍ଣ୍ଣ-ପୁଷ୍ପ-ଭାରରେ ମହାଦେବଙ୍କ ସମୀପରେ ଅବନତ ହୋଇଯାଏ, ସେତେବେଳେ ତହିଁର ଶୋଭା ବର୍ଣ୍ଣନାତୀତ ହୋଇପଡ଼େ। ନକ୍ଷତ୍ରମୟ ଆକାଶ ଚରାଚରର ଛତ୍ରରୂପେ ବିରାଜିତ ଅଛି। ଧବଳପୁଷ୍ପମୟ ଧଳାଙ୍କୁ ଚରାଚରବ୍ୟାପୀ ଦେବଦେବ ମହାଦେବଙ୍କର ନକ୍ଷତ୍ରମୟ ଛତ୍ରରୂପରେ ବିରାଜିତ ହୋଇ ତହିଁରେ ନିଦର୍ଶନ ଦେଖାଇଦିଏ। ଭକ୍ତ ସେ ଭାବରେ ଗଦ୍‌ଗଦ ହୋଇ ତନ୍ମୟମୁକ୍ତିଲାଭାଶାରେ ନିଜର ରକ୍ତୋସର୍ଗଦ୍ୱାରା ଅପୂର୍ବ ଭକ୍ତିର ଚରମ ଉଦାହରଣ ଦେଖାଇଲାପ୍ରାୟ ପାଟଳୀବୃକ୍ଷ ରକ୍ତାକ୍ତପୁଷ୍ପଭାରରେ ଅବନତ ହୋଇ ଅଭୁତପୂର୍ବଶ୍ରୀ ଧାରଣ କରେ। ସେହି ପୁଷ୍ପର ପାଖୁଡ଼ାମାନ ଝରଝର ହୋଇ ଝଡ଼ି ପଡ଼ିବା ସମୟରେ ଭକ୍ତର ଗଳଦେଶରୁ ରକ୍ତଧାରା ସ୍ରୁତ ହେଲାପ୍ରାୟ ଯେଉଁ ଶୋଭା ହୁଅଇ, ପାଠକେ! ତହିଁରେ ନିତାନ୍ତ ପାଷାଣମନା ଲୋକସୁଦ୍ଧା ବିମୋହିତ ହୋଇଯିବ। ତୁମ୍ଭର ଉଦ୍ୟାନସ୍ଥ ପାଟଳୀ ବୃକ୍ଷ ଏ ଶୋଭା କାହୁଁପାଇବ? ତୁମ୍ଭର ତୋଟାପଗାରସ୍ଥ ଧଳାଙ୍କୁ ବୃକ୍ଷ ଏ ଶୋଭା କାହୁଁ ଜନ୍ମାଇବ? ଅନ୍ତକାଳର ସ୍ରୋତୋମୟୀ ଗତିର କ୍ଵଳନ୍ତଉଦାହରଣ-ସ୍ଥଳୀୟ ମହାନଦୀର ତୀରରେ ଚରାଚରବ୍ୟାପୀ ସଂହାର ମୂର୍ତ୍ତି ଦେବଦେବ ସ୍ୱୟଂ ସ୍ୱୟମ୍ଭୁ ଶିବ କାଳ-ନଦୀକୂଳରେ ବିରାଜିତ ଥିଲାପରି ଉପଲକ୍ଷିତ ହୋଇ ନିଜର ଶୋଣିତ ପର୍ଯ୍ୟନ୍ତ ଉସ୍ର୍ଗନ କଲେ ମୁକ୍ତିଲାଭର ଆଶାନାହିଁ ବୋଲି ଲୋକଙ୍କୁ ଶିକ୍ଷା ଦେଉଅଛନ୍ତି। ଆହା! ଏହି ଅପୂର୍ବ ଭାବ ଭାବୁକହୃଦୟରେ ଜାଗ୍ରତ କରିବା ଉଦ୍ଦେଶ୍ୟରେ କି ଦେବଦେବ ଲୋକୋପେକ୍ଷିତ ବାଲୁକାମୟ ଭୂମିଖଣ୍ଡର ମର୍ଯ୍ୟାଦା ବଢ଼ାଇ ସେଠାରେ ବିରାଜିତ ହୋଇ-ଅଛନ୍ତି? ଏହିଭାବରେ ବିହ୍ୱଳ ହୋଇ ଗନ୍ଧବହ କି ଉଭୟ ବୃକ୍ଷର ଅପୂର୍ବ-ଭାବମୟ-ପୁଷ୍ପ ସୁଗନ୍ଧ ସହିତରେ ଚତୁର୍ଦ୍ଦିକ ଉଦ୍ଭଟ କରାଇ ବିଚରଣ କରୁଅଛି?

ବୁଢ଼ାଲିଙ୍ଗ ମହେଦେବଙ୍କୁ ସେଠାରେ କେହି ସ୍ଥାପନ କରିନାହିଁ। ସ୍ୱୟମ୍ଭୁ ମହାଦେବ ପାତାଳଫୁଟ ହୋଇ ସ୍ୱୟଂ ସେଠାରେ ପ୍ରକାଶମାନ ହୋଇଥିବା କିମ୍ବଦନ୍ତୀ

ଅଛି। ଶକ୍ତି ପ୍ରକାଣ୍ଡ, ମାତ୍ର କିଞ୍ଚିତ୍‌ତଳିପଡ଼ିଥିବା ଏବଂ ଉପରୁ କିଞ୍ଚିତ୍‌ଫାଟି ଯାଇଥିବା ଦେଖାଯାଏ। ଏମନ୍ତ ଜନଶ୍ରୁତି ଅଛି ଯେ ପୂର୍ବେ କୁଜଙ୍ଗର ଭୁୟାଁମାନେ ଡକାଇତୀ କରିବା କାରଣ ନବଗ୍ରାମ ଆଡ଼କୁ ଅନେକ ସମୟରେ ଆସି ନାନାଧନ ଦ୍ରବ୍ୟ ଚୋରାଇ ଘେନି ଯାଉଥିଲେ। ସେମାନଙ୍କର ବୁଢ଼ାଲିଙ୍ଗ ମହାଦେବଙ୍କଠାରେ ପ୍ରଭୂତି ଭକ୍ତି ଥିଲା ଏବଂ ଡକାଇତୀ କରିବାକୁ ଆସିଲେ ମହାଦେବଙ୍କୁ ଆଗେ ପୂଜା କରୁଥିଲେ। ସେହି ହେତୁରୁ ଡକାଇତିରେ ସେମାନଙ୍କର ଯେପରି ଉତ୍ତମ ଉପାର୍ଜନ ହେଉଥିଲା ସେହିପରି ହାକିମହୁକୁମା ମଧ୍ୟ କେହି ତାଙ୍କୁ ଧରିପାରୁ ନ ଥିଲେ। କାଳକ୍ରମେ ଭକ୍ତିଭାବ ଅଧିକ ହେବାରୁ ପ୍ରକୃତିବଶରୁ ଭୁୟାଁମାନେ ମହାଦେବଙ୍କୁ ଆପଣାରାଜ୍ୟକୁ ଘେନିଯିବାର ପରାମର୍ଶ ସ୍ଥିରକରି ଦିନେ ଅନ୍ଧକାରମୟ ରାତ୍ରରେ ମହାଦେବଙ୍କୁ ଖୋଲିବାକୁ ଆରମ୍ଭ କଲେ। ଶକ୍ତି ପାତାଳପୁଟ। ଯେତେ ଖୋଲନ୍ତି ତଳି ମିଳଇ ନାହିଁ। ଏମନ୍ତ ସମୟରେ ମହାଦେବ ନିଜଶକ୍ତି ପ୍ରକାଶ କଲେ। ଅଳ୍ପ ଦୂରରେ ଗୋଟିଏ ଧୋବା ବାସ କରୁଥିଲା। ସେ ଧୋବାର ବଂଶଧରମାନେ ଅଦ୍ୟାପି ସେ ସ୍ଥାନରେ ବାସକରି ରହିଅଛନ୍ତି। ଧୋବାର ମହାଦେବଙ୍କଠାରେ ଅତୀବ ଭକ୍ତି ଥିଲା। ମହାଦେବ ଭୁୟାଁଙ୍କର ଏ ବୁଦ୍ଧି ଦେଖି ତାଙ୍କୁ ତଡ଼ିଦେବା ନିମିତ୍ତ ନିଜର ଅବସ୍ଥା ଜଣାଇ ଧୋବାକୁ କୁରାଢ଼ି ଓ ମଶାଲ ଘେନି ଆସିବା କାରଣ ସ୍ୱପ୍ନାଦେଶ କଲେ। ଧୋବା ହତ୍‌କ୍ଷଣାତ୍‌ଏକ ହସ୍ତରେ ମଶାଲ ଅପର ହସ୍ତରେ କୁରାଢ଼ି ଘେନି ଶକ୍ତି-ରକ୍ଷାର୍ଥ ଧାବମାନ ହେଲା। ଭୁୟାଁମାନେ ଈଶ୍ୱରମାୟାରେ ଜଡ଼ିତ ହୋଇ ଗୋଟିଏ ଧୋବାକୁ ଶତାଧିକ ଲୋକ ଏକ ହସ୍ତେ ମଶାଲ ଓ ଅପରହସ୍ତେ କୁଢ଼ାରି ଘେନି ଦଉଡ଼ି ଆସିବାକୁ ଦେଖିଲେ। ଏପରି ଅବସ୍ଥାରେ ପ୍ରାଣ ଘେନି ପଳାଇବା ସମୟରେ ଭୁୟାଁମାନେ ମହାଦେବଙ୍କ ଶକ୍ତି ଉପରେ ଲୌହମୁଦ୍ଗରରେ ଏକ ପ୍ରହାର କରିଗଲେ। ସେହି ପ୍ରହାରରେ ଶକ୍ତି କିଞ୍ଚିତ ତଳି ପଡ଼ି ଫାଟ ଯାଇଅଛି। ଯାହାହେଉ ଏଥୁରୁ ଆଉ ଏକ ଫଳ ଏହି ହୋଇଅଛି ଯେ, ସେହିଦିନରୁ ଭୁୟାଁମାନେ ନବଗ୍ରାମ ଅଞ୍ଚଳକୁ ଡକାଇତି କରିବାକୁ ଆସନ୍ତି ନାହିଁ।

ପାଟଳୀବୃକ୍ଷର ତଳକୁ ମହାନଦୀର ଧାର। ସେଠାରେ ପାଣି ତେ ଜମା ଅଛି ଯେ କାଟ ପାଇବ ନାହିଁ। ମୃଦୁମଧୁରତାନରେ ନୀଳଜଳରାଶି କଳକଳ ଧ୍ୱନିରେ ପ୍ରବାହିତ ହୋଇ ମହାଦେବଙ୍କ ସକାଶେ ବେଦାଧ୍ୟନ କଲାପ୍ରାୟ ଜଣା ଯାଉଅଛି। ସ୍ୱଭାବର ଶୋଭା ଏରୂପରେ ଏଖାନରେ ଅତୀବ ମନୋହରିଣୀ ହୋଇଅଛି ଏବଂ ପଥିକ ଯେବେ ସେ ବାଟରେ ଯିବାବେଳେ ଏଥିରେ ବିହ୍ୱଳ ହୋଇ ମହାଦେବଙ୍କୁ ସାଷ୍ଟାଙ୍ଗ ପ୍ରଣାମ କରି ସେଠାରେ ଦଣ୍ଡେ ବସି ଯାଇ ଶୋଭାଶାନ୍ତିମୟୀ ଅମିୟ ପାନ

କରେ ତାହା କେବଳ ସ୍ୱାଭାବିକ। ତହିଁରେ ଆଶ୍ଚର୍ଯ୍ୟ ହେବାର କଥା କିଛି ନାହିଁ; ମାତ୍ର ବର୍ତ୍ତମାନ ଆମ୍ଭମାନଙ୍କର ପୂର୍ବକଥିତ ଆନିକଟ ଏ ଶୋଭା ଅପହରଣ କରିଅଛି। ଏବେ ନୀଳଜଳରାଶି ବଦଳରେ ଧବଳବାଲୁକାରାଶି ଧୁ ଧୁ ହୋଇ ରହିଅଛି। ଡକାଇତମାନଙ୍କ ଡରେ ମଧ୍ୟ ନିକଟବର୍ତ୍ତୀ ଜଙ୍ଗଲରୁ ବ୍ୟାଘ୍ର ଆସିବା ଭୟରେ କେହି ଲୋକ ରାତ୍ରରେ ବୁଢ଼ାଲିଙ୍ଗଙ୍କ ସମୀପରେ ନ ଥାନ୍ତି-ରହିବାର ସ୍ଥାନ ମଧ୍ୟ ନାହିଁ। ସେବକ ଦିନକୁ ପୂଜା ସାରି ଚାଲିଯାଏ। ସୁତରାଂ ରାତ୍ରକୁ ସେ ସ୍ଥାନ ନିତାନ୍ତ ନିର୍ଜନ ହୋଇପଡ଼େ। ଆମ୍ଭେମାନେ ଯେଉଁ ପୌଷପୂର୍ଣ୍ଣମାର କଥା କହି ଆସୁଅଛୁଁ, ସେହି ରାତ୍ରରେ ପାଟଳୀବୃକ୍ଷ ମୂଳରେ ଗୋଟିଏ ଲୋକ ଏକାକୀ ଉପବିଷ୍ଟ ଅଛି।

ରାତ୍ର ପ୍ରାୟ ଦୁଇ ପ୍ରହର। ସର୍ଦ୍ଧାରସିଂହଙ୍କ ନୌକା ଏହି ବୃକ୍ଷରେ ବନ୍ଧାଥିଲା-ଅଳ୍ପକ୍ଷଣ ହେଲା ଫିଟା ହୋଇ ଯାଇଅଛି। ଲୋକଟି ତୁରନ୍ତ ଶୀତ ମାନିବାକୁ ନାହିଁ। ଦେହରେ ଖଣ୍ଡିଏ ମୋଟ ଲୁଗା ଅଯତ୍ନଭାବରେ ରକ୍ଷିତ ହୋଇଅଛି। ସମସ୍ତ ଚରାଚର ସହିତ ମହାଦେବ ଅମୃତମୟୀ ଜ୍ୟୋସ୍ନାରେ ଅବଗାହନ କରୁଥିବାର ଶୋଭା ଏ ଲୋକ ଦେଖିବାକୁ ବସି ନାହିଁ। ସମ୍ମୁଖସ୍ଥ ମହାନଦୀର ଅତଳସ୍ପର୍ଶଜଳରାଶି ମୃଦୁପବନ-ସଞ୍ଚାଳିତ-ତରଙ୍ଗଭଙ୍ଗରେ ଚନ୍ଦ୍ରଜୋସ୍ନା ସହିତ ଖେଳା କରୁଥିବା ରଙ୍ଗ ଦେଖିବାକୁ ଏ ଲୋକ ବସି ନାହିଁ। ମହାଦେବର ଅପର ପାର୍ଶ୍ୱସ୍ଥ ବାଲୁକାସ୍ତପର ଜୋସ୍ନାକୁଣ୍ଡଶିଶିରରାଶି ଧୂମରୂପରେ ଉତ୍ଥିତ ହୋଇ ଚନ୍ଦ୍ର-ଜ୍ୟୋସ୍ନାରେ ମିଳିତ ହେବାଦ୍ୱାରା ଅପୂର୍ବଶୋଭା ସମ୍ପାଦନ କରୁଥିବା ବିଷୟ ଦେଖି ଲୋକଟି ବିମୋହିତ ହେଉ ନାହିଁ। ଭାବଗତିରୁ ବୋଧ ହେଉଅଛି କୌଣସି ଦୁଷ୍ଟାଭିସନ୍ଧିର ଚରସ୍ୱରୂପ ହୋଇ କାହାକୁ ଅପେକ୍ଷା କରି ବସିଅଛି। ଲୋକଟି ଘୋର କୃଷ୍ଣବର୍ଣ୍ଣ ଶରୀରପ୍ରକାଣ୍ଡ ଏବଂ ଅତ୍ୟନ୍ତ ବଳିଷ୍ଠ ଏମନ୍ତ କି ପାଇଲେ ବାଘକୁମଧ୍ୟ ସହଜରେ ହଟାଇ ଦେଇପାରେ, ଶାସ୍ତ ଲୌହଦଣ୍ଡ। ଏମନ୍ତ ଲୋକ ଯେ ଶୀତ କିମ୍ବା ବନ୍ୟଜନ୍ତୁକୁ ଭୟ କରିବ ନାହିଁ ଏହାତ ସ୍ୱାଭାବିକ। ଲୋକଟି ନିବିଷ୍ଟଚିଉରେ ମହାନଦୀର ଧାରର ପଶ୍ଚିମକୁ ଅନାଇ ରହିଥିଲା-ଏମନ୍ତ ସମୟରେ ହଠାତ୍ପଦଶବ୍ଦ କର୍ଣ୍ଣକୁହରରେ ପ୍ରବିଷ୍ଟ ହେଲା ଏବଂ ପଛକୁ ଅନାଇ ଦେଖିଲା ଯେ ଜଣେ ପଶ୍ଚାତ୍ପଦ ହୋଇ ମହାଦେବଙ୍କ ନିକଟରୁ ପଳାଇଯିବାକୁ ବସିଅଛି। ତହୁଁ ଉକ୍ଟ ଗମ୍ଭୀରସ୍ୱରରେ ଲୋକଟି କହିଲେ "କି ଏ ସେ"?

ଆଗନ୍ତୁକ ଚନ୍ଦ୍ରଜ୍ୟୋସ୍ନାରେ ଲୋକଟିର ଶରୀର ଦେଖି ଭୟରେ କାତର ହୋଇ ପଳାଇବାର ଚେଷ୍ଟା କରୁଥିଲା ତହିଁ ଉପରେ ପୁନି ଦମ୍ଭପୂର୍ଣ୍ଣଗମ୍ଭୀରବାଣୀରେ ସମ୍ବୋଧନ କରିବାର ଶୁଣି ତାହାର ରକ୍ତ ପାଣି ହୋଇଗଲା। ଭୟରେ ଶରୀର କମ୍ପିତ

ହେଲା। ଚଳଦ୍ୱଶକ୍ତିହୀନ ହୋଇ ସେହିଠାରେ ଠିଆ ହୋଇ ରହିଲା। ସେ ଗମ୍ଭୀର ଆଦେଶସୂଚକ ପ୍ରଶ୍ନର କି ଉତ୍ତର ଦେବ ଠିକଣା କରି ପାରିଲା ନାହିଁ।

ଲୋକଟି ଆଗନ୍ତୁକର ଭୟ ବିକମ୍ପିତ ଶରୀର ଦେଖି ମନେ ମନେ ଅତ୍ୟନ୍ତ ସନ୍ତୁଷ୍ଟ ହୋଇ ଲୌହଦଣ୍ଡ ଉଠାଇ କହିଲା 'ଦେଖ ମୋ ଆଗରୁ ପଳାଇ ପାରିବ ନାହିଁ। ବଞ୍ଚିବାର ଆଶା ଥିଲେ ଏହିଠାକୁ ଆସ, ନୋହିଲେ ଦଣ୍ଡରେ ମୁଣ୍ଡ ଫଟାଇ ଦେବି।'

ଆଉ ରକ୍ଷା ନାହିଁ। ଯେଉଁ ଗମ୍ଭୀର-ସ୍ୱରରେ ଲୋକଟି ଆଗନ୍ତୁକ ପ୍ରତି ଏ ଆଦେଶ କଲା, ସିଂହାସନୋପବିଷ୍ଟ ସମ୍ରାଟ ସେପରି ସ୍ୱରରେ ଆଦେଶ କରି ପାରିବେ କି ନାହିଁ ସନ୍ଦେହ। ଆଗନ୍ତୁକ ଚିତ୍ରପୁତ୍ତଳିକା ପ୍ରାୟ ଠିଆ ହୋଇଥିଲା ଏବଂ ଅଶ୍ୱକେଶ-ବଦ୍ଧ-ପୁତ୍ତଳିକା ବାଜୀକରର ଆଦେଶ ପାଳିଲା ପ୍ରାୟ ପାଟଳୀ ବୃକ୍ଷ ଆଡ଼କୁ ଧୀରେ ଧୀରେ ଗତି ବିସ୍ତାର କଲା। ପାଟଳୀବୃକ୍ଷର ନିକଟବର୍ତ୍ତୀ ହୋଇ ଆସିଲାରୁ କହିଲା "ପ୍ରଭୃତି ସମସ୍ତଙ୍କର ଜୀବନ ନେବାର ବିଚାର କରିଛନ୍ତି-ଦେହରେ ତ ପ୍ରାଣ ନ ଥିଲାପରି ହେଲାଣି-ବାକୀ ଯାହା ଅଛି ତୁମ୍ଭେ ନେବ ତ ନିଅ।"

ଲୋକଟି ଏ କଥାରେ ଅଟ୍ଟହାସ୍ୟ କରି କହିଲା 'ଡର ନାହିଁ। ତୁମ୍ଭ ଅବସ୍ଥାରୁ ଜଣା ଯାଉଅଛି ତୁମ୍ଭେ ବଡ଼ ଗରୀବ।-ଯାଉଛ କୁଆଡ଼େ?'

ଆଗନ୍ତୁକ ପୂର୍ବରୁ ସେ ଲୋକକୁ କୁଜଙ୍ଗଭୁୟାଁ ବୋଲି ସନ୍ଦେହ କରିଥିଲା। ନିକଟବର୍ତ୍ତୀ ହୋଇ ଉତ୍ତମରୂପେ ପର୍ଯ୍ୟବେକ୍ଷଣ କରି ଦେଖିଲାରୁ ସେ ସନ୍ଦେହ ଦୃଢୀଭୂତ ହେଲା। ଧନଦ୍ରବ୍ୟ ଏମନ୍ତ କିଛି ସଙ୍ଗରେ ନାହିଁ ଯେ ଚୋରିଯିବାର ଭୟ ହେବ। ତଥାପି ଟିକିଏ ଭୁଟି ହେଲେ ପ୍ରାଣ ଯିବାର ସମ୍ଭାବନା ଥିବାର ସ୍ପଷ୍ଟ କଥା କହିବା ସ୍ଥିର କରି କହିଲା "ଯାଉଛି ନାଏବ ଆସିଛନ୍ତି, ଅଭିଷେ ରୋଷଣୀ ଦେଖିବି।"

ଲୋକଟି ଏଥିରେ କୌତୁକାନ୍ୱିତ ହୋଇ କହିଲା "ତୁମ୍ଭେ ତ ଏହିକ୍ଷଣ କହୁଥିଲ ଦେହରେ ପ୍ରାଣ ନ ଥିଲା ପରି ହେଲାଣି। ଏଥିରେ ବି ରୋଷଣୀ ଦେଖିବାର ଶରଧା ଅଛି?"

ଆଗନ୍ତୁକ କିଞ୍ଚିତ୍ଅପ୍ରତିଭ ହେଲାପ୍ରାୟ ହୋଇ କହିଲେ 'ନା, ରୋଷଣୀ ବି ଦେଖାଯିବ ଆଉ ନାଏବଙ୍କଠାରେ ଗୁହାରି ବି ହେବ।' ଲୋକ ପଚାରିଲା 'କି-ଗୁହାରି କଣ ହେବ?'

ଆଗନ୍ତୁକ କହିଲା 'ଗୁହାରି କଣ? ଦେଖୁ ନାହ? ଦେଶ କି ଆଉ ଅଛି ନା ଲୋକେ ବଞ୍ଚିବେ? ଧୋଇମରୁଡ଼ିରେ ବାନ୍ଧି ହୋଇ ବିହନଯାକତ ବିଲରେ ଗଲା-ଖାଇବାକୁ ଆଉ କଣ ଅଛି? ଗହଣାଗାଣ୍ଠି ଜିନିସପତ୍ର ପର୍ଯ୍ୟନ୍ତ ଲୋକେ ବିକି ସାରିଲେଣି।-ଧାନ କାହିଁ?

ଲୋକଟି ଟିକିଏ କୃତ୍ରିମ ଆଶ୍ଚର୍ଯ୍ୟ ହେଲା ପ୍ରାୟ ହୋଇ ପଚାରିଲା "ତୁମ୍ଭେ କହୁଛ ଧାନ କାହିଁ! ତୁମ୍ଭ ଅଞ୍ଚଲର ଲୋକଙ୍କର ଭାବନା କିଛି ନାହିଁ।"

ଆଗନ୍ତୁକ ତତୋଽଧିକ ଆଶ୍ଚର୍ଯ୍ୟାନ୍ଵିତ ଭାବରେ କହିଲା "ଆମ୍ଭ ଅଞ୍ଚଲରେ ଲୋକଙ୍କର ଭାବନା କିଛି ନାହିଁ-ଏ କେମନ୍ତ କଥା? ତୁମ୍ଭ ଜାଣିବାରେ କି ଏ ଅଞ୍ଚଲରେ ଫସଲ ହୋଇଛି? ସୁବାଦାରତ ତୁଚ୍ଛାକୁ ସବୁକଥା ହସରେ ଉଡ଼ାଇ ଦେଉଛନ୍ତି ଆଉ ତୁମ୍ଭଭଲି ଜଣେ ଚରଟୁଁ ଏପରି ବାର୍ତ୍ତା ପାଇଲେ ଚତୁର୍ଗୁଣ ଦମ୍ଭ ହୋଇ କଥା କହିବେ!"

ଲୋକଟି ତିରସ୍କାରପୂର୍ଣ୍ଣ ବ୍ୟଙ୍ଗବାଣୀରେ ରୁଷ୍ଟ ନ ହୋଇ ବରଂ ଅପ୍ରତିଭ ହେଲା ପ୍ରାୟ ହୋଇ କହିଲା 'ନା ନା ମୁଁ ସେକଥା କହୁ ନାହିଁ। ତୁମର ଏଠି ଚୌଧୁରୀ ଓ ଦାସଙ୍କ ଘର ଅଛି। ଧାନର ଅଭାବ କିସ? ଟିପ ଲେଖ୍ ଏବର୍ଷ ଧାନ ନେବ, ଆରବର୍ଷ ଶୁଝି ଦେବ।'

ଆଗନ୍ତୁକ ଏହା ଶୁଣି ଲକାବେଲକେ କାନରେ ହାତ ଦେଇ ନିତାନ୍ତ ବିରକ୍ତ ଭାବରେ କହିଲା 'ଓହୋ! ତାଙ୍କ ନା ଧରି ନାହିଁ ହୋ! ଚୌଧୁରୀତ ଚୌଧୁରୀ, ଆଉ ଦାସେବି ସେହିପରି କି ତାଙ୍କଠୁଁ ବଲି। ଧାନ ନା ଧାନ ଧୋଇ ପାଣି! ଦୁଆରେ ଧରଣା ଦେଇ ମରିଗଲେତ ଟୋପାଏ ପାଣି ମିଲିବ ନାହିଁ।'

ଲୋକଟି ଏଥିରେ କିଛିମାତ୍ର ଆଶ୍ଚର୍ଯ୍ୟାନ୍ଵିତ ନ ହୋଇ କହିଲା, 'ଲୋକଙ୍କର ଏପରି ଦଶା-ଏଥିରେ ଯେବେ ସେମାନେ ଧାନ ନ ଦେଲେ-କାହିଁକି-ତୁମ୍ଭମାନେ ଦେଶଲୋକେ ମିଲି ତାଙ୍କର ଆମର ସବୁ ଲୁଟି ନିଅ। ଯେତେ ଧାନ ସେ ସଞ୍ଚାଦିଛନ୍ତି ଛମାସ ବସି ଖାଇବ।

ଆଗନ୍ତୁକ ଏ କଥାରେ ନିସ୍ତେଜ ଭାବ ଧାରଣ କରି କହିଲା 'ତା ସତ। ଆମେ ମୁଲିଆ ଲୋକଙ୍କ ଦେହି କି ଏତେ କଥା ହେବ? କାଲି ସୁବାଦାରଙ୍କ ଲୋକ ଆସି ଗୋଟି ଗୋଟି ଧରି ନେଇ ଶୁଲୀ ଚଢ଼ାଇ ଦେବେ।'

ଏକଥାରେ ଲୋକ ଆପଣାର କ୍ଷମତାର ଗୌରବ ମନେ ମନେ ଅନୁଧାବନ କରି ସମଧିକ ଉସ୍ସାହିନ୍ଦିତ ହୋଇ କହିଲା 'ଆଛ୍ଛା! ଯେବେ ଭୂୟାଁମାନେ ଆସି ଲୁଟି ନିଅନ୍ତି?'

ଆଗନ୍ତୁକ ଏକଥା ଶୁଣି କିଛିକ୍ଷଣ ନିସ୍ତବ୍ଧ ହୋଇ ରହିଲା। ପୂର୍ବେ ଏ ଲୋକ କୁଜଙ୍ଗର ଭୂୟାଁ ବୋଲି ମନେ ମନେ ଯାହା ଧାରଣା ହୋଇଥିଲା, କଥା କଥାକେ ଏତେବେଲେ ତାହା ଦୃଢ଼ଭୂତ ହେଲା। ଅନେକଦିନ ହେଲା ଭୂୟାଁଙ୍କର ଏ ଅଞ୍ଚଲକୁ ଆଗମନ ହୋଇ ନାହିଁ। ଆଜି ଅବା କିପରି ଆସିଅଛନ୍ତି? ଆସିଲେବି ରାତ୍ରତ ଅଧସରିକି ହୋଇଗଲା-ଗୋଟିଏ ଭୂୟାଁ କି କରିବି! ତହିଁରେ ପୁଣି ସୁବାଦାରଙ୍କର

ଅଭିଷେକକ୍ରିୟା ସେହି ଅଞ୍ଚଳରେ। ଭୁୟାଁମାନଙ୍କୁ ସନ୍ଧାନ ଘେନି ସୁବାଦାର ଧରି ନେଇ ଯାଇ ପାରନ୍ତି। ଜାଣି ଶୁଣି ସିଂହଗର୍ଭରେ ବ୍ୟାଘ୍ର କି ମନେ କରି ପଶୁଅଛି? ନିକଟରେ ସୁବାଦାରଙ୍କ ଅଭିଷେକରେ ଭାରୀ ଧୁମ୍ଧାମ ଲାଗିଅଛି-ଭୁୟାଁ ଏ ଯେ ଏତକ ସନ୍ଧାନ ଜାଣି ନାହାନ୍ତି ଏହା ବିଶ୍ୱାସ କରିବା କଠିନ। ଏହୀରୂପ ଭାବନାରେ ଆଗନ୍ତୁକ କି ଉତ୍ତର ଦେବ ହଠାତ୍‌କିଛି ଠିକ୍‌କରି ପାରି ନ ଥିଲା। ମନେ ମନେ ଚିନ୍ତା କଲା-ଚୌଧୁରିଙ୍କ ଘରେ କି ଦାସଙ୍କ ଘରେ ଥିଲେ ଯେପରି ଭୂୟାଁଏ ଲୁଟି ନେଲେବି ସେହିପରି।

ଲୋକଟି ଅନାଇ ରହିଥିଲା-କିଛି ଉତ୍ତର ନ ପାଇ କହିଲା 'କି ଉତ୍ତର ଦେଲ ନାହିଁ? ମୁଁ ପଚାରୁଥିଲି ଏପରି ହାଲତରେ ତୁମେମାନେ ବାଧା ଦେବ କି ନାହିଁ?

ଆଗନ୍ତୁକ ଉତ୍ତର କଲା 'ଆମେ ବାଧା ଦେବୁଁ? ଅବଧାନ! ଆମେ ମୁଲିଆଲୋକ ଆମର କପାଳ ଆମେ ଘେନି ବୁଲୁଛୁଁ-ସେଥ୍‌ ପାଖୁ ଆମେ ଯିବା ନାହିଁ। ଆମେମାନେ ଲୁଟି ନେଲେ ଶୂଳୀକୁ ଯିବୁଁ। ଭୂୟାଁଙ୍କୁ ବାଧା ଦେଲେ ଠେଙ୍ଗା ଖାଇ ମରିବୁଁ!'

ଏମନ୍ତ ସମୟରେ ଦୂରରୁ ଆହୁଲାର ଶବ୍ଦ ଶୁଣା ଗଲା। ଲୋକଟି ସେ ଶବ୍ଦ ଶୁଣିବାମାତ୍ରକେ ଉଠି ଠିଆ ହେଲା। ସେ ଶବ୍ଦ ଆଗନ୍ତୁକ କର୍ଣ୍ଣକୁହରରେ ମଧ ପ୍ରବେଶ କରିଅଛି ଏବଂ ଆଗନ୍ତୁକ ସେ ଶବ୍ଦ ଶୁଣିବାମାତ୍ରକେ ଭୂୟାଁଙ୍କ ନୌକାର ଶବ୍ଦ ବୋଲି ଅନୁମାନ କରି ନେବାରୁ ତାହାର ଭୟ ଚତୁର୍ଗୁଣ ହୋଇଅଛି। ଆଉ ନ ପଳାଇଲେ ରକ୍ଷା ନାହିଁ। ସୌଭାଗ୍ୟକ୍ରମେ ଦୂରେ ଦକ୍ଷିଣ ଦିଗରେ ଆଲୁଅ ଦେଖାଗଲା। ଆଗନ୍ତୁକ ତାହାକୁ ଉପଲକ୍ଷ୍ୟ କରି କହିଲା "ଏ ରୋଷନୀର ଆଲୁଅ ଦେଖାଯାଉଛି-ମୁଁ ଯାଉଛି।" ଏହା କହି ସମ୍ମତିସୂଚକ ଉତ୍ତର ପାଇଲା ମାତ୍ରକେ କିଛିଦୂର ସ୍ଥିର ଭାବରେ ଯାଇ ତେଣିକି ପ୍ରାଣ ଭୟରେ ଦୌଡ଼ି ପଳାଇଲା। ଲୋକଟି ଆଗନ୍ତୁକର ଏଭାବ ଦେଖ୍ ହାସ୍ୟ ସମ୍ବରଣ କରି ପାରିଲା ନାହିଁ ଏବଂ ମନୋମତ ଅଟ୍ଟହାସ୍ୟ କରି ନିର୍ଜନ ସ୍ଥାନଟିକି ଅଧିକ ଭୟଙ୍କର କରି ପକାଇଲା। ସେହି ଅଟ୍ଟହାସ୍ୟ ଶେଷ ହେବା ସଙ୍ଗେ ସଙ୍ଗେ ଦୂରରୁ ଯେଉଁ ନୌକାର ଆହୁଲାର ଶବ୍ଦ ଶୁଣା ଯାଉ ଥିଲା ସେ ନୌକା ଆସି ପାଟଳୀବୃକ୍ଷ ମୂଳରେ ଉପସ୍ଥିତ ହେଲା।

ମାଝି ଦୁଇଜଣ ଦଉଡ଼ି ଘେନି ଉପରକୁ ଡ୍ୟାଁ ପଡ଼ି ପାଟଳୀମୂଳରେ ବାନ୍ଧିଲେ। ନୌକା ଠିଆ ହେଲା ଏବଂ ଗୋଟି ୬ ହୋଇ ତହିଁରୁ ସମସ୍ତେ ଓହ୍ଲାଇ ଆସିଲେ। କେବଳ ଦୁଇଜଣ ଲୋକ ନୌକା ଜଗିବା କାରଣ ନୌକା ଉପରେ ଅବସ୍ଥିତ କରି ରହିଲେ।

ଆମ୍ଭେମାନେ ପୂର୍ବରେ କହିଅଛୁଁ ନବଗ୍ରାମରେ ଅନେକ ଭଦ୍ରଲୋକ ବାସ କରନ୍ତି। ତହିଁମଧ୍ୟରୁ ପାଠକମାନେ ଚଉଧୁରିଙ୍କର ଉତ୍ତମ ପରିଚୟ ପାଇ ଅଛନ୍ତି। ଆମ୍ଭେମାନେ ବର୍ତ୍ତମାନ ଗୋବର୍ଦ୍ଧନଦାସଙ୍କୁ ପାଠକଙ୍କ ନିକଟରେ ପରିଚିତ କରାଇବୁଁ। ଗୋବର୍ଦ୍ଧନଦାସଙ୍କ ଘର ଚଉଧୁରିଙ୍କ ଘରକୁ ଲାଗିଅଛି ବୋଇଲେ ଅତ୍ୟୁକ୍ତି ହେବନାହିଁ। କେବଳ ଦେଢ଼ହସ୍ତ ପରିମିତ ଗଲିଟିଏ ଉଭୟ ଘର ମଧ୍ୟରେ ବ୍ୟବଧାନ ଅଛି। ଗୋବର୍ଦ୍ଧନ ଦାସ ମଧ୍ୟ ନବଗ୍ରାମ ଓ ନିକଟବର୍ତ୍ତିଗ୍ରାମମାନଙ୍କ ମଧ୍ୟରେ ଧନଶାଳୀ ବ୍ୟକ୍ତି ବୋଲି ପରିଚିତ, ମାତ୍ର ତାଙ୍କର ଧନସମ୍ପତ୍ତି ଚଉଧୁରିଙ୍କ ଧନସମ୍ପତ୍ତିରୁ କିଛି ଊଣା। ଗୋବର୍ଦ୍ଧନ ବାଲ୍ୟକାଳରେ ବଡ଼ ଦରିଦ୍ର ଥିଲେ। ପିଲାଟିଦିନୁ ପିତାମାତାଙ୍କୁ ହରାଇ ସଂସାରରେ ଯେମନ୍ତ ଅନାଥ ହୋଇଥିଲେ ତେମନ୍ତ ଅଳ୍ପ ବୟସରେ ଏକପ୍ରକାର ଭିକ୍ଷାବୃତ୍ତି ତାଙ୍କର ଅବଲମ୍ବନ ହୋଇଥିଲା। ସାମାନ୍ୟ କୁଟୀର ପ୍ରାୟ ତାଙ୍କର ଦୁଇ ବଖରା ଘର ଥିଲା ଏବଂ ଭିକ୍ଷାଲବ୍ଧବିକ୍ରପରି ଓଳିଏ ଉପବାସ ଏବଂ ଓଳିଏ ଭିକ୍ଷାନ୍ନଭୋଜନରେ ଦିନପାତ ହେଉଥିଲା। ଯେତେବେଳେ ଏହାଙ୍କର ବୟସ ବ ୩ ଷ୍ଠ ସେତେବେଳେ ଏହାଙ୍କ ମାତା ସ୍ୱର୍ଗକୁ ଗମନ କଲେ। ପିତା ଏହାଙ୍କୁ ଯତ୍ନ କରି ପାଳୁଥିଲେ ଏବଂ ଗ୍ରାମର ଚାଟଶାଳୀରେ ବିଦ୍ୟାଲାଭ କରିବା କାରଣ ବସାଇଥିଲେ। ସାତବର୍ଷ ବୟସ ସମୟରେ ଚାଟଶାଳୀରେ ଏହାଙ୍କର ଫେଡ଼ାମିଶା ପର୍ଯ୍ୟନ୍ତ ଶିକ୍ଷା ଲାଭ ହୋଇଥିଲା। ଏମନ୍ତ ସମୟରେ ଏହାଙ୍କ ପିତାଙ୍କର କାଳ ହେଲା। ଆଉ ପଢ଼ାଇବ କିଏ? ଅବଧାନେ ଯେ କିଛି ଅଧିକ ନେଇ ଏହାଙ୍କୁ ପଢ଼ାଉଥିଲେ ଏପରି ନୁହେ, ହାଟପାଳିକି ପାଏ ଚାଉଳ ଓ ଦୁଇଖଣ୍ଡ ଧୁଆଁପତ୍ର ଏହାଙ୍କ ବେତନ ଥିଲା ଏବଂ ବେଳେ ବେଳେ ତାହାସୁଦ୍ଧା ମିଳୁ ନ ଥିଲା। ଯାହା ହେଉ ଜଣେ ପ୍ରତିବେଶୀ ଦୟା କରି ଆଉ କିଛିଦିନ ଅବଧାନଙ୍କ ଦ୍ୱାରା ଏହାଙ୍କୁ ପଢ଼ା କରାଇ ଦେଇଥିଲେ ମାତ୍ର ଦୟା କରି ଏହାଙ୍କୁ ପଢ଼ାଇବାରେ ଗୋବର୍ଦ୍ଧନ ଖାଇବା ବିଷୟରେସୁଦ୍ଧା ପଛକୁ ସମ୍ପୂର୍ଣ୍ଣରୂପେ ସେହି ପ୍ରତିବେଶିର ଗଳଗ୍ରହ ହୋଇ ପଡ଼ିଲେ। ଘରେତ କିଛି ନଥିଲା। ଯାହା ଊଣା ଅଧିକ ଥିଲା ଶେଷ ହୋଇ ଆସିଲାରୁ ବେଳେ ହେଉଁ ୨ ଦୁଇବେଳ ପ୍ରତିବେଶିଙ୍କ ଘରୁ ମାଗି ଖାଇବା ଆରମ୍ଭ ହେଲା। ପ୍ରତିବେଶୀ ଏଥିରେ ବିରକ୍ତ ହୋଇ ଭର୍ତ୍ସନା କରି ଆପଣା ଘରକୁ ଆସିବାକୁ ମନା କରିଦେଲେ ଏବଂ ତହିଁ ସଙ୍ଗେ ସଙ୍ଗେ ଅବଧାନଙ୍କ ପାଉଣା ମଧ୍ୟ ବନ୍ଦ ହୋଇଯିବାରୁ ଗୋବର୍ଦ୍ଧନଙ୍କ ଚାଟଶାଳୀ ଯିବା ବନ୍ଦ ହେଲା। ବାସ୍ତବରେ ପୃଥିବୀରେ ଅନାଥକୁ ପାଳିବା ବିଷୟରେ କେତୁଟା ପ୍ରତିବେଶିଙ୍କି ଦେଖାଯାଏ? କେବେ ଦେଖା ଗଲେ ସୁଦ୍ଧା ସେମାନେ କେତେଦିନ ସେ କାର୍ଯ୍ୟ ଚଳାଇଥାନ୍ତି? ଏବଂ ଚଳାଇଲେ ସୁଦ୍ଧା ତାହା କେଡ଼େ ଜଘନ୍ୟ ଏବଂ ସଙ୍କୁଚିତଭାବରେ ସମ୍ପନ୍ନ ନ ହୁଅଇ?

ପାଠକେ! ଏକେତ ସଂସାରର ଗତି ସରଳ ନୁହେ, ତହିଁ ଉପରେ ଅନାଥକୁ ପୁଣି ବ୍ୟୂହଭେଦ କରିବା ପଡ଼େ। ଏଥିରେ କେହି ଅବା କପାଳ ଗୁଣରୁ ବ୍ୟୂହଭେଦ କରି ଚାଲି ଯାନ୍ତି, ମାତ୍ର ଶତକରା ଜ ୯୯ ୩ ପ୍ରତିବେଶୀ ଆଦି ସପ୍ତରଥଙ୍କ ଜ୍ୱାଳାରେ ଅକାଳେ ବିନଷ୍ଟ ହୁଅନ୍ତି। ଦୟା ପାଇବା ଅଳ୍ପ ଲୋକଙ୍କ ଭାଗ୍ୟରେ ଘଟେ ଏବଂ ଯାହା ଘଟେ ତାହାସୁଦ୍ଧା ଅକିଞ୍ଚିତ୍‍କର ଓ ଅଳ୍ପକାଳସ୍ଥାୟୀ।

ଗୋବର୍ଦ୍ଧନଙ୍କ ଭାଗ୍ୟ ପ୍ରବଳ ଥିବାରୁ ପ୍ରତିବେଶୀଙ୍କ ଠାରୁ ଯେଉଁ ଉପକାର ପ୍ରାପ୍ତ ହେଲେ ତାହା ଛମାସକାଳ ବ୍ୟାପି ଥିଲା। ଛମାସ ଗତ ହେଲାରୁ ଗୋବର୍ଦ୍ଧନଙ୍କ ଶିକ୍ଷା ବନ୍ଦ ହେଲା ଏବଂ ନବଗ୍ରାମନିକଟବର୍ତ୍ତୀଗ୍ରାମମାନଙ୍କରୁ ଭିକ୍ଷା କରି ଜୀବନ ଧାରଣ କରିବାକୁ ଆରମ୍ଭ କଲେ। ବନ୍ଧୁବାନ୍ଧବ ଏହାଙ୍କର ଯେ କେହି ନ ଥିଲେ ଏମନ୍ତ ନୁହେ ଏବଂ ତାଙ୍କ ମଧ୍ୟରେ ଏମନ୍ତସୁଦ୍ଧା ଜଣେ ଜଣେ ଥିଲେ ଯେ ସେମାନେ ଇଚ୍ଛା କଲେ ଗୋବର୍ଦ୍ଧନଙ୍କପରି ଦଶ ଜଣଙ୍କୁ ମନୁଷ୍ୟ କରି ପାରନ୍ତେ। ମାତ୍ର ସଚରାଚର ଯେପରି ଦେଖାଯାଏ ଏମାନେ ସେହିପରି ଥରେ ଚକ୍ଷୁ ଫେଡ଼ି ଏହାଙ୍କୁ ଅନାନ୍ତି ନାହିଁ। ବରଂ ଗୋବର୍ଦ୍ଧନ ଅପର ଲୋକଙ୍କ ଦ୍ୱାରେ ପହୁଞ୍ଚିଲେ ମୁଠିଏ ଭିକ୍ଷା ପ୍ରାପ୍ତ ହୁଅନ୍ତି-ବନ୍ଧୁବାନ୍ଧବଙ୍କ ଦ୍ୱାରକୁ ଗଲେ କଟୁବାକ୍ୟ ଏବଂ ବେଳେ ବେଳେ ଅର୍ଦ୍ଧଚନ୍ଦ୍ର ବିନା ଅନ୍ୟ କିଛି ମିଳେ ନାହିଁ।

ଏହିପରି ଭାବରେ ଘୋର କର୍ମବିପାକରେ ପଡ଼ି ଗୋବର୍ଦ୍ଧନ ସଂସାରେ ଭ୍ରମଣ କରୁଥିଲେ। ଏପରି ଭାବରେ ସଂସାରେ ବିଚରଣ କଲେ ଯେଉଁ ଫଳାଭ ହୁଏ ଏହାଙ୍କର ତାହାଛଡ଼ା ଅନ୍ୟ କି ଲାଭ ହେବ? କ୍ରମେ ସଂସାର ତାହାକୁ କୁଟିଳତାର ଆବାସଭୂମି ବୋଲି ବୋଧ ହେଲା। ମନୁଷ୍ୟମାନେ ତହିଁରେ କୁଟିଳତାର ଉପାଦାନରେ ନିର୍ମିତ ବୋଲି କ୍ରମେ ୨ ତାହାକୁ ପ୍ରତୀୟମାନ ହେଲା। ସୃଷ୍ଟିର ପ୍ରତ୍ୟେକ ବସ୍ତୁ କୁଟିଳନିୟମର ସମର୍ଥନ କରୁଥିଲାପରି ତାଙ୍କୁ ଜଣାଗଲା। କୁଟିଳ ଚରାଚରର କୁଟିଳବର୍ତ୍ତରେ ଜୀବଜନ୍ତୁମାନେ ଅହରହ କୁଟିଳଭାବେ ଗମନ କରି ଚରାଚରକୁ ସର୍ବତୋଭାବରେ ଭୟଙ୍କର କରି ପକାଉଥିବା ତାଙ୍କର ହୃଦବୋଧ ହେଲା। କସନ୍ତକାଳୀନ କୋକିଳର ମର୍ମଭେଦିକୁହୁସ୍ୱର ଶୁଣି ତାଙ୍କର ଈର୍ଷାନଳ ପ୍ରଜ୍ୱଳିତ ହେଉଥିଲା। ଯେଉଁ ସଙ୍ଗୀତର ସୁମଧୁର ତାନ ଶୁଣି ଲୋକର ମନଃପ୍ରାଣ ସୁଶୀଳିତ ହୁଏ ତହିଁରେ ତାଙ୍କର କ୍ରୋଧ ଉଦ୍‍ବୋଧିତ ହେଉଥିଲା। ପ୍ରକୃତିର ସୁନ୍ଦରଦୃଶ୍ୟରାଜି ଦେଖି ଯେତେବେଳେ ଲୋକଙ୍କ ମନ ଶାନ୍ତିରସରେ ଆପ୍ଲୁତ ହୁଏ ସେତେବେଳେ ଗୋବର୍ଦ୍ଧନଙ୍କ ମନ ପ୍ରତିହିଂସାସାଧନରେ ଉଦ୍‍ୟୋଗୀ ହେଉଥିଲା। ଚରାଚରର ସମସ୍ତ ସୌନ୍ଦର୍ଯ୍ୟ ତାଙ୍କଠାରେ ବିନଷ୍ଟ ହୋଇ କୁଟିଳତାର ଘୋର କଠିନ ଆବରଣରେ

ପ୍ରତିନିୟତ ଅବିର୍ଭୂତ ହେଉଥିଲା। ଅଧିକ କି କହିବୁଁ-ଜଗନ୍ନିୟନ୍ତା ଜଗଦୀଶ୍ୱର ଘୋର କୁଟିଳ ବୋଲି ତାଙ୍କର ଏକାନ୍ତ ବିଶ୍ୱାସ ଜନ୍ମିଲା। ଏମନ୍ତ ଅବସ୍ଥାରେ ମନର କୋମଳ ବୃତ୍ତିମାନ ଏକାବେଳକେ ବିଦାୟ ହୋଇ ଯିବାରୁ ମନ ଯେ ନିତାନ୍ତ କଠିନ ହୋଇଯିବ ଏଥିରେ ବିଚିତ୍ର କି ଅଛି? ଏବଂ ଗୋବର୍ଦ୍ଧନ କଠିନମନା ହୋଇ କୁଟିଳଦୃଷ୍ଟିରେ ଅନିଶ୍ଚିତ ଜୀବିକା ଘେନି ପୃଥ୍ୱୀରେ କ୍ରମେ ଏକ ଭୟଙ୍କର ଜୀବ ହୋଇଗଲେ।

ଗୋବର୍ଦ୍ଧନ ପୃଥ୍ୱୀକି ନିତାନ୍ତ କୁଟିଳ ବୋଲି ମନେ ମନେ ସାବ୍ୟସ୍ତ କରି ରଖିଥିଲେ ସୁଦ୍ଧା ତାଙ୍କୁ ଭିକ୍ଷା ମିଳୁଥିଲା। କେହି ଅବା ଦୟା କରି କେହି ଅବା ଅନିଷ୍ଟର ଆଶଙ୍କା କରି ତାଙ୍କୁ ଭିକ୍ଷା ଦେଉଥିଲେ। ମାତ୍ର କୁଟିଳସଂସାରର କୁଟିଳଜୀବଙ୍କଠାରୁ ଭିକ୍ଷା ପାଇ ସୁଦ୍ଧା ତାଙ୍କର ମନରେ ଅନ୍ୟ ପ୍ରକାର ଭାବୋଦୟ ହେବା ତେଣିକି ଥାଉ ଲୋକଙ୍କୁ ଠକାଇ କିଛି ଅର୍ଜି ପାରିଲେ ତାଙ୍କର ଉତ୍କଟ ଆନନ୍ଦ ଜାତ ହେଉଥିଲା।

ଚିରଦିନ ସମାନ ଯାଏ ନାହିଁ। ସୁଖୀ ସୁଖାନ୍ତେ ଦୁଃଖ ଲାଭ କରେ ଏବଂ ଦୁଃଖୀ ଦୁଃଖାନ୍ତେ ସୁଖଲାଭ ସୁଦ୍ଧା କରିଥାଏ। କେହି ଈଶ୍ୱରନିଷ୍ଠ ବୋଲି ଦେଖା ଯାଉଥିଲେହେଁ ତାଙ୍କର ଯେ ଚିରକାଳ ସୁଖ ଲାଭ ହେଇଥିବ ଏହା ଆଶା କରିବା ଯେପରି ବୃଥା, ସେହିପରି କେହି ଈଶ୍ୱରଦ୍ୱେଷୀ ହୋଇଅଛି ବୋଲି ତାହାର ସୁଖଲାଭ ହେବ ନାହିଁ ଏହାମଧ ମନେ କରିବା ବୃଥା ଅଟଇ। ଫଳତଃ ଅନେକ ସମୟରେ ଆମ୍ଭେମାନେ ବିପରୀତଗତି ଦୃଷ୍ଟ କରିଥାଉଁ ସେ ବିଷୟରେ ପ୍ରବେଶ କରିବା ସହଜ କଥା ନୁହେ। ତେବେ ଚେଷ୍ଟା କରି ସୁଖ ହେଉ, ଦୁଃଖ ହେଉ, ଭଲ ନିମିତ୍ତ ପ୍ରସ୍ତୁତ ହୋଇ ରହିବା ଉଚିତ।

ଗୋବର୍ଦ୍ଧନ ଉପରୋକ୍ତ ମତେ କୁଟିଳ ସଂସାରରେ ଭ୍ରମଣ କରି ବାଇଶବର୍ଷ କଟାଇ ଦେଲେ। ଦିନେ ଗ୍ରାମରେ ଭିକ୍ଷାନ୍ନ ନ ମିଳିବାରୁ ନବଗ୍ରାମରୁ ଦୁଇକ୍ରୋଶ ଦୂରବର୍ତ୍ତୀ ଗୋଟିଏଗ୍ରାମକୁ ଯାଇ ଅନେକ ବୁଲି ୨ କିଛି। ନ ପାଇ ଜଣେ ଗୃହସ୍ତର ଦାଣ୍ଡପିଣ୍ଡାରେ ଶୟନ କଲେ। ସେ ଘର ଚିନ୍ତାମଣି ମହାନ୍ତିର। ଚିନ୍ତାମଣି ଜଣେ ଧନିଲୋକ। ନାନା ସ୍ଥାନରେ ବାଟ, ଘାଟ ଓ ଶଙ୍ଖ ନିର୍ମାଣକାର୍ଯ୍ୟର ଠିକା ନେଇ ତାଙ୍କର ଅତୁଳବିଭବ ହୋଇଥିଲା। ମାତ୍ର ମନଟା ବାସ୍ତବରେ କୁଟିଳ ଥିଲା ଏବଂ ସେ ଗ୍ରାମରେ ଅନେକ ଲୋକେ କହନ୍ତି ଯେ କୁଟିଳ ନୋହିଥିଲେ ଚିନ୍ତାମଣିଙ୍କର ଏତେ ବିଷୟ ହୋଇ ନ ଥାନ୍ତା। ବଡ଼ଲୋକ ହୋଇ ମୁଲିଆର ପାଞ୍ଚ ପଇସାରୁ ପଇସାଟିଏ କାଟି ଲାଭ କରିବା ସହଜମନର କାର୍ଯ୍ୟ ନୁହେ ଏବଂ ଦେଖିଲେ ବୋଧ ହୁଏ ଯେମନ୍ତ ଈଶ୍ୱର ତାଙ୍କୁ ଏହି କାର୍ଯ୍ୟ କରି ବିଷୟବିଭବ ବଢ଼ାଇବା ନିମିତ୍ତ ସୃଷ୍ଟି କରିଅଛନ୍ତି। ପାଠକେ ବୋଧ

ହୁଏ ଏପରି ଲୋକ ଦେଖି ଆଶ୍ଚର୍ଯ୍ୟ ହେଉ ନାହାନ୍ତି। ନ ହେବାର କଥା-କାରଣ ପାଠକେ ଆଜିକାଲି ଏପରି ଅନେକ ଲୋକ ଦେଖୁଅଛନ୍ତି। ପ୍ରଜାଙ୍କ ତଣ୍ଡି ଚିପି ରାଜୋପାଧ୍ୱ ଭୋଗ କରିବା ଏବଂ ଗରୀବଙ୍କ ଦାନା ମାରି ପେଟ ପୁଲାଇ ବୁଲିବା ସାଧାରଣ କଥା ହୋଇ ପଡ଼ିଅଛି।

ସେସବୁ କଥା ଭାଙ୍ଗିବାର ପ୍ରୟୋଜନ ନାହିଁ। ଯେଉଁ ଦିନ ଗୋବର୍ଦ୍ଧନ ଚିନ୍ତାମଣିଙ୍କ ଦାଣ୍ଡପିଣ୍ଡାରେ ଶୟନ କରିଥିଲେ ସେଦିନ ଚିନ୍ତାମଣି ବିଦେଶରେ ଥିଲେ। ଘରେ ଥିବା ମଧ୍ୟରେ ତାଙ୍କ ଭାର୍ଯ୍ୟା ଓ ଗୋଟିଏ କନ୍ୟା। ଭାର୍ଯ୍ୟା ଭଲଘରର ଝିଅ ଥିଲେ ଏବଂ ଯେ କିଛି ଭଲଭାବ ତାଙ୍କ ମନରେ ଅଙ୍କୁରିତ ହୋଇଥିଲା ଚିନ୍ତାମଣିଙ୍କ ହାତ ଧରିବା ଦିନୁଁ ତାହା ଅପସୃତ ହୋଇଅଛି। ତଥାପି ପରର ମନ୍ଦ ସେମାନେ କରୁ ନ ଥିଲେ। ଭାର୍ଯ୍ୟାଙ୍କ ପୁତ୍ର ଜାତ ନ ହେବାରୁ ଅତ୍ୟନ୍ତ ଦୁଃଖ ହୋଇଥିଲା। ପିଲା ଜନ୍ମିବା ମଧ୍ୟରେ ଦ୍ୱିତୀୟ ଗର୍ଭରେ ଗୋଟିଏ କନ୍ୟାମାତ୍ର ଜନ୍ମି ପଦରବର୍ଷ ବୟସ ହୋଇ ଅଛି। ଅନ୍ୟ ତିନି ଚାରି ଗର୍ଭରୁ ସନ୍ତାନ ଜାତ ହୋଇ ଅଳ୍ପଦିନ ମଧ୍ୟରେ କାଳକବଳରେ ପଡ଼ୁଥିଲେ, ମାତ୍ର ପାଞ୍ଚବର୍ଷ ହେଲା ଆଉ ଗର୍ଭାଶଙ୍କା। ନୋହିବାରୁ ପୁତ୍ରପ୍ରାପ୍ତିର ଆଶା ବିଲୁପ୍ତ ହୋଇଅଛି। ସେହି ଦୁଃଖରେ ସେମାନେ ଏକ ସମୟରେ ପୋଷ୍ୟପୁତ୍ର କରିବାର ପାଞ୍ଚ କରିଥିଲେ, ମାତ୍ର ସୁବିଧାମତେ ପୁତ୍ର ନ ମିଳିବାରୁ ତାହା ହୋଇ ପାରି ନାହିଁ। କନ୍ୟାଟିର ନାମ କଉତୁକୀ। ଅନେକ ସମୟରେ କଉତୁକୀକି ବିଭା ଦେଇ ଜୋଇଁ କି ଘରେ ରଖିବାର ପରାମର୍ଶ ହୋଇଥିଲା ଏବଂ ସୁବିଧା-ମତେ ପାତ୍ର ମିଳିଲେ ତାହା କରିବା ସୁଦ୍ଧା ଉଭୟେ ସ୍ଥିର କରିଥିଲେ।

ଘୋର ଗ୍ରୀଷ୍ମକାଳ। ବୈଶାଖ ମାସର ପଦରଦିନ ଗତି ହୋଇଅଛି। ଆଜିଠୁଁ ଏପରି ଖରା ଦେଖି ଆଉ ଦେଢ଼ମାସ କିପରି କଟାଇବେ ଏହିକଥା ଲୋକଙ୍କୁ ମହା ଭାଙ୍ଗେଣିରେ ପକାଇଅଛି। ସୂର୍ଯ୍ୟଦେବଙ୍କ କୋପଦୃଷ୍ଟିରେ ଚରାଚର ତାତି ଯାଇଅଛି ଏବଂ ଜୀବଜନ୍ତୁମାନେ ବ୍ୟଥିତଚିତ୍ତରେ କିପରି ଦୁଃସମୟ କଟାଇବେ ତାହା ଭାବି ବ୍ୟସ୍ତ ହୋଇ ଯାଇଅଛନ୍ତି। ଚରାଚର ନିସ୍ତବ୍ଧ। କେବେ କେବେ କାକପ୍ରଭୃତି ଜୀବଙ୍କର କର୍କଶଧ୍ୱନି ଯାହା ଶ୍ରୁତିଗୋଚର ହେଉଅଛି ତାହାସୁଦ୍ଧା ଉତ୍ତପ୍ତ ଚରାଚରକୁ ଅଧିକ ଭୟାନ୍ୱିତ କରୁଅଛି। ଏମନ୍ତ ସମୟରେ ଲୋକେ ଘରୁ ବାହାରିବେ ଏପରି କାହାରି ଶକ୍ତି ନାହିଁ। ବଡ଼ଲୋକେ ନାନାପ୍ରକାର ଶୀତଳ ଦ୍ରବ୍ୟର ଆୟୋଜନ କରି ଆରାମ ଉପଭୋଗ କରୁଅଛନ୍ତି। ମାତ୍ର ଦୁଃଖଲୋକେ ଏହା କାହୁଁ ପାଇବେ? କେହି ଅବା ଚରାଚରର ତୀବ୍ରଶାସନଠାରୁ ନିଜ ଅଦୃଷ୍ଟର ତୀବ୍ରଶାସନକୁ ଅଧିକତର ଭୟଙ୍କର ଜ୍ଞାନ କରି ନାନା ଉପଲକ୍ଷରେ ସୂର୍ଯ୍ୟଦେବଙ୍କର କଠିନ ଦଣ୍ଡରୂପୀ ପ୍ରଚଣ୍ଡ ରୌଦ୍ର ମସ୍ତକରେ

ବହନ କରି ବୁଲୁଅଛନ୍ତି, କେହି ଅବା ତହିଁରେ କ୍ଲାନ୍ତ ହୋଇ ଗୋବର୍ଦ୍ଧନଙ୍କ ପ୍ରାୟ ଛାୟାର ଆଶ୍ରୟ ଘେନି ଶୋଇ ଅଛନ୍ତି। ଚିନ୍ତାମଣିଙ୍କ ଭାର୍ଯ୍ୟା ଏମନ୍ତ ସମୟରେ ଭୋଜନାଦି ସାରି ଶୟନୋଦ୍ଦେଶରେ ଦାଣ୍ଡଦ୍ୱାର ଦେବାକୁ ଆସି ଦ୍ୱାରଦେଶରେ ଠିଆହୋଇ ଗୋବର୍ଦ୍ଧନଙ୍କୁ ସେହିରୂପେ ପିଣ୍ଡାରେ ଶୟନ କରିଥିବା ଦେଖିଲେ।

ମନୁଷ୍ୟର ମନ ସବୁବେଳେ ସମାନ ନ ଥାଏ। ବେଳେ ବେଳେ ଅତି ଦୟାଳୁ ଚିତ୍ତ କଠିନ ଭାବ ଅବଲମ୍ବନ କରେ। କେବେ କେବେ ଅତି କଠିନ ମନ ସୁଦ୍ଧା ତରଳିଯାଏ। ବେଳେ ବେଳେ ଅତି ସୁନ୍ଦରଦ୍ରବ୍ୟ ମନକୁ ଆସେ ନାହିଁ, ପୁଣି ବେଳେ ବେଳେ ଅତି ଅସୁନ୍ଦର ଦ୍ରବ୍ୟସୁଦ୍ଧା ମନୋହରଣ କରେ। ଚିନ୍ତାମଣି ଭାର୍ଯ୍ୟା ଗୋବର୍ଦ୍ଧନଙ୍କ ଭାବରୁ ଦେଖିଲେ ଯେ, ସେ ଆହାର ନ କରି ଶୋଇଅଛନ୍ତି। ମନଟା କେମନ୍ତ ତରଳି ଆସିଲା। ଗୋବର୍ଦ୍ଧନଙ୍କ ରୂପରେ କେଜାଣି ତାଙ୍କୁ କି ଦେଖାଗଲା ଏକାବେଳେ ତାଙ୍କର ମନ ତନ୍ମୟ ହୋଇଗଲା ଏବଂ ସେ ଭାବିଲେ "ଆହା! ଏହୁଟି କରଣପୁଅ ହୋଇଥିଲେ ମୋର କଉତୁକୀକି ବିବାହ ଦେଇ ଘରେ ରଖନ୍ତି"। ଏହିପରି କେତେକ କଥା ଭାବି ଗୋବର୍ଦ୍ଧନଙ୍କୁ ଉଠାଇ ଆଣି ତାଙ୍କର ପରିଚୟ ଘେନି ଖୁଆଇ ପିଆଇ ଉତ୍ତମ ପରିଚ୍ଛଦ ଦେଇ ଘରେ ରଖିଲେ।

ଗୋବର୍ଦ୍ଧନଙ୍କର ଆଉ ଭାବନା କିସ? ସେତ ବୁଲୁ ୨ ଆକାଶର ଚନ୍ଦ୍ର ହାତରେ ଥାଇଲେ। ଏକାଦିକ୍ରମେ ଏକମାସ କାଳ ସେହିଠାରେ ଗତ ହେଲା। ଅବସରମତେ କଉତୁକୀ ସଙ୍ଗରେ ଦେଖା ହୋଇ ନାନା ପ୍ରେମାଳାପ ହେବାର ସୁଯୋଗ ମିଳିଲା। ପୃଥିବୀର ନିୟମ ବଡ଼ କଠିନ। ତହିଁର ମର୍ମ୍ମ ଭେଦ କରିବା ସହଜ ବ୍ୟାପାର ନୁହେ। ଅନେକ ସମୟରେ ଯାହା ହେବାକୁ ବସେ ଚତୁର୍ଦ୍ଦିଗରୁ ତହିଁର ଅନୁକୂଳ ଘଟନା ଘଟିଯାଏ, ମାତ୍ର ଅନେକ ସମୟରେ ଯାହା କରିବାକୁ ବସ ପଦେ ପଦେ ତହିଁରେ ବାଧା ପ୍ରାପ୍ତ ହୋଇ ତହିଁରୁ ନିରସ୍ତ ହେବାର ଘଟନା ସଂଘଟିତ ହୁଅଇ। ମନୁଷ୍ୟ ଏଥିର କାରଣ କିଛି ନିର୍ଣ୍ଣୟ କରି ନ ପାରି ଅଦୃଷ୍ଟର ଘଟନା ଏବଂ ପୂର୍ବତପସ୍ୟାରଫଳ ବୋଲି ନିର୍ଦ୍ଦେଶ କରିଅଛନ୍ତି। ସେ ଯାହାହେଉ ଚିନ୍ତାମଣିଙ୍କ ଭାର୍ଯ୍ୟାଙ୍କ ମନରେ ଯାହା ଉଦୟ ହୋଇଥିଲା ଚତୁର୍ଦ୍ଦିଗରୁ ତାହା ଅନୁମୋଦିତ ହେଲାପରି ଜଣାଗଲା। କୁଟିଲସଂସାରରେ ପରିବର୍ଦ୍ଧିତା କଉତୁକୀକି ଗୋବର୍ଦ୍ଧନ ଅତି ସୁନ୍ଦର ଦେଖାଗଲେ ଏବଂ ତାଙ୍କୁ ପତିରୂପରେ ପାଇ ସୁଖୀନି ହୋଇ ପାରିବେ ବୋଲି ପ୍ରମାଣ କରିନେଲେ। ପ୍ରତିବେଶୀମାନେ ଅନୁକୂଳ ଭାବରେ ମତ ପ୍ରଦାନ କଲେ ଏବଂ ପରିଶେଷରେ ମାସକ ପରେ ଚିନ୍ତାମଣି ଆସି କୁହୁକମାୟାରେ ପଡ଼ିବାପ୍ରାୟ ତହିଁରେ ଅନୁକୂଳ ମତ ଦେଇ ଆଠଦିନ ମଧ୍ୟରେ ବିବାହକାର୍ଯ୍ୟ ସମ୍ପାଦିତ କରି ପକାଇଲେ।

ଈଶ୍ୱରଙ୍କ ମାୟା ବୁଝିବା କଠିନ। ସେ ମାୟା କେତେବେଳେ କେଉଁଠାରେ କି ରୂପ ଧାରଣ କରି ଚରାଚରର ଶାସନନିୟମରେ ସମତା ସଂଘଟନ କରୁଅଛି ତାହା ନିଶ୍ଚୟ କରି କହିବା ମନୁଷ୍ୟର ସାଧ୍ୟନୁହେ। ଯାହା ହେଉ ଏହିରୂପେ ଆୟମାନଙ୍କର ଗୋବର୍ଦ୍ଧନ କ୍ଷୁଦ୍ରକୁଟୀରଗତା ଦୈନ୍ୟଦେଶାରୁ ଏକ ଲମ୍ଫେରେ ଆସି ଧନବନ୍ତଲୋକର ଜୁଆଁଇ ହୋଇ ଅତୁଳସମ୍ପଭି ଭୋଗ କଲେ। ଏଥୁ ମଧ୍ୟରେ ଚିନ୍ତାମଣି ଓ ତାଙ୍କର ଭାର୍ଯ୍ୟ ଇହଲୋକରୁ ବିଦାୟ ହୋଇଗଲେ। ଜନ୍ମଭୂମିପ୍ରତି ସମସ୍ତଙ୍କର ଯେଉଁ ଆନ୍ତରିକ ମମତା ଅଛି ତଦ୍ୱାରା ପରିଚାଳିତ ହୋଇ ଗୋବର୍ଦ୍ଧନ ନବଗ୍ରାମରେ ଆପଣା ଭିଟାରେ ବଡ଼୨ ଘର ପ୍ରସ୍ତୁତ କରି ତହିଁରେ ଆସି ବାସ କଲେ। ଗୋବର୍ଦ୍ଧନଙ୍କୁ ଏରୂପେ ଅତୁଳ ସମ୍ପଭି ପ୍ରାପ୍ତ ହେଲା ସତ୍ୟ ମାତ୍ର ଜଘନ୍ୟ କୃପଣତା ଓ ନାନା ମନ୍ଦ ଉପାୟରେ ଚାରିପଇସା ଉପାର୍ଜନ କରିବାର ଅଭ୍ୟାସ ନ ଛାଡ଼ିବାହେତୁ କେହି ତାଙ୍କୁ ଭଲ ପାଇଲେ ନାହିଁ। ସେମଧ୍ୟ ସେଥୁକି ଭୁକ୍ଷେପ କରୁ ନ ଥିଲା। ଦେଖୁଁ ୨ ପୁଅ ଉପରେ ପୁଅ ହୋଇ ତିନିପୁତ୍ର ଜାତ ହେଲେ। ଲୋକେ କହନ୍ତି 'ଗୋବର୍ଦ୍ଧନତ ଭାରୀ କପାଳିଆ- ଏପରି ଲୋକର ପୁଣି ପୁଅ ଉପରେ ପୁଅ!' ଏହିପରି କେତେ କଥା କେତେ ଲୋକେ କହନ୍ତି-ମାତ୍ର ଗୋବର୍ଦ୍ଧନ ତାହା ଅକ୍ସ୍ମାତ୍ଶୁଣିଲେ ସୁଦ୍ଧା ନ ଶୁଣିଲାପରି ଚାଲିଯାନ୍ତି।

ନିକଟବର୍ଦ୍ଧୀ-ଗୋଟିଏଗ୍ରାମରେ ସଦାଶିବ ନାମରେ ଜଣେ ଧନୀଲୋକ ବାସ କରୁଥିଲେ। ଷାଠିଏବର୍ଷ ବୟସ ହୋଇଥିବା ସମୟରେ ଏହାଙ୍କ ଭାର୍ଯ୍ୟାଟି ମରିଗଲେ ଲୋକଟି ଭାରୀ କୃପଣ। ଗୋବର୍ଦ୍ଧନଙ୍କ ସହିତ ଏହାଙ୍କର ଆଲାପ ଥିଲା-ଆଲାପ ହେବାର କଥା! ପ୍ରଥମା ଭାର୍ଯ୍ୟା ମରିବାର କିଞ୍ଚିତ୍ପୂର୍ବରୁ ଗୋବର୍ଦ୍ଧନଙ୍କର ତୃତୀୟ ପୁତ୍ରକୁ ସଦାଶିବ ପୋଷ୍ୟପୁତ୍ରରୂପେ ଗ୍ରହଣ କରିଥିଲେ। ପିଲାଟି ଅଦ୍ୟାପି ଅଳ୍ପବୟସ୍କ ବାଳକଥିଲା। ବୁଢ଼ାଟି ମରିଗଲେ ପିଲାକୁ କିଏ ପାଳିବ ଏବଂ କିଏ ଏତେ ଧନ ସମ୍ଭାଳି ରଖିବ ଏହି ଭାବନାରେ ବୃଦ୍ଧର ବିବାହ କରିବାକୁ ମନ ଗଲା। ମାତ୍ର ଏପରି ବୁଢ଼ାକୁ ଝିଅ ଦେଉଁଛି କିଏ? ଖୋଜି ୨ ଅବଶେଷରେ ଜଣେ ଦୁଃଖୀଲୋକ ଧନ-ଲୋଭ ଏବଂ ଝିଅଟି ଖାଇପିଇ ଉତ୍ତମରେ ନିର୍ବାହ ହୋଇ ପାରିବା ବିବେଚନାରେ ସଦାଶିବଙ୍କୁ ଝିଅ ଦେବାକାରଣ ସମ୍ମତ ହେଲେ। ସଦାଶିବଙ୍କର ଏହିରୂପେ ଦ୍ୱିତୀୟ ବିବାହ ହେଲା। ଦ୍ୱିତୀୟା ସ୍ତ୍ରୀକୁ ସେ ଆପଣା ଜୀବନରୁ ଅଧିକ ଦେଖୁ ପାରୁଥିଲେ ଏବଂ ଦ୍ୱିତୀୟା ସ୍ତ୍ରୀମଧ୍ୟ ପୌଷ୍ୟପୁତ୍ରକୁ ଆପଣା ପୁତ୍ରପ୍ରାୟ ସ୍ନେହ କରୁଥିଲେ। ଏହିରୂପେ ଦୁଇବର୍ଷ ଗତ ହେଲା। ଏମନ୍ତ ସମୟରେ ହଠାତ୍ମୃତ୍ୟୁ ଉପସ୍ଥିତ ହୋଇ ସଦାଶିବଙ୍କ ଇହଲୋକରୁ ଘେନି ଚାଲିଗଲା। ଅଦ୍ୟାପି ଦ୍ୱିତୀୟା ଭାର୍ଯ୍ୟାର ଅପ୍ରାପ୍ତବୟସ୍କାଦ୍ ଉତ୍ତୀର୍ଷ ହୋଇନାହିଁ। ଅଦ୍ୟାପି ପୋଷ୍ୟପୁତ୍ର ଅପ୍ରାପ୍ତବ୍ୟବହାର ଅଛି। ସଦାଶିବଙ୍କ ମାମୁ ବିଚାରିଲେ-ଦ୍ୱିତୀୟା

ଭାର୍ଯ୍ୟାର ପିତା ନିତାନ୍ତ ଦୁଃଖୀ, ତାହା ପ୍ରତି ବୁଢ଼ ସୁଧାର ଭାର ଦେଲେ ସେ ସବୁ ଖାଇଯିବ, ସୁତରାଂ ଗୋବର୍ଦ୍ଧନଙ୍କ ପରାମର୍ଶରେ ନିଜେ ବୁଢ଼ାସୁଧା କରିବାର ଭାର ନେଇ ଦରବାର ଆଶ୍ରୟରେ ସମୁଦାୟ ସମ୍ପତ୍ତି ହସ୍ତଗତ କଲେ ଓ ପୋଷ୍ୟପୁତ୍ରକୁ ଆପଣା ନିକଟରେ ରଖ଼ିଗଲେ। ତେଣେ ବିଧବା ଭାର୍ଯ୍ୟାର ଖାଇବାକୁ କିଛି ନାହିଁ ତହିଁକି ଲେଶମାତ୍ର ଦୃଷ୍ଟିପାତ କଲେ ନାହିଁ।

ଏହା ଦେଖ଼ି ନାନା ଲୋକେ ନାନା କଥା କହିବାକୁ ଆରମ୍ଭ କଲେ ଏବଂ ପରିଶେଷରେ ଲୋକଙ୍କର ଗଞ୍ଜନା ସହି ନ ପାରି ବୁଢ଼ାସୁଧା କରିବାର ଭାର ତ୍ୟାଗ କରିବାକୁ ମନସ୍ଥ କଲେ। ନିଜେ ଯେ କିଛି ସମ୍ପତ୍ତି ଆମୃସାତ୍‌କରି ନ ଥିଲେ ଏପରି ବୋଲାଯାଇ ନ ପାରେ। ଯାହା ହେଉ ଗୋବର୍ଦ୍ଧନ ସମୟ ବୁଝ଼ି ଦରବାରରେ ଆବେଦନ କରି ଆପେ ବୁଢ଼ାସୁଧା କରିବାର ଭାର ଘେନି ପୁତ୍ରକୁ ନିଜ ଘରକୁ ଆଣିଲେ ଏବଂ ଧୀବର ଥୋପ ମେଲି ମାଛ ଧରିଲାପ୍ରାୟ ଏହି ଉପାୟରେ ବହୁ ଅର୍ଥଲାଭ ହେବା ଦେଖ଼ି ପରମାନନ୍ଦ ପ୍ରାପ୍ତ ହେଲେ। ମାତ୍ର ତେଣେ ଯେ ସଦାଶିବଙ୍କ ବିଧବା କାର୍ଯ୍ୟ ଖାଇବାକୁ ନ ପାଇ ଘନ ୨ ଦୀର୍ଘନିଶ୍ୱାସ ପକାଇ ଭିକାରୀର ବେଶ ଧାରଣ କରି ଦ୍ୱାର ୨ ହୋଇ ଅନ୍ନନିମିଉ ବୁଲୁଅଛି ତହିଁକି କେବେ ହେଲେ ଦୃଷ୍ଟି ପକାଉ ନାହାନ୍ତି-ତାହାକୁ ଆଶ୍ରୟ ଦେବା କଥା ଅବା କି ବୋଲିବୁଁ? ହାୟ ହାୟ! ଲୋଭରେ ପଡ଼ି ପିତା ସିନା କନ୍ୟାକୁ ଏରୂପରେ ଭସାଇ ଦେଇଥିଲା! କେତେ ଆଶାର ସ୍ୱପ୍ନ ଦେଖ଼ି କେତେ କଳ୍ପନାର ଛବି ମନେ ମନେ ଅଙ୍କିତ କରି ସେ ସଦାଶିବଙ୍କୁ ଝିଅ ଦେଇଥିଲା- ସେ କି ଜାଣିଥିଲା ଚରମରେ ଏଫଳ ଫଳିବ!

ସଦାଶିବଙ୍କ ବିଧବା ଭାର୍ଯ୍ୟା ଏହିରୂପେ ସଂସାରାର୍ଣ୍ଣବର ଭୀଷଣତରଙ୍ଗରେ ପଡ଼ି ଆଘାତ ପ୍ରତିଘାତ ଖାଇ କିରୂପେ ଜୀବନ ଯିବ ତହିଁନିମିଉ ଈଶ୍ୱରଙ୍କୁ ଡ଼ାକି ପାଗଳିନୀ ପ୍ରାୟ ପୃଥିବୀରେ ବିଚରଣ କଲେ! କେତେ ଲୋକ ତାଙ୍କ ନିମିଉ ଅନ୍ନବସ୍ତ୍ର ସଂସ୍ଥାନ କରିଦେବା କାରଣ ଗୋବର୍ଦ୍ଧନଙ୍କୁ କେତେପ୍ରକାର ଅନୁନୟ ବିନୟ କରି କହିଲେ, ମାତ୍ର ଗୋବର୍ଦ୍ଧନଙ୍କ ମନ ତହିଁରେ ଆଦୌ ଟଳିଲା ନାହିଁ। ତାଙ୍କର ଜଘନ୍ୟ କାର୍ପଣ୍ୟ ଲୋକଙ୍କୁ ଅସନ୍ତୁଷ୍ଟ କରି ରଖ଼ିଥିଲା, ତହିଁଉପରେ ପୁଣି ସଦାଶିବଙ୍କ ଭାର୍ଯ୍ୟାଙ୍କ କଥା ନ ବୁଝ଼ିବାରୁ ଲୋକେ ତାହାଙ୍କ ଉପରେ ଅତ୍ୟନ୍ତ କ୍ରୋଧନ୍ୱିତ ହୋଇଗଲେ। ବେଳପାଇଲେ ତାଙ୍କୁ ଦୁଇଖଣ୍ଡ କରିଦେବେ ଏତେସରିକି ଲୋକେ ଚିଡ଼ି ଯାଇଥିଲେ, ମାତ୍ର ଦରବାରକୁ ଭୟକରି ସେ କ୍ରୋଧ ମନେ ମନେ ପୋଷିରଖ଼ିଲେ।

ବିଧାତାଙ୍କ ଲୀଳା କିଏ ବୁଝ଼ିବ? ସମସ୍ତ ଲୋକର ଯେ ଦୟାର ପାତ୍ର ତାଙ୍କୁ ଯେ କାହିଁକି ଅନ୍ନ ମିଳୁନାହିଁ ଏବଂ ଯେ ଅତୁଳ ବିଭୁତିର ଅଧିକାରିଣୀ ଥିଲା ସେ ଯେ କାହିଁକି 'ହା ଦେବ ହା ଦେବ' ହୋଇ ଭିକାରିଣୀ ପ୍ରାୟ ବିଚରଣ କରୁଅଛି ଏହା କିଏ

କହିପାରେ? ଗୋବର୍ଦ୍ଧନ ଏହିପରି? ତାଙ୍କର ଭାର୍ଯ୍ୟା କଉତୁକୀ ଏକେ କୁଟିଳ ସଂସାରରେ ବଢ଼ିଥିଲେ। ତହିଁଉପରେ ପୁଣି ଘୋର କୁଟିଳ ସ୍ଵାମିସହବାସରେ ଏମନ୍ତ କଠିନମନା ହୋଇ ଯାଇଥିଲେ ଯେ ସଦାଶିବଙ୍କ ବିଧବା ଭାର୍ଯ୍ୟାର ଅଳଙ୍କାରମାନ ପଣ୍ଢି ତାଙ୍କୁ ଦେଖିଲେ ଗାଳିମନ୍ଦ ଦେଇ ତଡ଼ି ଦେଉଥିଲେ। ଭିକାରିଣୀ କିଛି ନ କହି ଦୀର୍ଘନିଶ୍ୱାସ ପକାଇ ଅଶ୍ରୁତ୍ୟାଗ କରୁ କରୁ ସେଠାରୁ ଚାଲି ଯାଉଥିଲେ।

ଦେଖୁଁ ଗୋବର୍ଦ୍ଧନଙ୍କର ଗୋଟି ହୋଇ ତିନିପୁତ୍ର କାଳକବଳରେ ପତିତ ହେଲେ। ସମସ୍ତେ କହିଲେ ବିଧବାର ଦୀର୍ଘନିଶ୍ୱାସରୁ ଏଫଳ ଗୋବର୍ଦ୍ଧନଙ୍କୁ ଘଟିଅଛି। ତଥାପି ଗୋବର୍ଦ୍ଧନଙ୍କ ମନ ଟଳିଲା ନାହିଁ। ସେତ ସମୁଦାୟ ସମ୍ପତ୍ତି ସ୍ଵର୍ଗକୁ ସଙ୍ଗେ ଘେନି ଯିବାର ପାଞ୍ଚ କରିଥିଲେ, ସଦାଶିବଙ୍କ ବିଧବା ଭାର୍ଯ୍ୟାଙ୍କୁ କାହିଁକି କିଛିଦେବେ!

ଏହିପରି କଠିନ ସଂସାରରେ ବିଚରଣ କରୁ କରୁ ସଦାଶିବଙ୍କ ବିଧବା ଭାର୍ଯ୍ୟା ନିତାନ୍ତ କ୍ଷୀଣା ହୋଇଗଲେ। ଜୀର୍ଣ୍ଣବସ୍ତ୍ର ଖଣ୍ଡିକ ଲଜ୍ଜା ଢାଙ୍କିବାକୁ ସୁଦ୍ଧା ଆଉ ସମର୍ଥ ହେଲାନାହିଁ। ମନ ନିତାନ୍ତ ବିକୃତ ହୋଇଗଲା ଏବଂ ଅବଶେଷରେ ଦିନେ ପ୍ରାତଃକାଳରେ ଦେଖାଗଲା ଯେ ଗୋବର୍ଦ୍ଧନଙ୍କ ଦାଣ୍ଡଦୁଆରେ ସେ ଗଳାରେ ଫାଶୀଦେଇ ଇହଲୋକରୁ ଚାଲି ଯାଇଅଛନ୍ତି!।

ହା ବିଧାତଃ! ଏହା ମନେ କଲାବେଳକୁ ହୃଦୟ ବିଦୀର୍ଣ୍ଣ ହୋଇ ଯାଉଅଛି! ସଂସାରରେ କି ଅପୂର୍ବଶିକ୍ଷା ଦେବା ନିମିତ୍ତ ଏ ଅଭିନୟ ଭିଆଇଲ? ହାୟ ହାୟ! ଯେତେବେଳେ ସଂସାରର ସମସ୍ତ ଯନ୍ତ୍ରଣା ନିବାରଣ କରିବା ମନେକରି ସେ ବେକରେ ଦଉଡ଼ି ଲଗାଉଥିବେ ତେତେବେଳେ ତାଙ୍କ ମନ କି ନୋହିଥିବ! ଯେ ଅତୁଳ ଧନଶାଳୀ ସ୍ଵାମିର କ୍ରୋଡ଼ରେ ଅଶେଷସୁଖକାମନାରେ ଶୟନକରି କେତେପ୍ରକାର ଭାବି ସୁଖର ସ୍ୱସ୍ଵପ୍ନ ସନ୍ଦର୍ଶନ କରୁଥିଲେ, ତାଙ୍କର କି ଏହିରୂପେ ଜୀବନ ଶେଷ ହେବାର ଥିଲା! ଅନ୍ୟ ରୂପରେ କି ତାଙ୍କୁ ଏ ପ୍ରକାଣ୍ଡ ଜଗତରେ ସ୍ଥାନ ମିଳିଲା ନାହିଁ! ହାୟ! ହାୟ! ଅଧିକ ଆଉ କି କହିବୁଁ! ହୃଦୟ ଫାଟିଯାଉଅଛି! ବିଧାତଃ! ତୁମ୍ଭେ ଅନନ୍ତଲୀଳ ମୟ! ତୁମ୍ଭର ଲୀଳା ତୁମ୍ଭେ ବୁଝ! କ୍ଷୁଦ୍ରାତ୍କ୍ଷୁଦ୍ର ମନୁଷ୍ୟ ହୋଇ ଆମ୍ଭେମାନେ ତାହା କାହୁଁ ବୁଝିପାରିବୁ? ପାଠକେ! ଗୋବର୍ଦ୍ଧନ ଓ କଉତୁକୀଙ୍କ ପରି ଜୀବ ଆପଣମାନେ ସଂସାରରେ ଦେଖିଅଛନ୍ତି କି? ଅନନ୍ତଲୀଳାମୟ ଈଶ୍ୱରଙ୍କ ସୃଷ୍ଟିରେ ଏଥର ସୃଷ୍ଟି କାହିଁକି ନ ଥିବ? ଏହା ନିଷ୍ଠୁରତା ଓ ଅମନୁଷ୍ୟତାର ଚରମସୀମା। ଲୋକେ ଏମାନଙ୍କ ଉପରେ ଆଗରୁଁ ଜ୍ୱଳି ରହିଥିଲା। ସଦାଶିବଙ୍କ ଭାର୍ଯ୍ୟାର ଏରୂପରେ ପରିଣାମ ହେବାରୁ ସେମାନେ କ୍ରୋଧରେ ଦ୍ୱିଗୁଣ ଜ୍ୱଲି ଉଠିଲେ। ଏତେ ହେଲେ ସୁଦ୍ଧା ଗୋବର୍ଦ୍ଧନ କି ତାଙ୍କ ଭାର୍ଯ୍ୟାଙ୍କର କିଛି ପରିବର୍ତ୍ତନ ହେଲା ନାହିଁ। ପରିବର୍ତ୍ତନ ହେଲା କେବଳ ଜଣକର। ସେ

ଗୋବର୍ଦ୍ଧନଙ୍କ କନ୍ୟା। ପଙ୍କରୁ ପଦ୍ମ ଜାତ ହେଲା ପ୍ରାୟ ସେ କୁଟିଳ ପରିବାରରେ ଜନ୍ମଗ୍ରହଣ କରିଥିଲେ ଏବଂ ପଙ୍କରେ ବଢ଼ିସୁଦ୍ଧା। ପଦ୍ମ ଅପୂର୍ବ ଗୁଣ ଧାରଣ କଲାପ୍ରାୟ ସେ କୁଟିଳପରିବାରରେ ବଢ଼ିସୁଦ୍ଧା। ଈଶ୍ୱରେଚ୍ଛାରେ ଅପୂର୍ବଗୁଣବତୀ ହୋଇଥିଲେ। ପଦ୍ମ ପ୍ରାୟ ସୁଲଳିତ କୋମଳ ଶରୀର। ପଦ୍ମକେଶର ପ୍ରାୟ କୋମଳ ମନ। ପଦ୍ମପରିମଳ ପ୍ରାୟ ଗୁଣରାଶି ଚତୁର୍ଦ୍ଦିଗରେ ଚହଟି ପଡ଼ିଅଛି। ଅଧିକ କି କହିବୁଁ ସେତ କୁଟିଳତାପଙ୍କସଙ୍କୁଳ ସଂସାରଜଳରେ ପ୍ରସ୍ଫୁଟିତା ପଙ୍କଜିନୀ। ସଦାଶିବଙ୍କ ଭାର୍ଯ୍ୟାର ଦୁଃଖରେ ଏହାଙ୍କ ମନ ତରଳି ଯିବା ବିଚିତ୍ର ନୁହେ। ତହିଁରେ ପୁଣି ପିତାମାତାଙ୍କର ଦୁର୍ବ୍ୟବହାର ଦେଖି ମନସ୍ୱତଃ ସେହି ଭିକାରିଣୀପ୍ରତି ଅଧିକତର ସହାନୁଭୂତି ଅନୁଭବ କରିଥିଲା। ଲୁଚାଇ ଅନେକ ସମୟରେ ସଦାଶିବଙ୍କ ବିଧବାଭାର୍ଯ୍ୟା ଭିକାରିଣୀକି ସାହାର୍ଯ୍ୟ କରିଥିଲେ ମାତ୍ର ତହିଁରେ କି କାହାରି ଦିନ ସରେ? ପିତାମାତାଙ୍କ ଏପରି ବ୍ୟବହାରରେ ସେ ନିତାନ୍ତ ବିରକ୍ତ ଥିଲେ ଏବଂ ଅନେକ ସମୟରେ ସେମାନଙ୍କ ମତର ବିପରୀତ କଥାମାନ କହି ପ୍ରଭୁତ ଗାଲିମନ୍ଦ ଖାଉଥିଲେ। ସେ ବିରକ୍ତ ମନଃ ସଦାଶିବଙ୍କର ଭିକାରିଣୀ ଭାର୍ଯ୍ୟାର ଏପରି ପରିମାଣ ଆନ୍ଦୋଳନ କରି ପିତାମାତାଙ୍କ ଉପରେ ଅତ୍ୟନ୍ତ କୁପିତ ହେଲା, ମାତ୍ର କିଛି କରିବାର ଶକ୍ତି ନାହିଁ। ଧର୍ମ ସୁମରି ମନେ,ଠିକ୍‌କରି ରଖିଲେ ଏମାନଙ୍କୁ ଧାତା ଦିନେ ସମୁଚିତ ପ୍ରତିଫଳ ଦାନ କରିବେ। ପାଠକେ! ଏହି ସୁଶୀଳ। ସୁନ୍ଦରୀ ଆପଣମାନଙ୍କର ରସକଳା ଏବଂ ଏହି ରମଣୀ ପୌଷପୂର୍ଣ୍ଣିମା ରାତ୍ରରେ ରୋଷନୀ ଦେଖିବା ଅଭିଲାଷରେ କଳାବତୀଙ୍କ ନିକଟରେ ଶୋଇବା ନିମନ୍ତେ ଭୋଜନାନ୍ତେ ତାଙ୍କୁ କବାଟ ଖୋଲି ଦେବା କାରଣ ଡାକୁଥିଲେ।

ଦ୍ୱାଦଶ ପରିଚ୍ଛେଦ

ଭାଣ୍ଡେଶ୍ୱର

ପାଠେକ ବୋଧହୁଏ ଅନୁମାନ କରିଥିବେ ବୁଢ଼ାଳିଙ୍ଗ ନିକଟସ୍ଥ ପାଟଳୀ ବୃକ୍ଷମୂଳରେ ବସି ପୂର୍ବୋକ୍ତ ଲୋକଟି ଆଗନ୍ତୁକ ସଙ୍ଗରେ ଯେଉଁ ଦାସଙ୍କ କଥା ପକାଇଥିଲା ସେ ପୂର୍ବପରିଚ୍ଛେଦୋକ୍ତ ଗୋବର୍ଦ୍ଧନ ଦାସ ଏବଂ ସେମାନେ କଥାବାର୍ତ୍ତା ହେଉଁ ହେଉଁ ସେଠାରେ ଯେଉଁ ନୌକା ପହଞ୍ଚିଲା ତାହା ରଘୁନାଥ ପଟ୍ଟନାୟକଙ୍କର। ଏ ଅନୁମାନ ସତ୍ୟ ଅଟେ। ପ୍ରୋକ୍ତ ଆଗନ୍ତୁକ ମଧ୍ୟ ପାଟଳୀ-ମୂଳସ୍ଥ ଲୋକକୁ ଯେ କୁଜଙ୍ଗର ଭୂଞାଁ ବୋଲି ଅନୁମାନ କରିଥିଲା ତାହା ସୁଦ୍ଧା ଯଥାର୍ଥ ଅଟେ। ସର୍ଦ୍ଦାର ସିଂହ ଏ ଅଞ୍ଚଳକୁ ଆସି 'ନଟ'ର ସମୁଦାୟ ଉଦ୍ୟୋଗ କରିଦେଇ ସେ ଲୋକଟିକୁ ସେଠାରେ ରଖିଯାଇଥିଲେ। ଲୋକ ଜଗାଇ ରଖିବାର ଅଭିପ୍ରାୟ ମଧ୍ୟ ଥିଲା। ଯଦି କେତେବେଳେ ଡକାଇତଙ୍କ ଅଭିମତ କିମ୍ବା ପ୍ରତିକୂଳାଚରିତ କୌଣସି ଘଟନା ଘଟିଯାଏ ତାହା ହେଲେ ନୌକା ନଦୀରେ ଯାଉଁ ଯାଉଁ ସମୟମତ ସେମାନେ ସମ୍ବାଦ ପାଇ ଉପଯୁକ୍ତ ଉପାୟ ଅବଲମ୍ବନ କରିବେ।

ରଘୁନାଥ ପଞ୍ଚନାୟକ ନୌକାରୁ ଓହ୍ଲାଇବା ମାତ୍ରକେ ଲୋକଟିକି ନାଟର ସମୁଦାୟ ସମ୍ବାଦ ପଚାରିନେଲେ। ଲୋକଟି ସେ ବିଷୟର ବକ୍ତବ୍ୟ ଶେଷକରି ଆଗନ୍ତୁକ ସଙ୍ଗେ ଯେଉଁ କଥାବାର୍ତ୍ତା ହୋଇଥିଲା ତାହା ମଧ୍ୟ ବ୍ୟକ୍ତ କଲା। ରଘୁନାଥ ପଞ୍ଚନାୟକ ସେ କଥା ଶୁଣି ପରମ ଆପ୍ୟାୟିତ ହେଲେ ଏବଂ ସମସ୍ତଙ୍କୁ ରୂଣ୍ଡକରି ସେ ସମୟର କାର୍ଯ୍ୟସାଧନ ନିମିତ୍ତ ଯଥାଯଥ ଆଦେଶ ପ୍ରଦାନ କଲେ। ଆଦେଶ ପାଇବା ମାତ୍ରକେ ଡକାଇତମାନେ ଭିନ୍ନ, ଦଳରେ ବିଭକ୍ତ ହୋଇ ନିର୍ଦ୍ଧିଷ୍ଟ ସ୍ଥାନକୁ ଭିନ୍ନ ଭିନ୍ନ ମାର୍ଗରେ ଅଗ୍ରସର ହେଲେ।

ପାଠକେ? କ୍ଷଣକାଳ ନିମିତ୍ତ ଏମାନଙ୍କୁ ଛାଡ଼ି ଭାଣ୍ଡେଶ୍ୱର ନିକଟକୁ ଚାଲନ୍ତୁ। ସେଠାରେ ପୌଷପୂର୍ଣ୍ଣିମା ରାତ୍ରରେ ଭାରୀ ଆୟୋଜନ ଲାଗିଅଛି। ପୌଷପୂର୍ଣ୍ଣିମାର ରାତ୍ରି ବୋଲି ଯେ ଆୟୋଜନ ଲାଗିଅଛି ଏପରି ନୁହେ କାରଣ ପୂର୍ବେ କେବେ ଏ ରାତ୍ରରେ ଏଠାରେ କୌଣସି ଆୟୋଜନ ଦେଖାଯାଇ ନାହିଁ। ଆଜି କିନ୍ତୁ ସନ୍ଧ୍ୟା

ସମୟରୁ ଏଠାରେ ଫୁଲ ଫାନସ ଇତ୍ୟାଦି କୁହାକୁହି ଲାଗିଅଛି ଏବଂ ସେହି ସମୟରୁ ସେ ଅଞ୍ଚଳରେ ବହଳ ପଡ଼ିଯାଇଅଛି ଯେ ସୁବାଦାରଙ୍କ ଅଭିଷେକର ରୋଷନୀ ହେବ।

ନବଗ୍ରାମର କିଞ୍ଚିତ୍‌ତଳକୁ ମହାନଦୀର ଏକ ଘାଟ ଅଛି। ତାହା ପାଣ୍ଡବଘାଟ ନାମରେ ବିଖ୍ୟାତ। ମୋଫସଲର ନାନାସ୍ଥାନରେ ଏହିପରି ପାଣ୍ଡବଘାଟ ବିଦ୍ୟମାନ ଅଛି ଏବଂ କଥିତ ହୁଏ ପାଣ୍ଡବମାନେ ନିର୍ବାସିତ ହୋଇ ବନବାସ କରୁଥିବା ସମୟରେ ଯେଉଁ ଘାଟରେ ନଦୀପାରି ହୋଇ ଯାଇଥିଲେ ତାହା ପାଣ୍ଡବଘାଟ ନାମ ଧାରଣ କରିଅଛି। ଜନପ୍ରବାଦର ସତ୍ୟ ମିଥ୍ୟା ନିର୍ଣ୍ଣୟ କରିବା ସହଜ କଥା ନୁହଇ ମଧ୍ୟ ତାହା ନିର୍ଣ୍ଣୟ କରିବାକୁ ଶ୍ରମ ସ୍ୱୀକାର କରିବାରେ କୌଣସି ପ୍ରୟୋଜନ ନାହିଁ। ସେଠାଲୋକେ ସେ ପ୍ରବାଦକୁ ଅତ୍ୟନ୍ତ ବିଶ୍ୱାସ କରନ୍ତି। କେହି ତହିଁ ବିରୁଦ୍ଧରେ ପଦେ କଥା କହିବାକୁ ଗଲେ ଲୋକେ ତାକୁ ଚାରିଆଡ଼ୁ ଘେରିଯାଇ ଲଣ୍ଡଭଣ୍ଡରେ ପକାଇବେ। ଯାହାହେଉ ଭଗବାନ୍‌ବ୍ୟାସଦେବଙ୍କ ମହାଭାରତ ଏତଦ୍‌ଦ୍ୱାରା ଯେ ଲୋକଙ୍କର ସ୍ମୃତିପଥାରୂଢ଼ ହୋଇ ରହିଅଛି ଏଥିରେ ସନ୍ଦେହ ନାହିଁ।

ଏହି ପାଣ୍ଡବଘାଟର କିଛିଦୂର ଦକ୍ଷିଣକୁ ଭାଣ୍ଡେଶ୍ୱର ବିରାଜିତ ଅଛନ୍ତି। ନବଗ୍ରାମର ଦକ୍ଷିଣକୁ ଯେଉଁ ବିସ୍ତୀର୍ଣ୍ଣ ପ୍ରାନ୍ତର ଅଛି ଭାଣ୍ଡେଶ୍ୱର ମହାଦେବଙ୍କ ଅଧିଷ୍ଠାନ ହେତୁ ତାହାର ମର୍ଯ୍ୟାଦା ବୃଦ୍ଧି ହୋଇଅଛି। ଓଡ଼ିଶାର ଅନ୍ୟାନ୍ୟ ଅନେକ ଦେବତାଙ୍କ ପ୍ରାୟ ଏ ମହାଦେବଙ୍କର ମଧ୍ୟ ଏ ସ୍ଥାନରେ ଆବିର୍ଭାବ ହେବାର ପ୍ରସଙ୍ଗ ବହୁକାଳରୁ ଲୋକମୁଖରେ ଚଳିଆସୁଅଛି। କଥିତ ହୁଏ ପାଣ୍ଡବଙ୍କ ଜ୍ୟେଷ୍ଠ ଯୁଧିଷ୍ଠିର ଅତ୍ୟନ୍ତ ଶିବଭକ୍ତ ଥିଲେ। ସ୍ନାନ ଉତ୍ତାରୁ ମହାଦେବଙ୍କ ପୂଜା ନ କଲେ ସେ ଜଳପାନ କରୁ ନ ଥିଲେ। ନିର୍ବାସିତ ସମୟରେ ପାଣ୍ଡବଘାଟରେ ମହାନଦୀରେ ସ୍ନାନ କରି ଦେଖିଲେ ଯେ ସେଠାରେ ମହାଦେବଙ୍କର ଆସ୍ଥାନ ନାହିଁ। ତହୁଁ ଭ୍ରାତା ଓ ଦ୍ରୌପଦୀଙ୍କ ସହିତ କିଛିଦୂର ଦକ୍ଷିଣକୁ ଗଲାରୁ କ୍ଷୁଧାତୃଷାରେ କ୍ଲାନ୍ତ ହୋଇପଡ଼ିଲେ। ଭୀମ ଏହାଦେଖି ନିକଟବର୍ତ୍ତୀସ୍ତୁପୀଡ୍ରୁମାନଙ୍କରେ ଅବା ମହାଦେବଙ୍କ ଆସ୍ଥାନ ଥାଇ ପାରେ ଏହା କହି ତହିଁର ଅନ୍ୱେଷଣରେ ବାହାରି ଗୋଟିଏ ଭାଣ୍ଡ ଆଣି ମାଟିରେ ପୋତି ଭାଇଙ୍କ ମହାଦେବ ବୋଲି ପୂଜା କରିବା କାରଣ କହିଲେ। ସତ୍ୟନିଷ୍ଠ ଯୁଧିଷ୍ଠିରଦେବ ସେହିକଥାରେ ବିଶ୍ୱାସକରି ଭାଣ୍ଡକୁ ମହାଦେବଜ୍ଞାନରେ ପୂଜା କଲେ। ପୂଜା ସମାପନାନ୍ତେ ପାଣ୍ଡବମାନେ ଭୋଜନାଦି ସାରି ସେଠାରୁ ବାହାରିଯିବା ସମୟରେ ଭୀମ ଗଦାରେ ଭାଣ୍ଡକୁ ଏକପ୍ରହାର କଲେ। ଭାଣ୍ଡ ଭାଙ୍ଗିଗଲା ମାତ୍ର ସଙ୍ଗେ, ମହାଦେବମୂର୍ତ୍ତି ଶକ୍ତି ସହିତ ଆବିର୍ଭୂତ ହେଲେ। ଶକ୍ତି ପାତାଳପୁତ୍ରୀ।

ଅନେକକାଳ ସେହି ପ୍ରାନ୍ତରଗତ କ୍ଷୁଦ୍ର ଅରଣ୍ୟରେ ଛାୟାହୀନ ଅବସ୍ଥାରେ ରହିଲା ପରେ କେହି ଭକ୍ତ ଗୋଟିଏ କ୍ଷୁଦ୍ରମନ୍ଦିର ନିର୍ମାଣ କରିଦେଇଅଛି। ନିକଟରେ ଗୋଟିଏ କ୍ଷୁଦ୍ରପୁଷ୍କରିଣୀ ଅଛି। ପ୍ରତିବର୍ଷ ତ୍ରିବେଣୀ ଅମାବସ୍ୟାଦିନ ଏଠାରେ ଗେଣ୍ଠାଗୁଆଳି ଯାତ୍ରା ହୁଏ। ଅନେକ ସ୍ତ୍ରୀଲୋକ ପୁତ୍ରପ୍ରାପ୍ତି କ ମନାରେ ଏଠାରେ ରୁଣ୍ଠହୋଇ ସେହି ପୁଷ୍କରିଣୀକୁ ସ୍ନାନ କରିବାକୁ ଯାଇ ମୁଣ୍ଡବୁଡ଼ାଇ ଗେଣ୍ଠାଥିବା ଗୁଆ ଯାହା ପାଇବେ ଗିଲିଦେଇ ମହାଦେବଙ୍କ ଦର୍ଶନ କରନ୍ତି। ଭାଣ୍ଡେଶ୍ୱର ମହାଦେବ ଏହି ଯାତ୍ରା ହେତୁ ସେଠାରେ ପ୍ରଧାନ୍ୟ ଲାଭ କରିଅଛନ୍ତି ଏବଂ ବିଶ୍ୱାସ ଓ ସତ୍ୟାନିଷ୍ଠାରୁ ଅମୂଲ୍ୟଫଳ ଲାଭ ହେବାର ପ୍ରକୃଷ୍ଟ ଉଦାହରଣ ଲୋକଙ୍କୁ ଭୁଲାଇ ରଖିଅଛି।

ଆମ୍ଭମାନଙ୍କ ପୂର୍ବକଥିତ ଆଗନ୍ତୁକ ଯେଉଁ ଆଲୁଅ ଦେଖି ବୁଢ଼ାଲିଙ୍ଗ ନିକଟରୁ କୁଜଙ୍ଗଭୂୟାଁଙ୍କ ହାତରୁ ତାହିପାଇ ଆସିଲା ତାହା ଏହିସ୍ଥାନର ଆଲୁଅ।-- ଆଗନ୍ତୁକ ସେଠାରେ ପହୁଞ୍ଚିଲାବେଳକୁ ରୋଷନୀ ଖଞ୍ଜା ପ୍ରାୟ ଶେଷ ହେଲାଣି। ନାନାପ୍ରକାର ଫାନସ, ଗିଲାସ ଏବଂ ସ୍ଥଳକମଳରେ ଆଲୁଅ ଖଞ୍ଜା ହେଉଅଛି। ଅଭ୍ରନିର୍ମିତ ନାନାପ୍ରକାର ଫୁଲମାଳ ଖଞ୍ଜା ହୋଇ ଧାଡ଼ିରେ ରଖାଯାଇଅଛି ଏବଂ ପ୍ରତ୍ୟେକ ଗିଲାସ ଫୁଲ ଇତ୍ୟାଦି ଗଛ ନିକଟରେ ଗୋଟିଏ ଲୋକ ଆଦେଶ ପାଇଲାମାତ୍ରକେ ରୋଷନୀ ଉଠାଇବା କାରଣ ନିଯୁକ୍ତ ଅଛି। ବାଣୁଆ ନାନାପ୍ରକାର ଆସତାବାଜୀ ଘେନି ଉପସ୍ଥିତ ଅଛି ମଧ୍ୟ ସେଠାରେ ଏବଂ ବାଟରେ ନାନାପ୍ରକାର ବାଣଗଛ ପୋତା ହୋଇଅଛି; ନାନାପ୍ରକାର ବାଦ୍ୟ ମଧ୍ୟ ଅଣାଯାଇଅଛି ମାତ୍ର ବାଜାଦାରମାନେ ବାଦ୍ୟ ବଜାଉ ନାହାନ୍ତି। ରୋଷନୀ ଉଠିଲେ ବାଦ୍ୟ ବଜାଇବାର ଆଦେଶ ଥିବାରୁ ଢୋଲ ଇତ୍ୟାଦି ଘେନି ସେହି ସମୟର ଅପେକ୍ଷାରେ ବାଦ୍ୟକାରମାନେ ଉତ୍କଣ୍ଠିତ ହୋଇ ରହିଅଛନ୍ତି। ପ୍ରାୟ ସମସ୍ତ ଠିକ୍-କେବଳ ସୁବାଦାରଙ୍କ ପାଲିଙ୍କିର ଅପେକ୍ଷା।

ଆଲୁଅ ଖଞ୍ଜା ଶେଷ ହେଲା। ତଥାପି ପାଲିଙ୍କିର ଦେଖାନାହିଁ। ପାଲିଙ୍କି ଆସିବାର ବିଲମ୍ବ ଦେଖି ଲୋକେ ନାନାପ୍ରକାର କଥାବର୍ତ୍ତା କରିବାରେ ପ୍ରବୃତ୍ତ ହେଲେ। କେହି ବାୟଗୋଳ କେହି ଅବା ଡକାଇତଗୋଳରେ ନାଏବଙ୍କ ଅନିଷ୍ଟଶଙ୍କା କରି କଥାପ୍ରସଙ୍ଗରେ କେତେସ୍ଥାନର କେତେକଥା ପକାଇଲେ –ତଥାପି ପାଲିଙ୍କିର ଦେଖାନାହିଁ। ଜଣେ ସବଳ ଅଥଚ କ୍ଷୀଣକାୟ ଲୋକ ରୋଷନୀ ସମୁଦାୟ ଖଞ୍ଜା ହୋଇ ସାରିଲାପରେ ପାଲିଙ୍କି ଆସିବାର ବିଲମ୍ବ ଦେଖି ମୁଛରେ ହାତଦେଇ ବଡ଼ ବ୍ୟସ୍ତ ହୋଇ ବୁଲୁଅଛନ୍ତି ଏବଂ ଥରେ ଥରେ ଲୋକଙ୍କୁ ନାନାପ୍ରକାର କଥା ପଚାରି ତାଙ୍କଠାରୁ ଅନିଷ୍ଟସୂଚକ କଥା ଶୁଣି ବିରକ୍ତ ଭାବ ପ୍ରକାଶ କରୁଅଛନ୍ତି।

ପ୍ରାୟ ଘଡ଼ିଏ ଗତ ହେଲା। ଏମନ୍ତ ସମୟରେ ଦୂରରୁ ଗୋଟିଏ ମଶାଲ ଦେଖାଗଲା। ମଶାଲ ଦେଖିବା ମାତ୍ରକେ ସେହି କ୍ଷୀଣକାୟ ଲୋକଟି ଆନନ୍ଦରେ ଲମ୍ଫପ୍ରଦାନକରି ନାଏବଙ୍କ ଆଗମନ ବାର୍ତ୍ତା ଜ୍ଞାପନପୂର୍ବକ ରୋଷନୀ ଉଠାଇବାକୁ ଆଦେଶ ପ୍ରାଦନ କଲେ।

ସଙ୍ଗେ ସଙ୍ଗେ ରୋଷନୀ ଉଠିଲା। ସଙ୍ଗେ ସଙ୍ଗେ ବାଦ୍ୟ ବାଜିଉଠି ଚତୁର୍ଦ୍ଦିକ କମ୍ପାଇଦେଲା। ସଙ୍ଗେ ସଙ୍ଗେ ଲୋକଙ୍କର ଉତ୍ସାହପୂର୍ଣ୍ଣବାକ୍ୟାବଳୀ ତୁମୁଲରୋଳ ଉଠାଇଲା। ସଙ୍ଗେ ସଙ୍ଗେ ବମ୍‌ବାଜିଗଛରେ ଅଗ୍ନି ଦିଆଯାଇ ତହିଁରୁ ଆକାଶଭେଦୀ ଧ୍ୱନି ଉତ୍ଥିତ ହେଲା ଏବଂ ସେହି ଧ୍ୱନି ନୀରବ ହେବା ସଙ୍ଗେ ସଙ୍ଗେ ପଲିଙ୍କି ଏବଂ ତତ୍‌ସହିତ ଆଶା ସୋଟା ଓ ବନ୍ଦୁକଧାରୀ ପ୍ରାୟ ଦଶଜଣ ଲୋକ ପହୁଞ୍ଚିଯିବାରୁ ରୋଷନୀ ନବଗ୍ରାମ ଆଡ଼କୁ ଗତି ବିସ୍ତାର କଲା।

ତ୍ରୟୋଦଶ ପରିଚ୍ଛେଦ

ପୁଣି ଦୁଇଭଗିନୀ

'ଅପା, କବାଟ ଖୋଲିଦେ—ମୁଁ ଆଇଲିଣି'। କଲକଣ୍ଠୀ ସରଲା ରସକଲାର ଏ ଅମୃତମୟୀ ବୀଣାଟଙ୍କାରବିନିନ୍ଦିତ ବାଣୀଟଙ୍କାର ତାଡ଼ିତଗତିରେ କଲାବତୀର କର୍ଣ୍ଣକୁହରରେ ପ୍ରବେଶ କରି ହୃଦୟତନ୍ତ୍ରୀରୁ ସ୍ୱରୂପନାଦ ଉଥୃତ କଲା। ସଙ୍ଗେ ୨ କଲାବତୀର ଶୋକମୟ ସଙ୍ଗୀତ ହୃଦୟତନ୍ତ୍ରୀରୁ ଅପସାରିତ ହୋଇଗଲା ଏବଂ ସ୍ନେହପାତ୍ରୀ ରସକଲାସଙ୍ଗେ କିୟତ୍କାଲ କଥାବାର୍ତ୍ତା କରି ଚିତ୍ତବିନୋଦ କରିବା କାରଣ ଅଭିଲାଷ ଜାତ ହେବାରୁ ଶରୀରରେ ବଲ ଜାଗରୂକ ହେଲା। ରସକଲାର ସେ କଥା ଶୁଣି କଲାବତୀ ତତ୍କ୍ଷଣାତ୍ଆଖିରୁ ବସ୍ତ୍ରାଞ୍ଚଲରେ ଲୁହ ପୋଛି ଦେଇ କବାଟ ଖୋଲି ଦେଲେ ଏବଂ ରସକଲା ଘରଭିତରକୁ ଆସିଲାରୁ ପୁଣି କବାଟ କିଲି ଦେଇ କହିଲେ 'ରସ! ଚାଲ ଶୋଇବା। ରୋଷନୀରତ ଏପର୍ଯ୍ୟନ୍ତ ସୋରଷବଦ ମିଲୁ ନାହିଁ। ଶୋଇପଡ଼ ମୁଁ ଉଠେଇବି।' ଏହା କହି ହାତ ଧରିଆଣି ଶଯ୍ୟାରେ ବସି ରସକଲାଙ୍କୁ ଶୁଆଇ ଦେଲାରୁ ସେହି ଉପଧାନରେ ମସ୍ତକ ରକ୍ଷା କରି ନିଜେ ଶୟନ କଲେ।

ହାୟ! ହାୟ! ସଂସାରର ଗତି କେଡ଼େ ବିଚିତ୍ର! ଲୀଲାମୟ ଜଗଦୀଶ୍ୱର ବେଲେ ୨ କେଉଁ ୨ ଲୋକକୁ ଆସୀ ମିଲାଇ ଦିଅନ୍ତି ବୁଝିବା ମନୁଷ୍ୟର ସାଧାତୀତ। ଅଯତ୍ନପ୍ରସାରିତା ଏକଶଯ୍ୟାରେ ଏକ ଉପାଧାନରେ ମସ୍ତକ ରକ୍ଷା କରି କେଡ଼େ ବିଭିନ୍ନ ଅବସ୍ଥାର ଦୁଇଗୋଟି ରମଣୀ ଏରୂପରେ ଏକତ୍ର ଶୟନ କଲେ। ଘଟନାବୈଚିତ୍ର କେତେ ବିଭିନ୍କ୍ରୀଡ଼ାକନ୍ଦୁକ ସଂସାରର ବିଚିତ୍ରଗତିରେ ଗଡ଼ି ଗଡ଼ି ଆସି ରୂପରେ ଏକତ୍ର ଅବସ୍ଥାପିତ ହେଲେ। ଦୁହଁଙ୍କର ଅବସ୍ଥା ସ୍ୱତନ୍ତ୍ର। ଦୁହଁଙ୍କର ଅଭିଲାଷ ମଧ ସ୍ୱତନ୍ତ୍ର। ତଥାପି ଦୁହେଁ ପ୍ରିୟସଖୀ। ଉଭୟ ଉଭୟକୁ ଆପଣାପରି ଜ୍ଞାନ କରନ୍ତି। ଉଭୟେ ପରସ୍ପରକୁ ଦଣ୍ଡେ ନ ଦେଖିଲେ ବହୁକାଲ ବିରହ-ଯାତନା-ଭୋଗ କଷ୍ଟକର ଜ୍ଞାନ କରନ୍ତି। ପରସ୍ପରକୁ ଦେଖିଲେ ଉଭୟର ହୃଦୟମଧ୍ୟଗତ ସ୍ନେହତନ୍ତ୍ରୀରୁ ଏକରୂପ ଝଙ୍କାର ନିର୍ଗତ ହୁଏ। ଯେତେ ବ୍ୟବଧାନରେ ଥିଲେସୁଦ୍ଧା ପରସ୍ପର ମନେ ପଡ଼ିଲେ ହୃଦୟତନ୍ତ୍ରୀରୁ ଏକସ୍ୱର ଜାତ ହୁଅଇ। ଆହା! ଏ ଭାବ କେଡ଼େ ମଧୁର! ସମ୍ପୂର୍ଣ୍ଣ

ପୃଥକ୍‌ଅବସ୍ଥାଗତ ଦୁଇ ମନୁଷ୍ୟଜୀବନ ସ୍ନେହରଜ୍ଜୁରେ ଏଡ଼େ ମଧୁରଭାବରେ ଟଣାହୋଇ ପୁଣି ଏକତ୍ରାବସ୍ଥିତ ହେବା ବିଧାତାଙ୍କ ଅପୂର୍ବ ସୃଷ୍ଟି-କୌଶଳର ନିଦର୍ଶନ! ପାଠକେ! ଏ ଅଭାବନୀୟ ଭାବକୁ ଅନ୍ୟ କେଉଁ ଭାବ ସରି ହେବ କହି ପାରିବେ କି? ଶୋକାବେଗଜାତ ବିଷୟ-ତରଙ୍ଗରେ କଳାବତୀର ହୃଦୟସାଗର ଅଳ୍ପକ୍ଷଣ ପୂର୍ବେ ଆଲୋଡ଼ିତ ହେଉଥିଲା। ରସକଳାର ଶବ୍ଦ ଶୁଣିଲାମାତ୍ରକେ ସ୍ନେହରସ ଜାତ ହୋଇ ସେହି ତୈଳରେ ଉଦ୍‌ବେଳିତ ହୃଦୟ ଶାନ୍ତ ହେଲା। ରସକଳା ଆପଣା ମାତାସଙ୍ଗେ ଘରକୁ ଖାଇବାକୁ ଗଲାରୁ ନିଜ ପରିବାରର ନିଷ୍ଠୁରକାହାଣୀ ଭାଲୁ୭ ସଦାଶିବଙ୍କ ବିଧବାଭାର୍ଯ୍ୟଭ଼ର କଥା ପ୍ରବଳ ବାତ୍ୟାପ୍ରାୟ ମନରେ ଉଦିତ ହୋଇ ବେଳେ ବେଳେ ହୃଦୟର ଶୋକତନ୍ତ୍ରୀକୁ ଝିଙ୍କିପକାଉ ଥିଲା। ଅପାକୁ ଡାକିଲାକ୍ଷଣି ଅପୂର୍ବସ୍ନେହବାରି ବୃଷ୍ଟି ହୋଇ ଅନ୍ୟ ସମସ୍ତଭାବ ଭସାଇ ଦେଲା। ସ୍ନେହାବେଗରେ ଦୁହେଁ ଏକ ହୋଇ ଗଲେ। ଆଉ କଳାବତୀ ଓ ରସକଳାର ପାର୍ଥକ୍ୟ ରହିଲା ନାହିଁ। ହୃଦୟର ଦ୍ୱାର ଖୋଲିବା ସଙ୍ଗେ ସଙ୍ଗେ ଘରର ଦ୍ୱାର ଖୋଲିଗଲା। ପରକ୍ଷଣରେ କଳାବତୀର କୋମଳହସ୍ତଚାଳନରେ କ୍ରୀଡ଼ାପୁଢ଼ଲିକାପରି ରସକଳା ଚାଳିତା ହୋଇ ଶଯ୍ୟାରେ ଶାୟିତା ହେଲେ ଏବଂ ସେହି ସ୍ନେହାବେଗ କଳାବତୀଙ୍କ ରସକଳାର ପାର୍ଶ୍ୱରେ ଶୁଆଇଲା। ବାହାରକୁ ଦେଖାଗଲା ଦୁଇ ଶରୀର ଶଯ୍ୟାରେ ଶାୟିତ ଅଛି ମାତ୍ର ତତ୍‌କ୍ଷଣରେ ହୃଦୟ ଆନ୍ଦୋଳନ କରି ଦେଖିବାରେ ଗୋଟିଏ ବସ୍ତୁ ଶଯ୍ୟାରେ ପଡ଼ିଥିବା ଅନୁଭୂତ ହେଲା। ସ୍ନେହର ଏ ଅପୂର୍ବ ବିଧାନ, ସୃଷ୍ଟିର ଏ ପରମ ନୈପୁଣ୍ୟ, ବିଧାତାଙ୍କର ଏ ଅପୂର୍ବଲୀଳା ଦେଖିବାକୁ କେଡ଼େ ଚମତ୍କାର! ତହିଁକି ସେ ଘରେ ସାକ୍ଷୀ ରହିଲା ଏକମାତ୍ର କ୍ଷୀଣ ପ୍ରଦୀପ।

ଘରେ ଯେଉଁ ପ୍ରଦୀପ ଜଳୁଥିଲା ରସକଳା ଆସିବା ଅପେକ୍ଷାରେ କଳାବତୀ ତାହାକୁ ଲିଭାଇ ନ ଥିଲେ। ତହିଁରୁ କ୍ଷୀଣ ଆଲୋକ ଯାହା ବାହାରୁଥିଲା ତାହା ସମୟୋଚିତ ଅଟଇ। ରସକଳା ଚିତ୍ରପୁଢ଼ଲିକାପରି କଳାବତୀଙ୍କ କର୍ତ୍ତୃକ ଚାଳିତ ହୋଇ ଶଯ୍ୟାରେ ଶୟନ କଲେ। ମାତ୍ର ଉପଧାନରେ ମସ୍ତକ ରକ୍ଷା କଲାବେଳକୁ ତାହା ଓଦା ଲାଗିଲା। ମୁଖ ଉଠାଇ ଦେଖିଲେ କଳାବତୀଙ୍କର ଚକ୍ଷୁଦ୍ୱୟର ପ୍ରାନ୍ତ ଭାଗରେ, ଅଦ୍ୟାପି ଲୋତକ ପୋଛାହେବାର ଚିହ୍ନ ବିଦ୍ୟମାନ ଅଛି। କଳାବତୀ ଉପାଧାନରେ ମସ୍ତକ ରକ୍ଷା କରିଥିଲେ ମାତ୍ର ଚକ୍ଷୁବୁଜି ନ ଥିଲେ। ରସକଳା ଏପରି ଭାବରେ ଅନାଇବାର ଦେଖି ପଚାରିଲେ "ରସ୍! କ'ଣ ଦେଖୁଛୁ କି?" ମେଘମୁକ୍ତ ଶାରଦୀୟ ନିର୍ମଳ ଆକାଶରେ ହଠାତ୍ ମେଘ ଘୋଟି ଆସିଲାପରି କଳାବତୀଙ୍କ ନୟନଯୁଗଳରେ

ଲୋତକ ମୁକ୍ତ ହେବାର ଚିହ୍ନ ଦେଖି ରସକଲାଙ୍କ ହୃଦୟାକାଶକୁ ଶୋକମେଘ ଆଚ୍ଛନ୍ନ କରିପକାଇଲା ଏବଂ ଚକ୍ଷୁଃ ଛଳ ୨ କରି କହିଲେ "ଅପା। ତୁ କାନ୍ଦୁଥିଲୁ"?

ସ୍ନେହମୟୀ ରସକଲାଙ୍କର ଅକୃତ୍ରିମସ୍ନେହପରିଚାଳିତ ବାକ୍ୟପୀୟୁଷରେ କଲାବତୀଙ୍କ ମନଃପ୍ରାଣ ଶୀତଳ ହୋଇଗଲା ଏବଂ ନୈସର୍ଗିକସ୍ନେହଶକ୍ତି ଶରୀରକୁ ମଧୁରଭାବରେ କମ୍ପିତକରି ନୟନଯୁଗଳରୁ ସ୍ନେହାଶ୍ରୁ ବିନିର୍ଗତ କଲା। ରଘୁନାଥଙ୍କ ମୃତ୍ୟୁପରେ ସ୍ନେହକଥା ଶୁଣାଇବାକୁ ଏକା ରସକଲା ଅଛନ୍ତି ଏବଂ ରସକଲାଙ୍କର ଅକୃତ୍ରିମସ୍ନେହରସାମୃତସିକ୍ତ କଥାମାନ ଶୁଣିବା ମାତ୍ରକେ କଲାବତୀଙ୍କ ହୃଦୟରେ ପରକ୍ଷଣରେ ରଘୁନାଥଙ୍କ କଥା ଜାଗରିତ ହୁଏ। ଏରୂପେ କଲାବତୀ ରଘୁନାଥଙ୍କୁ ହରାଇ ରସକଲାଙ୍କ କଥାମୃତ ପାନ କରିବା କାରଣ ଅତ୍ୟନ୍ତ ଲାଳୟିତ ଏବଂ ଏହିରୂପରେ ରସକଲାଙ୍କ କଥାରେ କଲାବତୀଙ୍କ ହୃଦୟରୁ ଦ୍ୱି ଗୁଣ ସ୍ନେହ ଜାତ ହୁଅଇ। ହୃଦୟର ଏଭାବରେ ଅଶ୍ରୁ ବିଗଳିତ ନ ହେଲେ ହେବ କେଉଁଠାରେ?

କଲାବତୀ ଅଞ୍ଚଳରେ ଅଶ୍ରୁ ପୋଛିଦେଇ କହିଲେ "ତହିଁରେ କି ଅଛି ତୁ ଶୁଅ।" ରସକଲା ଏଥିରେ ଶାନ୍ତ ହେବାର ଲୋକ ନୁହନ୍ତି। କହିଲେ "ନା, ତୁ ଏତେ କାନ୍ଦିଚୁ ଯେ ତକିଆ ତିନ୍ତିୟାଇଚି—ମୁଁ ଥିର ହୋଇ ଶୋଇବି? ତୁ କହ ସତେ କାହିଁକି ଏତେ କାନ୍ଦିଲୁ? " କଲାବତୀ ଦେଖିଲେ ରସକଲା ଉତ୍ତର ନ ନେଇ ଛାଡ଼ିବେ ନାହିଁ। ଉତ୍ତର ଅବା କି ଦେବେ! କିସ ଅବା ସୁଖର କଥା ଯେ ଉତ୍ତର ଦେଇ ମନ ଶାନ୍ତ କରିବେ। ତଥାପି ଉତ୍ତର ନ ଦେଲେ ନୁହେ। କହିଲେ "ତୁ ଆସି ନ ଥିଲୁ ; କେହି ନ ଥିଲାକୁ ଏକୁଟିଆ ମନ ଘାନ୍ତି ହୋଇଗଲା। ଆଉ କ'ଣ କହିବି"।--ରସକଲାଙ୍କୁ ଏ ଉତ୍ତର ଭଲ ଲାଗିଲା ନାହିଁ। ମନ ଅଧିକତର ଶୋକକଦ୍ଧନ ହୋଇଗଲା ଏବଂ ନାନା କଥା ମନେ ମନେ ଆନ୍ଦୋଳନ କରୁ ୨ କହିଲେ "ଅପା, ମୁ ତ ନିତି ଆସେ ନାହିଁ— ଆଜି ରୋଷନୀ ଦେଖିବାପାଇଁ ଆସିଲି। ତୁତ ନିତି ଏକା ଶୋଇଥାଉ, ନିତି କି ଏହିପରି କାନ୍ଦୁ? ଅପା ଆଜିଠାରୁ ମୁଁ ତୋ କଟିରୁ ଦଣ୍ଡେ ଛାଡ଼ି ହେବି ନାହିଁ। ନିତି ଆସି ତୋ'ର କଟିରେ ଶୋଇବି ଅପା, ତୁ ଏତେ କାନ୍ଦିଲୁ କାହିଁକି—ତକିଆଟା ଗୋଟାୟାକ ତିନ୍ତି ଯାଇଚି।"

ଏ କଥାରେ କି ଉତ୍ତର ଅଛି? କାନ୍ଦିବାର ପରିମାଣ ଅବା କିସ? ତହିଁରେ ପୁଣି ହେତୁ ଦେଖାଇବା ସବୁବେଳେ ସହଜ ନୁହଇ। କଲାବତୀ ଏଥିକି କି ଉତ୍ତର ଦେବେ ଖୋଜି ପାଇଲେ ନାହିଁ। ସଉଳି କଥାରେ ରସକଲାଙ୍କର ଓଠରେ ହାତଦେଇ କହିଲେ "ରସ, ତୋତେ ମୁଁ କି ବୁଝାଇବି।" କହୁଁ, ଚକ୍ଷୁର ବାରିଧାରା ବାଲିବନ୍ଧ ଭାଙ୍ଗିଲା ପ୍ରାୟ ପ୍ରବାହିତ ହେଲା। ରସକଲା ଆଉ ଅଶ୍ରୁ ସମ୍ବରଣ କରି ପାରିଲେ ନାହିଁ।

କାନ୍ଦୁ, କଳାବତୀଙ୍କ ଲୋତକ ନିଜାଞ୍ଚଳରେ ପୋଛି ଦେଇ କହିଲେ "ଅପା, ମୁଁ କି କାନ୍ଦିବାପାଇଁ ତୋ କଟିକି ଶୋଇବାକୁ ଅଇଲି।"

କି ଅକୃତ୍ରିମ ସରଳ କଥା! କି ନୈସର୍ଗିକ ମଧୁରତିରସ୍କାରବାଣୀ! ଏହାତ ପାର୍ଥିବ ନୁହେ—ଏହା ଦିବ୍ୟ! ପାଠକେ! ଦେବତାଙ୍କର ଅମୃତ କି ଏ ବାକ୍ୟସୁଧାରୁ ଅଧିକ ମଧୁର? ଏ କଥାରେ ଅଳ୍ପକେ କଳାବତୀଙ୍କର ଚେତନା ତୁଟିଗଲା। ତୁଟିଯିବାର କଥା! ଜଗଦୀଶ୍ୱର କଳାବତୀଙ୍କି ସଂସାରରେ ଏକା କାନ୍ଦିବାପାଇଁ ଜନ୍ମ ଦେଇ ନାହାନ୍ତି—ତହିଁ ସଙ୍ଗେ ଏକମାତ୍ର ଜୀବନ-ସଙ୍ଗିନୀ ସ୍ନେହ-ପ୍ରତିମା ରସକଳାଙ୍କୁ ମଧ କାନ୍ଦିବାକୁ ହେଲା! ଏ ଭାବ କି ନିଷ୍କପଟ-ହୃଦୟା କଳାବତୀଙ୍କର ଚେତନା ରଖ୍ ପାରେ? ଚେତନା ତୁଟିଗଲା ସତ୍ୟ, ମାତ୍ର ସ୍ନେହପାଶରେ ନିମିଷକେ ପୁଣି ଚେତନା ଜାତ ହେଲା। ରସକଳା ଚେତନା କୁଟିବା କଥା ଜାଣି ପାରିଲେ ନାହିଁ—ସେ କେବଳ କଳାବତୀଙ୍କ ଆଖ୍ ନିମେଷ ମାତ୍ରକ ବୁଜି ହୋଇଯିବା ଦେଖ୍ଲେ।

କଳାବତୀ ଚେତନା ଲାଭ କରି ଦେଖ୍ଲେ ଯେ ଆଉ ଧୈର୍ଯ୍ୟ ନ ଧଇଲେ ନ ଚଲେ। ତହୁଁ ମନକୁ କିଣ୍ଠତ୍ଦଣ୍ଡ କରି ବସ୍ତ୍ରାଞ୍ଚଳରେ ରସକଳାଙ୍କର ଲୁହ ପୋଛି ଦେଉଁ ୨ କହିଲେ "ରସ! ଛି ତୁ କାନ୍ଦ ନା—ତୁ କାନ୍ଦିଲେ ମୁଁ ଅଧିକ କାନ୍ଦିବି"।

ରସକଳା ଅକଳରେ ପଡ଼ିଲେ। କାନ୍ଦିବାର କାରଣ ପଚାରିବାକୁ ଯାଇ ନିଜେ କାନ୍ଦିଲେ ଏବଂ ଆଉ କାନ୍ଦିଲେ କଳାବତୀ ପୁଣି କାନ୍ଦିବେ। ସୁତରାଂ କାନ୍ଦିବା ବନ୍ଦ କରିବାକୁ ହେଲା। କହିଲେ " ତୁ କାନ୍ଦିଲେ ମୁଁ କାନ୍ଦିବି "।

କଳାବତୀ ସଜାଡ଼ି ହୋଇ ଶୋଇ କହିଲେ " ନା—ତୁ ତୁନି ହୋ—ମୁଁ ଆଉ କାନ୍ଦିବି ନାହିଁ।" ରସକଳା କହିଲେ "ତୁ ତୁନି ହେଲୁତ ମୁଁ ଆଉ କାନ୍ଦିବି ନାହିଁ।"

ଏରୂପେ କ୍ରନ୍ଦନ ବନ୍ଦ ହେଲା। ଜଣେ ନିଭୃତରେ କାନ୍ଦୁଥିଲେ। ଦୁଇଜଣ ହୋଇ କାରଣ ପଚାରିବାକୁ ଯାଇ ଦୁହେଁ କାନ୍ଦିଲେ। ପୁଣି ସ୍ନେହଡୋରରେ ପରସ୍ପର ହୃଦୟବିନିମୟ କରି ଉଭୟେ ଶାନ୍ତ ହେଲେ। ମାତ୍ର ଯେ କଥା ପଡ଼ିଥିଲା ତହିଁରେ ଉତ୍ତର ହେଲା ନାହିଁ।

କିୟତ୍କାଲ ଉଭୟେ ନୀରବ ରହିଲା ପରେ ରସକଳା ପଚାରିଲେ " ଅପା, ତୁ ଦିଓଳି ଭାତ ଖାଉ କାହିଁକି? "

ଯେଉଁ କଥାର ଉତ୍ତର ଦେବାକୁ ହେବ ବୋଲି ପୂର୍ବେ କଳାବତୀ କାନ୍ଦି ପକାଇଥିଲେ ଅନ୍ୟରୂପରେ ପୁଣି ସେହି କଥା ଉଠିଲା। ମାତ୍ର ଆଉ କାନ୍ଦିବାର ଉପାୟ ନାହିଁ। କାନ୍ଦି ୨ ଉଭୟେ ନିରସ୍ତ ହୋଇଅଛନ୍ତି। ମନ ମଧ କାନ୍ଦିବାଦ୍ୱାରା ଉଶ୍ୱାସ ହୋଇଅଛି।

ଉତ୍ତର ନ ଦେଲେ ମଧ୍ୟ କଥା ମନ୍ଦ ହେବ। ଅଗତ୍ୟା ବାଧ୍ୟହୋଇ କହିଲେ "ଦିଓଳି ଖାଇବା ଭଲ ନୁହେ।"

"ତୁ ତ ଆଗେ ଦିଓଳି ଖାଉଥିଲୁ—ଭିଣୋଇ ଗଲା ଦିନୁ ଦେଖୁଚି ଓଳିଏ ଖାଉଚୁ। ଆଜି ଦିନଟାଯାକ ଉପାସ ରହି ରାତ୍ରେ ଖାଇଲୁ—ତୋତେ ଭଲ ହେଲା? କାହିଁକି ଏତେ କଷ୍ଟ ସହୁଚୁ?"

"ରସ, ମୋତେ କଷ୍ଟ ଲାଗୁ ନାହିଁ। ମୋତେ ଭୋକ ହେଲେ ସିନା ଖାଆନ୍ତି। ତୋର ଭିଣୋଇ ଗଲାଦିନୁ ମୋର ଭୋକଶୋଷ ଯାଉଁଚି।"

"ତୁ ଏତେ କାନ୍ଦୁଚୁ ବୋଲି ତୋତେ ଭୋକଶୋଷ ହଉ ନାହିଁ---ହଉ ମୁଁ କାଲିଠୁଁ ବରାବର ତୋ କଟିରେ ରହିବି। ତୁତ କାନ୍ଦି ପାରିବୁ ନାହିଁ--ଭୋକ ହେଲେ ଆପେ ଖାଇବୁ।"

'ତୁ ନିହାତି ପିଲାପରି କଥା କହିଲୁ। ରସ, ମୋତେ ଭୋକ ହେଲେବିତ ମୁଁ ଓଳିଏ ଖାଇବି।"

"ଭୋକ କଲେବି ଓଳିଏ ଖାଇବୁ? କାହିଁକି?"

"ସେ କଥା ଶୁଣିବାର ତୋର କିଛି ପ୍ରୟୋଜନ ନାହିଁ। ରସ, ବିଧାତା ତୋତେ ସୁଖ ଦିଅନ୍ତୁ—ମୁଁ ତୋର ସୁଖ ଦେଖି ଦୁଇଦିନ ସୁଖରେ କଟାଇବି ଏତିକି ଭଗବାନଙ୍କଠାରେ ପ୍ରାର୍ଥନା"।

"ଅପା, ସତେ କହମ ସ୍ୱାମୀ ମଲାଠୁଁ ଖାଇବା ପିନ୍ଧିବାରେ ଏତେ ଆକଟ କାହିଁକି ହୁଏ? ତୁତ ଆଗେ ଭଲ ପିନ୍ଧୁଥିଲୁ। ସୁନ୍ଦର ଅଲତା ନାଉଥିଲୁ-ଏବେ ସେ ସବୁ ଛାଡ଼ି ଦେଲୁ-ତୋତେ କଣ ସୁନ୍ଦର ଦିଶିଲା!"

"ତୋର ପିଲାବୁଦ୍ଧିତ ଗଲା ନାହିଁ। ତୁ ଯେତେ ବଢ଼ୁଚୁ ଦିନକୁଦିନ ତେତେ ପିଲା ହେଉଚୁ। ରସ, ସେ ସବୁ ଶାସ୍ତ୍ରରେ ମନା ଅଛି "।

"ଶାସ୍ତ୍ର କାହିଁକି ମନା କଲା? ମନିଷ ମଲା ବୋଲି ଚିରଦିନପାଇଁ ଶାସ୍ତ୍ର ମନା କଲା କାହିଁକି?"

"ତୁ କଥା କଥାକେ ବହୁତ ପିଲା ହୋଇ ଗଲୁ। ରସ, ଶାସ୍ତ୍ର ମନା କରି ଭଲ କରିଚି। ପତି ସ୍ୱାମୀମାନଙ୍କପକ୍ଷେ ସାକ୍ଷାତ୍‌ଭଗବାନସ୍ୱରୂପ। ଏକଥା ମୁଁ ତ ତୋତେ କେତେଥର କହିଚି। ସେ ସ୍ତ୍ରୀ ପତିହୀନ ହେଲା, ଯାହାକୁ ଭଗବାନ୍‌ତ୍ୟାଗ କରିଗଲେ ତାହାର ଆଉ ଖାଇ ପିନ୍ଧି ସୁଖ ଲୋଡ଼ିବାରେ ଫଲ କି ଅଛି? ପତିସଙ୍ଗେ ସତୀ ହୋଇ ମରିବାଠାରୁ ପୁଣ୍ୟ ନାହିଁ ମାତ୍ର ସବୁବେଲେ ସମସ୍ତଙ୍କପକ୍ଷେ ତାହା ଉଚିତ ନୁହେ, ମଧ୍ୟ

ଘଟି ନ ପାରେ। ମୁଁ ଯେ ବଞ୍ଚିଲି ଆଉ ଏ ଜୀବନରେ କି ସୁଖ ଅଛି ଯେ ଭୋଗ କରିବି? ମୋର ଏ ଜୀବନ ଗୋଟିଏ ବ୍ରତାଚାର। ମୁଁ ଦିବରାତ୍ର ଖାଇବା ପିନ୍ଧିବା ସବୁ ବିଷୟରେ ନିୟମରେ ନ ଥିଲେ ବ୍ରତଭଙ୍ଗ ହୋଇପାରେ। ମୋର ଏ ଦେହ ଏ ଜୀବନ ଜଣକୁ ଉତ୍ସୃଷ୍ଟ ହୋଇଥିଲା। ସେ ଏ ଧାମ ତ୍ୟାଗକରି ଦିବ୍ୟଧାମକୁ ଗଲେ ବୋଲି ସେ ଉତ୍ସର୍ଗ ଭଙ୍ଗ ହେଲା ନାହିଁ କି ମୋର ଦେହଜୀବନ ମୋ ନିକଟକୁ ଫେରି ଆସିଲା ନାହିଁ। ରସ, ମୁଁ ସାକ୍ଷାତ୍‍ଭଗବାନ୍‍କୁ ପାଇ କେତେ ସୁଖରେ ବସୁଧାରେ ଦିନପାତ କରୁଥିଲି! ଏବେ ତାଙ୍କରି ସହିତ ଅପର ଧାମରେ ତତୋଽଧିକ ସୁଖରେ ଦିନପାତ କରିବାପାଇଁ ଭଗବାନଙ୍କ ସେବାରେ ନିଯୁକ୍ତ ଅଛି! " ଆଉ କହିପାରିଲେ ନାହିଁ। କଥା କହୁଁ ୨ କଳାବତୀଙ୍କ କଣ୍ଠ ରୁଦ୍ଧ ହୋଇଆସିଲା। ପୂର୍ବ୍ବତ ରସକଳାଙ୍କ ପ୍ରଶ୍ନର ଉତ୍ତର ଦେଉଁ ୨ କେତେ ଥର କାନ୍ଦିବାଭଳି ହୋଇଯାଇଥିଲେ ମାତ୍ର କାନ୍ଦିବେ ନାହିଁ ବୋଲି ନିୟମ ହୋଇଥିବାରୁ ଚେଷ୍ଟା କରି କାନ୍ଦ ବନ୍ଦ କରିଥିଲେ। ବର୍ତ୍ତମାନ ଆଉ ସମ୍ଭାଳି ହେଲା ନାହିଁ। କଥା କହୁ କହୁ ରଘୁନାଥଙ୍କ ଚିତ୍ର ସୁସ୍ପଷ୍ଟରୂପେ ଚକ୍ଷୁର୍ଗୋଚର ହେଲା। ଆଉ କି ମନ ସମ୍ଭାଳି ହୁଏ? ସେ ଚିତ୍ର ଦେହବାନ୍‍ହୋଇଥିଲେ କଳାବତୀ କେତେ ପ୍ରେମଭାବରେ ଆଲିଙ୍ଗନ କରିଥାନ୍ତେ! ମାତ୍ର ଦେହ ନ ଥିଲାକୁ ଚିତ୍ରାନୁଭାବରେ ମନପ୍ରାଣ ତନ୍ମୟ ହୋଇଗଲା ଏବଂ ସ୍ମୃତି ଦେହର ଅଭାବ ବାର୍ତ୍ତା ଜଣାଇବାରୁ କଣ୍ଠ ରୁଦ୍ଧ ହୋଇ ଶୋକାଶ୍ରୁ ନୟନଯୁଗଳରୁ ବୃଷ୍ଟି ଧାରା ପରି ବିଗଳିତ ହେଲା।

ରସକଳା ତ୍ରସ୍ତଭାବରେ ଅଞ୍ଚଳରେ କଳାବତୀଙ୍କ ଲୁହ ପୋଛିଦେଇ ଛଳ ଛଳ ଚକ୍ଷୁରେ ଅର୍ଦ୍ଧୋଚ୍ଚାରିତ ଶବ୍ଦରେ କହିଲେ 'ଅପା' ତୁ ପରା ମନାକରୁଥିଲୁ କାନ୍ଦିବୁ ନାହିଁ'।

ଏ କଥାରେ କଳାବତୀଙ୍କର ଜ୍ଞାନୋଦୟ ହେଲା। ଧୈର୍ଯ୍ୟଧାରଣ କରି କହିଲେ "ନାହିଁ ଲୋ ରସ , ମୁଁ ଆଉ କାନ୍ଦିବି ନାହିଁ। ମୁଁ ବୁଡ଼ିଗଲି "। ରସକଳାଙ୍କ ଚକ୍ଷୁରୁ ଅଲକ୍ଷିତ ଭାବରେ ଦୁଇ ବିନ୍ଦୁ ଅଶ୍ରୁ ବିସର୍ଜିତ ହୋଇଥିଲା। ନିଜେ ତାହା ପୋଛିଦେଇ ପଚାରିଲେ "ମରିବା କ'ଣ? ମଲେ ଶୋକ ହୁଏ କାହିଁକି?"

କଳାବତୀ ସରଳା ରସକଳାଙ୍କର ଏବମ୍ଭୁତ ପ୍ରଶ୍ନରେ ତାଙ୍କର ହୃଦୟର ରଜ୍ଜୁ ଅମୃତମୟଭାବ ମନେ, ଅନୁଧାବନ କରି ମୋହିତ ହୋଇଗଲେ ଏବଂ କିରୂପେ ଅବା ଏ ପ୍ରଶ୍ନର ଉତ୍ତର କରିବେ ଭାଲି ସ୍ଥିର କରିପାରିଲେ ନାହିଁ। ଉତ୍ତର ନ ଦେଲେ ବଳିକାତ ଛାଡ଼ିବ ନାହିଁ। ଏହିପ୍ରକାର ନାନ କଥା ମନେ ମନେ ଚିନ୍ତା କରି କହିଲେ "ରସ, ତୁ ଆଜି ମୋର ହୃଦୟରାଜ୍ୟ ଅଧିକାର କରି ନେଇଚୁ। ମୁଁ ତୋତେ ଏ ପ୍ରଶ୍ନର ଉତ୍ତର କି ଦେବି?"

ରସକଳା ଛାଡ଼ିଲେ ନାହିଁ। କହିଲେ " ସତେ ଅପା କହ ମରିବା କ'ଣ " କଳାବତୀ ଉତ୍ତର କଲେ "ଶାପମୁକ୍ତ ହୋଇ ପ୍ରବାସରୁ ସ୍ୱରାଜ୍ୟକୁ ଯିବାକୁ ଲୋକେ କହନ୍ତି ମୃତ୍ୟୁ"।

ରସକଳା ଏହା ଶୁଣି କହିଲେ " ତେବେତ ଭିଣୋଇ ଶାପମୁକ୍ତ ହୋଇ ପ୍ରବାସରୁ ସ୍ୱରାଜ୍ୟକୁ ଗଲେ—ତୁ ଏତେ ଶୋକ କରୁଚୁ କାହିଁକି?" –ପୁଣି ସେହି କଥା। କଥା ବୁଲି, ଆସି ଯେଉଁଠାରେ କଳାବତୀଙ୍କର ଶୋକନିଦାନ ସେହିଠାରେ ପହଁଞ୍ଚି ଅଛି। ବାଳିକା ରସକଳାତ ଆଜି କଳାବତୀଙ୍କ ଶୋକ ଘେନି ତନ୍ମୟହୋଇଯାଇଅଛନ୍ତି – କଳାବତୀ ଯେତେ ଚେଷ୍ଟା କଲେ ସୁଦ୍ଧା ଏଡ଼ି ପାରୁନାହାନ୍ତି। କି କରିବେ। ଯାହା ଉତ୍ତର କଲେ ସ୍ନେହପ୍ରତିମା ରସକଳା ଲେଉଟି ଆସି ସେହି କଥା ଘେନି ଭିଣୋଇଠାରେ। କଳାବତୀଙ୍କ କାନ୍ଦିବାକୁ ଅବସର ମିଳୁନାହିଁ। ମନେ କଲେ କାନ୍ଦି ତୁନି ହେବେ ମାତ୍ର ତେଣେ ନିୟମ ହୋଇଅଛି କାନ୍ଦିବେ ନାହିଁ। କାନ୍ଦିଲେ ରସକଳା କାନ୍ଦିବେ। ଥରେ ହୁଡ଼ିଯାଇଅଛନ୍ତି, ଆଉ ହୁଡ଼ିଗଲେ ଅବା ଫଳ କିସ? ଅଗତ୍ୟା କହିଲେ "ରସ, ସେ ସିନା ସ୍ୱରାଜ୍ୟକୁ ଗଲେ। ମୁଁ ତ ଯାଇପାରିଲି ନାହିଁ। ସେ ଯେଉଁ ଦୃଢ଼ ସ୍ନେହପାଶ ଛିଣ୍ଡାଇ ଯାଇ'ଛନ୍ତି ତହିଁର ଧକ୍କା ସମ୍ଭାଳି ରହିବା ସହଜକଥା ନୁହେ। ରସ, ସେ ସିନା ଏକା ଗଲେ—ମୁଁ ତାଙ୍କ ସଙ୍ଗେ ଯାଇଥିଲେ କେଡ଼େ ସୁଖ ହୋଇଥାନ୍ତା! ସେହି ସ୍ନେହପାଶର ଅପୂର୍ବ-ଅମୃତମୟୀ ସ୍ମୃତି ମୋତେ କନ୍ଦାଉ'ଚି। ସେହି ସ୍ନେହରାଶିର ଜ୍ୟୋତିର୍ମୟୀ ସ୍ମୃତିରାଜି ମୋତେ ବ୍ରତାଚରଣରେ ରୁଦ୍ଧ କରି ଅଗ୍ରସର କରାଉ'ଚି। ଆଉ ଭଗବାନଙ୍କ କଟାକ୍ଷରୁ ଅମୃତଧାରାରେ ଯୋଡ଼ ଲଗାଇ ଦିବ୍ୟସୁଖ-ସମ୍ଭୋଗ-ଲାଳସାରେ ମୁଁ ଭଗବାନଙ୍କୁ ଡାକି ସେହି ଭବ୍ୟ ସ୍ନେହପାଶ ଘେନି ଅନବରତ ଧାଉଁଚି!"

କଳାବତୀଙ୍କ ହୃଦୟଗ୍ରାହୀ ଅମୃତମୟବାକ୍ୟ ରସକଳାଙ୍କୁ ମୋହିତ କରିପକାଇଥିଲା। ରସକଳାଙ୍କର ଚକ୍ଷୁରେ ନିଦ୍ରା ନାହିଁ। ରୋଷନୀ ଦେଖିବାର ଉଦ୍ୟେଗ ମଧ୍ୟ କଥାକଥାକେ ଅନ୍ତର୍ହିତ ହୋଇଅଛି। ବାସ୍ତବରେ ଏଭଳି କଥାମାନ କଳାବତୀଙ୍କ ମୁଖରୁ ଶୁଣି କେଉଁ ପାଷାଣ ହୃଦୟ ବିଚଳିତ ନ ହେବ? ରସକଳାଙ୍କ ମୁଖରେ ଆଉ ଉତ୍ତର ନାହିଁ। ପ୍ରଶ୍ନ କରିବାର ଇଚ୍ଛା ଏକ ବେଳକେ ବିଦୂରିତ ହୋଇଯାଇଅଛି! ମନେ ମନେ ଏହି ଅମୃତନିର୍ଝରୁ ସୁଧାପାନ କରି ଅନବରତ ସମୟାତିପାତ କରୁଥିବାର ବିଚାର କରୁଥିଲେ ଏମନ୍ତ ସମୟରେ ଦୂରରୁ ବମ୍ବାଜି ବାଣର ଘୋର ଦୁମ୍ଦାମ୍ଶବ୍ଦ ଗୋଟିକ ଉପରେ ଗୋଟିଏ ଆକାଶ, ପ୍ରାଚୀର,କାନ୍ଧ ଓ କବାଟ ଭେଦ କରି ଗୃହମଧ୍ୟରେ ଅଶନି-ନାଦପ୍ରାୟ ପ୍ରବେଶ କଲା।

ଚତୁର୍ଦ୍ଦଶ ପରିଚ୍ଛେଦ

ରୋଷନୀ

ପାଠକେ! ଥରେ କଳାବତୀ ଓ ରସକଳାଙ୍କୁ ଛାଡ଼ି ରୋଷିନୀ ନିକଟକୁ ଆସନ୍ତୁ। ଧୀରେ ଧୀରେ ରୋଷନୀ ନବଗ୍ରାମ ଆଡ଼କୁ ଗତି ବିସ୍ତାର କରୁଅଛି। ଫୁଲ, ଫାନସ, ଗିଲାସ,ସ୍ଥଳକମଳ, ଏବଂ କଦଳୀ ପ୍ରଭୃତି ନାନା ପ୍ରକାର କୃତ୍ରିମ ବୃକ୍ଷରାଜି ଦୁଇଶ୍ରେଣୀ ହୋଇ ଚାଲିଅଛି। ମଧ୍ୟରେ ଅସଂଖ୍ୟ ଲୋକ। କେହି ରୋଷନୀ କେହି ବାଦ୍ୟ ଏବଂ କେହି ଅବା ମଧ୍ୟେ ମଧ୍ୟେ ଜଳୁଥିବା ବାଣ ଦେଖୁଅଛନ୍ତି। ଶୋଭା ହୋଇଅଛି ଯେପରି ଅପ୍ରଶସ୍ତ ଲୋକ ନଦୀ ଫୁଲଫାନସାଦିଶ୍ରେଣୀର ବନ୍ଧରେ ବନ୍ଧ। ନଦୀର ଜଳ ମଧ୍ୟ ଚାଲୁଅଛି—ନଦୀର ବନ୍ଧ ମଧ୍ୟ ଚାଲୁଅଛି-ମାତ୍ର ଯେଉଁ ସ୍ଥାନରୁ ଉପୃଥି ହେଲା। ସେ ସ୍ଥାନ ଏକାବେଳକେ ଛାଡ଼ି ଆସିଅଛି। ବନ୍ଧର ଫୁଲଫାନସାଦିଶ୍ରେଣୀର ବାହାରେ ଯେଉଁ ଲୋକମାନେ ଦେଖାଯାଉଅଛନ୍ତି ତହିଁରୁ ନଦୀର ଜଳ ଉଚ୍ଛୁଲି ପଡ଼ିଥିବା ଜଣା ଯାଉଅଛି। ଉଚ୍ଛୁଲି ପଡ଼ିବାର କଥା। ବର୍ଷାକାଳରେ ନଦୀ ବୃଦ୍ଧି ହୋଇ ଗତି ବିସ୍ତାର କରିବା ସଙ୍ଗେ ସଙ୍ଗେ ଉଭୟେ ପାର୍ଶ୍ୱର କେତେ ସ୍ଥାନର ଜଳ-ସ୍ରୋତର ସଙ୍ଗମ ପାଇ ନ ଥାଏ? ଏଠାରେ ମଧ୍ୟ ରୋଷନୀ ଗତି ବିସ୍ତାର କରି ଚାଲୁଥିବା ସମୟରେ ଘଡ଼ି ଘଡ଼ି ଲୋକମାନେ କେତେ ଦିଗରୁ ପଲ ପଲ ହୋଇ ଆସି ମିଶିଯାଉଅଛନ୍ତି। ଏରୂପେ ଦେଖୁ ଦେଖୁ ଲୋକଗହଲ ଭୟାନକ ହୋଇ ପଡ଼ିଲା।

ରୋଷନୀ ଧୀରେ ଧୀରେ ଗତ ବିସ୍ତାର କରୁଅଛି। ଯହୁଁ ଯହୁଁ ନବଗ୍ରାମ ନିକଟବର୍ତ୍ତୀ ହୋଇଆସୁଅଛି ବାଣ ଏବଂ ଲୋକଙ୍କ କୋଲାହଲ ତହୁଁ ତହୁଁ ଅଧିକ ହୋଇ ନବଗ୍ରାମକୁ ଶୁଣାଯାଉଅଛି। ଆଉ ରକ୍ଷାନାହିଁ! ଯେ ଯେଉଁଠାରେ ଶୋଇଥିଲେ ଉଠିଲେ। ପୁରୁଷମାନେ ତତ୍ପର ହୋଇ ଶୀତ ନ ମାନି କେହି ପଞ୍ଚୁଡ଼ା, କେହି ଅବା ଲୁଗାକାନି ଦେହରେ ପକାଇ ଧାଇଁଗଲେ। ସ୍ତ୍ରୀମାନେ ଘରମଧ୍ୟରେ ଡକାଡକି ହୋଇ ଉଠିଲେ। କେହି ପିଲାକୁ ଯାକି ଆସି ଦ୍ୱାରଦେଶରେ, କେହି ଅବା ପିଲାକୁ ପାସୋରି

ଆସି ଦ୍ୱାରଦେଶରେ—ତେଣେ ପିଲା କାନ୍ଦି ମାତୃସାମୀପ ଉପସ୍ଥିତ; ରୋଷନୀତ ଦୂରରେ ଅଛି—ପିଲାକୁ ଉଠାଇ ଆଣିଥିଲେ ହୋଇଥାନ୍ତା ମାତ୍ର ସେତକ ହେଜ୍‌ଦେଲା ନାହିଁ। ଏହିରୂପେ ନବଗ୍ରାମର ଘରେ ଘରେ ଡକାଡକି ଚହଳ ପଡ଼ିଗଲା ଏବଂ ଦେଖୁ ଦେଖୁ ନବଗ୍ରାମର ପ୍ରତିଘରର ଦ୍ୱାର ଏବଂ ପିଣ୍ଡା ସ୍ତ୍ରୀବାଳକାଦିରେ ପରିପୂର୍ଣ୍ଣ ହୋଇଗଲା। ରୋଷନୀ ଦେଖିବାର ବ୍ୟଗ୍ରତା କାହାର ନାହିଁ? ଯେ ଦୁଃଖୀ ମୁଠାଏ ଭଲକରି ଖାଇବାକୁ ପାଉନାହିଁ ସେ ସୁଦ୍ଧା ରୋଷନୀ ଦେଖି ସନ୍ତୋଷ ଲାଭ କରିବାକୁ ବ୍ୟସ୍ତ ହୁଏ-ଅପରର କଥା କି କହିବୁଁ? ଏତେବେଳଯାଏ ରୋଷନୀ ନବଗ୍ରାମର ବସତିର ଶେଷଭାଗରେ ପହୁଞ୍ଚି ନାହିଁ। କେବଳ ଦୂରରୁ ଆଲୁଅ ମାତ୍ର ଦେଖାଯାଉଅଛି, ମାତ୍ରବାଦ୍ୟ ଏବଂ ଲୋକକୋଲାହଳ ଘନୀଭୂତ ହୋଇ ଏମନ୍ତ ଆକାର ଧାରଣ କରିଅଛି ଯେ ଗ୍ରାମମଧରେ ପାଟିକରି କଥା ନ କହିଲେ ଶୁଭୁ ନାହିଁ। ନବଗ୍ରାମଶେଷଭାଗରେ ଅନେକଲୋକ ଠିଆ ହୋଇଥିଲେ। ଦୂରରୁ ଚଳିତ ଆଲୋକମାନ ଅପୂର୍ବ ସୁନ୍ଦର ଦିଶୁଥିଲା। ଆଉ ଚନ୍ଦ୍ରଜ୍ୟୋସ୍ନାର ମର୍ଯ୍ୟାଦା ରହିଲା ନାହିଁ। ସେତ ଶୀତକାଳୀନ ତୁହିନଜାଳରେ ପଡ଼ି ମଳିନ ହୋଇଥିଲା, ରୋଷନୀର ତୀବ୍ରତେଜ ଏକାବେଳକେ ତାହାକୁ ପରାଜିତ କଲା। ରୋଷନୀର ଆଲୋକ ଦେଖି ମନରେ ଏମନ୍ତ ଅନୁମାନ ହେଉଅଛି ଯେମନ୍ତ କି ସତେ ସେ ଜ୍ୟୋସ୍ନାକୁ ହରାଇବାକାରଣ ପଣ କରିଅଛି। ଶତ୍ରୁଛାଉଣିରୁ ତୋପ ପଡ଼ିଲା ପ୍ରାୟ ବମ୍‌ବାଜିର ତୁମୁଳ ଧ୍ୱନି ଜ୍ୟୋସ୍ନାମୟ ଶୂନ୍ୟ ଆକାଶ ଭେଦ କରି କି ଚନ୍ଦ୍ରଲୋକକୁ ଚାଲିଯାଉଅଛି? ବମ୍‌ଫୁଟିଲା ମାତ୍ରକେ ତହିଁରେ ଗମ୍ଭୀର ନିର୍ଘୋଷ କିଛି ତତ୍‌କ୍ଷଣାତ୍‌ଶେଷ ହେଉନାହିଁ-- ସେତ ଗଡ଼ ଗଡ଼ ଶବ୍ଦରେ ତୋପଗୋଲା ଚନ୍ଦ୍ରଲୋକକୁ ଚାଲିଯିବାର ଭ୍ରମ ଜନ୍ଦାଉ ଅଛି ଏବଂ ଦୁଇ ତିନି ବମ୍‌ଏକାବେଳକେ ଫୁଟିବାସମୟରେ ତୁମୁଳ ଧ୍ୱନିରେ ଆକାଶ ଶତଖଣ୍ଡ ହୋଇ ଚନ୍ଦ୍ରଛଡ଼ି ପଡ଼ିଲା ପ୍ରାୟ ଜଣାଯାଉଅଛି!

ଏହିରୂପେ ରୋଷନୀ ଗତି ବିସ୍ତାର କରୁଅଛି। ଠାବେ ଠାବେ ଛୋଟ ଛୋଟ ବାଣ ଏବଂ ଗଛମାନଙ୍କରେ ଅଗ୍ନି ଦିଆଯାଉଥିବାସମୟରେ ଟିକିଏ ଟିକିଏ ଠିଆ ହେଉଅଛି, ନୋହିଲେ ମନ୍ଥରଗତିରେ ଗୁର୍ବିଣୀ ପ୍ରାୟ ଗମନ କରୁଅଛି। ସମୟ ସମୟରେ ନାନାପ୍ରକାର ଚନ୍ଦ୍ର-ଉଦିୟା ନାମକ ବାଣରେ ଆଲୁଅ ଦିଆଯାଉଥିବା ସମୟରେ ଦୃଶ୍ୟ ବଡ଼ ଚମତ୍କାର ଦେଖାଯାଉଥିଲା। ତହିଁରେ ଏକା ଚୁର୍ବିଣୀ ରୋଷନୀର ଅଙ୍ଗପ୍ରତ୍ୟଙ୍ଗ ଯେ ନିର୍ମଳଭାବରେ ଦେଖାଯାଉଥିଲା ଏମନ୍ତ ନୁହେ, ଦିକ୍‌ଚରାଚର ପ୍ରସନ୍ନ ହୋଇ ଚନ୍ଦ୍ରତାରକାଦିଙ୍କ ଶତ ଧିକାର କରୁଥିଲା ଏବଂ ଏକ ସୁନ୍ଦରୀ ରମଣୀଦର୍ଶନରେ ଅପରା ସ୍ୱଭାବସୁଲଭ କ୍ରୀଶୀଳତା ପ୍ରାପ୍ତ ହୋଇ ମୁଖ ଫେରାଇଲା

ପ୍ରାୟ ଦୂରସ୍ଥା ରମଣୀବୃନ୍ଦ ରୋଷନୀରୁ ମୁଖ ଫେରାଇ ନେଉଅଛନ୍ତି ଏବଂ ତଦ୍‌ଦୃଷ୍ଟିରେ ଦୁଷ୍ଟ ଲୋକେ ଅନୁପମ ଆନନ୍ଦରେ ଚିତ୍କାର କରୁଅଛନ୍ତି!---ଏହିରୂପରେ ଏକ ରୋଷନୀର ଆମୋଦକୁ ଶତପ୍ରକାର ଅମୋଦର ଉସ୍ଥ ଉଥୃତ ହୋଇ ଲୋକମାନଙ୍କୁ ଆନନ୍ଦ-ସ୍ରୋତରେ ଭସାଇ ଦେଇଅଛି ଏବଂ ଏହିରୂପ ଆନନ୍ଦଜଳରେ ଭାସି ଭାସି ରୋଷନୀ ନବଗ୍ରାମସୀମାରେ ଉପସ୍ଥିତ ହେଲା।

ପଞ୍ଚଦଶ-ପରିଚ୍ଛେଦ

ନାଟ

ନବଗ୍ରାମସୀମାରେ ରୋଷନୀ ଉପନୀତ ହେଲାମାତ୍ରକେ ରୋଷନୀ ଆସିବାସୂଚକ ଏକ ତୁମୁଳ ଧ୍ୱନି ଉତ୍ଥିତ ହେଲା। ଏ ଧ୍ୱନି ବସତିମୁଣ୍ଡରେ ରୁଣ୍ଡ ହୋଇଥିବା ଲୋକବୃନ୍ଦରୁ ଉତ୍ଥିତ ହୋଇ ତାଡ଼ିତବାର୍ତ୍ତା ପ୍ରାୟ ଗ୍ରାମର ଅପର ମୁଣ୍ଡକୁ ଚାଲିଗଲା। ରାଜଦର୍ଶନରେ ଲୋକେ ଜୟଧ୍ୱନି କଲାପ୍ରାୟ ଏ ଧ୍ୱନି ଶୁଣି ଚକିତେ ଭ୍ରମ ଜାତ ହେଲା। ଭ୍ରମ ହେବାର ପ୍ରୟୋଜନ ଅବା କିସ? ଓଡ଼ିଶାତ ସ୍ୱାଧୀନତା ହରାଇ ପରପଦାନତ ହୋଇଅଛି। ମହାରାଷ୍ଟ୍ରୀୟ ସୁବାଦାରତ ଏବେ ଓଡ଼ିଶାର ରାଜା। ସୁତରାଂ ନାୟେବଙ୍କ ଆଗମନରେ ରାଜାଙ୍କୁ ସଙ୍କୁଳିବା ମର୍ମ୍ମରେ ଜୟଧ୍ୱନି ସୂଚକଶଢ଼ଉତ୍ଥିତ ହେବା ତ ଆଶ୍ଚର୍ଯ୍ୟର ବିଷୟ ନୁହେ। ସେ ଯାହା ହେଉ ରୋଷନୀ ନବଗ୍ରାମର ବସତିସୀମାରେ ପହଞ୍ଚିବାମାତ୍ରକେ ତୁମୁଳଧ୍ୱନି ଉତ୍ଥିତ ହୋଇ ଗ୍ରାମର ଏକ ମୁଣ୍ଡରୁ ଅପର ମୁଣ୍ଡକୁ ତାଡ଼ିତଗତିରେ ଚାଲିଯାଇଥିଲା। ଶୋକ ଭାରାକ୍ରାନ୍ତହୃଦୟରେ କଲାବତୀ ଓ ରସକଲା ଚୌଧୁରିଙ୍କ ଘରେ ପରମ ସ୍ନେହରଜ୍ଜୁରେ ଟଣା ହୋଇ ଏକ ହୋଇ ବସ୍ତୁ ପ୍ରାୟ ଏକ ଶଯ୍ୟାରେ ଶୋଇଥିଲେ। ଉଭୟର ସ୍ନେହ ପୂର୍ବେ ପରସ୍ପରପ୍ରତି ଯେତେଦୂର ଥାଉ ପଛେକେ ଆଜି ଅପୂର୍ବ କଥାପ୍ରସଙ୍ଗରେ ସେ ସ୍ନେହ ପୂର୍ଣ୍ଣଭାବରେ ବିକଶିତ ହୋଇଅଛି। କଲାବତୀ ଆପଣା ହୃଦୟ ରସକଲାଙ୍କଠାରେ ଫେଡ଼ିବା ନିମିତ୍ତ ଏକାନ୍ତ ଅନୁରାଗିଣୀ ହୋଇଅଛନ୍ତି ଏବଂ ରସକଲା କେବଳ ସେହି ଅମୃତ ପାନ କରିବାକାରଣ ଏକାନ୍ତ ଉତ୍ସୁକା। ରୋଷନୀ ଉଠିବା ସଙ୍ଗେ ସଙ୍ଗେ ବମ୍‌ବାଜି ଗଛରୁ ଆକାଶଭେଦୀ ଦୁମ୍‌ଦାମ୍‌ଶବ୍ଦ ଉତ୍ଥିତ ହୋଇ ଯାହା ଏମାନଙ୍କ କର୍ଣ୍ଣରେ ଉପନୀତ ହୋଇଥିଲା ତାହା ତାଙ୍କ କର୍ଣ୍ଣକୁହରରେ ପ୍ରବିଷ୍ଟ ହେଲା ସତ୍ୟ ମାତ୍ର ହୃଦୟରାଜ୍ୟ ଅଧିକାର କରିପାରିଲା ନାହିଁ। ପ୍ରବେଶ ଲାଭ କରି ପରକ୍ଷଣରେ ଅନ୍ତର୍ହିତ ହେଲା। ଏକେ ହୃଦୟ ଶୋକଭାରାକ୍ରାନ୍ତ, ଦୁଇଜେ ସ୍ୱର୍ଗୀୟଭାବ ତହିଁରେ ପୂର୍ଣ୍ଣ ବିକଶିତ। ହୃଦୟର ଏମନ୍ତ ଅବସ୍ଥାରେ ଅନ୍ୟ କଥା ସହଜରେ ତହିଁ ସ୍ଥାନ ପାଇପାରିବ କି? କଲାବତୀ ଆପଣା କଥା ଶେଷ କରି ନୀରବ ହୋଇ ରହିଲେ। ରସକଲା

ଅନିମେଷଲୋଚନରେ କଳାବତୀଙ୍କର ତତ୍‌କାଳୀନଭାବରେ ଉଜ୍ଜ୍ୱଳିତ ମୁଖଚନ୍ଦ୍ରକୁ ଅବିଶ୍ରାନ୍ତଭାବରେ ଅନାଇଥିଲେ। ଯେଉଁ ଭ୍ରାତୃସ୍ନେହପାଶର କଥା କଳାବତୀ ଉଲ୍ଲେଖ କଲେ ସେହି ଭ୍ରାତୃସ୍ନେହପାଶର କଥା ରସକଳା ଅନନ୍ୟମନା ହୋଇ ଅନୁଧାବନ କରୁଥିଲେ। ବମ୍‌ବ ଜିର ଶଦ୍ଦ ଆସିଲା, ଚାଲିଗଲା। ଶୁଣି ମଧ ସେ ଲତିକାଦ୍ୱୟ ଶୁଣିଲେ କି ନାହିଁ! ଆଜି ରସକଳାଙ୍କର ସ୍ନେହ କଳାବତୀଙ୍କପ୍ରତି ପୂର୍ଣ୍ଣ ହୋଇଅଛି। ଆଉ ସେ କୌଣସି ବାଧାବିଘ୍ନ ମାନିବ ନାହିଁ। ଆଉ ସେ ତିଳେମାତ୍ର କଳାବତୀଙ୍କ ଛାଡ଼ିବ ନାହିଁ। ସେ ସ୍ନେହବାରି କଳାବତୀଙ୍କର ହୃଦୟକୁ ଚିରାଲିଙ୍ଗନରେ ଉପରେ ରଖି ଭସାଇ ଭସାଇ ଘେନି ଯିବ ବୋଲି-ବ୍ୟଗ୍ର ହୋଇଅଛି। ରସକଳା କେତେକ୍ଷଣ ନୀରବ ରହି କହିଲେ "ଅପା! ତୋ କଥା ଆଜି ମୋତେ କିଣି ନେଇଚି। ମୁଁ ତ ବାଳିକା କେତେ ବୁଝିଲି, କେତେ ଅବା ନ ବୁଝିଲି! ମାତ୍ର ଅପା, ମୁଁ ଆଉ ତୋ କଟି ଛାଡ଼ିବି ନାହିଁ"। ଏ କଥା କି ପୂର୍ଣ୍ଣଭାବବୋଧୀପକ ନୁହଇ? କଳାବତୀଙ୍କର ମନପ୍ରାଣ କି ଏ କଥା ହରଣ କଲାନାହିଁ? ଏହି କଥା ଉଚ୍ଚାରିତ ହେବାମାତ୍ରକେ ବିଶ୍ୱଚରାଚର କି ଉଭୟଙ୍କ ନିକଟରେ ତୁଚ୍ଛ ହେଲା ନାହିଁ? ପରମେଶ୍ୱରଙ୍କ ବିଚିତ୍ରଲୀଳାରେ ଉଦ୍‌ଭାବିତ ଚିତ୍ରମୟୀ ରଙ୍ଗଭୂମିରୂପେ ବିରାଜିତ ବିଶ୍ୱସଂସାର କି ଏହି ଭାବନିକଟରେ ଏ ରୂପରେ ପରାଜିତ ହେଲା ନାହିଁ? ରୋଷନୀର ଆଡ଼ମ୍ବର କିବା ଛାର!

କଳାବତୀଙ୍କ ହୃଦୟ ରସକଳାଙ୍କ ବାକ୍ୟସୁଧାରେ ଶୀତଳ ହୋଇ ଆସୁଥିଲା। ମନେ ମନେ ସେହି ସ୍ୱର୍ଗୀୟଶୀତଳତା ଅନୁଭବ କରୁ କରୁ କିଛିକ୍ଷଣ ଗତ ହେଲା। ଉଭୟେ ନୀରବ। ରୋଷନୀର କୋଲାହଲ ଶଦ୍ଦ ଗ୍ରାମ୍ୟାକ ଲୋକଙ୍କୁ ଉଦ୍‌ବିଗ୍ନ କରି ଗଣ୍ଡଗୋଳ ଲଗାଇ ଅଛି। ସେ ଶଦ୍ଦ କି ଏମାନଙ୍କ କର୍ଣ୍ଣକୁ ଆସୁନାହିଁ? ଆସୁଅଛି-ଅନ୍ୟସ୍ଥାନକୁ ଯେ ଭାବରେ ଯେ ବଳରେ ଯାଉଅଛି ଏଠାକୁ ମଧ ସେହି ଭାବରେ ସେହି ବଳରେ ଆସୁଅଛି। ମାତ୍ର ଆସିଲେ କି ହେବ? ଯେତେକ୍ଷଣ ଏ ଜୀବଦ୍ୱୟ ସ୍ୱର୍ଗୀୟଭାବରେ ଉନ୍ମତ୍ତ ହୋଇ ରହିଅଛି ତେତେବେଲଯାଏ ପାର୍ଥିବ ବିଷୟ କି ଏମାନଙ୍କୁ ଅଧିକାର କରି ପାରିବ? ପ୍ରଖର ସୂର୍ଯ୍ୟତେଜ ପ୍ରକାଶିତ ଥିଲେ କ୍ଷୀଣପ୍ରଦୀପ କି ପ୍ରଭା ବିସ୍ତାର କରିପାରେ?

ଅନେକକ୍ଷଣ ଉଭୟେ ନୀରବ ରହିଲେ। କଳାବତୀ ରସକଳାଙ୍କ ଆଡ଼କୁ ଅନାଇ ଦେଖିଲେ ଯେ ରସକଳାଙ୍କର ବାଳିକାହୃଦୟ ଅତ୍ୟନ୍ତ ଆଲୋଡ଼ିତ ହେଉଅଛି। ସେପରି ଭାବରେ ଅଧିକକ୍ଷଣ ଆଲୋଡ଼ିତ ହେବା ଉଚିତ ନୁହୋ ସ୍ୱର୍ଗୀୟ ତେଜରେ ଚଞ୍ଚଳ ହୋଇ ଅର୍ଜୁନ ମଧ ଭଗବାନଙ୍କୁ ସ୍ୱରୂପ ଗୋଟାଇ ନେବାକାରଣ ଅନୁରୋଧ କରିଥିଲେ। ଏଠି ଅବା କି କଥା? ସମବେଦନା ପୂର୍ଣ୍ଣଭାବରେ ଉଭୟର ହୃଦୟ

ଅଧିକାର କରିଅଛି। ତଥାପି ବୟୋଜ୍ୟେଷ୍ଠା କଳାବତୀ ରସକଳାଙ୍କୁ ପାଳିବା ଭାବରେ କର୍ତ୍ତବ୍ୟାନୁଗତା। ମନେ ମନେ ରସକଳାଙ୍କର କଲ୍ୟାଣଚିନ୍ତା କରି କିରୂପେ କଥାର ବେଗ ଫେରାଇବେ ତାହା ଭାବିବାରେ ନିରତା ହେଲେ।

ଏତେବେଳେ ସମୟ ମିଳିଲା। ପାର୍ଥିବ ବିଷୟ ଏତେବେଳେ ପ୍ରବେଶଲାଭ କରିବାକୁ ସମୟ ମିଳିଲା। ମାୟାମୟ ଈଶ୍ୱରଙ୍କର ସୃଷ୍ଟିରେ ପ୍ରତ୍ୟେକ ପଦାର୍ଥ ମାୟାବଦ୍ଧ ହେଲେହେଁ ଯେ ପର୍ଯ୍ୟନ୍ତ ଜୀବ ପାର୍ଥିବ ବିଷୟ ଲୋଡ଼ିନାହିଁ ସେ ପର୍ଯ୍ୟନ୍ତ ତାହାକୁ ପାର୍ଥିବ ବିଷୟ ଅଧିକାର କରି ନ ପାରେ। ପାର୍ଥିବ ବିଷୟର ଚିରକାଳ ସ୍ୱର୍ଗୀୟ ଭାବକୁ ଭୟ ଅଛି ଏବଂ ମାୟାବଦ୍ଧ ଜୀବ ନିକଟରେ ପାର୍ଥିବ ବିଷୟ ସର୍ବଦା ଅଧିକାରପ୍ରାର୍ଥୀ ହୋଇ ଦ୍ୱାରଦେଶରେ ସମୁପସ୍ଥିତ ଥିଲେହେଁ ସ୍ୱର୍ଗୀୟଭାବରେ ଜୀବ ଉଦ୍ବୁଦ୍ଧ ଥିଲେ ପାର୍ଥିବ ବିଷୟର ସେଠାକୁ ଯିବାର ଅଧିକାର ନାହିଁ। ଜୀବ ଏହା ଜାଣୁ ଅବା ନ ଜାଣୁ ଈଶ୍ୱରସୃଷ୍ଟିରେ ଏ ଭାବଦ୍ୱୟ ଚିରକାଳ ଏହି ଭାବରେ କାର୍ଯ୍ୟ କରୁଅଛି ଏବଂ କଳାବତୀ ରସକଳାଙ୍କୁ ଭୁଲାଇବାପାଇଁ କ୍ଷଣକେ ପୂର୍ବଭାବରୁ ବାହାରକୁ ବାହାରିବାମାତ୍ରକେ ରୋଷନୀର ଚହଳ ସୁସ୍ପଷ୍ଟଭାବରେ ହୃଦୟରେ ଜାଗରୂକ ହେଲା।

ଶରୀରରେ ବଳ ହେଲା! କଥା ଖୋଜିବାକୁ ଯାଇ ସହଜରେ ପାଇ ମନ ଆଶ୍ୱସ୍ତହେଲା। କହିଲେ " ରସ! ଆଉ ସେକଥା ଏରୂପେ ଭାଲିଲେ କି ହେବ? ତୁ ପରା ରୋଷନୀ ଦେଖିବାକୁ କହୁଥିଲୁ? ରୋଷନୀ ଅଇଲାଣି—ଚାଲ ଦୁଆରକୁ ଯିବା।"

ରସକଳା ସ୍ୱପ୍ନୋଥ୍ଥିତା ପ୍ରାୟ ହୋଇ ଏକଥା ଶୁଣି ଚମକିଉଠି ସଜାଡ଼ି ହୋଇ ଶୋଇ କହିଲେ "ହଁ, ସତେତ! ଭାରୀ ଗୋଳମାଳ ଶୁବୁଚି; ଗାଁ ଦାଣ୍ଡକୁତ ଅଇଲାଣି, ଉଠ ଯିବା।"

ଏହିକଥା ରସକଳାଙ୍କ ମୁଖରୁ ବିନିଃସୃତ ହେବା ସଙ୍ଗେ ସଙ୍ଗେ ଭଗିନୀଦ୍ୱୟ ଶଯ୍ୟାରୁ ଉଠି ଧୀରେ ଧୀରେ ଦାଣ୍ଡଦୁଆରକୁ ଆସିଲେ। ଏ ସମୟକୁ ଯଦିବା ରୋଷନୀ ଗ୍ରାମ ମଧ୍ୟରେ ଅଛି, ମାତ୍ର ଲୋସ୍ରୋତ ଚୌଧୁରିଙ୍କ ଦୁଆରଯାଏ ଲାଗିଯାଇଅଛି। ସୁତରାଂ ରୋଷନୀ ଆସିବାର ବିଳମ୍ବ ନାହିଁ। ଭଗିନୀଦ୍ୱୟ ରୋଷନୀ ନିକଟ ହୋଇଯିବାରୁ ସମୃସୂଚିଉରେ ରୋଷନୀ ଅପେକ୍ଷାରେ ଦାଣ୍ଡଦୁଆର ଅଣଆଉଜା କରି ତାହାରି ଶେଷଭାଗରେ ଦାର ଦେଶ ପୂର୍ଣ୍ଣକରି ରୋଷନୀ ଅପେକ୍ଷାରେ ଅନାଇ ରହିଲେ।

ଦେଖୁ, ରୋଷନୀ ଦୁଆର ପହୁଞ୍ଚିଲା। ପ୍ରଥମେ ନାରୀକେଲ, କଦଳୀ, ସପୁରୀ ପ୍ରଭୃତି ନାନାପ୍ରକାର ବୃକ୍ଷମାନ ଚାଲିଗଲା। ତହିଁ ଉଭାରୁ ହଂସ, ପଦ୍ମ ଏବଂ ମସ୍ୟ ପ୍ରଭୃତି ନାନାପ୍ରକାର ଭଙ୍ଗୀରେ ନିର୍ମିତ ହୋଇଥିବା ଫାନସମାନ ଚୌଧୁରିଙ୍କ

ଘର ଅତିକ୍ରମ କରିଗଲା ଏବଂ ମଝିରେ ମଝିରେ ନାନାପ୍ରକାର ବାଦ୍ୟକାର ବାଦ୍ୟ ବଜାଇ ଚାଲିଗଲେ। ଏଥିଉତ୍ତାରୁ ନାନାବର୍ଣ୍ଣର ଫୁଲ, ସ୍ଥଳକମଲ ଓ ଗିଲାସମାନ ଆସିବାର ଆରମ୍ଭ ହେଲା। ଏସବୁ ଏକତ୍ର ମିଶ୍ରିତ ହୋଇ ଚାଲୁଥିବାରୁ ଦେଖିବାକୁ ବଡ଼ଚମତ୍କାର ହୋଇଥିଲା। ଲୋକେ ଶତମୁଖରେ ତହିଁର ପ୍ରଶଂସା କରୁଥିଲେ ଏବଂ କଲାବତୀ ଓ ରସକଲା ଦୁହେଁ ଦ୍ୱାରଦେଶରେ ଠିଆହୋଇ ରୋଷନୀର ବୈଚିତ୍ର୍ୟ ଅନିମେଷଲୋଚନରେ ଦେଖୁଥିଲେ, ଏମନ୍ତ ସମୟରେ ଗୋଟିଏ ବୃହତ୍ଚନ୍ଦ୍ରଉଦିଆ ଜ୍ୱଲିଉଠି ତୀବ୍ର ଆଲୋକରେ ରାତ୍ରକୁ ଦିନପ୍ରାୟ କରିଦେଲା ଏବଂ ସଙ୍ଗେ ସଙ୍ଗେ ମହାଗୋଲମାଲ ଉପସ୍ଥିତ ହେଲା।

ଗୋଲମାଲ କାହିଁକି ହେଲା କିଛି ଜଣାଗଲା ନାହିଁ। କଲାବତୀ ଓ ରସକଲା ଦେଖୁଅଛନ୍ତି ଲୋକମାନେ ଛିନ୍ନଭିନ୍ନ ହୋଇ ଚତୁର୍ଦ୍ଦିକରେ ଦୌଡ଼ିବାକୁ ଆରମ୍ଭ କଲେ। ଗୋଲମାଲରେ ଆକାଶମେଦିନୀ ଫାଟିଯିବାକୁ ଆରମ୍ଭ ହେଲା। ରୋଷନୀଗଛଧାରୀ ଲୋକେ ରୋଷନୀଗଛ ଧରି ବେଗେ ଦଉଡ଼ିଲେ। କେବଲ "ହୋ ହୋ " ଶବ୍ଦରେ ଦିକ୍ବିଦିକ୍ପୂର୍ଣ୍ଣ ହୋଇଗଲା। ନବଗ୍ରାମର ଉତ୍ତରଦିଗସ୍ଥ ମହାନଦୀ ବାଲିରେ ଏମନ୍ତ ସମୟରେ ବମ୍ବାଜିରେ ଅଗ୍ନି ଲାଗିଲା, ଦୁମ୍ଦାମ୍ଶବ୍ଦହେବାର ଆରମ୍ଭ ହେଲା ଏବଂ ସଙ୍ଗେ ସଙ୍ଗେ ଚୌଧୁରିଙ୍କର ଘରକାନ୍ଥମାନ ପଛଆଡ଼ୁ ତହିଁ ବଲି ଦୁମ୍ଦାମ୍ଶବ୍ଦରେ ଭୁତଲଶାୟୀ ହେବାର ଶବ୍ଦ ଶୁଣି କଲାବତୀ ଓ ରସକଲା "ମାଲୋ" ବୋଲି ଚିତ୍କାରକରି ପଛକୁ ଅନାଇ ଅଚେତନ ହୋଇ ଭୁମିରେ ପତିତା ହେଲେ।

ଷୋଡ଼ଶ ପରିଚ୍ଛେଦ

ସର୍ଦ୍ଦାର ସିଂହ

ରଘୁନାଥଙ୍କ ନିକଟକୁ ବିଦାୟ ହେଲା ପରେ ସର୍ଦ୍ଦାରସିଂହଙ୍କ ନୌକା ବିପରୀତ ଦିଗରେ ଧାବିତ ହୋଇ ଦେଖୁ ୨ ତରିତେ କୁ ପଛରେ ପକାଇ ତେମୁହାଣିଠାରେ ପହଞ୍ଚିଗଲା। ଏ ନୌକାରେ ଯେଉଁ ମାଝିମାନେ ନୌକା ବାହୁଥିଲେ ସେମାନେ ବଳରେ କୌଶଳ ଅଂଶରେ ରଘୁନାଥଙ୍କ ନୌକାର ନାଉରିଙ୍କଠାରୁ ଊଣା ନୁହନ୍ତି ବରଂ ଉଭୟ ଦଳକୁ ଏକତ୍ରକରି ଠିଆକରି ଦେଲେ ମନେ ହେବ ଯେପରି ଏକଜାତୀୟ ଲୋକଙ୍କ ମଧ୍ୟରୁ ବଛା ହୋଇ ଲୋକେ ନାଉରିଶ୍ରେଣୀଭୁକ୍ତ ହୋଇଅଛନ୍ତି। ସେ ଯାହା ହେଉ ଏ କଥା ସତ୍ୟ ଯେ ରଘୁନାଥଙ୍କ ନୌକା ତଳକୁ ଯିବାରେ ଯେଉଁ ଗତି ବିସ୍ତାର କରିଥିଲା ସର୍ଦ୍ଦାର ସିଂହଙ୍କ ନୌକା ଉପରକୁ ପ୍ରାୟ ସେହିପରି ଗତିରେ ଭିଡ଼ା ହେଉଥିଲା।

ଚରାଚର ଶୂନ୍ୟ। ନୀଳ ଆକାଶରେ ଏକମାତ୍ର ଚନ୍ଦ୍ର ଏବଂ ଇତସ୍ତତଃ ବିକ୍ଷିପ୍ତ କେତେ ଗୁଡ଼ିଏ ନକ୍ଷତ୍ର ଝୁଲୁ ଝୁଲୁ ହୋଇ ତୁହିନଜାଲର ଶୈତ୍ୟରେ ଅସ୍ଥିର ହେଲା ପ୍ରାୟ ଆଖି ମିଟି ମିଟି କରି ଧରାଧାମ ଉପରେ ଦୃଷ୍ଟି ପକାଇ ରହି ଅଛନ୍ତି। ମହାନଦୀର ନୀଳଜଲ ମଧ୍ୟରେ ସେହି ନୀଳକାଶ ସେହି ଚନ୍ଦ୍ରମା ଓ ନକ୍ଷତ୍ରବୃନ୍ଦକୁ ଘେନି ପ୍ରତିଫଳିତ ହୋଇଅଛି। ଉଭୟ ପାର୍ଶ୍ୱସ୍ଥ ବୃକ୍ଷରାଜି ମଧ ଦୂରରୁ ନୀଳବର୍ଣ୍ଣ ଧାରଣ କରି ଏହିପରି ସ୍ୱର୍ଗ ଓ ମର୍ତ୍ତ୍ୟ ଉଭୟତ୍ର ବିରାଜିତ ହୋଇଥିବା ଚନ୍ଦ୍ର ଓ ତାରାକାଦିଙ୍କ ଖଦ୍ୟୋତରଚିତ ଚକ୍ଷୁରେ ମିଟି ମିଟି କରି ଅନାଇ ଦେଖୁଅଛନ୍ତି। ଚରାଚର ଯେ ଶୀତପୀଡ଼ିତ ହୋଇ ସୁଦ୍ଧା ତୁହିନଜାଲାବୃତ ଚନ୍ଦ୍ରଜ୍ୟୋସ୍ନାରେ ବିଧୌତ ହୋଇ ଟିକିଏ ପ୍ରସନ୍ନତା ଲାଭ କରିଅଛି ତାହା କି ଏହି ଶୋଭା ସନ୍ଦର୍ଶନରେ? ଯାହା ହେଉ ସର୍ଦ୍ଦାର ସିଂହ କି ତାଙ୍କ ନୌକାସ୍ଥ କାହାରି ଏଥ ପ୍ରତି ଦୃଷ୍ଟି ନାହିଁ। ସେମାନେ ଏକ ମନରେ ନିର୍ଦ୍ଦିଷ୍ଟ ସ୍ଥାନର କଥା ଆଲୋଚନା କରୁ କରୁ ତୀର ବେଗରେ ନୌକା ଚାଲୁଥିବା ଦେଖୁ ଆନନ୍ଦରେ ବିହ୍ୱଳ ହୋଇ ଯାଉ ଅଛନ୍ତି।

ତେମୁହାଣିଠାରେ ନୌକା ମୁଖ ଫେରାଇ ଚିତୋପୂଲା ନଦୀରେ ପୂର୍ବଦିଗକୁ ଗତି ବିସ୍ତାର କଲା। ପୁଣ୍ୟସଲିଳା ଚିତୋପୂଲା ତେମୁହାଣିଠାରୁ ମହାନଦୀରୁ ବାହାରି ଅଛି ଏବଂ ଏଥିର ଉଭୟପାର୍ଶ୍ୱ ପୁରାକାଳରେ ମୁନିରୁଷିଙ୍କର ଆବାସସ୍ଥାନ ଥିବାରୁ ଲୋକେ ଏ ନଦୀଜଳ ଭକ୍ତି ଭାବରେ ସ୍ପର୍ଶ କରନ୍ତି। ସେହି ମୁନିରୁଷିମାନଙ୍କ ସ୍ପର୍ଶରେ ଧନ୍ୟ ମନେ କରି ଚିତ୍ରୋପୂଲାର ଜଳ ଅହର୍ନିଶ କଳ କଳ ଶବ୍ଦରେ ଜଗଦୀଶ୍ୱରଙ୍କର ଯଶୋଗ ନ କରୁଥିଲା। ଏବେ ମୁନିରୁଷିମାନଙ୍କୁ ହରାଇଅଛି ସତ୍ୟ ମାତ୍ର ସେହିମାନଙ୍କଠାରୁ ଅପୂର୍ବ ଶିକ୍ଷା ଲାଭକରି ସ୍ୱଚ୍ଛନ୍ଦମନରେ ବିଭୁ-ଯଶ କଳନାଦରେ ଗାନ କରୁ, ଦିବାରାତ୍ର କର୍ତ୍ତବ୍ୟକାର୍ଯ୍ୟରେ ନିଯୁକ୍ତ ଅଛି।--ଏହାକୁ କହନ୍ତି ସତ୍ସଙ୍ଗରେ ଶିକ୍ଷାଲାଭ। କେତେଜଣ ଲୋକ ସତ୍ସଙ୍ଗରେ ଶିକ୍ଷା ଲାଭ କରି ସଂସାରରେ ଏକାକୀ ସେହି ଶିକ୍ଷାର ମର୍ଯ୍ୟଦା ରକ୍ଷା କରତଃ ଜୀବନ ଯାପନ କରିପାରନ୍ତି? କେତେଜଣ ଲୋକ ଗୁରୁଙ୍କଠାରୁ ପୃଥିବୀର ଧର୍ମନିଦାନ କର୍ତ୍ତବ୍ୟ-ଜ୍ଞାନ ଶିକ୍ଷା କରି ତାହା ପାଳନ ପୂର୍ବକ ଜୀବନକୁ ଧନ୍ୟ କରିପାରନ୍ତି? କେହି କି ଚିତ୍ରୋପୂଲାଠାରୁ ଏ ଶିକ୍ଷା ଲାଭ କରିବେ?

ସର୍ଦ୍ଦାରସିଂହଙ୍କ ନୌକା ଚିତ୍ରୋପୂଲାର ଜଳରେ ପୂର୍ବଦିଗକୁ ଗତି ବିସ୍ତାର କଲା। ନଦୀଜଳ କଳ କଳ ହୋଇ ଚାଲିଯାଉଥିଲା। ନୌକା ଜଳ ଉପରେ ପହଞ୍ଜି ଯିବାରୁ ତହିଁରୁ କୁଳୁ, ଶବ୍ଦ ଉତ୍ଥିତ ହେଲା। ଜଣାଗଲା ଯେମନ୍ତ କି ନୌକା ସଙ୍ଗେ ନଦୀର କଥାବାର୍ତ୍ତା ହେଲା! ନୌକା ଯେଉଁ କାର୍ଯ୍ୟ କରିବାକୁ ଯାଉଅଛି ତହିଁରେ ଆନନ୍ଦିତ ହେବାର କଥା ଅଛି କି? ଡକାଏତଙ୍କ ନୌକାଦ୍ୱାରା କେଉଁ ଶୁଭକର କାର୍ଯ୍ୟ ଅବା ସାଧିତ ହେବ ଯେ ତହିଁରେ ନଦୀଜଳ ପ୍ରିୟମାଣ ନ ହୋଇ ତାହା ସଙ୍ଗେ କଥାବାର୍ତ୍ତା କରିବ? –କାର୍ଯ୍ୟ ଶୁଭମୟ ଅବା ଅଶୁଭମୟ ତାହା ପାଠକେ ପରେ ଜାଣିପାରିବେ ମାତ୍ର ଚିତ୍ରୋପୂଲା ଆଗ୍ରହ ସହକାରେ ନୌକାକୁ ବକ୍ଷରେ ବହନକରି ଚଞ୍ଚଳ ହୋଇ ନିର୍ଦ୍ଧିଷ୍ଟ ସ୍ଥାନରେ ପହୁଞ୍ଚାଇ ଦେଲା।

ଯେଉଁଠାରେ ନୌକା ପହୁଞ୍ଚିଲା ତାହା ଘାଟ ନୁହେ। ଡକାଏତଙ୍କ ନୌକାର ନିୟମ ଏହି ଯେ ତାହା କେବେ ଘାଟରେ ବନ୍ଧା ହୁଏ ନାହିଁ, ମାତ୍ର ସେମାନଙ୍କର ନୌକା ବନ୍ଧା ହେବା ନିମିତ୍ତ ଅଧିକାଂଶ ଘାଟର କିଞ୍ଚିତ୍‌ଛଡ଼ାରେ ସ୍ଥାନ ନିର୍ଣ୍ଣୀତ ହୋଇ ରହି ଅଛି। ଏସବୁ ଏକା ଡକାଏତଙ୍କୁ ଜଣା-ଲୋକେ ତହିଁର ଗନ୍ଧ ମାତ୍ର ଜାଣନ୍ତି ନାହିଁ।

ଯେଉଁଠାରେ ନୌକା ବନ୍ଧା ହେଲା ତାହା ବଟେଶ୍ୱର ଭଗବତୀଙ୍କ ଘାଟର କିଞ୍ଚିତ୍‌ଉପରକୁ। ଏ ନୌକା ପହୁଞ୍ଚିବା ସମୟକୁ ସେଠାରେ ଅନ୍ୟ ଦୁଇ ଖଣ୍ଡି ନୌକା ବନ୍ଧାଥିଲା। ସେ ନୌକାର ଗଠନ ସର୍ଦ୍ଦାର ସିଂହଙ୍କ ନୌକା ପ୍ରାୟ ନୁହଇ। ସର୍ଦ୍ଦାର

ସିଂହଙ୍କ ନୌକା ମଳଙ୍ଗି ନୌକା ପ୍ରାୟ, ମାତ୍ର ସେଠାରେ ବନ୍ଧ ଥିବା ନୌକାଦ୍ୱୟ ଆକୃତିରେ ବୃହତ୍‍। ଦେଖିବାକୁ କ୍ଷୁଦ୍ର ଜାହାଜ ପରି। ଏ ନୌକା କୁଜଙ୍ଗ ଭୂୟାଁ ମାନଙ୍କର ବିଖ୍ୟାତ ଜାଲିଆ। ଏଥିରେ ଭୂୟାଁମାନେ ଯେପରି ସମୁଦ୍ରରେ ବାଣିଜ୍ୟ ବ୍ୟବସାୟ କରନ୍ତି ସେହିପରି ଅନେକ ଦୂରକୁ ଯାଇ ଲୁଣ୍ଠିତ ଦ୍ରବ୍ୟ ବୋଝାଇ କରି ପଳାଇ ଯାନ୍ତି। ଏକ ଜାଲିୟାରେ ୧୬,୨୦,୨୨ କିମ୍ବା ୩୨ ଆହୁଲା ବନ୍ଧା ଥାଏ ଏବଂ ସେହି ଆହୁଲାମାନ ବିଶାଳକାୟ ରାକ୍ଷସ-ମୂର୍ତ୍ତିଙ୍କ ଦ୍ୱାରା ଭିଡ଼ା ହୁଅଇ। ସୁତରାଂ ଜାଲିୟାର ଗତି ସହଜରେ ପାଠକେ ଅନୁମାନ କରି ପାରିବେ। ସ୍ଥିର ସମୁଦ୍ରରେ ସ୍ୱଚ୍ଛନ୍ଦଭାବରେ ଶିକ୍ଷିତକୁଶଳ ଇଂରାଜଙ୍କର କଳଚାଳିତ ଅର୍ଣ୍ଣବପୋତ ଗତିରେ ଜାଲିଆଠାରେ ସ୍ପର୍ଦ୍ଧା କରି ପାରିବ ନାହିଁ।

ସର୍ଦ୍ଧାରସିଂହ ନୌକାରୁ ଅବତରଣ କଲେ। ଉପରେ ଏକ ତୋଟା ମଧ୍ୟରେ ପ୍ରାୟ ଜ ୪୦ ଶ ଲୋକ ପ୍ରସ୍ତୁତ ହୋଇ ଏହାଙ୍କ ଅପେକ୍ଷାରେ ବସିଥିଲେ। ସର୍ଦ୍ଧାର ସିଂହଙ୍କୁ ଦେଖିଲା ମାତ୍ରକେ 'ଜୟ ମହାବୀରକି ଜୟ' ଶବ୍ଦରେ ତୋଟାଟି କମ୍ପିତ କରିଦେଲେ ଏବଂ ନୀରବସୁଷ୍ପ୍ତ ପ୍ରପୃଥିବୀରେ ସେ ଶବ୍ଦ ବହୁଦୂରକୁ ବାହାରିଗଲା।

ଦେଖୁ ଦେଖୁ ପ୍ରାୟ ଗୋ ୧୦ ଟି ମଶାଲ ପ୍ରଦୀପ୍ତ ହେଲା। ଲୋକମାନେ ଥରେ ଗାତ୍ର ଝାଡ଼ିଦେଇ ଲୁଗା ଭିଡ଼ିନେଲେ ଏବଂ ପରକ୍ଷଣରେ ଭୀମବେଶରେ ଭୀମଗଦା ଧାରଣ କରି ଭୀମବେଗରେ ବଟେଶ୍ୱର ଭଗବତୀଙ୍କି ପ୍ରଣାମ ପୂର୍ବକ ମହାପାତ୍ରଙ୍କ ଘର ଆଡ଼କୁ ଧାବିତ ହେଲେ।

ରାତ୍ରି ପ୍ରାୟ ଦଶ ଘଡ଼ି। ମହାପାତ୍ରଙ୍କ ଘରେ କିଛି ଶବ୍ଦ ନାହିଁ ! ସମସ୍ତେ ନିଶ୍ଚିନ୍ତ ହୋଇ ଶୋଇ ଅଛନ୍ତି। ସ୍ୱୟଂ ମହାପାତ୍ର ମାମୁଙ୍କ ଅତୁଳ ବିଭବର ଅଧିକାରୀ ହୋଇ ମାମୁଙ୍କ ପଲ୍ୟଙ୍କରେ ସୁଖେ ଶୟନ କରି ସୁଖସ୍ୱପ୍ନ ସନ୍ଦର୍ଶନ କରୁଥିଲେ। ମାଈଁ ଯେ କେତେ କ୍ଲେଶରେ ଘୋର ଦୀର୍ଘ ନିଶ୍ୱାସ ତ୍ୟାଗ କରୁ ୨ ଇହଲୀଳ ସମ୍ବରଣ କରିଥିଲେ ତିଳେ ସୁଦ୍ଧା ତାହା ମହାପାତ୍ରଙ୍କ ମନରେ ସ୍ଥାନ ପାଉ ନାହିଁ। ମହାପାତ୍ରଙ୍କ ପିତା ନିତାନ୍ତ ଦୁଃଖୀ ଥିଲେ ଏବଂ ପିଲାଟିଦିନୁ ପାଠପଢ଼ାଇବା କାରଣ ତାଙ୍କୁ ଆପଣା ଶ୍ୟାଲକଙ୍କଠାରେ ଅର୍ପଣ କରି ଇହଲୀଳା ସାଙ୍ଗ କରିଥିଲେ। ମହାପାତ୍ରଙ୍କ ମାତା ମଧ କେତେକ ଦିନ ପରେ ସ୍ୱାମିର ଅନୁସରଣ କଲେ ଏବଂ ରହିବା ଘରଖଣ୍ଡିକ ମଧ ଯତ୍ନାଭାବରୁ ସେମାନଙ୍କ ପଚ୍ଛେ ୨ ଧ୍ୱସ୍ତ ହେଲା। ମହାପାତ୍ରଙ୍କର ମାମୁଘର ସୁତରାଂ ଘର ହୋଇ ରହିଲା। ସେହିଠାରେ କିଞ୍ଚିତ୍‍ଲେଖାପଢ଼ା ଶିଖ୍‍ ଜମିଦାରୀ ବୁଝାବୁଝା କରୁଥିଲେ। ମାମୁଙ୍କର ଅତୁଳ ବିଭବ ମାତ୍ର ପୁତ୍ର କନ୍ୟା କିଛି ନାହିଁ। ମାମୁଁ ମାଈଁ ଦୁହେଁ

ଏହାଙ୍କୁ ପୁତ୍ରପ୍ରାୟ ସ୍ନେହ କରୁଥିଲେ। ତଥାପି କାଳ ଗତିରେ ସେମାନଙ୍କର ପୋଷ୍ୟପୁତ୍ର କରିବା କାରଣ ମତି ବଳିଲା ଏବଂ ଭଣ୍ଡାର ସ୍ନେହରେ ବଶୀଭୂତ ହୋଇ ପୋଷ୍ୟପୁତ୍ର କଲେ ସୁଦ୍ଧା ଉଭୟଙ୍କୁ ସମାନ ଭାବରେ ସମ୍ପତ୍ତି ବାଣ୍ଟି ଦେବାର କଳ୍ପନା କରିଥିଲେ। ମହାପାତ୍ରଙ୍କୁ ଏକଥା ସହିଲା ନାହିଁ। ସେତ ପୂର୍ବରୁ ଆପଣାକୁ ମାମୁଙ୍କର ଅତଳବିଭବର ଏକମାତ୍ର ଉତ୍ତରାଧିକାରୀ ମନେ କରି ଅଶେଷ ସୁଖରେ ମତ୍ତ ହୋଇ ଥିଲେ। ବର୍ତ୍ତମାନ ସେ ପଥରେ ପ୍ରବଳ ପ୍ରତିଦ୍ୱନ୍ଦୀ ପହଞ୍ଚି ଯିବାର କଥା ହେବାରୁ ନୀରବରେ ସେ ବାଟ ପରିଷ୍କାର କରିବାର କଳ୍ପନା କରି ମାମୁଙ୍କ ବିଷ ଖୁଆଇ ମାରି ପକାଇଲେ ଏବଂ ବଳପୂର୍ବକ ମହାପାତ୍ର ଉପାଧି ଗ୍ରହଣକରି ମାମୁଙ୍କ ଗାଦିରେ ବସି ମାଇଁଙ୍କି ଅବହେଲା କଲେ। ମାଇଁ ତୀବ୍ର ମନୋବେଗରେ ଅଭିଶାପ ଦେଉଁ ଦେଉଁ ପ୍ରାୟ ଏକମାସ ପରେ ଜଗଦୀଶ୍ୱରଙ୍କ କୃପାରୁ ଇହଲୀଳା ସମ୍ବରଣ କଲେ ଏବଂ ତହିଁର ଠିକ୍ଏକମାସ ଆଜି ପୌଷପୂର୍ଣ୍ଣିମାରାତ୍ରରେ ପୂର୍ଣ୍ଣହେବ।

ଯେଉଁ ସମୟରେ ନବଗ୍ରାମର ଚୌଧୁରିଙ୍କ ଘରର କାଞ୍ଜିମାନ ଦୁମ୍ଦାମ ଶବ୍ଦରେ ପଡ଼ିବାକୁ ଆରମ୍ଭ ହେଲା ଠିକ୍ସେ ସମୟରେ ମହାପାତ୍ରଙ୍କ ସୁଖସ୍ୱପ୍ନ ସର୍ଦ୍ଧାରସିଂହଙ୍କ ଲୋକକୋଲାହଲରେ ଭାଙ୍ଗି ଗଲା। ଉଠି ଦେଖିଲେ ଡକାୟତ-ଗୋଲମାଲ। ସେମାନେ ଘର ଦ୍ୱାର ପାଟେରି ଭାଙ୍ଗି ଯାନାସନ ପର୍ଯ୍ୟନ୍ତ ବୋହି ନେଉ ଅଛନ୍ତି। କ୍ଷିପ୍ତପ୍ରାୟ ହୋଇ ଡକାୟତଙ୍କୁ ବାଧା ଦେବାକୁ ଦୌଡ଼ି ଆସିଲେ ମାତ୍ର କ୍ଷଣକ ମଧରେ ସର୍ଦ୍ଧାରସିଂହଙ୍କ ଭୀଷଣ ତରିବାରିରେ ଛିନ୍ନମୁଣ୍ଡ ହୋଇ ଭୁତଳେ ପତିତ ହେଲେ।

ଡକାୟତମାନେ ଲୁଣ୍ଠିତ ଦ୍ରବ୍ୟାଦି ଘେନି ବାହୁଡ଼ିଲେ ଏବଂ ସର୍ଦ୍ଧାରସିଂହଙ୍କ ଆଦେଶ କ୍ରମେ କୃତଘ୍ନ ପାଷଣ୍ଡ ମହାପାତ୍ରଙ୍କ ଛିନ୍ନମସ୍ତକ ବଂଶାଗ୍ରରେ ଗ୍ରଥିତ ହୋଇ ପାପକାର୍ଯ୍ୟର ଧ୍ୱଜା ସ୍ୱରୂପ ଲୋକଶିକ୍ଷାର୍ଥ ଭଗ୍ନାବଶେଷ ଦିହରେ ପ୍ରୋଥିତ ହେଲା।

ସପ୍ତଦଶ ପରିଚ୍ଛେଦ

ଜଟିଆକୁଦ

ବୁଢ଼ାଲିଙ୍ଗର ଆହୁରି ପୂର୍ବକୁ ମହାନଦୀର ଗଭୀର ଜଳରାଶି ମଧ୍ୟରେ ସାଗରଗର୍ଭଗତ ଦ୍ୱୀପ ପ୍ରାୟ ଯେଉଁ ସୁରମ୍ୟ କାନନାବୃତ ସୁପ୍ରଶସ୍ତ ମୃତ୍‍ପିଣ୍ଡ ମସ୍ତକୋଦ୍‍ଘୋଳନ କରି ବିପଥ ଗାମିବଣିକାଦିଙ୍କ ଅଥବା ଦୂରଦେଶାଗତ କ୍ଲାନ୍ତ ଖେଚର କିଅବା ସୁଖସେବୀ ଜୀବଜନ୍ତୁ ଅଥବା ଧର୍ମାଚାରିମୁନିର୍ଷିଙ୍କ ଆଶ୍ରୟ ଦେବା କାରଣ ଇଙ୍ଗିତ କରୁଅଛି ତାହା ବହୁକାଳରୁ ଜଟିଆକୁଦ ନାମରେ ଲୋକରେ ପରିଚିତ ହୋଇ ଆସୁଅଛି। ଆମ୍ଭେମାନେ ପୂର୍ବେ କହିଅଛୁଁ ଯେ ଇଂଲଣ୍ଡକୀର୍ଡ ଆନିକତଦ୍ୱାରା ମହାନଦୀର ଜଳ ଅପହୃତ ହୋଇଅଛି ଏବଂ ତହିଁ ସଙ୍ଗେ ସଙ୍ଗେ କାଳର ଅପ୍ରତିହତ ପ୍ରଭାବରୁ ସ୍ରୋତୋଗତିରେ କାଳକ୍ରମେ ଗର୍ବିର ଗର୍ବ ଖର୍ବହେଲା ପ୍ରାୟ କୁଦଟି ମଧ୍ୟ ମହାନଦୀରେ ଲୀନହୋଇ ଯାଇଅଛି। ଲୀନହୋଇ ଯାଇଅଛି ସତ୍ୟ, ମାତ୍ର ତାହାର ଅଧିକୃତସ୍ଥଳ ଦେଖିଲେ ଅଦ୍ୟାପି ନବଗ୍ରାମବାସୀ କାହିଁକି ଯେ ଥରେ ଜଟିଆକୁଦ ଦେଖିଅଛି ତାହାର ପୂର୍ବର ସୁଖମୟ ସ୍ମୃତି ଅଭୁତପୂର୍ବରୂପେ ଜଟିଆକୁଦକୁ ମନରେ ଜାଗରୂକ କରେ। ବାସ୍ତବରେ ଜଟିଆକୁଦଟି ଦେଖିବାକୁ ବଡ଼ ସୁନ୍ଦର ଥିଲା ମହାନଦୀର ଅନ୍ୟାନ୍ୟ କୁଦଠାରୁ ଏହାର ପ୍ରକୃତରେ ଶୋଭା ଅଧିକ। ବିଶ୍ୱସ୍ରଷ୍ଟାର ଯେ ଅପୂର୍ବତୂଲିକାରେ ଛବିଳ ଓଡ଼ିଶା ଅଙ୍କିତ ହୋଇଅଛି ତାହା ବିଶେଷରୂପେ ଜଟିଆ କୁଦଠାରେ ବୁଲି ଯାଇଥିବାର ଦେଖା ଯାଏ। ଚତୁର୍ଦିକରୁ ଅତ୍ୟୁଚ୍ଚ ଅତଡ଼ା ଶତ୍ରୁ ହସ୍ତରୁ କୁଦକୁ ରକ୍ଷା କରିବା ଆଶାରେ ଶୋଭିତ ହୋଇଅଛି। ସ୍ରୋତୋମୟଗଭୀରଜଳରାଶି ସେ ଉଚ୍ଚ ଅତଡ଼ା ଦେଖି ଆହୁରି ଭୟରେ ପଳାତକ ଶତ୍ରୁସୈନ୍ୟର କୋଳାହଳ ପ୍ରାୟ କଳରବ କରି ପଳାୟନ କରୁଅଛି। ଚତୁର୍ଦିକରେ ଉଚ୍ଚ ଅତଡ଼ା ଉପରେ ଆହୁରି ଉଚ୍ଚ ବୃକ୍ଷାବଳୀ ଦୁର୍ଗପ୍ରାଚୀର ପ୍ରାୟ ଶୋଭିତ ହୋଇ ରହିଅଛି ଏବଂ ନାନାପ୍ରକାର ଲତାବଲ୍ଲରୀ ବୃକ୍ଷମାନଙ୍କରେ ବିଜଡ଼ିତ। ଥାଇଁ ପତ୍ର-ପୁଷ୍ପଦାମରେ ପ୍ରାଚୀରକୁ ଶୋଭିତ କରି ସେ ଶୋଭା ଜଳଦର୍ପଣରେ ଦେଖିବା ସଙ୍ଗେ ସଙ୍ଗେ ଦୁର୍ଗଟି ଦୁର୍ଗମ ବୋଲି ଜଣାଇ ଦେଉ ଅଛି। ମଧ୍ୟରେ ଠାବେ ଠାବେ ବଡ଼ ବଡ଼ ବୃକ୍ଷମାନ କୁଦର ଗୌରବ

ବୃଦ୍ଧି କରଅଛି। ନାନାପ୍ରକାର ପୁଷ୍ପବୃକ୍ଷ ଅଯତ୍ନସମୁତ ହୋଇ ବିଶ୍ୱସଂସ୍ଥାର ଶିଳ୍ପଚାତୁରୀକି ଲକ୍ଷ୍ୟକରି ପୁଷ୍ପୋପହାର ଘେନି ଠିଆ ହୋଇ ଅଛନ୍ତି, ମଧ୍ୟ ଶତ ଶତ କଣ୍ଟାକୋଲି ବୃକ୍ଷ ଫଳଭାରରେ ଅବନତ ହୋଇ ପ୍ରକୃତିର ଅମୃତମୟଡାଲା ଘେନି କ୍ରାନ୍ତି ପଥକର ଚିତ୍ତବିନୋଦାର୍ଥ ଦୁର୍ଗ ମଧ୍ୟରେ ପ୍ରଚ୍ଛନ୍ନଭାବରେ ବିରାଜିତ ହୋଇ ରହିଅଛନ୍ତି। ପାଠକେ! ପୌଷମାସଟ କୋଲିର ସମୟ। ଏତେ ପ୍ରଚୁର କଣ୍ଟାକୋଲି ଫଳ ଅନ୍ୟ କୌଣସି ସମୟରେ ମିଳଇ ନାହିଁ ଏବଂ ଏହି ମାସରେ ନିକଟବର୍ତ୍ତୀଗ୍ରାମାନଙ୍କରୁ ଅନେକ ଲୋକେ ବିଶେଷତଃ ବାଳକବାଳିକାମାନେ ଦିବାଭାଗରେ ଉକ୍ତ କୁଦକୁ ଯାଇ ପ୍ରକୃତିର ସେହି ସୁଧାମୟଡାଲାର ରସାସ୍ୱାଦନ କରି ଚରିତାର୍ଥ ହୁଅନ୍ତି। ମାତ୍ର ସନ୍ଧ୍ୟା ନୋହୁଣୁ ସମସ୍ତେ ଫେରି ଆସନ୍ତି। ରାତ୍ରେ ହନୁମାନ ଦାସ ବ୍ୟାଘ୍ର ଉପରେ ଚଢ଼ି ଇତସ୍ତତଃ ପରିଭ୍ରମଣ କରନ୍ତି – ସୁତରାଂ ଭୟରେ ପଠାରେ କିଏ ରହିବ?

ଆମ୍ଭେମାନେ ଯେଉଁ ସମୟର ଘଟନାବଳୀ ଲେଖୁ ଅଛୁଁ ସେ ସମୟରେ ଜଟିଆ କୁଦର ଗୌରବ ହନୁମାନ ଦାସଙ୍କ ହେତୁ ବିଶେଷ ବର୍ଦ୍ଧିତ ହୋଇଥିଲା। ଏବେ ସେ କୁଦ ନାହିଁ କି ସେ ହନୁମାନ ଦାସ ନାହାନ୍ତି। କାଳପ୍ରଭାବରୁ ଭୂତରେ ଭୂତ ମିଶିଯାଇ ଅଛି ଏବଂ ଲୋକଚରିତ୍ର ସ୍ମୃତିପଥରେ ସେମାନଙ୍କୁ ଆଣୁ ନ ଥିଲେ କାଳର ବିଶାଳ ବିସ୍ମୃତିଗର୍ଭରେ ସେମାନେ ବିଲୀନ ହୋଇ ଥାନ୍ତେ। ପ୍ରକୃତରେ ଜଟିଆକୁଦ ଏବଂ ହନୁମାନ ଦାସ ଏ ଅଞ୍ଚଳରେ ପୁରାକାଳରେ ଲୋକଙ୍କ ମନରେ ଚମକ ଜଗାଇ ରଖିଥିଲା ଏବଂ ଆପଦବିପଦରେ ଲୋକେ ଜଟିଆକୁଦକୁ ଯାଇ ହନୁମାନ ଦାସଙ୍କର ଶରଣ ଘେନି ପାରିଲେ ଆପଣାକୁ ପରମଭାଗ୍ୟବାନ୍‌ମଣୁଥିଲେ। ଅଧିକ କି କହିବୁଁ କୁଜଙ୍ଗର ଭୂୟାଁ ମାନେ ଡକାଇତୀ କରିବାକୁ ଆସି ସୁଦ୍ଧା ଏହାଙ୍କୁ ସମ୍ମାନ କରୁଥିଲେ ଏବଂ ତାଙ୍କୁ ଦେଖା ନ ଦେଇ ବାହୁଡ଼ି ଯିବା ସେମାନେ ଅମଙ୍ଗଳ ସୂଚକ ବୋଲି ବୁଝୁଥିଲେ।

ଜଟିଆ କୁଦର ଠିକ୍‌ମଧ୍ୟଭାଗରେ କଣ୍ଟାକୋଲିର ବିସ୍ତୃତ ବନ ଥିଲା। ତହିଁମଧ୍ୟରେ ଅନେକ ଦୂର ପର୍ଯ୍ୟନ୍ତ ଗୋଟିଏ ଅପ୍ରଶସ୍ତ ବାଟଥିଲା। ସେହିବାଟର ଉଭୟପାର୍ଶ୍ୱରେ ଧାଡ଼ି ହୋଇ କଣ୍ଟାକୋଲି ଗଛ ଓ ଉପରେ ତହିଁର ଶାଖାମାନ ମିଳିତହୋଇ ସ୍ୱୟଂଦେବଙ୍କୁ ବାଟଟି ଲୁଚାଇ ରଖି ପରମ ସୁଖରେ ବାଟର ଶୋଭା ବର୍ଦ୍ଧନ କରିଅଛି। ସୁତରାଂ ବାଟରେ ଗଲା ବେଳେ ସୁଡ଼ଙ୍ଗରେ ଗମନ କଲା ପ୍ରାୟ ଜଣାଯାଇ ବିଜନସ୍ଥାନରେ ମନରେ ଅପୂର୍ବବୈରାଗ୍ୟଭାବ ଜାତ ହୁଏ। ଠିଆହୋଇ ଯିବାର ଉପାୟ ନାହିଁ। ଗଲି ୨ ଯାଇ ଅବଶେଷରେ ଗୋଟିଏ ବଟବୃକ୍ଷ ମୂଳରେ ଏକ

ହୁକ୍‌। ପୁଷ୍ପ-ଚନ୍ଦନ-ଚର୍ଚ୍ଚିତ ହୋଇ ବିରାଜିତ ଥିବା ଏବଂ ତହିଁ ପାର୍ଶ୍ୱରେ ହନୂମାନଙ୍କ ପର୍ଣ୍ଣକୁଟୀର ଅବସ୍ଥାପିତ ଥିବା ଦେଖାଯିବ।

କିମ୍ବଦନୀ ଏରୂପ ଯେ ଜଣେ ଗୋପବାଳକ ଜଟିଆ କୁଦକୁ ପ୍ରତିଦିନ ଗୋରୁ ଚରାଇବାକୁ ଯାଉଥିଲା। ଦିନେ ଦିବା ଦୁଇପ୍ରହର ସମୟରେ ହଠାତ୍‌ ଏକ ଦୁଧୂଆଳୀ ଗାଈକି ଦେଖିବାକୁ ନ ପାଇ ଗୋପବାଳକ ଖୋଜୁ ଖୋଜୁ ଯାଇ କଣ୍ଡାକୋଲିର ବିଶାଳ ଅରଣ୍ୟରେ ପ୍ରବେଶ କରି ଇତସ୍ତତଃ ଖୋଜିବାରେ ରତ ହେଲା। ଅବଶେଷରେ ଅନେକଦୂରଯାଇ ଦେଖିଲା ଯେ ଗୋଟିଏ ବଟବୃକ୍ଷ-ମୂଳରେ ଏକ ହୁକ୍‌ ଉପରେ ଗାଈଟି ଠିଆ ହୋଇଅଛି ଏବଂ ସ୍ତନରୁ କ୍ଷୀରଧାରା ନିର୍ଗତ ହୋଇ ହୁକ୍‌ ଉପରେ ପଡୁଅଛି। ମାତ୍ର କ୍ଷୀରଧାର ଗଡ଼ି ଯାଉନାହିଁ। ଅଥଚ କିଏ ତାହା ଶୋଷଣ କରି ନେଉଅଛି ତାହା ମଧ ଦେଖା ଯାଉନାହିଁ। ଗୋପାବାଳକ ଥରେ ମନେ କଲା ହୁକ୍‌ ଭାଙ୍ଗିବ, ମାତ୍ର ପରକ୍ଷଣରେ ମନରେ ଅପୂର୍ବ ଭକ୍ତି ଓ ବୈରାଗ୍ୟଭାବ ଜାତହେବାରୁ ତହିଁରୁ ବିରତ ହେଲା। ସଂସ୍କାର-ବଶବର୍ତ୍ତୀ ହୋଇ ବୁଝିଲା ଯେ ହୁକ୍‌ରେ ମହାପୁରୁଷ ଅଛନ୍ତି ଏବଂ ତାଙ୍କ ସେବାରେ ଗାଭୀ କ୍ଷୀରଧାରା ବୁହାଉ ଅଛି। ଚିନ୍ତା କରୁ କରୁ ମନରେ ଅପୂର୍ବ ଭାବ ଜାତ ହେଲା। ସମସ୍ତ ଚରାଚର ଗାଭୀରୂପରେ ତାକୁ ପ୍ରତ୍ୟକ୍ଷ ହେଲା। ସେହି ଗାଭୀ ମହାପୁରୁଷ ସେବାରେ ରତ ଥିବା ତାହାକୁ ଜଣାଗଲା। ବିଶ୍ୱବ୍ରହ୍ମାଣ୍ଡ ଭକ୍ତିଭାବରେ କ୍ଷୀରଧାରା ବୁହାଉ ଅଛି ଏବଂ ବିଶ୍ୱସ୍ରଷ୍ଟା ଅଣୁପରମାଣୁରେ ପ୍ରକାଶିତଥାଇଁ ତାହା ସେବନ୍‌କରୁଅଛନ୍ତି। ଅପୂର୍ବଭାବ! ହୁକ୍‌-ଆଗରେ ବିସ୍ମୟାପନ୍ନ ହୋଇ ଯାହା ଚିତ୍ରପୁତ୍ତଳିକା ପରି ଠିଆ ହୋଇ ରହିଥିଲା କ୍ରମେ ଏ ଭାବରେ ଉନ୍ମତ୍ତ ହୋଇ ଗୋପବାଳକ ନୃତ୍ୟ କଲା। ଈଶ୍ୱର ବିଶ୍ୱମୟ ଏବଂ ବିଶ୍ୱେଶ୍ୱରମୟ! ସ୍ରଷ୍ଟା ସ୍ୱେଚ୍ଛାକ୍ରମେ ସୃଷ୍ଟିରୂପେ ପ୍ରକାଶିତ ହୋଇ ସାରସୁଧା ସେବନ କରୁଅଛନ୍ତି! ସ୍ରଷ୍ଟା ସୃଷ୍ଟିରୁ ସାର ନିର୍ଗତ କରି ସେ ସାର ଶୋଷଣ କରୁଅଛନ୍ତି! ଯେଉଁଠାରୁ ସାର ନିର୍ଗତ ହେଲା ପ୍ରକାରାନ୍ତରେ ସେହିଠାକୁ ସାର ଧାଇଁ ଯାଉଅଛି! ଅପୂର୍ବ କୌଶଳ! ଅପୂର୍ବସୃଷ୍ଟି! ଅପୂର୍ବ ଭାବ! ଏ ଭାବରେ ଭାବୁକ ଉନ୍ମତ୍ତ ହୋଇ ନୃତ୍ୟ ନୃତ୍ୟ ନ କଲେ ଆଉ ନୃତ୍ୟ କରିବ କେଉଁଠାରେ? ଗୋପାଳକର ବିଷୟବୁଦ୍ଧି ହଜିଗଲା। ବିଧିନିର୍ଦ୍ଦେଶରୁ ଗୋପବାଳକର ଗୋପ-ବାଳକବ୍ରତଶେଷ ହେଲା। ଆଉ ସେ ପୂର୍ବର ଗୋପବାଳକ ନାହିଁ! ଆଉ ତାହାର ଘର ପ୍ରତି ମାୟା ନାହିଁ! ସନ୍ଧ୍ୟାସମାଗମରେ ଆଉ ତାହାର ଘରକୁ ବାହୁଡ଼ି ଯିବାର ଅଭିଲାଷ ନାହିଁ! ଆଉ ତାହାକୁ ପିତାମାତା ସ୍ନେହରେ ନବଘନ ବୋଲି ଡାକିବେ ନାହିଁ। ଏବେ ସେ ପୂର୍ବର ନବଘନ ଦାସ ଗୋପବାଳକ ନୁହେ। ଏବେ ସେ ଅପୂର୍ବଭାବରେ ଉଦ୍ଦୀପିତ ହୋଇ ଅଛି! ଅପୂର୍ବ ଦେବଭାବରେ ସଜ୍ଜିତ ହୋଇ କ୍ରମେ

ତାହାର ଶରୀରର କାନ୍ତି ସତେଜ ହୋଇ ଉଠିଲା। ଯେ ଗୋପବାଳକକୁ ପୂର୍ବେ ଧରି ସମାଦର କରୁଥିଲା ଏବେ ତାହାର ତେଜରେ ତାହା ନିକଟକୁ ସେ ଲୋକ ଯିବାକୁ ସଙ୍କୁଚିତ ହେବ। ଧନ୍ୟ ବିଧାତାଙ୍କର ସୃଷ୍ଟି କୌଶଳ! କ୍ଷଣକେ କେତେ ପରିବର୍ତ୍ତନ ସୃଷ୍ଟିରେ ସଂଘଟିତ ହୋଇ ନ ପାରେ! ଯେ କ୍ଷଣକାଳ ପୂର୍ବେ ପୂର୍ଣ୍ଣ ଗୋପବାଳକରୂପରେ ବିଚରଣ କରି ନିତାନ୍ତ ମାୟାମୁଗ୍ଧ ହୋଇ ବିଷୟ-ଚିନ୍ତାରେ ନିମଗ୍ନ ଥିଲା ସେ ପୁଣି ଅପୂର୍ବ ବ୍ରହ୍ମଭାବରେ ଅନୁପ୍ରାଣିତ ହୋଇ ସଂସାରକୁ ଇଙ୍ଗିତମାତ୍ରକେ ଚିହ୍ନ ପକାଇଲା! ସବୁ ଈଶ୍ୱରଙ୍କ ମାୟା! ସବୁ ସୃଷ୍ଟିରକ୍ଷାର୍ଥ ଲୋକ-ଶିକ୍ଷାର ଅପୂର୍ବ ଉଦାହରଣ!

ନବଘନ ଦାସ ଏହିରୂପେ ଦେବଭାବରେ ଉନ୍ମତ୍ତ ହୋଇ କେତେକ୍ଷଣ ଉଚ୍ଚାରୁ ନୃତ୍ୟ ସମ୍ବରଣ କରି ସ୍ଥାନ ପରିଷ୍କାର କରି ଓଲାଇ ଦେଲେ। ପରିଷ୍କୃତ ହେଲାରୁ ସ୍ଥାନଟି ଅପୂର୍ବଶ୍ରୀ ଧାରଣ କଲା। ଅପୂର୍ବ ଗୋପବାଳକ ଚିନ୍ତାନିମଗ୍ନ ହୋଇ ସେହିଠାରେ ବସି ରହିଲେ। କ୍ରମେ ନିଦ୍ରା ଆସି ତାଙ୍କୁ ଅଭିଭୂତ କଲା ଏବଂ ନିଦ୍ରାଯୋଗେ ସ୍ୱପ୍ନାବେଶରେ ଈଶ୍ୱରାଦେଶ ପାଇ ସେହିଠାରେ ପର୍ଣ୍ଣକୁଟୀର ନିର୍ମାଣକରି ହନୁମାନ ଦାସ ଆଖ୍ୟା ଗ୍ରହଣ ପୂର୍ବକ ବିରାଜିତ ହେଲେ। ଗାଭୀଟି ସେବାରେ ନିଯୁକ୍ତା ରହିଲା।

ପରଦିନ ପିତାମାତା ଆସି ନବଘନକୁ ଫେରାଇ ନେବାକୁ ଚାହିଲେ, ମାତ୍ର ନବଘନ କହିଲେ ‘ମୁଁ ଆଉ ତୁମ୍ବର ନବଘନ ନୁହେଁ। ମୁଁ ହନୁମାନ ଦାସ! ମୋର ବ୍ରତ ତୁମ୍ବେ ଭଗ୍ନ କରିବ ନାହିଁ। ଯାଅ, ମହାପୁରୁଷଙ୍କଠାରେ ଭକ୍ତି କର, ତୁମ୍ବର ପରମମଙ୍ଗଳ ହେବ।’ ପିତାମାତା ବାହୁଡ଼ି ଆସିଲେ। ଗ୍ରାମଲୋକେ ମଧ ଯାଇ ହନୁମାନ ଦାସଙ୍କୁ ଦେଖି ବାହୁଡ଼ି ଆସିଲେ। କେହି ଫେରାଇ ଆଣି ପାରିଲେ ନାହିଁ।

ଦିନ ଦିନ ହନୁମାନ ଦାସଙ୍କ ନାମ ଈଶ୍ୱରେଚ୍ଛାରେ ଚତୁର୍ଦ୍ଦିକରେ ପ୍ରଚାରିତ ହେଲା। କ୍ରମେ ରୋଗୀ ଅସାଧ୍ୟ ରୋଗର ଔଷଧ ଏବଂ ସ୍ତ୍ରୀମାନେ ପୁତ୍ରକାମନାରେ ବର ପ୍ରାପ୍ତ ହୋଇ କୃତାର୍ଥ ହେଲେ ଏବଂ ହନୁମାନ ଦାସଙ୍କ ପ୍ରତିପତ୍ତି ଏତେଦୂର ଜାଗରୁକ ହେଲା ଯେ କେହି ତାଙ୍କ ନାମରେ ମସ୍ତକ ନ ନୁଆଇଁ ରହି ପାରିଲେ ନାହିଁ ଏବଂ ଅଚିରେ ଲୋକରେ ବିଦିତ ହେଲା ଯେ ହନୁମାନ ଦାସ ନିଶାଯୋଗେ ବ୍ୟାଘ୍ର ଆରୋହଣ ପୂର୍ବକ ସୃଷ୍ଟିର ମଙ୍ଗଳାମଙ୍ଗଳ ପରିଦର୍ଶନ କରନ୍ତି।

ତାହା ସତ୍ୟ ଅବା ମିଥ୍ୟା ହେଉ ତହିଁରେ ଆମ୍ଭମାନଙ୍କର କୌଣସି ପ୍ରୟୋଜନ ନାହିଁ, ମାତ୍ର ପାଠକେ ହନୁମାନଦାସଙ୍କ ପ୍ରଭାବ ଏଥୁରୁ ଉତ୍ତମରୂପେ ଜାଣି ପାରିବେ। ବ୍ୟାଘ୍ରାରୋହଣ କରିବା ବିଷୟ ଲୋକରେ ଘୋଷିତ ହେବା ସାମାନ୍ୟ କ୍ଷମତାର ପରିଚାୟକ ନୁହେ। ଏ ଅଞ୍ଚଳରେ କେବଳ ଆଉ ଜଣେ ସନ୍ନ୍ୟାସୀଙ୍କ ଭାଗ୍ୟରେ ଏହା

ଘଟିଥିଲା। ତାଙ୍କର ନାମ ଗିରିଧାରୀ ଦାସ ଓ ସେ ସୁବିଶାଳ କାଳଜଙ୍ଗ ବନରେ ଅପୂର୍ବ କୁଞ୍ଜ ନିର୍ମାଣ କରି ସନ୍ୟାସଧର୍ମାଚରଣରେ ନିରତ ଥିଲେ।

ଆମ୍ଭେମାନେ ଯେଉଁ ପୌଷପୂର୍ଣ୍ଣିମା ରାତ୍ରର କଥା କହି ଆସୁଅଛୁଁ ସେ ରାତ୍ରକୁ ହନୁମାନ ଦାସ ଜଟିଆ କୁଦକୁ ଗିରିଧାରୀ ଦାସଙ୍କୁ ନିମନ୍ତ୍ରଣ କରି ଆଣିଥିଲେ। ଉଭୟ ସନ୍ୟାସୀ ବିଜନବନରେ ଈଶ୍ୱରରାଧନାରେ ବହୁକାଳ ଉନ୍ନତ ଭାବରେ ନିମଗ୍ନ ଥାଇ ଅବଶେଷରେ ରାତ୍ରି ପ୍ରାୟ ଦ୍ୱିପ୍ରହର ସମୟକୁ ପ୍ରସାଦ ସେବା କରି ମହାନଦୀର ଅପୂର୍ବ ଶୋଭା ସନ୍ଦର୍ଶନାର୍ଥ ଜଟିଆକୁଦର ଏକପ୍ରାନ୍ତରେ ବସି ନାନାପ୍ରକାର କଥାବାର୍ତ୍ତାରେ ନିମଗ୍ନ ରହି ଚିତ୍ତବିନୋଦନ କରୁଥିଲେ ଏମନ୍ତ ସମୟରେ ପୂର୍ବଦିଗରୁ ଦଶଖଣ୍ଡ ଜାଲିଆ ଆସି ପହଞ୍ଚିଲା। ପୂର୍ବ ପରିଚ୍ଛେଦରେ ଆମ୍ଭେମାନେ ପାଠକମାନଙ୍କୁ 'ଜାଲିଆ' ଶବ୍ଦଟି ଉପହାର ଦେଇଅଛୁଁ। କୁଞ୍ଜଙ୍ଗ ଅଞ୍ଚଳରେ ଏହି ଆଖ୍ୟାର ନୌକା ବିଶେଷ ଦେଖାଯାଏ ଏବଂ ଡକାୟତମାନଙ୍କର ଜାଲିଆ ବିଶେଷ ପ୍ରୟୋଜନୀୟ। ଯେତେବେଳେ କୁଞ୍ଜଙ୍ଗ ଭୂୟାଁଙ୍କଦ୍ୱାରା ଏହା ଚାଲିତ ହୁଏ ତେତେବେଳେ ଏଥିର ଗତି ବିଦ୍ୟୁତ୍‍ପରି ବୋଧ ହୁଏ। ଘଣ୍ଟାକେ ପାଞ୍ଚ କ୍ରୋଶଠାରୁ ଦଶକ୍ରୋଶ ପର୍ଯ୍ୟନ୍ତ ଏକ ଏକ ଜାଲିଆ ଗତି ବିସ୍ତାର କରିପାରେ ସୁତରାଂ ଜାଲିଆସାହାୟ୍ୟରେ କୁଞ୍ଜଙ୍ଗ ଭୂୟାଁମାନେ ଏକ ଏକ ରାତ୍ରରେ ବହୁଦୂର ଗମନ କରି ଡକାୟିତୀ କରିବା ଆଶ୍ଚର୍ଯ୍ୟର ବିଷୟ ନୁହଇ ଏବଂ ଏହେତୁ ତାଙ୍କୁ ଧରିବା ମଧ୍ୟ କଠିନ।

ଜାଲିଆମାନ ପହଞ୍ଚିଲାରୁ ଆଗଜାଲିଆରୁ ଜଣେ ନାବିକ କୁଦକୁ କୁଦିପଡ଼ି ଦଉଡ଼ି ଘେନି ଗଛରେ ବାନ୍ଧିବାକୁ ଉପରକୁ ଗଲା। ଉପରେ ହନୁମାନ ଦାସ ଓ ଗିରିଧାରୀ ଦାସ ବାଜିଦ୍ୱୟ ବସିଅଛନ୍ତି। ତାଙ୍କୁ ଦଣ୍ଡବତ୍‍ପ୍ରଣାମକରି ଦଉଡ଼ି ନିକଟବର୍ତ୍ତୀଗଛରେ ବାନ୍ଧିଦେଲା। ହନୁମାନ ଦାସ ପଚାରିଲେ 'କିହୋ? ଆଜିତ ବହୁତ ଆଢ଼ଆୟର।' ନାବିକ ଉତ୍ତର କଲା 'ମହାରାଜ! ନାଟଟା ଆଜିର ବଡ଼ ରସାଲ'। ନାବିକ ଏହା କହି ଜାଲିଆ ନିକଟକୁ ତଳକୁ ଚାଲିଗଲା ଏବଂ ଦେଖୁ ଦେଖୁ ୧୬ ଜଣ ଲୋକ ଆସି ବିବିଜିଙ୍କି ଦଣ୍ଡବତ୍‍ପ୍ରଣିପାତ ହେଲେ।

ନିର୍ଜ୍ଜନ କୁଦରେ ଏରୂପେ ପ୍ରକାଣ୍ଡ ଜନତା ହେଲା। ନାବିକମାନେ କୁଦର ନାନା ସ୍ଥାନରେ ନାନା ପ୍ରକାରରେ ବିଚରଣ କରିବାରେ ପ୍ରବୃତ୍ତ ହେଲେ। କ୍ରମେ ରାତ୍ରି ଦଶଘଡ଼ିଠାରେ ଉପସ୍ଥିତ ହେଲା। ଏମନ୍ତ ସମୟରେ ମହାନଦୀର ବାଲିର ବମ୍‍ବାଜି ଗଛର ତୁମୁଳ ଶବ୍ଦ ଜଟିଆକୁଦରେ ଅଜାଡ଼ି ହୋଇ ପଡ଼ିଲା ଏବଂ ସଙ୍ଗେ ସଙ୍ଗେ ନାବିକମାନେ ଜାଲିଆ ଫିଟାଇ ଜଟିଆକୁଦରୁ ଯାତ୍ରା କଲେ।

ଅଷ୍ଟାଦଶ ପରିଚ୍ଛେଦ

ନାଟରସ

ବାହାବଳୀନ୍ଦ୍ର ନନ୍ଦିକେଶ୍ୱରୀ ପଠାରେ ରଘୁନାଥଙ୍କ ସହିତ ନାଟର କଥା କହିଥିବା ବିଷୟ ପାଠକେ ବୋଧ ହୁଏ ବିସ୍ମୃତ ହୋଇ ନାହାନ୍ତି। ଏତେଦୂରରେ ଆମ୍ଭେମାନେ ସେ ନାଟର ଶେଷଭାଗରେ ପହୁଞ୍ଛିଅଛୁ। ନବଗ୍ରାମର ଚଉଧୁରିଙ୍କ ଦୁଆର ରୋଷନୀ ପହୁଞ୍ଛିଲା ପରେ ଯେଉଁ ଗୋଳମାଳ ଆରମ୍ଭ ହେଲା ତହିଁର ଭୀଷଣତ୍ୱ ପାଠକେ ଅନୁମାନ କରିଥିବେ। ଏଡ଼େ ବଡ଼ ରୋଷନୀ ଦେଖୁ ଦେଖୁ ଛିନ୍ନଭିନ୍ନ ହୋଇ କେଉଁଆଡ଼େ ଚାଲିଗଲା ଠିକଣା ମିଳିଲା ନାହିଁ। ଏଡ଼େ ବଡ଼ ଜନତା ଦେଖୁ ଦେଖୁ କେଉଁଆଡ଼େ ମିଳାଇଗଲା ଜଣାଗଲା ନାହିଁ। ପ୍ରଦୀପ ଯେମନ୍ତ ନିଭିବା ପୂର୍ବରୁ ଅଧିକ ତେଜରେ ଜ୍ୱଳି ଉଠେ ସେହିପରି ରୋଷନୀ ଭଙ୍ଗ ହେବା ପୂର୍ବରୁ ବୃହତ୍ ଚନ୍ଦ୍ରଉଦିଆ ଜ୍ୱଳି ଉଠିଥିଲା। ସଙ୍ଗେ ସଙ୍ଗେ ରୋଷନୀ ଭଙ୍ଗ ହେଲା, ରୋଷନୀଗଢ଼ଧାରୀ ଲୋକେ ବେଗରେ କିଛିଦୂର ଦୌଡ଼ ନ ଯାଉଁଣୁ ଲୋକେ ଗୋଳମାଳ କରି ତାହା ଭାଙ୍ଗି ପକାଇଲେ! ଏଡ଼େ ବଡ଼ ଆଲୋକ ଅନ୍ଧକାରରେ ପରିଣତ ହେଲା। ବାଦ୍ୟକାରମାନେ ବାଦ୍ୟ ଘେନି ଜନତା ମଧ୍ୟରେ କେଉଁ ଆଡ଼େ ପଳାୟନ କଲେ ଠିକଣା ମିଳିଲା ନାହିଁ ଏବଂ ତୁମୁଳ ଗୋଳମାଳ ଜନତା ସହିତ କ୍ଷଣକାଳ ମଧ୍ୟରେ ଶେଷ ପ୍ରାପ୍ତ ହେଲା। ଅଦିନ ମେଘ ଘୋର ଆଡ଼ମ୍ବରରେ ଆକାଶରେ ଉଦୟ ହୋଇ ପ୍ରଚୁର ବର୍ଷାକରି ମିଳାଇ ଗଲା ପ୍ରାୟ ରୋଷନୀ କେଉଁ ଆଡ଼େ ଜନତା ସହିତ ଅନ୍ତର୍ହିତ ହୋଇଗଲା ଜଣାଗଲା ନାହିଁ। ବର୍ତ୍ତମାନ ମେଘ ପରେ ଆକାଶ ପରିଷ୍କୃତ ହୋଇଅଛି। ଜନତା ଶେଷ ହୋଇ ନବଗ୍ରାମ ଶୂନ୍ୟ ହୋଇଅଛି। ଦାଣ୍ଡରେ ଆଉ ନବଗ୍ରାମର ଲୋକ ସୁଦ୍ଧା ରହିଲେ ନାହିଁ, ଅନ୍ୟ ଗ୍ରାମର ଲୋକଙ୍କ କଥା କି ବୋଲିବୁ?

ରୋଷନୀ ଶେଷ ହେଲା। ବାଦ୍ୟକାରମାନେ ପଳାୟନ କଲେ। ଦେଖଣାହାରି ଲୋକେ ଆଉ ରହିବେ କାହିଁକି? ସେମାନେ ମଧ୍ୟ ପଳାୟନ କଲେ। ପାଲିଙ୍କି ସୁଦ୍ଧା କେଉଁଆଡ଼େ ଅନ୍ତର୍ହିତ ହୋଇଗଲା ଏବଂ ଯେଉଁମାନେ ବୀରବେଶରେ ଆଶାସୋଠା ଓ ବନ୍ଦୁକ ଧରିଥିଲେ ସେମାନେ ମଧ୍ୟ ଆଉ ଦେଖା ଗଲେ ନାହିଁ।

ଚରାଚର ଯେପରି ଚନ୍ଦ୍ରଜ୍ୟୋସ୍ନାରେ ବିଧୌତ ହୋଇ ରହିଥିଲା ସେହିପରି ରହିଗଲା। ରୋଷନୀର ତୀବ୍ର ଆଲୋକ ତହିଁରେ କିଛିମାତ୍ର ଦାଗ ଲଗାଇ ପାରିଲା ନାହିଁ। ନୈସର୍ଗିକ ଆଲୋକକୁ ହରାଇବା ନିମିତ୍ତ ରୋଷନୀର କୃତ୍ରିମ ଆଲୋକ ଯାହା ପଣ କରିଥିଲା ଅଳ୍ପକ୍ଷଣ ଉପ୍ଯାପ କରି ଦେଖୁ ଦେଖୁ ନଷ୍ଟ ହେବାରୁ ଜଣାଗଲା ଯେମନ୍ତ ଚରାଚର ଫକ୍ଫକ୍କରି ହସୁଅଛି! କୃତ୍ରିମ ବସ୍ତୁ ନୈସର୍ଗିକ ବସ୍ତୁଠାରେ କେତେ ଅବା ଆଣ୍ଠ କରିପାରେ!—ଦିଗ୍ବିଦକ୍ଏହା ଦେଖୁ ହସି ଉଠିଲା! ଚନ୍ଦ୍ର ତାରକା ଆକାଶରେ ଥାଇଁ ହସି ଉଠିଲା! ଅନ୍ୟ ଗ୍ରାମର ଲୋକ ଯେ ଜନତା ଘେନି ଚାଲିଗଲେ ସେମାନେ ସୁଧା ହସି ହସି ଘରକୁ ବାହୁଡ଼ି ଥିଲେ ମାତ୍ର ହସିଲେ ନାହିଁ କେବଳ ନବଗ୍ରାମର ଲୋକେ।

ରୋଷନୀ ଭଙ୍ଗ ହେବା ସଙ୍ଗେ ସଙ୍ଗେ ଚୌଧୁରିଙ୍କ ଘରର କାନ୍ଥମାନ ତୁମୁଳ ଧ୍ବନିରେ ଭୂମିସାତ୍ହୋଇ ଗ୍ରାମଯାକ କମ୍ପାଇଦେଲା ଏବଂ ତହିଁରେ ଅକ୍ଲେଶରେ ଭୂୟାଁମାନଙ୍କ ଆଗମନସମ୍ବାଦ ପାଇ ନବଗ୍ରାମର ଲୋକେ ଚମକି ପଡ଼ିଲେ। ଗ୍ରାମଯାକର ତାଟିକବାଟ ପଡ଼ିଗଲା। ଲୋକେ ଘର ମଧ୍ୟରେ ଥାଇଁ ସ୍ତ୍ରୀପୁତ୍ରାଦି ଘେନି ଇଷ୍ଟଦେବଙ୍କୁ ସ୍ମରଣ କଲେ। ଗ୍ରାମଟି ଏହିରୂପେ ନିସ୍ତବ୍ଧ ହୋଇଗଲା ଏବଂ ତହିଁରେ ଚୌଧୁରିଙ୍କ ଘରର କାନ୍ଥମାନଙ୍କର ପତନଶଦ ଆହୁରି ହୋଇ ଉଠିଲା।

ଏକଘରେ ଅଗ୍ନି ଲାଗି ତାହା ଯେପରି ଅନ୍ୟ ଘରକୁ ବିସ୍ତାରିତ ହୁଏ ସେହିପରି ଚୌଦୁରିଙ୍କ ଘରର କାନ୍ଥମାନ ପଡ଼ୁ ପଡ଼ୁ ଦାସଙ୍କ ଘରର କାନ୍ଥମାନ ପଡ଼ିବାର ଆରମ୍ଭ ହେଲା। ଯେମନ୍ତ ଗୋଟିଏ ଗୋଟିଏ କାନ୍ଥ ପଡ଼ି ତୁମୁଳଶଦ ବିସ୍ତାରିତ କରେ ତେମନ୍ତ ଗ୍ରାମରଲୋକେ ଅଧିକତର ଭୀତ ଓ କାତର ହୋଇ ଇଷ୍ଟଦେବଙ୍କୁ ସ୍ମରଣ କରନ୍ତି। ଏହିରୂପେ କାନ୍ଥମାନ ଗୋଟିଏ, ହୋଇ ପଡ଼ିବାର ଶେଷ ହେଲା। ଦାସଙ୍କ ଘରେ ଟିକିଏ ଗୋଲମାଲ ହୋଇଥିଲା ମାତ୍ର ଦୁଇଟା ଚିକ୍ରାର ଧ୍ବନିରେ ତାହା ଶେଷହୋଇ 'ଜୟ ମହାବୀର କି ଜୟ' ଶଦ ଉଥ୍ତ ହେଲା ଓ ତାହା ଗ୍ରାମଯାକ କମ୍ପାଇ ଦେଇ ଲୋକଙ୍କୁ ଅଧିକତର ଭୟରେ ଅଭିଭୂତ କଲା। ଇତ୍ୟବସରେ ଜାଲିଆମାନ ନବଗ୍ରାମର କୂଲରେ ଲାଗିବାରୁ ତଦବସ୍ଥିତ ଲୋକେ ହୁଙ୍କାର କରି ଗ୍ରାମମଧ୍ୟରେ ପ୍ରବିଷ୍ଟ ହୋଇ ସିଧା ସିଧା ଦାସଙ୍କ ଘରେ ପହୁଞ୍ଚି ସେଠାରୁଁ ଚୌଧୁରିଙ୍କ ଘରପର୍ଯ୍ୟନ୍ତ ବିସ୍ତୃତ ହୋଇଗଲେ ଏବଂ ପରକ୍ଷଣରେ ଧାନ, ଚାଉଳ, କଂସା,ବାସନ,ଲୁଗାପଟା ଅସ୍ତ୍ର ଶସ୍ତ୍ର ଇତ୍ୟାଦି ବୁହା ଆରମ୍ଭ ହେଲା ଏବଂ ନିସ୍ତବ୍ଧ ଗ୍ରାମଦାଣ୍ଡରେ ନିଶାଚର ପ୍ରାୟ ଏମାନଙ୍କୁ ବିଚରଣ କରିବା ଦେଖାଗଲା।

ବୁହ ବୋହି ଶେଷ ହେଲା। ରଘୁନାଥ ପଟ୍ଟନାୟକ ଲୋକମାନଙ୍କୁ 'ମହାବୀର କି ଜୟ ' ଶବ୍ଦ ଉଚ୍ଚାରଣ କରିବାକୁ ଇଙ୍ଗିତ କରନ୍ତେ ତୁମୁଳ ଧ୍ୱନିରେ 'ଜୟ ମହାବୀରକି ଜୟ' ଶବ୍ଦ ଉଥ୍ଥିତ ହୋଇ ନବଗ୍ରାମକୁ ଦୋହଲାଇ ଦେଲା ଏବଂ ଭୂମିକମ୍ପରେ ଲୋକେ ଦୋହଲିଲା। ପରି ବାସ୍ତବରେ ଭୟବିଜଡ଼ିତ ଲୋକେ ଇଷ୍ଟଦେବଙ୍କୁ ସ୍ମରଣ କରୁ କରୁ ଦୋହଲି ଯାଇଥିଲେ!

ଡକାୟତୀ ଶେଷ ହେଲା। ରଘୁନାଥଙ୍କ ଆଦେଶକ୍ରମେ ଡକାୟତମାନେ ଗୋବର୍ଦ୍ଧନ ଦାସଙ୍କ ଓ ତାଙ୍କ ଭାର୍ଯ୍ୟାର ଗଳା ଟିପି ପ୍ରାଣ ଘେନି ଥିଲେ। ବର୍ତ୍ତମାନ ସେମାନଙ୍କ ମୃତଶରୀର ବଂଶଖଣ୍ଡରେ ବାନ୍ଧି ପାପର ସମୁଚିତ ପ୍ରତିଫଳ ଧ୍ୱଜାସ୍ୱରୂପ ଦାସଙ୍କ ଦାଣ୍ଡଦ୍ୱାରର ଉଭୟପାର୍ଶ୍ୱରେ ଡକାୟତମାନେ ପ୍ରୋଥିତ କଲେ। ଏହିରୂପେ କାର୍ଯ୍ୟ ଶେଷ କରି ଡକାୟତମାନେ ଏକ ୨ ହୋଇ ନାଟ୍ୟସ୍ଥାନରୁ ବାହୁଡ଼ିଲେ। ରଘୁନାଥଙ୍କ ଆଦେଶକ୍ରମେ କଳାବତୀ ଓ ରସକଳାଙ୍କର ମୂର୍ଚ୍ଛାଗ୍ରସ୍ତ ହତଚେତନ ଶରୀର ବଳିଆର ସିଂହ ଓ ବାହାବଳୀନ୍ଦ୍ରଙ୍କ ଦ୍ୱାରା ନୌକାକୁ ନୀତ ହେଲା ଏବଂ କ୍ରମେ ନୌକା ଓ ଜାଲିଆମାନ ପ୍ରଭୂତ ନାଟରସ ଘେନି ନଦୀକୂଳରୁ ଖୋଲାହୋଇ ନିର୍ବିଘ୍ନେ ଜଟିଆକୁଦକୁ ଗମନ କଲା।

ଊନବିଂଶ ପରିଚ୍ଛେଦ

ମିଳନ

ଜଟିଆ କୁଦରେ ଏମାନେ ପହୁଞ୍ଚିଲା ବେଳକୁ ତେତେବେଳ ଯାଏ ସୁଦ୍ଧା ହନୁମାନ ଦାସ ଓ ଗିରିଧାରୀ ଦାସ ବାବଜିଦ୍ୱୟ ଶୋଇବାକୁ ଯାଇ ନ ଥିଲେ। ଡକାୟତୀ ସାଙ୍ଗକରି ରଘୁନାଥ ପଟୁନାୟକ ତାଙ୍କ ସହିତ ସାକ୍ଷାତ୍‍କରିବେ। ସୁତରାଂ ଶୋଇବାକୁ ଗଲେ ସୁଦ୍ଧା ନିର୍ବିଘ୍ନରେ ଶୋଇ ପାରିବେ ନାହିଁ ଏହା ଭାଲି ସେମାନେ ଜଟିଆକୁଦର ପ୍ରାନ୍ତଭାଗରେ ବସି ସ୍ୱଭାବର ଶୋଭା ସନ୍ଦର୍ଶନ କରିବା ସଙ୍ଗେ ସଙ୍ଗେ ଚରାଚରବ୍ୟାପି ଜଗଦୀଶ୍ୱରଙ୍କ ମହିମା କୀର୍ତ୍ତନ କରୁଥିଲେ! ପାଠକେ! ବୈରାଗ୍ୟବ୍ରତାବଲମ୍ବିସଂସାର ତ୍ୟାଗିସନ୍ୟାସିଦ୍ୱୟଙ୍କ ଏ ଚର୍ଚ୍ଚା କେଡ଼େ ମଧୁର ତାହା କି କେବେ ଶୁଣି ଅଛନ୍ତି? ଯେ କେବେ ଶୁଣି ତାହା ହୃଦୟଙ୍ଗମ କରିଥିବେ ସେହି କେବଳ ତହିଁର ମଧୁରତା ଜାଣି ପାରିବେ, ଅପରକୁ ତାହା ଅଲଣା ଆମ୍ବିଳସ୍ୱାଦ ଭିନ୍ନ ଆଉ କିଛିନୁହେ।

ଜାଲିଆମାନ ଜଟିଆକୁଦରେ ପହୁଞ୍ଚି ଏକେ ୨ କୂଳରେ ବନ୍ଧାଗଲା। ନାଉରିମାନେ ସମସ୍ତେ ତହିଁରେ ପ୍ରହରୀରୂପେ ରହିଲେ। ରଘୁନାଥଙ୍କ ନୌକା ମଧ ବନ୍ଧା ଗଲା ଉଭାରୁ ତହିଁରୁ କେହି ଓହ୍ଲାଇଲେ ନାହିଁ। କେବଳ ଦଳପତି ମହାଶୟ ଓହ୍ଲାଇ ହନୁମାନ ଦାସଙ୍କ ସଙ୍ଗେ ସାକ୍ଷାତ କରିବାକୁ ଗଲେ। ବାବାଜିଦ୍ୱୟ ରଘୁନାଥଙ୍କୁ ଦେଖିଲା ମାତ୍ରକେ ଆନନ୍ଦ ପ୍ରକାଶ କରି ଡାକ ପକାଇଲେ ଏବଂ ରଘୁନାଥ ତାଙ୍କୁ ଦେଖି ଓଲଗି ହୁଅନ୍ତେ ଉଭୟେ ସୁଖମୟ ଦୀର୍ଘ ଜୀବନ କାମନା କରି ପଚାରିଲେ "ରସାଲ ନାଚରସ ନିର୍ବିଘ୍ନରେ ଆଦାୟ ହୋଇ ଅଛି ତ?

ରଘୁନାଥ ଉତ୍ତର କଲେ "ଆପଣମାନେ ଶୁଭବାଞ୍ଛା କରୁଥାନ୍ତେ ବିଘ୍ନକି ପହୁଞ୍ଚିପାରେ?—ମାତ୍ର ଆପଣମାନେ ଦୁହେଁ ଏକତ୍ର ହେଲେ କିପରି?"

ଗିରିଧାରୀ ଦାସ କହିଲେ "ଆଜି ଭାଇ ଆମ୍ଭର ଆୟକୁ ଅର୍ଚ୍ଚନା କରି'ଛନ୍ତି। ଆପଣଙ୍କର ଏ ଅଞ୍ଚଳକୁ ଆଜି ଆଗମନ ହୋଇ ଥିବା ଶୁଣି ଭାଇଙ୍କ ସହିତ ଆମ୍ଭେ ମଧ୍ୟ ଆପଣଙ୍କୁ ଅପେକ୍ଷା କରି ବସିଛୁଁ।"

ହନୁମାନ ଦାସ ବ୍ୟକ୍ତ କଲେ " ପଟ୍ଟନାୟକେ। ଆମ୍ଭେ ଭାଇଙ୍କ ସହିତ ବସି ଏଠାରେ ସ୍ୱଭାବର ଶୋଭା ଅନିମେଷଲୋଚନରେ ସନ୍ଦର୍ଶନ କରୁଥିଲୁଁ। ଶୀତରେ ପୀଡ଼ିତ ହେଲେ ସୁଦ୍ଧା, ତୁହିନଜାଲେର ବେଷ୍ଟିତ ହୋଇ ସୁଦ୍ଧା ଚରାଚର ଚନ୍ଦ୍ରଜ୍ୟୋସ୍ନାରେ ପୁଲକିତ ହୋଇ'ଛି।-- ଆମ୍ଭେମାନେ ବିଚାରୁଥିଲୁଁ ଚନ୍ଦ୍ର ନ ଥିଲେ କ୍ଲିଷ୍ଟ ଚରାଚରକୁ କିଏ ପ୍ରସନ୍ନ କରନ୍ତା?—ସେ ତ ଅନ୍ଧକାରରେ ପଡ଼ି ଦିଗ୍‍ବିଦିକ୍‍ଜ୍ଞାନଶୂନ୍ୟ ହୋଇ ଶିଶିର-ଲୋତକ ବୁହାଉ ଥାନ୍ତା। ପଟ୍ଟନାୟକେ! ବର୍ତ୍ତମାନେ ବଡ଼ ଦୁଃସମୟ— ଏ ଦୁଃସମୟରେ ତୁମ୍ଭେ ଚନ୍ଦ୍ରରୂପେ ଉଦିତ ହୋଇଛ--- ଈଶ୍ୱର ତୁମ୍ଭର ମଙ୍ଗଳ କରନ୍ତୁ—ତୁମ୍ଭେ ନିବିଘ୍ନରେ ଆପଣାର କାର୍ଯ୍ୟ ସମ୍ପନ୍ନକର"।

ରଘୁନାଥ ହନୁମାନ ଦାସଙ୍କ ମୁଖରୁ ଏ ଅମୃତମୟ ବାକ୍ୟଶୁଣି ସ୍ୱଭାବତଃ ନମ୍ରଭାବ ଧରି କୃତଞ୍ଜଲିପୁଟରେ ନିବେଦନ କଲେ "ମହାରାଜ, ଏ ଅଧୀନର ବର୍ତ୍ତମାନ ଏହାହିଁ ଜୀବନର ଏକମାତ୍ର ବ୍ରତ। ଆପଣମାନଙ୍କର ଆଶୀର୍ବାଦ ଉପରେ ଶୁଭକାର୍ଯ୍ୟର ଫଳାଫଳ ନିର୍ଭର କରୁଛି। ମାତ୍ର ଯେଭଳି କଥା ଆପଣଙ୍କ ଶ୍ରୀମୁଖରୁ ନିର୍ଗତ ହେଲା ଅଧୀନ ନହିଁର ଏକାଂଶକୁ ଯୋଗ୍ୟ ନୁହେଁ।"

ହନୁମାନ ଦାସ କି କଥା କହି ଆସୁଥିଲେ ମାତ୍ର ଗିରିଧାରୀ ଦାସ ଉପରେ ପଡ଼ି କହିଲେ "ତୁମ୍ଭେ ଏକାଂଶ କାହିଁକି ଶତାଂଶ—ସମୁଦାୟର ଯୋଗ୍ୟ ଅଟ। ଆମ୍ଭେ ଆଉ ଜଣେ କାହାରିକି ଏ ସମୟରେ କାର୍ଯ୍ୟକ୍ଷେତ୍ରରେ ଉପସ୍ଥିତ ହେବା ଦେଖୁନାହୁଁ। ତୁମ୍ଭେ ଅତି ଦୁଃସାଧ୍ୟ କାର୍ଯ୍ୟରେ ହାତ ଦେଇ'ଛ। ତୁମ୍ଭେ ଆପଣା ପିତାମାତାଙ୍କୁ ଉଦ୍ଧାର କରି ଆପଣାର ଜନ୍ମ ସାର୍ଥକ କରି'ଛ। ଅଧିକ କି କହିବୁଁ ସୁବାଦାର ଆପଣା ମହଲରେ ଥାଇଁ ନର୍କ ଭୋଗ କରନ୍ତୁ—ତୁମ୍ଭେ ସମଗ୍ର ଓଡ଼ିଶାର ରାଜା ହୁଅ।"

ରଘୁନାଥ କୃତଞ୍ଜଲିପୁଟେ ବିନୀତଭାବରେ ଉତ୍ତର କଲେ "ଏଭଳି କଥା କର୍ତ୍ତବ୍ୟଜ୍ଞାନରେ ଆମ୍ଭେ ପରମ ସୁଖୀ ହେବୁଁ।"

ହନୁମାନ ଦାସ ଗିରିଧାରୀ ଦାସଙ୍କୁ ଅନାଇ କହିଲେ " ଦେଖିଲ,ରଘୁନାଥ କେଡ଼େ ନମ୍ର। ତାଙ୍କର ବୁଦ୍ଧି କେଡ଼େ ବିଚକ୍ଷଣ। ଆମ୍ଭେ ମଧ୍ୟ କହୁଁ ରଘୁନାଥଙ୍କର ରାଜାହେବା ଉଚିତ ନୁହେଁ।--ଭାଇ, ତୁମ୍ଭେ କି ନ ଜାଣ, ନା ଦେଖୁ ନାହ—ଏଠା ଲୋକଙ୍କର କି ଆଉ ମନୁଷ୍ୟତା ଅଛି? ଏମାନେ ସ୍ୱାଧୀନତାର ନିତାନ୍ତ ଅନୁପଯୁକ୍ତ—

ପରପଦାନତ ହୋଇ ରହିବା ଏମାନଙ୍କର ବର୍ତ୍ତବ୍ୟ। ଯେପର୍ଯ୍ୟନ୍ତ କର୍ତ୍ତବ୍ୟଜ୍ଞାନରେ ଏମାନେ ଗୋଟିକଠୁଁ ବଳୀୟାନ ହୋଇ ଉଠି ନାହାନ୍ତି ସେ ପର୍ଯ୍ୟନ୍ତ ଏମାନେ ନାନାପ୍ରକାର କଷ୍ଟ ଭୋଗକରି ନାନାଦେଶୀୟ ରାଜାଙ୍କ ପଦାନତ ହେବେ। ତେବେ ଏମାନଙ୍କ କପାଳ ଭଲ ଯେ ଏଭଳି ଦୁଃସମୟରେ ଈଶ୍ୱରପ୍ରେରିତ ଜଣେ ଜଣେ ଲୋକର ଏମାନେ ସାହାଯ୍ୟ ପାଇଥାନ୍ତି।" ଏହା କହି ରଘୁନାଥଙ୍କ ଆଡ଼କୁ ଦୃଷ୍ଟି ଫେରାଇ କହିଲେ "ଅନ୍ୟାନ୍ୟ ସ୍ଥାନର ରସ ଆସି ପହଞ୍ଚିଲାଣି?"

ବୋଲିବା ଅଧିକ ଇତିପୂର୍ବେ ରଘୁନାଥ ହନୁମାନ ଦାସଙ୍କ ସହିତ ଆଜିର କାଣ୍ଡକାରଖାନାର ପରାମର୍ଶ ଗ୍ରହଣ କରିଥିଲେ। ପୂର୍ବରାତ୍ରେ ହନୁମାନଦାସଙ୍କ ସହିତ ସାକ୍ଷାତ ଲାଭ କରି ସମୁଦାୟ ବିଷୟରେ କଥୋପକଥନ କରି ଥିଲେ ଏବଂ ଯେତେ ୨ କାଣ୍ଡ ଆଜି ରାତ୍ରେ ଏହାଙ୍କ ଦ୍ୱାରା ସାଧିତ ହୋଇଅଛି ତସ୍ମସ୍ତରେ ହନୁମାନଦାସଙ୍କର ସମ୍ମତି ଥିଲା।

ରଘୁନାଥ ଠିଆ ହୋଇଥିଲେ। ତାଙ୍କୁ କେହି ବସିବାକୁ କହି ନାହାନ୍ତି କି ତାଙ୍କର ବସିବାକୁ ଇଚ୍ଛା ନ ଥିଲା। ସେ ଠିଆ ହୋଇ ଦୂରକୁ ଅନାଇଁ ପ୍ରତିମୁହୂର୍ତ୍ତରେ ଜାଲିଆର ଅପେକ୍ଷା କରୁଥିଲେ। ହନୁମାନଦାସଙ୍କ ଶେଷ ପ୍ରଶ୍ନର ଉତ୍ତର ଦେବାକୁ ଯାଉଅଛି ଏମନ୍ତ ସମୟରେ ଦୂରରୁ ଜାଲିଆ ଆସିବାର ଚିହ୍ନ ଦେଖାଗଲା। ଆନନ୍ଦୋତ୍ପୁଲ୍ଲ ଚିତ୍ତରେ କହିଲେ "ହେଇ, ଦୂରରେ ଆସିବାର ଚିହ୍ନ ଦେଖାଯାଉ'ଅଛି।"

ଏ ଉତ୍ତର ଶୁଣି ସନ୍ୟାସିଦ୍ୱୟ ଠିଆହେଲେ। ଦୂରକୁ ଅନାଇ ଦେଖିଲେ ତୀରବେଗରେ ଜାଲିଆମାଲ ଜଟିଆକୁଦ ଆଡ଼କୁ ଧାବିତ ହେଉଅଛି। ଦୂରରୁ ଶତ ଶତ ଆହୁଲା ଏକାବେଳକେ ଜ୍ୟୋସ୍ନାବିମିଶ୍ରିତ ରଜତମୟ ନଦୀଜଳରେ ପଡ଼ି ଅଗ୍ନିଶିଖା ଉତ୍ତୋଳନ କରି ଉଠି ପୁଣି ତହିଁରେ ନିମଗ୍ନହୋଇ ପୁନର୍ବାର ଶିଖା ଉଠାଇ ଉଠୁଥିବାର ଶୋଭା ଅତି ଚମତ୍କାର ଦିଶୁଥିଲା। ଗିରିଧାରୀ ଦାସ ସେ ଶୋଭା ଦେଖୁ ଦେଖୁ ପଚାରିଲେ "କେତେଖଣ୍ଡ ଜାଲିଆ ଅଛ କି?"

ରଘୁନାଥ ଉତ୍ତର କଲେ "ତିରିଶ ଖଣ୍ଡ। ଦେବୀଦ୍ୱାର ଓ ବୈଦେଶ୍ୱରଟୁ ଅନେକ ଗୁଡ଼ିଏ ଆସୁଅଛି। ପଚିଶଖଣ୍ଡରେ ଏକା ରାଧାଗୋବିନ୍ଦଙ୍କର ମାଲ ଅଛି।"

ହନୁମାନ ଦାସ ଦେଖିଲେ କ୍ରମେ କ୍ରମେ ଆହୁଲାର ବଳ ଊଣା ହୋଇ ଆସୁଅଛି ଏବଂ ଜାଲିଆମାନ ମଧ ଆଉ ଅଳ୍ପକାଳ ମଧରେ ପହଞ୍ଚିଯିବ। ସୁତରାଂ କାଳବିଲମ୍ବ କରିବାର ଉଚିତ ମନେ ନ କରି ରଘୁନାଥଙ୍କୁ କହିଲେ "ତେବେ ଆପଣଙ୍କର ବିଲମ୍ବ କରି କି ପ୍ରୟୋଜନ?" ରଘୁନାଥ ଉତ୍ତର କଲେ "ନା ଆଉ ବିଲମ୍ବ କରିବା ଉଚିତ ନହେ। ଆପଣମାନେ ଆଶୀର୍ବାଦ କଲେ ଆମ୍ଭେ ଯାତ୍ରା କରିବୁଁ।" ଏହା

କହି ରଘୁନାଥ ସନ୍ୟାସିଦ୍ୱୟଙ୍କ ଚରଣରେ ସାଷ୍ଟାଙ୍ଗ ପ୍ରଣିପାତ ହୋଇ ସେମାନଙ୍କ ଆଶୀର୍ବାଦ ଘେନି କୁଦ ଉପରୁ ଅବତରଣ କଲେ। ସନ୍ୟାସିଦ୍ୱୟ ମଧ ରଘୁନାଥଙ୍କୁ ବିଦାୟ ଦେଇ ବୃକ୍ଷାନ୍ତରାଳରୁ ଗଲିପଡ଼ିଥିବା ଚନ୍ଦ୍ରଜ୍ୟୋତ୍ସ୍ନାରେ ଚିତ୍ରମୟ ଜଟିଆକୁଦର ଅଙ୍ଗରେ ରଙ୍ଗ ଦିଆଯାଇଥିବାର ଶୋଭା ଅନୁଧାବନ କରୁ କରୁ ଶୟନାଭିଲାଷରେ କୁଟୀରଭିମୁଖେ ଯାତ୍ରା କଲେ।

ତେଣେ ରଘୁନାଥ କୁଦ ଉପରୁ ଅବତରଣ କରି ନୌକାନିକଟରେ ପହୁଞ୍ଚିବା ସମୟକୁ ଅପର କ୍ରିଂଶତ୍‌ଜାଲିଆ ଆସି ସେଠାରେ ପହୁଞ୍ଚିଲା। ରଘୁନାଥ ସେମାନଙ୍କୁ କୂଲକୁ ଆସିବାକୁ ମନାକରି ତୀରରେ ବନ୍ଧାଥିବା ଜାଲିଆମାନ ଖୋଲିବାର ଆଦେଶ କଲେ। ଜାଲିଆମାନ ଏକେ ଏକେ ଖୋଲା ହୋଇ ଅପର ଜାଲିଆ ସହିତ ମିଲି ଗଲା। ଚାଲିଶ ଖଣ୍ଡ ଜାଲିଆର ଏକତ୍ର ମିଲନ ଦେଖି ରଘୁନାଥଙ୍କ ମନରେ ପ୍ରଭୂତ ଆନନ୍ଦ ଜାତ ହେଲା। ସ୍ୱୟଂ ନୌକା ଉପରକୁ ଯାଇ ନୌକା ଖୋଲାଇ ସମସ୍ତଙ୍କୁ ଏକସ୍ୱରରେ 'ମହାବୀର କି ଜୟ' ଘୋଷଣା କରି ଆହୁଲା ଭିଡ଼ିବାର ଆଦେଶ କଲେ। ସଙ୍ଗେ ସଙ୍ଗେ ତୁମୁଲ ନିନିଦରେ ଗଭୀର ନିଶୀଥରେ ନଦୀବକ୍ଷରେ 'ଜୟ ମହାବୀର କି ଜୟ' ଶବ୍ଦ ଉଥ୍ୟତ ହୋଇ ଦଶକ୍ରୋଶ କଣ୍ପାଇ ଦେଲା ଏବଂ ସଙ୍ଗେ ସଙ୍ଗେ ମହାନଦୀର ଜଲ ଆଶ୍ରୟକରି ରଘୁନାଥ ଦଲବଲ ଘେନି ଉଡ଼ିଗଲେ।

ବିଂଶ ପରିଚ୍ଛେଦ

ଲାଲବାଗ

ଦେଖୁ ଦେଖୁ ଜାଲିଆମାନ ତାଲଦଣ୍ଡା ପାରି ହୋଇ ସେଠାରୁ ମହାନଦୀରୁ ବାହାରିଥିବା ଏକ ନିବିଡ଼ବନସଙ୍କୁଳ ପୟଃପ୍ରଣାଳୀରେ ଅନ୍ତର୍ହିତ ହୋଇଗଲେ। ସେ ନିବିଡ଼ ବନରେ ରଘୁନାଥଙ୍କ ଅନୁସରଣ କରି କିଛି ପ୍ରୟୋଜନ ନାହିଁ। ପାଠକେ! ଆସନ୍ତୁ କଟକର ଲାଲବାଗ କୋଠିରେ ସୁବାଦାରଙ୍କ ସହିତ ସାକ୍ଷାତ୍‌କରିବେ।

ଆଉ ରାତ୍ରି ନାହିଁ। ବିବିଧଘଟନାପୂର୍ଣ୍ଣ ଭୟଙ୍କର ପୌଷପୂର୍ଣ୍ଣିମାର ରାତି ପାହି ଦିନ ପ୍ରାୟ ଦୁଇପହରି ହୋଇଅଛି। ଲାଲବାଗ କୋଠି ତଳରେ କାଠଯୋଡ଼ୀ ନଦୀବକ୍ଷ ଯାହା ନିବିଡ଼ ତୁଷାରମୟ ହୋଇ ଅନନ୍ତ ସମୁଦ୍ରପ୍ରାୟ ଦେଖା ଯାଉଥିଲା ବର୍ତ୍ତମାନ ସୂର୍ଯ୍ୟଙ୍କ କୃପାରୁ କାଠଯୋଡ଼ୀ ବନ୍ଦିବାସରୁ ବିମୁକ୍ତା ହୋଇ ଅପାର ଆନନ୍ଦରେ ଗାନ କଲା ପ୍ରାୟ ନିଜମୂର୍ତ୍ତି ଦେଖାଇ କଳ କଳ ଶବ୍ଦରେ ବହି ଯାଉଅଛି। ଉପରେ ପ୍ରକାଣ୍ଡ ପ୍ରାସାଦ। ତହିଁ ନିକଟରେ ବିସ୍ତୃତ ପ୍ରସ୍ତରନିୟ ଚଟାଣ। ସେ ପ୍ରାସାଦ ଏବେ ନାହିଁ। ତହିଁ ବଦଳରେ ନୂତନ ପ୍ରଣାଳୀରେ ନୂତନ କୋଠି ନିର୍ମିତ ହୋଇ ବର୍ତ୍ତମାନ ଇଂରାଜଙ୍କର ପ୍ରତିନିଧି କମିଶନର ସାହେବଙ୍କ ଆବାସଭୂମି ହୋଇଅଛି। ପୂର୍ବେ ପ୍ରକାଣ୍ଡ ଦେହୁଡ଼ୀ ନିକଟରେ ଦ୍ୱାରବାନଙ୍କର ଚୌକି ଦେବା ନିମିତ ଯେଉଁ ପ୍ରସ୍ତରମୟ ଦ୍ୱିତଳ ଗୃହ ଥିଲା ତାହା ସୁଦ୍ଧା ବହୁକାଳ ଭଗ୍ନାବଶେଷରୂପେ ସର୍ପସରୀସୃପର ଆବାସଭୂମି ହୋଇ ରହି ପଛକୁ ଚକ୍ଷୁଃଶୂଳ ହେବାରୁ ଦୃଷ୍ଟିପଥରୁ ଅନ୍ତର୍ହିତ ହୋଇଅଛି। ଯେଉଁ ଚଟାଣରେ ପୂର୍ବେ ସୁବାଦାରଙ୍କର ଅନ୍ତଃପୁରସ୍ଥ ଅଙ୍ଗନାମାନେ କ୍ରୀଡ଼ାସ୍ଥଳରେ ବିଚରଣ କରଥିଲେ ତହିଁରେ ଏବେ ପ୍ରାୟ କାହାରି ପଦାର୍ପଣ ହୁଅଇ ନାହିଁ। ପାଠକେ! ଆପଣମାନଙ୍କ ମଧ୍ୟରୁ ଅନେକେ ବର୍ତ୍ତମାନ କାକର ଲାଲବାଗ ଦେଖିଅଛନ୍ତି ଅବା ଦେଖୁଅଛନ୍ତି। ମାତ୍ର ଆୟେମାନେ ଯେଉଁ ସମୟରେ କଥା କହୁଅଛୁଁ ସେ ସମୟର ଶୋଭାର ଏକାଂଶମାତ୍ର ବର୍ତ୍ତମାନ ନାହିଁ। ମହାରାଷ୍ଟ୍ରୀୟମାନଙ୍କ କର୍ତ୍ତୃକ ତାହା ନିର୍ମିତ ହୋଇଥିଲା ଏବଂ ମହାରାଷ୍ଟ୍ରୀୟଧ୍ୱଜାର ପତନହେବା ସଙ୍ଗେ ସଙ୍ଗେ ତହିଁର ଗୌରବ ନଷ୍ଟ ହୋଇ

ଯାଇଅଛି। ଏକଶ୍ରେଣୀର ରାଜାଙ୍କ ଶାସନଦଣ୍ଡରୁ ଅନ୍ତର ହୋଇ ରାଜ୍ୟ ଅନ୍ୟଶ୍ରେଣୀର ରାଜାଙ୍କ ଶାସନଦଣ୍ଡାଧୀନ ହେଲେ ନବାଗତ ରାଜା ପୂର୍ବରାଜାଙ୍କର କୀର୍ତ୍ତିମାନ ବିଷନୟନରେ ଦେଖନ୍ତି। ଏବଂ ସେ ସବୁ କ୍ରମେ ଅନ୍ତର୍ହିତ ହୁଏ। ତେବେ ଯେ ସ୍ଥାନେ ସ୍ଥାନେ ପୁରାତନକୀର୍ତ୍ତି ବିଦ୍ୟମାନଥିବା ଦେଖାଯାଏ ତହିଁର ପ୍ରବଳ କାରଣମାନ ଅଛି। ଯାହା ହେଉ ଏହି ନିୟମ ଧୀନରେ ପଡ଼ି ଲାରବାଗର ପୂର୍ବଗୌରବର ଚିହ୍ନ ମାତ୍ର ବିଦ୍ୟମାନ ନାହିଁ। ଅତି ଅଳ୍ପକାଳ ପୂର୍ବେ ଉପରୋକ୍ତ ଦ୍ୱିତଳଗୃହ ଚିରଦିନ ନିର୍ମିତ ଲୋକଚକ୍ଷୁରୁ ଅପସାରିତ ହୋଇ ଅଛି। ଯେଉଁ ଠାରେ ଦ୍ୱାରବାନ୍‌ନିମିତ୍ତ ସୁନ୍ଦର ପ୍ରସ୍ତରମୟ ଦ୍ୱିତଳ ଗୃହ ନିର୍ମିତ ସେଠାରେ ଅଧିକାରପ୍ରାପ୍ତ ଲୋକର ବ୍ୟବହାର୍ଯ୍ୟ ଗୃହାଦି କେଡ଼େ ସୁନ୍ଦର ଏବଂ ମୂଲ୍ୟବାନ୍‌ହୋଇଥିବ ତାହା ସହଜରେ ଅନୁମାନ କରାଯାଇ ପାରେ। ତହିଁରେ ପୁଣି ମରହଟ୍ଟାମାନେ ସୁଖସେବୀ ଥାଇଁ ଆଡ଼ମ୍ବର ଦେଖାଇବାର ନିତାନ୍ତ ପକ୍ଷପାତୀ। ଏମନ୍ତ ସ୍ଥଳରେ ଲାଲ୍‌ବାଗରେ ଶୋଭା ଯେ ଅପୂର୍ବ ଥିଲା ବୋଲିବା ଅଧିକ।

କାଠଯୋଡ଼ୀ ନଦୀ ନରାଜଠାରେ ଇଂରାଜ ରଚିତ ଆନିକଟରୂପିଣୀ ବେଢ଼ି ପିନ୍ଧି ସୁଦ୍ଧା ଅଦ୍ୟାପି ଲାଲ୍‌ବାଗ ନିକଟରେ କେଶର-ଦଣ୍ଡ-କେତନ ଶିଳ୍ପ ନୈପୁଣ୍ୟର ପରାକାଷ୍ଠା-ପରିଲ୍କ୍ଷାପକ ପ୍ରସ୍ତର-ପାବଚ୍ଛ ନିକଟରେ ମସ୍ତକ ନୁଆଁଇଲା ପ୍ରାୟ ପ୍ରଭୂତଜଳ ରାଶୀକୃତ କରି ରଖିଅଛି; ମାତ୍ର ଆମ୍ଭେମାନେ ଯେଉଁ ସମୟର କଥା କହୁଅଛୁ ତେତେବେଳେ ନଦୀ ସ୍ୱାଧୀନା ଥାଇ ସୁନ୍ଦରଭାବରେ ଗତି ନିସ୍ତାର କରି ଲାଲ୍‌ବାଗର ପ୍ରସ୍ତର ପାବଚ୍ଛକୁ ଲଗାଇ ଯେଉଁ ଜଳଭଣ୍ଡାର ରଖି ସ୍ୱଭାବତଃ ନମ୍ରଶୀଳ ବୋଲି ପରିଚୟ ଦେଉଥିଲା ତାହା ସମଧିକ ଗଭୀର ଓ ପରିସର ଥିଲା ଏବଂ ତହିଁରେ ରାଜଭୋଗସେବିନୀ ଚାର୍ବଙ୍ଗୀ ମହାରାଷ୍ଟ୍ରୀୟା ରମଣୀବୃନ୍ଦ ସ୍ନାନାଦି କ୍ରିୟା ସମ୍ପନ୍ନ କରୁଥିବାରୁ କାଠଯୋଡ଼ି ଆହୁରି ପୁଲକିତ-କଲେବରା ଦିଶୁଥିଲା।

ରାଜସ୍ପର୍ଶରେ ସମସ୍ତେ କୃତାର୍ଥ ହୁଅନ୍ତି ଏବଂ ତହିଁରୁ କୃତଜ୍ଞତାର ଯେଉଁ ଆନନ୍ଦ ସମୁଦ୍ଭୂତ ହୁଏ ତାହା ବହୁମୂଲ୍ୟ। କାଠଯୋଡ଼ୀ ଯେ ରାଜସ୍ୱଶ୍ୟା ତହିଁରେ ସନ୍ଦେହ ନାହିଁ ଏବଂ ରାଜାର ସେବା କରୁଥିବାରୁ ତାହା ଚିରକାଳ ପ୍ରସନ୍ନା। ଏବେ ମଧ ଇଂରାଜରାଜାଙ୍କର ସେବା କରୁଅଛି, ମାତ୍ର ରାଜଜାତୀୟା ମହିଲାଙ୍କର ସ୍ନାନକ୍ରିୟା ଏଥିରେ ସମ୍ପନ୍ନ ହୁଅଇ ନାହିଁ। ମଧ ସ୍ୱାର୍ଥସାଧନର ଅଦମ୍ୟ-ପକ୍ଷପାତୀ ପ୍ରବଳପ୍ରତାପ ଇଂରାଜରାଜଙ୍କ କର୍ତ୍ତୃକ ପ୍ରଯୁକ୍ତ ବେଢ଼ି ପିନ୍ଧି ତାହାର ପ୍ରସନ୍ନ ବଦନ ମଳିନ ହୋଇ ଅଛି। ତଥାପି ରାଜସେବାନିରତା ଥିବାରୁ ହୃଦୟର ପ୍ରଫୁଲ୍ଲତା ଅଦ୍ୟାପି କେତେକ ପରିମାଣରେ ବିଦ୍ୟମାନ ଅଛି। ବାସ୍ତବରେ ଏବେ ସୁଦ୍ଧା କାଠଯୋଡ଼ୀ କୂଳରେ

ବିଶେଷତଃ ଲାଲବାଗଠାରେ ଠିଆ ହୋଇ ନଦୀ ଆଡ଼କୁ ଅନାଇଲେ ଅପୂର୍ବ ଚିତ୍ତ-ପ୍ରସାଦ ଜାତ ହୁଅଇ। ଅପରପାରସ୍ଥ ନୀରବଚ୍ଛିନ୍ନ ବୃକ୍ଷାବଳୀ ନଦୀତୀରକୁ ନୈସର୍ଗିକ ପ୍ରାଚୀରରେ ଆବଦ୍ଧ କରି ନିଜକୋମଳତାରେ ଏପାରିର କୃତ୍ରିମ ପ୍ରସ୍ତରମୟପ୍ରାଚୀରସ୍ବର୍ଦ୍ଧାକୁ ଉପହାସ କରୁଅଛି, ମାତ୍ର ସେ ଉପହାସରେ ପ୍ରସ୍ତର-ପ୍ରାଚୀର ଦମି ନ ଯାଇ ଆଢ଼ୁରି ସ୍ବର୍ଦ୍ଧାରେ ଦର୍ପ ପ୍ରକାଶ କରୁଅଛି। ପରପାରସ୍ଥ ନୈସର୍ଗିକ ପ୍ରାଚୀର ପଛକୁ ଦୂରସ୍ଥ ନୀଳପର୍ବତ ଆକାଶ ପର୍ଯ୍ୟନ୍ତ ମସ୍ତକ ଉନ୍ନତକରି ଶୋଭାର ମାତ୍ରା ବହୁଦୂର ବଢ଼ାଇଅଛି ଏବଂ ଏପାରିର ପ୍ରସ୍ତରପ୍ରାଚୀର ପଛକୁ ମନୁଷ୍ୟରୋପିତ ବୃକ୍ଷ ବଳୀ ଅପର ପାରୁ ପର୍ବତପ୍ରାୟ ଦେଖାଯାଇ ସେପାରିର ନୈସର୍ଗିକ ଶୋଭାକୁ ଉପହାସ କରି ବିଧ୍ୱସ୍ତମନୁଷ୍ୟ-କୌଶଳର ପରାକାଷ୍ଠା ବର୍ଣ୍ଣାଉଅଛି! ଅପରପାରିର ବୃକ୍ଷାବଳୀର ନିରବଚ୍ଛିନ୍ନତା ଭେଦ କରି ଯେପରି ସିକତାମୟୀ କୁଆଖ୍ୟା ପଡ଼ି ରହିଅଛି ଏପାରିର ବୃକ୍ଷାବଳୀର ନିରବଚ୍ଛିନ୍ନତା ନଷ୍ଟକରି ସେପରି ଧବଳମୟ ମହାରାଷ୍ଟ୍ରୀୟ ଲାଲବାଗ-ପ୍ରାସାଦ ମସ୍ତକୋତ୍ତୋଳନ କରି ବିରାଜିତ ରହିଅଛି। ଲାଲବାଗଠାରେ ଠିଆହୋଇ ପଶ୍ଚିମକୁ ଅନାଇଲେ ଧବଳେଶ୍ୱର ମହାଦେବଙ୍କ ଧବଳ ମନ୍ଦିର ନୀଳପର୍ବତ ଉପରେ ପ୍ରତିଷ୍ଠିତ ଥାଇଁ ବତିଘରର ଶୋଭା ଧାରଣକରି ନାବିକମାନଙ୍କୁ ପ୍ରତିକ୍ଷଣ ଇଙ୍ଗିତ କରୁଥିବା ଦେଖାଯିବ ଏବଂ ପୂର୍ବକୁ ଅନାଇଲେ ଦୂରସ୍ଥ ଉପବନ ନଦୀ ମଧ୍ୟକୁ ଆସି ନଦୀର ଗତିରୋଧ କରି ନିଜ ପରାକ୍ରମର ସ୍ବର୍ଦ୍ଧା କରୁଥିବା ଦୃଷ୍ଟିଗୋଚର ହେବ। ଏହିରୂପେ କାଠଯୋଡ଼ିଟି ଲାଲବାଗଠାରେ ଦେଖିବାକୁ ବଡ଼ ସୁନ୍ଦର ଦିଶେ ଏବଂ ତହିଁ ସଙ୍ଗେ ପବିତ୍ରହୃଦୟା ମାତାର ଗର୍ଭରୁ ଅମୃତମୟୀ କନ୍ୟା ଜାତହେଲା ପ୍ରାୟ ପୂତସଲିଳା ମହାନଦୀରୁ ଅମୃତଧାରାବାହିନୀ କାଠଯୋଡ଼ୀ ଜାତହେବା ମନେ ପଡ଼ିଲେ ଅଚିରେ ଚତୁର୍ଗୁଣ ବୋଲି ଅନୁଭୂତ ହୁଏ। ବାସ୍ତବରେ କାଠଯୋଡ଼ୀର ଜଳ ଅତିମିଷ୍ଟ ଏବଂ ଗୁଣ ଯେପରି ରମଣୀର ସୌନ୍ଦର୍ଯ୍ୟ ବୃଦ୍ଧି କରେ ଏହା ଯେ ତଦ୍ରୂପ କାଠଯୋଡ଼ୀର ସୌନ୍ଦର୍ଯ୍ୟ ବୃଦ୍ଧି କରିବ ଏଥିରେ ସନ୍ଦେହ କି ଅଛି?

ଏଭଳି କାଠଯୋଡ଼ୀକୂଳରେ ଲାଲବାଗ-ପ୍ରାସାଦ ଅବସ୍ଥିତ ଥାଇ ମାତୃକ୍ରୋଡ଼ାବସ୍ଥିତ ପୁତ୍ର ଦର୍ପ ପ୍ରକାଶ ପୂର୍ବକ ମସ୍ତକୋତ୍ତୋଳନ କରି ରହିଅଛି। ପାରିଲେ ଗଗନ ଫୁଟାଇ ଦିଅନ୍ତା ମାତ୍ର ତାହା କରିପାରୁ ନାହିଁ ବୋଲି ନିସ୍ତେଜ ହୋଇ ବରଂ କୁପତି ଚୁଦ୍ଧବୀର୍ଯ୍ୟ-ସର୍ପ ଶୋଭା ପାଉଅଛି। ବୀର୍ଯ୍ୟ ନାହିଁ ବୋଲି କେହି କହି ପାରିବ ନାହିଁ, ସେ ତ ଅମିତତେଜା ମହାରାଷ୍ଟ୍ରୀୟ ରାଜପ୍ରତିନିଧିଙ୍କ ଆବାସ ଭୂମି ହୋଇଅଛି!---ତାହାକୁ ପାଏ କିଏ?

ପାଠକେ! ଏହି ଲାଲବାଗ କୋଠିଆରେ ମହାରାଷ୍ଟ୍ରୀୟ ରାଜପ୍ରତିନିଧ୍ୱ ସୁବାଦାର ଶମ୍ଭୁଜୀ ଗଣେଶ ଅଧ୍ୱିକାର ବସାଇ ଅଛନ୍ତି। ଆମ୍ଭେ ଆପଣମାନଙ୍କୁ ପୂର୍ବେ କହିଅଛୁଁ ଏ ମହାଶୟ ଅତ୍ୟନ୍ତ ପ୍ରଜାକଣ୍ଟକ ଶାସନକର୍ତ୍ତା ଥିଲେ ଏବଂ ଓଡ଼ିଶାକୁ ସୁବାଦାର ହୋଇ ଆସିବା ସଙ୍ଗେ ସଙ୍ଗେ ନାନାପ୍ରକାର କରମାନଙ୍କର ପ୍ରଚଳନ ଏବଂ ନଷ୍ଟର ଭୂମିକୁ ସକର କରି ଲୋକମାନଙ୍କୁ ଲଣ୍ଡଭଣ୍ଡ କରିଥିଲେ। ଏଭଳି ରାଜାଙ୍କ ରାଜ୍ୟର ଯେପରି ଦଶା ହୁଏ ଶମ୍ଭୁଜୀ ଗଣେଶଙ୍କ ଅମଲରେ ଦେଶର ଦଶା ଠିକ୍ସେହିପରି ହୋଇଥିଲା, ମାତ୍ର ତାହା ଶୁଣିବାକୁ କେହି ନାହିଁ। ସୁବାଦାର କରବୃଦ୍ଧିର ବିବରଣ ଛଡ଼ା ଅନ୍ୟ କିଛି ଶୁଣିବାକୁ କାନ ଡେରନ୍ତି ନାହିଁ ଏବଂ ମୁନିବର ଗୁଣ ଜାଣି ଭୃତ୍ୟ ଅମଲାମାନେ ଅନ୍ୟକିଛି ଶୁଣାନ୍ତି ନାହିଁ। ସୁତରାଂ ଦେଶ ଲୋକଙ୍କ ଦୁର୍ଦ୍ଦଶାର ସୀମା ରହିଲା ନାହିଁ ଏବଂ ନାନାପ୍ରକାର ଇତିଭୟ ଆସି ଦେଶରେ ଉପସ୍ଥିତ ହୋଇ ଲୋକଙ୍କୁ ଲଣ୍ଡଭଣ୍ଡ କଲା।

ପୌଷପୂର୍ଣ୍ଣିମାର ରାତ୍ରି ଶେଷ ହୋଇଅଛି। ବର୍ତ୍ତମାନ ଦିନ ଦୁଇଘଡ଼ି। ସୂର୍ଯ୍ୟ ଏହିମାତ୍ର ତୁଷାରାବରଣ ଭେଦ କରି ପୃଥିବୀରେ ମୁଖ ଦେଖାଇ ଅଛନ୍ତି। ସୁବାଦର ର ଶମ୍ଭୁଜୀ ଗଣେଶ ଲାଲବାଗ କଟେରୀଠାରେ ତକିଆ ଲଗାଇ ଗାଲିଚା ବିଛଣାରେ ଚକା ପକାଇ ବସିଅଛନ୍ତି। କପାଳରେ ଚନ୍ଦନଟିପା ମୁଖଶ୍ରୀ ଉଜ୍ଜ୍ଵଳକରି ରହିଅଛି। ମାତ୍ର ଆକାଶରେ ଚନ୍ଦ୍ର ଥାଇ ଯେରୂପ ଶୀତଳ କିରଣଜାଳରେ ଲୋକଙ୍କୁ ଆହ୍ଲାଦିତ କରନ୍ତି ଏ ସେପରି ନୁହେ, ଲୋକେ ଏହି ଚନ୍ଦନଟିପାକୁ ଦେଖି ଭୀତ ହୁଅନ୍ତି। ସେମାନେ କହନ୍ତି "ଏ ଟିପା ଦୀବ୍ୟ ରୂପରେ ଉପସ୍ଥିତ ହୋଇଛି, ଓଡ଼ିଶା ଭସ୍ମୀଭୂତ ନ କରି ଯିବ ନାହିଁ!"

କଟେରୀଘରେ ସୁବାଦାରଙ୍କ ଗାଲିଚା ବିଛଣା ଛଡ଼ା ଆଉ ଖଣ୍ଡିଏ ଶତରଞ୍ଜି ପଡ଼ିଅଛି। ତହିଁରେ ଚୌଧୁରୀ ବସନ୍ତି। ତହିଁ ନିକଟରେ ଲମ୍ବହୋଇ ଦୁଇଗୋଟା ମସିଣା ବିଛାଯାଇ ଅଛି। ଏଥିରେ ଅମଲାମାନେ ବସି ଲେଖାପଢ଼ି କରନ୍ତି ଏବଂ କ୍ଷୁଦ୍ର ୨ ଚାରିଗୋଟି ମାଞ୍ଜିଆ ନିକଟରେ ରକ୍ଷିତ ହୋଇ ଅଛି ଯେ ଆବଶ୍ୟକମତେ ସୁବାଦାର ତହିଁ ଉପରେ ବସି ଆଳସ୍ୟ ମେଣ୍ଟନ କରନ୍ତି। ମାଞ୍ଜିଆ ପଛକୁ କାଠର ଭାଡ଼ି ଗୋଟାଏ ଅଛି। ତହିଁରେ ଅଯତ୍ନଭାବରେ ତାଲପତ୍ରବିଦ୍ୟାମାନ ଗଦା ହୋଇ ଅଛି। ଉପକରଣ ମଧ୍ୟରେ ଏତିକି। ଏଥିରେ ଇଂରାଜଙ୍କ କଟେରୀର ଆଡ଼ମ୍ବରର ଏକ ଅଣାମାତ୍ର ଦେଖିବେ ନାହିଁ। ଯେପରି ଆଡ଼ମ୍ବରର ଏକଅଣା ମାତ୍ର ନାହିଁ ସେହିପରି ବିଚାରପଦ୍ଧତିର ଏକଅଣା ମାତ୍ର ନାହିଁ। ଥିବା ମଧ୍ୟରେ ପ୍ରଜାକଣ୍ଟକବ୍ୟଗୁଣ ଅଛି ଏବଂ ସେହି ହେତୁରୁ ପ୍ରପୀଡ଼ିତ ପ୍ରଜାଏ ଲଣ୍ଡଭଣ୍ଡ ହୋଇ ଶୀତ ନ ମାନି ଗୁହାରି କରିବାକୁ ଆସି କଟେରୀ ଜମାଇ ଦେଇ ଅଛନ୍ତି।

ଆଜିକାଲି ପରି କୋଟଫିସ ଦିଆ ଆବେଦନପତ୍ର ତେତେବେଳେ ପ୍ରଚଳନ ନ ଥିଲା। ଆବେଦନକାରିମାନେ ଚୌଧୁରୀଠାରୁ ଚପରାସୀ ପର୍ଯ୍ୟନ୍ତ ସମସ୍ତଙ୍କୁ ଅଳ୍ପ ବହୁତ ସନ୍ତୁଷ୍ଟ କରି ତଣ୍ଡିଆ ଖାଇ ବାହୁଡୁଥିଲେ। ଭାଗ୍ୟକ୍ରମେ ଯାହା ଉପରେ ସୁବାଦାର ପ୍ରସନ୍ନ ହେଉଥିଲେ ସେହି କେବଳ କିଞ୍ଚିତ୍‌ପ୍ରତିକାର ପାଇ ଆପଣାକୁ ବହୁଭାଗ୍ୟବାନ୍‌ମନେ କରି ଘରକୁ ବାହୁଡୁ ଥିଲା। ତଥାପି ସୁବାଦାରଙ୍କ ଭେଟିଟା ଊଣା ହୁଏ ନାହିଁ। ଅପର ଅମଲାଏ ଲୁଚାଇ ଚୋରାଇ ଲାଞ୍ଚ ନିଅନ୍ତି, ମାତ୍ର ସୁବାଦାର ଲୋକଙ୍କଠାରୁ ଅଧିକ ମୁଦ୍ରା ଭେଟିସ୍ୱରୂପ ପ୍ରକାଶ୍ୟଭାବରେ ନେଇ ଗର୍ଭରେ ପକାଇ ଦିଅନ୍ତି। ସ୍ୱର୍ଗକୁ ନିଶୁଣି ନ ଥିଲା ପ୍ରାୟ ବଡ଼ ଲୋକଙ୍କୁ ଉତର ନାହିଁ।

ଏହିରୂପେ ସୁବାଦାର କଚେରୀ କରୁଅଛନ୍ତି। ଅନେକ ଲୋକେ ଦୂର ଦେଶରୁ ହାରିଗୁହାରି କରିବା କାରଣ କଚେରୀ ନିକଟରେ ଉପସ୍ଥିତ ଅଛନ୍ତି ମାତ୍ର ସେମାନଙ୍କୁ ଏପର୍ଯ୍ୟନ୍ତ ଡକରା ପଡ଼ି ନାହିଁ। କଚେରୀ ଘର ମଧ୍ୟରେ ରାଧାଗୋବିନ୍ଦ ଚୌଧୁରୀ ସୁବାଦାରଙ୍କ ନିକଟବର୍ତ୍ତୀ ଚୌଧୁରିଙ୍କ ଆସନରେ ବସି ବସ୍ତାନି ଫିଟାଇ କି କାଗଜ ଦେଖୁଅଛନ୍ତି ଏବଂ ଅମଲାମାନେ ଅଦୂରରେ ଉପବେଶନ କରି ଲୌହମୟୀ ଲେଖନୀରେ ତାଳପତ୍ରରେ ଅନର୍ଗଳ ଲେଖ୍ୟ ଯାଉ ଅଛନ୍ତି। ବାହାରେ ଲୋକମାନେ ଟିକିଏ ଉଙ୍କରି କଥାବାର୍ତ୍ତା କଲେ ତଢ୍‌ଣ୍ଡେ ପ୍ରହରିମାନେ ବେତ୍ରଦଣ୍ଡରେ ସେମାନଙ୍କୁ ଦଣ୍ଡିତ କରୁ ଅଛନ୍ତି ଏବଂ ଚୌଧୁରୀ ଓ ଅମଲାଙ୍କର ଲୋକମାନେ ମଧ୍ୟ ବାହାରେ ଥାଇଁ ଆବେଦନ କରିବାକୁ ଆସିଥିବା ଲୋକମାନଙ୍କଠାରୁ ଆପଣାର ପଣକ ସାଧ୍ୟ ନେଉ ଅଛନ୍ତି। ଏହିରୂପେ କଚେରୀ ଲାଗି ଅଛି ଏମନ୍ତ ସମୟରେ ସୁବାଦାର ଚୌଧୁରିଙ୍କୁ ପଚାରିଲେ 'ତୁମ୍ଭକୁ ଆମ୍ଭେ ଯେଉଁ କାଗଜ ପ୍ରସ୍ତୁତ କରିବାକୁ କହିଥିଲୁଁ ତାହା ହେଲା କି ନାହିଁ?'

ଚୌଧୁରୀ ଉତର କଲେ 'ଅବଧାନ, କାଗଜ ପ୍ରସ୍ତୁତ ଅଛି।'

ଏହା କହନ୍ତେ ସୁବାଦାର ତାଙ୍କୁ କାଗଜ ଶୁଣାଇବାକୁ ଆଦେଶ କଲେ। କାଗଜଟି ଯୋଡ଼ାଯୋଡ଼ି ହୋଇ ଲମ୍ବରେ ପାଞ୍ଚିହାତ ହୋଇଅଛି। ତହିଁରେ ଦେଶରେ ଯେତେମାଣ ଭୂମିଅଛି ତହିଁର ବିଶେଷ ବିବରଣ ଓ ତହିଁ ମଧ୍ୟରୁ କେତେ ବ୍ରହ୍ମସ୍ୱ, କେତେ ଦେବସ୍ୱ କେତେ ଜାଗିରି ଇତ୍ୟାଦି ସମୁଦାୟ ବିଷୟ ତନ୍ତ୍ର ତନ୍ତ୍ର ହୋଇ ଲେଖା ହୋଇ ଅଛି ଏବଂ ସେହି ଭୂମିମାନଙ୍କ ମଧ୍ୟରୁ କେତେ ଭୂମିରେ କର ବସି ଅବଶିଷ୍ଟ କେତେ ଭୂମି କେଉଁଠାରେ ନିଷ୍କରରୂପେ ରହିଅଛି ତାହା ମଧ୍ୟ ଲେଖାଅଛି। ରାଧାଗୋବିନ୍ଦ ଚୌଧୁରୀ ଏ ସବୁ ପଢ଼ିଯାଇ କାଗଜର ଶେଷଭାଗକୁ ଦେଶର ଅବସ୍ଥା ସମ୍ବନ୍ଧରେ ଯେଉଁ ଟିକିକ ଲେଖାଅଛି ତାହା ପଢ଼ିବାକୁ ଯାଉଥିଲେ ଏମନ୍ତ ସମୟରେ

ପ୍ରହରୀ ଆସି ଜଣାଇଲା ଯେ ନବଗ୍ରାମଆଡ଼ୁ ଜଣେ ଲୋକ ବିଶେଷ ବ୍ୟଗ୍ର ହୋଇ ସୁବାଦାରଙ୍କ ସହିତ ସାକ୍ଷାତ୍‌କରିବାକୁ ଆସିଅଛି। ସୁବାଦାର ସେ ଲୋକକୁ କଚେରୀଭିତରକୁ ଆଣିବାକୁ ଆଦେଶ କରନ୍ତେ ପ୍ରହରୀ ତତ୍‌କ୍ଷଣାତ୍ ତାହାକୁ ଇଙ୍ଗିତ କଲା ଏବଂ ସେତ ଦୁଆର ଠିଆ ହୋଇ ଝାଙ୍କୁଥିଲା, ଇଙ୍ଗିତପ୍ରାପ୍ତି ମାତ୍ରକେ ସୁବାଦାରଙ୍କ ସମ୍ମୁଖରେ ଉପସ୍ଥିତ ହେଲା। ସୁବାଦାର କାଗଜ ପାଠ ଶେଷ ହେବା ପଯ୍ୟନ୍ତ ଠିଆହେବା କାରଣ ତାହାକୁ କହି କାଗଜର ଅବାଶିଷ୍ଟ ଭାଗ ପଢ଼ିବାକୁ ଚୌଧୁରିଙ୍କୁ ଆଦେଶ କଲେ। ଚୌଧୁରୀ ପଢ଼ିଲେ 'ଇନ୍ଦ୍ର ଯେପରି ସଚରାଚର ପାଲିଥାନ୍ତି ସେହିପରି ଏବର୍ଷ ଦେଶକୁ ପାଲି ଅଛନ୍ତି। ଲୋକଙ୍କର କୌଣସି ଅଭାବ ନାହିଁ। ପ୍ରଚୁର ଧାନ୍ୟ ଫସଲ ଉପ୍ନ୍ନ କରି ଲୋକେ ନିଶ୍ଚିନ୍ତ ହୋଇ ରହି ଅଛନ୍ତି ଏବଂ ଅନ୍ୟାନ୍ୟ ବର୍ଷ ଯେପରି ଧାନ କାଟି ଅମଳ କରିବାକୁ ଅଧିକ ଦିନ ଗତ ହୁଏ ଏବର୍ଷ ସେପରି ନ ହୋଇ ଲୋକେ ତତ୍ପର ହୋଇ ଧାନ୍ୟ କଟାକଟି କରି ଅମଳ ଶେଷ କରି ଅଛନ୍ତି। ଏଥିରୁ ସ୍ପଷ୍ଟ ଦେଖାଯାଏ ଲୋକେ ଆଳସ୍ୟ ପରିତ୍ୟାଗ କରି ଆପଣା ସମ୍ପତ୍ତି ରକ୍ଷା କରିବାରେ ବିଶେଷ ଯତ୍ନବାନ ହୋଇ ଅଛନ୍ତି। ଏହାଠାରୁ ଆଉ ସୁଖର ବିଷୟ କି ଅଛି?'

ସୁବଦାର ଏ ରିପୋଟ ଶୁଣି ପରମ ସନ୍ତୁଷ୍ଟ ହୋଇ ତହିଁରେ ନିଖର ଭୂମିମାନ ଆଉ କେତେ ସକର ହୋଇ ପାରେ ପନ୍ଦରଦିନ ମଧ୍ୟରେ ଜଣାଇବା କାରଣ ଚୌଧୁରିଙ୍କ ଆଦେଶ କରି କହିଲେ 'ଚୌଧୁରି! ତୁମ୍ଭରି ଯୋଗ୍ୟତାରେ ମହାରାଷ୍ଟ୍ରୀୟ ଶାସନ ଆଖଣ୍ଡିତ ହୋଇ ରହିଛି ଏବଂ ଦେଶର ରାଜସ୍ୱ ଚତୁର୍ଗୁଣ ହୋଇ ଥିବାରୁ ଆମ୍ଭେ ଯେ ନାଗପୁର ଭୌଁ ସଲାଙ୍କ ଠାରୁ ପ୍ରଶଂସାପତ୍ର ପାଇଛୁ ତହିଁର ନିଦାନ ତୁମ୍ଭେ। ତୁମ୍ଭେ ଯଦି ବର୍ତ୍ତମାନ୍‌ନିଖର ଥିବାଭୂମି ଅର୍ଦ୍ଧେକରୁ ଅଧିକ ସକର ଏବଂ ଜାଗୀରି ଭୂମି ବାରପଣରୁ ଅଧିକ କରୋପଯୋଗୀ କରିଦିଅ ତାହା ହେଲେ ତୁମ୍ଭର ବେତନ ଦ୍ୱିଗୁଣ କରିଦେବୁଁ।'

ସୁବାଦାରଙ୍କ ସନ୍ତୋଷର ଚିହ୍ନ ପାଇ ଚୌଧୁରୀ ଆନନ୍ଦରେ ଭୋଳ ହୋଇ ଗଲେ ଏବଂ କହିଲେ 'ମହାରାଜ, ଏ ସାମାନ୍ୟ କଥା। ଆମ୍ଭେ କାଲି ଏଠାରୁ ବାହାରି ଦେଶ ଦେଶ ବୁଲି ଠିକ୍‌କରି ଦେବୁଁ।

ଆଗନ୍ତୁକ ପ୍ରଥମେ ସୁବାଦାରଙ୍କ ଆଦେଶ ପାଇ ଠିଆହୋଇ ଥିଲା। ଚୌଧୁରୀ ଯାହା ପଢ଼ିଲେ ତାହା ଶୁଣି ତାହା ମନରେ ଭୟାନକ କ୍ରୋଧ ଜାତ ହେଲା। ସେ ଜାଣେ ଦେଶରେ ଦୁର୍ଭିକ୍ଷ ଉପସ୍ଥିତ ହୋଇଅଛି। ପ୍ରଥମେ ଅତିବୃଷ୍ଟି ହୋଇ ଧାନଗଜାମାନ ଧୋଇହୋଇ ଗଲା ଏବଂ ପଛକୁ ଚାଣଖରା ହୋଇ ବୃଷ୍ଟି ଅଭାବରୁ ଶସ୍ୟ ନଷ୍ଟ

ହୋଇଅଛି। ବିଆଳୀ ଫସଲ ଭଲ ଉଠି ନ ଥିବାରୁ ଲୋକେ ଭୋକଶୋଷରେ ଶାରଦକୁ ଅନାଇ ରହିଥିଲେ, ମାତ୍ର ଇନ୍ଦ୍ରଦେବ ଲୋକଙ୍କର ସୁଖ ରଖିଲେ ନାହିଁ। ସେ ବାରିଦାନରେ କୃପଣ ହୋଇ ନୀରବ ହୁଅନ୍ତେ ସୂର୍ଯ୍ୟଦେବ ପ୍ରଖର ରଶ୍ମି ବିତରଣ କରି ସମୂଳେ ଶସ୍ୟ ନଷ୍ଟକଲେ-ଧାନ ଆଣିବା ତେଣିକି ଥାଉ କୁଟା କେରାଏ ବିଲରେ ମିଳିଲା ନାହିଁ। ଲୋକେ ବ୍ୟାକୁଳ ହୋଇ ଲୋତକ ତ୍ୟାଗ କରୁ କରୁ କ୍ଷେତ୍ରକୁ ଯାଇ ଧାନଗଛମାନ ଝୋଟ ପ୍ରାୟ ହୋଇ ଥିବାର ଦେଖି ଚେତନାଶୂନ୍ୟ ହୋଇଗଲେ ଏବଂ ପରକ୍ଷଣରେ ଚେତନା ପାଇ ବିଲରେ ଶୁଷ୍କତୃଣାଦି ଯାହା ଥିଲା କାଟିଆଣି ଗଦାକଲେ ଯେ ସୁବାଦାରଙ୍କ ଛାମୁରେ ଗୁହାରି କରି କେହି ସ୍ଥାନୀୟ ତଦନ୍ତ କରିବାକୁ ଆସିଲେ ତାହାକୁ ଦେଖାଇବେ।

ଦେଶର ଏ ଅବସ୍ଥାକୁ ଚୌଧୁରିଙ୍କର ସେଭଳି ବିବରଣ ଶୁଣି କାହା ମନରେ କ୍ରୋଧଜାତ ନ ହେବ? ପାଠକେ, ଏଥିରେ ଆପଣମାନେ ବୋଧହୁଏ କିଛି ଆଶ୍ଚର୍ଯ୍ୟ ହେଉ ନାହାନ୍ତି। ଆଶ୍ଚର୍ଯ୍ୟ ନ ହେବାର କଥା-ଏବେ ମଧ ଦେଶରେ ଦୁର୍ଭିକ୍ଷ ପଡ଼ିଲେ ସଭ୍ୟଚୂଡ଼ାମଣି ଇଂରାଜଗବର୍ଣ୍ଣମେଣ୍ଟଙ୍କ ସମୀପକୁ ସ୍ଥାନୀୟ କର୍ମଚାରିମାନେ ବେଳେ ବେଳେ ଦେଶର ଅବସ୍ଥା ସ୍ୱଚ୍ଛଳ ଥିବାର ଅକାତରେ ଜଣାଉ ଥିବାସ୍ତେ ତାଙ୍କଠାରୁ ଶତଗୁଣେ ନ୍ୟୁନ ମହାରାଷ୍ଟ୍ରୀୟଙ୍କ ନାନଦୋଷପୂର୍ଣ୍ଣ ଶାସନ ସମୟରେ ନିତାନ୍ତ ସ୍ୱାର୍ଥପର ହାକିମ-ମାନୋରକ୍ଷାକାରି-କର୍ମଚାରିଙ୍କ ଦ୍ୱାରା ଏ ଭଳି ଘଟନା ହେବା କିଛି ବିଚିତ୍ର ନୁହଇ।--- ବିଚିତ୍ର ନ ହେଉ, କ୍ରୋଧ ତ ସ୍ୱଭାବତଃ ଜାତ ହେବ! ସୁତରାଂ ଆଗନ୍ତୁକମନରେ ସ୍ୱଭାବତଃ କ୍ରୋଧ ଜାତ ହୋଇ ଥିଲା, ମାତ୍ର ସେ ଆଗରୁ ଚୌଧୁରିଙ୍କ ସ୍ୱଭାବ ଉଚିତମରୂପେ ଅବଗତ ଥିଲା ମଧ ସୁବାଦାରଙ୍କ ଚରିତ୍ର ଓ ତାଙ୍କଠାରେ ଅମଲାମାନେ ଦେଶର ଅବସ୍ଥା କିରୂପେ ଜଣାଣ କରୁଥିଲେ ତହିଁର ସୁଧା ସନ୍ଧାନ ରଖିଥିଲା। ଆଉ ଅଧିକ ସମ୍ଭାଳି ନ ପାରି କ୍ରୋଧର ବେଗ ଯେତେଦୂର ପାରେ ମନରେ ମାରି ସୁବାଦାରଙ୍କୁ କରପୁଟ ଯୋଡ଼ି କହିଲା 'ମହାରାଜ! ଦୋଷ କ୍ଷମା ହେବତ ଅଧୀନର ଗୋଟିଏ ଗୁହାରି ଅଛି—ନିବେଦନ କରିବ'।

ସୁବାଦାର ଚୌଧୁରିଙ୍କ ସଙ୍ଗେ କଥାବାର୍ତ୍ତା ଶେଷକରି ଥରେ ଅଗନ୍ତୁକ ଆଡ଼କୁ ଅନାଇ ତାହାର କ୍ରୋଧ ବିସ୍ଫାରିତ ଲୋଚନ ପ୍ରତ୍ୟକ୍ଷ କରି ଥିଲେ, ମାତ୍ର ଲୋକଟି କି ସକାଶେ ବ୍ୟଗ୍ର ହୋଇ ଆସିଅଛି ତାହା ଜାଣିବାକୁ କୌତୁହଲାକ୍ରାନ୍ତ ହୋଇ ଏପର୍ଯ୍ୟନ୍ତ କିଛି କହି ନ ଥିଲେ ଏବଂ ଯେ ସମୟରେ ଆଗମନର କାରଣ ପଚାରିବାକୁ ଯାଉଥିଲେ ଠିକ୍‍ସେହି ସମୟରେ ଆଗନ୍ତୁକ କଥା କହିବାରୁ ତାହାକୁ ବକ୍ତବ୍ୟ ପ୍ରକାଶ କରିବା କାରଣ ଇଙ୍ଗିତ କରି କହିଲେ 'କହ କି ଗୁହାରି'?

ଆଗନ୍ତୁକ ସୁବାଦାରଙ୍କ ଠାରୁ ଏହିରୂପେ ଅନୁମତି ପ୍ରାପ୍ତହୋଇ ପିଠିର ବୋକର ଖସାଇ ଭୂମିରେ ରଖ୍ ଖୋଲିବାକୁ ଆରମ୍ଭ କଲା। ଏହା ଦେଖ୍ ସୁବାଦାରଙ୍କ ମନରେ ଅପୂର୍ବ ଆନନ୍ଦ ଜାତ ହେଲା। ବୋକାଚାଟି ବଡ଼। ଏଡ଼େବଡ଼ ବୋକଚାରୁ ଅବଶ୍ୟ ବଡ଼ଭେଟି ବାହାରିବ। ଭେଟିଖୋର ଲୋକଙ୍କ ପକ୍ଷେ ଏହାଠାରୁ ବଳି ଆନନ୍ଦର ବିଷୟ କିଛି ନାହିଁ। ସୁବଦାର ବଡ଼ଭେଟିର ଆଶାରେ ବଡ଼ ଆନନ୍ଦିତ ହୋଇ ନିର୍ଲୋଭତା ଦେଖାଇବ ଛଳନାରେ କହିଲେ 'କହ ଗୁହାରି କି ଅଛି—ଭେଟି ଦେବ, ଏତେ ବ୍ୟସ୍ତ କାହିଁକି?' ଏ କଥାରେ ଆଗନ୍ତୁକ ଯାହା ବୋକଟା ଖୋଲୁଥିଲା ତହିଁର, ନିରସ୍ତ ହୋଇ କୃତାଞ୍ଜଳିପୁଟରେ ନିବେଦନ କଲା, 'ମହାରାଜ, ମୋଛାର ଛାମୁରେ ଅବା କି ଭେଟିବ!' ଏହାକହି ଆପଣା ଶରୀରକୁ ଦେଖାଇ ପୂର୍ବବତ୍‌କୃତାଞ୍ଜଳିପୁଟରେ କହିଲା 'ଛାମୁରୁ ମୋହର ଶରୀର ଦେଖନ୍ତୁ। ଶରୀରର ବଳ ହେତୁରୁ ଦାସ ଖାଡ଼ଙ୍ଗା ବୋଲି ମୋର ନାମ ଦଶଖଣ୍ଡି ଗ୍ରାମରେ ବାଜୁଥିଲା। ଏବେ ଖାଇବାକୁ ନ ପାଇ ମୋର ଶରୀରର ଚତୁର୍ଥାଂଶ ନାହିଁ। ଗହଣାଗାଣ୍ଠି ଜିନିଷପତ୍ର ସବୁ ବିକା ସଇଲାଣି। ଦେହ ଥିଲାକୁ ଛାମୁରେ ଗୁହାରି କରିବାକୁ ଆସିଛି—ଛାମୁ ମାଇଲେ ମାରନ୍ତୁ, ରଖିଲେ ରଖନ୍ତୁ।—-ଯାହା ଆଣିଛି ଛାମୁରେ ଭେଟିବି'।

ଏହା କହି ଆଗନ୍ତୁକ ଗଣ୍ଠିରି ଖୋଲିବାକୁ ଉଦ୍ୟତ ହୋଇ ପୁନର୍ବାର ଗଣ୍ଠିରିରେ ହାତ ଦେଲା। ଆଗନ୍ତୁକର ଶରୀର ଦେଖିଲେ ଯେ ସେ ଅନାହାରକ୍ଲିଷ୍ଟ ଏଥିରେ ସନ୍ଦେହ ରହିବ ନାହିଁ। ପଞ୍ଜରାହାଡ଼ ଗୋଟି ଗୋଟି ହୋଇ ଗଣା ଯାଉଅଛି ଏବଂ ପେଟରେ କଳାରାଶିମାନ ଗୋଞ୍ଛା ଗୋଞ୍ଛା ହୋଇ ବାହାରି ଭାଗ୍ୟରେ କାଳି ପଡ଼ିଥିବାର ଜଣାଇ ଦେଉଅଛି। ବକ୍ଷଃସ୍ଥ ଚର୍ମ ଲୋଲ ହୋଇଯାଇ ସୂର୍ଯ୍ୟତେଜ ବିଗଳିତାବଶେଷ ବରଫାବୃତ ଗିରିଖଣ୍ଡ ପ୍ରାୟ କଦର୍ଯ୍ୟ ଦିଶୁଅଛି ଏବଂ ସ୍କନ୍ଧଦେଶର ମାଂସ ଅପନୀତ ହୋଇ ଗିରିକନ୍ଦର ପ୍ରାୟ ଗଳିପଡ଼ି ତହିଁ ପାର୍ଶ୍ୱେ ବାହୁର ଊର୍ଦ୍ଧ୍ୱଭାଗସ୍ଥ ଅସ୍ଥିର ଶେଷାଂଶ ଶୃଙ୍ଗ ପ୍ରାୟ ଯାହା ଉଠିଅଛି ତାହାକୁ ଅଧିକତର ଭୟାନକ କରି ପକାଇଅଛି। ଗ୍ରୀବାଭଙ୍ଗିର ମନୋହାରିତ୍ୱ ନଷ୍ଟ ହୋଇ ସରଳରେଖା ପ୍ରାୟ ହୋଇଯାଇଅଛି ଏବଂ ପୁରାତନ ସେତୁ ପ୍ରାୟ ନିର୍ଲଜ୍ଜଭାବରେ ସୌଭାଗ୍ୟବିହୀନ ଦେହକୁ ଶ୍ରୀହୀନ ମୁଖ ସହିତ ମିଳାଇ ରଖିଅଛି। ମୁଖ ମଣ୍ଡଳରେ ଶ୍ରୀ ଆଦୌ ନାହିଁ—ତାହା ମଳିନ, ବିଶୀର୍ଣ୍ଣ ଏବ ବନ୍ଧୁର ହୋଇଅଛି। ପୂର୍ବେ ମୁଖମଣ୍ଡଳ ଶ୍ରୀଯୁକ୍ତ ଥିବା ସମୟରେ ଆଗନ୍ତୁକର ସ୍ୱଭାବତଃ କର୍ଣ୍ଣାୟତଲୋଚନଦ୍ୱୟ ଅତ୍ୟନ୍ତ ସୁନ୍ଦର ଦିଶୁଥିଲା। ବର୍ତ୍ତମାନ ସେ ବଡ଼ ୨ ଚକ୍ଷୁ ଶ୍ରୀହୀନ ମୁଖକୁ ଭୟଙ୍କର କରିଅଛି। ସ୍ଥୂଳରେ ଆଗନ୍ତୁକକୁ ଅନାହାରର ପ୍ରତିମୂର୍ତ୍ତ ବୋଇଲେ ଅତ୍ୟୁକ୍ତି ହେବ ନାହିଁ। ସୁବାଦାର ଏହା ଦେଖୁଅଛଡି, ମାତ୍ର ଲୋକଟା ନ

ଖାଇ ନ ପିଇ ତାଙ୍କ ନିମିଉ ଯତ୍ନପୂର୍ବକ ଭେଟି ଆଣିଥିବା ମନେ ପଡ଼ିବାରୁ ପ୍ରଭୂତ ଆନନ୍ଦ ଉପଭୋଗ କରୁଅଛନ୍ତି। ଖାଇପିଇ ପରକୁ ଦେବା ଏବଂ ଯ ଖାଇ ନ ପିଇ ପରକୁ ଦେବାର ତାରତମ୍ୟ କାହାକୁ ବୁଝାଇ କହିବାକୁ ହେବନାହିଁ। ଆଗେ ଖାଇ ପିଇ ପରକୁ ଦେଲେ ଲୋକେ ସନ୍ତୁଷ୍ଟ ହେଉଥିଲେ; ଏବେ ନ ଖାଇ ନ ପିଇ ପରକୁ ଦେଲେ ସନ୍ତୋଷ! ପାଠକେ! ଏବେ ଏହିପରି କାଲ ପଡ଼ିଅଛି—ଆପାଖ ଖାଇବାକୁ ପାଆନ୍ତୁ ଅବା ନ ପାଆନ୍ତୁ —ପରକୁ କିଛି ନ ଦେବାଯାଏ ପରର ସନ୍ତୋଷ ନାହିଁ! —ଏହାଠାରୁ ଦୁଃଖର ବିଷୟ ଆଉ କି ଅଛି? ମନୁଷ୍ୟ ସମବେଦନା ହରାଇ ଅମନୁଷ୍ୟ ହେବାର ଆଉ ଅବଶେଷ କି ରହିଲା? ଧନ୍ୟ କାଲର ଗତି!

ସୁବାଦାର ବୋକଟାର ଆୟତନ ଦେଖି ହିରଣ୍ୟଗର୍ଭରେ ପ୍ରଭୂତ ସାମଗ୍ରୀ ପଡ଼ିବାର ମନେ ମନେ କଳ୍ପନାକରି କେତେ ସୁଖସ୍ୱପ୍ନ ଦେଖୁଥିଲେ ଏମନ୍ତ ସମୟରେ ଆଗନ୍ତୁକ ବୋକଟା ଫିଟାଇ ଦୁଇହଲା ଅଗାଡ଼ିପୂର୍ଣ୍ଣ ଶୃଙ୍ଖଲା ଧାନଗଛ ସୁବାଦାରଙ୍କ ଛାମୁରେ ଥୋଇ ଦେଲା! କହିଲା 'ମହାରାଜା! ଖଡ଼୍ଗା। ଏବେ ଅନାହାରରେ ଖଡ଼୍ଗା ହୋଇଅଛି। ଛାମୁ ଏହି ହଲାରୁ ବୁଝି ପାରିବେ'

ସୁବାଦାରଙ୍କ ସୁଖସ୍ୱପ୍ନ ଭଙ୍ଗ ହେଲା। ଖାଡ଼ଙ୍ଗାର ଉଦ୍ଦେଶ୍ୟ ସହଜରେ ଅନୁମିତ ହେଲା। ଖାଡ଼ଙ୍ଗା! ଖଡ଼ାଙ୍ଗା ହୋଇ ଖଡ଼ା କେରିଏ ସୁବ୍ଧା ଆଣିନାହିଁ—ଆଣିଅଛି ଦୁଇହଲା ଶୃଙ୍ଖଲା ଅଗାଡ଼ି! କାହିଁକି? ଦେଶର ତ ଅବସ୍ଥା ଭଲ। ଚୌଧୁରୀ ତ ଭଲ ରିପୋଟ କରୁଅଛନ୍ତି, କେହି ତ ଦେଶର ଅବସ୍ଥା ମନ୍ଦ ଥିବା କହୁନାହିଁ। ଏ ଲୋକଟା ବଡ଼ ଦୁଃସାହସୀ ଯେ ସୁଖସେବୀ ଦୁର୍ଦ୍ଧର୍ଷ ସୁବାଦାରଙ୍କ ଛାମୁରେ ବଡ଼୨ ଅମଲାଙ୍କ କଥାର ବିପରୀତ ପ୍ରମାଣ ପହୁଞ୍ଚାଇବାକୁ ଇଚ୍ଛୁକ। ସୁବାଦାର କ୍ରୋଧରେ ପ୍ରଜ୍ୱଳିତ ଅଗ୍ନିପ୍ରାୟ ହୋଇ ଆରକ୍ତ ବର୍ଣ୍ଣ ଚକ୍ଷୁରେ କହିଲେ "ତୋହର ସାହସ" ଭାରୀ! ତୁ ଚୌଧୁରିଙ୍କ ବିବିରଣ ଶୁଣୁ ୨ ଆମ୍ଭ ସମକ୍ଷରେ ଏ ଶୃଙ୍ଖଲାତୃଣ ଆଣି ଥୋଇଛୁ! ଦେଶର ଲୋକେ ଉଉମ ଅବସ୍ଥାରେ ଅଛନ୍ତି। ଆମ୍ଭେ ସୁବାଦାର ଥାଉଁ ଥାଉଁ ତୁ ଦେଶର ମନ୍ଦକଥା ଶୁଣାଇବାକୁ ଆସିଛୁ? ତୋ କଥା ପ୍ରମାଣ ନ ହେଲେ ସମୁଚିତ ଶାସ୍ତି ଦିଆଯିବ।"

ଆଗନ୍ତୁକ ଭାବିଲା କୋପେ ବର କି ତପେ ବର। ମାତ୍ର ଆଗନ୍ତୁକ ଜାଣେନାହିଁ ଏ କାଲକୁ କୋପେ ବର ସୁବ୍ଧା ମିଲିବା କଠିନ। ସୁବାଦାର ପ୍ରମାଣର କଥା କହିଲେ ସତ୍ୟ, ମାତ୍ର ପ୍ରମାଣ ନେବାସକାଶେ ତାଙ୍କର ତିଲେମାତ୍ର ଇଚ୍ଛା ନଥିଲା।—ଥିବ କାହିଁକି? ସେ ତ ଜାଣନ୍ତି ଦେଶରେ ଦୁର୍ଭିକ୍ଷ ପଡ଼ିଅଛି। ଲୋକେ ମରି ଉଡ଼ିଗଲେ ଜମିମାନ ନୂଆ ହୋଇ କଟକଣା ହେବ। ଈଶ୍ୱରଙ୍କ ସୃଷ୍ଟି କିଛି ଏହି ଦୁର୍ଭିକ୍ଷରେ ଶେଷ

ପାଇବ ନାହିଁ---ଅବଶ୍ୟ ଅନେକ ଲୋକେ ବଞ୍ଚିଯିବେ ଏବଂ ଯେ ବଞ୍ଚିଯିବେ ସେମାନଙ୍କୁ ଘେନି ନୂତନ ରାଜ୍ୟ କରି ପ୍ରଭୂତ ଧନ ଅର୍ଜନ କରିପାରିବେ। କୃପଣସ୍ୱଭାବ ଅର୍ଥଲୋଭୀ ଚୌଧୁରିମାନେ ଅନେକ ଭୂମି କର୍ଷଣ କରି ପ୍ରଭୂତ ଧନ ଉତ୍ପନ୍ନ କରିବାର ଲୋଭ ମଧ ଦେଖାଇଥିଲେ। ଏ ସବୁକଥା ଆଗନ୍ତୁକ କାହୁଁ ଜାଣିବ? ମନେ କଲା ସତେ ଅବା ସ୍ଥାନୀୟ ତଦନ୍ତ ହେବ। ତହୁଁ ସାହାସ କରି କରଯୋଡ଼ି କହିଲା ' ଛାମୁରୁ ଅବଧାନ ହେଉ ଅଥବା କେହି ଛାମୁରୁ ଯାଇ ଦେଖି ଆସନ୍ତୁ। ଯଦି ମୋହର କଥା ମିଛ ହେବ ତେବେ ମୁଁ ଏହିକ୍ଷଣି ଶୂଳୀକି ହାଜର ଅଛି।'

ଏତିକି କହି ଆଗନ୍ତୁକ ଟିକିଏ ରହିଗଲା। ସୁବାଦାରଙ୍କ ଆରକ୍ତବର୍ଣ୍ଣ ଚକ୍ଷୁ ଅଦ୍ୟାପି ତାହାଠାରୁ ଅନ୍ତର ହୋଇ ନ ଥିବା ଦେଖି ତାଙ୍କର ପ୍ରଭୂତ କୋପ ହୋଇଥିବା ଜାଣିପାରିଲା। ମନେ କଲା ଦୁର୍ଭିକ୍ଷ ତ ପ୍ରାଣ ନେବ, ତେବେ ଦେଶପାଇଁ ଦୁଇକଥା କହିଲେ ଯଦି ସୁବାଦାର ପ୍ରାଣ ନିଅନ୍ତି ତହିଁରେ କ୍ଷତି କିସ? ଏହା ମନରେ ଚିନ୍ତାକରି ପୁଣି କହିଲା 'ଧର୍ମାବତାର! ଛାମୁତ ନିଶ୍ଚିନ୍ତ ହୋଇ ଚୌଧୁରିଙ୍କ କଥା ଉପରେ ନିର୍ଭର କରି ରହିଛନ୍ତି। ତେଣେ ଗରୀବଗୁଡ଼ାକ ଉପରେ ଦୈବ ବିପକ୍ଷ। ତହିଁ ଉପରେ ପୁଣି ଭୂୟାଁମାନଙ୍କର ଅତ୍ୟାଚାର ଆରମ୍ଭ ହେଲାଣି। ଛାମୁରୁ ଚୌଧୁରିଙ୍କି ପଚାରିବା ହେଉ ତାଙ୍କ ଘରର କି ହାଲ।'

କଥା ଶୁଣିବା ମାତ୍ରକେ ଚୌଧୁରିଙ୍କର ହଲକ ଶୁଖିଗଲା। ସେ ରିପୋର୍ଟପଢ଼ି ମନେ ମନେ ବାହାଦୁରୀ ନେଇ ଯେଉଁ ପ୍ରଫୁଲ୍ଲମୁଖଶ୍ରୀ ଧାରଣ କରିଥିଲେ ଦେଖୁଁ ଦେଖୁଁ ତାହା କେଉଁ ଆଡ଼କୁ ଅନ୍ତର୍ଦ୍ଧାନ ହୋଇଗଲା। କୃପଣସ୍ୱଭାବର ଲୋକ ଧନଦ୍ରବ୍ୟ ଲୁଟିହେବ ବୋଲି ମନେ କରିବା ମାତ୍ରକେ ଅନ୍ତରାମ୍ୟ ଶୁଷ୍କ ହୋଇଗଲା, ଏକାବେଳକେ ସର୍ବାଙ୍ଗ କଳା ଘଡ଼ିଗଲା ଏବଂ ଛଳ ଛଳ ଚକ୍ଷୁରେ ପଚାରିଲେ ' କଣ କଣ ଆମ୍ଭ ଘରର କି ହାଲ?'

କି ବିଡ଼ାମ୍ବନା! ପାଠକେ ବିଧାତଙ୍କ ମାୟ୍ୟାର ଗୋଟିଏ ପରିଚୟ ଏଥରେ ପାଇଲେ କି? ସଂସାର-ପାଲନରେ ବିଧାତାଙ୍କର କିରୂପ କର୍ତ୍ତୃତ୍ୱ ଅଛି ତାହା ଏଥରୁ ଦେଖିପାରିଲେ କି? ନିଜର ଦ୍ରବ୍ୟାଦି ଲୁଟି ହୋଇ ଯିବା ଶୁଣିଲେ କେହି ହଠାତ୍‌ବିଶ୍ୱାସ ନ କରେ। କେହି ବିଶ୍ୱାସ କରି ଅବା କୋପବଶରେ ତତ୍‌କ୍ଷଣାତ୍‌ ଉଦ୍ୟୁକ୍ତ ହୋଇ ଦୋଷିକି ଦଣ୍ଡ ଏବଂ ନିଜର ଦ୍ରବ୍ୟାଦି ଫେରି ପାଇବାର ବାଟ ପରିଷ୍କାର କରେ। ପୁଣି କେହି ଅବା ଚୌଧୁରିଙ୍କ ପ୍ରାୟ ହଠାତ୍‌ବିଶ୍ୱାସ କରି ଦ୍ରବ୍ୟନାଶଜନିତ ମହାକେଶରେ ଅଭିଭୂତ ହୋଇ ଆପଣାକୁ ମୃତବତ୍‌ଜ୍ଞାନ କରେ। ଘୋର କୃପଣସ୍ୱଭାବ ଅମାନୁଷ ଚୌଧୁରୀ ଯେ ଶାସ୍ତି ପାଇବାର ଉପଯୁକ୍ତ ପଦାର୍ଥ ଏଥରେ ଅଣୁମାତ୍ର ସଦେହ ନାହିଁ।

ଏତେକାଲ ଯାହା ଜୀବନରେ ଥାଇ ଧନଦ୍ରବ୍ୟାଦି ସଞ୍ଚୟଜନିତ ସୁଖ ଭୋଗକଲେ ତାହା ବିଧାତାଙ୍କର କୌଣସି ବିଶେଷ ଉଦ୍ଦେଶ୍ୟ ସାଧନ ବିନା ଅନ୍ୟ ନୁହେ। ଯେତେବେଳେ ପାପର ସୀମା ଚୂଡ଼ାନ୍ତ ହୋଇଗଲା, ଯେତେବେଳେ ବିଧାତାଙ୍କ ଇଚ୍ଛା ପୂର୍ଣ୍ଣ ହେବାର ସମ୍ପୂର୍ଣ୍ଣ ସୁଯୋଗ ମିଳିଗଲା, ତେତେବେଳେ ଦୈବ ଆପେ ଆଣି ଏ କଠିନବାର୍ତ୍ତା କଠିନପ୍ରାଣକୁ ଶୁଣାଇଲେ। ଏହିରୂପେ ପୃଥିବୀରେ ପ୍ରତ୍ୟେକ କାର୍ଯ୍ୟ ବିଧାତା ନିଜହାତେ ନିଜ ଇଚ୍ଛାନୁସାରେ କରୁଅଛନ୍ତି ଏବଂ ପୃଥିବୀର ପ୍ରତ୍ୟେକ କାର୍ଯ୍ୟରେ ବିଧାତାଙ୍କର ହାତ ଅଛି ନିଶ୍ଚୟ।

ଆଗନ୍ତୁକ ଚୌଧୁରିଙ୍କ ଅନାଇ କହିଲା 'କିଛି ନାହିଁ। ଘରର ପାଚେରୀମାନେ ଦୁଲାଦାଲ ହୋଇ ପଡ଼ିଲା ସମୟରେ ସମସ୍ତେ ଯେଃଃ ପାରିଲା ମତେ ପଳାଇ ଆସିଲୁଁ। ମୁଁ ଗ୍ରାମର ଏକ ଗୋହରୀରେ ଠିଆହୋଇ ଦେଖିଲି ଯେ ଡକାୟତମାନେ ଆପଣଙ୍କର ଓ ଦାସଙ୍କର ଘର ପଦା କରି ସବୁ ବୋହି ନେଇଗଲେ।'

ଚୌଧୁରିଙ୍କ ମୁଣ୍ଡରେ ବଜ୍ରପଡ଼ିଲା। ବିଦ୍ୟୁତ୍‌ଗତିରେ ମସ୍ତିଷ୍କଠାରୁ ସେ ଦାରୁଣ ଅନୁଭୂତି ତଳକୁ ଖସିପଡ଼ି ସମୁଦାୟ ଅଙ୍ଗପ୍ରତ୍ୟଙ୍ଗ ପ୍ରକମ୍ପିତ କଲା। କାନକୁ କିଛି ଶୁଭିଲା ନାହିଁ। ଆଖିର ଦୃଷ୍ଟିଶକ୍ତି ରହିତ ହୋଇଗଲା ଏବଂ ଏ ଅବସ୍ଥାରେ ନିଜେ ପଛକୁ ଟଳି ପଡ଼ିଥାନ୍ତେ ଏମନ୍ତ ସମୟରେ ସୁବାଦାର ସ୍ୱୟଂ ତାଙ୍କ ହାତ ଧରି ଆଗକୁ କିଞ୍ଚିତ୍‌ଟେକିଦିଅନ୍ତେ ସେ ଅନୁଭୂତି ଦୂର ହୋଇ ଗଲା, ମାତ୍ର ସଙ୍ଗେ ସଙ୍ଗେ ଶ୍ରାବଣଧାରା ପ୍ରାୟ ଦୁଇ ଚକ୍ଷୁରୁ ଜଳଧାରା ପତିତ ହେଲା।

ସୁବାଦାର କିଞ୍ଚିତ୍‌କାଲ ନୀରବ ଥାଇ କହିଲେ 'ଚୌଧୁରି, ତୁମ୍ଭେ ବ୍ୟସ୍ତ କାହିଁକି ହେଉଛ। ତୁମ୍ଭ ନିମିତ୍ତ ଆମ୍ଭେ ଦେଶକୁ ଦେଶ ଲଣ୍ଡଭଣ୍ଡ କରିଦେବୁଁ।' ଏହାକହି କିୟତ୍‌କାଲ ଆଗନ୍ତୁକ ଆଡ଼କୁ ଅନାଇ ପୁଣି କହିଲେ 'ଆମ୍ଭକୁ ନିଶ୍ଚୟ ଜଣାଯାଉଛି ଏହି ଲୋକଟା ଏଥର ମୂଳରେ ଅଛି—ନୋହିଲେ ଏ କାହିଁକି ସମ୍ବାଦ ଦୋବକୁ ଆସନ୍ତା?' ଏକଥା କହି ତତ୍‌କ୍ଷଣାତ୍‌ଜମାଦାରକୁ ଡକାଇ ଆଗନ୍ତୁକକୁ ବାନ୍ଧିବା କାରଣ ଆଦେଶ କଲେ।

ଆଦେଶ ଶୁଣିବା ମାତ୍ରକେ ଆଗନ୍ତୁକର ମସ୍ତିକ ଘୂର୍ଣ୍ଣିତ ହୋଇଥିଲା ସତ୍ୟ, ମାତ୍ର ପରକ୍ଷଣରେ ସେ ଦୈବ ଉପରେ ସମ୍ପୂର୍ଣ୍ଣ ନିର୍ଭର କରି ଧୈର୍ଯ୍ୟ ଧରି ଠିଆହେଲା। ଦେଶତ ଦୁର୍ଭିକ୍ଷରେ ଉସନ୍ନ ହେବାକୁ ବସିଅଛି। ଆଜି ହେଉ କାଲି ହେଉ ଅନାହାରରେ ମରିବାର ନିଶ୍ଚିତକଥା। ସୁବାଦାର ଦୁର୍ଭିକ୍ଷବାର୍ତ୍ତା ଶୁଣିବାକୁ ଏକାନ୍ତ ଅନିଚ୍ଛୁକ ଥିବା ସ୍ଥଲେ ତାଙ୍କ ଛାମୁରେ ସେ ବିଷୟର ଗୁହାରି କରିବାକୁ ଆସିବାର ତ ଏକପ୍ରକାର ଜୀବନର ଆଶା ତ୍ୟାଗ କରିବାକୁ ହୋଇଥିଲା। ତହିଁରେ ଯଦି ଡକାୟତ ସନ୍ଦେହରେ ଶୂଳୀକି

ଯିବାକୁ ହେବ ସେଥୁରେ ଅବା ଭାବନା କିସ? ଏହା ଭାବି ଆଗନ୍ତୁକ ଧୈର୍ଯ୍ୟ ଧାରଣ କରି ନିଶ୍ଚଳ ହୋଇ ଠିଆ ହୋଇଥୁଲା। ଦୁଃଖ ମଧ୍ୟରେ ପିଲାଏ ଘରେ ବାର୍ତ୍ତା ଶୁଣି ଶୋକାଭିଭୂତ ହେବେ ଏତିକି। ମାତ୍ର ତହିଁକି ଅବା ଚାରା କି ଅଛି? ସଙ୍ଗେ ସଙ୍ଗେ ଜଗଦୀଶ୍ୱରଙ୍କୁ ପିଲାପିଲିଙ୍କି ଅର୍ପଣକରି ଦେଇ ମନକୁ ଶାନ୍ତକରି ଠିଆହେଲା।

ତତ୍ପରେ ସୁଯୋଗ୍ୟ ଧର୍ମାବତାର ସୁବାଦାର ମହାଶୟ କାଗଜ ବାହାର କରି ଆଗନ୍ତୁକର ଇଜହାର ନିମ୍ନଲିଖୁତ ମତେ ଗ୍ରହଣ କଲେ।

ସୁବାଦାର।- ତୁମ୍ଭର ନାମ?

ଆଗନ୍ତୁକ।- ଦାଶରଥୁ ଦାସ ଓରଫ ଦାସ ଖାଡ଼ଙ୍ଗା।

ସୁବା।- ତୁମ୍ଭର ଘର?

ଆଗ।- ଗୋପାଳପୁର।

ସୁବା।-ଚୌଧୁରିଙ୍କ ଘରେ ଡକାୟିତୀ କେତେବେଳେ ହେଲା?

ଆଗ।- ଗତକାଲି ରାତ୍ରି ତିନିପ୍ରହରଠାରେ।

ସୁବା।- ଏତେ ରାତ୍ରିରେ ତୁମ୍ଭେ ନବଗ୍ରାମକୁ କାହିଁକି ଯାଇଥୁଲ?

ଆଗ।- ନାଏବଙ୍କର ଅଭିଷେକ-ରୋଷନୀ ନବଗ୍ରାମଠାରେ ହେବା ଶୁଣି ତାଙ୍କଠାରେ ନିଜର ଦୁଃଖହାଲ ଗୁହାରି କରିବାକୁ ଯାଇଥୁଲି।

ଏହା ଶୁଣି ସୁବାଦାର ଆଶ୍ଚର୍ଯ୍ୟ ହୋଇଗଲା। ନାଏବଙ୍କ ଅଭିଷେକର ରୋଷନୀ ବିଷୟ ତ ତାଙ୍କୁ କିଛି ଜଣା ନ ଥୁଲା। ଚୌଧୁରିଙ୍କି ପଚାରିଲାରୁ ସେ ମଧ୍ୟ ଏ ବିଷୟ କିଛି ଜାଣ୍ତୁ ନ ଥୁବା ପ୍ରକାଶ କଲେ। ତହୁଁ ଆଗନ୍ତୁକ ମିଥ୍ୟାକଥା କହୁଥୁବା ସନ୍ଦେହ କରି ସେ ଦୋଷୀଥୁବା ମନେ ମନେ ଏକପ୍ରକାର ସ୍ଥିରକରି ପଚାରିଲେ 'କେଉଁ ନାଏବ? ଆମ୍ଭେ ତ କାହାରିକି ରୋଷନୀ କରିବାର ଆଦେଶ ଦେଇ ନାହୁଁ।'

ଆଗ।-- ଅବଧାନ ସେ ବିଷୟ ମୋତେ କିଛି ଜଣା ନାହିଁ। ମୁଁ ଶୁଣିଲ ନାଏବ ରୋଷନୀ କରୁଛନ୍ତି—ଶୁଣି କରି ଆପଣା ଦୁଃଖ ଜଣାଇବାକୁ ଯାଇଥୁଲି।

ସୁବା।-- ତୁ ବଡ଼ ମିଥ୍ୟାବାଦୀ। ଆମ୍ଭଙ୍କୁ ନିଶ୍ଚୟ ଜଣାଯାଉଛି ତୁ ଲୁଟି ମଧ୍ୟରେ ଅଛୁ। ଆଚ୍ଛା, ଭୂୟାଁମାନେ ଲୁଟି ନେଲେ ବୋଲି ଜାଣିଲୁ କିପରି?

ଆଗ।-- ଜଣେ ଭୂୟାଁ! ସଙ୍ଗରେ ବୁଢ଼ାଲିଙ୍ଗ ନିକଟରେ ଗତରାତ୍ରି ଦୁଇପ୍ରହର ବେଳେ ଦେଖା ହୋଇଥୁଲା ଓ ଡକାୟତ ନାଆ ସେଠାକୁ ଆସିଥୁଲା।

ସୁବା।-- ସେ ଭୂୟାଁ। ବୋଲି ତୁ ଜାଣିଲୁ କିପରି?

ଆଗ।--ତାର ଆକୃତି ଓ କଥାରୁ।

ସୁବ।--ହଁ—ଏହିଥର ଧରା ପଡ଼ିଛୁ। ତୁ କାହିଁ କି ଭୂୟାଁ। ସଙ୍ଗେ କଥାବାର୍ତ୍ତା କରିବାକୁ ଗଲୁ?

ଆଗ।--ମୁଁ ସେବାଟେ ଆସୁଥିଲି, ହଠାତ୍‌ଭେଟ ପଡ଼ିବାରୁ ମୋତେ ଡାକ ପକାଇଲା। ନୋହିଲେ ମୁଁ କାହିଁକି ତା ସଙ୍ଗେ କଥାବର୍ତ୍ତା କରନ୍ତି।

ସୁବାଦାର ଏ ଉତ୍ତର ପାଇ କ୍ରୋଧରେ କମ୍ପିଗଲେ। ଅନେକ ସମୟରେ ସତ୍ୟକଥା ମଧ୍ୟ ହାକିମାନେ ଅସମ୍ଭବ ଜ୍ଞାନରେ ଅବିଶ୍ୱାସ କରି ନିର୍ଦ୍ଦୋଷିକି ଦୋଷୀ କରନ୍ତି। ଏହା ତହିଁର ପ୍ରକୃଷ୍ଟ ଉଦାହରଣ। ସୁବାଦାର କୋପରେ ଦନ୍ତ କିଡ଼ିମିଡ଼ି କରି କହିଲେ ' ତୁ ଘୋର ମିଥ୍ୟାବାଦୀ—ଅନ୍ୟ ଡକାୟତମାନଙ୍କ ନାମ ବଢ଼ାଇ ଦେ— ନୋହିଲେ ଏହିକ୍ଷଣି ଶୂଳିକି ଯିବୁ।'

ନିର୍ଦ୍ଦୋଷୀ ଆଗନ୍ତୁକ ଡକାୟତଙ୍କ ନାମ ଅବା କିପରି ବଢ଼ାଇବ? ତହୁଁ କପାଲରେ ଯାହା ଥିଲା ଫଳିଲା। ସୁବାଦାରଙ୍କ ଆଦେଶ ମତେ ଜମାଦାରର ବେତ୍ର ପ୍ରହାରରେ ଦେହରେ ନୋଳା ଫାଟିଗଲା।'ମା ଲୋ ବୋପା ଲୋ ' ଚିତ୍କାର କରି କେତେ ଯେ ଅଶ୍ରୁ ବିସର୍ଜନ କଲା ତାହା କିଏ କହିବ? ଦଣ୍ଡ ଦେଲାବେଳକୁ ବିଧାତା ଅନାହାର-ଜନିତ ଜୀର୍ଣ୍ଣଦେହରେ ସୁଦ୍ଧା ପ୍ରହାର ବସାନ୍ତି। ଏହା କପାଲର ଦୋଷ ଭିନ୍ନ ଆଉ କି ହୋଇପାରେ?

ପାଠକେ ବୋଧହୁଏ ଚିହ୍ନି ଅଛନ୍ତି ଯେ ଆମ୍ଭେମାନେ ପୂର୍ବେ ବୁଢ଼ାଲିଙ୍ଗଙ୍କ ନିକଟରେ ଯେଉଁ ଆଗନ୍ତୁକର କଥା ପକାଇଥିଲୁ ଁ ଏ ସେହି। ଦୈବ-ବିପାକରେ ପଡ଼ି ବିଚାରା କଷ୍ଟଉପରେ କଷ୍ଟ ଭୋଗକରି ଅବଶେଷରେ ସୁବାଦାରଙ୍କ ଆଦେଶମତେ ସେହି ଜମାଦାର ଓ ଦୁଇଜଣ ପାଇକ ପ୍ରହାରରେ ସ୍ଥାନୀୟ ତଦନ୍ତ ନିମିତ୍ତ ନବଗ୍ରାମକୁ ପ୍ରେରିତ ହେଲା। ଅର୍ଦ୍ଧଦେହାବଶେଷ ରାଧାଗୋବିନ୍ଦ ସନ୍ତପ୍ତମନରେ ଦୁମନ ସର୍ଦ୍ଦାରଙ୍କ ନାମର ଆଦେଶପତ୍ର ଘେନି ସଙ୍ଗେ ସଙ୍ଗେ ଗମନ କଲେ।

ଏକବଂଶ ପରିଚ୍ଛେଦ

ନାଟ୍ୟସ୍ଥାନ

ତେଣେ ପୂର୍ଣ୍ଣିମାର ରାତ୍ରି ପାହିବା ସଙ୍ଗେ ସଙ୍ଗେ ନବଗ୍ରାମରେ ଲୋକମାନେ ଜାଗରିତ ହୋଇ ଆପଣା ଆପଣା ଘରୁ ବାହାରିଲେ। ଭୂଞ୍ଜାମାନେ ଚୌଧୁରୀ ଓ ଦାସଙ୍କ ଘରେ ଡକାୟତୀ କରିବା ସମୟରେ ଏମାନେ ଭୟରେ ଚିତ୍ରପୁଡ୍ଚଳିକା ପ୍ରାୟ ହୋଇ ରହି ଥିଲେ। ଦୁଇ ଚାରି ଥର କାଞ୍ଚଭଙ୍ଗାଦି ଶବ୍ଦରେ ଦୋହଲିଗଲା ପରେ ପରିଶେଷରେ ତୁମୁଳ ଜୟନିନାଦରେ ବିଶେଷରେ ଦୋହଲି ଯାଇ ଥିଲେ ଏବଂ ଶରୀରର ରକ୍ତ ଅର୍ଦ୍ଧେକ ପାଣି ହୋଇ ଯାଇ ଥିଲା। ଡକାୟତମାନେ ଜୟନିନାଦ କଲା ଉଭାରୁ ବାହୁଡ଼ି ଗଲେ ସତ୍ୟ ମାତ୍ର ପଦାକୁ ବାହରି ଆସିବାକୁ କାହାରି ସାହାସ ହେଲା ନାହିଁ। ଯେ ଯାହା ଘରେ ନିଶ୍ଚଳଭାବରେ ଶୟନ କଲେ। ଡକାୟତମାନେ ବାହୁଡ଼ି ଗଲା ପରେ ଆଉ ଫେରି ଆସିବାର ସମ୍ଭାବନା ନାହିଁ ତଥାଚ ଭୟ ଏପରି ଯେ ଘରର ଦ୍ୱାରଦେଶରେ ଯେପରି ବାଘ ଛକି ଅଛିବାହାରିଲେ ଖାଇଯିବ! ଦ୍ୱାର ଫିଟାଇ ଦାଣ୍ଡକୁ ଆସିବା କଥା ଅବା କି ବୋଲିବୁଁ, ଆପଣା ଅଗଣା ମଧକୁ ଆସିବ୍ୱାର ଖୋଲିବାକୁ କେହି ସାହାସ ବାନ୍ଧି ପାରି ନ ଥିଲେ! ସେମାନେ ତ ଘର ମଧରେ ଥାଇ ବିରାଡ଼ି ଅବା ମୂଷାର ଗତିଶବ୍ଦରେ ଚମକି ପଡୁଥିଲେ—ବାହାରକୁ ଆସିବାର ଶକ୍ତି କାହୁଁ ଭିଡ଼ିବେ! କେହି ଭୟ-କ୍ଲାନ୍ତ ଶରୀରରେ ନିଦ୍ରାଭିଭୂତ ହୋଇ ଶୟନ କଲେ, କେହି ଅବା ଅତିଭୟ ହେତୁ ନିଦ୍ରାଶୂନ୍ୟ ହୋଇ ପାପରାତ୍ରି ପାହିବାର ପ୍ରତୀକ୍ଷା କରି ରହିଲେ। କ୍ରମେ ପାପପୂର୍ଣ୍ଣିମାର ରାତ୍ରି ପାହି ଆସିଲା। ପ୍ରଭାତର ପ୍ରଧାନ ଅନୁଚର କାକମାନେ ଦ୍ୱାରେ ୨ ଆସି ଡାକଦେଇ ରାତ୍ରି ପାହିବାର ଜଣାଇ ଦେଲେ। ସଙ୍ଗେ ସଙ୍ଗେ ନବଗ୍ରାମବାସି ମାନେ ଶଯ୍ୟା ତ୍ୟାଗ କରି ବାହାରକୁ ବାହାରି ପଡ଼ିଲେ। ତେତବେଳେ ଶୀତଳ ସମୀରଣ ଧୀରେ ଧୀରେ ପ୍ରବାହିତ ହୋଇ ସମସ୍ତ ଉପଦ୍ରବ ଶାନ୍ତ ହୋଇ ଥିବା ଜଣାଇ ଦେଉଥିଲେହିଁ କୁଜ୍ଝଟିକାରାଶି ପ୍ରଭାତର ଆଲୋକରେ ବାଧା ଦେଇ ଗ୍ରାମରେ ଦୁର୍ଘଟନା ଘଟିଥିବା ପ୍ରକାଶ କରୁଥିଲା। ସେ ଯାହା ହେଉ ଲୋକେ ରାତି ପାହିବାରୁ ବାହାରକୁ ଆସି ନିଶ୍ୱାସ ମାଇଲେ ଏବଂ ରାତ୍ରି ପାହିବାରୁ ଈଶ୍ୱରଙ୍କୁ ଶତ ଶତ

ଧନ୍ୟବାଦ ଦେଇ ଗୋଟିଏ ୨ ହୋଇ ଚୌଧୁରୀ ଓ ଦାସଙ୍କ ଭସ୍ମାବଶେଷ ଭିଟାରେ ଉପନୀତ ହେଲେ।

ଦେଖୁଁ ଦେଖୁଁ ଚୌଧୁରୀ ଓ ଦାସଙ୍କ ଘରର ଭିତାରେ ପ୍ରଗାଢ଼ ଜନତା ହେଲା। ଡକାୟତମାନେ ପାଚେରୀ ଘର ଭାଙ୍ଗି ସର୍ବସ୍ୱ ବୋହି ନେଇ ଯାଇ ଅଛନ୍ତି। କୁଟା କେରିଏ ସୁଦ୍ଧା ରଖିଯାଇ ନାହାନ୍ତି। ଥିବା ମଧ୍ୟରେ ଦାସଙ୍କ ଦ୍ୱାରଦେଶରେ ତାଙ୍କ ଓ ତାଙ୍କ ଭାର୍ଯ୍ୟାର ମୃତ ଶରୀର! ତାହା ଦେଖି ଲୋକେ ଚମକି ପଡ଼ିଲେ ଏବଂ ପରକ୍ଷଣରେ କହିଲେ "ବେଶ ହୋଇଛି।"-ଲୋକେ ତ ସେମାନଙ୍କୁ ପ୍ରଥମଦୃଷ୍ଟିରେ ଜୀବିତ ବୋଲି ମନେ କରିଥିଲେ, ମାତ୍ର ସେମାନଙ୍କ ଜିହ୍ୱା ବାହାରି ପଡ଼ିଥିବାରୁ ସେ ଆଶଙ୍କା ସହଜରେ ଅପନୋଦିତ ହୋଇ ଗଲା।

ଭସ୍ମାବଶେଷ ଭିଟାଦ୍ୱୟରେ ଲୋକମାନେ ବୁଲି ବୁଲି କେତେ ପ୍ରକାର ଉକ୍ତିମାନ କରିଥିଲେ ତାହା ଅବା କି ବୋଲିବୁଁ। କେହି ବୋଇଲା "କେତେ ଧାନ ଏଚା ରଖିଥିଲା, କେତେ ଧନ ରଖିଥିଲା—କିଛି ଭୋଗ କରି ପାରିଲା ନାହିଁ।" କେହି ବୋଇଲା "ସେଟା ଭାରୀ ପାଷଣ୍ଡ।" ଅନ୍ୟ କେହି କହିଲା "ଏଡ଼େ କୃପଣ ଜଗତରେ କାହିଁ ଦେଖା ନାହିଁ।" ଅପର କେହି କହିଲା "ୟାରି ଧନ ଲୁଟିବା ପାଇଁ ରୋଷନୀ ହୋଇଥିଲା କି?" ଥୋକାଏ କହିଲେ "ନାଏବଟା କୁଆଡ଼େ ପଳେଇଲା?" ଆଉ କେହି କହିଲା "ଆରେ ସେ ନାଏବ ନୁହେ ମ, ଡକାୟତଙ୍କ ସରଦାର।" ଆଉ କେହି କହିଲା "ଆରେ ସେ ନାଏବଟାକୁ ତ ଡକାୟତମାନେ ମାରି ପକାଇଲେ।" ଅନ୍ୟ କେହି ତାହାକୁ ବାଧାଦିଅନ୍ତେ କହିଲା "ମୁଁ ପରା ଆଖିରେ ଦେଖିଛି।" ଆଉ ଜଣେ କହିଲା "ଏଟା ଭାରୀ ଗାଲୁଆ—ନାଏବଟାକୁ ମାରିପକାଇ ଥିଲେ କିଛି ଶବଦ ଜଣା ଯାଇ ନ ଥାନ୍ତା?" ଅପର କେହି କହିଲା "ଆରେ ଚୌଧୁରୀର ବହୁ ଆଉ ଦାସର ଝିଅ କୁଆଡ଼େ ଗଲେ?" ଜଣେ ଉତ୍ତର କଲା "ତାକୁ ମାରି ପକାଇଚି – ମୁଁ ପରା ତାଙ୍କର ଚିତ୍କାର ଶୁଣିଚି!!" ଆଉଜଣେ କହିଲା "ନାହିଁ ମ ମାରିପକାଇଥିଲେ ତ ଦାସ ଏମାନଙ୍କ ପରି ପୋତି ଦେଇ ଥାନ୍ତେ।" ଆଉ ଜଣେ କହିଲା "ଆରେ ସେ ଶୋଇଥିବେ କାନ୍ତଭଙ୍ଗାରେ ପୋତି ହୋଇ ପଡ଼ିଚନ୍ତି।" ଆଉ ଜଣେ କହିଲା "ମୁଁ ତ ଦେଖିଛି ସେ ରୋଷନୀ ବେଳେ ଦୁଆରେ ଠିଆ ହୋଇଥିଲେ"। ଅପର କେହି କହିଲା "ଆରେ ତାଙ୍କୁ ଡକାୟତମାନେ ଘେନି ନ ଯାଇ ଛାଡ଼ି ଯାଇଥିବେ?" ଜଣେ ସହୃଦୟ ବ୍ୟକ୍ତି କହିଲା "ଆହା! ସେମାନେ କେଡ଼େ ଗୁଣବତୀ ହୋଇ ଥିଲେ—ତାଙ୍କୁ ଡକାୟତମାନେ କି ଅବସ୍ଥା କରୁ ନ ଥିବେ? ବିଧାତା ତାଙ୍କ କପାଳରେ ପୁଣି ଏପରି ଲେଖିଥିଲେ।" ସେଠାରେ ଉପସ୍ଥିତ ଥିବା ସମସ୍ତ ଲୋକେ ଏହାଙ୍କ ସହିତ ସହାନୁଭୂତି ପ୍ରକାଶ କରି ଦୁଃଖ କଲେ। ଏହି ପରି ଉକ୍ତ

ଭିଟାଦ୍ୱୟରେ ଲୋକମାନେ ଭିନ୍ନ ଭିନ୍ନ ଦଳରେ ବିଭକ୍ତ ହୋଇ ନାନାପ୍ରକାର ତର୍କ, ବିତର୍କ, ଅନୁମାନ ଓ ଆଶଙ୍କା କରି ପ୍ରକୃତରେ ହାଟ ବସାଇ ଦେଇଥିଲେ।

କ୍ରମେ ଅପର ଗ୍ରାମମାନଙ୍କରୁ ମଧ୍ୟ ଲୋକମାନେ ଆସି ଜମା ହେଲେ। ଏ ଦୁର୍ଭିକ୍ଷବେଳେ ଚୌଧୁରୀ ଓ ଚୌଧୁରୀ ଓ ଦାସଙ୍କ ଘରେ ଯେତେ ଧାନ ଥିଲା ସାତଖଣ୍ଡି ଗ୍ରାମ ଚାରିମାସକାଲ ଖାଇ ନିଶ୍ଚିନ୍ତ ରହିଥାନ୍ତେ, ଏହି ବିଷୟର ସମଧିକ ଚର୍ଚ୍ଚା ହୋଇଥିଲେ; ମାତ୍ର ଦାସ ବା ଚୌଧୁରୀ କେହିତ ପ୍ରାଣପର୍ଯ୍ୟନ୍ତ ଗୋଟାଏ ଧାନ କାଢନ୍ତେ ନାହିଁ —ଡକାୟତମାନେ ନେଇ ଯାଇ ଭଲ କରି ଅଛନ୍ତି, ଏପରି ମଧ୍ୟ କଥାବାର୍ତ୍ତା ପଡ଼ିଲା। ଫଳତଃ ଚୌଧୁରୀ ବା ଦାସଙ୍କ ଘରେ ଡକାୟତୀ ହେବାର କେହି କ୍ଷୁବ୍ଧ ବା ଅସନ୍ତୁଷ୍ଟ ହେଲେ ନାହିଁ —ତାଙ୍କର ଦୁଃଖ କେବଳ କଳାବତୀ ଓ ରସକଳା ନିମିତ୍ତ।

ଲୋକେ ଏହିପରି ନାନାପ୍ରକାର ଅନୁମାନ, ଆଶଙ୍କା ଓ ବାଦାନୁବାଦ କରି ଭିଟା ଜମାଇ ଦେଇ ଅଛନ୍ତି, ଏମନ୍ତ ସମୟରେ ତୁମନ ସର୍ଦ୍ଦାରଙ୍କ ଆଦେଶ କ୍ରମେ ଦଶଜଣ ସନ୍ତ୍ରୀ ଆସି ସେଠାରେ ଉପସ୍ଥିତ ହେଲେ। ସେମାନେ ଉକ୍ତ ସ୍ଥାନରେ ପହଞ୍ଚିବା ମାତ୍ରକେ ଲୋକମାନଙ୍କୁ ବାନ୍ଧିବାରେ ଭୟ ଦେଖାଇବାରୁ ସମସ୍ତେ ଛାତିପିଟି ହୋଇ ସେଠାରେ ପଳାୟନ କଲେ। ଭିଟାଦ୍ୱୟ ଖାଲି ହୋଇଗଲା ଏବଂ ବାନ୍ଧିହୋଇ ସନ୍ତ୍ରୀମାନେ ତହିଁର ଚତୁର୍ଦ୍ଦିକ ରକ୍ଷାକଲେ।

ଦ୍ୱାବିଂଶ ପରିଚ୍ଛେଦ

ସନ୍ୟାସିଦ୍ୱୟ

ସନ୍ତ୍ରୀମାନଙ୍କ କର୍ତ୍ତୃକ ବିତାଡ଼ିତ ହେଲାରୁ ଲୋକମାନେ ଗ୍ରାମ ମଧ୍ୟରେ ନାନାସ୍ଥାନରେ ଦଳବଦ୍ଧ ହୋଇ ସେହି ଡକାୟତୀର ଚର୍ଚ୍ଚାରେ ରତ ହେଲେ। କେତେ ପ୍ରକାର କଥା ଯେ ସେମାନଙ୍କ ମଧ୍ୟରେ ଉଠିଲା ତାହାର ଇୟଭା ନାହିଁ। ଯାହା ଦେଖିଲେ ସେ କଥା ଛାଡ଼ି କେତେ ଆନୁମାନିକ ଏବଂ କେତେ ମିଥ୍ୟା ଓ କାଲ୍ପନିକ କଥା ପଡ଼ିଗଲା। ଏପରି ମଧ୍ୟ ଲୋକେ ଅଛନ୍ତି ଯେଉଁମାନେ ଅବାଧରେ ମିଥ୍ୟାକଥାକୁ ସତ୍ୟ ବୋଲି କହିଯାନ୍ତି ଏବଂ ତହିଁରେ ସେମାନଙ୍କର ପ୍ରଭୂତ ଆନନ୍ଦ ହୁଏ, ପୁଣି ସେ କଥା ହୃଦୟଙ୍ଗମ କରାଇବା ନିମିତ୍ତ ଅପଣା ଦେହ ଏବଂ ଚକ୍ଷୁର ରାଣ ପକାଇବାକୁ ଛାଡ଼ନ୍ତି ନାହିଁ। ଏହିପରି ଲୋକମାନଙ୍କ ଦ୍ୱାରା ଘଟନାଟି ବିବିଧବର୍ଣ୍ଣରେ ରଞ୍ଜିତ ହେଲା ଏବଂ ତାହା କେତେ ଆଡ଼େ କେତେପ୍ରକାରେ ଯେ ବାହାରିଗଲା ବୋଲିବା ଅସାଧ୍ୟ।

ନବଗ୍ରାମ ଓ ତିନ୍ନିକଟବର୍ତ୍ତୀଗ୍ରାମବାସୀମାନେ ଚୌଧୁରୀ ଓ ଦାସଙ୍କ ଘରର ଧନଦ୍ରବ୍ୟାଦି ଲୁଟି ହେବାରେ ତିଳମାତ୍ର କ୍ଷୁବ୍ଧ ବା ଅସନ୍ତୁଷ୍ଟ ହୋଇ ନ ଥିଲେ। ତଥାପି ଅନେକକାଲ ହେଲା ଭୂୟାଁମାନଙ୍କ ଆଗମନ ବନ୍ଦଥିବା ସ୍ଥଳେ ପୁଣି ଯେତେବେଲେ ସେମାନେ ଏ ଅଞ୍ଚଳକୁ ଆସିଲେଣି, ତେତେବେଲେ ଆଜି ଚୌଧୁରୀ ବା ଦାସଙ୍କ ଘରେ ଡକାୟତୀ ହେଲା କାଲି ସେମାନଙ୍କ ଘରେ ହୋଇପାରେ, ଏହିରୂପ ଆଶଙ୍କା। ଜାତ ହୋଇ ସେମାନଙ୍କର ମନକୁ ଆଲୋଡ଼ିତ କଲା। ଏହିପରି ଆଶଙ୍କାରେ ତ୍ରସ୍ତ ହୋଇ କି ଉପାୟ ଅବଲମ୍ବନ କଲେ ଭୂୟାଁଙ୍କ ହାତରୁ ରକ୍ଷା ପାଇବେ ତହିଁର ପରାମର୍ଶ ପଡ଼ିଗଲା। କେହି କେହି କହିଲେ ସମସ୍ତ ଗ୍ରାମବାସୀମାନେ ରାତ୍ରି ଉଜାଗର ହୋଇ ଠେଙ୍ଗା ବାଡ଼ି ବର୍ଚ୍ଛାଦି ଘେନି ବସିବେ, ଯେ ଭୂୟାଁମାନେ ଆସିଲେ ମେଲ ହୋଇ ତାଙ୍କ ସହିତରେ ଯୁଦ୍ଧ କରି ତାଙ୍କୁ ତଡ଼ି ଦେବେ। ମାତ୍ର ଭୂୟାଁଙ୍କ ସଙ୍ଗେ ସମକକ୍ଷ ହେବାତ ସହଜ କଥା ନୁହେଁ,ତହିଁରେ ପୁଣି ଯୁଦ୍ଧ ହେଲେ ଅବଶ୍ୟ ଲୋକ ବିନଷ୍ଟ ହେବ। ସୁତରାଂ ସେ ପରାମର୍ଶ ତ୍ୟକ୍ତ ହେଲା। ଅପର କେହି ପ୍ରସ୍ତାବ କଲେ ଯେ ଶୀଘ୍ର ସୁବାଦାରଙ୍କ ନିକଟରେ ଆବେଦନ କରି ଉପଯୁକ୍ତ ପ୍ରହରିର ବଦୋବସ୍ତ କରି ନେବେ ମାତ୍ର

ସୁବାଦାର ଅକର୍ଣ୍ଣଣ୍ୟ ଓ ନୃଶଂସ ଏବଂ ପ୍ରହରିର ବଦୋବସ୍ତ ହେଲେ ସୁଭ୍ରା ସୁଚତୁର ବଳଶାଳିଭୁୟାଙ୍କଠାରୁ ନିସ୍ତାର ପାଇବା ଅସମ୍ଭବ। ଏହିପରି ବାଦାନୁବାଦ ହେଉଁ ୨ କେହି ଜଣେ ବ୍ୟାଘ୍ରରୋହୀ ହନୁମାନ ଦାସଙ୍କ 'ଆଜ୍ଞାପ୍ରମାଣ' କରାଇବାର ପ୍ରସ୍ତାବ କଲେ। ଏକଥା ମନକୁ ଆସିଲା ଏବଂ ପ୍ରତ୍ୟେକ ଦଳରେ ଚାହୁଁ ଚାହୁଁ ଏକଥା ରାଷ୍ଟ ହୋଇଗଲା। ପରିଶେଷରେ ପ୍ରାତଃକୃତ୍ୟାଦି ସମାପନ କରି ଜଟିଆ କୁଦକୁ ଯାଇ ହନୁମାନ ଦାସଙ୍କ ଆଶ୍ରୟ ଘେନିବାର ସ୍ଥିର ହେଲା।

ଏଣେ ହନୁମାନ ଦାସ ଓ ଗିରିଧାରୀ ଦାସ ଅତି ପ୍ରଭୁଷରୁ ଉଠି ମୁଖ ପ୍ରକ୍ଷାଳନ ଓ ପ୍ରାତଃକୃତ୍ୟାଦି ସମାପନ ପୂର୍ବକ ଜଗଦୀଶ୍ୱରଙ୍କ ସୃଷ୍ଟିକୌଶଳର ଭୂୟସୀ ପ୍ରଶଂସା କରି ତାଙ୍କର ନାମ ଜପିବାର ନିରତ ହେଲେ। ସ୍ଥିରାସନରେ ବସି ଇନ୍ଦ୍ରିୟସଂଯମନ ପୂର୍ବକ ଏକାଗ୍ରଚିତ୍ତରେ ଈଶ୍ୱରଧ୍ୟାନ କରିବା କାଳରେ ଏମାନଙ୍କୁ ଦେଖିବାକୁ ବଡ଼ ସୁନ୍ଦର ହୋଇଥିଲା। ନେତ୍ର ଅର୍ଦ୍ଧନିମିଳିତ-ସତେ ଯେପରି ସେମାନେ ଈଶ୍ୱରଙ୍କୁ ଦେଖୁଥିଲେ! ସତେ ଯେପରି ଈଶ୍ୱରଙ୍କ ସହିତ ମନୋମଧ୍ୟରେ ସେମାନଙ୍କର କଥୋପକଥନ ହେଉଥିଲା! ନୋହିଲେ ମୁଖମଣ୍ଡଳ ଏପରି ପ୍ରସନ୍ନ ଓ ଜ୍ୟୋତିର୍ମୟ ହେଲା କିପରି?

ହାୟ! ଏହା ବୁଝିବା ଆମ୍ଭମାନଙ୍କର ସାଧ୍ୟାତୀତ! ଆମ୍ଭେମାନେ ଯୋଗିସନ୍ୟାସୀଙ୍କି ଦେଖି ଉପହାସ କରିବାକୁ ଶିଖିଅଛୁଁ। ପାଶ୍ଚାତ୍ୟସଭ୍ୟତାର ଆଲୋକ ପାଇ ସେମାନଙ୍କୁ ଚୋର, ପାରଦାରିକ ଅଥବା "ଫେରାରୀ ଆସାମୀ" କହିବାକୁ ଶିଖିଅଛୁଁ! ମାତ୍ର ମହାତ୍ମାମାନଙ୍କର ଦୁର୍ଜ୍ଞେୟଧ୍ୟାନମହିମାର ସ୍ତର ଭେଦ କରି ବୁଝିବାକୁ କେବେ କି ଚେଷ୍ଟା କରୁଁ? ଯାହା ସହଜରେ ଆୟତ୍ତ ହେବାର ନୁହେ ତାହା ବୁଝିବାକୁ ଚେଷ୍ଟା କରିବାରେ ଆମ୍ଭମାନଙ୍କର ଶକ୍ତି ବା ଶିକ୍ଷା ନାହିଁ। ସୁତରାଂ ଦ୍ରାକ୍ଷାଫଳକୁ ଅମ୍ଳ ବୋଲି ଶୃଗାଳ ତ୍ୟାଗ କଲା ପ୍ରାୟ ଆମ୍ଭେମାନେ ସେମାନଙ୍କୁ ଅପରାଧୀ ବୋଲି ତ୍ୟାଗ କରୁଁ। କିନ୍ତୁ ବୁଝିଲେ ସେମାନେ ଆମ୍ଭମାନଙ୍କ ପ୍ରାୟ ଶତ ଶତ ଅପରାଧଙ୍କି ମୁକ୍ତ କରାଇ ପାରନ୍ତି।

ପୂର୍ଣ୍ଣ ଦୁଇଘଣ୍ଟାକାଳ ସନ୍ୟାସିଦ୍ୱୟ ଧ୍ୟାନନିମଗ୍ନ ଥାଇ ସ୍ୱଦେହରେ ସାୟୁଜ୍ୟ ମୁକ୍ତିଲାଭ କଲା ପ୍ରାୟ ପରମାନନ୍ଦ ପ୍ରାପ୍ତ ହୋଇ ପ୍ରସନ୍ନବଦନରେ ଆସନରୁ ଉଠିଲେ ଏବଂ ଧର୍ମ ଜ୍ଞାନଲୋକରେ ମନୋୟଥକାର ଦୂରହେଲା ପ୍ରାୟ ପ୍ରାତଃକାଳୀନ କୁଜ୍‍ଝଟିକାଜାଲ ସୂର୍ଯ୍ୟ-ତୋଜରେ ପଳାୟନ କରିବାର ଶୋଭା ପରସ୍ପରକୁ ଦେଖାଉଁ ଦେଖାଉଁ ପୁଣି ଈଶ୍ୱରଙ୍କ ମହିମା କୀର୍ତ୍ତନରେ ନିମଗ୍ନ ହେଲେ। ପାଠକେ! ଆମ୍ଭେମାନେ ଏହାକୁ ପାଗଲର କାର୍ଯ୍ୟ ବୋଲି ବୋଲୁଁ, ମାତ୍ର କେବଳ ସଂସାର-ବିଷୟରେ ନିରତ

ଥାଇ ପାଗଳ ପ୍ରାୟ ବୁଲିଲାଠାରୁ ଏପରି ପାଗଳ ହେବା କି ଲକ୍ଷଗୁଣେ ବାଞ୍ଛନୀୟ ନୁହଇ? ଈଶ୍ୱରଜ୍ଞାନଶୂନ୍ୟ କାର୍ଯ୍ୟକୁ ବାତୁଳତା ବୋଲାଯାଏ, ମାତ୍ର ଈଶ୍ୱରଜ୍ଞାନସମ୍ପନ୍ନ କାର୍ଯ୍ୟ ପ୍ରକୃତ ଜ୍ଞାନିର କାର୍ଯ୍ୟ।

କ୍ରମେ କୁଜ୍ଝଟିକାଜାଲ ଅନ୍ତର ହୋଇଗଲା ଏବଂ ସୂର୍ଯ୍ୟକିରଣ ଜଲ, ସ୍ଥଳ, ବୃକ୍ଷପ୍ରଭୃତିରେ ପତିତ ହେବା ସଙ୍ଗେ ସଙ୍ଗେ ନବଗ୍ରାମତୀରରୁ ଗ୍ରାମବାସିଙ୍କ ଘେନି ନୌକାମାନ ଜଟିଆକୁଦ ଆଡ଼କୁ ବାହି ଆସିବାର ଦେଖାଗଲା।

ନୌକାମାନ କୁଦର ତୀରରେ ଲାଗିଲା। ଲୋକେ ତହିଁରୁ ଅବତରଣ କରି ଏକେ ଏକେ ଉପରକୁ ଉଠିଲେ ଏବଂ ଏକାବେଲକେ ସନ୍ୟାସିଦ୍ୱୟଙ୍କ ନିକଟକୁ ଯାଇ ଲମ୍ଭ ଲମ୍ଭ ହୋଇ ପ୍ରାଣିପାତ ହେଲେ। ସନ୍ୟାସିଦ୍ୱୟ ଶ୍ରଦ୍ଧାସହିତରେ ସେମାନଙ୍କୁ ଆଶୀର୍ବାଦ କରି ବସିବାକୁ ଆଦେଶ କରନ୍ତେ ସମସ୍ତେ ସନ୍ୟାସିଙ୍କ ସମ୍ମୁଖରେ କିଞ୍ଚିତ୍ଅର୍ଦ୍ଧ ଗୋଲାକାର ସ୍ଥାନ ଛାଡ଼ିଦେଇ ଧାଡ଼ି ଧାଡ଼ି ହେଇ ବସିଗଲେ ଏବଂ ଏକ ବ୍ୟାଘ୍ରାରୋହୀ ସନ୍ୟାସିର ଶରଣ ନେବାକୁ ଆସି ସେପରି ଦୁଇଜଣ ସନ୍ୟାସିଙ୍କ ସମ୍ମୁଖରେ ପହୁଞ୍ଚି ଥିବାରୁ ଆପଣାର ଭାଗ୍ୟ ପ୍ରବଳ ଜ୍ଞାନକରି ପରମାନନ୍ଦ ପ୍ରାପ୍ତ ହୋଇଥିଲେ।

ଲୋକମାନେ ବସିଗଲା ଉଭାରୁ ହନୁମାନ ଦାସ ପଚାରିଲେ "ତୁମ୍ଭମାନଙ୍କର ମଙ୍ଗଳ ତ? ଏତେଲୋକ ଏକାଠି ଦଳ ବାନ୍ଧି କେଉଁ ଆଡ଼େ ଆସିଲ?"

ସେ ଲୋକମାନଙ୍କ ମଧ୍ୟରେ ସନାତନ ମହାନ୍ତି ନାମକ ଜଣେ ବ୍ୟକ୍ତି ଥିଲା। ଏ ଲୋକଟା ଭାରୀ କୁହାଲିଆ ଏବଂ ଏହି ଗୁଣରୁ ନବଗ୍ରାମବାସିମାନଙ୍କ ମଧ୍ୟରେ ଏମ୍ପ୍ରକାର ସର୍ଦ୍ଦାର ହୋଇଥିଲା, ଏମନ୍ତ କି ଗ୍ରାମର ଭଲ ମନ୍ଦ ସବୁ ବିଷୟରେ ସେ କୁହାବୋଲା ଓ ଜବାବଦେହି କରେ। ଗ୍ରାମବାସିମାନେ ଆସିବା ସମୟରେ ସେ ଆଗେ ଆସିଥିଲା ଏବଂ ସେମାନଙ୍କ ମଧ୍ୟରେ ଟିକିଏ ଆଗଭର ହୋଇ ସନ୍ୟାସିଦ୍ୱୟଙ୍କ ସମ୍ମୁଖରେ ବସିଅଛି। ହନୁମାନ ଦାସ ଏ ପ୍ରଶ୍ନ କରିବାରୁ ସନାତନ କହିଲା। "ମହାରାଜ! ଆଉ ମଙ୍ଗଳ କଥା କି ପଚାରୁଛନ୍ତି—ଆପଣଙ୍କୁ ଅବା କେଉଁ କଥା ଜଣା ନାହିଁ? ଆମ୍ଭେମାନେ ସରିଲୁଁଣି। ଆପଣ ରଖ୍ବେ ତ ରଖନ୍ତୁ ନୋହିଲେ ଏ ନଇରେ ପଡ଼ି ପ୍ରାଣ ହରାଇବୁଁ। ଏଥିପାଇଁ ସମସ୍ତେ ଏକତ୍ର ହୋଇ ଆସିଛୁଁ"।

ହନୁମାନ ଦାସ ବ୍ୟକ୍ତ କଲେ "ତୁମ୍ଭମାନଙ୍କର ତ କିଛି ଅମଙ୍ଗଳ ଘଟିଥିବା ଆମ୍ଭକୁ ଦିଶୁ ନାହିଁ ---ତୁମ୍ଭେମାନେ କାହିଁକି ବୃଥାରେ ଅମଙ୍ଗଳ ଆଶଙ୍କା କରିଛ?"

ସନାତନ ଉଭର କଲା "ମହାରାଜ ତ ଏପରି କହୁଛନ୍ତି। ଆମ୍ଭେମାନେ ନାଚାର— କାଲି ରାତି ଯେଉଁ କାଣ୍ଡ ହୋଇ ଗଲା ତାହା କି ମହାରାଜାଙ୍କୁ ଜଣା ନାହିଁ?"

ହନୁ।--ଜଣା ଅଛି। ସେ ତ ଚୌଧୁରୀ ଆଉ ଦାସ ଘରେ ଘଟିଛି, ତୁମ୍ଭେମାନଙ୍କର ଧନଦ୍ରବ୍ୟ ତ ଲୁଟି ହୋଇ ନାହିଁ।

ସନା।-- ମହାରାଜା! ଆମ୍ଭମାନଙ୍କର ଧନ ଦ୍ରବ୍ୟ କଣ ଅଛି ଯେ ଲୁଟି ହେବ? କାଳତ ସବୁ ସାଇଲାଣି—ଆଉ କିଛିକାଳ ଉଭାରୁ କାଳ ଆସି ଜୀବ ଘେନି ଗଲେ ନତ ଛିଡ଼ିଯିବ! ମହାରାଜଙ୍କୁ ଜଣା ନାହିଁ କେଉଁ କଥା?

ହନୁ!—ଆମ୍ଭେତ ସେହିକଥା କହୁଛୁଁ—ତୁମ୍ଭମାନଙ୍କର କିଛି କ୍ଷତି ହୋଇ ନାହିଁ, ତୁମ୍ଭେମାନେ କହିଁକି ବ୍ୟସ୍ତ ହୋଇ'ଛ?

ସନା।--ମହାରାଜା! ଆମ୍ଭ ଘରେ ସିନା ନିଆଁ ଲାଗି ନାହିଁ। ଯେତେବେଳେ ଘର କଟିରେ ନିଆଁ ଲାଗିଛି ତେତେବେଳେ ବ୍ୟସ୍ତ ନ ହେଲେ ଚଳିବ କି?

ହନୁ।--ନିଆଁ ତ ଲାଗି ଲିଭି ଯା'ଇଛି,---ଆଉ ବ୍ୟସ୍ତ କାହିଁକି?

ସନା।--ନିଆଁ ଲିଭି ଯାଇଛି, ସତ, ମାତ୍ର ଆଉ କି ନିଆଁ ଲାଗିବ ନାହିଁ? ଯେ ପର୍ଯ୍ୟନ୍ତ ଅଗ୍ନିଭୟ ପହଞ୍ଚୁ ନ ଥିଲା ସେ ପର୍ଯ୍ୟନ୍ତ ଆମ୍ଭେମାନେ ନିଷ୍ଚିତ ଥିଲୁଁ ମାତ୍ର ମହାରାଜା! ଯେତେବେଳେ ଅଗ୍ନିଭୟ ଉପସ୍ଥିତ ହେଲାଣି ତେତେବେଳେ ପାଣିମାଟିଆ ନେଇ ଜଗିବାକୁ ପଡ଼ୁ'ଛି।

ହନୁ।-- ତେବେ ପାଣିମାଟିଆ ଘେନି ସମସ୍ତେ ଜଗି ରହ, ନିଆଁ ଲାଗିଲେ ଲିଭାଇବା।

ସନା।-- ସେ ନିଆଁ ଲିଭାଇବାକୁ ପାଣିମାଟିଆ କାହିଁ?

ହନୁ।-- କାହିଁ ଆମ୍ଭେ କିପରି ବୋଲିବୁଁ? ଯାହାର ଆବଶ୍ୟକ ହେବ ଖୋଜି ନେବ।

ସନା।-- ଆମ୍ଭମାନଙ୍କର ଆବଶ୍ୟକ ହେବାରୁତ ଖୋଜି ନେବାକୁ ଆସିଲୁଁ ଏଠାକୁ। ହନୁମାନଦାସ ସନାତନ ମହାନ୍ତିର କଥାର ଭଙ୍ଗୀରୁ ତାହାର ମନୋଗତ ଭାବ ବୁଝିପାରି ବଡ଼ ଆନନ୍ଦିତ ହେଲେ ଏବଂ ଗିରିଧାରୀ ଦାସ ମଧ ତାହଁକୁ ମକେ ୨ ଭୂୟସୀ ପ୍ରଶଂସା କଲେ। ଲୋକଙ୍କ ମଧ୍ୟରୁ ଆଗେ କେହି କେହି ଉପରେ ପଡ଼ି କଥା କହିବାକୁ ଯାଇଥିଲେ ଏବଂ ନିକଟବର୍ତ୍ତୀଲୋକଙ୍କ ବାରଣରେ ତୁନି ହୋଇଥିଲେ। ବର୍ତ୍ତମାନ କଥା ଏ ଭଙ୍ଗୀରେ ଚାଲିବାରୁ କିପରି ତହିଁର ପରିଣାମ ହେବ ନିବିଷ୍ଟ ମନରେ ପ୍ରତୀକ୍ଷା କରି ରହିଲେ ଏବଂ ସନାତନକୁ ମନେ ମନେ ବହୁ ଧନ୍ୟବାଦ ପ୍ରଦାନ କଲେ।

ହନୁମାନଦାସ ପ୍ରୀତିପ୍ରଫୁଲ୍ଲିତ ଚିତ୍ତରେ କହିଲେ ''ସନାତନ! ତୁମ୍ଭେ କି ବାୟା ହେଲ—ସନ୍ୟାସିଘରେ ଡିଙ୍ଗି ଖୋଜିବାକୁ ଆସି'ଛ? –ଯାଅ ତୁମ୍ଭ ସୁବାଦାରଙ୍କ ଛାମୁରେ ଗୁହାରି କର, ସେ ତୁମ୍ଭଙ୍କୁ ରକ୍ଷା କରିବେ।''

ସନାତନ ମହାନ୍ତି ଆଉ ସମ୍ଭାଲି ରହି ପାରିଲା ନାହିଁ। ଏକାବେଳକେ ଲମ୍ଭଭାବେ ହନୁମାନ ଦାସଙ୍କ ଆଗରେ ନିପତିତ ହୋଇ କହିଲା ''ମହାରାଜ! ଆଉ ଛଳିଲେ ଚଳିବ ନାହିଁ। ସୁବାଦାରଙ୍କୁ କି ଆପଣ ଜାଣନ୍ତି ନାହିଁ ଯେ ଆମ୍ଭମାନଙ୍କୁ ସେଠାକୁ ତଡ଼ୁଛନ୍ତି। ଆପଣ କହନ୍ତୁ ଆମ୍ଭେମାନେ ଭାସିଯିବା କି କୂଳରେ ରହିବା''।

ଏ ଉକ୍ତିରେ ହନୁମାନ ଦାସଙ୍କର ମନ ବିଗଳିତ ହୋଇଗଲା। ସେ ହାତ ଧରି ସନାତନକୁ ଉଠାଇ ବସାଇ କହିଲେ ''ସନାତନ, ଯେବେ ପ୍ରଭୁ ତୁମ୍ଭମାନଙ୍କ ରକ୍ଷିବାର ବାଞ୍ଛା କରି ନ ଥିବେ ତେବେ କିଏ ରକ୍ଷ ପାରେ! ତୁମ୍ଭେମାନେ ପ୍ରଭୁଙ୍କୁ ଡାକ।''

ସନାତନ କରଯୋଡ଼େ ବିନୀତଭାବେ କହିଲା ''ମହାରାଜ! ଯାହା କହିଲେ ସତ। ଦେଶରେଟ ଦୁର୍ଭିକ୍ଷର ନିଆଁ ଲାଗିଛି ଯେ କାହାର କି ହେବ ଠିକଣା ନାହିଁ- ତହିଁ ଉପରେ ଭୁଞ୍ଜାଏ ଆସି ନିଆଁ ଲଗାଇଲେଣି। ପ୍ରଭୁଙ୍କୁ ଡାକିବା ଛଡ଼ା ଉପାୟ ନାହିଁ। ମାତ୍ର ମହାରାଜ! ଆମ୍ଭେମାନେ ଡାକି ଜାଣିଥିଲେ ଏଠାକୁ କାହିଁକି ଆସିଥାନ୍ତୁ?''

ଏ ସରଳ ବାକ୍ୟରେ କିଏ ମୋହିତ ନ ହେବ? ଗିରିଧାରୀ ଦାସ ''ସାଧୁ ସାଧୁଁ ବୋଲି ସନାତନର ପିଠିରେ ହାତ ବୁଲାଇଲେ ଏବଂ ହନୁମାନ ଦାସ ପ୍ରେମବିହ୍ବଲିତ ମନରେ ସନାତନକୁ ଟାଣିନେଇ ଆଲିଙ୍ଗନ କରି କହିଲେ ''ସନାତନ, ଆଜି ଏକଥା କହି ତୁମ୍ଭେ ଭାରୀ ସରଳତାର ପରିଚୟ ଦେଇଛ। ଆମ୍ଭେ କି ପ୍ରଭୁଙ୍କୁ ଡାକି ପାରିବୁ?

ସନାତନ ଆହୁରି ବିନୀତଭାବରେ କରଯୋଡ଼େ କହିଲା ''ମହାରାଜ! ଆଜ୍ଞା ପ୍ରମାଣ ଆମ୍ଭେମାନେ ଜାଣୁ ମହାରାଜ ଡାକି ପାରିବେ, ଆଉ ମହାରାଜ ଡାକିଲେ ପ୍ରଭୁ ନିଶ୍ଚୟ ଶୁଣିବେ।''

ସନାତନର ମୁଖରୁ ଏ କଥା ବାହାରିବା ସଙ୍ଗେ' ଲୋକମାନେ ସମସ୍ତେ ଗୋଲ କରି କହି ଉଠିଲେ ''ଆଜ୍ଞାପ୍ରମାଣ! ମହାରାଜ ନିଶ୍ଚେ ଡାକି ପାରିବେ- ଆଉ ଡାକିବାକୁ କେହି ନାହିଁ।''

ସନ୍ୟାସିଦ୍ବୟ ଲୋକମାନଙ୍କର ଭକ୍ତି ଆଉ ବିଶ୍ବାସରେ ମୋହିତ ହୋଇଗଲେ। ଭକ୍ତି ଆଉ ବିଶ୍ବାସ ଧର୍ମର ମୂଳ ନିଦାନ। ତାହା ଯେଉଁଠାରେ ଅଛି ସେଠାରେ ଲୋକ କେବେ ହଟିବ ନାହିଁ। ହନୁମାନ ଦାସ ମନେ ମନେ ଲୋକଙ୍କର ଭକ୍ତି ଆଉ ବିଶ୍ବାସକୁ ଶତ ଶତ ଧନ୍ୟବାଦ ଦେଇ ପ୍ରେମୋନ୍ମତ୍ତଭାବେ ଦଣ୍ଡାୟମାନ

ହୋଇ ହସ୍ତୋତ୍ତୋଳନ ପୂର୍ବକ ସେମାନଙ୍କୁ କହିଲେ "ତୁମ୍ଭେମାନେ ଯେଉଁ ପ୍ରଭୁର ଆଶ୍ରୟ ନେବା ନିମିତ୍ତ ଆମ୍ଭଠାକୁ ଆସିଛ, ସେ ପ୍ରଭୁ ବଡ଼ ଦୟାଳୁ। ଯେ ତାଙ୍କଠାରେ ଭକ୍ତି ଆଉ ବିଶ୍ୱାସ କରେ ତାହାର ସଂସାର କୌଣସି ଭୟ ରହେ ନାହିଁ। ଯେଉଁମାନେ ତାଙ୍କୁ ଛାଡ଼ି ଚୌଧୁରୀ ବା ଦାସ ପ୍ରାୟ ଉନ୍ମତ୍ତ ହୁଅନ୍ତି ପ୍ରଭୁ ତାଙ୍କୁ ଏହିରୂପେ ଶାସନ କରି ପୃଥିବୀର ମଙ୍ଗଳବିଧାନ କରନ୍ତି। ତୁମ୍ଭେମାନେ ତାଙ୍କଠାରେ ଏକାନ୍ତଭକ୍ତ କର, ତାଙ୍କଠାରେ ବିଶ୍ୱାସ କର, ସେ ପ୍ରଭୁ ନିଶ୍ଚୟ ତୁମ୍ଭମାନଙ୍କୁ ରକ୍ଷା କରି ଭକ୍ତଭାବଗ୍ରାହିଣୀ-ବାନାର ମର୍ଯ୍ୟଦା ରକ୍ଷିବେ।'

କଥା ସାଙ୍ଗ ନୋହୁଣୁ ଲୋକେ ଉଚ୍ଚୈଃସ୍ୱରେ " ହରିବୋଲ" ପକାଇଲେ। ଶତ ଶତ ଲୋକଙ୍କର କଣ୍ଠରୁ ସମକାଳୀନ ସମୁଥିତ "ହରିବୋଲ" ଶବ୍ଦ ନଦୀବକ୍ଷକୁ କମ୍ପିତ କରି ଉଭୟପାରୁ ପ୍ରତିଧ୍ୱନି ଯୋଗେ ପ୍ରକୃତିର ଈଶ୍ୱର-ନାମୋଚ୍ଚାରଣରେ ଆନନ୍ଦ ଜାତ, ହୋଇଥିବାର ବାର୍ତ୍ତା ପ୍ରେରଣ ପୂର୍ବକ ବହୁଦୂରକୁ ବାହାରିଗଲା। ସେ ପ୍ରତିଧ୍ୱନି ପହଞ୍ଚୁ ନ ପହଞ୍ଚୁ ହନୁମାନ ଦାସ ପୁଣି ଲୋକମାନଙ୍କୁ "ହରିବୋଲ" ପକାଇବାକୁ ଆଦେଶ କଲେ। ପୁନର୍ବାର ଦ୍ୱିଗୁଣ ଶବ୍ଦରେ "ହରିବୋଲ" ଶବ୍ଦ ଉତ୍ଥିତ ହେଲା। ତହିଁର ପ୍ରତିଧ୍ୱନି ଜଟିଆକୁଦକୁ ଆଲୋଡ଼ିତ କରିବା ସମୟରେ ତୃତୀୟଥର "ହରିବୋଲ" ପକାଇବା କାରଣ ହନୁମାନଦାସ ଆଜ୍ଞା କଲେ ଏବଂ ସେ ଆଜ୍ଞା ପ୍ରମାଣିତ ହୋଇ ଶତକଣ୍ଠ-ବିନିସ୍ୱତ ଘୋର "ହରିବୋଲ" ଶବ୍ଦ ଦିକ୍‌ବିଦିକ୍‌ପ୍ରକମ୍ପିତ କଲା।

ଏଥୁ ଉତ୍ତାରୁ ଲୋକମାନେ ଆଶ୍ୱସ୍ତଚିତ୍ତ ହୋଇ ଚାଉଳ ପରିବାଦି ଯେ ଯାହା ଆଣିଥିଲେ ହନୁମାନ ଦାସଙ୍କଠାରେ ନିବେଦନ କଲେ ଏବଂ ହନୁମାନ ଦାସ ଗିରିଧାରୀ ଦାସଙ୍କ ସହିତ ପରାମର୍ଶ କରି ମହୋତ୍ସବର ଆଦେଶ ପ୍ରଦାନ କରନ୍ତେ ଲୋକମାନେ ସମୁସାହିତଚିତ୍ତରେ ତତ୍‌କ୍ଷଣାତ୍‌ଖଦା ଖୋଲି ରନ୍ଧନର ଆୟୋଜନରେ ରତ ହେଲେ।

ତ୍ରୟୋବିଂଶ ପରିଚ୍ଛେଦ

ପାରାଦ୍ୱୀପ

ତାଳଦଣ୍ଡାର ଆହୁରି ପୂର୍ବକୁ ମହାନଦୀରୁ ବାହାରିଥିବା ଏକ ପୟଃପ୍ରଣାଳୀ କିଛିଦୂର ସମୁଦ୍ରାଭିମୁଖେ ଗଲା ପରେ କୁଜଙ୍ଗ ନାମକ କ୍ଷୁଦ୍ରନଦୀ ସହିତ ମିଳିତହୋଇ ବିସ୍ତୃତାକାରରେ ଭୟଙ୍କର ରୂପ ଧାରଣ ପୂର୍ବକ ବଙ୍ଗୋପସାଗରରେ ପତିତ ହୋଇଅଛି। ଲୋକେ ଏହାକୁ ପାଟକୁଣ୍ଡ ବୋଲନ୍ତି। ବିସ୍ତୃତ ଭୂମିଖଣ୍ଡକୁ ଜଳ ଯୋଗାଇବା ଉଦ୍ଦେଶ୍ୟରେ ବିଧାତା କୁଣ୍ଡରୂପେ ଏହାକୁ ବସାଇଥିବାରୁ ହେଉ ଅଥବା ଲୋକେ ଏହାର ଜଳ ବ୍ୟବହାର କରି ଧନ ଉପାର୍ଜନ ଦ୍ୱାରା ପାଟପିଣ୍ଡୁ ଥିବାରୁ ହେଉ ଏଥିର ନାମ ପାଟକୁଣ୍ଡ ହୋଇଅଛି। ଉତ୍ତରକୁ ମହାନଦୀର ମୂଳଧାରା କଳନିନାଦରେ ବଙ୍ଗୋପସାଗରର ହସ୍ତ ଧାରଣ ପୂର୍ବକ ଚିରାଲିଙ୍ଗନରେ ସମୁଦ୍ରଭାବାବଲମ୍ଭନ କରିଅଛି। ଏହି ପାଟକୁଣ୍ଡ ଓ ମହାନଦୀର ମଧ୍ୟଭାଗସ୍ଥ ଭୂଖଣ୍ଡ ଦ୍ୱୀପକାରରେ ଦୃଶ୍ୟ ହୁଏ। ଏହାର ନାମ ପାରାଦ୍ୱୀପ ଓ ତହିଁର ମଧ୍ୟଭାଗରେ କୁଜଙ୍ଗର ବିଶାଳପ୍ରତାପଶାଳୀ ଷଣ୍ଡ ରାଜାଙ୍କର ଦୁର୍ଦ୍ଦମନୀୟ ପାରାଦ୍ୱୀପ ଗଡ଼।

ପାଠକେ! ଆପଣମାନଙ୍କ ମଧ୍ୟରେ ଯେ ପାରାଦ୍ୱୀପ ଗଡ଼ ଦେଖିଥିବେ ସେହି ଜାଣିଥିବେ ତହିଁର ଶୋଭା ଏକ କାଳରେ କି ଥିଲା। କାଳର ନିୟତ ପରିବର୍ତ୍ତନଶୀଳ ଚିତ୍ରରେ ପଡ଼ି ଷଣ୍ଡରାଜାଙ୍କର ପତନ ହେବା ସଙ୍ଗେ' ସେ ସ୍ୱର୍ଗର ଛବି ପାରାଦ୍ୱୀପ ଗଡ଼ର ଶୋଭା ମଧ୍ୟ ଅନ୍ତର୍ହିତ ହୋଇଅଛି। ଯେଉଁ ପାରାଦ୍ୱୀପ ଏକ କାଳରେ ଅମିତତେଜର ସ୍ପର୍ଦ୍ଧାରେ ବହୁଦୂରବର୍ତ୍ତୀଭୂଖଣ୍ଡକୁ ପ୍ରକମ୍ପିତ କରୁଥିଲା, ଯେଉଁ ପାରାଦ୍ୱୀପ ଅପୂର୍ବଶୋଭାରେ ଭାସି ଦେବତାଙ୍କର ଅମରାବତୀକି ତୁଚ୍ଛ କରିଥିଲା, ଯାହାର ଗୌରବରେ ଔଚ୍କଳୀୟ ଗଜପତି ରାଜାଙ୍କର ଗୌରବ ରକ୍ଷିତ ହୋଇଥିଲା ଏବଂ ଯାହାନାମରେ ଅତି ଦୁର୍ଜ୍ଜନ ଲୋକ ସୁଦ୍ଧା ବଶ୍ୟତା ସ୍ୱୀକାର କରୁଥିଲା ଆଜି ସେ ପାରାଦ୍ୱୀପ ଭଗ୍ନାବଶେଷରେ ପରିଣତ ହୋଇଅଛି। ଆଜି ସେହି ଷଣ୍ଡରାଜାଙ୍କ ବଂଶୀୟ ଲୋକମାନେ ନିସ୍ତବ୍ଧ ହୋଇ ହୀନଲୋକଙ୍କ ପ୍ରାୟ ଏଣେ ତେଣେ ବୁଲୁଅଛନ୍ତି। ସେହି ଦୁର୍ଗର ପରିଖା ଓ ପୟଃପ୍ରଣାଳୀମାନ ଅଦ୍ୟାପି ରହିଅଛି ମାତ୍ର ଜଳ ବଦଳରେ ତହିଁରେ

ଲୋତକଧାରା ପ୍ରବାହିତ ହେଉଅଛି। ସେହି ଅପୂର୍ବନରାଜି ଅଦ୍ୟାପି ବିରାଜିତ ରହିଅଛି ମାତ୍ର ଫଳଦ୍ୱାରା ତୃପ୍ତିସାଧନ କରିବା ପରିବର୍ତ୍ତରେ କଷ୍ଟ ଭିଆଇ ଲୋତକଧାରା ବୁହାଉଅଛି। ସେହି ଲୋକେ ଅଦ୍ୟାପି ରହିଅଛନ୍ତି ମାତ୍ର ତେଜଃସ୍ଫୁର୍ଭିସ୍ଥାନରେ ଆଳସ୍ୟ ଓ ନିସ୍ତେଜସ୍ୱିତା ଜାତ ହୋଇ ମୁଖମଣ୍ଡଳ ମଳିନ କରି ଆଶ୍ରୁଧାରାର କାରଣ ହୋଇଅଛି।-ହାୟ! ଏ ପରିବର୍ତ୍ତନର କାରଣ କିସ? ପରିବର୍ତ୍ତନ ତ ଜଗତରେ ଲାଗିଅଛି। ଯେତେବେଳେ ଏଥିର ବିଧାତା ଗଜପତିରାଜାକୁଳର ଅପୂର୍ବ ଗୌରବ ନଷ୍ଟ ହୋଇଅଛି ତେତେବେଳେ ଏହା ଅବା କି ଛାର! ମାତ୍ର କାରଣ ବୁଝିବାକୁ ବସିଲେ ହୃଦର୍ ବିପାର୍ଷ୍ଟ ହୁଏ। ଯେଉଁ ବିଳାସପ୍ରିୟତା ହେତୁ ଭାରତ ନିସ୍ତବ୍ଧ ଓ ପରପଦାନତ ହୋଇ ସୁଦ୍ଧା ଅଦ୍ୟାପି ଉଠିପାରୁନାହିଁ ସେହିଁ ବିଳାସପ୍ରିୟତା ପାରାଦ୍ୱୀପର ଅପୂର୍ବ ଶୋଭା ଓ ତେଜକୁ ଘେନି ପାରାବାରରେ ନିକ୍ଷେପ କରିଅଛି। କି କୁକ୍ଷଣରେ ଜନାର୍ଦ୍ଦନ ଷଣ୍ଡ ଜନ୍ମଗ୍ରହଣ କରିଥିଲେ, କି କୁକ୍ଷଣରେ କୁଜଙ୍ଗର ସିଂହାସନ ତାଙ୍କ ଦ୍ୱାରା ଅଲଙ୍କୃତ ହୋଇଥିଲା। ପୂର୍ବ ରାଜାମାନେ ସେହି କିଲ୍ଲାର ଆୟରୁ କେତେ ବିଷୟବାସନା ଚରିତାର୍ଥ ପୂର୍ବକ କେତେ ଅବା ସଞ୍ଚୟ କରି ଯାଇ ନ ଥିଲେ। ଜନାର୍ଦ୍ଦନ ଷଣ୍ଡଙ୍କୁ ସେ ସବୁ କିଛି ଅଣ୍ଟିଲା ନାହିଁ। ଦେଖୁଁ ଲକ୍ଷ ଟଙ୍କା ମହାଜନମାନଙ୍କଠାରୁ ରଣ ହୋଇଗଲା। ରାହୁ ରୂପୀ ସୁଦ ମୁଖ ବିସ୍ତାର କରି ରାଜ୍ୟ ସହିତ ଜନାର୍ଦ୍ଦନ ଷଣ୍ଡଙ୍କୁ ଗ୍ରାସ କରିବାକୁ ବସିଲା। ଲକ୍ଷ ପରିଶୋଧ କରି ମଧ ଲକ୍ଷ ବାକୀ ହେଲା! ରାଜ୍ୟର ଟଙ୍କା ମହାଜନଙ୍କୁ ଅଣ୍ଟିଲା ନାହିଁ। ମହାଜନ- ମାନେ ମହୋଦୟରେ ଅଦାଲତର ଆଶ୍ରୟ ନେଲେ ଏବଂ କୁଜଙ୍ଗପୃଥୀ ନିଲାମ ଲାଟରେ ଆସିଲା। ଜନାର୍ଦ୍ଦନ ଷଣ୍ଡ ଇତିମଧରେ ପରଲୋକଗମନ କଲେ। ତାଙ୍କର ପୁତ୍ର ବିଦ୍ୟାଧର ଷଣ୍ଡ ରାଜା ହେଲେ ସତ୍ୟ ମାତ୍ର ପରକ୍ଷଣରେ ବୁଝିପାରିଲେ ତାହା ନାମମାତ୍ର। ମହାଜନଙ୍କ ଦେଣରୂପ ଶୃଙ୍ଖଳ ଦ୍ୱାରା ରାଜଗୀ ନିତାନ୍ତ ବଦ୍ଧ ହୋଇ ଅଛି; ସେ ଶୃଙ୍ଖଳ ଉନ୍ମୋଚିତ ନ ହେଲେ ରାଜଗୀ ଚଳିବ ନାହିଁ। ମାତ୍ର ବିଦ୍ୟାଧର କି ସେ ଶୃଙ୍ଖଳା ଉନ୍ମୋଚିତ କରି ପାରିବେ? ଭାଗ୍ୟ ଯାହାକୁ ପ୍ରସନ୍ନ ନାହିଁ, ଭାଗ୍ୟ ଯେତେବେଳେ କୁଜଙ୍ଗର ଦଶା ଶେଷ କରିଅଛି ତେତେବେଳେ ଆୟୁବ କାହିଁ? ଦୟାଶୀଳ ଇଂରାଜ ରାଜାଙ୍କର ଦୟାପୂର୍ଣ୍ଣ କର୍ମଚାରୀ ବିଚାରାସନରେ ବସି ଷଣ୍ଡବଂଶର ଅପୂର୍ବକୀର୍ତ୍ତି ନଷ୍ଟ ହେଉଥିବା ବ୍ୟଥିତ ହୃଦୟରେ ଦେଖୁ ଦୟାବହି କୁଜଙ୍ଗ ଜିଲ୍ଲା ଖାସ ତହସିଲରେ ଅଣାଇ ମହାଜନଙ୍କ ଦେଣ ପରିଶୋଧ କରିବାର ଭାବନା କରି ବିଦ୍ୟାଧରଙ୍କୁ ଡକାଇ ପଠାଇଲେ! ବିଦ୍ୟାଧର ଉପସ୍ଥିତ ହେଲେ ତାଙ୍କର ସମ୍ମତି ଜାଣି ସେ ଏ ଉପାୟ ଅବଲମ୍ବନ କରିଥାନ୍ତେ। ମାତ୍ର କାହିଁ? ବିଦ୍ୟାଧର ତ ମହାନଦୀ ଯାଏ ଆସି ଆଉ ଏଣିକି ପଦାର୍ପଣ କଲେ ନାହିଁ। ତାଙ୍କର କର୍ମଚାରିମାନେ

କେତେ ଅବା ଲୁଟିକରି ଖାଇ ନଥିଲେ! ତଥାପି ସେମାନେ ଏ ବିପଦ ସମୟରେ ସୁଦ୍ଧ କପଟାଚରଣ କରି ମହାନଦୀକୂଳରେ ବିଦ୍ୟାଧରଙ୍କୁ କହିଲେ "ଯାଅ ନାହିଁ- ଗଲେ ବନ୍ଦା ହେବ।" ବିଦ୍ୟାଧର ଶଠତା ବୁଝି ନ ପାରି ଭୟରେ ପ୍ରତ୍ୟାଗମନ କଲେ; ଏଣେ ୩୫୯ ବର୍ଗମାଇଲର ଉନ୍ନତିଶାଳୀ-ଭୂମିଖଣ୍ଡ କେବଳ ମହାଜନଙ୍କ ତୃପ୍ତିସାଧନ ନିମିତ୍ତ ଟ ୫୫୦୦୦୦ ଟଙ୍କାରେ ନିଲାମ ହୋଇ ଷଣ୍ଡଗୌରବ ଚୂର୍ଣ୍ଣୀଭୂତ କଲା!

ସନ ୧୮୬୮ ମସିହା ମଇମାସ ତା ୧୮ ରିଖରେ ଏ ନିଲାମ ସମ୍ପାଦିତ ହେଲା! ମହାଜନଙ୍କ ଦେଣ ପରିଶୋଧ ପାଇ ଅବଶିଷ୍ଟ ଯେ ଟଙ୍କା ବଳିଲା ତାହା ଗୌରବ ଉଦ୍ଧାର କାରଣରୂପ ମିଥ୍ୟାଲାଳସାରେ ମୋକଦ୍ଦମା ବ୍ୟୟରେ ବ୍ୟୟିତ ହେଲା ଏବଂ ଷଣ୍ଡବଂଶଧର ସାମାନ୍ୟ ଅପରିଚିତ ଦରିଦ୍ର ପ୍ରାୟ ପୃଥିବୀରେ ପରିଭ୍ରମଣ କଲେ।

ନିତି ଏହି କାଣ୍ଡ ଚଳୁଅଛି। ମହାଜନମାନେ ଲୋକଙ୍କର ବିପଦ ସମୟରେ ଟଙ୍କା ଉଧାରଦେଇ ଯେଉଁ ଉପକାର କରିଥାନ୍ତି ଖାତକ ସେ ଟଙ୍କା ସୁଚାରୁରୂପେ ଆଦାୟ ନ କଲେ ଆପଣା ଟଙ୍କା ଆଦାୟ କରିବାକୁ ଯାଇ ଚତୁର୍ଗୁଣ ଅପକାର କରିବାକୁ ସୁଦ୍ଧା ଛାଡ଼ନ୍ତି ନାହିଁ। ଏଥିକୁ ଉପାୟ ନାହିଁ। ଯେପରି ପୂର୍ବେ କଥା ଥିଲା "ବୁଦ୍ଧିର୍ୟସ୍ୟ ବଳଂତସ୍ୟ" ସେହିପରି ଏବେ ହୋଇଅଛି "ଧନଂ ଯସ୍ୟ ବଳଂ ତସ୍ୟ।" ଲୋକେ ଯେବେ ବୁଦ୍ଧିମାନ ନ ହେବେ, ଲୋକେ ଯଦି ଟଙ୍କା କର୍ଜକରି ତାହା ପରିଶୋଧ କରିବାରେ ଯତ୍ନବାନ୍ ନ ହେବେ ତେବେ ମହାଜନମାନେ ସେମାନଙ୍କୁ ଗୋପାଲୀଙ୍କର ପିତୁଲାପରି ନଚାଇବେ – ଏଥିରେ ସେମାନଙ୍କୁ ଅବା ଦୋଷ କି ଦେବୁଁ? ମାତ୍ର ପାଠକେ! ଏହି ଓଡ଼ିଶା ଖଣ୍ଡରେ କେତେଘର ଦେଣଦାୟରେ ଉସନ୍ନ ହୋଇ ଯିବା ଦେଖିଲେ ସୁଦ୍ଧା ଓଡ଼ିଶାବାସୀଙ୍କର କି ଚେତନା ହୋଇଅଛି? –କାଳସ୍ୟ କୁଟିଳା ଗତିଃ!

ଥାଉ, ଏ କଥାରେ ଆମ୍ଭମାନଙ୍କର କିଛି କାର୍ଯ୍ୟ ନାହିଁ। କଥାପ୍ରସଙ୍ଗରେ ଆମ୍ଭେମାନେ ଏତେଦୂର ବହକି ଆସିଲୁଁ କଥା ପ୍ରସଙ୍ଗରେ ଲକ୍ଷିତ ବିଷୟର ଅବତାରଣା ସଙ୍ଗେ ତାହାର ବର୍ତ୍ତମାନଦଶା ମନୋମଧ୍ୟରେ ଜାଗ୍ରତ ହେବାରୁ ବ୍ୟଥିତ ହୃଦୟରେ ଏଯାଏ ବାହାରି ଆସିଲୁଁ। ନୋହିଲେ ଆମ୍ଭେମାନେ ଯେଉଁ ସମୟର କଥା କହୁଅଛୁଁ ତେତେବେଳେ ପାରାଦୀପର ଶୋଭା ଅପୂର୍ବ ଥିଲା- ତାହା ଶୋଭାର ଅପୂର୍ବଦୋଳନାରେ ଦୋହଲୁ ଥିଲର। ତେତେବେଳେ ପାରାଦୀପ ଅପୂର୍ବ ତେଜରେ ପାରାବାରକୁ ଊର୍ଦ୍ଧ୍ୱକୁ ଦୃଷ୍ଟି ନିକ୍ଷେପ କରି ହସୁଥିଲା। ତେତେବେଳେ ଲୋକେ କପାଟ-ବକ୍ଷରେ ପୃଥିବୀରେ ବିଚରଣ କରି ଅପରିମିତ ଧନୋପାର୍ଜନ ଦ୍ୱାରା ପାରାଦୀପର

ଭଣ୍ଡାରଘରର କପାଟ ସତତ ଅବାରିତ ରଖିଥିଲେ। ଗଡ଼ର କୃତ୍ରିମପରିଖା ଈଶ୍ୱରସୃଷ୍ଟ ପୟଃପ୍ରଣାଳୀକୁ ପରାଭୂତ କରି କରସ୍ୱରୂପ ଅସୀମ ଧନ ଛାଣି ନେଉଥିଲା। ସେ ପରିଖା ବାସ୍ତବରେ ଅତୁଳନୀୟା। ଯେ ଦେଖି ନାହିଁ ସେ ତହିଁର ଶୋଭା ଅନୁଭବ କରି ପାରିବ ନାହିଁ। ତାହା ଏତେ ବିସ୍ତୃତା ଥିଲା ଯେ ଚାରିଖଣ୍ଡ ଜାଲିଆ ସହଜରେ ଆହୁଲା ଭିଡ଼ି ଏକତ୍ର ଯାଇ ପାରିବ। ସେ ପରିଖା ପାରିହେବା ଶତ୍ରୁପକ୍ଷରେ ଅତୀବ ଦୁଷ୍କର। ପରିଖା ଯେମନ୍ତ ଗଭୀରା ତେମନ୍ତ ଭୟଙ୍କରୀ- କୁମ୍ଭୀରାଦି ଜନ୍ତୁମାନଙ୍କରେ ପରି ପୂର୍ଣ୍ଣା। ଗଡ଼କୁ ଯିବା ନିମିଡ଼ ଗୋଟିଏ ମାତ୍ର ଦ୍ୱାର ଏବଂ ତାହା ଦୁର୍ଦ୍ଦମବଳଶାଳିପ୍ରହରିମାନଙ୍କ ଦ୍ୱାରା ସତତ ସଂରକ୍ଷିତ। ସେହି ଦ୍ୱାରଦେଶରେ ବିଶାଳଘଣ୍ଟା ବିନ୍ଧାହୋଇ ନାନାପ୍ରକାର ସମୟ ପାରାଦ୍ୱୀପ ଗଡ଼ରେ ଘୋଷିତ କରୁଥିଲା।

ଦୁର୍ଗ ମଧ୍ୟରେ ଷଣ୍ଢଙ୍କର ପ୍ରାସାଦ ଅତୁଳନୀୟା ଶ୍ରୀ ଧାରଣ କରି ବିରାଜିତ ଥିଲା। ସ ପ୍ରାସାଦ ଦେଖିଲେ ପୌରାଣିକ ପ୍ରାସାଦମାନ ମନେ ପଡ଼ଇ। ବାସ୍ତବରେ ଯେ ଏଡ଼େ ବିଶାଳ ଅତୁର୍ବର ଭୂମିଖଣ୍ଡର ଅଧୀଶ୍ୱର ଏବଂ ଯାହାଙ୍କୁ ପାରାବାର ପୟଃପ୍ରଣାଳୀ ପ୍ରେରଣ ପୂର୍ବକ ରତ୍ନରାଜି ପ୍ରଦାନ କରୁଅଛି ତାହାଙ୍କର ପ୍ରାସାଦ ଯେ ବରୁଣଦେବଙ୍କ ପ୍ରାସାଦପରି ହେବ ଏଥିରେ କି ସନ୍ଦେହ ଅଛି? ସେ ପ୍ରାସାଦରେ ପରିବାର ଘେନି ଷଣ୍ଢରାଜା ବାସ କରନ୍ତି। ସେ ପରିବାର ଗୋଟିଏ ରମଣୀରେ ଉଜ୍ଜ୍ୱଳ ହୋଇ ନାହିଁ। ଯେମନ୍ତ ବିଶାଳ ରାଜ୍ୟ ତେମନ୍ତ ବିଶାଳ ପରିବାର। ତହିଁରେ ଷଣ୍ଢରାଜା ଭୋଗ୍ୟା ଶତ ଶତ ରମଣୀବୃନ୍ଦ ବାସକରି ଅପୂର୍ବଲୀଳା ଭିଆଇ ଅଛନ୍ତି।

ଦୁର୍ଗ ମଧ୍ୟରେ ମନ୍ଦିରର ଆଡ଼ମ୍ବରର କଥା ଅବା କି ବୋଲିବୁ? ପୁରୁଷୋତ୍ତମ କ୍ଷେତ୍ରରେ ଯେତେ ପ୍ରକାର ଦେବଦେବୀଙ୍କର ମନ୍ଦିର ବିଦ୍ୟମାନ ଅଛି ପରାଦ୍ୱୀପରେ କ୍ଷୁଦ୍ରାୟତନରେ ତେତେ ପ୍ରକାର ଦେବଦେବୀଙ୍କର ମନ୍ଦିର ପ୍ରତିଷ୍ଠିତ- ବାରମାସରେ ତେର ପର୍ବ ମହାସମାରୋଦରେ ପାଳିତ ହୁଅଇ ଏବଂ ପର୍ବୋପଲକ୍ଷରେ ଲକ୍ଷ ଲୋକେ ସମବେତ ହୋଇ ପ୍ରଭୂତ ଉସ୍ଫାହରେ ପାରାଦ୍ୱୀପକୁ ମତାଇ ଦିଅନ୍ତି।

ଏଥିଉଭାରୁ ବାଗବଗିଚା। କେତେ ପ୍ରକାର ବୃକ୍ଷଲତା ଯେ ଭାର କରି ଫଳ ଫୁଲ ଷଣ୍ଢରାଜାଙ୍କୁ ଉପହାରକୁ ଦେଉଅଛି ତାହା ବର୍ଣ୍ଣିବା ଅସାଧ୍ୟ। ସମୁଦ୍ରତୀରରେ ପାରାଦ୍ୱୀପ। ଚତୁର୍ଦ୍ଦିକ ପୟଃପ୍ରଣାଳୀଦ୍ୱାରା ପରିବେଷ୍ଟିତ ଥିବାରୁ ଉଦ୍ୟାନାଦି ସତତ ଶ୍ୟାମଳ ଓ ଶ୍ରୀଶାଳୀ ହୋଇ ରହିଅଛି। ଅଧିକ ଆଉ କି କହିବୁଁ – ପ୍ରକୃତରେ ସେ ସବୁ ଦେବଭୋଗ୍ୟ ହୋଇ ବିରାଜିତ ଅଛି ଏବଂ ସେମାନେ ଅପ୍ସରାମାନଙ୍କର କ୍ରୀଡ଼ାଭୂମି ବୋଲି କହିଲେ ଅତ୍ୟୁକ୍ତି ହେବ ନାହିଁ। ସେଠୋ ଲୋକେ ଶ୍ରମନିବାରଣାର୍ଥ ଯେପରି ବାଗବଗିଚାରେ ବସି ନିର୍ମଳ ବାୟୁ ସେବନ କରନ୍ତି ସେହିପରି ନିର୍ଦ୍ଦିଷ୍ଟ ସମୟରେ

ବନଭୋଜିଦ୍ୱାରା ପରମ ସନ୍ତୋଷ ଲାଭ କରି ଉନ୍ମଭୁଭାବରେ କ୍ରୀଡ଼ା କରତଃ ବନଦେବୀଙ୍କ ଉନ୍ନଭା କରନ୍ତି। ପାଠକେ! ଯେଉଁଠାରେ ଲୋକେ ନିଶ୍ଚିନ୍ତ. ଯେଉଁଠାରେ ରାଜା ନିଚିନ୍ତ, ଯେଉଁଠାରେ ଅଳ୍ପାୟାସରେ ନିତି ପ୍ରଭୂତ ଧନ ଉପାର୍ଜିତ ହେଉଅଛି ଏବଂ ଯେଉଁଠାରେ ଶତ୍ରୁଭୟାଦିର ଆଦୌ ଦକା ନାହିଁ ସେଠାରେ ଘରଦ୍ୱାର ଛାଡ଼ି ବାଗବଗିଚାରେ ସୁଦ୍ଧା ଶ୍ରୀ ବିରାଜିତ ଥାଏ। ପରାଦ୍ୱୀପତି ଏହିପରି ଅପୂର୍ବଶୋଭାରେ ଅପୂର୍ବ ଭାବରେ ବିରାଜିତ। ଦେଖିଲେ ହଠାତ୍‌ମାୟକବିଙ୍କର ଦ୍ୱାରକା ବର୍ଣ୍ଣନା ମନେ ପଡ଼େ।-ପାଠକେ! ବାସ୍ତବରେ ପାରାଦ୍ୱୀପକୁ ଯଦି କେହି ଜଳାଦର୍ଶରେ ସ୍ୱର୍ଗର ପ୍ରତିବିମ୍ବ ପଡ଼ି ଥିବାର ବୋଲନ୍ତି ତେବେ ତାଙ୍କୁ ନିତାନ୍ତ ଭ୍ରାନ୍ତ ବୋଲି ବୋଲାଯାଇ ପାରିବ ନାହିଁ।

ରାଜପ୍ରାସାଦର ସମ୍ମୁଖ ଭାଗରେ ରାଜାଙ୍କର ଦରବାର ଗୃହ। ଏଠାରେ ପ୍ରତିଦିନ ପ୍ରାତଃକାଳରେ ବେଳ ପ୍ରାୟ ପ୍ରହରକଠାରୁ ସାତଘଡ଼ି ଯାଏ ଷଣ୍ଢରାଜା ଦରବାର କରନ୍ତି। ରାଜ୍ୟର ହାରି ଗୁହାରି ସମସ୍ତ ଏହି ତିନିଘଡ଼ି ମଧ୍ୟରେ ରାଜାଙ୍କ ଛାମୁରେ ଆଗତ ହୁଅଇ। ଦିବାଭାଗର ଅବଶିଷ୍ଟ ଅଂଶ ଏବଂ ରାତ୍ରି ଗୋଟାୟାକ ରାଜାଙ୍କର ନିଜର କାର୍ଯ୍ୟ ଅର୍ଥାତ୍‌ଭୋଗବିଲାସାଦିରେ ଚାଲିଯାଏ। ଯେଉଁଠାରେ ରାଜ୍ୟନିମନ୍ତେ ଚିନ୍ତା ଏତେ ଅଳ୍ପ ଏବଂ ରାଜ୍ୟଲୋକର କାର୍ଯ୍ୟ ନିମିତ୍ତ ଏତେ ଅଳ୍ପ ସମୟକ୍ଷେପ ସେଠାରେ ଦୁର୍ଦ୍ଦଶା ଏବଂ ପରପଦାନତି ନ ହେବ କାହିଁକି? ଯାହାଙ୍କ ଧନରେ ଲୋକେ ପେଟ ଫୁଲାଇ ବିଲାସରେ ପ୍ରମତ୍ତ ହୋଇ ବୁଲୁଅଛନ୍ତି ସେମାନଙ୍କ ନିମିତ୍ତ ଉପଯୁକ୍ତ କାଳକ୍ଷେପଣ ନ କଲେ ବିଧାତା ଏ କାଳକୁ ସହିବେ କିପରି? ମାତ୍ର ବିଲାସରେ ପ୍ରମତ୍ତ ଥିଲାବେଲେ କେତେଜଣ ଲୋକର ଏପରି ଦକ ଉପସ୍ଥିତ ହୁଏ? ଏବଂ ଦକ ନ ଥିଲେ କେତେଜଣ ସଂସାରରେ ନାମ କିଣି ଯାଇ ପାରନ୍ତି? ତଥାପି ଆମ୍ଭମାନଙ୍କ ଷଣ୍ଢରାଜାଏ ଯେ ଦିନମାନରେ ତିନି ଘଡ଼ିକାଳ ରାଜ୍ୟର ଚିନ୍ତାରେ ସମୟ ଅତିବାହିତ କରନ୍ତି ଏ ହେତୁରୁ ତାହାଙ୍କୁ ଧନ୍ୟବାଦ ଦିଆଯିବ, କାରଣ ଅନେକ ସ୍ଥାନରେ ଅଦ୍ୟାପି ସୁଦ୍ଧା ରାଜାମାନେ ଅପରଲୋକ ହସ୍ତରେ ଦେଶକୁ ଭସାଇଦେଇ କୁସ୍ତିତଭୋଗ-ଚିନ୍ତାରେ ଦିନାତିପାତ କରିବା ଦେଖାଯାଏ।

କଚେରୀ ପ୍ରତିଦିନ ଦୁଇଓଲି ହୁଅଇ। ଦେଓ୍ୱାନ, ବେବର୍ତ୍ତା ଇତ୍ୟାଦି ଦୁଇଓଲି କଚେରୀକି ଆସନ୍ତି। ମାତ୍ର ରାଜାଙ୍କର ଭେଟ କେବଳ ସକାଲଓଲି ତିନିଘଡ଼ି ମିଲେ ଏବଂ ରାଜା କଚେରୀରେ ବିଜେ ହେଲେ 'ଚପଟସିଂହ' ଓ 'ରଣହାଦୋଳ' ଠାରୁ 'ଭଙ୍ଗବ୍ରହ୍ମ' ଓ 'ରାୟଗୁରୁ' ପର୍ଯ୍ୟନ୍ତ ଚହଲ ପଡ଼ିଯାଏ। ଅନ୍ୟାନ୍ୟ ରାଜଧାନୀ ପ୍ରାୟ ଏଠାରେ ସୁଦ୍ଧା ଉପାଧ୍ର ଆବଦ୍ଧ ନାହିଁ। କେହି ପାଞ୍ଚଟଙ୍କା ସଲାମି ଏବଂ କେହି ଅବା ରାଜାଙ୍କର ତୋଷ ସମୟରେ ଦୁଇପଦ ମିଠାକଥା କହି ଉପାଧ୍ ଘେନି ଛାତିଫୁଲାଇ

ଚାଲିଯାନ୍ତି। ଏରୂପରେ ରାଜ୍ୟଯାକରେ ବହୁ ଉପାଧ୍ୟଧାରିଙ୍କର ବାସ ହୋଇଅଛି। ଇଂରାଜଙ୍କ ଅମଲରେ ଯେପରୀ ଇଂରାଜଙ୍କ ଅମଲରେ ଯେପରି ଇଂରାଜୀ ଅକ୍ଷର କେତୋଟିର ଉଚ୍ଚାରଣ ସହଜରେ ପଦବୀବୁଝାଇ ଦିଏ ଆମ୍ଭ ଦେଶର ରାଜାମାନଙ୍କ ପ୍ରଦତ୍ତ ଉପାଧ୍ୟମାନ ସେପରି ନୁହଇ, ବେଳେ ବେଳେ ଉଚ୍ଚାରଣ କରିବାକୁ ବଡ଼ ଲଣ୍ଡଭଣ୍ଡିଆ ପଡ଼େ। ଉପରୋକ୍ତ ପଦ ଛଡ଼ା "ଡ଼ିଆଁ ବାଘ", "ହିମତସିଂହ", "ରଣଛଡ଼ାଣ", "ମର୍ଦ୍ଦରାଜଶାର୍ଦ୍ଦୁଲ" ପ୍ରଭୃତି କେତେ ଯେ ପଦବୀ ବାନ୍ଧି ଲୋକେ ବିଚରଣ କରୁଅଛନ୍ତି କହି ଶେଷ ହେବ ନାହିଁ। ଆଉ ଯେପରି ଆଜି କାଲି ବିଲାତଫେରତା କଳା ହାକିମମାନଙ୍କୁ ମିଷ୍ଟର ନ କହିଲେ ରାଗ ହୁଅନ୍ତି ତହୁଁ ବଳି ଏମାନଙ୍କୁ ପ୍ରାପ୍ତପଦବୀ ଧରି ନ ଡାକିଲେ ଏମାନେ ଚଳିହୋଇ ରାଜାଙ୍କଠାରେ ଗୁହାରି କରନ୍ତି ଏବଂ ରାଜା ମଧ ତଦ୍ୱାରା ନିଜର ଅବମାନନା ହେବାର ଜ୍ଞାନ କରି ଅର୍ଥଦଣ୍ଡର ଆଦେଶ କରନ୍ତି! ଏହି ରୂପରେ ପ୍ରଦତ୍ତ ପଦବୀର ମର୍ଯ୍ୟାଦା ସଂରକ୍ଷିତ ହୋଇଅଛି ଏବଂ ପଦବୀ ପାଇବାନିମନ୍ତେ ଲୋକେ ନିତ୍ୟ ଲାଲାୟିତ। ଏଥିରେ ଲାଭ କି ଅଛି ଅନ୍ତର୍ଯ୍ୟାମୀ ଭଗବାନ୍ଜାଣନ୍ତି ମାତ୍ର ବାନରର ଲାଙ୍ଗୁଲ ଦେଖିବା ଆମ୍ଭମାନଙ୍କୁ ଯେପରି ଦୃଷ୍ଟିକଟୁ ଏହା ମଧ ସେହିପରି।

ପୌଷପୂର୍ଣ୍ଣିମାର ପରଦିନ ପ୍ରାତଃକାଳରୁ ଷଣ୍ଢରାଜାଙ୍କର ଦରବାର ଖୋଲା ହୋଇଅଛି। ଷଣ୍ଢରାଜା ଅଳ୍ପକ୍ଷଣ ହେଲା ଆସି ସିଂହାସନରେ ବସି ପାତ୍ରମନ୍ତ୍ରିଙ୍କ ସହିତ ଦେଶର ନାନା ପ୍ରକାର ଅବସ୍ଥା ବୁଝୁଅଛନ୍ତି। ଯେତେବେଳେ ଦାସ ଖାଡ଼ଙ୍ଗା ସୁବାଦାରଙ୍କ ଛାମୁରୁ ପ୍ରହରୀ-ସମଭିବ୍ୟାହାରେ ଦୁମନ ସର୍ଦ୍ଦାରଙ୍କ ନିକଟକୁ ଲାଲ୍ବାଗରୁ ପ୍ରେରିତ ହେଲା ଠିକ୍ସେହି ସମୟରେ ବାହାବଳୀନ୍ଦ୍ର, ଦରବାରରେ ଉପସ୍ଥିତ ହୋଇ ବାହୁ ଠୁଙ୍କି ରାଜାଙ୍କୁ ଜୁହାର ହେଲେ। ରାଜା ପ୍ରଫୁଲ୍ଲବଦନରେ ପଚାରିଲେ "ବାହାବଳୀନ୍ଦ୍ର! କେତେବେଳେ ଆସିଲ? ସବୁ ଭଲତ?" ବାହାବଳୀନ୍ଦ୍ର ଉତ୍ତର କଲେ "ଛାମୁରୁ ଏହିକ୍ଷଣି ପହଞ୍ଚିଲୁଁ। ସବୁ ଭଲ। ଆଜ୍ଞା ହେଲେ ପଞ୍ଚନାୟକେ ଛାମୁକୁ ଆସିବେ।"

ଡକାୟତ ଜାଲିଆମାନ ପହଞ୍ଚୁଥିବା ରାଜା ଏଥୁରୁ ଅବଗତ ହୋଇ ଅତ୍ୟନ୍ତ ଆନନ୍ଦିତ ହେଲେ ଏବଂ ଶୀଘ୍ର ରଘୁନାଥ ପଞ୍ଚନାୟକଙ୍କୁ ଛାମୁରେ ଆସିକାବାରଣ ଆଦେଶ ପ୍ରଦାନ କରି ଦରବାର ଭଙ୍ଗ କଲେ।

ଆଦେଶ ହେବାମାତ୍ରକେ ଅମଲାମାନେ ତାଲପତ୍ରର ବିଡ଼ାମାନ ଗୋଲାକୃତିରେ ବାନ୍ଧି ଭାଡ଼ିରେ ଥୋଇଦେଇ କଚେରୀ ଭାଙ୍ଗି ଚାଲିଗଲେ ଏବଂ ଶୀଘ୍ର କଚେରୀ ଭାଙ୍ଗିବାରୁ ସ୍ନାନହାରର ସୁବିଧା ବିଶେଷ ହୋଇଥିବାହେତୁ ପ୍ରଭୃତି ଆନନ୍ଦିତ

ହେଲେ। ପାତ୍ରମନ୍ତ୍ରୀ ମଧ୍ୟ କଚେରୀ ଭାଙ୍ଗି ଚାଲିଗଲେ କାରଣ ଡକାୟତୀସମ୍ବନ୍ଧରେ ରାଜା ଏମାନଙ୍କ ସହିତ କୌଣସି ସମ୍ପର୍କ ରଖ୍ୟନାହାନ୍ତି। ସେ ଇଲାକା ଅଲଗା ଏବଂ ସ୍ୱତନ୍ତ୍ର ବିଷୟୟଜ୍ଞ ଲୋକେ ନିୟୁକ୍ତ ଅଛନ୍ତି।

କଚେରୀ ଭଙ୍ଗ ହେବା ସଙ୍ଗେ ରଘୁନାଥ ଦଳବଳ ଘେନି କଚେରୀଗୃହରେ ରାଜାଙ୍କ ଛାମୁରେ ଉପସ୍ଥିତ ହୋଇ ଯଥାବିଧ୍ୟ ଅଭିବାଦନପୂର୍ବକ ଉପବିଷ୍ଟ ହେଲେ। ଡକାୟତୀର ସମୁଦାୟ ବିବରଣ ରାଜାଙ୍କ ଛାମୁରେ ଆନୁପୂର୍ବିକ ବର୍ଣ୍ଣନ ପ୍ରଭୃତି ଲାଭ ହୋଇଥିବା ଜଣାଇଦେଲେ। ରାଜା ଏଥର ଡକାୟତୀର ଅଭୁତ ଘଟନାମାନ ଶ୍ରବଣ କରି ଯଥ୍ରୋନାସ୍ତିକରି ବିସ୍ମୟ୍ୟାପନ୍ନ ଓ ଆନନ୍ଦିତ ହୋଇ ରଘୁନାଥଙ୍କୁ ତାଙ୍କର କୌଶଳନିମିତ୍ତ ଶତ ଶତ ଧନ୍ୟବାଦ ପ୍ରଦାନ କରି ମାୟାଧରଙ୍କୁ ଅନାଇ କହିଲେ "ମାମୁ ଏଥର ବିଶେଷ କାର୍ଯ୍ୟ କି କରିଛନ୍ତି?"

ମାୟାଧର ଏ ସମ୍ବୋଧନରେ ପରମ ଆନନ୍ଦିତ ହୋଇ କହିଲେ "ମହାରାଜ! ପଞ୍ଚନାୟକେତ ରାଜା ହୋଇ ପାଲିଙ୍କିରେ ବସିଥିଲେ। ମୋ ଭାଗ୍ୟରେ ବନ୍ଧୁକ ଘେନି ସମସ୍ତଙ୍କ ପଛରେ ଯିବାକୁ ପାଲିପଡ଼ିଥିଲା। ମୁଁ ବନ୍ଧୁକ ଘେନି ଯଥାବିଧ୍ୟ ଦିଗବାରଣ କରି ସମସ୍ତଙ୍କୁ ଅଭୟ ପ୍ରଦାନ କରିଥିଲେ।" ରାଜା ଏ ଉତ୍ତରରେ ମାମୁର ଅନ୍ତର୍ଗତ ଭାବ ଜାଣିପାରି ଅଟ୍ଟହାସ୍ୟରେ କହିଲେ "ପଞ୍ଚନାୟକେ! ଏଥର ମାମୁଙ୍କୁ ରାଜା କରିଦେବ।" ଦଳପତି ଓ ଦଳର ଲୋକେ ଏ କଥାରେ ଉଚ୍ଚହାସ୍ୟ କରି ଦରବାର ଗୃହକୁ କମ୍ପାଇ ଦେଲେ।

ଏଥ ଉତ୍ତାରୁ ରାଜା ଯଥାବିଧ୍ୟ ଲୁଣ୍ଠିତ ଦ୍ରବ୍ୟମଧ୍ୟରୁ ଯାହା ରଖ୍ୟବା ଓ ଯାହା ଲୋକମାନଙ୍କୁ ଦିଆୟିବା ଉଚିତ ତହିଁର ବିହିତ ଆଦେଶ କଲେ। ପରେ ରଘୁନାଥ ଲୋକମାନଙ୍କୁ ବିଦାୟ କରିଦେଇ ଗୋଟିଏ ସୁନ୍ଦରୀ ସ୍ତ୍ରୀଲୋକ ଅପହୃତ ହୋଇ ଆସିଥିବା ରାଜାଙ୍କୁ ଜଣାଇ ତାଙ୍କୁ ନବରରେ ରଖ୍ୟବା କାରଣ ପ୍ରାର୍ଥନା କରନ୍ତେ ରାଜା ତହିଁରେ ସମ୍ମତି ପ୍ରଦାନ କଲେ।

ରଘୁନାଥ ରାଜାଙ୍କର ଆଦେଶ ଘେନି ତତ୍‌କ୍ଷଣାତ୍‌ର ସକଳାଙ୍କୁ ସଣ୍ଡରାଜାଙ୍କ ନବରକୁ ପଠାଇଦେଲେ। ଦ୍ରବ୍ୟାଦି ବର୍ଣ୍ଣନ ଓ ରକ୍ଷା କରିବା କାର୍ଯ୍ୟରେ ମାୟାଧର, ବାହାବଳୀନ୍ଦ୍ର ଓ ବଳିଆରସିଂହଙ୍କୁ ଯଥାବିଧ୍ୟ ଆଦେଶ ପ୍ରଦାନ କରି ଖଣ୍ଡିଏ କ୍ଷୁଦ୍ର ଜାଲିଆରେ କଳାବତୀଙ୍କି ନେଇ ପାରାଦ୍ୱୀପଦୁର୍ଗପରିଖାରୁ ପ୍ରସ୍ଥାନ କଲେ।

ଚତୁର୍ବିଂଶ ପରିଚ୍ଛେଦ

ମହୋସ୍ବ

ଯେତେବେଳେ ରଘୁନାଥ ପଟ୍ଟନାୟକ କଳାବତୀଙ୍କୁ ଘେନି ପାରାଦ୍ୱୀପରୁ ପ୍ରସ୍ଥାନ କଲେ ତେତେବେଳକୁ ଜଟିଆକୁଦର ମହୋସ୍ବର ଖଦ୍ୟାକାର୍ଯ୍ୟ ଶେଷ ହୋଇଥିଲା। ନାନା ପ୍ରକାର ଅନ୍ନ ଡାଲି ବ୍ୟଞ୍ଜନ ଖଦ୍ୟ ନିକଟରେ ହାଣ୍ଡି ହାଣ୍ଡି ହୋଇ ଥୁଆ ହୋଇଥିଲା। ସନ୍ୟାସିଦ୍ୱୟ ଖଦ୍ୟାକାର୍ଯ୍ୟ ଶେଷ ହେବା ଦେଖି ତତ୍ପର ହୋଇ ଖଦ୍ୟ ନିକଟକୁ ଆସି ଲୋକମାନଙ୍କୁ ଖଦ୍ୟ ନିକଟରେ ଏକତ୍ରିତ ହେବାକୁ କହିଲେ। ଯେତେଲୋକ ପ୍ରାତଃକାଲରେ ନବଗ୍ରାମ ଆଡୁ ଆସିଥିଲେ ତହିଁର ଦ୍ୱିଗୁଣ ମନୁଷ୍ୟ ବର୍ଦ୍ଧମାନ ଜଟିଆକୁଦରେ ସନ୍ୟାସିଦ୍ୱୟଙ୍କ ନିକଟରେ ଦେଖାଗଲେ। ଖଦ୍ୟ ନ ଲାଗିବା ପର୍ଯ୍ୟନ୍ତ ବାହାରଲୋକ କେହି ଆସି ନ ଥିଲେ ମାତ୍ର ଯେତେବେଳେ ଖଦ୍ୟାର ଧୂଆଁ ଜଟିଆକୁଦର ବୃକ୍ଷଲତାଦି ଅତିକ୍ରମ କରି ଆକାଶ ମାର୍ଗରେ ହେଲା ତେତେବେଳେ ଚତୁର୍ଦ୍ଦିକରେ କ୍ଷୁଦ୍ର କାଠୁଆଆୟୋଗେ ଅନେକ ଲୋକ ଭୋଜନାଶାରେ ସେଠାରେ ଉପନୀତ ହେଲେ। ଲୋକମାନେ ଏକତ୍ରିତ ହେଲାରୁ ସେମାନଙ୍କୁ ଧାଡ଼ି କରି ଖଦ୍ୟାର ଏକପାର୍ଶ୍ୱରେ ଠିଆକରାଇ ସନ୍ୟାସି ଦ୍ୱୟ ହସ୍ତରେ ଜଳ ଘେନି ଖଦ୍ୟ ଏବଂ ତନ୍ନିକଟବର୍ତ୍ତୀ ଅନ୍ନ ବ୍ୟଞ୍ଜନାଦିର ପାତ୍ର ଚତୁର୍ଦ୍ଦିକରେ ମନ୍ତ୍ରୋଚାରଣ ପୂର୍ବକ ପାଣି ଛଡ଼ାଇଦେଲେ। ତତ୍ପରେ କିଞ୍ଚିତ ଅଗ୍ରସର ହୋଇ କହିଲେ :- "ଭାଇ, ଆଜି ଆମ୍ଭମାନଙ୍କର ବଡ଼ ଶୁଭଦିନ। ସଂସାରରେ ଜନ୍ମଗ୍ରହଣ କରି ପରମେଶ୍ୱରଙ୍କ ଦୟା ଓ ଇଚ୍ଛାନୁସାରେ ଯେଖାମତେ ଏକତ୍ର ପାନଭୋଜନରେ ଉନ୍ମତ୍ତ ହେବା ସହଜ କଥା ନୁହଇ। ଏହା ଜଗଦୀଶ୍ୱରଙ୍କ ଏକାନ୍ତ ଅନୁରାଗ ଭିନ୍ନ ଜୀବକୁ ମିଳଇ ନାହିଁ। ଯେତେବେଳେ ଆମ୍ଭେମାନେ ଏହିରୂପେ ଈଶ୍ୱରାନୁରାଗଭାଜନ ହୋଇଅଛୁଁ ତେତେବେଳେ ଆମ୍ଭେମାନେ ଅତ୍ୟନ୍ତ ସୌଭାଗ୍ୟଶାଳୀ। ତେଣୁ ଆମ୍ଭମାନଙ୍କୁ ଅତୀବ କୃତଜ୍ଞହୃଦୟରେ ଐକାନ୍ତିକଭକ୍ତି ସହିତ ଈଶ୍ୱରଙ୍କୁ ଧନ୍ୟବାଦ ଦେବାକୁ ହେବ। ଅତଏବ ସମସ୍ତେ ଏକସ୍ୱରରେ ଆପଣାର ଚିତ୍ତକୁ ଏକାଗ୍ର କରି "ହରିବୋଲ" ଉଚ୍ଚାରଣ କର।"

ହନୁମାନ ଦାସଙ୍କ ମୁଖରୁ କଥା ଶେଷ ନୋହୁଣୁ ଘୋର ସ୍ୱରରେ ଜଟିଆକୁଦରୁ "ହରିବୋଲ" ଶବ୍ଦ ଉଥ୍ତ ହୋଇ ମହାନଦୀର ଜଳକୁ ଦ୍ୱିଖଣ୍ଡିତ କରି ଚତୁର୍ଦ୍ଦିକରେ ବାହାରିଗଲା। ପ୍ରତିଧ୍ୱନି ମଧ୍ୟ ଚତୁର୍ଦ୍ଦିକରୁ ଉଥ୍ତ ହୋଇ ଦିଗ୍‌ବିଦିକ୍ ଚହଲାଇବା ସଙ୍ଗେ ସଙ୍ଗେ ହନୁମାନ ଦାସଙ୍କ ଆଜ୍ଞାକ୍ରମେ ପୁଣି ହରିବୋଲ ଶବ୍ଦ ଦିଗ୍‌ବିଦିକ୍‌ପ୍ରକମ୍ପିତ କଲା ଏବଂ ତହିଁ ପଛେ ପଛେ ପୁଣି ହନୁମାନ ଦାସଙ୍କ ଇଙ୍ଗିତମାତ୍ରକେ "ହରିବୋଲ" ଶବ୍ଦ ଜନମଣ୍ଡଳରୁ ଉଥ୍ତ ହୋଇ ଦିଗ୍‌ବିଦିକ୍‌ଓ ଆକାଶକୁ ଖଣ୍ଡ ଖଣ୍ଡ କରିପକାଇଲା।

ଏହି ସମୟରେ ସନ୍ୟାସିଦ୍ୱୟ ତିଳମାତ୍ରକ ଚକ୍ଷୁ ବୁଜିଥିଲେ। ଏହି "ହରିବୋଲ" ଶବ୍ଦ ଯେ କେବଳ ଦିଗ୍‌ବିଦିକ ଓ ଆକାଶକୁ ଆଲୋଡ଼ିତ କରିଥିଲା ଏମନ୍ତ ନୁହେ। ସନ୍ୟାସିଦ୍ୱୟଙ୍କର ଅନ୍ତରାମ୍ୟା ମଧ୍ୟ ବିଶେଷରେ ଆଲୋଡ଼ିତ ହୋଇ ଜଗଦୀଶ୍ୱରଙ୍କ ମହିମାରେ ମୁଗ୍ଧ ହୋଇଥିଲା। ଯେତେବେଳଯାଏ "ହରିବୋଲ" ଶବ୍ଦ ଦିଗ୍‌ଦିଗନ୍ତରେ ଖେଳୁଥିଲା ତେତେବେଳଯାଏ ସନ୍ୟାସିଦ୍ୱୟ ଧ୍ୟାନମଗ୍ନ ରହିଥିଲେ ଏବଂ ସେ ଖେଳା ବନ୍ଦ ହୋଇ ଆସିଲାରୁ ସନ୍ୟାସି ଦ୍ୱୟ ଚକ୍ଷୁରୁନ୍ମୀଲିତ କରି ଠିଆ। ହେଲେ। ତଦ୍ଦ୍ୱରେ ହନୁମାନ ଦାସ କହିଲେ-

"ଭାଇ, ଦେଖୁଲତ – ଆମ୍ଭମାନଙ୍କର କେମନ୍ତ ସୌଭାଗ୍ୟ! ଏକ ସମୟରେ ଏତେଲୋକ ଏକତ୍ର ମିଳି ଜଗଦୀଶ୍ୱରଙ୍କ ନାମୋଚାରଣ କରିବା ଅଳ୍ପ ସୌଭାଗ୍ୟର ବିଷୟ ନୁହଇ। କେମନ୍ତଭାବରେ ଲୋକମାନଙ୍କୁ ନିଯୁକ୍ତ କରି ଜଗଦୀଶ୍ୱର ଆପଣା ମହିମାବିସ୍ତାରରେ ବ୍ରତୀ ଅଛନ୍ତି ବୁଝିବା କଠିନ। ତାଙ୍କର ଅପାରମହିମା ଏବଂ ତାଙ୍କରଅସୀମ-ଶକ୍ତି। ଭାଇ, ଆମ୍ଭେ ତୁମ୍ଭମାନଙ୍କୁ ଅତି ବିନୀତଭାବରେ କହୁଛୁଁ ଏ ଭାବ କେବେ ଭୁଲିବ ନାହିଁ। ଦେଖୁଛତ ଘୋର ଦୁର୍ଭିକ୍ଷ ଚତୁର୍ଦ୍ଦିକରୁ କରାଳ କାଳରୂପରେ ଉପନୀତ ହୋଇ ଦେଶକୁ ଗ୍ରାସ କରିବାକୁ ବସିଛି। ଆଜି ଯେପରି ସମସ୍ତେ ଏକତ୍ରିତ ଆଉ ଏକଭ୍ରାତୃଭାବରେ ଉନ୍ନତ ହୋଇ ଭୋଜନ କରିବ ସେହିପରି ଭବିଷ୍ୟତରେ ମଧ୍ୟ ଯେ ଯେତେ ପାର ଖାଇ ଖୁଆଇ ଦିନପାତ କରିବାରେ ବ୍ରତୀ ହେବ। ଈଶ୍ୱର ମଙ୍ଗଳମୟ; ଯେଉଁ ଅନୁଗ୍ରହରୁ ସେ ଆମ୍ଭମାନଙ୍କୁ ପ୍ରଚୁର ଶସ୍ୟ ପ୍ରଦାନ କରନ୍ତି ସେହି ଅନୁଗ୍ରହରୁ ସେଦେଶକୁ ଦୁର୍ଭିକ୍ଷ ପ୍ରେରଣ କରନ୍ତି। ତହିଁରେ ଈଶ୍ୱରଙ୍କର କେଉଁ ମଙ୍ଗଳବାଞ୍ଛା ସାଧିତ ହୁଏ ତାହା ଆମ୍ଭମାନଙ୍କର ଚିନ୍ତା କରିବାର ଆବଶ୍ୟକ ନାହିଁ। ଯେତେବେଳେ ଈଶ୍ୱର ଅନୁଗ୍ରହ କରି ଦୁର୍ଭିକ୍ଷ ପଠାଇଛନ୍ତି ତେତେବେଳେ ତାହ ଅକାତରେ ସହିବାକୁ ଯତ୍ନଶୀଳ ହେବା ଉଚିତ ମାତ୍ର ଭାତୃଭାବ ବୃଦ୍ଧି ବିନା ତାହା ହୋଇ ନ ପାରେ। ଅତଏବ ଯେତେବେଳେ ଭାଇ ସମସ୍ତେ ଏକତ୍ରିତ ହୋଇ ଆଜି

ମହୋସ୍ବରେ ମାତୁଛି ତେତେବେଳେ ଭାଇ ମିଳି ଈଶ୍ବରଙ୍କ ନାମ ଘେନି ଦୁର୍ଭିକ୍ଷରୂପେ ମହାପର୍ବକୁ ନିବିଘ୍ନରେ କଟାଇଦେବ।-ଶାନ୍ତିଃ, ଶାନ୍ତିଃ, ଶାନ୍ତିଃ।"

ଏହି କଥା କହି ହନୁମାନ ଦାସ ଚକ୍ଷୁ ବୁଜି ଧ୍ୟାନନିମଗ୍ନ ହୋଇଗଲେ। ଗିରିଧାରୀ ଦାସ ମଧ୍ୟ ସଙ୍ଗେ ସଙ୍ଗେ ଚକ୍ଷୁ ବୁଜି ଈଶ୍ବରଧ୍ୟାନରେ ନିମଗ୍ନ ହେଲେ। ଲୋକମାନେ ଏହା ଦେଖି ଅଶ୍ରୁ ସମ୍ବରଣ କରିପାରିଲେ ନାହିଁ। ଭକ୍ତି ଓ ବିଶ୍ବାସରେ ଉନ୍ନତ୍ତ ହେବାରୁ ସେମାନଙ୍କ ଚକ୍ଷୁରୁ ଅନର୍ଗଳ ଅଶ୍ରୁଧାରା ବିଗଳିତ ହୋଇଥିଲା। କିୟତ୍କ୍ଷଣ ପରେ ସନ୍ୟାସି ଦ୍ବୟ ଧ୍ୟାନରୁ ଉଠିଲେ। ହନୁମାନ ଦାସ ପୂର୍ବ ପ୍ରାୟ "ହରିବୋଲ" ପକାଇବାକାରଣ ଲୋକମାନଙ୍କୁ ଆଦେଶ କରନ୍ତେ ଉପର୍ୟ୍ୟୁପରି ତିନିଥର "ହରିବୋଲ" ଶବ୍ଦ ଉଥୁତ ହୋଇ ଜଗଦୀଶ୍ବରଙ୍କ ସିଂହାସନ କଂପାଇଦେଲା। ଭକ୍ତ-ଅଧୀନ ଈଶ୍ବର। ସେ ତ ଭକ୍ତର ଭକ୍ତିପାଶରେ ସତତ ଆବଦ୍ଧ।- ଏ "ହରିବୋଲ" ଶବ୍ଦରେ ଦିଗ୍‍ବିଦିକ୍ ପ୍ରସନ୍ନ ହୋଇଥିଲା। ଜଟିଆକୁଦ ବୃଷ୍ଟିଧାରାରେ ବିଧୌତ ହେଲା ପ୍ରାୟ "ହରିବୋଲ" ଶବ୍ଦରେ ପୂତ ହୋଇ ଅଧିକତର ପ୍ରସନ୍ନ ଦିଶିଲା ଏବଂ ସଙ୍ଗେ ସନ୍ୟାସ ଦ୍ବୟଙ୍କ ଆଦେଶକ୍ରମେ ସମସ୍ତେ ଏକଠାରେ ଆହାର କରିବାକୁ ବସିଲେ।

ସେ ଦୃଶ୍ୟ ଦେଖିବାକୁ ବଡ଼ ଚମତ୍କାର ହୋଇଥିଲା। ନାନା ଜାତୀୟ ଲୋକେ ଜାତିଭେଦ ଛାଡ଼ି ଏକତ୍ର ପତ୍ର ପକାଇ ଭୋଜନ କରୁଅଛନ୍ତି। ଆହା! ଓଡ଼ିଶାରେ ଏହା ଏକ ଅସାଧାରଣ ଦୃଶ୍ୟ ଅଟଇ! ଯେତେବେଳେ ଜାତିଭେଦରୂପ ମହାବୃକ୍ଷମୂଳରେ କୁଠାରାଘାତ କରି ସ୍ବୟଂ ବିଷ୍ଣୁ ଦାରୁରୂପରେ ନୀଳାଦ୍ରିରେ ବିରାଜମାନ ହୋଇଅଛନ୍ତି ତେତେବେଳେ ଅନ୍ୟ କଥା ଅବା କି ବୋଲିବୁଁ? ଯେଉଁଠାରେ ବ୍ରାହ୍ମଣଠାରୁ ଚଣ୍ଡାଳ ପର୍ୟ୍ୟନ୍ତ ମହାପ୍ରସାଦ ଛଡ଼ାଛଡ଼ି କରି ଖାଉଅଛନ୍ତି ସେଠାରେ ବୈଷ୍ଣଧର୍ମର ପ୍ରଭାବର କଥା ଆଉ ବୋଲିବାକୁ ହେବ ନାହିଁ। ଯେଉଁ ବୈଷ୍ଣବଧର୍ମରେ ପ୍ରମତ୍ତ ହୋଇ ଓଡ଼ିଶାବାସୀ ମହାପ୍ରସାଦ ଛଡ଼ାଛଡ଼ି କରି ସେବନ କରନ୍ତି ସେହି ବୈଷ୍ଣବଧର୍ମରେ ପ୍ରଣୋଦିତ ହୋଇ ସେମାନେ ମହୋସ୍ବବାଦିରେ ଏକତ୍ର ବସି ଭୋଜନ କରନ୍ତି।- ପାଠକେ! ଅନ୍ୟସ୍ଥାନ ପ୍ରାୟ ଓଡ଼ିଶାରେ ଜାତିଭେଦ ଅଛି। ବରଂ ଓଡ଼ିଶାରେ ତହିଁର ବିଚାର କଟକଣା ଅଧିକତର କଠିନ। ତଥାପି ଈଶ୍ବରଙ୍କ ପ୍ରସାଦସେବାର ସେ ବିଚାର ରହଇ ନାହିଁ ଏବଂ ଏହା ଯେ ଅନେକ ସମୟରେ ଅନେକ ସମୟରେ ମନେକ ମଙ୍ଗଳ ସାଧନ କରେ ବୋଲା ବାହୁଲ୍ୟ।-ହାୟ! ଏହି ବୈଷ୍ଣବଧର୍ମ ପ୍ରତି ଭାରତବାସିଙ୍କ ହୃଦୟରେ ଜାଗ୍ରତ ହେଲେ ଭାରତ ନବପ୍ରମାଣରେ ଉତ୍ତେଜିତ ହୋଇ ଉଠନ୍ତା। କେବେ କି ଆମ୍ଭେମାନେ ସମୁଦାୟ ଭାରତରେ ଏ ଭାବ ଦେଖିବାକୁ ପାଇବୁଁ?

ଭୋଜନ ଶେଷ ହେଲା। ହନୁମାନ ଦାସ ଓ ଗିରିଧାରୀ ଦାସ ସନ୍ୟାସିଦ୍ୱୟଙ୍କ ଜୟୋଚ୍ଚାରଣ କରି 'ହରିବୋଲ' ପକାଇ ଲୋକମାନେ ସେଠାକୁ ଉଠିଲେ। ମହାନଦୀର ପବିତ୍ର ଜଳରେ ହସ୍ତ ପ୍ରକ୍ଷାଳନ କରି ଯଥେଚ୍ଛା ପାନ କଲେ ଏବଂ ସନ୍ୟାସିଦ୍ୱୟଙ୍କ ନିକଟରୁ ବିଦାୟ ହେବାକାରଣ ଆସି ପୂର୍ବୋକ୍ତ ସ୍ଥାନରେ ସନ୍ୟାସିଙ୍କ ବେଢ଼ିଗଲେ।

ହନୁମାନ ଦାସ ଅବସର ବୁଝି ପୁଣି ଉଚ୍ଚୈଃସ୍ୱରରେ ଲୋକମାନଙ୍କୁ କହିଲେ "ଆଜି ଯେପରି ତୃପ୍ତି ସହିତରେ ଭୋଜନ କଲ ସେପରି ତୁମ୍ଭେମାନେ କେବେ ଭୋଜନ କରିଅଛ କି ନାହିଁ ସନ୍ଦେହ"।

ଏହି କଥାରେ ଲୋକମାନେ ଗୋଲ କରି କହିଲେ "ମହାରାଜ। ଆଜିର ଭୋଜନପରି ଆମ୍ଭେମାନେ ଆଉ କେବେ ଭୋଜନ କରି ଏତେଦୂର ତୃପ୍ତ ହୋଇନାହୁଁ"।- ହନୁମାନ ଦାସ ଏହା ଶୁଣି ପ୍ରାତିପ୍ରଫୁଲ୍ଲିତ ବଦନରେ କହିଲେ ଦେଖ! ସନ୍ତୋଷ ପୃଥ୍ୱୀରେ ପରମ ସଙ୍କେତ। ଯେତେବେଳେ ଜାଣିଲ ଭୋଜନ କରି ତୁମ୍ଭ ମାନରେ ପରମନିର୍ମଳ ସନ୍ତୋଷ ଜାତ ହେଲା ତେତେବେଳେ ବୁଝିବ ଯେ ଜଗଦୀଶ୍ୱରଙ୍କ ତୁମ୍ଭମାନଙ୍କ ପ୍ରତି ଅନୁଗ୍ରହ ହୋଇଅଛି ଓ ତାହା ଜଗଦୀଶ୍ୱରଙ୍କ ଅଭିମତ। ଜଗଦୀଶ୍ୱର ପରମ ବୈଷ୍ଣବ। ଜଗତ୍‌ତାଙ୍କର ପରମ ଆଦରର ବସ୍ତୁ। ସେ ଜଗତ୍‌ରୂପେ ବିକାଶିତ ହୋଇ ଅଛନ୍ତି। ତେଣୁ ଜଗତର ଅଣୁ ପରମାଣୁରେ ସେ ବିଦ୍ୟମାନ ଅଛନ୍ତି। ତୁମ୍ଭେମାନେ ଭକ୍ତ ଓ ବୈଷ୍ଣବ ଆଉ ଆମ୍ଭେ ଯାହା କହିଲୁଁ ତାହା ତୁମ୍ଭମାନଙ୍କର ଧର୍ମ-ନିଦାନ। ତୁମ୍ଭେମାନେ କାହାକୁ ପର ବୋଲି ଭାବିବ ନାହିଁ। ଦେଖ! ଦେଶରେ କରାଳ କାଳରୂପେ ଦୁର୍ଭିକ୍ଷ ଉପସ୍ଥିତ ହେଉଛି। କେତେ ଲୋକଙ୍କୁ କେତେ ପ୍ରକାରେ ଏହା ସଂହାର କରିବ ବୋଲାଯାଇ ନ ପାରେ। ତୁମ୍ଭେମାନେ ଏ ସମୟରେ ବିଶେଷ ସହିଷ୍ଣୁ ହେବ। ଈଶ୍ୱରଙ୍କର ଆଦେଶ ଚୂଡ଼ାନ୍ତ। ଏହା ଈଶ୍ୱରଙ୍କର ଆଦେଶ ଜାଣି ଧୌର୍ଯ୍ୟ ଧାରଣ କରି ବଞ୍ଚିଥିବାଯାଏ କର୍ତ୍ତବ୍ୟ କାର୍ଯ୍ୟ କରି ଚାଲିଯିବ। ଯେତେବେଳେ କେହି ଅନାହାରକ୍ଲିଷ୍ଟ ଲୋକ ଆସି ତୁମ୍ଭ ଦ୍ୱାରରେ ଉପନୀତ ହେବ ଆପଣାର ପରମ ପ୍ରିୟ ଭାଇ ମନେ କରି ତାହାକୁ ଅନ୍ନ ପ୍ରଦାନ କରିବ କରିବ —କହ ସମସ୍ତେ, ପ୍ରଦାନ କରିବୁଁ। ସନ୍ୟାସିଙ୍କର ତେଜଃପୂର୍ଣ୍ଣ କଥାରେ ମୋହିତ ହୋଇ ଏକ ବାକ୍ୟରେ ଲୋକମାନେ କହିଁ ଉଠିଲେ "ହଁ କରିବୁଁ"। ହନୁମାନ ଦାସ ଅତ୍ୟନ୍ତ ପ୍ରୀତ ହୋଇ କହିଲେ 'ଆମ୍ଭେ ଏ ଉତ୍ତର ଶୁଣି ବଡ଼ ସନ୍ତୁଷ୍ଟ ହେଲୁଁ। ଯେ ଜଗତର ଜୀବରେ ଦୟା ବହି ସେମାନଙ୍କର ମଙ୍ଗଳ କରନ୍ତି ଈଶ୍ୱର ତାଙ୍କର ମଙ୍ଗଳ କରନ୍ତି। ଏ କଥା

ସତତ ମନେ ରଖ୍ୟ ମଙ୍ଗଳ କରିବାରେ ପ୍ରବୃତ୍ତ ହୁଅ, ଈଶ୍ୱର ସେ ବିପଦସମୟରେ ତୁମ୍ଭମାନଙ୍କୁ ମଙ୍ଗଳରେ ନିଭାଇ ନେବେ। ଡର ନାହିଁ। ଯେ ଈଶ୍ୱରଙ୍କଠାରେ ଆତ୍ମ-ସମର୍ପଣ କରିଛି ତାହାର ସଂସାରରେ ଭୟ କେଉଁଠାରେ? ଆମ୍ଭେ ଜାଣୁ ଈଶ୍ୱର ତୁମ୍ଭମାନଙ୍କର ମଙ୍ଗଳ ସାଧନୋଦ୍ଦେଶ୍ୟରେ ନାନାପ୍ରକାର ଉପାୟର ପଥ ପରିଷ୍କାର କରି ଦେଇଛନ୍ତି। ଏ ସଂସାର ତୁମ୍ଭର ନୁହେ, କି ଆମ୍ଭର ନୁହେ। ତୁମ୍ଭେ ଆମ୍ଭେ ପଥିକ ମାତ୍ର। ଯାହାର ସଂସାର ତାହାରି କାର୍ଯ୍ୟ କରିବାନିମିତ୍ତ ଆମ୍ଭେମାନେ ଜନ୍ମ ହୋଇଅଛୁଁ—ତାହାର କାର୍ଯ୍ୟ ସିଦ୍ଧି କରିପାରିଲେ ଆମ୍ଭେମାନେ ଆପଣାର ଜନ୍ମ ସଫଳ କରିପାରିବୁଁ। ଅତଏବ ସମସ୍ତେ ଆଶ୍ୱସ୍ତମନରେ ଘରକୁ ବାହୁଡ଼ି ଯାଇ ଈଶ୍ୱରଙ୍କର ନାମକୀର୍ତ୍ତନରେ ରତ ହୁଅ ଏବଂ ଭୋଜନଶୟନାଦି ସବୁ କାର୍ଯ୍ୟ ଈଶ୍ୱରଙ୍କ ଇଚ୍ଛାନୁରୂପେ ସମ୍ପନ୍ନ ହେବାର ଜାଣି ତଦ୍ସମୁଦାୟ ତାଙ୍କୁ ଅର୍ପଣକରି ସୁଖୀ ହୁଅ।"

ଲୋକମାନେ ହନୁମାନ ଦାସଙ୍କ ସୁଧାବିମିଶ୍ରିତ କଥାରେ ମୋହିତ ହୋଇ ଆତ୍ମଜ୍ଞାନ ହରାଇଥିଲେ। ତାଙ୍କ ବକ୍ତବ୍ୟ ଶେଷ ହେଲାରୁ ଉଲ୍ଲସିତ ମନରେ ସ୍ୱେଚ୍ଛା-କ୍ରମେ ତିନିଥର 'ହରିବୋଲ' ପକାଇଲେ। ତେତେବେଳକୁ ଦିନ ତିନିପ୍ରହର ଅତୀତ ହୋଇଅଛି। ଲୋକମାନେ ସନ୍ନ୍ୟାସିଦ୍ୱୟଙ୍କଠାରୁ ମେଲାଣି ହେବାର ଅନୁମତି ପାଇ ଲୀନ ହୋଇ ପ୍ରଣିପାତ ହେଲେ। ବୋଧ ହେଲା ଯେପରି ଜଟିଆକୁଦରେ ଲୋକମାନେ ପରମେଶ୍ୱରଙ୍କ ନାମକୀର୍ତ୍ତନ କରୁଥିବା କାଳରେ ଭକ୍ତି-ନିର୍ଝରରୁ ପ୍ରଭୃତି ରସ ନିର୍ଗତ ହୋଇ ସେମାନଙ୍କୁ ଭସାଇ ନେଇଗଲା। ହାୟ! ହାୟ! ଭକ୍ତିରସରେ ଉନ୍ନତ ହେବାକାରଣ ବାସ୍ତବରେ ଆମ୍ଭମାନଙ୍କର ଅବସର ଅତି ଅଳ୍ପ। ଯେଉଁ ପାଶ୍ଚାତ୍ୟସଭ୍ୟତାର ସ୍ରୋତ ଆସି ଆମ୍ଭମାନଙ୍କୁ ସତତ କର୍ମକାଣ୍ଡରେ ଭ୍ରାମ୍ୟମାନ କରାଇ ଚିନ୍ତାରୂପ ମହାତରଙ୍ଗଶାଳୀ ସମୁଦ୍ରରେ ନିକ୍ଷେପ କରିଅଛି ସେ କି ଆମ୍ଭମାନଙ୍କୁ ଏରୂପ ଅବସର ପ୍ରଦାନ କରିବ?

ଲୋକମାନେ ସାଷ୍ଟାଙ୍ଗ ପ୍ରଣିପାତ ହେଲାରୁ ସନ୍ନ୍ୟାସିଦ୍ୱୟ ସେମାନଙ୍କୁ ହୃଦୟର ନିଭୃତତମ ସ୍ଥାନରୁ ଆଶୀର୍ବାଦ କଲେ ଏବଂ ପରକ୍ଷଣରେ ଘୋର 'ହରିବୋଲ' ଶବ୍ଦରେ ଜଟିଆକୁଦକୁ ପ୍ରକମ୍ପିତ କରୁ ଲୋକମାନେ ପ୍ରହୃଷ୍ଟମନରେ କୁଦରୁ ଓହ୍ଲାଇ ଗ୍ରାମକୁ ବାହୁଡ଼ିବାକାରଣ ନୌକାରେ ବସିଲେ।

ପଞ୍ଚବିଂଶ ପରିଚ୍ଛେଦ

କୃପଣର ପରିମାଣ

ଏହିରୂପେ ମହୋସବ କାର୍ଯ୍ୟ ଶେଷ କରି ଈଶ୍ୱର-ନାମ-କୀର୍ତ୍ତନ ଓ ଧର୍ମୋପଦେଶର ଫଳସ୍ୱରୂପ ଶାନ୍ତିର ସସିଞ୍ଚିତ ପ୍ରଭୁତ ବଳରେ ବଳୀୟାନ୍‌ହୋଇ ନବଗ୍ରାମର ଲୋକମାନେ ଗ୍ରାମରେ ପହୁଞ୍ଛିଲେ। ତେତେବେଳକୁ ସନ୍ଧ୍ୟା ଆଗତପ୍ରାୟ। ଏକେ ତ ପୌଷମାସରେ ଦିନ ଛୋଟ। ତହିଁରେ ପୁଣି ମହୋସବରେ ଉନ୍ମତ୍ତ ହୋଇ ଖିଆ ପିଆ ଶେଷ ହେଉଁ ହେଉଁ ବେଳ ଗଡ଼ି ଯାଇଥିଲା। ସୁତରାଂ ଗ୍ରାମରେ ପହୁଞ୍ଛିଲାବେଳକୁ ସୂର୍ଯ୍ୟତେଜ ନିତାନ୍ତ ମଳିନ ହୋଇ ଚତୁର୍ଦ୍ଦିକ କ୍ଷୀଣ କୁଜଝଟିକା ଜାଲରେ ଧୂମ୍ରମୟ ଦିଶିବାକୁ ଆରମ୍ଭ ହେଲା। ଆଉ ସନ୍ଧ୍ୟା କାହା ଘରେ? ଶୀତକାଳ ଦ୍ୱାରା ସୂର୍ଯ୍ୟଦେବ ସ୍ୱପ୍ରଭାବ କ୍ଷୀଣ ହେବା ଦେଖି ଲଜ୍ଜିତ ହୋଇ ବିରସ ବଦନରେ ଶୀଘ୍ର ପଳାୟନ କଲେ। କାଳକର୍ତୃକ ଯେ ଜାଲ ପୃଥିବୀରେ ବିସ୍ତୃତ ହେଲା ଅପରିମିତ ପ୍ରତାପଶାଳୀ ସଲର୍ଯ୍ୟଦେବ ସୁଦ୍ଧା ବେଳେ ତାହାକୁ ପରାଜୟ କରିପାରିଲେ ନାହିଁ, ବରଂ ପଳାୟନ କରି ପ୍ରତୀଚୀଶିଖରରେ ଅପର ପାର୍ଶ୍ୱରେ ମୁଖ ଲୁଚାଇ ରହିଲେ। ଏହା ଈଶ୍ୱରଙ୍କ ମାୟା ଭିନ୍ନ ଅନ୍ୟ କି ହୋଇ ପାରେ? ଏହା ଦେଖି ଗର୍ବୀ ଲୋକ କି ଗର୍ବ କରି ପାରେ? ଯେ କରେ ସେ ଅଜ୍ଞାନୀ।

ଲୋକମାନେ ଗ୍ରାମରେ ପହୁଞ୍ଛି ଘରକୁ ଯିବାପୂର୍ବରେ କୌତୁକାବିଷ୍ଟ ହୋଇ ଡକାୟତମାନଙ୍କ ନାଟସ୍ଥାନ ଦେଖିବାକୁ ଗଲେ। ତେତେବେଳକୁ ସେଠାରେ ସତ୍ତିଙ୍କ ସଂଖ୍ୟା ଦ୍ୱିଗୁଣିତ ହୋଇଅଛି। ସ୍ୱୟଂ ତୁମନ ସର୍ଦ୍ଦାର ଉପସ୍ଥିତ ଥାଇ ରାତ୍ରିକାଳରେ କିରୂପେ ସେ ସ୍ଥାନ ଏବଂ ଗ୍ରାମଯାକ ଶାନ୍ତି ରକ୍ଷିତ ହେବ ତହିଁର ବନ୍ଦୋବସ୍ତ କରୁଅଛନ୍ତି ଏବଂ ହାକିମ ଜଣେ ଉପସ୍ଥିତ ହେବାରୁ ସ୍ୱଭାବତଃ ଅନେକ ଲୋକ ସେଠାରେ ରୁଣ୍ଡ ହୋଇଅଛନ୍ତି। ସନ୍ଧ୍ୟା ହେବାହେତୁ ହାଟୁଆ ବେପାରୀ ପ୍ରଭୃତି ଯେ କେହି ଆପଣା ଗ୍ରାମକୁ ସେ ବାଟେ ଯାଉଥିଲେ କୌତୁହଲାକ୍ରାନ୍ତ ହୋଇ ସେଠାରେ ଉପନୀତ ହେଲେ ଏବଂ ଗ୍ରାମବାସୀ ଓ ଅପର ଲୋକଙ୍କ ସଙ୍ଗେ ମିଶି ସକାଳଠାରୁ ବଳି ଏକ ପ୍ରକାଣ୍ଡ ଜନତା ହେଲା। ଗୋଲମାଲ ମଧ୍ୟ କମ୍‌ହେଲାନାହିଁ ମାତ୍ର ସକାଳେ ଯେପରି ହାଟ

ବସିଥିଲା। ବର୍ତ୍ତମାନ ସେପରି ନୁହେ। ହାକିମ ଉପସ୍ଥିତ ହେବାରୁ ଅଧିକାଂଶ ଲୋକେ ହାକିମ କିରୂପେ ଶାନ୍ତିରକ୍ଷାର ବନ୍ଦୋବସ୍ତ କରୁଅଛନ୍ତି ତାହା   ନିବିଷ୍ଟଚିତ୍ତରେ ଦେଖୁଥିଲେ ଏବଂ ସଙ୍ଗେ ଆପଣା ମଧ୍ୟରେ ଫୁସ୍‌ଫାସ୍‌ ହୋଇ ସେ ସମ୍ବନ୍ଧରେ ତର୍କବିତର୍କ ଓ ସମାଲୋଚନା କରୁଥିଲେ। ନବାଗତା ଓ ଦୂରସ୍ଥିତ ଲୋକମାନେ ନାନାପ୍ରକାର ଘଟନାର କଥାବାର୍ତ୍ତା ପକାଇଥିଲେ। ନିକଟରେ ଯେଉଁ ମାନେ ଛିଡ଼ା ହୋଇଥିଲେ ତାଙ୍କ ମଧ୍ୟରୁ କେହି ଦୁମନ ସର୍ଦ୍ଦାରଙ୍କୁ ନାନା କଥା ନିବେଦନ କରି କାର୍ଯ୍ୟର ଶୃଙ୍ଖଳା କରାଇଦେଉଥିଲେ। ଏହିରୂପେ ଗୋଲମାଲ ଉପସ୍ଥିତ ହୋଇଥିଲେ ହେଁ ତାହା ସକାଳର ଗୋଳଠାରୁ ଊଣା ଥିଲା।

କ୍ରମେ ସନ୍ଧ୍ୟାକାଲ ଘନୀଭୂତ ହୋଇ ଆସିଲା। ପାତନ କୁଜ୍‌ଝଟିକାଜାଲ ଘନୀଭୂତ ହୋଇ ଆସିବା ସଙ୍ଗେ ସଙ୍ଗେ ଯୁଦ୍ଧରୁ ପ୍ରତ୍ୟାବର୍ତ୍ତିତ-ସେନା ପ୍ରାୟ ପଶୁପକ୍ଷିମାନେ ଗୋଲମାଲ କରି ଶୀଘ୍ର ଆପଣାର ବିଶ୍ରାମ ସ୍ଥାନକୁ ଲେଉଟିଲେ। ଦୁମନ ସର୍ଦ୍ଦାର ମଧ୍ୟ ବେଳ ଜାଣି ଆପଣାର ଆବାସ ସ୍ଥାନ ଫେରି ଯିବାକୁ ଉଦ୍ୟତ ହେଲେ ମାତ୍ର ଫେରି ଯିବା ପୂର୍ବରୁ ସନ୍ତ୍ରିମାନଙ୍କର ସେମାନଙ୍କର ରାତ୍ର୍ୟୁଚିତ କାର୍ଯ୍ୟର ବିହିତ ଆଦେଶ ଦେଇ ବାଣ୍ଟି ଦେଲା ପରେ ଲୋକମାନଙ୍କୁ ସେ ସ୍ଥାନରୁ ହଟାଇ ଦେବା ଉଚିତ ଜ୍ଞାନ କରି ହିଁର ଆଦେଶ ଦେଉଅଛନ୍ତି ଏମନ୍ତ ସମୟରେ   ଦାସ ଖାଡ଼୍‌ଙ୍ଗା ପ୍ରହରି-ସମଭିବ୍ୟାହାରରେ ଆସୁଥିବାର ଦେଖା ଗଲା।

ପଛେ ପଛେ ନବଗ୍ରାମର ଚୌଧୁରୀ। କଲିକତାରେ ଯେପରି ବୋଉଆକୁ ଆଗରେ ଘେନି ଲୋକେ ଚାଲନ୍ତି କୃପଣସ୍ୱଭାବ ରାଧାଗୋବିନ୍ଦ ସେହିପରି ଦାସ ଖାଡ଼୍‌ଙ୍ଗା ଓ ପ୍ରହରି ମାନଙ୍କୁ ଆଗରେ ଚଲାଇ ଚାଲୁଅଛନ୍ତି। ଘରେ ଥିଲେ ଧନ ଚୋରୀ ଯିବାର ଯେଉଁ ଭୟ ବର୍ତ୍ତମାନ କାଳରେ ଆସାମୀ ପଳାଇ ଯିବାର ସେହି ଭୟ ସତତ ମନରେ ଜାଗରିତ ଅଛି। ତେଣୁ ଦାସ ଖାଡ଼୍‌ଙ୍ଗା ଆଡ଼କୁ ଦୃଷ୍ଟି ଏକଧ୍ୟାନରେ ରହିଅଛି। ନ ରହିବ କାହିଁକି? ସେ ହୋଇଅଛି, ସୁତରାଂ ଏକ ଛାଡ଼ି ଅନ୍ୟ ଆଡ଼କୁ ଦୃଷ୍ଟି ଯିବ କିପରି?

ଘରର ଅବସ୍ଥା କି ହୋଇଥିବ ମନେ କେତେ ପ୍ରକାର ବୀଭତ୍ସ ଛବି ଅଙ୍କିତ କରୁଅଛନ୍ତି ଏବଂ କରି ନିଜେ ତହିଁରେ ଭୟରେ କାତର ହୋଇ ମୃତ୍ୟୁରୁ ବଳି କଷ୍ଟ ଅନୁଭବ କରୁଅଛନ୍ତି। ଯେଉଁ ଲୋକଟା କୃପଣ ତାହାର ପଇସାଟିଏ ନଷ୍ଟ ହେଲେ ମରଣ ତୁଏଲ୍ୟ କଷ୍ଟ ହୁଏ, ଏତ ସର୍ବସ୍ୱ ନଷ୍ଟ ହୋଇଥିବାର ବାର୍ତ୍ତା ଶ୍ରବଣ କରି ଘରକୁ ଯାଉଅଛନ୍ତି! ଏଥିରେ ପ୍ରତିକ୍ଷଣ ଯେ ଏହାଙ୍କ ହୃତ୍‌ପିଣ୍ଡ ଖସି ପଡ଼ୁଥିବ ତାହା ବିଚିତ୍ର ନୁହଇ। ଭାବନା କେବଳ "ମୋର ଧନ" "ମୋର ଧନ" – ଯେମନ୍ତ ସଂସାରରେ

ତାଙ୍କରି ଧନ ଛଡ଼ା ଆଉ କିଛି ନ ଥିଲା! ଲୋକଟି ଏଡ଼େ ପାଷାଣ୍ଡ ଯେ ଧନ ଛଡ଼ା ଆଉ କିଛି କିମ୍ବା। କଳାବତୀଙ୍କ କଥା ସୁଦ୍ଧା ମନେ ପଡ଼ିଲା ନାହିଁ। ଧନଦ୍ରବ୍ୟ ନଷ୍ଟ ହେବାର ତ ଶୁଣିଲେ ମାତ୍ର ଦୁଃଖିନୀ କଳାବତୀଙ୍କର ଦଶା କି ହେଲା ଥରେ ତ ପଚାରିଲେ ନାହିଁ! ଯାହାଙ୍କୁ ଏକ ସମୟରେ କନ୍ୟାପ୍ରାୟ ସ୍ନେହ କରୁଥିଲେ, ଯାହାଙ୍କ ଉପରେ ଘରକରଣା ସମସ୍ତ ଲଦିଦେଇ ବିଦେଶରେ ଥାଇ ଧନ ସଞ୍ଚୟ କରୁଥିଲେ, ଯେ କନ୍ୟାପ୍ରାୟ ପ୍ରତିପାଳିତ ହୋଇ ଅକୃତ୍ରିମ ସ୍ନେହରେ ତାଙ୍କର ଚର୍ଚ୍ଚା ବୁଝୁଥିଲେ ଏବଂ ସଂସାରର ତୀବ୍ର ତରଙ୍ଗାଘାତରେ ଅସହନୀୟ କଷ୍ଟ ଅନୁଭବ କରି ସୁଦ୍ଧା ଯେ ତାହାଙ୍କୁ ଯତ୍ନ କରିବାରେ ତିଳ ମାତ୍ର ତ୍ରୁଟି କରି ନ ଥିଲେ, କାହିଁ, ତାଙ୍କର କଥା ତ ତିଳେ ହେଲେ ମନରେ ଜାତ ହେଲା ନାହିଁ? ଧନଦ୍ରବ୍ୟ ନଷ୍ଟ ହେଲା ବୋଲି କି ସେ ସବୁ ଏକାବେଳକେ ପାସୋର ଗଲା। ହାୟ! ଏଡ଼େ ଅମନୁଷ୍ୟ ସୁଦ୍ଧା ପୃଥିବୀରେ ଅଛନ୍ତି! ଜଗନ୍ନିୟନ୍ତା ଏଭଳି ଲୋକଙ୍କୁ ସୁଦ୍ଧା ଲୋକଶିକ୍ଷାର୍ଥ ଅପୂର୍ବ ଧରାଧାମରେ ସ୍ଥାନ ଦେଇଅଛନ୍ତି।

ଏହିପରି ସର୍ବସ୍ୱ-ନାଶଜନିତ ହୃଦୟବିଦାରକ ଚିନ୍ତାଜାଲରେ ଜଡ଼ୀଭୂତ ହୋଇ ରାଧାଗୋବିନ୍ଦ ଚତୁର୍ଦ୍ଦିକ ଶୂନ୍ୟ ଦେଖି ଶୂନ୍ୟମନରେ ଗମନ କରିଥିଲେ। ଗ୍ରାମ ବାହାରେ କେହି ଏହାଙ୍କ ପ୍ରତି ତେତେ ଦୃଷ୍ଟି ନିକ୍ଷେପ କରି ନଥିଲେ। ମାତ୍ର ଗ୍ରାମ ଭିତରକୁ ଆସିଲାରୁ ଲୋକେ ସ୍ୱତଃ ନାନା ପ୍ରକାର ବିଚାର ପକାଇଲେ। କେହି କହିଲା "ପାଷାଣ୍ଡ ଘରର ଅବସ୍ଥା ଦେଖି ମରିଯିବ"। କେହି କହିଲା " ଧାନ ପାଏ ଦେଲୁ ନାହିଁ ପରା- ଏବେ ଦେଖ୍‌କେତେ ଧାନ କିଏ କିପରି ନେଇଗଲା "। କେହି କହିଲା "କାଙ୍ଗାଳଟା ପେଟକୁ ନ ଖାଇ ସଞ୍ଚିଥିଲା ହୋ- ବେଶ ହୋଇଚି"। ଏହିପରି କେତେ କଥାର ବିଚାର ପଡ଼ିଗଲା। କେହି ଆଉ ଗାଳି ନ ଦେଇ ଭଲ କହିଲେ ନାହିଁ। ଟୋକାଏ ଦୂରେ ଥାଇଁ ତାଲି ଦେଇ ଥରେ କହି ଉଠନ୍ତି "କୃପଣର ଧନ ଦ୍ୱିଗୁଣ ହୁଏ –ଚୋରୀ ନ ହେଲେ ଡକାତୀ ହୁଏ "। ରାଧାଗୋବିନ୍ଦଙ୍କର ତହିଁରେ ଲେଶ ମାତ୍ର ଭ୍ରୁକ୍ଷେପ ନାହିଁ। ସେ ଶୂନ୍ୟ ମନକୁ କୌଣସି କଥା ସ୍ପର୍ଶ କରୁ ନାହିଁ। ତଥାପି ରାଧାଗୋବିନ୍ଦଙ୍କ ମୁଣ୍ଡ ହଲିଲା ମାତ୍ରକେ ଟୋକାଏ ହର୍ଷରେ ଗଦଗଦ ହୋଇ ପଳାଇ ଯାଆନ୍ତି।

ପ୍ରହରୀ ଓ ରାଧାଗୋବିନ୍ଦ ଇତ୍ୟାଦି ଗ୍ରାମକୁ ଆସି ନଥିବା କାଳରେ ଖଣ୍ଡେ ଦୂରରୁ ତାଙ୍କୁ ଦେଖି ବିଦ୍ୟୁତ୍‌ବେଗରେ ଚୌଧୁରୀ ଆସୁଥିବାର ଗ୍ରାମ ଯାକରେ ଟହଲ ପଡ଼ିଗଲା। ଶୁଣିବା ମାତ୍ରକେ ତାଙ୍କୁ ଦେଖିବା ପାଇଁ ଘରଭିତରୁ ଲୋକେ ପଦାକୁ ଧାଇଁ ଆସିଲେ। ତାଙ୍କ ଘରଠାରେ ସମବେତ ହୋଇଥିବା ଅନେକ ଲୋକେ ସେ ସ୍ଥାନ ଛାଡ଼ି ଚୌଧୁରିଙ୍କ ଦେଖିବାପାଇଁ ଗ୍ରାମ ମୁଣ୍ଡକୁ ଚାଲି ଆସିଲେ। କ୍ରମେ ଚୌଧୁରୀ ଓ ପ୍ରହରିଙ୍କ

ଚତୁର୍ଦ୍ଦିକରେ ଜନତା ହୋଇଗଲା। ଆଉ ତର୍କବିତର୍କର ସୀମା ରହିଲା ନାହିଁ। ଯେଉଁମାନେ ଦାସ ଖାଡ଼ଙ୍ଗାକୁ ଚିହ୍ନିଥିଲେ ସେମାନେ ତାହାର ଅବସ୍ଥା ଦେଖି କାତର ହୋଇଗଲେ। ଦାସ ଖାଡ଼ଙ୍ଗା ଡକାୟତ ମଧ୍ୟରେ ଥିଲା ଏକଥା ଦେଖିଲେ ସୁବ୍ଧା ଲୋକେ ସହଜରେ ବିଶ୍ୱାସ କରିବେ ନାହିଁ। ସୁତରାଂ ତାହା ଶୁଣି କେବଳ ସୁବାଦାରଙ୍କର ଚତୁରବୁଦ୍ଧିର ପ୍ରଶଂସା କଲେ। ଯେଉଁମାନେ ଚିହ୍ନ ନ ଥିଲେ ସେମାନେ ତ ତାହାର ଅବୟବ ଦେଖି ଭୁୟାଁ ନୁହେ ବୋଲି ସ୍ଥିର କରି ନେଲେ ଏବଂ ଗୋଟିଏ ଲୋକଙ୍କୁ ଏତେ ବଡ଼ ପ୍ରକାଣ୍ଡ ଡକାୟତୀରେ ଲିପ୍ତ ଥିବାର ଯେ ବିଶ୍ୱାସ କଲେ ତାଙ୍କର ବିଶ୍ୱାସମୟୀ ବୁଦ୍ଧିକୁ ଶତ ଧନ୍ୟବାଦ ଦେଇ ନାନାପ୍ରକାର ତର୍କ ଉପସ୍ଥିତ କଲେ। ଏହିରୂପେ ଚୌଧୁରୀ ଇତ୍ୟାଦିଙ୍କ ସଙ୍ଗେ ଜନତା ଏବଂ ତର୍କସମ୍ଭାବନାଦି ମଧ୍ୟ ଚଳିଲା। ମାତ୍ର ଚୌଧୁରୀ ଥରେ ହେଲେ ତାଙ୍କ ଆଡ଼କୁ ଦୃଷ୍ଟି ଫେରାଉ ନାହାନ୍ତି। ପୁରୁଷଙ୍କ କଥା କି କହିବୁଁ ବର ଦେଖିବାଠାରୁ ଅଧିକତର ଉସ୍ଥାହିତା ହୋଇ ସ୍ତ୍ରୀଲୋକମାନେ ସୁବ୍ଧା ପିଣ୍ଡା ଓ ଦାଣ୍ଡ ଦୁଆରେ ପୂର୍ଣ୍ଣ ହୋଇ ଯାଇଥିଲେ ଏବଂ ଏକା ନିନ୍ଦା ଛଡ଼ା କେହି ଭ୍ରମରେ ସୁବ୍ଧା ତାଙ୍କର ପ୍ରଶଂସା କଲେ ନାହିଁ। ଏ ଘଟନା ମଧ୍ୟ ଚୌଧୁରିଙ୍କ ଦୃଷ୍ଟି ଗୋଚର ହେଲା ନାହିଁ।

ହାୟ! ହାୟ! କୃପଣର ମନ ଯେପରି ସଂକୀର୍ଣ୍ଣ ସଂସାର କି ତାହା ନିମିତ୍ତ ସେହିପରି ସଂକୀର୍ଣ୍ଣ? ଅପୂର୍ବ ଜୀବଜନ୍ତୁ ଏବଂ ଅକଳନୀୟ ଧନଦ୍ରବ୍ୟପୂରିତ ଦିଗ୍‌ବିଦିକ୍‌ବିସ୍ତାରିତ ମନୋହର ସଂସାର କି କୃପଣଠାରେ ଏତେ ସଂକୀର୍ଣ୍ଣ? –ହଁ . ତାହା ହୋଇପାରେ। ମନ ଘେନି ସଂସାର। ଯାହାର ମନ ଯେତେ ଉଦାର ସେ ସଂସାରକୁ ତେତେ ଗୌରବାନ୍ୱିତ ଦେଖଇ। ମାତ୍ର ଯାହାର ମନ ନିତାନ୍ତ ସଂକୀର୍ଣ୍ଣ ତାହାର ସଂସାରଠାରେ ବିସ୍ତୃତବୁଦ୍ଧି ହେବ କିପରି? କୃପଣ ମନ ତାହାର ଧନଠାରେ, ସୁତରାଂ କୃପଣର ସଂସାର ତାହାର ଧନଠାରେ। ଯେବେ ଧନ ଗଲା ତାହାର ସଂସାର ଶେଷ ହେଲା। ପରକୁ ତ ସେ ଦୁଇଚକ୍ଷୁରେ ଦେଖିବ ନାହିଁ, ପରର ଧନ କଥା ଅବା କି କହିବୁଁ?

ରାଧାଗୋବିନ୍ଦଙ୍କର ମନ ସତତ ତାଙ୍କର ସଞ୍ଚିତ ଧନଠାରେ। ଧନ ଛାଡ଼ି କଳାବତୀଙ୍କ ଠାରେ ତ ମନ ନ ଥିଲା, ଅପରର କଥା କି ତହିଁରେ ବୋଲାଯାଇ ପାରେ? ସେ ସଞ୍ଚିତ ଧନ ନଷ୍ଟ ହେବା ଶୁଣିବା ସମୟରୁ ଏକ ପ୍ରକାର ଚେତନା ହରାଇ ଅଛନ୍ତି। ଧନ ଯେତେବେଳେ ଗଲା ତେତେବେଳେ ତାଙ୍କର ସଂସାର ମଧ୍ୟ ନଷ୍ଟ ହେଲା। ସଂସାରକୁ ସେ ବିଷବଦ ଦେଖିଲେ ଆଉ ତାଙ୍କୁ ସଂସାର ଭଲ ଲାଗିଲା ନାହିଁ। ସତ ମିଛ କହି ଧନାର୍ଜନରେ ସେ ସ୍ୱର୍ଗସମ ସୁଖାନୁଭବ କରୁଥିଲେ ଏବେ ସବୁ ତିଲକେ

ପାସେର ଗଲା। ଡକାୟତଙ୍କଠାରୁ ଧନ ପୁନଃପ୍ରାପ୍ତ ହେବ ଏ ଆଶା ମନରେ ଆଦୌ ସ୍ଥାନ ଲଭିଲା ନାହିଁ। ଯହୁଁ ଯହୁଁ ଗ୍ରାମର ନିକଟବର୍ତ୍ତୀ ହେଉଥିଲେ ତହୁଁ, ତାଙ୍କର ଶୋକାବେଗ ଅଧିକାଧିକ ହେଉଥିଲା। ଗ୍ରାମରେ ପ୍ରବେଶ କଲାମାତ୍ରକେ ଆକାଶ ଛିଡ଼ିପଡ଼ି ବେଗରେ ମସ୍ତକରୁ ତଳକୁ ଖସି ପଡ଼ିଲା ଏବଂ ଚୌଧୁରିଙ୍କ ଶରୀର ଦୋହଲିଯାଇ ଘର୍ମାକ୍ତ ହୋଇଗଲା। ହଠାତ୍‌ସଂଜ୍ଞା ହରାଇ ପୁଣି ତତ୍‌କ୍ଷଣାତ୍‌ସଂଜ୍ଞାଲାଭ କରି ସେହିପରି ଶୋକସନ୍ତପ୍ତ ମନରେ ଗ୍ରାମ ଭିତରକୁ ଗଲେ। ଯହୁଁ ଘର ନିକଟବର୍ତ୍ତୀ ହେଉଅଛି ତହୁଁ ଅଧିକାଧିକ ଶୋକାବେଗରେ ହୃଦୟ ବିଦୀର୍ଣ୍ଣ ହୋଇ ଯାଉଅଛି, ତହୁଁ ଅଧିକାଧିକ ବେଗରେ ହୃତ୍‌ପିଣ୍ଡ ଶରୀର ମଧ୍ୟରେ ଖସି ପଡ଼ିଲା ପ୍ରାୟ ଜରାଯାଇ ହୃଦୟ ଦମ୍‌ଦମ୍‌ ପଡ଼ୁଅଛି। ଆଉ ଯନ୍ତ୍ରଣାର ସୀମା ରହିଲା ନାହିଁ। ନିଶ୍ୱାସ ଚଲାଇବା କଠିନ ହୋଇ ଆସିଲା। ଏହାଠାରୁ ଯେ ମରିବା ଶତଗୁଣେ ଭଲ ଥିଲା ତାହା ଚୌଧୁରୀ ମନୋମଧ୍ୟରେ ଶତଥର ବିଚାରି ସ୍ଥିର କରିଥିଲେ! ହାୟ! କାହିଁକି ଧନସଞ୍ଚୟ ହେଉଥିଲା। କାହିଁକି ଧନ ସଞ୍ଚୟରେ ଉନ୍ମତ୍ତ ହୋଇ ଆପଣାର ଜୀବନ କଟାଉଥିଲେ। କେଉଁ କାରଣକୁ ତାହା ଲାଗିଲା! ପୃଥିବୀରେ ଧନ ବ୍ୟୟ କରି କେଉଁ ସୁଖ ଅବା ଲାଭ ନ ହୁଏ? ମାତ୍ର ବ୍ୟୟାଧିକାର ନ ଥିବା ଲୋକଠାରେ ସେ ସୁଖ କିରୂପେ ଅବା ପହୁଞ୍ଚି ପାରିବ?

ଶୋକାବେଗରେ ଚୌଧୁରିଙ୍କ ମନ ଏହିରୂପେ ଜଡ଼ୀଭୂତ ହୋଇଗଲା — ଜୀବନ ଦେହରେ ନ ଥିଲା ପରି ତାଙ୍କୁ ଜଣାଗଲା। ଯେପରି କଳରେ ପୁତ୍‌ଳିକା ଚାଳିତା ହୁଅଇ ସେହିପରି ତାଙ୍କର ଜୀବହୀନ ଢଡ଼ଟା କଳରେ ଚଳୁଥିଲା ପରି ଜଣାଗଲା। କ୍ରମେ ଇଷ୍ଟାନିଷ୍ଟ ଜ୍ଞାନ ନଷ୍ଟ ହେଲା ପ୍ରାୟ ହୋଇ ଆସିଲା। ପ୍ରତିକ୍ଷଣରେ ମସ୍ତକ ଘୂର୍ଣ୍ଣାୟମାନ ହୋଇ ନିକଟବର୍ତ୍ତିନୀ ହେଉଥିବାର ଜ୍ଞାନ ହେଉଥିଲା ତେତେ ଅଧିକ ବେଗରେ ମସ୍ତକ ଭ୍ରମି ଯାଉଥିଲା। ଏତେବେଳେ ତାଙ୍କୁ ଧନସଞ୍ଚୟର କଷ୍ଟ ଜଣାଗଲା। ପ୍ରାଣ ମଧ୍ୟରେ "ମୋ ଧନ" "ମୋ ଧନ" ବୋଲି ଏକା ଚିନ୍ତା ସ୍ରୋତୋ-ବେଗରେ ପ୍ରତିକ୍ଷଣ ପ୍ରତିଧମନୀରେ ଭକ୍ତସହିତରେ ପ୍ରବାହିତା ହେଲା। ଅହଂଜ୍ଞାନର ପରାକାଷ୍ଠା ଆଉ କେଉଁଠାରେ ଦେଖିବ କି? ଚୌଧୁରୀ ଅହଂ-ଜ୍ଞାନରେ ଏକାନ୍ତ ଅଭିଭୂତ ହୋଇ ଆପଣାର ସର୍ବସ୍ୱନାଶ-ଜନିତ ମହାଶୋକରେ କାଷ୍ଠପୁତ୍‌ଳିକା ପ୍ରାୟ ହୋଇଗଲା। ବୁଝିଲା ଲୋକେ ଚୌଧୁରିଙ୍କର ଏ ଭାବ ଦେଖି ତାହାଙ୍କୁ ପାଗଲ ହେବାର ଠଉରାଇ ନେଲେ।

ଏହିପରି ଭାବରେ ଯାଉଁ ଆପଣାର ଭିଟାସ୍ଥାନ ଚୌଧୁରିଙ୍କ ଦୃଷ୍ଟିଗୋଚର ହେଲା। ଯାହା ଶୁଣିଥିଲେ, ଯାହା ଦେଖିବେ ବୋଲି ମନରେ କଳ୍ପନା କରୁଥିଲେ, ଯାହା

ହୋଇଅଛି ବୋଲି ବିଶ୍ୱାସ ହେବାରୁ ପଦେ ହୃଦୟରେ ଅଙ୍କିତ ହୋଇ ଯାଉ ଥିଲା ଠିକ୍‌ସେହିପରି ଦେଖିଲେ। ଭିଟା ପଦା ଦେଖି ମନ ପଦା ହୋଇଗଲା। ସଙ୍ଗେ ଦେହ ମଧ ପଦା ହୋଇଗଲା ଏବଂ କ୍ଷଣକୁ ମଧ୍ୟରେ ଶୂନ୍ୟମୟ ସଂସାରରେ ପ୍ରାଣବାୟୁ ଶୂନ୍ୟରେ ଉଡ଼ିଯାଇ ନିର୍ଜୀବ ଦେହକୁ ଭୂମିରେ ନିପତିତ କଲା!

ଷଡ଼ବିଂଶ ପରିଚ୍ଛେଦ

ସଦ୍‌ଗତି

କୃପଣର ଆଉ ସଦ୍‌ଗତି! ଯାହାର ଈଶ୍ୱର ସଙ୍ଗେ ସମ୍ପର୍କ ନାହିଁ, ଯାହାର ଧର୍ମ ସଙ୍ଗେ ଦେଖା ନାହିଁ, ଯାହାର ପରୋପକାର, ଦାନ, ଧାନାଦି କିଛି ନାହିଁ ତାହାର ପୁଣି ସଦ୍‌ଗତି। ସଦ୍‌ଗତି ଲାଭ କରିବା ସଂସାରରେ ସହଜ କଥା ନୁହଇ। ତାହା ହୋଇଥିଲେ ଆଉ ଲୋକଙ୍କୁ ସଂସାରରେ ଚଳିବାକୁ ହୁଅନ୍ତା ନାହିଁ। ସଦ୍‌ଗତି ଲାଭ ହେବା ନ ହେବାର ପ୍ରମାଣ ଖୋଜିବାକୁ ହେବ ନାହିଁ। ଇହଲୋକରେ ଯେମନ୍ତ ପାପପୁଣ୍ୟର ଫଳଭୋଗ ହୋଇ ସଂସ୍କାର ମାତ୍ର ପରଲୋକକୁ ଗମନ କରେ ସେହିରୂପେ କର୍ମକ୍ଷେତ୍ରରୂପେ ସଂସାରରେ କୃତକାର୍ଯ୍ୟ ହୋଇ ପରଲୋକରେ ସଦ୍‌ଗତି ଲାଭ ହେବା ନ ହେବା କଥା ଲୋକମୁଖରେ ରହିଯାଏ। ଯେବେ ସଂସାରରେ ପାଞ୍ଚଟା ଭଲ ନ କହିଲେ ତେବେ ସଦ୍‌ଗତିର ଯାହା ଲାଭ ହୋଇଅଛି ସହଜରେ ଅନୁମିତ ହେବ।

ଆମ୍ଭେମାନେ ପୂର୍ବେ କହିଅଛୁଁ ରାଧାଗୋବିନ୍ଦ ସଂସାରଟି ଈଶ୍ୱରଙ୍କର ବୋଲି ଜାଣିଥିଲେ ଏବଂ ଈଶ୍ୱର ସଂସାରର ଧନସମ୍ପତ୍ତିର ଅଧିକାରୀ ଥିବାରୁ ତାଙ୍କୁ ବଡ଼ କରି ଦେଖୁଥିଲେ। ଈଶ୍ୱରଙ୍କ ସହିତରେ ରାଧାଗୋବିନ୍ଦଙ୍କର ଏତିକି ସମ୍ପର୍କ, ଆଉ ସମ୍ପର୍କ ମଧ୍ୟରେ ଈଶ୍ୱରଙ୍କ ଅତୁଳ ଧନଭଣ୍ଡାରରୁ ଧନ ଚୋରାଇ ନେଇ ସଞ୍ଚୟ କରିବା। ତାଙ୍କର ଈଶ୍ୱରଙ୍କ ଠାରେ ଆଦୌ ଭୟ ଅବା ଭକ୍ତି ନ ଥିଲା। ତାହା ଥିଲେ ତ ମନୁଷ୍ୟ ହୋଇଥାନ୍ତେ! ତାହା ଥିଲେ ତ ସଂସାରରେ ନାମ କିଣିଥାନ୍ତେ ଏବଂ ଲୋକମୁଖରେ ପ୍ରଶଂସା ପାଇ କୃତାର୍ଥ ହୋଇଥାନ୍ତେ! ମାତ୍ର ଚୌର୍ଯ୍ୟସ୍ୱଭାବସମ୍ପନ୍ନ ଲୋକର ଭାଗ୍ୟରେ ତାହା କାହିଁ?

ଏଭଳି ଲୋକର ଭାଗ୍ୟରେ ଯାହା ଫଳଇ ରାଧାଗୋବିନ୍ଦଙ୍କର ଭାଗ୍ୟକୁ ତାହାହିଁ ଫଳିଥିଲା। ରାଧାଗୋବିନ୍ଦ ଆପଣା ଭିତାର ଅନତିଦୂରରେ ପ୍ରାଣ ହରାଇ ଭୂମିରେ ସଜୋରେ ନିପତିତ ହେବାର ଦେଖି ଲୋକମାନେ 'କି ହେଲା' ବୋଲି ସେହି ଆଡ଼କୁ ଦଉଡ଼ିଲେ। ଭୟାନକ ଚହଳ ପଡ଼ିଗଲା।"ଭିତାମାଟି ଉସନ୍ନ ହେବାର ଦେଖି

ପାଷାଣ୍ଡର ଶ୍ୱାସ ଉଡ଼ିଗଲା" ବୋଲି ଶତ ମୁଖରୁ ନିଃସୃତ ହେଲା। କେତେ ଲୋକ ପରିହାସ କରି କହିଲେ "ଧନଗୁଡ଼ାକ ମୁଣ୍ଡେଇ ନେଇ ଗଲା ଯେ।" ଏହିପରି ନାନାପ୍ରକାର କଥାମାନ ବାହାରି ଭୟାନକ କୋଳାହଳ ଜାତ ହେଲା। ଦୁମନ ସର୍ଦ୍ଧାର ପ୍ରହରିମାନଙ୍କୁ ସଙ୍ଗରେ ନେଇ ଜନତା ଭେଦ କରି ରାଧାଗୋବିନ୍ଦଙ୍କ ମୃତଦେହ ଯେଉଁଠାରେ ପଡ଼ିଥିଲା ସେଠାରେ ଉପନୀତ ହେଲେ।

ରାଧାଗୋବିନ୍ଦଙ୍କୁ ସେ ଉତ୍ତମରୂପେ ଚିହ୍ନିଥିଲେ ଏବଂ ଆପଣା ଭିତାମାଟିର ଏପରି ଦୁର୍ଦ୍ଦଶା ଦେଖି ରାଧାଗୋବିନ୍ଦଙ୍କର ପ୍ରାଣବାୟୁ ଉଡ଼ିଯିବ ବୋଲି ସେ ଆଗରୁଁ ଅନୁମାନ କରିଥିଲେ। ସୁତରାଂ ତାଙ୍କର ମୃତ୍ୟୁରେ ଆଶ୍ଚର୍ଯ୍ୟାନ୍ୱିତ ନ ହୋଇ ବରଂ ମନେ ଚିନ୍ତା କଲେ 'ହତଭାଗ୍ୟର ଏହିପରି ମୃତ୍ୟୁହିଁ ଉଚିତ'। ଭିତାମାଟି ଉଚ୍ଛନ୍ନ ହୋଇଗଲା, କୁଳରେ ଦୀପ ଦେବା ପାଇଁ କେହି ରହିଲେ ନାହିଁ, "ଆହା" କରିବାକୁ ସଂସାରରେ ଜଣେ ସୁଦ୍ଧା ନାହିଁ- ଏହିପରି ଯେତେ କଥା ଲୋକଙ୍କଠାରେ ନିନ୍ଦାଯୋଗ୍ୟ ସମସ୍ତ ଏଠାରେ ଏକତ୍ରିତ ହୋଇଥିଲା। ପାଠକେ? ଯାହାର ଜୀବନଟା ନିନ୍ଦାବାଦରେ ଅତୀତ ହେଲା ମରିବା ଉତ୍ତାରେ ତାହାକୁ କେଉଁ ଭଲ କଥ ମିଳିବ?

ଦୁମନ ସର୍ଦ୍ଧାର ଜାଣିବା ଲୋକ ନେଇ ତତ୍‌କ୍ଷଣାତ୍‌ରାଧାଗୋବିନ୍ଦଙ୍କର ଶରୀର ପରୀକ୍ଷା କଲେ, ମାତ୍ର ସେ ଦେହରେ ଜୀବନ ଥିବାର କୌଣସି ଚିହ୍ନ ଦେଖାଗଲା ନାହିଁ। ତହୁଁ ତାଙ୍କଠାରେ ଟଙ୍କା ପଇସା କି ଅଛି ଦେଖିବା ପାଇଁ ଲୁଗାପଟା ଖୋଜିଲେ ଏବଂ ଖୋଜିବାହିଁ କେବଳ ସାର ହେଲା। ଟଙ୍କା ପଇସା ତେଣିକି ଥାଉ କଡ଼ାଏ କଉଡ଼ି ସୁଦ୍ଧା ବାହାରିଲା ନାହିଁ। ବାହାରିବା ମଧ୍ୟରେ କେବଳ ଦୁମନସର୍ଦ୍ଧାରଙ୍କ ନାମର ପତ୍ର ଖଣ୍ଡିକ ଯାହା ସାତପ୍ରସ୍ତ ହୋଇ ଗଣ୍ଠିରେ ବନ୍ଧାଥିଲା ବାହାରିଲା। ଦୁମନସର୍ଦ୍ଧାର ପତ୍ର ପାଠ କରିବା ବୂର୍ବରୁ ମୃତଦେହ ଉଠାଇ ଦେବାର ଉଚିତ ବିବଚନା କଲେ। ତଥାପି ପତ୍ରଖଣ୍ଡିକରେ କି ଲେଖା ଅଛି ମୋଟାମୋଟି ଦେଖିନେବା ଇଚ୍ଛାରେ ତାହା ଫେଡ଼ି ପୁନର୍ବାର ମୁଦିଦେଇ ସନ୍ତିର ଜିମ୍ମା ଦେଲେ ଏବଂ ମୃତଦେହ କିରୂପେ ଉଠିବ ଲୋକଙ୍କ ସହିତ ପରାମର୍ଶ କଲେ।

ରାଧାଗୋବିନ୍ଦଙ୍କର ଆପଣାର ଲୋକତ କେହି ନାହିଁ। ଗ୍ରାମବାସୀ କାହିଁକି ସମସ୍ତ ଲୋକେ ତାଙ୍କୁ ନିନ୍ଦା କରନ୍ତି- ତିଳେ ସୁଦ୍ଧା କେହି ଭଲ ପାତ୍ତିନାହିଁ। ଦୁମନ ସର୍ଦ୍ଧାର ଯେତେବେଳେ ପଚାରିଲେ "ରାଧାଗୋବିନ୍ଦଙ୍କର ମୃତଦେହ କିରୂପେ ଉଠିବ" ଲୋକେ କହିଲେ ସେଇଟା ହାଡ଼ୀ ଥିଲା। ତାହାକୁ ହାଡ଼ୀହାଟରେ ଉଠାଇ ଦେଉନ୍ତୁ"।- ପାଠକେ! ଏ କଥା ଭିନ୍ନ ରାଧାଗୋବିନ୍ଦ ଆଉତ କିଛି ଅର୍ଜି ନ ଥିଲେ। ସେ ଅତୁଳବିଭବ ଶେଷକୁ ଏହି କାରଣକୁ ଆସିଲା!

ଦୁମନ ସର୍ଦ୍ଦାର ରାଧାଗୋବିନ୍ଦଙ୍କ ଆଚରଣ ଉତ୍ତମରୂପେ ଜାଣିଥିଲେ ଏବଂ ମୃଦାର ଉଠାଇବାକୁ କହିଲେ ଲୋକେ କି ଉତ୍ତର ଦେବେ ତାହା ମଧ୍ୟ ଅନୁମାନ କରିଥିଲେ। ତଥାପି ପରୀକ୍ଷା କାରଣ ଦୁଇଚାରି ଥର ପଚାରିଲେ ମାତ୍ର ଲୋକମାନେ ଯାହା କହିଥିଲେ ତାହା ଛଡ଼ା ଅନ୍ୟ କଥା କହିଲେ ନାହିଁ କି କେହି ସେ ମୃଦାର ଉଠାଇବା କାରଣ ଅଗ୍ରସର ହେଲେ ନାହିଁ। ଦୁମନ ସର୍ଦ୍ଦାର ଅଗତ୍ୟା ବାଧ୍ୟ ହୋଇ ହାଡ଼ିହାତରେ ଉଠାଇବାର ସ୍ଥିର କଲେ ଏବଂ ହାଡ଼ି ଡାକିବା କାରଣ ଜଣେ ସନ୍ତ୍ରିକି ପଠାଇଲେ।

ମୃତଦେହଟ ଏହିରୂପେ ଉଠାଇବାର ସ୍ଥିର ମାତ୍ର ସତ୍କାର କିରୂପେ ହେବ ଏଥିରେ ମଧ୍ୟ ପରାମର୍ଶ ପଡ଼ିଗଲା। କେହି କହିଲା "ତାହାକୁ ସେହିପରି ଶ୍ମଶାନରେ ଫୋପାଡ଼ି ଦିଅ, ବିଲୁଆକୁକୁର ଖାଇ ଯିବେ"। ଆଉ ଜଣେ କହିଲା "ତୁ ପାଗଳ କିରେ– ତାକୁତ ବିଲୁଆକୁକ୍କୁର କେହି ଛୁଇଁବେ ନାହିଁ, ସେହୁଟା ଜୀଇଥିଲାବେଳେ ଆମ୍ଭଙ୍କୁ ଯେପରି କଳଙ୍କ ହୋଇଥିଲା ସଡ଼ିଯାଇ ଦୁର୍ଗନ୍ଧରେ ଚତୁର୍ଦିକ ପରିପୂରିତ କରି ମଲାପରେ ମଧ୍ୟ ଆମ୍ଭଙ୍କୁ କଳଙ୍କ ହେବ।" ଏ କଥାରେ ସମସ୍ତେ ହସି ଉଠିଲେ। ଦୁମାନସର୍ଦ୍ଦାର କହିଲେ " ଏ ଯାହା କହିଲେ ଠିକ୍। ଅନେକ ସମୟରେ ଦେଖା ଯାଇଛି ଯେ ପାପଶରୀରକୁ ବିଲୁଆକୁକ୍କୁର ପର୍ୟ୍ୟନ୍ତ ଛୁଅନ୍ତି ନାହିଁ।" ତହୁଁ ଅନ୍ୟରୂପେ ସକ୍କାର କରିବାର ପରାମର୍ଶ ପଡ଼ିଗଲା। ଏ ପରାମର୍ଶରେ ନାନାପ୍ରକାର ତର୍କ ଏବଂ ଅନ୍ୟରୂପେ ସକ୍କାର କରିବାର ପରାମର୍ଶ ପଡ଼ିଗଲା। ଏ ପରାମର୍ଶରେ ନାନାପ୍ରକାର ତର୍କ ଏବଂ ନାନପ୍ରକାର ରହସ୍ୟ କଥାମାନ ବାହାରିଥିଲା। ପରିଶେଷରେ ସତ୍କାର ହେଉ ଅବା ଅସତ୍କାର ହେଉ ଏହାହିଁ ସ୍ଥିର ହେଲା ଯେ ହାଡ଼ିମାନେ ମୃର୍ଦ୍ଦାରକୁ ଘୋସାଡ଼ି ନେଇ ନଦୀରେ ଫିଙ୍ଗି ଦେବେ।-ହାୟ! ରାଧାଗୋବିନ୍ଦ! ତୁମ୍ଭେ ଅତୁଳବିଭବରେ ଉନ୍ମତ୍ତ ହୋଇ ଏତିକି ଲାଭ କଲ? ଏତିକି ଲାଭ କରିବା କାରଣ କି ଏତେ ଧନସଞ୍ଚୟ? ସ୍ୱର୍ଗକୁ ଘେନିଯିବା କଥା ତେଣିକି ଥାଉ ମଲାବେଳେ ସଞ୍ଚିତଧନର କଣାମାତ୍ର ନ ଥିବାର ଦେଖ୍ ମୃତ୍ୟୁମୁଖରେ ପତିତ ହେଲ? ସ୍ୱର୍ଗକୁ ଘେନିଯିବାର ଆଶା ନ ଥାଉ ପଛକେ ଧନ ସଞ୍ଚିତ ଥିବାର ସୁଖ ସୁଭା ଅନ୍ତକାଳକୁ ରହିଲା ନାହିଁ। ଧନ ତୁମ୍ଭର ନୁହେ କି କାହାର ଧନ କାହାରି ନୁହେ ଏ କଥା ଆଗହୁଁ ଜାଣିଥିଲେ କି ଏତେ ଦଶା ତୁମ୍ଭେ ଲଭିଥାନ୍ତ? ହାୟ! ରାଧାଗୋବିନ୍ଦ! କି ଶିକ୍ଷା ତୁମ୍ଭେ ଦେଇ ନ ଗଲ? ତୁମ୍ଭେ ଅକାରଣରେ ଜନ୍ତ ହୋଇ ନଥିଲ ମାତ୍ର ପ୍ରକୃତରେ ଅକାରଣ ହୋଇଗଲ! କଉଡ଼ି କଡ଼ାଏତ କାହାରିକି ଦେଇ ନାହ, କିଏ କାହିଁକି ତୁମ୍ଭ ନିମିତ୍ତ କଡ଼ାଏ ଖର୍ଚ୍ଚ କରିବ? ଧନଦ୍ରବ୍ୟତ ସମୁଦାୟ ପରହସ୍ତଗତ ହୋଇଥିବା ଆଖିରେ ଦେଖିଲ! ଆଉ ବାକୀ

ରହିଲା କିସ? ଖଣ୍ଡିଏ ବାଉଁଶକୁ ସୁଦ୍ଧ ଯୋଗ୍ୟ ହେଲ ନାହିଁ! ତୁମ୍ଭେତ ଦୁର୍ଭିକ୍ଷପୀଡ଼ିତ ଲୋକଙ୍କ ନିମିତ୍ତ ସୁଧା ଆହା କରି ନାହ ବରଂ ବିପରୀତ ସମ୍ପାଦଦେଇ ତେତେବେଳେ ମଧ ଅନ୍ୟାୟ ଉପାର୍ଜନ କରିବାରେ ରତଥିଲ, ତୁମ୍ଭ ନିମିତ୍ତ କିଏ କାହିଁକି ଆହା କରିବ ଅବା ଏତେବେଳେ ସଦ୍‌କଥା କହିବ? ତୁମ୍ଭେ ସଂସାରକୁ ଚିହ୍ନି ନ ଥିଲ, ସଂସାର ମଧ ତୁମ୍ଭକୁ ଅପଦାର୍ଥ ପରି ଫୋପାଡ଼ି ଦେଲା! ତୁମ୍ଭେ ଚୋରି କରିବାରେ ରତ ଥିଲ, ତୁମ୍ଭଙ୍କୁ ଲୋକେ ଚୋର ପ୍ରାୟ ତୁଚ୍ଛ କଲେ। ଇହକାଳରେ ଯାହାର ଯେରୂପେ ଗତି ପରକାଳରେ ତାହାର ସେହିରୂପ ଫଳ ମିଳଇ। ଯେ ସଦ୍‌ଗତି ନିମିତ୍ତ ଇହକାଳରେ ଲେଶମାତ୍ର ଚେଷ୍ଟା କରି ନାହିଁ ତାହାର ସଦ୍‌ଗତି ଲାଭ ଅବା ହେବ କିପରି? ଆଉ ମରିଗଲେ ଇହଲୋକରେ ଯେ ଚଣ୍ଡାଳହସ୍ତରେ ଟଣା ହୁଏ ତାହାର ସଦ୍‌ଗତିର କଥା ଆଉ କି ବୋଲିବୁ?

ପରିଶେଷରେ ଚଣ୍ଡାଳ ଆସି ପ୍ରବେଶ ହୁଅନ୍ତେ ଦୁମନ ସର୍ଦ୍ଦାର ରାଧାଗୋବିନ୍ଦଙ୍କର ମୃତଶରୀରକୁ ଲୋକମମାନଙ୍କର "ଛିଛିକାର" ମଧ୍ୟରେ ଟଣାଇ ନେଇ ମହାନଦୀର ବିଶାଳବକ୍ଷରେ ଫୋପାଡ଼ି ଦେଲେ। ଦେଖୁଁ ଦେଖୁଁ ଶବଟା ଭାସିଗଲା। କେଉଁଠାରେ ସଡ଼ି ଯାଇ ପୁଣି କେତେ ଲୋକଙ୍କଠାରୁ "ଛିଛିକାର" ଶୁଣିଥିବ ତାହା ବୋଲିବାର ପ୍ରୟୋଜନ ନାହିଁ।

ଏଥିଉଭାରୁ ଲୋକମାନେ ସନ୍ଧ୍ୟାସମାଗମରେ ଏହି ବିଷୟ ଆଦୋଳନ କରୁ ଘରକୁ ବାହୁଡ଼ି ଗଲେ। ଦୁମନ ସର୍ଦ୍ଦାର ପ୍ରହରି-ପରିବେଷ୍ଟିତ ଦାସ ଖାଡ଼ଙ୍ଗାକୁ ନେଇ ଆପଣା ଆବାସଭୂମି ତରିତୋକୁ ଯାତ୍ରା କଲେ।

ସପ୍ତବିଂଶ ପରିଚ୍ଛେଦ

ଡୁମନ ସର୍ଦ୍ଦାର

ଅକୁପାରବତ୍ ଅଗାଧ ଜଳ-ସଂକୁଳା ପୁଣ୍ୟସଲିଳା ମହାନଦୀ ଚିତ୍ରୋପ୍ଲା ଏବଂ ପାଇକ। ରୂପିଣୀ ଶାଖାଦ୍ୱୟଦ୍ୱାରା ହସ୍ତ ପ୍ରସାରଣ ପୂର୍ବକ ନିଶ୍ୱାସ ମାଉଲା ପ୍ରାୟ କ୍ଷୀଣୋଦରୀ ହୋଇ ଯେଉଁଠାରେ ପ୍ରବାହିତା ହେଉଅଛି, ଯେଉଁଠାରେ ଠିଆ ହେଲେ ଅପର ପାର୍ଶ୍ୱର ଭୀମାକୃତି କାଇଜଙ୍ଗ ବନ ଅଧିକତର ଭୟଙ୍କର ଦିଶଇ, ଯେଉଁଠାରେ ସେହି ଭୀମ ବନର ଏକ ପାର୍ଶ୍ୱସ୍ଥ ବନାଚ୍ଛାଦିତ ବରଦା ଗ୍ରାମ ଏବଂ ଅପର ପାର୍ଶ୍ୱସ୍ଥ ମନୋହର ଉପବନ ପ୍ରାୟ ପରିଦୃଶ୍ୟମାନ କୃଷ୍ଣନଗର ଗ୍ରାମ ଦେଖିଲେ କରାଳକାଳ-ଚାଳିତସଂସାର ମଧ୍ୟରେ ମନୁଷ୍ୟ କରାଳକାଳକୁ ଆସନ୍ନବର୍ତ୍ତୀ ଜାଣି ଭୟରେ ଚାଳିତ ହୋଇ ସୁଦ୍ଧା ବିଷମୟ ବିଷମ ସଂସାରକୁ ଆଶାରୂପ ଶାନ୍ତିଜଳ ସେଚନ ପୂର୍ବକ ଅଭିନବ ଜୀବନ ପ୍ରଦାନ କରିଥିବାର ଶୋଭା ସ୍ୱଷ୍ଟରୂପେ ପ୍ରତୀୟମାନ ହୁଅଇ, ଯେଉଁଠାରେ ଆମ୍ର, ପନସ, ନାରିକେଳାଦି ସୁସ୍ୱାଦୁଫଳବିଶିଷ୍ଟ ବୃକ୍ଷମାନ ନଦୀ-ତୀରେ ସ୍ୱଚ୍ଛନ୍ଦଭାବରେ ପରବର୍ଦ୍ଧିତ ହୋଇ ତୀରକୁ ଅପୂର୍ବଶୋଭା ପ୍ରଦାନ କରତଃ କ୍ଲାନ୍ତ ନୌକା-ଯାତ୍ରିଙ୍କ ଏହି ପାରରେ ଅବତରଣ କରି ଶ୍ରାନ୍ତି ଦୂର କରିବା କାରଣ ସତତ ଇଙ୍ଗିତ କରୁଅଛି, ଯେଉଁଠାରେ ମହାନଦୀର ମନୋହର ସିକାତାମୟ ଚରାଦିରେ ଦଳେ ଚକ୍ରବାକଯୁଗଳ ସୁନିର୍ମଳ ଜଳରେ ଅପୂର୍ବରଙ୍ଗରେ ଜଳକ୍ରୀଡ଼ା କରତଃ କୁମ୍ଭୀରାଦି ଜଳଜନ୍ତୁର ଭୟ ଅବହେଳେ ବିଦୂରିତ କରି ପୃଥିବୀକି କେବଳ ଶୋଭାମୟୀ ବୋଲି ବିଚାରିବା କାରଣ ଜଣାଇ ଦେଉଅଛନ୍ତି ଏବଂ ଯେଉଁ ଠାରେ ପ୍ରକୃତିର ଏପରି ମନୋହାରିଣୀ ଶୋଭା ଦେଖି ନଦୀତୀର ବନପୁଷ୍ପରେ ଚତୁର୍ଦ୍ଦିକ ସୌରଭାନ୍ୱିତ କରି ହସି ଗଡ଼ି ଯାଉଅଛି, ପାଠକେ! ସେହିଠାରେ ଆମ୍ଭମାନଙ୍କର ପୂର୍ବକଥିତ ତରିତୋ ଗ୍ରାମ। ସେହିଠାରେ ସୁବାଦାରଙ୍କ ପ୍ରଧାନ କର୍ମଚାରୀ ଡୁମନ ସର୍ଦ୍ଦାରଙ୍କ ଆବାସଗୃହ ଦୁର୍ଗପ୍ରାୟ ରଚିତ ହୋଇ ଅପୂର୍ବ ଶୋଭା ବିସ୍ତାର କରିଅଛି। କଟକର ଲାଲବାଗସ୍ଥ ସୁବାଦାରଙ୍କ ପ୍ରାସାଦ ପରି ବୃହତ୍ତନ ହେଲେହେଁ ଡୁମନ ସର୍ଦ୍ଦାରଙ୍କ ପ୍ରାସାଦ କ୍ଷୁଦ୍ରାୟତନରେ ଠିକ୍‌ତହିଁର ଛବି ବୋଇଲେ ଅତ୍ୟୁକ୍ତି ହେବ ନାହିଁ

ଏବଂ ସମୁଦାୟ ପ୍ରାସାଦ ପ୍ରସ୍ତରନିର୍ମିତ ଓ ସଦୃଢ଼। ଶତ୍ରୁଭୟରେ ଚତୁର୍ଦିକରେ ବିସ୍ତୃତ ଆୟତନରେ ପରିଖା ଖୋଲା ହୋଇ ଅନେକ ଜଳ ପୂର୍ଣ୍ଣହୋଇ ରହିଅଛି ଏବଂ ପରିଖାର ଉଭୟ ତୀର ବଂଶବନରେ ଆବୃତ ଥାଇ ଦୁର୍ଗମ ହୋଇ ରହିଅଛି, ତଥାପି ଶୋଭାର ହ୍ରାସ ହୋଇନାହିଁ। ପରିଖାଜଳ ଯେପରି ହଂସମାନଙ୍କର ସନ୍ତରଣ ଏବଂ ଜଳଚର ପକ୍ଷିମାନଙ୍କର କ୍ରୀଡ଼ାସ୍ଥଳ ହୋଇଅଛି ସେହିପରି ବଂଶବନ ମୟୂରାଦି ପକ୍ଷିମାନଙ୍କର ନୃତ୍ୟଗୀତର ରଙ୍ଗଭୂମି ହୋଇଅଛି। ପାଠକେ! ପରିଖା ଏ ପାରିରେ ଠିଆ ହେଲେ ତହିଁ ମଧ୍ୟରେ ମହାରାଷ୍ଟ୍ରୀୟ ପ୍ରଧାନ କର୍ମ୍ମଚାରିଙ୍କର ପ୍ରାସାଦ ଅଛି ବୋଲି ମନରେ ବିଶ୍ୱାସ ହେବ ନାହିଁ –ବଂଶବନ ଏପରି ଘନ ଏବଂ ଦୁର୍ଗମ। ବରଂ କିୟତ୍କାଲ ସେଠାରେ ଠିଆ ହେଲେ ବଂଶବନଚାର –ବାୟୁ-ରଚିତ ନାନାପ୍ରକାର ବିକଟସ୍ୱନ ଡାକିନୀ ଯାଗିନୀଙ୍କ ସମାଗମ ପ୍ରଚାର କରି ମନରେ ଭୟ ଜାତ କରାଇ ପଥିକକୁ ବିତାଡ଼ିତ କରିଦେବ, ମାତ୍ର ସେ ସ୍ୱନ ପରିଚିତ ଲୋକଙ୍କ ପକ୍ଷେ ପ୍ରକୃତିର ଅପୂର୍ବ ବଂଶୀସ୍ୱନ- ତହିଁରେ ପ୍ରକୃତି ପ୍ରତ୍ୟେକ ଲୋକର ମନ ଭୁଲାଇ ଅଭୂତପୂର୍ବ ମାୟାପାଶରେ ଲୋକମାନଙ୍କୁ ପୃଥିବୀରେ ବାନ୍ଧି ରଖିଅଛି। ପାଠକେ! ନବଗ୍ରାମରୁ ଆସି ଦାସଖାଡ଼ଙ୍ଗା ଓ ପ୍ରହରିମାନଙ୍କ ସହିତ ଦୁମନ ସର୍ଦ୍ଦାର ଏହି ପରଖା ପାରି ହୋଇ ନିଜପ୍ରାସାଦକୁ ଗମନ କଲେ। ଆସନ୍ତୁ ତାଙ୍କ ସଙ୍ଗେ ଯାଇ କ୍ରିୟାକଲାପ ପରିଦର୍ଶନ କରିବେ।

ଦୁମନ ସର୍ଦ୍ଦାର ଦେଖ଼ିବାକୁ ଅତ୍ୟନ୍ତ ବଳଶାଳୀ ପୁରୁଷ ଥିଲେ। କୁଜଙ୍ଗର ଭୂୟାଁମାନେ ତାଙ୍କୁ ସେହି ହେତୁରୁ ବଡ଼ ପ୍ରଶଂସା କରନ୍ତି। ମହାରାଷ୍ଟ୍ରୀୟ ହୋଇ ଏମନ୍ତ ବଳଶାଳୀ ଲୋକ ଦେଖାଯିବା ଅତ୍ୟନ୍ତ ବିରଳ। ସେ ଦେଖ଼ିବାକୁ ଯେମନ୍ତ ବଳିଷ୍ଠ ତାଙ୍କର ଗଠନ ମଧ୍ୟ ସେହିପରି ସୁନ୍ଦର। ତାଙ୍କର ଅଜାନୁଲମ୍ବିତ ବାହୁ, ବିସ୍ତୃତ ବକ୍ଷ, ପ୍ରସ୍ତର ପ୍ରାୟ କଠିନ ଜାନୁ, ସୁଦୃଢ଼ନିଠାମ ସ୍କନ୍ଧ, ବକ୍ରୀକୃତ ବିଶାଳ ଶ୍ମଶ୍ରୁଦ୍ୱୟ ଏବଂ ଆକର୍ଣ୍ଣବିସ୍ତାରିତ ପ୍ରକାଣ୍ଡଚକ୍ଷୁ ଦେଖ଼ିଲେ ଅସୁର ପ୍ରାୟ ଶତ୍ରୁ ସୁଦ୍ଧା ଭୟ କରିବେ। ତଥାପି ତାଙ୍କ ମୁଖ-ଗଠନରେ ଏମନ୍ତ ଶାନ୍ତଭାବ ବିଦ୍ୟମାନ ଅଛି ଯେ ପରିଚିତ ଲୋକମାନେ ତାଙ୍କୁ ପାଇଲେ ସ୍ୱର୍ଗ ଲାଭ ହେଲା ପ୍ରାୟ ମନେ କରନ୍ତି ଏବଂ ଅପର ଲୋକ ତାଙ୍କୁ ଦେଖ଼ିବା କାରଣ ଦଣ୍ଡେଖଣ୍ଡେ ଠିଆ ନ ହୋଇ ଯାଇ ପାରିବେ ନାହିଁ। ଯୋଗ୍ୟତାରେ ମଧ୍ୟ ସେ କିଛି ଊଣା ନ ଥିଲେ। ଯେମନ୍ତ ସାଂସାରିକ ବିଷୟକାର୍ଯ୍ୟ ଦେଖ଼ିବାକୁ ଦକ୍ଷ ସେହିପରି ରାଜକାର୍ଯ୍ୟ ଚଲାଇବାକୁ ସୁଚତୁର। ଚୋରଡକାୟତ ତାଙ୍କ ଇଲାକାରେ ଅଚିହ୍ନିତ ନ ଥିଲେ ଏବଂ କୌଣସିଠାରେ ଚୋରଡକାୟତୀ ହେଲେ ଦୁମନ ସର୍ଦ୍ଦାର ଯେ ଅପରାଧିଙ୍କ ଧରି ନ ପାରିବେ ଏହା କଦାପି ହେବ ନାହିଁ-ପାଠକେ!

ଏବସ୍ତୁତ ଲୋକ ଯେ ଶାସନକର୍ତ୍ତାଙ୍କର ବିଶେଷ ଦୃଷ୍ଟି ଆକର୍ଷଣ କରିବ ଏଥିରେ ସଦେହ କି ଅଛି? ସେ ଯାହା କରିବେ ତହିଁରେ ପାଟି ଖୋଲିବାକୁ କାହାରିକି କେବେ ଦେଖା ଯାଇ ନାହିଁ ଏବଂ ନିଜଗୁଣରୁ ସେ ସର୍ବଦା ନର୍ଷ୍ଟିତ ଥାଇ ରାଜ୍ୟକାର୍ଯ୍ୟ ସମ୍ପନ୍ନ କରନ୍ତି। ଆମ୍ଭମାନଙ୍କର ପୂର୍ବ କଥିତ ସୁବାଦାର ଯେପରି ଅମନୁଷ୍ୟ ଥିଲେ ଦୁମନ ସର୍ଦ୍ଧାର ସେହିପରି ବିପରୀତ ଗୁଣସମ୍ପନ୍ନ ମନୁଷ୍ୟଥିଲେ। ଲୋକଙ୍କର ଅବସ୍ଥା ସଦର୍ଶନ କରିବା ଏବଂ ସମ୍ପୂର୍ଣ୍ଣ ସହାନୁଭୂତି ଦେଖାଇ ଉପଯୁକ୍ତ ସାହାଯ୍ୟ କରିବା ଏବଂ ବେଳେ ଉପର ହାକିମଙ୍କ ଆଜ୍ଞା କୌଶଳରେ ଅବହେଳା କରି ବିପନ୍ନ ଲୋକମାନଙ୍କୁ ଉଦ୍ଧାରକରିବାବାଦି ମହଦ୍‌ଗୁଣରେ ସେ ବିଭୂଷିତ ଥିଲେ ଏବଂ ଅଧିକ ଆଉ କି କହିବୁଁ ତରିତୋ ଅଞ୍ଚଳ ତାଙ୍କୁ ଘେନି ଉଜ୍ଜ୍ୱଳ ହୋଇ ରହି ଥିଲା।

ଭୂୟାଁଙ୍କଠାରେ ମଧ୍ୟ ଏ ମହାଶୟ ଅପରିଚିତ ନୁହନ୍ତି। ଯେତେବେଳେ କାଳଗତିରୁ ଏ ମହାଶୟ ଉଭମରୂପେ ବୁଝି ପାରିଲେ ଯେ ଓଡ଼ିଶାରେ ମହାଭୟଙ୍କର ଦୁର୍ଭିକ୍ଷ ଉପସ୍ଥିତ ହୋଇ ଲକ୍ଷ ଲକ୍ଷ ପ୍ରାଣୀଙ୍କୁ ବିନିଷ୍ଟ କରିବ ତେତେବେଳୁଁ ସୁବାଦାରଙ୍କୁ ଜଣାଇ ପ୍ରତିକାର ଲୋଡ଼ିଥିଲେ; ମାତ୍ର ନିର୍ଦ୍ଦୟ, ସ୍ୱାର୍ଥପର ଓ ଅମନୁଷ୍ୟ ସୁବାଦାରଙ୍କଠାରୁ କିଛି ସାହାଯ୍ୟ ପାଇବା ତେଣିକି ଥାଉ ଲୋକଙ୍କର ମହାବିପଦରୂପଦୁର୍ଭିକ୍ଷ-ବାର୍ତ୍ତା ଜଣାଇବାରୁ ଭୟାନକ ତିରସ୍କାର ସହ୍ୟ କରିବାକୁ ହୋଇଥିଲା। ସୁକଠିନ ପର୍ବତରୁ ସୁଦ୍ଧା ବିମଳ ସଲିଳବାହିନୀ ନିର୍ଝରିଣୀ ପ୍ରବାହିତା ହୁଅଇ। ଦୁମନ ସର୍ଦ୍ଧାରଙ୍କ କଠିନଦେହମଧ୍ୟଗତି ହୃଦୟର ନିଭୃତତମ ସ୍ଥାନରୁ ଉପରିସ୍ଥ କର୍ମଚାରିଙ୍କ କଠିନ ଆଦେଶର ଆଘାତରୁ ଶୋକଧାରା ପ୍ରବାହିତ ହୋଇ ଦୁଇ ଚକ୍ଷୁରୁ ଅଶ୍ରୁ ବିସର୍ଜନ ଥିଲା। ଆପଣା କପାଲରେ ଯାହା ଥାଉ, ଆପଣାର ପ୍ରାଣ ରହୁ ଅବା ନ ରହୁ, ଲକ୍ଷ ମହାପ୍ରାଣୀଙ୍କି ଉଦ୍ଧାର କରିବା କର୍ତ୍ତବ୍ୟ ଜ୍ଞାନ କରି ସ୍ୱୟଂ କୁଜଙ୍ଗ ଯାତ୍ରା କଲେ। ସେଠାରେ ଷଣ୍ଢକ ସଙ୍ଗେ ପରାମର୍ଶ କରିବାରେ ଭୂୟାଁଙ୍କଦ୍ୱାରା ଅମନୁଷ୍ୟ ଧନିମାନଙ୍କ ସଞ୍ଚିତ ଧନଧାନ୍ୟ ଅପହରଣ କରିବା ଏକମାତ୍ର ଉପାୟ ବୋଲି ସ୍ଥିର ହେଲା। ସଙ୍ଗେ ରଘୁନାଥ ପଞ୍ଚନାୟକଙ୍କ ସାହାର୍ଯ୍ୟ ଏବଂ ସହାନୁଭୂତି ମିଳିଲା ଏବଂ ତାଙ୍କୁ ଏ କାର୍ଯ୍ୟର ଅଧିନାୟକତ୍ଵରେ ବରଣ କରି ସେ କୁଜଙ୍ଗରୁ ବାହୁଡ଼ି ଥିଲେ। ବାହୁଡ଼ିବା ସମୟରେ ଡକାୟତଦଲ ଙ୍କ ପରିଚୟାର୍ଥ ଷଣ୍ଢେ ତାଙ୍କୁ ସର୍ଦ୍ଧାର ସିଂହ ନାମ ପ୍ରଦାନ କଲେ। ପାଠକେ! ଏହି ଦୁମନ ସର୍ଦ୍ଧାର ଆମ୍ଭମାନଙ୍କର ପୂର୍ବକଥିତ ସର୍ଦ୍ଧାରସିଂହ। ବୋଲିବା ଅଧିକ ଯେ ଏଭଳି ଲୋକର ସାହାର୍ଯ୍ୟ ଏବଂ ସହାନୁଭୂତିରେ ଭୂୟାଁମାନେ ନିତାନ୍ତ ନିବିଘ୍ନରେ ସ୍ୱକାର୍ଯ୍ୟ ସାଧନ କରିବାକୁ ସମର୍ଥ ହେଉଥିଲେ।

        ନବଗ୍ରାମର ଚୌଧୁରୀ ଓ ଦାସଙ୍କ ଘରେ ଯେଉଁ ଡକାୟତୀ ଡୋଇଅଛି ତହିଁର ସମୁଦାୟ ବୃତ୍ତାନ୍ତ ଯେ ଦୁମନ ସର୍ଦ୍ଧାର ଅଥବା ସର୍ଦ୍ଧାରସିଂହଙ୍କୁ ଜଣାଅଛି ପାଠକଙ୍କ ତହିଁରେ ଆଉ ସନ୍ଦେହ ନାହିଁ। ସର୍ଦ୍ଧାରସିଂହ ଉତ୍ତମରୂପେ ଜାଣନ୍ତି ଯେ ଦାସ ଖଡ୍ଗୀ ସେ ଡକାୟତୀରେ ଲିପ୍ତ ନ ଥିଲା ଏବଂ ଏହା ମଧ୍ୟ ତାଙ୍କୁ ଜଣାଅଛି ଯେ ଚୌଧୁରୀ ସୁବାଦ ରଙ୍କର ଅତ୍ୟନ୍ତ ବିଶ୍ୱାସୀ ଭୃତ୍ୟ ଏବଂ ଖଡ୍ଗୀ ପ୍ରତି ସୁବାଦରଙ୍କ ବିଶେଷ ସନ୍ଦେହ ଓ ରାଗ ହୋଇଅଛି। ସୁବାଦାର ଯେଉଁ ପତ୍ର ଲେଖିଥିଲେ ତହିଁରେ ତାଙ୍କର ଦାସ ଖଡ୍ଗୀପ୍ରତି କି ରୂପେ ସନ୍ଦେହ ହୋଇଥିଲା ତାହା ବିସ୍ତୃତରୂପେ ଲେଖି ଏ ବିଷୟ ଉତ୍ତମରୂପେ ତଦନ୍ତ କରି ଜଣାଇବା କାରଣ ଆଦେଶ କରିଥିଲେ ଏବଂ ତଦନ୍ତର ଫଳ ଜଣାଇବା ସଙ୍ଗେ ସଙ୍ଗେ ଦାସଖଡ୍ଗୀଙ୍କୁ ଫେରି ପଠାଇବାର ଆଜ୍ଞା କରିଥିଲେ। ସୁତରାଂ ଖଡ୍ଗୀ ଛାଡ଼ି ଦେବାର ଏହାଙ୍କର ସାଧ୍ୟ ନାହିଁ। ମଧ୍ୟ ଲୋକ ଦେଖାଇବା କାରଣ ଗୋଟାଏ ମଧ୍ୟ ହେବା ଆବଶ୍ୟକ। ଏହିପରି ବିଚାର କରି ରାତ୍ରି ଯାପନ କରିବା କାରଣ ଦାସ ଖଡ୍ଗୀକୁ ଗୋଟିଏ କୋଠରିରେ ରଖିଲେ। ସେ ରାତ୍ରେ ଦିନମାନ ଉପବାସ ଉଭାରୁ ଦାସ ଖଡ୍ଗୀକୁ ଭୋଜନ ମିଳିଲା ଏବଂ ତାହା କେବଳ ସର୍ଦ୍ଧାର ସିଂହଙ୍କ କୃପାରୁ। ଭୋଜନ ସାରି ଖଡ୍ଗୀ କୋଠରି ମଧ୍ୟରେ ପଡ଼ିରହିଲା। ନିଦ୍ରାତ ହେଲା ନାହିଁ- ମନ ଅତି ଚଞ୍ଚଳ ଏବଂ ନାନା ଚିନ୍ତା ଆନ୍ଦୋଳିତ ହେଉଥିବାରୁ ଶୀତକାଳର ଶୀତ ସୁଦ୍ଧା ତାଙ୍କୁ ଜଣାଗଲା ନାହିଁ। ପ୍ରହରିମାନେ ଦ୍ୱାରଦେଶରେ ନାକ ଡକାଇ ଶୟନ କଲେ ଏବଂ ଗଭୀର-ନିଶା-ଗର୍ଜନରେ ସେ ସ୍ୱନ ମିଳିତ ହୋଇ ଖଡ୍ଗୀଙ୍କୁ ଅଧିକତର ଭୟବିଜଡ଼ିତ କରୁଥିଲା।

        ଦାସ ଖଡ୍ଗୀ ସୁବାଦାରଙ୍କଠାରୁ ଡକାୟତ ରୂପେ ଧରାହୋଇ ଆସିଥିବାର ଶଧ ରାତ୍ରିକ ମଧ୍ୟରେ ବହୁଦୂରକୁ ବହାରି ଗଲା ଏବଂ ସୁବାଦାରଙ୍କଠାରୁ ଡକାୟତୀର ତଦନ୍ତ ହେବାର ଆଦେଶ ଆସିଥିବାର ତାହା ଦେଖିବା କାରଣ ପ୍ରାତଃକାଳରେ ଅନେକ ଲୋକ ତରିତୋଠାରେ ଜମାହୋଇ ଥିଲା। ଖଡ୍ଗୀର ବୃଦ୍ଧା ମାତା ଓ ତରୁଣୀ ଭାର୍ଯ୍ୟା ମଧ୍ୟ ଉପସ୍ଥିତ ହେଲେ। ମାତାର ବୟସ ପ୍ରାୟ ବ୮୦ବର୍ଷ, ଦେହରେ ମାଂସ ନାହିଁ କହିଲେ ଅତ୍ୟୁକ୍ତି ହେବ ନାହିଁ। ତଥାପି ସେହି ଅସ୍ଥିଚର୍ମଶରୀରରେ ବାଡ଼ି ଖଣ୍ଡିଏ ଠୁକୁ କରି ଦୁଇଚକ୍ଷୁରୁ ଅନବରତ ଅଶ୍ରୁ ଗଡ଼ାଇ ସେଠାରେ ପହୁଞ୍ଜି ଅଛି। ବୁଢ଼ୀର ଚାରିଗୋଟି ପୁଅ ମଧ୍ୟରୁ ଏକା ଖଡ୍ଗୀ ବଞ୍ଚି ଅଛି —ସୁତରାଂ ଖଡ୍ଗୀ ଯେ ଅନ୍ଧର ଲଉଡ଼ି ସ୍ୱରୂପ ବୁଢ଼ାର ପରମଧନ ଏଥିରେ ସନ୍ଦେହ ନାହିଁ। ଭାର୍ଯ୍ୟାର ବୟସ ବିଂଶ ବର୍ଷ। ସେ ଗୋଟିଏ କ୍ଷୁଦ୍ରପୋଷ୍ୟା ବାଳିକାକୁ କାଖରେ ଜାକି ଅଛି ଓ ତିନିବର୍ଷର ପୁତ୍ରଟିକି ହାତଧରି ଚଳାଇ ଆଣିଅଛି। ଭାର୍ଯ୍ୟା ଦେଖିବାକୁ ଦିବ୍ୟସୁନ୍ଦରୀ ଏବଂ ସେ ଯେମନ୍ତ

ପତିବ୍ରତା ସେହିପରି ଗୁଣବତୀ। ସେ ସୁନ୍ଦର ମୁଖମଣ୍ଡଲ ପତି-ଦୁଃଖସମ୍ୱାଦରେ ପ୍ରାତଃକାଳୀନ ଚନ୍ଦ୍ର ପ୍ରାୟ ମଳିନ ଦିଶୁଅଛି। ଚକ୍ଷୁର୍ଦ୍ୱୟରୁ ବିନ୍ଦୁ ହୋଇ ଅଶ୍ରୁବାରି ଗଳିପଡ଼ି ଗଣ୍ଡଦେଶକୁ ଆବିଳ କରିଅଛି। ପୁତ୍ରଟି ଚାଲୁ ଥରେ ପଚାରୁଅଛି "ବୋଉ, ବୋପା କାହିଁ?" ଆଉ ମାତା ଅଶ୍ରୁଧାରା "ସର୍ଦ୍ଦାରଙ୍କ ଘଟି ଅଛନ୍ତି, ଚାଲ୍‌ଦେଖ୍‌ବୁ" ଇତ୍ୟାଦି ପ୍ରବୋଧ ବାକ୍ୟ କହି ତାହାକୁ ଘେନି ଯାଉଅଛି। ଏଥିରୁ ପାଠମାନେ ବୁଝି ନିଅନ୍ତୁ ଏମାନଙ୍କର କେତେ ସରିକି ଦୁଃଖ ହୋଇଅଛି ଏବଂ ଯାହାର ଏପରି ମାତା ଏବଂ ଭାର୍ଯ୍ୟାଦି ଘେନି ସଂସାର ତାହାର ଅକାରଣ ବନ୍ଦିବାସରେ ଯେ ମନରେ କି କଷ୍ଟ ଅନୁଭୂତ ହେଉଥିବ ତାହା ବର୍ଣ୍ଣନ ତୀତ। ତହିଁରେ ପୁଣି ଦୁଃଖର ସଂସାର! ଘରେ ପାଞ୍ଚପଇସା ଥିଲେ ପେଟଭାତର ଚିନ୍ତା ନ ଥାନ୍ତା ମାତ୍ର ଖାଡ଼ଙ୍ଗାର ସେପରି ସଂସାର ନୁହେ। ତହିଁ ଉପରେ ଦୁର୍ଭିକ୍ଷର ଦାଉ। ଏପରି ଅବସ୍ଥାରେ ପିଲାପିଲି ଓ ମାତାଙ୍କ କଥା ମନେ ପଡ଼ିଲା ବେଳକୁ ଖାଡ଼ଙ୍ଗାର ହୃଦୟ ଦହିହୋଇ ଯାଉଅଛି।

ସର୍ଦ୍ଦାର ସିଂହ ପ୍ରାତଃକାଳ ଦୁଇଘଡ଼ି ସମୟରୁ ଆରମ୍ଭ କରି ବେଳ ଛ ଘଡ଼ି ପର୍ଯ୍ୟନ୍ତ ନବଗ୍ରାମ ଏବଂ ନିକଟବର୍ତ୍ତୀ କେତେକ ଗ୍ରାମର ଲୋକମାନଙ୍କଠାରୁ ପ୍ରମାଣ ନେଲେ। ଆମ୍ଭେମାନେ ପୂର୍ବେ କହିଅଛୁଁ ଏସବୁ କେବଳ ଲୋକଙ୍କୁ ଦେଖାଇବା କାରଣ ସର୍ଦ୍ଦାର ସିଂହ କରୁଅଛନ୍ତି। ଲୋକେ ମଧ କେହି କିଛି ବିଶେଷ କହି ପାରିଲେ ନାହିଁ ଏବଂ ଦାସ ଖାଡ଼ଙ୍ଗାକୁ ଘଟନା ସ୍ଥଲେ ଆଦୌ ଉପସ୍ଥିତ ଥିବାକୁ ଦେଖିଥିବାର କେହି କହିଲେ ନାହିଁ। ତଥାପି ସର୍ଦ୍ଦାରସିଂହଙ୍କୁ ଛାଡ଼ିଦେବାର ଅଧିକାର ନ ଥିଲା। ସେ ଖାଡ଼ଙ୍ଗାର ବୃଦ୍ଧମାତା ଓ ଭାର୍ଯ୍ୟାକୁ ଡକାଇ ଖାଡ଼ଙ୍ଗା ଦୋଷୀ ଥିବାର ପ୍ରମାଣ ହେଉ ନ ଥିବାର ବୁଝାଇ ଦେଇ କେତେ ସାନ୍ତ୍ୱନା ପ୍ରଦାନ କଲେ ଓ ସେମାନଙ୍କ ଅନାହାରକ୍ଲିଷ୍ଟ ଅବସ୍ଥା ଦେଖି ଆପଣା ନବରରୁ ଖାଇବାର ଦ୍ରବ୍ୟାଦି ମଧ ଅଣାଇ ଦେଲେ। ମାତ୍ର ଖାଇବ କିଏ? ସେମାନଙ୍କର ମନତ ପୋଡ଼ି ଯାଉଅଛି; କ୍ରୋଧାନ୍ୱିତ ନିର୍ଦ୍ଦୟ ସୁବାଦାର କି କରିବେ ଭାବି ତାଙ୍କର ପିଣ୍ଡରୁ ପ୍ରାଣ ବାହାରି ଯାଉଅଛି। ସେମାନେ ଖାଇବେ କିସ? ପୁତ୍ର ଦେଖି ବୃଦ୍ଧା ଯେ କେତେ ବାହୁନି କାନ୍ଦିଲା ତାହା ଲେଖିବାକୁ ହାତ ଚାଲୁ ନାହିଁ – ଯେ ବୃଦ୍ଧାର କ୍ରନ୍ଦନ ଶୁଣିଅଛି ତାହାର ଚକ୍ଷୁରୁ ବାରିଧାରା ବିଗଳିତା ହୋଇଅଛି। ଏପରି ଅବସ୍ଥାରେ ସ୍ୱାମୀ ଦର୍ଶନରେ ଭାର୍ଯ୍ୟାର ମନ ଯାହା ହୁଏ ତାହା ଅବା ପାଠକଙ୍କୁ କିରୂପେ ଜଣାଇବୁଁ ସ୍ଥିର କରି ପାରୁନାହିଁ। ଭାର୍ଯ୍ୟା ଥରେ ସ୍ୱାମୀ ମୁଖକୁ ଅନାଇ ମୁଖ ପେଟି ନୀରବରେ ଅଶ୍ରୁ ବିସର୍ଜନ କରେ ଆଉ ଥରେ ପୁତ୍ରଶୋକବିହ୍ୱଳା ରୋଦନପରାୟଣା ବୃଦ୍ଧା ଶାଶୁର ଚକ୍ଷୁରୁ ଅଞ୍ଜଲରେ ଲୋତକ ପୋଛି ଦିଏ। ତେଣେ ବାଳକଟି "ମା, ହେଇ ବାପା" ବୋଲି ଆନନ୍ଦରେ ଡେଇଁଉଠି ଖଡ଼ଙ୍ଗା ଆଡ଼କୁ ଧାଇଁ

ଯିବା ପାଇଁ ଉଦ୍ୟତ ହେଲେ ତାକୁ କଷ୍ଟରେ ସମ୍ବରଣ କରି ପ୍ରବୋଧ ଦେଇ ରଖେ! – ଖାଡ଼ଙ୍ଗାର କଥା ଅବା କି ବୋଲିବୁଁ? ସେ ଈଶ୍ୱରଙ୍କଠାରେ ଆତ୍ମସମର୍ପଣ ଓ ପିଲାପିଲିଙ୍କି ଅର୍ପଣ କରିଦେଇ ଛାତିକି ପଥର କରି ଦେଇଅଛି ; ତଥାପି ରକ୍ତମାଂସର ଶରୀରରୁ ଯେ ବେଳେ ଭାର୍ଯ୍ୟା ଓ ମାତା ଏବଂ ସନ୍ତାନଙ୍କର ଅବସ୍ଥା ଦେଖି ଶୋକଭାବ ଜନ୍ମି ଅଶ୍ରୁବିନ୍ଦୁ ଦେଖା ଯାଉଅଛି ତାହା କେବଳ ସ୍ୱାଭାବିକ।

ସର୍ଦ୍ଦାର ସିଂହ ବହୁକଷ୍ଟରେ ଖାଡ଼ଙ୍ଗାର ମାତା ଓ ଭାର୍ଯ୍ୟାକୁ ଆପଣା ନବର ନିକଟରେ ରଖାଇ ସେମାନଙ୍କୁ ନିଜେ ତତ୍ତ୍ୱାବଧାରଣ କରି ଖୁଆଇଲେ। ଖାଡ଼ଙ୍ଗା ପୂର୍ବ କୋଠରିରେ ବାସ ଲଭିଲା ସତ୍ୟ ତଥାପି ବେଳେ ବେଳେ ମାତା ଓ ପିଲାପିଲିଙ୍କି ଦେଖିବା କାରଣ ଯାଇ ଆସି ପାରୁଥିଲା।

ଯଦ୍ୟପି କି ସର୍ଦ୍ଦାରସିଂହଙ୍କୁ ନବଗ୍ରାମର ଡକାୟତୀ ବୃତ୍ତାନ୍ତ ଉତ୍ତମରୂପେ ଜଣାଥିଲା ତଥାପି ସେ ଏକ ଦିନରେ ତଦନ୍ତ କାର୍ଯ୍ୟ ଶେଷ କଲେ ନାହିଁ। କାରଣ ତାହା କଲେ ସୁବାଦାରଙ୍କ ମନରେ ସନ୍ଦେହ ହୁଅନ୍ତା। ସୁତରାଂ ତଦନ୍ତ କାର୍ଯ୍ୟରେ ଆଠଦିନ ଅତିବାହିତ କରିଦେଲେ। ତତ୍ପରେ ଖାଡ଼ଙ୍ଗା ଦୋଷୀ ନଥିବା ଓ ଡକାୟତୀର ଠିକଣା ହେବା ଅସମ୍ଭବ ଥିବାଦି ମର୍ମରେ ରିପୋଟ ଲେଖି ଖାଡ଼ଙ୍ଗାର ମାତା ଓ ଭାର୍ଯ୍ୟାଙ୍କୁ ବୁଝାଇ ଦେଇ ସେହି ରିପୋଟ ସହିତ ଖାଡ଼ଙ୍ଗାକୁ ପ୍ରହରିସମଭିବ୍ୟାବହାରେ ସୁବାଦାରଙ୍କ ନିକଟକୁ ପଠାଇ ଦେଲେ। ପଛେ ଖାଡ଼ଙ୍ଗାର ବୃଦ୍ଧା ମାତା ଓ ଭାର୍ଯ୍ୟା ପିଲାପିଲି ଘେନି ଗମନ କଲେ।

ଅଷ୍ଟାବିଂଶ ପରିଚ୍ଛେଦ

ରୋଗ-ଶଯ୍ୟା

ପ୍ରତିସଲିଳା। ମହାନଦୀର ଗର୍ଭରୁ କନ୍ୟାରୂପେ ବିଚିତ୍ରଜଳମୟୀ ଚିତ୍ରୋପ୍ଳା ଜାତ ହୋଇ କିଛିଦୂର ଗମନ କଲାପରେ ଉଭୟ ତୀରସ୍ଥ ପୁଣ୍ୟମୟା ସାଧୁମାନଙ୍କ ଅବ୍ୟର୍ଥ ବରରେ କନ୍ୟା ପ୍ରାପ୍ତ ହୋଇ ଧରଣୀରୂପ ଦୋଲାରେ ସ୍ୱଚ୍ଛନ୍ଦ ମନରେ କେଲାଉଅଛି। ଏହାର ନାମ ଲୁଣାନଦୀ। ଲୁଣା ବାସ୍ତବରେ ମହାନଦୀର ନାତୁଣୀ ଅଟେ। ପ୍ରସାର ଅତି ଅଳ୍ପ ଏବଂ ସେହି ହେତୁରୁ ଅମିତତେଜରେ କଳ ହୋଇ ନାନା ଭଙ୍ଗୀରେ ବହିଯାଉଅଛି। ତୀରସ୍ଥ ବୃକ୍ଷାମଳୀ ବନ୍ଧୁମର୍ଗରୂପେ ସମାସୀନ ହୋଇ ମହାନଦୀର ନାତୁଣୀର କ୍ରୀଡ଼ା ଦେଖ୍ ଆନନ୍ଦରେ ଗଦ୍‌ଗଦ୍‌ହୋଇ ପଡ଼ିବାରୁ ଏଡ଼େ ପ୍ରସନ୍ନ ଦିଶୁଅଛନ୍ତି ଆଉ ଯାହାର ମାତା ଚିତ୍ରୋପ୍ଳା ଏବଂ ମାତାମହୀ ମହାନଦୀ ସେ ଯେ ସ୍ୱଭାବତଃ ଆନନ୍ଦମୟୀ ଓ କ୍ରୀଡ଼ାସର୍ବସ୍ୱ ହେବ ଏଥୁରେ ସନ୍ଦେହ କି ଅଛି? ତାହାର ଭଳ ଦେଖୁଲେ ବାସ୍ତବରେ ହାସ୍ୟ ଜଳରୂପେ ବହି ଯାଉଥିବାର ପ୍ରତୀୟମାନ ହେବ – ସୁତରାଂ ଚତୁର୍ଦିକ ହସିବାର ଆଉ ବାକୀ କି ରହିଲା? ତେଜଃପୂର୍ଣ୍ଣ-ବିବିଧବୃକ୍ଷଶାଳୀନୀ ପ୍ରକୃତିର ଶସ୍ୟଶ୍ୟାମଲା ପ୍ରସନ୍ନମୟୀ ମୂର୍ତ୍ତି ମଧ୍ୟରେ ଲୁଣାନଦୀ ପ୍ରବାହିତା ହୋଇ ଚତୁର୍ଦିକ ହାସ୍ୟରେ ପରିପୂରିତ କରିଅଛି, ମହାନଦୀର ଦୌହିତ୍ରୀ ରୂପରେ ଥାଇ ସଦା ସୁମିଷ୍ଟଜଳରେ ପ୍ରକୃତିସନ୍ତାନ ଜୀବମାନଙ୍କର ଚିତ୍ତ ବିନୋଦନ କରିବାରେ ତ୍ରୁଟି କରୁ ନାହିଁ ଏବଂ ଯେ କେହି ପଥ ଅତିକ୍ରମ କରିବା କାରଣ ତାହାଠାରେ ପହଞ୍ଚୁଅଛି ତାହାକୁ ନାନାଭଙ୍ଗୀରେ ଖେଲାଇ ଦ୍ରୁତବେଗରେ ଘେନିଯିବା ଦ୍ୱାରା ଯେଉଁ ସୁଖ ଜନ୍ମାଉଅଛି ତଦ୍ୱାରା ଆୟୁଚତୁର୍ଗୁଣ ବୃଦ୍ଧି ହେଲା ପ୍ରାୟ ବୋଧ ହେଉଅଛି। ତହିଁରେ ପୁଣି ସୁଖ ବୃଦ୍ଧି କରିବାରେ ଯତ୍ନବତୀ ଥାଇ କଳ ସ୍ୱନରେ ଲୁଣାନଦୀ ଈଶ୍ୱରଙ୍କର ଅପାର ମହିମା ଗାନ କରି ଦିଗ୍‌ବିଦିକ୍‌ମତାଇ ଅଛି, -ନ ମତାଇବ କାହିଁକି, ଯେ ଦର୍ଶନପାନ-ସ୍ୱାନାଦି ସର୍ବ ପ୍ରକାରେ ମନୁଷ୍ୟକୁ ସୁଖ ପ୍ରଦାନ କରୁଅଛି ତାହାଠାରେ କୃତଜ୍ଞତା-ପାଶରେ ବନ୍ଧ ଥାଇ ଈଶ୍ୱର-ମହିମା-କୀର୍ତ୍ତନ ଶ୍ରବଣ କରିବାରେ ଯେ ଅପରିମିତ ଆନନ୍ଦ ଜାତ ହେବ ଏଥୁରେ ସନ୍ଦେହ କି ଅଛି? ବାସ୍ତବରେ ସେହି ମହିମାକୀର୍ତ୍ତନରେ ଉଦ୍‌ବୁଦ୍ଧ ହୋଇ ଉଭୟ ତୀରସ୍ଥ ଲୋକେ ଈଶ୍ୱର-ନାମ-କୀର୍ତ୍ତନକରି ଆପଣାକୁ ଧନ୍ୟ ମଣ୍ ଅଛନ୍ତି ଏବଂ

ସେହିହେତୁ ଲୁଣାନଦୀର ଉଭୟ ପାର୍ଶ୍ୱ ଏତେ ମଠଦେବାଳୟାଦିରେ ପୂର୍ଣ୍ଣ ହୋଇ ରହିଅଛି।

ପାଠକେ! କିମ୍ୱଦନ୍ତୀ କହେ ଯେ ପାଣ୍ଡବମାନେ ନିର୍ବାସିତ ହୋଇ ଥରେ ଏଥିରେ କୂଳରେ ପହଞ୍ଚିଲା ବେଳକୁ ସନ୍ଧ୍ୟା ହୋଇଗଲା। ଯେଉଁ ତୁଠରେ ସନ୍ଧ୍ୟାକୃତ୍ୟାଦି କରି ସେମାନେ ନଦୀ ଅତିକ୍ରମ କରିଥିଲେ ସେହି ତୁଠର ନାମ ସନ୍ଧ୍ୟାତୁଠ ହୋଇଅଛି। ଆମ୍ଭମାନଙ୍କ ପୂର୍ବକଥିତ ବଟେଶ୍ୱର-ଭଗବତୀର ଆହୁରି କ୍ରୋ ୬ ଶପୂର୍ବରେ ଏହା ଅବସ୍ଥିତ। ଆମ୍ଭେମାନେ ଯେଉଁ ସମୟର କଥା କହୁ ଅଛୁଁ ତେତେବେଳେ ଏହି ସନ୍ଧ୍ୟାତୁଠ ନିକଟରେ ଏକ ସୁନ୍ଦର ଉଦ୍ୟାନପରିବେଷ୍ଟିତ ପ୍ରସ୍ତରମୟ ଗୃହ ବିଦ୍ୟମାନ ଥିଲା। ପାଠକେ! ଆସନ୍ତୁ ତହିଁର ଏକ ପ୍ରକୋଷ୍ଠରେ କି ଘଟଣା ହେଉଅଛି ଦେଖିବେ।

ପୌଷପୂର୍ଣ୍ଣିମା ଅତୀତା ହୋଇ ଆଜି କୃଷ୍ଣପକ୍ଷର ଅଷ୍ଟମୀତିଥି ଲୋକରେ ପ୍ରବେଶ କରିଅଛି। ଘୋର-ଅନ୍ଧକାରମୟା ଦୀନା ପୃଥିବୀକି ଅଳ୍ପମାତ୍ର ଉଲ୍ଲସିତା କରିବା କାରଣ ସ୍ୱୀଣାଶାଧାରୀ ଚନ୍ଦ୍ର ଦେବ ସ୍ୱଳ୍ପପ୍ରଫୁଲ୍ଲ ପୂର୍ବାକାଶକ୍ରୋଡ଼ରେ ଦଣ୍ଡେ ହେଲା ଉଦିତ ହୋଇ ଅଛନ୍ତି। ଶୀତ-ପୀଡ଼ିତା ନିସ୍ତବ୍ଧା ନିଶା ଅତି ଭୟଙ୍କର ଗର୍ଜନଛାଡ଼ି ଲୋକଙ୍କୁ ଭୟବିହ୍ୱଳିତ କରିଅଛି ଏବଂ ତହିଁ ମଧରେ ଶୃଗାଳଗୁଧ୍ରପେଚକଙ୍କର ବିକଟ ସ୍ୱନ ସମୟ ସମୟରେ କର୍ଣ୍ଣକୁହରରେ ପତିତ ହୋଇ ସ୍ୱଭାବଭୟଙ୍କରୀ ନିଶୀଥିନୀକୁ ଆହୁରି ଭୟଙ୍କରୀ କରାଇ ଲୋକଙ୍କର ଜୀବନ ଶୋଷଣ କଲା ପ୍ରାୟ ଜଣା ଯାଉଅଛି।- ପାଠକେ! ଏସବୁ ନ ମାନି ଦେଖନ୍ତୁ ଜଣେ ଯୁବକ ସ୍ୱୀଣ ପ୍ରଦୀପାଲୋକଦୀପ୍ତ ସେହି ପ୍ରକୋଷ୍ଠରେ ଏକଦୃଷ୍ଟିରେ ରୋଗାଶଯ୍ୟାଶାୟିତା ରମଣୀର ମୁଖାବଲୋକନ କରି ବସି ଅଛନ୍ତି। ଗଣ୍ଡଦ୍ୱୟରୁ ଅଶ୍ରୁମୁକ୍ତ ହେବାର ଚିହ୍ନରେ ମୁଖ ଆବିଳ ହୋଇ ପ୍ରାତଃକାଳୀନ ଅସ୍ତଗାମିଚନ୍ଦ୍ର ମଣ୍ଡଳ ପ୍ରାୟ ଦିଶୁଅଛି ଏବଂ ମନୋବେଗ ସତତ ରମଣୀ ଆଡ଼କୁ ଧାବିତ ହେଉଥିବାରୁ ରୋଗପୀଡ଼ିତା ରମଣୀର ଅବସ୍ଥାରେ କ୍ଷୁବ୍ଧ ମନରେ ଏକଦୃଷ୍ଟିରେ ଅବସ୍ଥା ପରିଦର୍ଶନ କରି ଆରୋଗ୍ୟ ନିମିତ୍ତ ସତତ ଜଗଦୀଶ୍ୱରଙ୍କୁ ଧ୍ୟାନ କରୁଅଛନ୍ତି। ସେ ଅଧୋବଦନ ଜୀବନସର୍ବସ୍ୱ ସୂର୍ଯ୍ୟଦେବଙ୍କୁ ହରାଇ ମୃଣାଳବୃନ୍ତରେ ପଙ୍କଜ ଅଧୋମୁଖ ହୋଇ ପଡ଼ିଲା ପ୍ରାୟ ଦେହବୃନ୍ତରେ ଦିଶି ଯାଉ ଅଛି – ପୁଣି ସୂର୍ଯ୍ୟ ଉଦିତ ହେଲେ, ପୁଣି ରମଣୀ ଆରୋଗ୍ୟ ଲାଭ କଲେ ମୁଖ ଟେକିବେ, ନାହିଁ ତ ନାହିଁ!

ଘରେ ସପ୍ତସପ୍ତତିବର୍ଷ ବୟସ୍କା ବୃଦ୍ଧା ମାତା ଛଡ଼ା ଆଉ କେହି ନାହିଁ। ସେ ମଧ ନିତାନ୍ତ ଜରାଜୀର୍ଣ୍ଣ ଏବଂ ତାଙ୍କର ସେବା ମଧ ଏହାଙ୍କୁ କରିବାକୁ ପଡ଼େ। ଘରକରଣା ବୃଦ୍ଧା ଏକମନରେ ସମ୍ପନ୍ନ କରି ପୁତ୍ରକୁ ତହିଁରୁ ବିରତ ହେବାକୁ ସହସ୍ରଥର

ନିଷେଧ କଲେ ସୁଦ୍ଧା ପୁତ୍ର ନାନାପ୍ରକାର କାର୍ଯ୍ୟ ମାତାଙ୍କ ନିମିତ୍ତ ସମ୍ପନ୍ନ କରି ମାତାଙ୍କୁ ନାନା ରୂପରେ ସାହାଯ୍ୟ କରନ୍ତି ଏବଂ ଯତ୍ନପୂର୍ବକ ମାତାଙ୍କ ନିକଟରେ ବସି ଭୋଜନାଦିର ବ୍ୟବସ୍ଥା କରି ମାତାଙ୍କୁ ନାନା ପ୍ରକାର ସନ୍ତୋଷ ପ୍ରଦାନ କରନ୍ତି।--- ପାଠକେ! ଆଜି କାଲି ପତ୍ନୀର କାଳ। ଯେ ପର୍ଯ୍ୟନ୍ତ ଲୋକ ବିବାହ କରି ନ ଥାନ୍ତି ସେ ପର୍ଯ୍ୟନ୍ତ ମାତାକୁ ମନେ କରନ୍ତି ମାତ୍ର ବିବାହ କଲା ଉତ୍ତାରୁ ପତ୍ନୀଗତପ୍ରାଣ ହୋଇ ମାତାଙ୍କୁ ଆଉ ମନେ ରଖି ପାରନ୍ତି ନାହିଁ।--ଗୋଟିଏ ମନରେ ଏବେ କେତେ କଥା ରଖିବେ! ଯେପର୍ଯ୍ୟନ୍ତ ପତ୍ନୀ ନ ଥିଲେ ସେ ପର୍ଯ୍ୟନ୍ତ ତାଙ୍କୁ ମନେ ରଖିଥିଲେ ମାତ୍ର ଯେତେବେଳେ ମାତା ପତ୍ନୀ ଆଣି ପୁତ୍ରକୁ ଦେଲେ ତେତେବେଳେ ଆଉ ମାତାଙ୍କୁ ପଚାରିବାର ଆବଶ୍ୟକତା କି ଅଛି? ଏଣୁ ମାତାଙ୍କୁ ସେବା କରିବା ତେଣିକି ଥାଉ ଅନେକ ସ୍ଥଳରେ ଏବେ ଅନ୍ନବିନା ମାତାଙ୍କର ମୃତ୍ୟୁପର୍ଯ୍ୟନ୍ତ ସଂଘଟିତ ହେଉ ଥିଲେହେଁ ପୁତ୍ରମାନେ ପଚାରନ୍ତି ନାହିଁ।----ହାୟ! କି କାଳରେ ଆମ୍ଭେମାନେ ପ୍ରବେଶ କରିଅଛୁ! କାହିଁ ଜନ୍ମଦାତ୍ରୀ ମାତାଙ୍କ ସେବା କରିବା ଦ୍ୱାରା ଆପଣାର ଜନ୍ମ ସାର୍ଥକ କରିବୁଁ ନା ତାଙ୍କୁ ଏକାବେଳକେ ପାସୋରି ଯିବାକୁ ହେଲା! ମାତାଙ୍କୁଠାରୁ ପତ୍ନୀ କି ଏତେ ଅଧିକ ସ୍ନେହମୟୀ?

ଥାଉ, ସେ କଥାରେ ପ୍ରୟୋଜନ ନାହିଁ। ଆମ୍ଭମାନଙ୍କର କଥିତ ଯୁବକ ମାତାଙ୍କ ସେବାରେ ଅତ୍ୟନ୍ତ ନିରତ ଥିଲେ ଏବଂ ମାତାଙ୍କ ସେବା କରିବାଦ୍ୱାରା ଆପଣାର ଜୀବନ ସାର୍ଥକ ବୋଲି ମନେ କରଉଥିଲେ। ମାତା ସୁଦ୍ଧା ସେବାରେ ସନ୍ତୁଷ୍ଟ ଥାଇ ସତତ ଈଶ୍ୱରଙ୍କଠାରେ ପୁତ୍ରର ଆୟୁ ଏବଂ ମଙ୍ଗଳ କାମନା କରୁଥିଲେ। ପୁତ୍ରର ମଧ୍ୟ ଅଭାବ କିଛି ନ ଥିଲା। ଈଶ୍ୱର ଧନଦ୍ରବ୍ୟରେ ତାଙ୍କୁ ସୁଖୀ କରିଥିଲେ---ଏମନ୍ତ କି ଖାଇ ପିଇ ପରପ୍ରତିପୋଷଣ ଏବଂ ଧର୍ମାଚରଣ କରିବାକୁ ତାହା ଯଥେଷ୍ଟ ଥିଲା। ଦୁଃଖ ମଧ୍ୟରେ କେବଳ ପତ୍ନୀ ନାଶ। ତାହା ଆଜକୁ ପାଞ୍ଚବର୍ଷ ହେଲା ହୋଇଅଛି। ପତ୍ନୀଟି ଅତୀବ ଗୁଣବତୀ ଥିଲେ। ଶାଶୂର ଏକମାତ୍ର ବୋହୂ ହୋଇ ଅତ୍ୟନ୍ତ ଅଦରଣୀୟା ଥିଲେ ସୁଦ୍ଧା ଗର୍ବ କରି ପାଟିରେ ସାତପର ଉଠାଉ ନ ଥିଲେ ବରଂ ଅଧିକତର ଆଦର ପ୍ରାପ୍ତ ହୋଇ କିରୂପେ ତାହା ପରିଶୋଧ କରିବେ ଜାଣି ନ ପାରି ସତତ ଶାଶୂଙ୍କୁ ସନ୍ତୁଷ୍ଟ କରିବାରେ ନିରତା ଥିଲେ। ଦିନେ ନୋଟିଏ ପାଣି ଶାଶୂଙ୍କ ନିକଟରେ ଆଣିଦେବାକୁ ଶାଶୂଙ୍କୁ କହିବାକୁ ହୋଇ ନାହିଁ। ବେଳ ଜାଣି ଶାଶୂଙ୍କୁ ସମୁଦାୟ ଯୋଗାଇ ଦେଉଥିଲେ ଏବଂ ଘର କରି କେବେ କୌଣସି କଥାରେ ଦୋଷ ହେଲେ ଶାଶୂଙ୍କ ଗୋଡ଼ଧରି କ୍ଷମା ପ୍ରାର୍ଥନା କରୁଥିଲେ। ପାଠକପାଠିକାମାନେ ଆମ୍ଭ ଉପରେ ବିରକ୍ତ ହେବେ ନାହିଁ ମାତ୍ର ଆଜି କାଲିର ବୋହୂମାନେ ଶାଶୂଙ୍କ ଗୋଡ଼ ଧରିବା ତେଣିକି

ଥାଉ ଶାଶୁଙ୍କ ମୁଣ୍ଡରେ ନିଜ ନିଜ ପଦରଜ ଦେବାକୁ ଛାଡ଼ନ୍ତି ନାହିଁ! ସେମାନେ ପ୍ରକୃତ ପୁରୁଷର ଅନନ୍ତଲୀଳା ମନେ କରି ଆପଣାକୁ ଘରର ସର୍ବସ୍ୱ ବୋଲି ଜ୍ଞାନ କରନ୍ତି ଏବଂ ତାଙ୍କ ମତରେ ବୃଦ୍ଧା ମାତା ତାଙ୍କର ସେବା କରିବା କାରଣ ଇଶ୍ୱରାଦେଶରେ ବଞ୍ଚିଅଛନ୍ତି ଏତିକି ମାତ୍ର!! ସେ ଯାହା ହେଉ ବୃଦ୍ଧା ଏପରି ବଧୂହରାଇ ଯେ ଅତ୍ୟନ୍ତ ଶୋକବିହ୍ୱଲିତା ହୋଇଥିଲେ ବୋଲିବା ଅଧିକ। ଯୁବକ ମଧ୍ୟ ଗୁଣାବତୀ ଭାର୍ଯ୍ୟ ହରାଇ ନିତାନ୍ତ ଶୋକବିହ୍ୱଲିତ ହୋଇଥିଲେ। ବିବାହ ଦିନଠାରୁ ପତ୍ନୀ ସ୍ୱାମିସେବାରେ ନିୟତ ନିଯୁକ୍ତା ଥିଲେ। ଶାଶୁ ଆଉ ସ୍ୱାମୀ ଭିନ୍ନ ତାଙ୍କର ଇହସଂସାରରେ ଆଉ କେହି ନ ଥିଲା ପ୍ରାୟ ତାଙ୍କ ଜଣାଥିଲା ଏବଂ ଶାଶୁ ଓ ସ୍ୱାମିର ସନ୍ତୋଷସାଧନ କରିପାରିଲେ ସେ ସ୍ୱର୍ଗକୁ ଯିବେ ବୋଲି ଯେମନ୍ତ ରୁଚି ରଖିଥିଲେ। ସେ ଯେପରି ଭାବରେ ସ୍ୱାମିଙ୍କର କାର୍ଯ୍ୟ ଚଳାଉଥିଲେ ଆଜ୍ଞାକାରିଭୃତ୍ୟ ସୁଦ୍ଧା ସେପରି ମନ ଯୋଗାଇ ପାରିବ ନାହିଁ। ସଂସାରରେ ଇଶ୍ୱରଙ୍କ ମାୟା ବୁଝିବା କଠିନ। ମାତା କି ପୁତ୍ର କେହି ଥରେ ଭାବି ନ ଥିଲେ ଯେ ଏପରି ଗୁଣବତୀ ରମଣୀ ତାଙ୍କୁ ଛାଡ଼ି ଚିରକାଳ ନିମନ୍ତେ ଚାଲିଯିବେ। ଉଭୟେ ରମଣୀଙ୍କ ସେବାରେ ସନ୍ତୁଷ୍ଟ ଥାଇ ତାଙ୍କୁ ସର୍ବଦା ସୁଖରେ ରଖିବା ନିମିତ୍ତ ପ୍ରୟାସ ପାଉଥିଲେ। ମାତ୍ର ମନୁଷ୍ୟର ଚେଷ୍ଟା ବା ଇଚ୍ଛାରେ ଜଗତରେ କିଛି ହୁଅଇ ନାହିଁ। ହଠାତ୍‌କାଲ ଉପସ୍ଥିତ ହୋଇ ଜ୍ୱର ରୋଗର ବାହନାରେ ଶୋକସନ୍ତପ୍ତ ଭୂମିବିଲୁଣ୍ଠିତ ସ୍ୱାମୀ ଓ ଶାଶୁଙ୍କ ନିକଟରୁ ତାଙ୍କୁ ଘେନି ଚାଲିଗଲା! କାହାରି ଆୟଉ ନାହିଁ! ସେ କାଲ ଅତି ଦୁର୍ଦ୍ଧମନୀୟ! ସେ କାହାରି କଥା ଶୁଣଇ ନାହିଁ! କେବେ ଉତ୍କୋଚ ନେଇ ଦଣ୍ଡେ ସୁଦ୍ଧା ଅପେକ୍ଷା କରଇ ନାହିଁ! ଏପରି ଗୋଟାକୁ ଯେ ବିଧାତା କାହିଁକି ସଂସାରରୁ ରତ୍ନବୃନ୍ଦ ହରଣ କରିବା କାରଣ ନିଯୁକ୍ତ କରିଅଛନ୍ତି ତାହା ତାଙ୍କୁ ଗୋଚର! ଅଥବା ସେ ଅତ୍ୟନ୍ତ ପ୍ରଭୁଭକ୍ତ! ପ୍ରଭୁର ଆଜ୍ଞାପାଳନରେ ଦଣ୍ଡେ ସୁଦ୍ଧା ହେଳା କରଇ ନାହିଁ! କିଅବା କାର୍ଯ୍ୟଭିଡ଼ରୁ କାହାରି କଥା ଶୁଣଇ ନାହିଁ! ବୃଦ୍ଧା ଓ ଯୁବକ କେତେ ଅବା ମନେକରି ନ ଥିଲେ ଯେ ଆଉ ଦଣ୍ଡେ ହେଲେ ରମଣୀ ବଞ୍ଚି ରହନ୍ତୁ। ମାତ୍ର ନିର୍ଦ୍ଦୟକାଲ ତାହା ଶୁଣିଲା ନାହିଁ! ପ୍ରଭୁର ଆଦେଶରେ ତାହାର ହୃଦୟ ବଜ୍ରରୁ ବଳି କଠିନ ହୋଇ ଯାଇଅଛି! ତାଙ୍କର ମୃତ୍ୟୁରେ ଘର ଅନ୍ଧକାର ହୋଇଗଲା! ବୃଦ୍ଧାର ଶୋକ ସମ୍ଭାଲି ହେଲା ନାହିଁ! ପୁତ୍ର ମନର ଶୋକ ମନରେ ମାରି ମାତାଙ୍କୁ କେତେ ମତେ ବୁଝାଇ ନିଜବସନରେ ମାତାର ଅଶ୍ରୁପ୍ରୋଞ୍ଛନ କଲେ। ମାତ୍ର ସେ ଅଶ୍ରୁ ବନ୍ଦ ହେବାର ନୁହଇ! ବର୍ଷାକାଳୀନ ନିର୍ଝର ପ୍ରାୟ ଅନବରତ ନେତ୍ରଦ୍ୱୟରୁ ଅଶ୍ରୁଧାରା ବିଗଲିତ ହେଉଅଛି— ସଂସାରର ସାନ୍ତ୍ୱନା ବୃଦ୍ଧା ମାତାଙ୍କୁ ଅର୍ଶିଲା ନାହିଁ! ଅର୍ଶିବ ଅବା କିପରି? ବୃଦ୍ଧା ତ ଏ ବୟସରେ ବୋହୂକୁ ଗଣ୍ଠିଧନ କରି ରଖିଥିଲା---ତାହା ଚୋରି ଯିବା କି ସାମାନ୍ୟ କଥା!

ସେ ତ ବୃଦ୍ଧାର ନୟନ ପିତୁଳା ହୋଇଥିଲେ—ତାଙ୍କୁ ହରାଇବାରୁ ବାସ୍ତବରେ ଦୃଷ୍ଟିଶକ୍ତି ଅଧିକକ୍ଷୀଣା ହୋଇଗଲା! ସେତ ବୃଦ୍ଧାର ଜୀବନ ହୋଇ ରହିଥିଲେ–ତାଙ୍କ ବିନା ବୃଦ୍ଧାର ଅଣ୍ଡା ଭାଙ୍ଗି ଗଲା? ସେତ ବୃଦ୍ଧାର ଯଷ୍ଟି ହୋଇ ରହିଥିଲେ–ତାଙ୍କୁ ଦେଖ୍ବାକୁ ନ ପାଇ ବୃଦ୍ଧା ବିଛଣାରୁ ଉଠିଲେ ନାହିଁ! ବୃଦ୍ଧାର ଏ ଶୋକ ଅନୁଭବୀ ବିନା ଆନ କେହି ବୁଝି ପାରିବେ ନାହିଁ। ବୃଦ୍ଧା ବୋହୂକୁ ହରାଇ ଶଯ୍ୟାରୁ ଉଠିବାର ଆଶା ଚିରକାଲ ନିମନ୍ତେ ତ୍ୟାଗ କରିଥିଲେ।

କିନ୍ତୁ କି ହେବ? ଶୋକ କଲେ କି ମୃତବ୍ୟକ୍ତି ଫେରି ଆସଇ! ବୃଦ୍ଧା କେତେ ଅବା ବାହୁନାଇ କାନ୍ଦି ନ ଥିଲେ। ତାଙ୍କ କ୍ରନ୍ଦନରେ ଗଛପତ୍ର ସୁଦ୍ଧା ଝଡ଼ି ପଡ଼ି ଥିଲା ମାତ୍ର କାଲକୁ ସେ ସବୁ ଅଣ୍ଡିଲା ନାହିଁ। ତାହାକୁ କିଛିହିଁ ଫେରାଇ ପାରିଲା ନାହିଁ। ବୃଦ୍ଧା ଶଯ୍ୟାରୁ ନ ଉଠିଲେ କାଲର କି ଯାଏ! ସୁଖଦୁଃଖରେ ସେ ସତତ ରଙ୍ଗ ଦେଖୁଅଛି। ତୁମ୍ଭେ କାନ୍ଦି ଗଡ଼ିଗଲେ ସୁଦ୍ଧା କାଲ ନଇବାର ପାତ୍ର ନୁହଇ। ତୁମ୍ଭେ ନିଜେ ମରି ଯାଇ ପାର ମାତ୍ର କାଲ ସେଥିପାଇଁ ମୃତବ୍ୟକ୍ତି କି ଆଣି ଦେବ ନାହିଁ।--- ଏ କିଛି ନୂତନକଥା ନୁହଇ। ଚିରକାଲ ଏହା ଆମ୍ଭେମାନେ ଦେଖ୍ ଆସୁଅଛୁଁ ମାତ୍ର ରକ୍ତମାଂସର ଶରୀର ବୁଝିବ କି? ଯୁବକଙ୍କୁ ଏ କଥା ଉତ୍ତମରୂପେ ଜଣାଥିଲା। ତଥାପି ତାଙ୍କୁ ଶୋକ କି ଊଣା ହେଲା? କିନ୍ତୁ ଶୋକ କରିବାକୁ ଅବସର ପାଇଲେ ନାହିଁ ପତ୍ନୀବିୟୋଗ ରୂପ ଶୋକ ସୁଦ୍ଧା ମାତାଙ୍କ ନିମିତ୍ତ ସହିବା କର୍ତ୍ତବ୍ୟ ଜ୍ଞାନକରି ହୃଦୟର ନିଭୃତତମ କନ୍ଦରରେ ଶୋକକୁ ଘୋଡ଼ାଇ ରଖ୍ ମାତାର ସାନ୍ତ୍ୱନାରେ ନିୟୁକ୍ତ ହେଲେ। କାଲକ୍ରମେ ମାତା ଶାନ୍ତା ହେଲେ ସତ୍ୟ ମାତ୍ର ଆଉ ଶଯ୍ୟାରୁ ଉଠି ପାରିଲେ ନାହିଁ। କେବେ ଉଠି ପୁତ୍ର ପାଇଁ କ୍ଷଣେ କାର୍ଯ୍ୟ କଲେ ପରକ୍ଷଣରେ ଅଣ୍ଡା ପିଠି ଲାଗି ଯାଏ --- ସୁତରାଂ ଶଯ୍ୟାରେ ବାଧ୍ୟହୋଇ ପଡ଼ି ରହନ୍ତି। ପୁତ୍ର ମଧ୍ୟ ସେବାର ତ୍ରୁଟି କରନ୍ତି ନାହିଁ। ମାତା ତାଙ୍କର ସର୍ବସ୍ୱ--ଈଶ୍ୱର ରୂପରେ ତାଙ୍କ ନିକଟରେ ମାତା ବର୍ତ୍ତମାନ ବୋଲି ତାଙ୍କୁ ଜଣାଥିଲା ଏବଂ ଦଣ୍ଡେ ହେଲେ ମାତାଙ୍କ ନିକଟରେ ଥାଇ ସେବାରେ ତ୍ରୁଟି କରୁ ନ ଥିଲେ।---ଆହା! ମାତୃସେବାରେ ଯାହାର ଜୀବନ ତିଲକ ନିମନ୍ତେ ସୁଦ୍ଧା ଅତିବାହିତ ହୁଏ ସେ କେଡ଼େ ଧନ୍ୟ! ସେ କେଡ଼େ ମହାନ୍! ତାହାର ଗୁଣ ବାସୁକୀ ସହସ୍ର ମୁଖରେ କି ଗାଇ ପାରିବେ?

ତେବେ ଗୋଟିଏ କଥା। ମାତାଙ୍କ ସେବାରେ ଜୀବନ ଅତିବାହିତ କଲେ ସୁଦ୍ଧା ଗୁଣବତୀ ଭାର୍ଯ୍ୟା ହରାଇ ଯୁବକର ଆଉ ଦାରପରିଗ୍ରହ କରିବା କାରଣ ମତି ବଳିଲା ନାହିଁ। ମାତ୍ର ମାତାଙ୍କର ଇଚ୍ଛା ଯେ ପୁତ୍ର ଆଉ ଗୋଟିଏ ବିବାହ କରୁ। ମାତାପୁତ୍ରରେ ବେଲେ ବେଲେ ତର୍କବିତର୍କ ହୁଅଇ। ପୁତ୍ର ଅତୀବ ନମ୍ରଭାବରେ

ମାତାଙ୍କୁ ବୁଝାଇ ଦିଅନ୍ତି ଯେ ଆର ବହୁଟି ଆସିଲେ ସେ ଯଦି ମୁଖରା କି ଆବାଧା ହେବ ତେବେ ପୁତ୍ରର ପାପ ଭିନ୍ନ ପୁଣ୍ୟ ନାହିଁ। ମାତା ଏଥିର ମର୍ମ୍ମବୁଝି ପାରନ୍ତି ସତ୍ୟ ମାତ୍ର ଘର ତ କରିବାକୁ ହେବ – ଏହେତୁ ପୁତ୍ରକୁ ନାନାପ୍ରକାର ବୁଝାନ୍ତି। ଏହି ରୂପରେ ପାଞ୍ଚବର୍ଷ ଅତୀତ ହୋଇଅଛି। ତହିଁ ଉଭାରୁ ପୁତ୍ର ଦିନେ ଏହି ରୋଗଶଯ୍ୟାଶାୟିତା ରମଣୀ ଘେନି ଘରେ ଉପସ୍ଥିତ।

ପୁତ୍ରକୁ ବୟସ ତ୍ରିଂଶଦ୍ବର୍ଷ। ଯେଉଁ ରମଣୀଟି ଘରକୁ ଆନୀତା ହେଲେ ସେ ଯୁବତୀ। ବିବାହ ନ କରି ଘରକୁ ରମଣୀଟିଏ ଆଣିବା ଅନୁଚିତ। ଏ ହେତୁ ମାତାଙ୍କ ମନରେ ସଦେହ ଜାତ ହୋଇଥିଲେ। ପୁଣି ମନେ କଲେ ପୁତ୍ର ଅବା ତୋଲାକନ୍ୟା କରି ମାତାଙ୍କୁ ନ ଜଣାଇ ଘରକୁ ରମଣୀଟିଏ ଆଣିଅଛି। ହେଉ, କୌଣସି ମତେ ବିବାହ କଲେ ହେଲା। ମାତ୍ର ରମଣୀ ଯେ ରୋଗ-ପୀଡ଼ିତା! ମାତା ଆଉ ସମ୍ଭାଲି ପାରିଲେ ନାହିଁ---ପୁତ୍ରକୁ ତହିଁର କାରଣ ପଚାରିଲେ। ପୁତ୍ର ମାତାଙ୍କୁ ବୁଝାଇ ଦେଲେ ଯେ ରମଣୀ ରୋଗରେ ଅଯତ୍ନଭାବରେ ମୁମୂର୍ଷୁ ଅବସ୍ଥାରେ ପଡ଼ିଥିଲେ। ତାଙ୍କୁ ସେବାକରି ଯଦି ବଞ୍ଚାଇ ପାରନ୍ତି ଏହେତୁ ସ୍ଥାନାଭାବରେ ଘରକୁ ଘେନି ଆସି ଅଛନ୍ତି।ମାତା କୁଳଶୀଳର କଥା ପଚାରିଲେ ଏବଂ ପୁତ୍ରଠାରୁ ଯେଉଁ ଉଭର ପାଇଲେ ତହିଁରେ ଜାତିମର୍ଯ୍ୟାଦାରେ ଉଣା ନ ଦେଖି ଆଶ୍ୱସ୍ତ ହେଲେ ଏବଂ ରମଣୀର ରୋଗପୀଡ଼ାରେ ସୁଦ୍ଧା ଯେ ଟିକିଏ ସୌନ୍ଦର୍ଯ୍ୟ ଥିଲା ତାହା ମଧ ବୃଦ୍ଧାର ମନୋହରଣ କରିବାକୁ ଅରୋଗ୍ୟ ହେଲେ ଏହି ରମଣୀକି ପୁତ୍ରକୁ ବିବାହ ଦେବେ ବୋଲସ୍ଥିର କରି ବୃଦ୍ଧା ଟିକିଏ ଡେଙ୍ଗ ଉଠିଥିଲେ! ଯୁବକ ମଧ ନିର୍ବ୍ବାଦରେ ଏହିରୂପେ ରମଣୀକି ଆପଣା ଘରେ ରଖି ବୈଦ୍ୟ ଲଗାଇ ସେବାରେ ନିଯୁକ୍ତ ହେଲେ।

ଦୁଇଦିନ ତଲେ ରମଣୀର ବଞ୍ଚିବାର ଆଶା ନ ଥିଲା। ମୃତ୍ୟୁର ପୂର୍ବ୍ବଗାମିସିନ୍ନିପାତ ସର୍ବାଙ୍ଗ ଘୋଟି ଯାଇଥିଲା। ଯୁବକ ଈଶ୍ୱରଙ୍କଠାରେ କେତେ ମତେ ପ୍ରାର୍ଥନା କରିଥିଲେ ମାତ୍ର କିଛି ଫଲ ହୋଇ ନ ଥିଲା। ଆଜି ପ୍ରାତଃକାଲରୁ କିଞ୍ଚିତ ପରିବର୍ତ୍ତନ ଦେଖାଗଲା ଏବଂ ସନ୍ଧ୍ୟାକୁ ଦୁଇପଣରେ ରୋଗ ଉଣା ହୋଇଥିବାରଷ୍ଟିର ଜଣାଗଲା। ସୁତରାଂ ଯୁବକ ପୂର୍ବଠାରୁ କିଞ୍ଚିତ୍ଆଶ୍ୱସ୍ତ ମନରେ ରୋଗିର ସେବା କରୁଅଛନ୍ତି। ଆଜି ସନ୍ଧ୍ୟା ଉଭାରୁ ରୋଗୀ ଥରେ ଦୁଇଥର ଚକ୍ଷୁ ଫେଡ଼ି ଅନାଇଥିଲେ। ସାତଦିନ ହେଲା ତାଙ୍କର ଚକ୍ଷୁ ଉନ୍ମୀଲିତ ହୋଇ ନ ଥିଲା ଏବଂ ଆଜି ଚକ୍ଷୁରୁନ୍ମୀଲନରେ ଯୁବକ ଆକାଶର ଚାଦ ହାତରେ ପାଇ ପରମେଶ୍ୱରଙ୍କଠାରେ କୃତଜ୍ଞତା ଜ୍ଞାପନ ପୂର୍ବକ ସମଧିକ ଉସ୍ଥାହରେ ରୋଗୀର ସେବା କରୁଅଛନ୍ତି। ସାତଦିନ

ହେଲା ରୋଗୀର ଜ୍ଞାନ ହୋଇ ନ ଥିଲା ଏବଂ ସାତ ଦିନ ଯୁବକର ଚକ୍ଷୁରେ ନିଦ୍ରା ନାହିଁ ସେ ପରିତପ୍ତ ମନରେ ଆହାରନିଦ୍ରା ପରିତ୍ୟାଗ ପୂର୍ବକ ରୋଗିର ସେବାର ନିଯୁକ୍ତ ଅଛନ୍ତି ।

ଅର୍ଦ୍ଧରାତ୍ରୁ ଅଧିକ ଅତୀତ ହୋଇଅଛି । ରୋଗୀ ସନ୍ଧ୍ୟାସମୟରେ ଚକ୍ଷୁରୁନ୍ମୀଳନ କରି ଆଉ ଚକ୍ଷୁ ଫେଡ଼ି ନ ଥିଲେ ଏବଂ ରୋଗ ଦୁଇପଣରେ ଉଣା ପଡ଼ିଥିବାରୁ ରୋଗିର ଜ୍ଞାପସଞ୍ଚାର ହୋଇଥିବାର ଉତ୍ତମ ବିଶ୍ୱାସ ଜନ୍ମିଅଛି । ସୁତରାଂ ରୋଗିର ଭଲ ନିଦ୍ରା! ହୋଇଥିବାରେ ଯୁବକର ସନ୍ଦେହ ନ ଥିଲା । ତଥାପି ନିବିଷ୍ଟ ମନରେ ରୋଗିର ମୁଖମଣ୍ଡଳକୁ ଅନାଇ ଶରୀରଯନ୍ତ୍ର କେତେବେଳେ କି ପରିବର୍ତ୍ତନ ହଠାତ୍ ଘଟିଯିବ ଏକ ଦୃଷ୍ଟିରେ ହେଖୁ ଅଛନ୍ତି ।

କେତେକ୍ଷଣ ଉତ୍ତାରୁ ରୋଗୀ ଦୀର୍ଘନିଶ୍ୱାସ ପକାଇ ପୁନର୍ବାର ଚକ୍ଷୁ ମେଲିଲେ । ଯୁବକ ନିବିଷ୍ଟ ମନରେ ମୁଖମଣ୍ଡଳପ୍ରତି ଦୃଷ୍ଟିନିକ୍ଷେପ କରିଥିବାରେ ଛାଏଁ ରମଣୀର ଦୃଷ୍ଟି ଏକାବେଳକେ ଯୁବକର ଦୃଷ୍ଟିରେ ମିଶିଗଲା । ଯୁବକର ଆଉ ଆନନ୍ଦର ସୀମା ରହିଲା ନାହିଁ ଏବଂ ମନେ ମନେ ଈଶ୍ୱରଙ୍କୁ ପ୍ରଭୁତ ଧନ୍ୟବାଦ ଦେଲେ । ଯୁବକର ମୁଖମଣ୍ଡଳ ସମ୍ପୂର୍ଣ୍ଣରୂପେ ଯୁବତୀର ଚକ୍ଷୁରେ ଅଙ୍କିତ ହେବା ସଙ୍ଗେ ସଙ୍ଗେ ଯୁବତୀ ଚକ୍ଷୁ ମୁଦି ଦୃଷ୍ଟିରୁ ଅନ୍ତର କରିଦେଲେ ଏବଂ ପରକ୍ଷଣରେ ଶରୀରରେ ସାମାନ୍ୟରୂପେ ଯେଉଁ କ୍ରିୟା ପ୍ରକାଶି କଲେ ତହିଁରେ ରମଣୀ କିଞ୍ଚିତ୍‌ଲଜ୍ଜାସଙ୍କୁଚିତା ହେବାର ଜଣାଗଲା ।

ଜ୍ଞାନ ହୋଇ ଥିବାର ଆଉ ପ୍ରମାଣର ପ୍ରୟୋଜନ ନାହିଁ । ଯୁବକ ମନରେ ସହସ୍ରଥର ଈଶ୍ୱରଙ୍କୁ ଧନ୍ୟବାଦ ଦେଲେ । ତାଙ୍କର ହୃଦୟ ଆନନ୍ଦରେ ନୃତ୍ୟ କଲା । ଆନନ୍ଦ ଶରୀରରେ କମ୍ପ ଜାତକଲା ଏବଂ ଯୁବକ ସେ ଆନନ୍ଦରେ ବିହ୍ୱଳ ହୋଇ . ନିଦ୍ରା ପାସୋରି ପୁଣି ଯୁବତୀର ମୁଖମଣ୍ଡଳକୁ ଅନାଇ ରହିଲେ ।

ପୁଣି କିୟତ୍‌କାଳ ପରେ ରମଣୀ ଚକ୍ଷୁରୁନ୍ମୀଳନ କଲେ । ପୁଣି ସେ ଚକ୍ଷୁରେ ଯୁବକର ପ୍ରଫୁଲ୍ଲ ବଦନମଣ୍ଡଳ ଅଙ୍କିତ ହେଲା । ସଙ୍ଗେ ସଙ୍ଗେ ରମଣୀ ଚକ୍ଷୁ ମୁଦିଲେ ଏବଂ ସଙ୍ଗେ ସଙ୍ଗେ ଲଜ୍ଜାସଙ୍କୁଚିତା ହୋଇଥିବାର ଭାବ ଶରୀରରେ ଜାତ ହେଲା । ଏବଂ ଧୀରେ ଧୀରେ ହସ୍ତ ଚାଳନପୂର୍ବକ ବସ୍ତ୍ର ସଜାଡ଼ି ଦେଇ ଅତି ମୃଦୁସ୍ୱରେ କହିଲେ "କିଏ" ।

ଯୁବକ ଦେଖିଲେ ରମଣୀର ସମ୍ପୂର୍ଣ୍ଣ ଜ୍ଞାନର ବିକାଶ ହୋଇଅଛି ଆଉ ଜୀବନର ଭୟ ନାହିଁ । ଅପରଚିତ ଲୋକ ନିକଟରେ ଥିବାରୁ ରମଣୀର ଲଜ୍ଜାଭାବ ପର୍ଯ୍ୟନ୍ତ ଜାତ ହୋଇଅଛି ଏବଂ ବାକ୍‌ଶକ୍ତି ପୂର୍ବଭାବରେ ଉପସ୍ଥିତ ହୋଇ ନ ଥିବାରୁ

କେବଳ "କିଏ" ବୋଲି ଜାଣିବା କାରଣ ବ୍ୟକ୍ତ କଲେ। ଯୁବକର ମନ ମୋହିତ ହୋଇଗଲା। ଯୁବତୀ ଯେ ବଞ୍ଚିବେ ତହିଁରେ ଯୁବକର ଦିନେ ଆଶା ହଜି ଯାଇଥିଲା। ଆଜି "କିଏ" ଶବ୍ଦର ଉଚ୍ଚାରଣରେ ଯୁବକର ବଳ ସାତଗୁଣ ହୋଇଗଲା। ସେ "କିଏ" ଶବ୍ଦ କେଜାଣି କେତେ ଅମୃତ ଆଣିଥିଲା ଯେ ଯୁବକର ମୃତପ୍ରାୟ ଶରୀର ଜୀବନସ୍ଫୂର୍ତ୍ତିରେ ନୃତ୍ୟ କଲା। "କିଏ" ଶବ୍ଦ ଅନେକ ଥର ଅନେକ ଲୋକଙ୍କ ମୁଖରୁ ଯୁବକ ଶୁଣି ଅଛନ୍ତି ମାତ୍ର ବର୍ତ୍ତମାନ ଯେଉଁ "କିଏ" ଶବ୍ଦ ଶ୍ରବଣେନ୍ଦ୍ରିୟରେ ସୁଧାଧାରା ଢାଳି ଦେଲା ତାହା ଜୀବନରେ କେବେ ଶୁଣି ନାହାନ୍ତି କି କେବେ ଭୁଲିବେ ନାହିଁ।

ଯୁବକ ମନେ କଲେ ଉତ୍ତର ନ ଦେଲେ ରମଣୀର ମନ ଚଞ୍ଚଳ ହୋଇ ଅଧିକ ମନ୍ଦ ହୋଇ ପାରେ ତେଣୁ ଧୀରେ ଧୀରେ କହିଲେ "ତୁମ୍ଭେ ସ୍ଥିର ହୋଇ ଶୁଅ। କିଛି ମାତ୍ର ଚିନ୍ତା ନ କର। ଏ ତୁମ୍ଭର ଘର। ମୋହର ନାମ ରଘୁନାଥ ପଟ୍ଟନାୟକ।"

ଉତ୍ତର ଶୁଣିବା ମାତ୍ରକେ ରମଣୀର ଗାତ୍ର ରୋମାଞ୍ଚିତ ହୋଇ ଈଷତ୍‌କମ୍ପିତ ହେଲା ମାତ୍ର ଶରୀରରେ ବଳ ନ ଥିବାରୁ ଆଉ କିଛି କହି ପାରିଲେ ନାହିଁ। ରଘୁନାଥ ମଧ୍ୟ ନୀରବ ହୋଇ ନିବିଷ୍ଟ ମନରେ ରମଣୀର ମୁଖମଣ୍ଡଳ ଧ୍ୟାନ କରୁ କରୁ ପୂର୍ବବତ୍‌ଶୁଶ୍ରୁଷାରେ ବ୍ରତୀ ହେଲେ।

ଊନତ୍ରିଂଶ ପରିଚ୍ଛେଦ

ଅନ୍ତଃପୁର

ରସକଳା ଷଣ୍ଠରାଜାଙ୍କ ନବରକୁ ପ୍ରେରିତା ହେବା ଉତ୍ତାରୁ ଆୟମାନଙ୍କ ସହିତ ତାଙ୍କର ଦେଖା ହୋଇନାହିଁ। ତାଙ୍କର ମୂର୍ଚ୍ଛାଗ୍ରସ୍ତ ହତଚେତନ ଶରୀରକୁ ଡକାୟତମାନେ ଚଉଧୁରିଙ୍କ ଘରୁ ନେଇ ନୌକାରେ ପକାଇଥିଲେ ଏବଂ ସେହିରୂପ ଅଚେତନ ଅବସ୍ଥାରେ ସେ କୁଜଙ୍ଗର ବିଶାଳ ନବରକୁ ନୀତା ହେଲେ। ସେ ନବରରେ ସ୍ତ୍ରୀଲୋକଙ୍କର ସୀମା ନାହିଁ। ଦେଖିଲେ ମନେ ହୁଏ ଯେପରି ଷଣ୍ଠରାଜା ଈଶ୍ୱରସୃଷ୍ଟ ସମୁଦାୟ ରମଣୀରତ୍ନ ଭୋଗ କରିବାରେ କୃତସଂକଳ୍ପ ହୋଇ କ୍ରମେ କ୍ରମେ ଏତେ ରମଣୀ ଠୁଳ କରିଅଛନ୍ତି। ମାତ୍ର ପୃଥିବୀର ରତ୍ନରାଜି ଜଣେ ଭୋଗ କରିବା ଯେରୂପ ଅସମ୍ଭବ ସେହିପରି ପୃଥିବୀର ଯାବତୀୟ ରମଣୀ ଏକ ଲୋକକୁ ଭୋଗହେବା ଅସମ୍ଭବ। ଯାହାହେଉ ପାଶବକାମପ୍ରକୃତିର ଚରିତାର୍ଥତା ହେତୁ ଷଣ୍ଠଙ୍କ ନବରରେ ଦିବାରାତ୍ର ଚନ୍ଦ୍ରମାର ହାଟ ବସିଅଛି। ଦିବାରାତ୍ର ରୂପଲାବଣ୍ୟରେ ଚନ୍ଦ୍ରମା ବିକ୍ରୀତ ହେଉଅଛି ଏବଂ ଦିବାରାତ୍ର ବେଶଭୁଷାର ଆଡ଼ମ୍ବରରେ ଦୃଷ୍ଟିଶକ୍ତିର ବାଧା ଜନ୍ମ ଅଛି। ବାସ୍ତବରେ ଷଣ୍ଠଙ୍କ ଅନ୍ତଃପୁରର ରମଣୀବୃନ୍ଦ ଦେଖିବାକୁ ବଡ଼ ସୁନ୍ଦରୀ। ବଡ଼ରାଣୀ ପାଟମହାଦେଇ ନାମରେ ବିଖ୍ୟାତା ଏବଂ ଅପର ରମଣୀମାନେ ମହାଦେଇ ନାମ ଧାରଣ କରିଅଛନ୍ତି। ତହିଁଉତ୍ତାରୁ କେତେ ପୁଷ୍ପବାହିତା ରାଣୀ ନାମ ଧାରଣ କରି ରମଣୀ ରୂପ ଉଦ୍ୟାନରେ ଫୁଲ ଫୁଟାଇ ବାସ ଚହଟାଇ ଅଛନ୍ତି ତହିଁର ସୀମା ନାହିଁ। ଏ ଛଡ଼ା କେହି ଥରେ ରାଜାଙ୍କ ସ୍ପର୍ଶଭାଗିନୀ ହୋଇ ତହିଁ ମଧ୍ୟରେ ଫୁଟି ରହି ଅଛନ୍ତି। ଏପରି ରମଣୀର ସଂଖ୍ୟା ମଧ୍ୟ ଅଳ୍ପ ନୁହେ। ଏକ ଏକ ରାଣୀଙ୍କ ନିକଟରେ ଦଶଜଣ ପରିଚାରିକା ଅଛନ୍ତି ଏବଂ ମହାଦେଇ ଓ ପାଟମହାଦେଇଙ୍କ ନିକଟରେ ଜଣକେ କ୍ରିଂଶତ୍କି ଚତ୍ୱାରିଂଶତ୍ପରିଚାରିକାରୁ ଊଣା ନାହାନ୍ତି। ଏପରେ ରାଜାଙ୍କର ଧାଇମା

ପ୍ରଭୃତି ଓ ବଡ଼ ବଡ଼ ରାଜାଙ୍କର ରାଣୀ ପ୍ରଭୃତି ପରିଚାରିକା ସହିତ ଅଛନ୍ତି। ଏହିରୂପେ ରାଜାଙ୍କର ନବର ସାତଖଣ୍ଡି ଗ୍ରାମରୂପରେ ବିରାଜିତ ଅଛି। ରମଣୀବୃନ୍ଦ ରାଜାଙ୍କ ନୀତରେ ଖଞ୍ଜା ଅଛନ୍ତି। ଯେତେବେଲେ ଯାହାଙ୍କର ପାଲି ପଡ଼ଇ ତେତେବେଲେ ସେ ସଜ ହୋଇ ରାଜାଙ୍କ ସେବାରେ ଉପନୀତା ହୁଅନ୍ତି ମାତ୍ର ସମସ୍ତେ ସନ୍ଧ୍ୟା ସମୟରେ ବେଶ ବାନ୍ଧନ୍ତି ଏବଂ ଯେତେବେଲେ ସେମାନେ ବେଶ ବେନ୍ଧିଲା ଉଭାରୁ ଶୀତଲ-ଶୁଷ୍କ-ଚନ୍ଦ୍ର-କିରଣ-ଶୋଭିତ ନବରରେ ଅଙ୍ଗଭଙ୍ଗୀ କରି ଭ୍ରମଣ କରନ୍ତି ତେତେବେଲେ ତାହା ଅପ୍ସରା-ପରିବେଷ୍ଟିତ ନନ୍ଦନକାନନ ପ୍ରାୟ ଶୋଭା ପାଏ। ସେମାନେ ମନେ କରନ୍ତି ତାଙ୍କ ରୂପ-ଶୋଭାକୁ ଚନ୍ଦ୍ର ସମକକ୍ଷ ହୋଇ ନ ପାରି ଲଜ୍ଜାରେ କଳଙ୍କରୂପ ବସନ ଦ୍ୱାରା ମୁଖ ଘୋଡ଼ାଇବାର ଚେଷ୍ଟା କରୁ ଅଛନ୍ତି। ଆଉ ଯେତେବେଲେ ଆକାଶସ୍ଥ ସକଳଙ୍କ ଚନ୍ଦ୍ରମା ଗୋଟି ଦେଖ୍ ମନ ବିମୋହିତ ହୁଏ ତେତେବେଲେ ଷଣ୍ଠ ନବରସ୍ଥ ନିଷ୍କଲଙ୍କ ଚନ୍ଦ୍ରମମାଲା ଦେଖ୍ ଯେ ମନ ସ୍ଥିର ହେବ ଏହା ଆଶା କରିବା ଦୁରାଶା ମାତ୍ର। ସେହି ରମଣୀବୃନ୍ଦ ବିଚରଣ କରିବା ସମୟରେ ଯେତେବେଲେ ପଦସ୍ଥ ନୂପୁରଟୁଣ୍ଟିଆ ପ୍ରଭୃତ 'ଝମ' "ଝମ" ଶବ୍ଦ କରି ଅରସିକର ଦୃଷ୍ଟି ସୁଦ୍ଧା ଫେରାଇବାର ପଣ କରେ ଏବଂ ତହିଁ ସଙ୍ଗେ ଯେତେବେଲେ କଟିରସନା "କିଣି କିଣି" ନାଦରେ ମନଃପ୍ରାଣ କିଣି ନେବାର ପ୍ରତିଜ୍ଞା କରେ ତେତେବେଲେ ଭାରୀ ୨ ଯତିଙ୍କର ଯେ ମତି ଟଲିଯିବ ଏଥରେ ସନ୍ଦେହ କି ଅଛି? ପାଠକେ! ସେ ଶୋଭା, ସେ ବାଦ୍ୟ ଏବଂ ତହିଁ ସଙ୍ଗେ ଗମନଭଙ୍ଗୀରୂପ ନୃତ୍ୟ ଓ ସୁକୋମଲ କାକଲୀରୂପୀ କଥା-ସଙ୍ଗୀତ ହାବଭାବ ବେଶ ଭୂଷା ସହିତରେ ଷଣ୍ଠ-ନବରକୁ ଗନ୍ଧର୍ବ-ପୁରୀରେ ପରିଣତ କରଇ ଏବଂ ତହିଁରେ ଅନ୍ତକେ ସୁଦ୍ଧା ଲୋକ ବିମୋହିତ ହୋଇଯିବା ଆଶ୍ଚର୍ଯ୍ୟର ବିଷୟ ନୁହଇ।

ଏବନ୍ତୁତ ନବରକୁ ରସକଲା ଆନୀତା ହେଲେ। ସେଠାରେ ସେ ଦୁଇଦିନ ଅଚେତନା ବସ୍ଥାରେ ଥିଲେ। ପାଟମହାଦେଇ ତାଙ୍କୁ ଦେଖ୍‌ଲାକ୍ଷଣି ବିଧୁବଂଶରେ ଅନୁରାଗିଣୀ ହୋଇଥିଲେ ଏବଂ ସେହି ଅନୁରାଗର ବଶବର୍ତ୍ତିନୀ ହୋଇ ସେ ରସକଲାଙ୍କର ଅନେକ ସେବା କଲେ। ଦୁଇଦିନ ଉଭାରୁ ରସକଲାଙ୍କର ଜ୍ଞାନ ହେଲା ଏବଂ ସପ୍ତାହ ମଧ୍ୟରେ ରୋଗ ହଟି ଯିବାରୁ ଷଣ୍ଠନବରରେ ସେ ବିଚରଣ କରିବାକୁ ସକ୍ଷମା ହୋଇଥିଲେ। କ୍ରମେ ଷଣ୍ଠ-ନବରରେ ତାଙ୍କର ବନ୍ଧୁଭାବ ଜାତ ହେଲା। ପାଟମାହାଦେଇ ଯତ୍ନବତୀ ହୋଇ ବିଶେଷ ସେବାଶୁଶ୍ରୂଷା ଦ୍ୱାରା ଆରୋଗ୍ୟ କରିଥିବାରୁ ରସକଲା ତାଙ୍କୁ ମାତା ବୋଲି ସମ୍ବୋଧନ କଲେ ଏବଂ ପାଟମାହାଦେଇ ତ ଆଗରୁ " ଝିଅ" ଝିଅ ବୋଲି ଡାକୁଥିଲେ—ଏ ସମ୍ବୋଧନରେ ତାଙ୍କର ଅନ୍ତରାମ୍ଯ ଉତ୍‌ଫୁଲ୍ଲ ହୋଇ ଉଠିଲା ଏବଂ ସ୍ନେହରସାର୍ଦ୍ର ହୃଦୟ ସ କମ୍ପିତ କଲେବରରେ

ରସକଳାର ମୁଖ ଚୁମ୍ବନ କରୁ କରୁ କହିଲେ "ରସ, ତୁ ମୋର ପୂର୍ବକାଳରେ ଝିଅ ଥିଲୁ ବୋଲି ବିଧାତା ପୁଣି ଆଶି ତୋତେ ମୋ ଅଙ୍କରେ ସ୍ଥାପିଛନ୍ତି "। ରସକଳା ଏ ଭାବରେ ତରଳି ଯାଉ ଥିଲେ –ତରଳି ନ ଯିବେ କାହିଁକି?- ପିଲାଟିଦିନରୁ ତ ସେ କେବେ ମାତାର ଏତାଦୃଶ ସ୍ନେହ ପାଇ ନ ଥିଲେ। ଅପରରମଣୀଠାରୁ ଏବମ୍ବିଧ ଅପୂର୍ବ ସ୍ନେହରସ ପାଇ ବରଫବତ୍କଠିନ ହୃଦୟ ସୁଦ୍ଧା। ଯେ ଦ୍ରବୀଭୂତ ହୋଇ ଯିବ ଏଥିରେ କିଛି ମାତ୍ର ସନ୍ଦେହ ନାହିଁ-ତହିଁରେ ପୁଣି ରସକଳା ଶିଶିର- କୋମଳ –ହୃଦୟ। ଏହି ସମ୍ବନ୍ଧରୁ କ୍ରମେ କେତେ ଯେ ବିଧାତାଭିଆଣ ମାଉସୀ, ଭଉଣୀ ଆଦି ପ୍ରଭୃତି ସମ୍ବନ୍ଧ ପଡ଼ିଗଲା ତାହାରଇୟତ୍ତା ନାହିଁ ଏବଂ ଏହିରୂପେ ସ୍ନେହବିବର୍ଦ୍ଧିତ ସଂସାରସାଗରରୁ ଆସି ରସକଳା ସୁକୋମଳସ୍ନେହତରଙ୍ଗଶାଳିସମୁଦ୍ରରେ ପଡ଼ି ସେହି ତରଙ୍ଗରେ ଆତ୍ମା ଶୀତଳ କରି ବର୍ଦ୍ଧିତା। ହେଲେ।

ଷଷ୍ଠ-ନବରେ ସମୁଦାୟ ରମଣୀବୃନ୍ଦରେ ପାଟମହାଦେଈ ଏକ ଅପୂର୍ବ ରତ୍ନ। ବିଧାତା ତାଙ୍କୁ ଯେରୂପ ସୌନ୍ଦର୍ଯ୍ୟ ପ୍ରଦାନ କରିଅଛନ୍ତି ସେହିରୂପ ଅପୂର୍ବ ମନ ମଧ ପ୍ରଦାନ କରି ଅଛନ୍ତି। ବାସ୍ତବରେ ରାଜରାଣୀ ହୋଇ ଏତେ ସ୍ନେହମୟୀ ରମଣୀ ଧରାପୃଷ୍ଠରେ ଦେଖିବା ଦୁର୍ଲ୍ଲଭ। ସେ ପଶୁପକ୍ଷିକି ଆପଣାର ପୁତ୍ରକନ୍ୟା ପ୍ରାୟ ସ୍ନେହ କରନ୍ତି-ରସକଳା ତ ମାନବୀ ରସକଳା ସେ ସ୍ନେହରେ ଯେ ସୁଖରେ ପରିବର୍ଦ୍ଧିତା ହେବେ ଏଥିରେ ସନ୍ଦେହ କିଛିନାହିଁ। ତଥାପି ରସକଳା ଯେ କଳାବତୀଙ୍କି କି ତାଙ୍କର ସ୍ନେହକୁ ପାସୋରି ଯିବେ ଏହା କେତେବେଳେ ସମ୍ଭବପର ନୁହଇ ମାତ୍ର ପାଟମହାଦେଈ ପ୍ରାୟ ସବୁ ସମୟରେ "ଏଟା ଆଣ" "ସେଟା ଆଣ" ଯ୍ୟା ଦିଅ " "ତା ଦିଅ " କହି ରସକଳାଙ୍କର ମନକୁ ଏପରି ଭୁଲାଇ ରଖି ଥିଲେ ଯେ କଳାବତୀଙ୍କ ବିଷୟ ଚିନ୍ତା କରିବାକୁ ତାଙ୍କର ଅଳ୍ପ ଅବସର ରହୁଥିଲା। ପାଟମହାଦେଈଙ୍କ ଇଚ୍ଛାମତ ଏବଂ ରସକଳାଙ୍କ ଗୁଣରେ ଆକୃଷ୍ଟ ହୋଇ ଅପର ରମଣୀବୃନ୍ଦ ପ୍ରାୟ ସର୍ବସମୟରେ ରସକଳାଙ୍କ ନିକଟରେ ଉପସ୍ଥିତ ରହୁଥିଲେ ଏବଂ ରସକଳା ବାସ୍ତବରେ ରାଜଝେମାରୂପେ ଜନ୍ମ ହୋଇଥିଲା ପରି ସେ ଘରେ ବଢ଼ିଲେ। ବସ୍ତ୍ରାଳଙ୍କାର ଆଦି କୌଣସି ବିଷୟରେ ତାଙ୍କର ଊଣା ନ ଥିଲା। ଷଣ୍ଡେ ଯାହା ଦେଇଥିଲେ ପାଟମହାଦେଈ ତହିଁର ଚତୁର୍ଗୁଣ ଅଳଙ୍କାର ନାଇ ଦେଲେ। କଳାବତୀ- ଶୋକରେ ସନ୍ତପ୍ତ ଥିଲାବେଳେ ରସକଳା ସ୍ୱଭାବତଃ ସେ ସବୁ ପିନ୍ଧିବାକୁ ନାସ୍ତି କଲେ କିନ୍ତୁ ପାଟମହାଦେଈଙ୍କ କଥା ଏଡ଼ିଦେବା ତାଙ୍କର ସାଧ୍ୟାତୀତ। ଅଗତ୍ୟା ସେ ସବୁ ନାଇବାକୁ ପଡ଼ିଲା ଏବଂ ଯେତେବେଳେ ମଣିରତ୍ନବିମଣ୍ଡିତଦିବ୍ୟ-ବସ୍ତ୍ରାଳଙ୍କାରରେ ବିଭୂଷିତା

ହୋଇ ରସକଳା। ଷଣ୍ଢ-ନବରରେ ବିଚରଣ କଲେ ତେତେବେଳେ ଗନ୍ଧର୍ବପୁରୀରେ ସଂସାତ୍ ଦେବକନ୍ୟା ଆବିର୍ଭୂତା ହୋଇଥିବାର ଶୋଭା ପ୍ରକଟିତା ହୋଇଗଲା।

ଷଣ୍ଢେ ମଧ ରସକଳାଙ୍କୁ ଦେଖ୍ ପାରୁଥିଲେ। ଯେତେବେଳେ ସେ ନବରକୁ ଆନୀତା ହେଲେ ତେତେବେଳେ ତାଙ୍କର ଚେତନା ନ ଥିଲା। ସେହି ସମୟରୁ ବିଶେଷ ଚିକିସ୍ୱା କରିବାର ପ୍ରୟୋଜନ ହୋଇଥିଲା। ରାଜବୈଦ୍ୟ ମଧ ସେଠାରେ ବଡ଼ ନିପୁଣ ଥିଲେ ଏବଂ ରାଜାଙ୍କ ଆଦେଶକ୍ରମେ ଭଲ ଭଲ ତୈଲ ଏବଂ ଔଷଧର ଅଭାବ ରହିଲା ନାହିଁ। ରାଜା ଘେନି ବିଦ୍ୟା ଏବଂ ବ୍ୟବସାୟ। ଆଜିକାଲି ଆମ୍ଭେମାନେ ଇଂରାଜରାଜଙ୍କ ଅଧୀନସ୍ଥ ହୋଇ ଥିବାରୁ ଆମ୍ଭମାନଙ୍କର ଶାସ୍ତ୍ରୀୟ ଔଷଧ ଆଦିର ହ୍ରାସ ହୋଇ ଯାଇଅଛି ଏମନ୍ତ କି ଭଲ ବୈଦ୍ୟ ଏବଂ ଭଲ ଔଷଧ ଖୋଜି ପାଇବା ଦୁଷ୍କର। ମାତ୍ର ଆମ୍ଭେମାନେ ଯେଉଁ ସମୟର କଥା କହୁଅଛୁ ତେତେବେଳେ ଯେମନ୍ତ ଆମ୍ଭମାନଙ୍କର ଶାସ୍ତ୍ରୀୟ ଚିକିସ୍ୱାର ଆଦର ଥିଲା ତେମନ୍ତ ଭଲ ଭଲ ଔଷଧ ମଧ ମିଳୁଥିଲା। ରାଜା ସ୍ୱୟଂ ବୈଦ୍ୟରାଜଙ୍କ ସହିତରେ ରସକଳାଙ୍କୁ ଦେଖ୍ ଔଷଧ ଓ ପଥ୍ୟର ନିୟମ କରି ଆସିଲେ ଏବଂ ସେହି ସମୟରୁ ତାଙ୍କର ରସକଳାଙ୍କ ପ୍ରତି ଅଭୁତ-ପୂର୍ବ ଅନୁରାଗ ଏବଂ ସ୍ନେହ ଜାତ ହୋଇଥିଲା। ରସକଳାଙ୍କର ବଞ୍ଚିବାର ଆଶା ନ ଥିଲା। ରାଜା ବୈଦ୍ୟରାଜଙ୍କୁ ବିଶେଷ ଯତ୍ନ ଘେନିବାକାରଣ ଆଦେଶ କଲେ ଏବଂ ଘଡ଼ିକି ଘଡ଼ି ଯାଇ ରସକଳାଙ୍କର ତତ୍ତ୍ୱ ଘେନୁଥିଲେ। ଅଧିକ କି ବୋଲିବୁଁ ସେ ରସକଳାଙ୍କୁ ଆପଣାର କନ୍ୟାଠାରୁ ସମଧିକ ସ୍ନେହ କଲେ ଏବଂ ମନେ ପାଞ୍ଚ ରଖ୍ଲେ ଯେ ରସକଳା ଆୟୁଷ୍ମତୀ ହୋଇ ବଞ୍ଚିଲେ ରଘୁନାଥଙ୍କ ସହିତରେ ତାଙ୍କର ପାଣି-ଗ୍ରହଣ କ୍ରିୟା ସଂପନ୍ନ କରିବେ। ରସକଳା କିଞ୍ଚିତ୍ ଆରୋଗ୍ୟ ହେଲାରୁ ରାଜା ପାଟମହାଦେଇଙ୍କି ଆପଣାର ଅଭିପ୍ରାୟ ଜଣାଇଥିଲେ ଏବଂ ପାଟମହାଦେଇ ପ୍ରସ୍ତାବ ଶୁଣି ପ୍ରଫୁଲ୍ଲ ମନରେ ସମ୍ମତି ଜ୍ଞାପନ କଲେ।

ଏହିରୂପେ ଷଣ୍ଢନବରରେ ରସକଳା ରାଜା-ରାଣୀଙ୍କର ପ୍ରିୟତମା କନ୍ୟାରୂପେ ବିଚରଣ କଲେ। ରଘୁନାଥଙ୍କ ସହିତ ତାଙ୍କର ସଂସାତ୍ ହୋଇନାହିଁ ଏବଂ ରଘୁନାଥ କିଏ ତାଙ୍କୁ ଜଣା ନ ଥିଲା। ଡକାୟତୀ ଦ୍ୱାରା ସେ ଯେ ସେଠାକୁ ଆନୀତା ହୋଇ ଅଛନ୍ତି ତାହା ମଧ କେହି ଜାଣନ୍ତି ନାହିଁ। ସେଦିନରେ ରୋସ୍ନୀ ଯେ ଡକାୟତୀ କାଣ୍ଠ ଢାହାବି ରସକଳାଙ୍କୁ କଣା ନଥିଲା। ରସକଳା ଜାଣନ୍ତି ରୋସ୍ନୀ ହେଉଥିଲା ଏମନ୍ତ ସମୟରେ ଚୌଧୁରିଙ୍କ ଘରର କାଞ୍ଚମାନ ପଡ଼ିଲା ଏବଂ ଡକାୟତଙ୍କଦ୍ୱାରା ଏକାନ୍ତ ସମ୍ଭବ ବୋଲି ଅନୁମିତ ହେବା ସଙ୍ଗେ ସେ ଅଚେତନ ହୋଇ ପଡ଼ିଥିଲେ, ତାଙ୍କୁ ଆଉ କିଛି ଜଣା ନାହିଁ। ଯେତକ ଜାଣି ଥିଲେ ତେତକ ନବରରେ ମାତା ପ୍ରଭାତି

ନାନା ରମଣୀଙ୍କି ଜଣାଇ ଥିଲେ ଏବଂ ଯାହା ଜଣାଇଲେ ତାହା କ୍ରମେ ନାନା ରୂପେ ବିକଶିତ ହୋଇ ଏକ ଅପୂର୍ବ କାହାଣୀ ରୂପେ ଷଣ୍ଢ-ନବରରେ ବିଚରଣ କଲା। ଫଳତଃ ନବରର ରମଣୀଙ୍କ ମଧରେ କେହି ରସକଳା କିଏ ଏବଂ କିରୂପେ ଆନୀତା ହେଲା ଜାଣି ନ ଥିଲେ। ସୁତରାଂ ରସକଳାଙ୍କରୁ ରଘୁନାଥଙ୍କୁ ଜାଣିବାର ଉପାୟ ନ ଥିଲା। ରାଜାଙ୍କ ନିକଟରେ ସ୍ନେହମୟୀ କନ୍ୟା ବିଶେଷ ଅନୁରୋଧ କଲା ପ୍ରାୟ ରସକଳା ଆପଣା କଥା ଜାଣିବାକୁ ଚାହିବାରେ ରାଜା କେବଳ ଏତିକି କହିଲେ ଯେ ଡକାୟତମାନେ ଚୌଧୁରିଙ୍କ ଘର ଲୁଟପାତ କରିବା ସମୟରେ ସେ ଅଚେତନ ହୋଇ ପଡ଼ି ଥିଲେ-ରାଜାଙ୍କ ଲୋକେ ତାଙ୍କୁ ଘେନି ଆସିଲେ। ରାଜାଙ୍କୁ ଅବା ଅଥିକ କିଦିକରି ସେ କିରୂପେ ପଚାରିବେ? ସୁତରାଂ ଯେତିକି ଜାଣିଲେ ତେତିକି! ପିତାମାତାଙ୍କର ତାଙ୍କ ପ୍ରତି ତିଳମାତ୍ର ସ୍ନେହ ନ ଥିଲା। ତଥାପି ଅନୁର୍ବ ସଂସାରମାୟାବନ୍ଧନରେ ବଦ୍ଧ ଥାଇ କେଉଁ ପାଷାଣ ମନ ପିତାମାତାଙ୍କର ଭୁଲି ପାରିବି? କାଳକ୍ରମେ ସେ ଏ ବିଷୟ ରାଜାଙ୍କୁ ପଚାରି ଥିଲେ ଏବଂ ରାଜା ନାନାମତେ ତାଙ୍କର ପିତାମାତାଙ୍କ ଅସାର ହୃଦୟ ଓ ବିଦ୍ୱସ୍ୟତା ବିବୃତ କରି ପରିଶେଷରେ ଡକାୟତଙ୍କ କର୍ତ୍ତୃକ ହତ ହୋଇଥିବାର ଜଣାଇଲେ। ପିତାମତା ହଜାର ଅମନୁଷ୍ୟ ହେଲେ କନ୍ୟା ତ ସ୍ନେହମୟୀ। ରସକଳାଙ୍କ ଚକ୍ଷୁରୁ ଏ ବାର୍ତ୍ତା ଶ୍ରବଣରେ ଅଶ୍ରୁଧାରା ବିଗଳିତା ହୋଇଥିଲା। ରାଜା ଓ ରାଣୀ ଉଭୟେ ନାନାମତେ ତାଙ୍କୁ ବୁଝାଇ ପ୍ରବୋଧ ଦେଲୋ। ଆଉ ରସକଳା ବର୍ତ୍ତମାନ ସ୍ନେହପାରାବାରରେ ସେ ଭାବ ଅଧିକ କାଳ ପୋଷି ପାରିଲେ ନାହିଁ।

ବାକୀ ରହିଲା କଳାବତୀଙ୍କର କଥା। ଅନେକ ସମୟରେ ରାଜାରାଣୀଙ୍କି ରସକଳା କଳାବତୀଙ୍କ କଥା ପଚାରନ୍ତି ଏବଂ ସେମାନେ ମଧ କଳାବତୀ ଭଲ ଥିବାର କହି ଅଚିରେ ତାଙ୍କ ସହିତ ସାକ୍ଷାତ୍‌ହେବାର ଜଣାଇ ପ୍ରବୋଧ ଦିଅନ୍ତି। ରସକଳାଙ୍କ ମନ କଳାବତୀଙ୍କ ଅଦର୍ଶନରେ ଫାଟି ଯାଉଥିଲେ ସୁଦ୍ଧା ଆଉ ଉପାୟ କି ଅଛି? ବିଧାତା ତ ସୁକୋମଳ ସ୍ନେହବାରିସିକ୍ତ ଅପୂର୍ବକାରାଗାରରେ ଆବଦ୍ଧ କରି ଅଛନ୍ତି- ତାଙ୍କର ଯେତେବେଳେ କୃପା ହେବ ତେତେବେଳେ ସେ କଳାବତୀଙ୍କି ଦେଖିବେ, ତାହା ଭନ୍ନ ଉପାୟ ନାହିଁ। ଏହିପରି ଆପଣା ମନକୁ ପ୍ରବୋଧ ଦେଇ ଷଣ୍ଢ ନବରରେ ବର୍ଦ୍ଧିତା ହେଲୋ।

ରସକଳାଙ୍କ ଶରୀର ଉତ୍ତମରୂପେ ଆରୋଗ୍ୟ ଲାଭ କରି ଦିବ୍ୟତେଜଃ ଷଣ୍ଢନବରରେ ପ୍ରକାଶ କଲା ଏବଂ ଷଢ-ନବରରେ ଏଘେନି ସ୍ନେହାନନ୍ଦର ଉତ୍ସବ ଲାଗିଗଲା। ରାଜା ଓ ରାଣୀ ସେ ଉତ୍ସବରେ ପ୍ରମତ୍ତ ହୋଇ ରଘୁନାଥଙ୍କ ମନୋଭାବ ଜାଣିବା କାରଣ ତାଙ୍କୁ ଆମନ୍ତ୍ରଣ କରି ପଠାଇଲେ।

ତ୍ରିଂଶ ପରିଚ୍ଛେଦ

ମାୟାଧର

ଷଣ୍ଢଙ୍କ ମାମୁଙ୍କୁ ବୋଧହୁଏ ପାଠକମାନେ ଭୁଲି ନାହାନ୍ତି। ସେ ଭୁଲିବାର ଦ୍ରବ୍ୟ ନୁହନ୍ତି। ସଂସାରରେ ଯୋଡ଼ିଏ ବସ୍ତୁ ପାସୋର ଯାଏ ନାହିଁ-ଏକ ଅତି ଭଲ ଏବଂ ଅପର ଅତି ମନ୍ଦ। ଯେ ଅତି ଭଲ ଲୋକ ସେ ନାନା ସତ୍‌କାର୍ଯ୍ୟ କରି ଭୂମଣ୍ଡଲରେ ଯଶଃକୀର୍ତ୍ତି ରଖ୍ୟାନ୍ତି ଏବଂ ଯେ ନିତାନ୍ତ ମନ୍ଦ ସେ ମଧ୍ୟ ଅତୀବ ମନ୍ଦ ଏବଂ ଭୀଷଣ କାଣ୍ଡ ଭିଆଇ ଜଗତରେ ନାମ ରଖେ। ବିଚିତ୍ରପୃଥିବୀରେ ଏହିପରି ଯୋଡ଼ିଏ ସୀମା ଅଛି। ଆମ୍ଭମାନଙ୍କର ମାୟାଧର ତହିଁର ଏକ ସୀମା ଅବଲମ୍ବନ କରି କାଳଚକ୍ରରେ ଭ୍ରମଣ କରୁଅଛନ୍ତି ଏବଂ ନାନାବିଧ କୁତର୍କ ମନୋମଧ୍ୟରେ ଅହର୍ନିଶ ବୁଲୁ ଅଛି। ଯେତେବେଳେ ବିଚିତ୍ର ମହାଭାରତରେ ଅତି ନିନ୍ଦନୀୟ ହୃଦୟବିଦାରକ କାଣ୍ଡ ଭିଆଇ ଶକୁନି ମାମୁ ନାମ ରଖ୍ୟଗଲେ ତେତେବେଳେ ଯେ ଷଣ୍ଢଙ୍କର ମାୟାଧର ମାମୁ ଅସତ୍‌କାର୍ଯ୍ୟରେ କିଞ୍ଚିତ୍‌ନାମ ରଖ୍ୟାଯିବେ ଏଥିରେ ଆଶ୍ଚର୍ଯ୍ୟ ହେବାର କିଛିମାତ୍ର କାରଣ ନାହିଁ। ମାୟାଧର ସତତ ଯଶଃପ୍ରାର୍ଥୀ। ଯଶ ଘେନି ଯେ ତାଙ୍କର କି ହେବ ତାହା ସେ ଜିଣି ନ ଥିଲେ-ତଥାପି ଯଶରୁପାର୍ଜନ କରିବା ସକାଶେ ସେ ନିତାନ୍ତ ବ୍ୟସ୍ତ। ପାଠକେ! ଆସନ୍ତୁ ଥରେ ମାୟାଧର ମାମୁଙ୍କ କାଣ୍ଡ ଦେଖ୍ୟବେ।

କଳାବତୀ ଓ ରସକଳାଙ୍କ ମୁଚ୍ଛାଗ୍ରସ୍ତ ଶାରୀର ଯେତେବେଳେ ଚଉଧୁରିଙ୍କ ଘରୁ ନୌକାକୁ ଆନୀତ ହେଲା ତେତେବେଳୁ ମାୟାଧର ସେ ରମଣୀଦ୍ୱୟଙ୍କୁ ଦେଖ୍ୟଥିଲେ। ଦବ୍ୟସୁନ୍ଦରୀ ରମଣୀ ଦେଖ୍ୟପାପିଷ୍ଟ ଲୋଭଗ୍ରସ୍ତ ହୋଇଥିଲେ। ମାତ୍ର ହେଲେ କି ହେବ, ସେ ତ ସର୍ଦ୍ଧାର ନୁହନ୍ତି। ରଘୁନାଥଙ୍କ ଆଦେଶ ତାଙ୍କର ସର୍ବଥା ପାଳନୀୟ। ରଘୁନାଥଙ୍କୁ ନ ଜଣାଇଲେ ରମଣୀ-ରତ୍ନ ପାଇବା ତାଙ୍କ ପକ୍ଷେ କଦାଚ ଘଟିବ ନାହିଁ ଏବଂ ମାଗିଲେ ଯେ ପାଇବେ ସେ ଆଶା ତାଙ୍କର ଆଦୌ ନ ଥିଲା। ସେ ମନେ କଲେ ରଘୁନାଥ ଯେ ଏଡ଼େ ସୁନ୍ଦରୀ ରମଣୀ ଛାଡ଼ିଦେବେ ଏହା କଦାଚ ସମ୍ଭବ

ନୁହଇ, ତେବେ କଳେବଳେ ଗୋଟିକୁ ହସ୍ତଗତ ନ କଲେ ଉପାୟ ନାହିଁ। ଏହା ଭାବି ସେହି ସମୟରୁ କୌଶଳ ଉଭାବନ କରିବାରେ ବ୍ରତୀ ହେଲେ।

ଯେତେବେଳେ ପାରାଦୀପଠାରେ ଜାଲିୟମାନ ପହୁଞ୍ଜିଲା ତେତେବେଳେ ରଘୁନାଥ ଏ ରମଣୀଦ୍ୱୟଙ୍କୁ ଘେନି କି କରିବେ ତହିଁର ଅପେକ୍ଷା କରି ରହିଥିଲେ। ଜାଲିୟମାନ ପହୁଞ୍ଜିଲା ଉତ୍ତାରୁ ରାଜଙ୍କ ସଙ୍ଗେ ସମସ୍ତେ ସାକ୍ଷାତ୍‍କଲେ। ତତ୍‍ପରେ ରଘୁନାଥ ତ ଗୋଟିଏ ରମଣୀ ନବରକୁ ପଠାଇ ଦେଇ ଆଉଟିକୁ ଘେନି ଚାଲିଗଲେ। ମାୟାଧରଙ୍କ ପ୍ରତି ବାହାବଳୀନ୍ଦ୍ର ଓ ବଳିଆଭସିଂହଙ୍କ ସହିତରେ ଲୁଣ୍ଠିତ ଦ୍ରବ୍ୟାଦି ବଣ୍ଟନ କରିବାର   ଭାର ରହିଗଲା। ତେତେବେଳେ ତ କିଛି କରିବାକୁ ଅବସର ନାହିଁ। ଅଗତ୍ୟା ବାଧ୍ୟ ହୋଇ ଦ୍ରବ୍ୟାଦି ବଣ୍ଟନ କରି ଯଥାସ୍ଥାନରେ ସମସ୍ତ ରକ୍ଷାକଲେ ଏବଂ ପ୍ରକାଣ୍ଡ ଉକାୟତୀ ପରେ ଶ୍ରମ ଦୁରୀକରଣାର୍ଥ ପଞ୍ଚଦଶ ଦିନ ଅବସର ମିଳିଥିବାରୁ ଗ୍ରାମକୁ ଚାଲି ଗଲେ। ଗ୍ରାମରେ ମନ ଲାଗିଲା ନାହିଁ। ପାପପ୍ରବୃତ୍ତିରେ ମନ ବଳିଥିଲେ ପାପିର ସ୍ୱିସନ୍ତାନାଦିରେ ସୁଦ୍ଧା ମନ ରହଇ ନାହିଁ। ତରତର ହୋଇ ରାଜାଦେଶ ବାହାନାରେ ଘରୁ ପୁଣି କୁଜଙ୍ଗାଭିମୁଖେ ଯାତ୍ରା କଲେ।

ଘରୁ ସଙ୍କଳ୍ପ ହୋଇଥିଲା ଯେ ଯିବା ସମୟରେ ରଘୁନାଥଙ୍କ ଘର ହୋଇଯିବେ ଏବଂ ରଘୁନାଥଙ୍କ ମନୋଭାବ ଜାଣି ପରେ ଆବଶ୍ୟକମତେ ଉପାୟ ଅବଲମ୍ବିତ ହେବ। ଯଦି ରଘୁନାଥ ତାଙ୍କ ପ୍ରସ୍ତାବରେ ସମ୍ମତ ହୋଇ ଗୋଟିଏ ରମଣୀରତ୍ନ ପ୍ରଦାନ କରନ୍ତି ତାହାହେଲେ ତ ଅତି ଉତ୍ତମକଥା, ନୋହିଲେ ରଘୁନାଥଙ୍କୁ ବିପଦରେ ପକାଇ ସୁଦ୍ଧା ଯଦି ରମଣୀରତ୍ନ ଲାଭ ହୁଏ ତାହା କରିବାକୁ ମଧ୍ୟ କୃତସଙ୍କଳ୍ପ ହୋଇ ଘରୁ ବହିର୍ଗତ ହେଲେ।

ଏହିରୂପରେ ମାୟାଧର ଦିନେ ଦିବା ଦୁଇପ୍ରହର ସମୟରେ ରଘୁନାଥଙ୍କ ଘରେ ଉପସ୍ଥିତ। ଏତେବେଳଯାଏ ସୁଦ୍ଧା ରଘୁନାଥ ସ୍ନାନାହାର କରି ନାହାନ୍ତି। ରୋଗପୀଡ଼ିତା ରମଣୀର ଶଯ୍ୟାରେ ଏକଭାବରେ ବସି ନିବିଷ୍ଟମନରେ ରୋଗିର ମୁଖମଣ୍ଡଳକୁ ଅନାଇ ରହି ସତତ ସେବାରେ ନିଯୁକ୍ତ ଅଛନ୍ତି। ଆହା! କେତେଜଣ ଲୋକଙ୍କ ଘରରେ ରୋଗିର ସେବା ଦେଖାଯାଏ? ବିପଦ ସମୟରେ ବନ୍ଧୁହିଁ ବନ୍ଧୁ। ସମ୍ପଦ ସମୟର ବନ୍ଧୁ ଅନେକ ଏବଂ ସେ ବନ୍ଧୁ ସମ୍ପଦ୍‍ରୂପ ଦିବାଭାଗରେ ସୂର୍ଯ୍ୟପ୍ରାୟ ଉଦିତ ହୋଇ ତହିଁ ସଙ୍ଗେ ଅସ୍ତଗତ ହୁଅନ୍ତି। ମାତ୍ର ରଜନୀରେ ପୃଥିବୀ ତମୋଗ୍ରସ୍ତ ହେଲାରୁ ଯେଉଁ ନକ୍ଷତ୍ର ଅସମର୍ଥ ହେଲେ ସୁଦ୍ଧା ଆପଣାର କ୍ଷୀଣାଲୋକ ଦ୍ୱାରା ବିପନ୍ନିବାରଣ କରିବାକୁ ଚେଷ୍ଟାକରି ବହୁଦୂର ଆକାଶପଥରେ ମଧ୍ୟ ଜଗି ରହନ୍ତି ସେହି ପ୍ରାୟ ସେହି ପ୍ରାୟ ବନ୍ଧୁହିଁ ପ୍ରକୃତ ବନ୍ଧୁ। ପାଠକେ! ରଘୁନାଥ ଆପଣା ମନୋଗୁଣରେ

ଏସମୟରେ ରୋଗ-ପଡ଼ିତା ରମଣୀର ସେବାରେ ଅକାତରରେ ବ୍ରତୀ ଅଛନ୍ତି ମାତ୍ର ମାୟାଧର ପ୍ରାୟ ତାଙ୍କର ମନ ହୋଇଥିଲେ ପୀଡ଼ିତା ରମଣୀର ପ୍ରାଣ ଏପର୍ଯ୍ୟନ୍ତ ରହି ନ ଥାନ୍ତା।

ସେ ଯାହାହେଉ କଳାବତୀ ଯେ ରଘୁନାଥଙ୍କ ଘରେ ଏପରି ପୀଡ଼ିତାବସ୍ଥାରେ ଅଛନ୍ତି ଏବଂ ରଘୁନାଥ ତାଙ୍କର ସେବାରେ ଦିବାରାତ୍ର ଆହାରନିଦ୍ରା ପରିତ୍ୟାଗ କରତଃ ନିୟୁକ୍ତ ଅଛନ୍ତି ଏ କଥା ମାୟାଧରଙ୍କୁ ଆଦୌ ଜଣା ନାହିଁ କି ସେ ବିଷୟ ତଦନ୍ତ କରିବା ଉଚିତ ବୋଲି ଆଦୌ ତାଙ୍କ ମନୋମଧ୍ୟରେ ଉଦିତ ହୋଇ ନାହିଁ। ମାୟାଧର ରଘୁନାଥଙ୍କ ଘରେ ପଘୁଣୀ ଦ୍ୱାରା ରନ୍ଧଥିବା ଦେଖିଲେ। ତହୁଁ ବାହାରେ ଶ୍ରମ ନିବାରଣାର୍ଥ କିଞ୍ଚିତ୍‌କ୍ଷଣ ବସିଅଛନ୍ତି ଏମନ୍ତ ସମୟରେ ରଘୁନାଥ ତୈଲାକ୍ତ ହୋଇ ସ୍ନାନାର୍ଥ ବହିର୍ଗତ ହେଲେ ଏବଂ ଦ୍ୱାରା ଫିଟାଇ ଦେଖିଲେ ଯେ ମାୟାଧର ଦ୍ୱାରେ ଉପସ୍ଥିତ। ମାୟାଧରଙ୍କୁ ଦେଖିବାମାତ୍ରକେ ବ୍ୟସ୍ତସମସ୍ତ ହୋଇ ରଘୁନାଥ ତାଙ୍କର ସ୍ନାନାହାରର କଥା ପଚାରିଲେ ଏବଂ ମାୟାଧର ପ୍ରାତଃକାଳରୁ ସ୍ନାନାହାର କରି ଘରୁ ବାହାରିଥିବାର ଅବଗତ ହୋଇ ବେଳ ଅଧିକ ହୋଇଥିବା ଦୃଷ୍ଟିରେ ତାଙ୍କ ଘରେ କିଞ୍ଚିତ୍‌ଶାକାନ୍ନ ଭୋଜନ କରିବାକାରଣ ମାୟାଧରଙ୍କୁ ଅନୁରୋଧ କଲେ। ମାୟାଧରତ ଶାକାନ୍ନ ଭୋଜନ କରିବାକାରଣ ଆସି ନାହାନ୍ତି। ସେ କହିଲେ ଯେ ତହିଁରେ ତାଙ୍କର କିଛି ଆପଭି ନାହିଁ, ମାତ୍ର ଛାମୁରୁ ଡାକରା ହୋଇଥିବାରୁ ସେ ତର-ଭର ହୋଇ ସେଠାକୁ ଯାଉଅଛନ୍ତି, କେବଳ ଗୋଟିଏ କଥା ପଚାରିବାର ଥିବାରୁ ସେ ଏ ବାଟରେ ଆସିଲେ। ତହୁଁ ରଘୁନାଥ ସେ କି କଥା ପଚାରନ୍ତେ ମାୟାଧର କହିଲେ ଯେ "ଚୌଧୁରିଙ୍କ ଘରୁ ଯେ ଯୋଡ଼ିଏ ରମଣୀ-ରତ୍ନ ଲାଭ ହେଲା ତହିଁରୁ ଗୋଟିଏ ମୋତେ ଦିଅ। ଗୋଟିଏ ପଛକେ ତୁମ୍ଭେ ରଖ"। ରଘୁନାଥ ମାୟାଧରଙ୍କ ମନୋଭାବ ବୁଝିପାରି ତଦ୍‌କ୍ଷଣାତ୍‌କହିଲେ 'ଗୋଟିଏତ ଛାମୁଙ୍କ ନଅରରେ ଅଛି ଏବଂ ମୋହ ନିକଟରେ କେବଳ ଗୋଟିଏ ଅଛି-ସେହିଟି ତୁମ୍ଭେ ନେବ?'

ମାୟାଧର ଉଭର କଲେ 'ତୁମ୍ଭେ ସର୍ଦ୍ଧାର। ତୁମ୍ଭେ ବଡ଼ଟିକି ରଖ। ଯେଉଁଟି ନଅରରେ ଛାଡ଼ିଆସିଲ ସେହୁଟିକି ମୋତେ ଦିଅ। ମୁଁ ଆଗହୁଁ ସେହିଟି ନେଇଥାନ୍ତି ମାତ୍ର ତୁମ୍ଭେତ ହଟାଇନଅରକୁ ପଠାଇ ଦେଲ। ଏବେ ଛାମୁଙ୍କୁ ଲେଖିଦେଲେ ମୁଁ ସେ ରମଣୀକି ଘେନିଯିବି।"

ରଘୁନାଥ ମାୟାଧରଙ୍କ କଥାରେ ବିରକ୍ତ ହୋଇ ମନେ କଲେ ଲୋକଟା କି ସେ ରମଣୀକି ଦେଖି ମୋହିତ ହୋଇଅଛି-ନୋହିଲେ ଏତେ ଦିନୟାଏ ସେ ରମଣୀର କଥା ତୁଲିୟାଇ ନାହିଁ ଏବଂ ଛାମୁରୁ ଡକରା ହୋଇଥିଲେ ସୁଦ୍ଧା ଏ ବାଟେ ସେ କଥା

ପକାଇ ଯିବାକୁ ଛାଡ଼ୁ ନାହିଁ! ତଥାପି ବିରକ୍ତି ଭାବ ପ୍ରକାଶ ନ କରି କହିଲେ "ମୁଁ ଯେତେବେଳେ ତାକୁ ନଅରୁକୁ ପଠାଇ ଦେଇଛି ତେତେବେଳେ ଆଉ ଛାମୁଙ୍କୁ ଜଣାଇ ନେଇ ପାର"।

ମାୟାଧର ଆଶା ବିଫଳ ହେବାର ଜାଣି ମନେ କୁପିତ ହେଲେ ଏବଂ କିଞ୍ଚିତ୍‌ରାଗଭାବ ପ୍ରକାଶ କରି କହିଲେ "କାହିଁ ହୋ, ତୁମ୍ଭେ ଗୋଟିଏ ରମଣୀକି ଛାମୁରେ ନ ଜଣାଇ ଆପଣା ଘରକୁ ନେଇ ଆସିଲ-ଆମ୍ଭମାନଙ୍କୁ କି ତେତେବେଳେ ପଚାରିଥିଲ? ତୁମ୍ଭେ ସର୍ଦ୍ଦାର ବୋଲି ସିନା ଆପଣା କଥାକୁ ଆପେ ଜଗିଲ, ଆଉ ଆମ୍ଭମାନଙ୍କୁ ପଚାରିଲ ନାହିଁ! –ସେ ଯାହାହେଉ ଯାବେ ତୁମ୍ଭେ ଛାମୁଙ୍କୁ ଚିଟାଉ ନ ଦେବା ତୁମ୍ଭେ ସ୍ୱେଚ୍ଛାକ୍ରମେ ଗୋଟିଏ ରମଣୀ –ରଘ୍ନ ଛାମୁରେ ନ ଜଣାଇ ଘେନି ଆସିଥିବାର ଆମ୍ଭେ ଛାମୁରେ ଜଣାଇବୁଁ"।

ଯାହାର ଯେପରି ମନ ତାହାର ସେପରି କଥା। ରଘୁନାଥ ସମ୍ମତ ହେବେ ନାହିଁ ଏ କଥା ମାୟାଧର ବୁଝି ରଖିଥିଲେ ଏବଂ ପଛକୁ ଏହିପରି ଭଙ୍ଗୀରେ କଥା କହିବା ନିମିତ୍ତ ମିଥ୍ୟାରେ ରଘୁନାଥଙ୍କ ନିକଟରେ ଷଣ୍ଢରାଜାଙ୍କ ଛାମୁରୁ ଡାକରା ହୋଇଥିବାର କହିଥିଲେ। ରଘୁନାଥ ଅନ୍ୟାୟ କଥାରେ ଡରିବାର ପତ୍ର ନୁହନ୍ତି। ରାଜାଙ୍କୁ କି ସକାଶେ ସେ କଳାବତୀଙ୍କ କଥା ଜଣାଇ ନାହାନ୍ତି ତାହା ତାଙ୍କୁ ଉତ୍ତମରୁପେ ଜଣା ଅଛି ଏବଂ କଥା ପଡ଼ିଲେ ସେ ସମ୍ବନ୍ଧରେ ସନ୍ଦେହ ଦୂର କରିବାକୁ ସେ ସର୍ବଦା ପ୍ରସ୍ତୁତ ଅଛନ୍ତି। ସୁତରାଂଭୟ କରିବାର କାରଣ ନାହିଁ। ତେଣୁ ମାୟାଧରଙ୍କ କଥାରେ ତିଳେ ମାତ୍ର ବିଚଳିତ ନ ହୋଇ ଦମ୍ଭଭାବରେ କହିଲେ " ଇଚ୍ଛା ଥିଲେ ଛାମୁରେ ଜଣାଇ ପାର"।-ଏହା କହି ରଘୁନାଥ ତରତର ହୋଇ ସ୍ନାନାର୍ଥ ନ‌ୀଦୀକୁ ଗମନ କଲେ। ମାୟାଧର ବିଫଳମନେରଥ ହୋଇ ଆପଣାର କୋପଭାବ ଜ୍ଞାପନାର୍ଥ ଦ୍ରୁତପଦବିକ୍ଷେପରେ କୁଜଙ୍ଗାଭିମୁଖେ ବାହାରିଲେ।

ଏକତ୍ରିଂଶ ପରିଚ୍ଛେଦ

ଆମନ୍ତ୍ରଣ

ମାୟାଧରଙ୍କ କଥାରେ ରଘୁନାଥ ଯେମନ୍ତ ଆଶ୍ଚର୍ଯ୍ୟାନ୍ବିତ ତେମନ୍ତ ଦୁଃଖିତ ହୋଇଥିଲେ। ସେ ତ ମାୟାଧରଙ୍କୁ ଆଗରୁଁ ଜାଣିଥିଲେ। କେତେବେଲେ କେତେ କୁଟିଲଭାବ ଜାତ କରାଇ କାହାର କେତେ ଅନିଷ୍ଟ କରିବ ଏ ଘେନି ସତତ ଜଗି ଚାଲିବାକୁ ହେଉଥିଲା। ମାତ୍ର କିଏ ଜାଣିଥିଲା ଯେ ପାପିଷ୍ଟ ରସକଲାଙ୍କୁ ହସ୍ତଗତ କରିବା ଯେ ରସ-କଲାଙ୍କୁ ପାଇବା କରଣ ଏତେ ବ୍ୟସ୍ତ ଏହା ଦେଖି କିଏ ହାସ୍ୟ ସମ୍ବରଣ କରି ପାରିବ?

ରଘୁନାଥ ସପ୍ତାହକାଲ କଲାବତୀଙ୍କ ରୋଗଶୟ୍ୟାରେ ଜଗି ଜଗିନିତାନ୍ତ ବ୍ୟସ୍ତ ଅଛନ୍ତି ଏବଂ ଗତକାଲିଠାରୁ କଲାବତୀଙ୍କର ଜ୍ଞାନ-ସଞ୍ଚାର ହୋଇଥିବାରୁ ବ୍ୟସ୍ତତା ଅନେକ ପରିମାଣରେ ହ୍ରାସ ହୋଇଥିଲେହେଁ ଚିନ୍ତା-ସ୍ରୋତ ନିବାରିତ ହୋଇ ନାହିଁ। ତଥାପି ପୂର୍ବଠାରୁ କଥଞ୍ଚିତ୍ଶାନ୍ତ ମନରେ ତେଲ ଲଗାଇ ସ୍ନାଦାର୍ଥ ଯିବା ସମୟରେ ମାୟାଧରଙ୍କୁ ଦେଖି ଆନନ୍ଦିତ ହୋଇ ତାଙ୍କ ସଙ୍ଗେ ଦୁଇ ଚାରିଟା ମିଷ୍ଟାଲାପ କରି ଚିନ୍ତିତ ମନକୁ ଆହୁରି ଶାନ୍ତ କରିବାର ଯାହା ଆଶା କରିଥିଲେ ତାହାତ ମାୟାଧରଙ୍କ ସଙ୍ଗେ କଥାବାର୍ତ୍ତା ହେଲା ଉଠାରୁ ଏକାବେଲକେ ଅସମ୍ଭବ ହୋଇଗଲା ଏବଂ ମାୟାଧର ଯେ ତାଙ୍କର କିଛି ଅନିଷ୍ଟ କରି ପାରିବେ ଏହା ଆଦୌ ବିଶ୍ୱାସ ନ କରି ବରଂପର ପାଇଁ ଗର୍ତ୍ତ ଖୋଲି ତହିଁରେ ପଛକୁ ମାୟାଧର ନିଜେ ନ ପଡ଼ନ୍ତି ଏହି ଭାବନାରେ କିଞ୍ଚିତ୍ବ୍ୟସ୍ତ ହେଲେ। ମଧ ମାୟାଧର ଦୁ ତପବିକ୍ଷେପରେ ଗମନ କରୁଥିବା ଦେଖି ଲୋକଟାର ଦୁର୍ଭାବନା ଚିନ୍ତା କରତଃ ମନେ ମନେ ହସିଥିଲେ।

ସପ୍ତାହକାଲ କଲାବତୀଙ୍କ ମୁଖରେ ପଥ୍ୟା ଗଲିବା ତେଣିକି ଥାଉ ଔଷଧ ଗଲିବା କଠିନ ହୋଇଥିଲା। ଖାଇବା ମଧରେ କେତେକେତେବେଲେ କିଛି ଜଲ ଏବଂ କେତେବେଲେ ଅବା କିଞ୍ଚିତ ଦୁଗ୍ଧ ଦିଆ ଯାଉଥିଲା। ମାତ୍ର ଗତରାତ୍ରୁ ରୋଗ ହଟିବାର ଆରମ୍ଭ ହୋଇ ଆଜି ଦୁଇପ୍ରହରସୁଦ୍ଧା ଚାରିପଣ ରୋଗ ଭକ ହୋଇଅଛି ଏବଂ ରୋଗିକି ଭାତର ମଣ୍ଡ ଦୁଗ୍ଧବିମିଶ୍ରିତ କରି ଆଜି ସକାଲେ ଦିଆଯିବା ପର ଗାଢ ନିଦ୍ରାରେ ରୋଗୀ ଶୋଇବାର ଦେଖି ଅଚିରେ ଆରୋଗ୍ୟ ହେବାର ଆଶା ଜନ୍ମିଅଛି।

ସୁତରାଂ ଆଜି ରଘୁ ନାଥଙ୍କୁ ଭାତ ରୁଚିଲା। ପ୍ରତ୍ୟହ ଯେଉଁ ଅନ୍ନବ୍ୟଞ୍ଜନ ତାଙ୍କୁ ଅସୁଖକର ଏବଂ ସ୍ୱାଦୁବିହୀନ ବୋଲି ଜଣାଯାଉଥିଲା ଆଜି କେଜାଣି ବିଧୁ ତହିଁ ରେ କି ସୁଧା ମିଶ୍ରିତ କରି ରଘୁନାଥଙ୍କ ସମକ୍ଷରେ ଉପସ୍ଥିତ କରାଇ ଅଛନ୍ତି ଯେ ତାହା ତାଙ୍କୁ ଅଭାବନୀୟରୂପେ ଭଲ ଲାଗିଲା। ରଘୁନାଥ ଖାଇବାରେ ଏତେ ତୃପ୍ତି ବୋଧ କଲେ ଯେ ଜନ୍ମକାଳରୁ ଏ ପର୍ଯ୍ୟନ୍ତ ଏରୂପ ସୁଭୋଜନ କେବେ କରିଥିବାର ତାଙ୍କ ସ୍ମୃତିପଥରେ ଉଦିତ ହେଲା ନାହିଁ। ରଘୁନାଥଙ୍କ ମାତା ମଧ୍ୟ ନିତି ପୁତ୍ର ନିକଟରେ ବସି ତାହାର ଖାଇବା ଭଲ ହେଉ ହେଉ ନ ଥିବାର ଦେଖି ବଡ଼ ଉଦ୍‌ବିଗ୍ନା ଥିଲେ, ଆଜି ପୁତ୍ର ଚାଗୋଟି ଭଲ ଖାଇଥିବା ହେଖି କିଞ୍ଚିତ୍‌ଆଶ୍ୱସ୍ତା ହେଲେ ଏବଂ ରୋଗିର ଅବସ୍ଥା କିଞ୍ଚିତ୍‌ଭଲ ହୋଇଥିବାର ଏଥୁଁ ଅନୁମାନ କରି ପଚାରିଲେ 'ରଘୁ, ରୋଗୀ କିପରି ଅଛି?' ରଘୁନାଥ ବନୀତଭାବରେ ଉତ୍ତର କଲେ 'ଆଜି ଚାରିପଣରେ ରୋଗ ହଟି ଯାଇଛି'। ବୃଦ୍ଧା ଏ ଉତ୍ତରରେ ଅତ୍ୟନ୍ତ ଆହ୍ଲାଦିତା ହୋଇ ଜଗଦୀଶ୍ୱରଙ୍କଠାରେ ପୁତ୍ରର ମଙ୍ଗଳକାମନା କଲେ ଏବଂ ତହିଁ ସଙ୍ଗେ କିରୂପେ ଶୀଘ୍ର ତାଙ୍କର କଠିନ ଜୀବନର ଅବସାନ ହୁତ ତାହା ମଧ୍ୟ ଜଣାଇଲେ।

ସଂସାର ବଡ଼ କଠିନ। ମଲେ ଭଲ, ନ ମଲେ ଗତି ନାହିଁ। ପୁତ୍ର ନିକଟରେ ମାତାର ମୃତ୍ୟୁ କେଡ଼େ ବାଞ୍ଛନୀୟ! ମାତା ପୁତ୍ର ଥାଉଁ ମରିବା ନିମିତ୍ତ ଈଶ୍ୱରଙ୍କୁ କେତେ ଅବା ହୃଦୟର ନିଭୃତତମ ସ୍ଥାନରୁ ପ୍ରାର୍ଥନା ନ କରେ! କେତେ ବିନୀତଭାବରେ ଅବା ପୃଥ୍ୱୀର ସୁଖସର୍ବସ୍ୱ-ଆପଣାର ଜୀବନ ଅର୍ପଣ ନ କରେ! ମାତ୍ର ବେଳେ କଠିନ କାଳ ଯେ ସେହି ଜୀବନଠାରୁ ଅଧିକ ବହୁମୂଲ୍ୟ ପ୍ରିୟତମ ପୁତ୍ରକୁ ମାତା ଅନାଇ ଥାଉଁ ଘେନି ଚାଲିଯାଏ ତାହା କାହା ହୃଦୟରେ ସହିବ? ସେ ଦୃଶ୍ୟରେ ଛାତି କି ଖଣ୍ଡ ହୋଇ ବିଦୀର୍ଣ୍ଣ ହୋଇ ଯାଏ ନାହିଁ? ସେ ଦୃଶ୍ୟରେ ଆପଣାରେ ଜୀବନକୁ ଅତି ଅକିଞ୍ଚିତ୍କର ଜ୍ଞାନ କରି ମନୁଷ୍ୟ କି ମରିବାକୁ ନିତାନ୍ତ ଇଚ୍ଛୁକ ହୁଏ ନାହିଁ? ମାତ୍ର କି ହେବ? କାଳ ଆପଣାର କାର୍ଯ୍ୟ ଚିରକାଳ ସାଧନ କରିବା। ତୁମ୍ଭ ଆମ୍ଭର ମୁଖ ଅପେକ୍ଷା କରିବା ତାହାର କାର୍ଯ୍ୟ ନୁହେ। ଯେତେବେଳେ ପ୍ରାଣଠାରୁ ପ୍ରିୟତମ ପୁତ୍ରବିୟୋଗରେ ମାତା ଅତୀବଶୋକବିହଳା ହୋଇ ଛାତିରେ ଘନ ହାତ ମାରୁଥିବ- କାହିଁକି ଛାତିଫାଟି କଠିନ ପ୍ରାଣ ବାହାରି ଯାଉ ନାହିଁ ବୋଲି ଉଚ୍ଚସ୍ୱରେ ଆର୍ତ୍ତନିନାଦ କରି କ୍ରନ୍ଦନ କରୁଥିବ- ତେତେବେଳେ କାଳ ବିନା ଆଉ କିଏ ଛାତିକି ପ୍ରସ୍ତରଠାରୁ ଅଧିକତର କଠିନ କରେ? ଯେଉଁ ଛାତି ସୁକୋମଳ କୁସୁମସ୍ପର୍ଶରେ ଫାଟି ଯାଏ ତେତେବେଳେ କିଏ ତାକୁ ଲୌହାଠାରୁ ଅଧିକ କଠିନ କରାଏ ଯେ ଶତ ବଳପୂର୍ଣ୍ଣ କରାଘାତରେ ସୁଦ୍ଧା ତାହାର କିଛିହିଁ ଇତରବିଶେଷ ହୁଅଇ ନାହିଁ? ସାମାନ୍ୟ ମର୍ମବେଦନାରେ ଲୋକ ସଂସାରରୁ

ଚାଲିଯିବାର ଦେଖା ଯାଉଅଛି। ମାତ୍ର ଏଡ଼େ ବେଗବତ୍‌ଶୋକରେ ସୁଦ୍ଧା କଠିନ ସଂସାର ଛାଡ଼ିବାକୁ ବାଟଖୋଜି ମାତାକୁ ମିଳଇ ନାହିଁ! କାଳ କଠିନ ହୋଇ ମାତାକୁ ସଂସାରରେ ରଖି ଗଲା ଏବଂ କଠିନ ସଂସାର ସେ ମାତାଠାରୁ ସୁଦ୍ଧା ଆପଣାର କାର୍ଯ୍ୟ କରାଇ ନାବାକୁ ଛାଡ଼ଇ ନାହିଁ ! ଯେତେବେଳେ ମରିବାକୁ ଚିଉ ସତତ ଧାବମାନ ତେତେବେଳେ ମରିବାକୁ ନ ପାରି ବଞ୍ଚିଅଛ ବୋଲି ସଂସାର କ୍ଷମା କରଇ ନାହିଁ – ବରଂପୂର୍ବଠାରୁ ସମଧିକ ବଳ ପ୍ରୟୋଗପୁର୍ବକାକାର୍ଯ୍ୟ ନିଅଇ! ପାଠକେ! ଏ ସଂସାର କଠିନ ନୁହେଁତ କିସ?

ରଘୁନାଥଙ୍କ ମାତା ଅପରିସୀମ ଦୁଃଖ ସହ୍ୟ କରି ସୁଦ୍ଧା ସଂସାରରେ ରହି ଅଛନ୍ତି। ଦୁଃଖମୟ ଜୀବନ ବୋଲି ସଂସାର ତାଙ୍କ ପ୍ରତି ଦୟା ବହି କୋମଳଭାବରେ କାର୍ଯ୍ୟ ନେଉ ନାହିଁ। ସେ ଏକଭାବରେ ଥାଇ ଯାହାତାରେ ଯେଉଁରୂପ କର ପ୍ରାପ୍ୟ ତାହା ଆଦାୟ କରି ଚାଲି ଯାଉଅଛି। ରାଜ-କର କଂସାନୋଟା ବିକ୍ରୟରେ ଶେଷ ହୁଅଇ ମାତ୍ର ସଂସାରକରକୁ ପ୍ରାଣଦାନ ସୁଦ୍ଧା ଅଣ୍ଡଇ ନାହିଁ! –ସେ ଯାହାହେଉ ରଘୁନାଥଙ୍କ ମାତା ଇହଜୀବନ ଶେଷ କରିବାକୁ ପ୍ରାର୍ଥନା କରିବାରେ ଉଣା ନ ଥିଲେ ସୁଦ୍ଧା ଯେ ପର୍ଯ୍ୟନ୍ତ ତାଙ୍କର ଇହଲୀଲା ଶେଷ ହୋଇ ନାହିଁ ସେ ପର୍ଯ୍ୟନ୍ତ କାଳ ତାଙ୍କୁ ଛୁଇଁବ କାହିଁକି? ଏହିରୂପେ କାଳକୁ ସତତ ପ୍ରାର୍ଥନା କରୁ ଯେର୍ଯ୍ୟନ୍ତ ବଞ୍ଚିଅଛନ୍ତି ସେ ପର୍ଯ୍ୟନ୍ତ ଯେ ପୁତ୍ର ମୁଖ ଦେଖୁଅଛନ୍ତି ଏହାକୁ ବହୁମାନ୍ୟ କରିବା ଉଚିତ ଏବଂ ରଘୁନାଥଙ୍କ ମାତା ମଧ ତଦ୍ହେତୁ ଜଗବୀଶ୍ୱରଙ୍କଠାରେ କୃତଜ୍ଞତା ଜଣାଇବାକୁ ଉଣା ନ ଥିଲେ। ଏହିରୂପେ ପୁତ୍ର ଶୁଭକାମନା କରି ପୁତ୍ର ସୁଭୋଜନ ଓ ଶ୍ରମ – ସଫଳତାରେ ଆନନ୍ଦିତା ହୋଇ ପତ୍‌କିଞ୍ଚିତ୍‌ଖାଦ୍ୟ ବିଷ୍ଣୁଙ୍କୁ ଅର୍ପଣ କରଣାନନ୍ତର ଭୋଜନ କରି ଶଯ୍ୟାଶାୟିନୀ ହେଲେ। ରଘୁନାଥ ମାତାଙ୍କ ନିକଟରେ ବସି ତାଙ୍କୁ ଭୋଜନ କରାଇ ଦେଇ ଶେଯ ବିଛାଇ ଦେଲେ ଏବଂ ପୁତ୍ରର ସେବାଶୁଶ୍ରୁଷାରେ ମାତା ସାତିଶୟସନ୍ତୁଷ୍ଟା ହୋଇ ଯେଉଁ ଆଶୀର୍ବାଦ କଲେ ତହିଁରେ ଶତଗୁଣ ସୁଖାୟୁ ବର୍ଦ୍ଧିତ ନ ହେବ କି?

ହାୟ! କିଏ ଏପରି ମାତୃସେବା କରି ପାରେ? କିଏ ସେ ଅପରିଶୋଧନୀୟ ରଣ ପରିଶୋଧ କରିବାକୁ ଏପରି ଭାବରେ ଚେଷ୍ଟା କରି ପାରେ? କିଏ ଅଦୃଶ୍ୟରୂପିଈଶ୍ୱରଙ୍କ ସାକ୍ଷାତ୍‌ମୁର୍ଭ ଦେଖି ପୂଜା କରିବା ଦ୍ୱାରା ଆପଣାର ଜୀବନକୁ ଧନ୍ୟ କରି ପାରେ? ହାୟ! ଆମ୍ଭେମାନେ ବଡ଼ ବିଷମ ସମୟରେ ଉପସ୍ଥିତ ହୋଇଅଛୁଁ। ପୁରାଣ-ପୃଷ୍ଠାରେ ମାତୃଭକ୍ତିର ଲକ୍ଷ ଉଦାହରଣ ଥିଲେ ସୁଦ୍ଧା ଆମ୍ଭେମାନେ ତାହା ଫେଡ଼ି ଦେଖୁ ନାହୁଁ ଏବଂ ଦେଖିଲେ ସୁଦ୍ଧା କାଳଗତିରେ ତାହା ବିସ୍ମୃତ ହେଉଅଛୁଁ। ଆଜି ମାତାକୁ ପୁତ୍ର ପ୍ରହାର କରୁଥିବାର ଦେଖା ଯିବ, ମାତାକୁ ପୁତ୍ର

ଅନ୍ନ ବିନା ପୀଡ଼ା ଦେଉଥ୍ବାର ଦେଖା ଯିବ, ମାତାକୁ ପୁତ୍ର ତ୍ୟାଗ କରି ଅଭାବନୀୟ କଷ୍ଟ ଦେଉଥ୍ବାର ଦେଖାଯିବ, ମାତ୍ର ପାଠକେ! କହନ୍ତୁ ତ କେତେ ସ୍ଥାନରେ ମାତୃ-ପୂଜାଦ୍ୱାରା ପୁତ୍ର-ସଂସାରର କଥା ଦେଣିକି ଥାଉ –ଆପଣାର କୁଳ ଉଜ୍ଜ୍ୱଳ କରୁ ଥିବାର ଦେଖା ଯିବ? ଯେଉଁ ବିଷମ କାଳି ଆମ୍ଭମାନଙ୍କୁ ସ୍ୱଧର୍ମରୁ ସୁଦ୍ଧା ଅନ୍ତର କରାଉ ଅଛି ସେ କାଳ ମାତୃପୂଜାଦ୍ୱାରା ଧର୍ମ ରକ୍ଷା କୁଳ ଉଦ୍ଧାର ଅଥବା ସଂସାର ପବିତ୍ର କରିବାକୁ ଦେବାର ଆଶା କରିବା ବୃଥା। ଯେଉଁ ଲୋକ ଏ କାଳରେ ସୁଦ୍ଧା ମତୃପୂଜାଦ୍ୱାରା ନିଜ ଜୀବନକୁ ଧନ୍ୟ କିରତଃ କୁଳ ଉଜ୍ଜ୍ୱଳ କରି ସଂସାରରେ ଅପୂର୍ବ ଦୃଷ୍ଟାନ୍ତ ରଖି ଯାଉଅଛନ୍ତି ତାହାଙ୍କୁ ଅତୀବ ସୌଭାଗ୍ୟଶାଳୀ ବୋଲିବାକୁ ହେବ।

ଏହିରୂପେ ପୁତ୍ର ଅମୃତମୟହସ୍ତପ୍ରସାରିତ ଶଯ୍ୟାରେ ଅପୂର୍ବ ଶାନ୍ତିରସପୂର୍ଣ୍ଣ ହୃଦୟରେ ମାତା ଶୟନ କଲାରୁ ରଘୁନାଥ କଳାବତୀଙ୍କ କକ୍ଷକୁ ଗମନ କଲେ। କଳାବତୀ ଅଦ୍ୟାପି ଶୟନ କରି ଅଛନ୍ତି। ତିନି ଘଣ୍ଟାରୁ ଅଧିକକାଲ ଗାଢ ନିଦ୍ରାରେ ଶୟନ କରିଥ୍ବାର ଦେଖ୍ ଭାବି ମଙ୍ଗଳ ଆଶାରେ ରଘୁନାଥ ପ୍ରଫୁଲ୍ଲ ହୃଦୟରେ ରୋଗିର ଶଯ୍ୟାପାର୍ଶ୍ୱରେ ଶେଯ ପକାଇ ଶୟନ କଲେ। ଇତଃସ୍ତତଃ ଭାବୁଁ ତାଙ୍କୁ ମଧ କିଞ୍ଚିତ୍ନିଦ୍ରା ହୋଇଗଲା। ମାତ୍ର କଳାବତୀଙ୍କ ଶରୀର ଉତ୍ତମରୂପେ ଆରୋଗ୍ୟ ଲାଭ କରି ନ ଥ୍ବା ହେତୁ ମନ କଥଞ୍ଚିତ୍ଚଞ୍ଚଳ ଥିବାହେତୁ ହଠାତ୍ନିଦ୍ରା ଭଙ୍ଗ ହୋଇଗଲା। ଉଠି ଦେଖ୍ଲେ କଳାବତୀ ଚେଇଁ ଅଛନ୍ତି। ଏହା ଦେଖ୍ ରଘୁନାଥ ନିଜେ ଶୋଇପଡ଼ି ଥିବାର ଜାଣି କିଞ୍ଚିତ୍ଲଜ୍ଜିତ ହେଲେ। ଏହା ରଘୁନାଥଙ୍କ ଭଳି ଲୋକଙ୍କ ପକ୍ଷେ ସ୍ୱାଭାବିକ ଏବଂ ସର୍ବଥା କ୍ଷମନୀୟ ଅଟଇ। ସାତ' ଦିନ ଦିବାରାତ୍ର ଜଗିଲା ଉତ୍ତାରୁ ରୋଗିର ଅବସ୍ଥା କଥଞ୍ଚିତ୍ଭଲ ହୋଇଥ୍ବାର ଜାଣି ରୋଗୀ ଶୋଇଥ୍ବା କାଳରେ ଗଡ଼ପଡ଼ ହେଉଁ କିଞ୍ଚିତ୍ଶୋଇପଡ଼ିବା ବଡ଼ ଗୁରୁତର କଥା ନୁହଇ ବଂର ନ ଶୋଇଲେ ତାକୁ ଲୋକେ ପାଗଲ ହୋଇ ଥ୍ବାର ବୋଲି ପାରନ୍ତି। ତଥାପି ସରଳସ୍ୱଭାବସଞ୍ଜନ୍ନ ରଘୁନାଥ କିଞ୍ଚିତ୍ଲଜ୍ଜିତ ହୋଇ ହଠାତ୍ଶଯ୍ୟାରୁ ଉଠି ରୋଗିନିମିତ୍ତ ଦୁଧ ଆଉଟା ହୋଇ ରଖାଯାଇ ଥିବା ଶିକା ନିକଟକୁ ଯାଇ ତାଟିଆରେ କିଞ୍ଚିତ୍ଦୁଧ ନେଇ ଆସି କଳାବତୀଙ୍କ ଶଯ୍ୟାପାର୍ଶ୍ୱରେ ତାଙ୍କୁ ଖୁଆଇବା ଅଭିଲାଷରେ ଉପବେଶନ କଲେ।

କାଲିରାତ୍ରୁ ଅନାଇବା ଉତ୍ତାରୁ ରଘୁନାଥ ପଞ୍ଚନାୟକ ନାମରେ କଳାବତୀଙ୍କ ମନରେ କେତେ ଚିନ୍ତା ଉଦିତ ହୋଇଥିଲା। ମୃତସ୍ୱାମୀ ପୁନର୍ଜୀବିତ ହୋଇ ଆସିବାର ଆଜିକାଲି ସଂସାରରେ ଦେଖା ନାହିଁ। ସାବିତ୍ରୀ ପ୍ରାୟ କେହି ଅବା ସତୀ ଥାଇପାରନ୍ତି ମାତ୍ର ମୃତସ୍ୱାମିକି ଏ କାଳରେ ଶମନ-ହସ୍ତରୁ ଫେରାଇ ଆଣିବା

ଦୁଃସାଧ୍ୟ। ପୁଣି ସ୍ୱାମୀ ନ ହେଲେ ଅପରିଚିତ ଲୋକ ଏତାଦୃଶ ସେବା କରିବାର କାହିଁ ଦେଖା ନାହିଁ ଏବଂ ସ୍ୱାମୀ-ନାମ ଧାରଣ କରିଥିବା ଅପରିଚିତ ଜଣେ ଲୋକକୁ ଏତେଦୂର ଆପଣାର ପରି ସଂସାରରେ ପାଇବା ମଧ ସ୍ୱପ୍ନପ୍ରାୟ। ଏସବୁ ଆନ୍ଦୋଳନ କରି କଳାବତୀଙ୍କ ମନରେ ନାନା ପ୍ରକାର ଭାବ ଉଦିତ ହେବା କେବଳ ସ୍ୱାଭାବିକ। ଆଜି ସକାଳରୁ ଶତଥର ରଘୁନାଥଙ୍କ ମୁଖକୁ ଅନାଇ ଦେଖୁଅଛନ୍ତି। କାଲି ସିନା ନାମ ଶୁଣିଥିଲେ ମାତ୍ର ଆଜି ଦୃଷ୍ଟିଶକ୍ତିର ସମଧିକ ସଞ୍ଚାରରେ ଶତଥର ରଘୁନାଥଙ୍କୁ ଆପଣା ସ୍ୱାମୀ ପ୍ରାୟ ରୂପେ ଧରି ପାର୍ଶ୍ୱେ ବସି ନିରନ୍ତର ସେବା-ନିରତ ଥିବାର ଦେଖୁଅଛନ୍ତି। ତେତେଥର ଅଧିକାଧିକ ରୂପରେ ରଘୁନାଥ ଆପଣା ସ୍ୱାମୀ ତୁଲ୍ୟ ପ୍ରତୀୟମାନ ହେବାରୁ ନବ ଭାବରେ ମନ ମୋହିତ କରି ଆପଣା ମନୋଽଭିମତ ଆଡ଼କୁ ଧାବିତ କରାଏ ସେହିପରି ରଘୁନାଥଙ୍କଠାରେ ତାଙ୍କର ରୂପ, ଗୁଣ ଓ କ୍ରିୟାକଳାପରେ କଳାବତୀ ମୋହିତ ହୋଇଗଲେ ଏବଂ ଯାହା କରିବାକୁ ଇଚ୍ଛା କରିବେ ତହିଁକି ଲେଶମାତ୍ର ଆପତ୍ତି କରିବାର ଶକ୍ତି କଳାବତୀଙ୍କର ରହିଲା ନାହିଁ।

ରଘୁନାଥ କଳାବତୀଙ୍କ ଶଯ୍ୟାପାର୍ଶ୍ୱରେ ବସି କଳାବତୀଙ୍କ ହସ୍ତଧାରଣପୂର୍ବକ ତାଙ୍କୁ ଧୀରେ ଉଠାଇ ଆପଣା ବାମସ୍କନ୍ଧରେ ତାଙ୍କର ମସ୍ତକ ରକ୍ଷା କରି ଦୁଗ୍ଧପାନ କରାଇ ଦେଲେ। କଳାବତୀ କୃତଜ୍ଞତା ପାଶରେ ନିତାନ୍ତ ଆବଦ୍ଧ ଥାଇ ମୁଗ୍ଧମନରେ ଅମୃତ ପାନ କଲେ ଏବଂ ସେ ମନରୁ ରଘୁନାଥଙ୍କର ମଙ୍ଗଳନିମିତ୍ତ ଇଶ୍ୱରଙ୍କଠାରେ ଯେଉଁ ନୀରବ ପ୍ରାର୍ଥନା ହେଲା ତାହା ଅତି ଅମୂଲ୍ୟ।

ଦୁଗ୍ଧପାନ ଉତ୍ତାରୁ କଳାବତୀଙ୍କ ଶଯ୍ୟାରେ ଶୟନ କରାଇଦେଲାରୁ ସେ ପୁଣି ଶୟନ କଲେ ଏବଂ ଦେଖୁଁ ଗାଢ଼ ନିଦ୍ରାରେ ଅଭିଭୂତା ହୋଇଗଲେ। ରଘୁନାଥ ଶଯ୍ୟାପାର୍ଶ୍ୱରେ ବସି ରୋଗିର ରୋଗ କଥଞ୍ଚିଦ୍‍ଆରୋଗ୍ୟ ହୋଇଥିବାରୁ ଇଶ୍ୱରଙ୍କୁ ଶତ ଧନ୍ୟବାଦ ପ୍ରଦାନ କଲେ ଏବଂ ରୋଗିର ମୁଖମଣ୍ଡଳକୁ ନିବିଷ୍ଟମନରେ ଅନାଇ ରହିଅଛନ୍ତି ଏମନ୍ତ ସମୟରେ ଦ୍ୱାରଦେଶରେ କରାଘାତ ହେବାର ଶବ୍ଦ ଶ୍ରୁତିଗୋଚର ହେଲା।

ରଘୁନାଥ ତରତର ହୋଇ ଯାଇ ଫିଟାଇଦେଲେ ଏବଂ କୁଞ୍ଜଘରାଜାଙ୍କ ଲୋକ ଦ୍ୱାରଦେଶରେ ସମୁପସ୍ଥିତ ଥିବାର ଦେଖାଗଲା। ତାକୁ ରଘୁନାଥ ଭିତରକୁ ଡ଼ାକି ଦ୍ୱାର ଲଗାଇଦେଲେ। ଲୋକଟା ରଘୁନାଥଙ୍କୁ ଛାମୁଙ୍କଠାରୁ ଆସିଥିବାର କହି ଚିଠାଉ ଖଣ୍ଡିଏ ବଢ଼ାଇଦେଲା। ରଘୁନାଥ ଚିଠାଉ ପଢ଼ି ଅବଗତ ହେଲେ ଯେ ତାଙ୍କର ବହୁକାଲ ଅଦର୍ଶନରେ ରାଜା ଦୁଃଖିତ ହୋଇଅଛନ୍ତି ଏବଂ ଶୀଘ୍ର ଛାମୁଙ୍କ ନବରକୁ ଯାଇ ଭୋଜନ କରିବା ସକାଶେ ରାଜା ସେହି ପତ୍ରଦ୍ୱାରା ଆମନ୍ତ୍ରଣ କରି ପଠାଇଅଛନ୍ତି।

ରଘୁନାଥ ପତ୍ରପଠାନ୍ତେ ସେ ଲୋକକୁ ଖାଇବାକୁ ଦେଇ ଏବଂ ଘରେ ଏକ ରୋଗୀ ପଡ଼ିଥିବା ଓ ସେ ଆରୋଗ୍ୟ ଲାଭ କରିଆସୁଥିବା ଓ ଚାରିଦିନ ମଧ୍ୟରେ ଛାମୁରେ ଉପସ୍ଥିତ ହୋଇ ପାରିବା ମର୍ମ୍ମରେ ଖଣ୍ଡିଏ ଚମ୍ପ୍ରଭାବବ୍ୟଞ୍ଜକ ପତ୍ର ଲେଖି ତ୍ସହିତ ଲୋକକୁ ବିଦାୟ କାରିଦେଇ ପୁଣି କଳାବତୀଙ୍କ କକ୍ଷରେ ଉପନୀତ ହେଲେ।

ଦ୍ୱାତ୍ରିଂଶ ପରିଚ୍ଛେଦ

ଖାଡ଼ଙ୍ଗା

ତଦନ୍ତ ଉତ୍ତାରୁ ତୁମନସୁର୍ଦ୍ଧାରଙ୍କ ଦ୍ୱାରା ପ୍ରେରିତ ହୋଇ ଦାସ ଖାଡ଼ଙ୍ଗା ସୁବାଦାରଙ୍କ ସମକ୍ଷରେ ଉପନୀତ ହେଲା। ସେ ମନେ ମନେ ଆପଣାକୁ ସମ୍ପୂର୍ଣ୍ଣ ନିର୍ଦ୍ଦୋଷୀ ବୋଲି ଜାଣେ ଏବଂ ସର୍ଦ୍ଧାର ମଧ୍ୟ ସୁବାଦାରଙ୍କୁ ସେ ନିର୍ଦ୍ଦୋଷୀ ଥିବାର ଜଣାଇଅଛନ୍ତି। ଏଥିଁ ଏହା ମନରେ ମୁକ୍ତି ପାଇବାର ସମ୍ପୂର୍ଣ୍ଣ ଆଶା ଜାଗରିତ ହୋଇଅଛି ଏବଂ ସେହେତୁ ମନ ମଧ୍ୟ ବିଶେଷ ଦମ୍ୟ ଅଛି। ତେଣେ ମାତା ଆଉ ପତ୍ନୀ ସନ୍ତାନଗଣସଙ୍ଗେ ଆସିଅଛନ୍ତି। ସେମାନଙ୍କୁ ଦେଖି ମଧ୍ୟ ଚିତ୍ତ ଆଶ୍ୱସ୍ତ ଅଛି। ସ୍ୱଭାବତଃ ମନୁଷ୍ୟର ମନକୁ ପାପ ଆଗେ ସ୍ୱର୍ଶ କରେ। ବେଳେ ବେଳେ ହଠାତ୍‌କାଳେ ସୁବାଦାର ଶାସ୍ତି ପ୍ରଦାନ କରିବେ ଓ ତାହାହେଲେ ବୃଦ୍ଧା ଆଉ ପତ୍ନ ଓ ସନ୍ତାନଗଣର କି ଦଶା ହେବ ଏହା ମନ ମଧ୍ୟରେ ଉଦିତ ହୋଇ ଚିତ୍ତ ଅଲୋଡିତ କରି ମସ୍ତକ ଭ୍ରମାଇଦେଉଅଛି ଏବଂ ସଙ୍ଗେ ସଙ୍ଗେ ମନକୁ ଦମ୍ୟ କରି ଈଶ୍ୱରଙ୍କଠାରେ ପୂର୍ବଠାରୁ ଅଧିକରୂପେ ଆତ୍ମ-ସମର୍ପଣ କରୁଅଛି।

ମାତା ଆଉ ପତ୍ନୀର ଚକ୍ଷୁର ଅନବରତ ଅଶ୍ରୁଧାରା ବହି ମୁଖମଣ୍ଡଳ ଆବିଳ ହୋଇଅଛି। ସେମାନେତ କୌଣସି ମତେ ମନକୁ ପ୍ରବୋଧ ଦେଇପାରୁ ନାହାନ୍ତି। ସର୍ପପ୍ରାୟ ଦୁରନ୍ତ ସୁବାଦାରଙ୍କ ଗ୍ରାସରୁ ରକ୍ଷା ପାଇବା ସପ୍ତଜନ୍ମର ତପସ୍ୟାର ଫଳ ବୋଲି ଦୁଷ୍କର ଜ୍ଞାନ କରିଅଛନ୍ତି ଏବଂ ସର୍ଦ୍ଧାର ତାଙ୍କୁ ନିର୍ଦ୍ଦୋଷୀ କରି ରଖିଥିଲେ ସୁଦ୍ଧା ଯେପର୍ଯ୍ୟନ୍ତ ସୁବାଦାର ଖାଡ଼ଙ୍ଗାକୁ ଛାଡ଼ି ଦେଇ ନାହାନ୍ତି ସେପର୍ଯ୍ୟନ୍ତ ସେମାନେ ଖାଡ଼ଙ୍ଗାର ମୁକ୍ତିପକ୍ଷରେ ବିଶ୍ୱାସ କରିପାରୁ ନାହାନ୍ତି।

ଏଆଡ଼େ ସୁବାଦାର ଚୌଧୁରିଙ୍କ ସର୍ବନାଶ-ବାର୍ତ୍ତା ଶୁଣି ଆଗରୁଁ କୋପରେ ଅଗ୍ନିପ୍ରାୟ ହୋଇଯାଇଥିଲେ। ତହିଁଉତ୍ତାରୁ ତାଙ୍କର ମୃତ୍ୟୁବାର୍ତ୍ତା ଶୁଣି ଅତିକୋପରେ ଏକ ପ୍ରକାର ପାଗଳ ହୋଇଗଲେ ଏବଂ ବାସ୍ତବରେ ତାହା ଶାନ୍ତ କରିବା ଉଦ୍ଦେଶ୍ୟରେ ଦେଶସୁଦ୍ଧା ଲୋକଙ୍କୁ ମାରି ପକାଇବାକାରଣ ଶତଥର ଶପଥ କରିଥିଲେ। ସୁବାଦାର କୋପାନ୍ୱିତ ହୋଇଥିବା ସମସ୍ତଙ୍କୁ ଏକପ୍ରକାର ଜଣାଥିଲା ମାତ୍ର ସେ କୋପର ମାତ୍ରା

ଯେ ଏତେ ଅଧିକ ହୋଇଥିଲା ଏହା ସତତ ନିକଟରେ ନ ଥିବା ଲୋକଙ୍କୁ ଜଣାଯିବା ଅତ୍ୟନ୍ତ ଅସମ୍ଭବ। ରାଜା ହୋଇ ବିଚାରର ପକ୍ଷପାତୀ ହେବା ସର୍ବଥା ଶ୍ରେୟସ୍କର ମାତ୍ର ରାଜା ଯେ ବିଚାରକୁ ଜଳାଞ୍ଜଳି ଦେଇ ଯାହା ଇଚ୍ଛା ତାହା କରି ଚାଲିଯିବେ ଏ କଥା ସମସ୍ତେ ସହଜରେ ବିଶ୍ୱାସ କରିପାରିବେ ନାହିଁ। ତେବେ ଜନ୍ତୁମୁଖରୁ ଆହାର ଛଡ଼ାଇ ନେଲେ ସେ କି କରି ନ ପାରେ? ଯେତେବେଳେ ସୁବାଦାରଙ୍କୁ ପ୍ରଚୁର ଆହାର ଦେଉଥିବା ଲୋକଙ୍କୁ ଆହାର ଯୋଗାଇବାର ପଥ ଆହୁରି ପରିଷ୍କୃତ କରିବା ସମୟରେ ଦେଶଲୋକେ ମୃତ୍ୟୁମୁଖରେ ପାତିତ କଲେ ସେତେବେଳେ ସୁବାଦାର କି ସେ ଦେଶଲୋକଙ୍କର କିଛି ବାକୀ ରଖିବେ? ପ୍ରକୃତକଥା କହିବାକୁ ଗଲେ ସେ ଦୁର୍ଭିକ୍ଷପୀଡିତ ଲୋକଙ୍କୁ ସାହାଯ୍ୟ କରିବାର କଳ୍ପନା ସ୍ୱପ୍ନରେ ସୁଦ୍ଧା ନ କରି ଦେଶଲୋକଙ୍କୁ ମାରି ରଖିଅଛନ୍ତି—ତହିଁ ଉପରେ ଅବା ଆଉ କି ସମ୍ଭବି ପାରେ? ବାକୀ କେବଳ ଖଡ୍ଗାଘାତରେ ସୁବାଦାରଙ୍କ କୋପ ଶାନ୍ତିହେତୁ ବଳିଦାନ ଏବଂ କାଳକୁ ତାହା ଅନେକେ ଶ୍ରେୟସ୍କର ମଣିଅଛନ୍ତି।

ଏହିରୂପେ ଅତି କୋପାବିଷ୍ଟ ଆରକ୍ତଚକ୍ଷୁବିଶିଷ୍ଟ ସୁବାଦାରଙ୍କ ନିକଟରେ ଦାସ ଖଡ୍ଗା ବଳିଦାନର ଛାଗଳ ପରି ସମୁପସ୍ଥିତ ହେଲା। ଏହାର ଦେହର ରକ୍ତ ଭୟରେ ଶୁଖ୍ ଯାଉଅଛି ମାତ୍ର ସୁବାଦାରଙ୍କ ରକ୍ତ ତେଜୋମୟ ହୋଇ ଅଗ୍ନିସ୍ଫୁଲିଙ୍ଗରୂପେ ଚକ୍ଷୁ ଦେଶରୁ ବାହାରି ପଡୁଅଛି ଏବଂ ତାହା ଦେଖ୍ ଖଡ୍ଗାର ରକ୍ତ ଆହୁରି ଶୁଖ୍ୟାଉଅଛି। ବୃଦ୍ଧା ମାତା ଓ ପତ୍ନୀ ଅନତିଦୂରେ ବୃକ୍ଷମୂଳରେ ଠିଆ ହୋଇଅଛନ୍ତି ଏବଂ ଖଡ୍ଗାର ଶରୀରର ଦୁର୍ଦ୍ଦଶା ଦେଖ୍ ସେମାନଙ୍କ ଜୀବନ ନ ଥିଲାପରି ଜଣାଯାଉଅଛି। ଖଡ୍ଗା ଆସିବା ସଙ୍ଗେ ସଙ୍ଗେ ବ୍ୟାପାର ଦେଖିବାକାରଣ କେତେକ ଜଣ ଦର୍ଶକ ମଧ୍ୟ ରୁଷ୍ଟ ହୋଇଅଛନ୍ତି କାରଣ ସେ ଦିନକୁ ଚୌଧୁରିଙ୍କ ଡକାୟତୀ ଓ ମୃତ୍ୟୁବାର୍ତ୍ତା ଏବଂ ଖଡ୍ଗାର ଦୁର୍ଦ୍ଦଶା ଚତୁର୍ଦ୍ଦିକରେ ରାଷ୍ଟ ହୋଇଯାଇଅଛି। ଭୁୟାଁମାନେ ଡକାୟତୀ କରିଥିବାର ମଧ୍ୟ ଚତୁର୍ଦ୍ଦିଗରେ ଚହଲ ପଡ଼ିଅଛି ଏବଂ ତହିଁ ସଙ୍ଗେ ସଙ୍ଗେ ଖଡ୍ଗା ଡକାୟତୀ କରି ନ ଥିବାର ରାଷ୍ଟ ହୋଇ ତାହାର ଅକାରଣ ବନ୍ଦିବାସରେ ସମସ୍ତଙ୍କର ସହାନୁଭୂତି ଆକର୍ଷିତ ହୋଇଅଛି।

ସୁବାଦାରଙ୍କୁ ସେ ସବୁ ସ୍ପର୍ଶ କରିପାରି ନାହିଁ। ସେ ତ ଲୋକଙ୍କ ମଧ୍ୟରେ ନ ଥାନ୍ତି କିମ୍ବା ତାଙ୍କ ସଙ୍ଗେ ମିଶିବା ଅଥବା ତାଙ୍କ କଥା ଶୁଣିବାକୁ ଚାହାନ୍ତି ନାହିଁ। ଏ ସବୁ ତାଙ୍କୁ ସ୍ପର୍ଶ କରିବ କାହିଁକି? ଏହା ଯେ କେମନ୍ତ ରାଜଧର୍ମ ତାହା ସୁବାଦାରଙ୍କୁ ଏକା ଜଣାଥିବ ଅଥବା ନିତାନ୍ତ ଲୋଭୀ ହେଲେ ଏହିପରି ଅମନୁଷ୍ୟତା ସଞ୍ଜାତ ହୁଅଇ। ସେ ଯାହା ହେଉ ଖଡ୍ଗାକୁ ଦେଖିବା ମାତ୍ରକେ କୁପିତ ସୁବାଦାର "ଏହି ଲୋକଟା

ଚୌଧୁରିର ମୃତ୍ୟୁର କାରଣ'' ବୋଲି ବଜ୍ରନିନାଦରେ କହି ଉଠି ଶତଗୁଣ କୁପିତ ହୋଇଗଲାଲେ। ଆଉ ସମ୍ଭାଳେ କିଏ? ଦୁମନ ସର୍ଦ୍ଦାରଙ୍କ ରିପୋର୍ଟ ଖଣ୍ଡିକ ବଢାଇ ଦେବାକୁ ସୁଦ୍ଧା ପ୍ରହରିର ସାହସ ହେଲା ନାହିଁ। କିଞ୍ଚିତ୍ କ୍ଷଣ ପରେ ସୁବାଦାର ଗମ୍ଭୀରସ୍ବରରେ ପ୍ରକାଶ କଲେ ''ଦୁମନସର୍ଦ୍ଦାର ଲେଖା ଦେଇଛନ୍ତି କି ନାହିଁ?''-ପ୍ରହରୀ କିଛି ନ କହି ରିପୋର୍ଟ ଖଣ୍ଡିକ ସୁବାଦାରଙ୍କ ହାତକୁ ବଢାଇଦେଲା।

ସୁବାଦାର ରିପୋର୍ଟକୁ ସାତ ଥର କରି ପାଠ କଲେ। ସାତ ଥର ପାଠ କରି ସୁଦ୍ଧା ରାଗଶାନ୍ତ ହେଲା ନାହିଁ'ବରଂ'ହତ୍ତାରକକୁ ଦେଖ୍ ସର୍ପର କୋପ କ୍ରମେ କ୍ରମେ ଅଧିକ ହେଲା ପ୍ରାୟ ତାଙ୍କର କୋପ ବୃଦ୍ଧି ହେବାରେ ରହିଲା। ଅନନ୍ତର ଅତି କୁପିତଚିତ୍ତରେ ଘୋର ଗର୍ଜନରେ 'ଦୁମନସର୍ଦ୍ଦାର', ''ଅତି ଅକର୍ମଣ୍ୟ ଲୋକ'' ଇତ୍ୟାଦି ସ୍ବସ୍ଥ ଏବଂ ଅସ୍ବସ୍ଥ କେତେ କଥା କହି ପ୍ରହରିକି ଡ଼ାକି କହିଲେ ''ଏ ଲୋକକୁ ଶୂଳୀ ଦିଅ''।

ସର୍ବନାଶ! ବଜ୍ର ପତନ ହେବା କଥା ଲୋକକୁ ଜାଣିବାକୁ ବିଲମ୍ବ ହୁଅଇନାହିଁ ଏବଂ ଜାଣିବା ସଙ୍ଗେ ସଙ୍ଗେ ଲୋକେ ସ୍ତବ୍ଧ ହୋଇଯାନ୍ତି। ଆଉ ଯାହା ଉପରେ ବଜ୍ର ପଡ଼ଇ ତାହା କଥା ଅବା କି କହିବା! ସୁବାଦାରଙ୍କ ମୁଖରୁ ସେ ନିଷ୍ଠୁର ଆଦେଶ ବାହାରିବା ମାତ୍ରକେ ଖାଡ଼ଙ୍ଗା କାଷ୍ଠବତ୍ ହୋଇଯାଇ ପଛକୁ ଟଳି ପଡ଼ିଲା ଏବଂ ସେ ଟଳପଡ଼ିବା ସଙ୍ଗେ ସଙ୍ଗେ ଅନତିଦୂରବର୍ତ୍ତିନୀ ତାହାର ମାତା ଓ ପତ୍ନୀ ସୁଦ୍ଧା ଚଳିପଡ଼ିଲେ! ଚୁଆ ଦିଓଟି କିଛି ନ ଦେଖ୍ କାଷ୍ଠପ୍ରାୟ ହୋଇ ଟିକିଏ ରହିଯାଇ ଚିକ୍ରାର କଲେ। ସେ ଚିକ୍ରାର ଏ ଦୁର୍ଘଟନାକୁ ଆହୁରି ଭୟଙ୍କର କରିଦେଲା ଏବଂ ଲୋକେ ଏହା ଦେଖ୍ ଯଥ୍ପରୋନାସ୍ତି ବ୍ୟଥିତ ହେଲେ। ସଙ୍ଗେ ସଙ୍ଗେ ଲୋକଙ୍କ ମଧ୍ୟରେ ଭୟାନକ ଚହଳ ପଡ଼ିଗଲା। ''ଉଠାଅ'' ''ଉଠାଅ'' ବୋଲି ସୁବାଦାର ଭାରୀ ତେଜରେ ଆଦେଶ ପ୍ରଦାନ କଲେ ଏବଂ ପ୍ରହରିମାନେ ତିନିଜଣଙ୍କୁ ଉଠାଇବାକୁ ଯାଇ ସେମାନଙ୍କର ଇହଲୀଳା ସାଙ୍ଗ ହୋଇଥିବାର ଦେଖ୍ଲେ।

ଏ କଥା ସୁବାଦାରଙ୍କୁ ଗୋଚର ହେଲା। ସେ ଆଦେଶ କଲେ ''ନଦୀରେ ଲ୍ୟାସ୍ପକାଇ ଦିଅ''। ଏହି ଆଦେଶ କରି କଚେରୀ ବନ୍ଦ କରତଃ ଅନ୍ତଃପୁରକୁ ବିଜେ ହେଲେ।

ବାହାରେ ଭାରୀ ଗୋଲମାଲ। ଆଉ କିଞ୍ଚିତ୍ କ୍ଷଣ ବାହାରେ ଥିଲେ ସୁବାଦାରଙ୍କ କପାଲରେ ପ୍ରହାର ପର୍ଯ୍ୟନ୍ତ ଘଟିଥାନ୍ତା। ଲୋକେ ମନୋନିବେଶପୂର୍ବକ ଏକ ନିର୍ଦ୍ଦିଷ୍ଟ ମୀମାଂସାରେ ଉପନୀତ ହେବା ପୂର୍ବରୁ ସୁବାଦାର ଦେହୁଡ଼ି ବନ୍ଦ କରିଦେଲେ। ବାହାରର ଲୋକେ ବାହାରେ ଅନେକ କ୍ଷଣ ଗୋଲମାଲ କରି

ଚାଲିଗଲେ ଏବଂ ପ୍ରହରିମାନେ ମୃଦାରକୁ ନେଇ କାଠଯୋଡାର ପବିତ୍ର ଜଳରେ ନିକ୍ଷେପ କଲେ। ଯେଉଁ ସନ୍ତପ୍ତ ହୃଦୟରେ ଖାଡ଼ଙ୍ଗା ଓ ତାହାର ମାତା ଏବଂ ଭାର୍ଯ୍ୟା ଇହଲୀଳା ସମ୍ବରଣ କଲେ, ଯେଉଁ ଶୋକାନଳ ସମଧିକ ପ୍ରଜ୍ୱଳିତ ହୋଇ ତାଙ୍କର ଅନ୍ତରାମାକୁ ଦଗ୍ଧ କରତଃ ଇହସଂସାରରୁ ସେମାନଙ୍କୁ ଅନ୍ତର କଲା ତାହା କାଠଯୋଡ଼ୀର ସ୍ୱଚ୍ଛ ଶୀତଳ ଜଳରେ ନିର୍ବାପିତ ହେଲା ନାହିଁ। ସେ ଜଳ ମୃତ ଶରୀରମାନଙ୍କୁ ନଚାଇ, ସଂସାରରେ ରଙ୍ଗ ଦେଖାଇ ଘେନି ଚାଲ ଗଲା ମାତ୍ର ଯେତେଦୂର ଗଲା ସେତେଦୂର ଲୋକମାନଙ୍କର ଦୃଷ୍ଟି ଓ ସହାନୁଭୂତି ଆକର୍ଷଣ କରି ସୁବାଦାରଙ୍କର ସର୍ବନାଶର କାରଣ ହେଲା।

ଆଉ ପିଲାଦ୍ୱୟ? ସେହି ଦୋଷ-ଶୂନ୍ୟ ପ୍ରକୃତିର ସରଳ ପ୍ରତିମାଦ୍ୱୟ? ସେ ଯେ କିଛି ବୁଝି ନ ପାରି କେତେବେଳଯାଏ ଛଳ ଛଳ କରି ଅନାଇ ରହି ବର୍ତ୍ତମାନ ଅଜସ୍ର ଅଶ୍ରୁ ତ୍ୟାଗପୂର୍ବକ କ୍ରନ୍ଦନ କରୁଅଛନ୍ତି! ହାୟ! ବିଧାତଃ! ଏ ଅଜ୍ଞାନ ପ୍ରତିମାଦ୍ୱୟଙ୍କ କପାଳରେ କି ଏହା ଲିଖିଥିଲେ? ପିଲାଟିଦିନରୁ କି ଦୋଷରୁ ଏତେ କଷ୍ଟ ସହିବାକୁ ବ୍ୟବସ୍ଥା କରିଥିଲେ? କିଏ ଆମ୍ଭମାନଙ୍କୁ ଏଥିର ଉତ୍ତର ଦେବ? ପୂର୍ବଜନ୍ମର ବାସନା କି ଏହିରୂପେ ଚରିତାର୍ଥ ହୁଅଇ? ପୂର୍ବଜନ୍ମର ସଂସ୍କାରରୁ ଜୀବ କି ଏ ଫଳ ଭୋଗ କରଇ?-ତାହା ନ ହେଲେ ଆଉ ଉତ୍ତର ନାହିଁ। କି ଅବା ଶାନ୍ତି ନାହିଁ।-ବିଧାତଃ! ଲୋକେ ତୁମ୍ଭଙ୍କୁ ମଙ୍ଗଳମୟ କହନ୍ତି ମାତ୍ର ଆମ୍ଭମାନଙ୍କର ତାହା ବୁଝିବାକୁ କ୍ଷମତା ନାହିଁ।

ପାଠକେ! ଆଉ ପିଲାଦ୍ୱୟଙ୍କ କଥା କହି କି ହେବ? ଜନୈକ ପ୍ରହରୀ ଏକମାତ୍ର ପୁତ୍ରକୁ ଅଳ୍ପ ଦିନ ହେଲା ହରାଇ ଅତ୍ୟନ୍ତ ଶୋକବିହ୍ୱଳ ହୋଇଥିଲା। ସେହି ଲୋକ ଦୟା ବହି ପିଲାଙ୍କୁ ଘେନି ଯାଇ ଶୋକପୀଡ଼ିତା ପଦ୍ମୀର ଶୋକାପନୋଦନାଥ ଘରକୁ ପଠାଇ ଦେଲା।

ତ୍ରୟସ୍ତ୍ରିଂଶ ପରିଚ୍ଛେଦ

ସୁସଂଯୋଗ

ପାଠକେ! ଲାଲବାଗକଲଙ୍କକାରୀ ପିଶାଚପ୍ରତିମ ହୃଦୟଶୂନ୍ୟନିଷ୍ଠୁର ସୁବାଦାରଙ୍କ ନିକଟରେ ଆଉ ଆପଣମାନଙ୍କର ରହିବାର ବାଞ୍ଛା ନାହିଁ। ଆସନ୍ତୁ ପୁଣ୍ୟସଲିଲା ଲୁଣା ନଦୀର ପୁଣ୍ୟ-ତୀରସ୍ଥ ରଘୁନାଥଙ୍କ ପବିତ୍ର ପୁରୀରେ ପୁଣି ପଦାର୍ପଣ କରିବେ। ବିଚିତ୍ର ସଂସାରରେ ଭଲମନ୍ଦ ସମସ୍ତ କାର୍ଯ୍ୟ ଈଶ୍ୱରଙ୍କ ଆଦେଶରେ ତାଙ୍କର ଅଭିଲାଷମତ ସମ୍ପନ୍ନ ହେଉଅଛି ସତ୍ୟ ମାତ୍ର ହୃଦୟବିଦାରକ ନିଷ୍ଠୁର କାର୍ଯ୍ୟ ଦେଖିବା ରକ୍ତମାଂସନିର୍ମ୍ମିତ ଶରୀରର କାର୍ଯ୍ୟ ନୁହଇ!-ବାସ୍ତବରେ ଯେ ଦେଖି ପାରେ ତାହାର ଶରୀର ପ୍ରସ୍ତରରେ ଗଠିତ ଆଉ ଯେ ଘଟାଇ ପାରେ ତାହାର କଥା ବୋଲିବାର ପ୍ରୟୋଜନ ନାହିଁ।

ଆମ୍ଭେମାନେ ଯେଉଁଠାରେ କଳାବତୀଙ୍କି ଛାଡ଼ି ଆସିଅଛୁ ତହିଁର ଦୁଇଦିନ-ମଧ୍ୟରେ କଳାବତୀ ଉତ୍ତମରୂପେ ରୋଗରୁ ମୁକ୍ତ ହେଲେ। ଶରୀର-ଦୌର୍ବ୍ବଲ୍ୟ କେବଳ ବାକୀ ରହିଲା ମାତ୍ର ଏଭଳି ରୋଗିଙ୍କର ଦୁର୍ବ୍ବଳତା ଆରୋଗ୍ୟ ହେବା ଅବଶ୍ୟ ସମୟସାପେକ୍ଷ। ତଥାପି ରଘୁନାଥଙ୍କ ଅଜସ୍ର ସେବା ଓ ଚିକିତ୍ସାଗୁଣରେ ଆଉ ଦୁଇଦିନ ମଧ୍ୟରେ ଅନପେକ୍ଷିତରୂପେ ଶରୀରର ଅନେକ ବଳ ସଞ୍ଚରଣ କଲା ଏମନ୍ତ କି କଳାବତୀ ନିଜେ ଉଠ ଚାଲ ବୁଲି ପାରିଲେ। ଧନ୍ୟ ସେ ଔଷଧ! ଧନ୍ୟ ସେ ପଥ୍ୟ! ଆଉ ଧନ୍ୟ ସେ ସେବା! କେବଳ ଔଷଧଦ୍ୱାରା କିଛି ହେବ ନାହିଁ ଯଦି ପଥ୍ୟର ସୁବ୍ୟବସ୍ଥା ନ ଥିବ, ପୁଣି ପଥ, ଏବଂ ଔଷଧର ବ୍ୟବସ୍ଥା ଥିଲେ ସୁଦ୍ଧା ସେବା ଅଭାବରେ ଫଳଲାଭ ସୁକଠିନ ମାତ୍ର ଯେଉଁଠାରେ ଔଷଧ ଓ ପଥ୍ୟ ସହିତରେ ଅପୂର୍ଣ୍ଣସ୍ନେହ-ସଞ୍ଜାଳିତସେବା ସମ୍ମିଳିତ ଅଛି ସେଠାରେ ବଡ଼ ୨ ରୋଗ ସୁଦ୍ଧା କରପଟ ଯୋଡ଼ି ଅଚିରେ ପଲାୟନ କରେ। କଳାବତୀ କିଞ୍ଚିତ୍‌ଭଲ ହୋଇ ଆସିଲାରୁ ରଘୁନାଥଙ୍କ କଥାବାର୍ତ୍ତା ଓ ସେବାଶୁଶ୍ରୁଷାରୁ ସେ ଘରେଥିବା ବୃଦ୍ଧାକୁ ରଘୁନାଥଙ୍କର ମାତା ବୋଲି ଜାଣି ପାରିଥିଲେ ଏବଂ ନିଜେ ଚାଲ୍‌ବୁଲ କରିବାକୁ ସମର୍ଥ ହେବା

ମାତ୍ରକେ ସ୍ୱତଃପ୍ରବୃତ୍ତ ହୋଇ ବୃଦ୍ଧାସମୀପେ ସମୁପସ୍ଥିତା ହେଲେ ଓ ତାଙ୍କୁ ମାତୃସମ୍ବୋଧନ କରି ତାଙ୍କର ପଦଧୂଳି ମସ୍ତକରେ ଲଗାଇ ସ୍ତ୍ରୀଗଣୋଚିତ ଅଭିବାଦନରେ ଦଣ୍ଡବତ ହେଲେ ଏବଂ ଆପଣାଙୁ କନ୍ୟା ପ୍ରାୟ ଦେଖିବାକୁ ଅନୁନୟ ବିନୟ କରି ଯଥାଶକ୍ତି ବୃଦ୍ଧାର ସେବାରେ ନିଯୁକ୍ତା ହେଲେ। ରଘୁନାଥଙ୍କ ସଙ୍ଗେ ଯେତେଦିନ ଚଳତୃଶକ୍ତି ଜନ୍ମିନ ଥିଲା ସେତିକିଦିନ ମାତ୍ର ପୃଥକ୍‌କଥା ବାର୍ତ୍ତା ହୋଇଥିଲା ମାତ୍ର ଚଳତୃଶକ୍ତି ଜାତ ହେଲାରୁ ସେ ତ ବୃଦ୍ଧାର ସେବାରେ ନିଯୁକ୍ତା ହେଲେ, ରଘୁନାଥଙ୍କ ସଙ୍ଗେ ଅଲଗା ଦେଖା କେବେ କେମନ୍ତେ।

କଳାବତୀଙ୍କର ଏ ଅମାୟିକ ଭାବ ଦେଖି ରଘୁନାଥ ଅତୀବ ସନ୍ତୁଷ୍ଟ ହେଲେ ଏବଂ ଚତୁର୍ଥଦିନ ରାତ୍ରରେ ଭୋଜନ କରିବା ସମୟରେ ତାଙ୍କୁ କୁଜଙ୍ଗର ରାଜା ନିମନ୍ତ୍ରଣ କରିବାର ବିଷୟ ମାତା ଓ କଳାବତୀଙ୍କ ଜଣାଇ ତହିଁ ଆରଦିନ ଅତି ପ୍ରାତଃକାଳରେ କୁଜଙ୍ଗାଭିମୁଖେ ଯାତ୍ରା କଲେ।

ତେଣେ କୁଜଙ୍ଗର ସଣ୍ଢେ ଯେଉଁ ବ୍ୟକ୍ତିର ହାତରେ ରଘୁନାଥଙ୍କ ନିକଟକୁ ପତ୍ର ଦେଇଥିଲେ ତାହାଥାରୁ ଉତ୍ତରପତ୍ରଦ୍ୱଣ୍ଡିକ ନେଇ ଚାରି ଦିନପରେ ରଘୁନାଥଙ୍କ ସହିତ ସାକ୍ଷାତ୍‌ହେବାର ଅବଗତ ହୋଇ ପାଟମହାଦେଇଙ୍କି ଜଣାଇଥିଲେ ଏବଂ ଚାରିଦିନ ପରେ ରଘୁନାଥଙୁ ଉତ୍ତମରୂପେ ଭୋଜନ କରାଇବାକାରଣ ନାନା ଆୟୋଜନରେ ରାଜାରାଣୀ ଉଭୟେ ବ୍ୟସ୍ତ ହୋଇଗଲେ।

ରସକଳା ଏ ସବୁ କିଛି ଜାଣନ୍ତି ନାହିଁ। ସେ ଗନ୍ଧର୍ବକନ୍ୟା ପ୍ରାୟ ଅନ୍ତଃପୁର ଉଜ୍ଜ୍ୱଲ କରି ବିଚରଣ କରୁଅଛନ୍ତି। ନବର ମଧ୍ୟରେ ଏମନ୍ତ କେହି ନ ଥିଲା ଯେ ରସକଳାଙୁ ସ୍ନେହଚକ୍ଷୁରେ ଦେଖେ ନାହିଁ ଏବଂ ଏମନ୍ତ ରମଣୀ ନ ଥିଲା ଯାହା ସହିତ ପ୍ରତିଦିନ ପଦେ ହେଲେ ରସକଳା ମିଷ୍ଟାଲାପ କରନ୍ତି ନାହିଁ। ସେ ନିଜଗୁଣରେ ସମସ୍ତଙୁ ବଶ କରିଥିଲେ। ଏମନ୍ତ କି ବେଳେ ରାଜାଜ୍ଞା-ପାଲନରେ ବିଳମ୍ବ ହୋଇ ପାରିବ ମାତ୍ର ରସକଳାଙ୍କ କଥା ତଳେ ପଡୁ ନ ଥିଲା।

ଏହିରୂପେ ଚାରିଦିନ କଟିଗଲା। ପଞ୍ଚମ ଦିନ ଷଣ୍ଢରାଜା ଅନୁକ୍ଷଣ ରଘୁନାଥଙୁ ଅପେକ୍ଷା କରି ରହିଅଛନ୍ତି। ଅନାବଶ୍ୟକ ଥିଲେ ସୁଦ୍ଧା ଦ୍ୱାରପାଲପ୍ରତି ରଘୁନାଥ ପହୁଞ୍ଚିବା ମାତ୍ରକେ ଛାମୁରେ ତୁରନ୍ତ ଜଣାଇବାର ଆଦେଶ ହୋଇଅଛି ଏବଂ କ୍ଷଣେ ୨ ପାଟମହାଦେଇ ରଘୁନାଥ ଆସିଲେ କି ନା ତତ୍ତ୍ୱ ଘେନୁଅଛନ୍ତି, ଏମନ୍ତ ସମୟରେ ପ୍ରାୟ ଘ ୧୦ ଡ଼ି ଦିନ ଠାରେ ରଘୁନାଥ ଷଣ୍ଢନବରରେ ପ୍ରବେଶ କଲେ।

ରଘୁନାଥଙ୍କର ଆଗମନରେ ନବରର ସିଂହଦ୍ୱାରଠାରୁ ଅନ୍ତଃପୁରର ଅପର ପାର୍ଶ୍ୱ ପର୍ଯ୍ୟନ୍ତ ଚହଳ ପଡ଼ିଗଲା। ଅନ୍ତଃପୁରରେ ଅନ୍ୟ କେହି ଆଗହୁଁ ରଘୁନାଥଙ୍କ

ଆସିବା କଥା ଜାଣି ନ ଥିଲେ; ରାଜା ଜଣକୁ ନିମନ୍ତ୍ରଣ କରିଅଛନ୍ତି, ସେ ତାଙ୍କର ପରମ ବନ୍ଧୁ ଓ ରାଜା ଭୋଜନ କରିବା ସମୟରେ ସେ ଓ ରାଜା ଏକା ଘରେ ଭୋଜନ କରିବେ ଏବଂ ସେ ଯୋଗୁଁ ରନ୍ଧାବଢ଼ାର ବିଶେଷ ଆୟୋଜନ ଓ ସେ ସମସ୍ତ ପାଟମହାଦେଇ ନିଜେ କରୁଅଛନ୍ତି ଏହା ଦେଖି ସମସ୍ତେ ଲୋକଟିକି ଜାଣିବା କାରଣ କୌତୂହଲାକ୍ରାନ୍ତ ହୋଇଥିଲେ ଏବଂ ରଘୁନାଥଙ୍କ ଆଗମନବାର୍ତ୍ତା ପାଇ ପାଟମହାଦେଇ ଆନନ୍ଦରେ ବିହ୍ୱଳି ହୁଅନ୍ତେ ନବରର ସମସ୍ତେ ଜାଣିଗଲେ ଆଉ ବନ୍ଧୁଟିକିଏ ଏବଂ କିରୂପ ଭୋଜନ କରିବେ ଦେଖିବାପାଇଁ ଉସ୍ତୁକ ବାହାରିଲେ। ଠିକ୍‍ଯେପରି ବର ଆସିବାର ବାଜା ଶୁଣି ସ୍ତ୍ରୀଲୋକେ ଉତ୍କର୍ଷିତା ହୋଇ ଧାବନ୍ତି ସେହିପରି ଚହଲ ଷଣ୍ଢ-ଅନ୍ତଃପୁରରେ ପଡ଼ିଗଲା।

ରଘୁନାଥ ରାଜାଙ୍କ ସମ୍ମୁଖରେ ଉପସ୍ଥିତ ହୋଇ ଯଥାବିଧ୍ ଅଭିବାଦନ କଲେ। ରାଜାଙ୍କୁ ଦେଖି କୋଟିନିଧ୍ ପାଇଲା ପ୍ରାୟ ଏକାବେଳକେ ଆସନରୁ ଉଠି ଆଲିଙ୍ଗନ କରି ଆପଣା ନିକଟରେ ବସାଇ ନାନା କଥା ପଚାରିଲେ। ରଘୁନାଥ ଆଜି ରାଜାଙ୍କର ତାଙ୍କ ପ୍ରତି ବିଶେଷ ସ୍ନେହ ଓ ଅନୁଗ୍ରହ ହୋଇଥିବାର ଜାଣିପାରି ଆପଣାକୁ ଅତି ଧନ୍ୟ ମନେ କରି ଆମନ୍ତ୍ରଣ କାରଣ ପଚାରିଲେ। ରାଜା କହିଲେ-ନାହିଁ କେବଳ ପାଟମହାଦେଇଙ୍କ ଅନୁରୋଧରେ ମଧ ତାଙ୍କର ସେହିପରି ଅଭିମତ ଥିବାରୁ ସେ ଏକାସଙ୍ଗେ ଭୋଜନ କରିବା-କାରଣ ଡକାଇ ପଠାଇଥିଲେ। ଏକେ ରାଜାଙ୍କ ଅନୁରୋଧ ତହିଁରେ ପୁଣି ପାଟମହାଦେଇଙ୍କ ଅଭିଲାଷ-ଏଥିରେ ରଘୁନାଥ ଷଣ୍ଢନବରରେ ଆପଣାକୁ ବିକ୍ରିତ ହୋଇଥିବାର ମନେ କରି ବନ୍ଦିପ୍ରାୟ ଆଜ୍ଞାପାଳନରେ ପ୍ରୟାସୀ ହେଲେ। ରାଜା ପଚାରିଲେ "ଚାଲ ଭୋଜନ କରିବା!" ରଘୁନାଥ ଉତ୍ତର କଲେ "ଛାମୁର ଯେ ଆଦେଶ। ମୋ ପାଇଁ ଛାମୁ ଏତେବେଳ ଯାଏ ଭୋଜନ କରି ନାହାନ୍ତି, ମୁଁ କି ଆନ କହି ପାରେଁ?'

ଠା କରିବା କାରଣ ଭିତରକୁ ଆଦେଶ ଗଲା ଏବଂ ଅନ୍ତଃପୁରରେ ସ୍ୱୟଂ ପାଟମହାଦେଇଙ୍କ ଘରେ ପିଢ଼ାପାଣିର ଆୟୋଜନ ହେଲା। ହାୟ ହାୟ! ପଦେ ଅଧେ ଏଠାରେ ପାଠକଙ୍କୁ ନ କହି ରହିପାରିଲୁ ନାହିଁ। ଯେଉଁମାନେ ସତତ ରାଜଭୋଗରେ ରତ ଅଛନ୍ତି କେବେ କି ତାଙ୍କୁ ପାଟମହାଦେଇଙ୍କ ଘରେ ଏରୂପ ଭୋଜନ କରିବାକୁ ମିଳଇ? ପାଟମହାଦେଇଙ୍କ ଅଲଗା ଖଦା ଏବଂ ରାଜାଙ୍କର ଅଲଗା ଖଦା। ପାଟମହାଦେଇଙ୍କ ଘରେ ଭୋଜନ କରିବା କଥା ତେଣିକି ଥାଉ ରାଜା ଭୋଜନ କରିବା ସମୟରେ ପାଟମହାଦେଇ ଉପସ୍ଥିତ ସୁଦ୍ଧା ରହି ପାରନ୍ତି ନାହିଁ। ଆମ୍ଭେମାନେ ଏ ଭୋଗରେ ପକ୍ଷପାତୀ ନୋହୁଁ। ଏ ରାଜଭୋଗକୁ ଦୂରୁ ଜୁହାର! ଏହାଠାରୁ ମଧ୍ୟବର୍ତ୍ତୀ

ଲୋକ-ମଧ୍ୟବର୍ତ୍ତୀ କାହିଁକି-ଗରିବ ଲୋକଙ୍କ ଭୋଗ ସୁଦ୍ଧା ଶତ ଗୁଣେ ଭଲା। ଯେତେବେଳେ ଭୋଜନସମୟରେ ସ୍ନେହମୟୀ ଭାର୍ଯ୍ୟା ବେଲାରେ ଦୁଧ ବାଢ଼ି ଆଣି ପଞ୍ଖା ଖଣ୍ଡିକ ଧରି ଦୁଧ ଶୀତଳ କରୁ କରୁ ବେଳେ ବେଳେ ସେହି ପଞ୍ଖାକୁ ଅଙ୍କୁଶରୂପେ ବ୍ୟବହାର କରତଃ ଦୁଷ୍ଟ ମାର୍ଜାରକୁ ତାଟିଆରୁ ମାରୁ ଝାଂପି ନେବା କ୍ରିୟାରୁ ରହିତ କରାଇ ସୁଧାମୟ ବଚନଜାଲ ବିସ୍ତାରପୂର୍ବକ ଦୁଇ ଗ୍ରାସ ଅଧିକ ଭୋଜନ କରିବାର ପଥ ପରିଷ୍କାର କରନ୍ତି ଅଥବା ସକାଳୁଁ ବେଲ ଦୁଇପ୍ରହର ପର୍ଯ୍ୟନ୍ତ ମୁଲଲାଗି ସ୍ୱାମୀ ଘରକୁ ଫେରି ଆସି ହେବାଗେବା ତେଲ ଲଗାଇ ସ୍ନାନାନ୍ତେ ଘରେ ପହୁଞ୍ଚିବା ମାତ୍ରକେ ଅତି ଯତ୍ନରେ କଂସା ଖଣ୍ଡିକରେ ପରିଷ୍କାର ତୋରଣୀ ବାଢ଼ି ଆଣି ପତ୍ରଖଣ୍ଡିକରେ ଦିଶୁ ଲୁଣ ଆଉ ମେଞ୍ଛାଏ ଶାକଭାଜି ରଖ୍ଦେଇ ନିକଟରେ ବସି ଆଉ ଗଣ୍ଠାଏ ଭାତ ଦିଏଁ, ବୋଲି କଟାଳ କରେ, ପାଠକେ! ସେତେବେଳେ ମନ କି ଇନ୍ଦ୍ରପଦ ଲାଭ କରଇ ନାହିଁ? ସେତେବେଳେ ଲୋକ କି ରାଜାଙ୍କ ଅଧୀନ ବୋଲି ବିସ୍ମୃତ ହୁଅଇ ନାହିଁ? ସେତେବେଳେ ମୁଲିଆ କି ନିଜର ମୁଲିଆତ୍ୱ ଭୁଲି ଯାଏ ନାହିଁ? ପାଠକେ! ରାଜଭୋଗ ଏହାଠାରେ କିବା ଛାର! ରାଜ୍ୟ ଚିରକାଳ ସେ ରାଜ-ଭୋଗ ଘେନି ରହନ୍ତୁ। ଆମ୍ଭେମାନେ ତାହା ନ ଚାହୁଁ!

ପିଢ଼ାପାଣିର ଆୟୋଜନ ହେଲାରୁ ପାଟମହାଦେଇଙ୍କ ସନ୍ଦେଶ ମତେ ରାଜା ନବରକୁ ବିଜେ କଲେ। ସଙ୍ଗେ ସଙ୍ଗେ ରଘୁନାଥ ମଧ୍ୟ ପାଟମହାଦେଇଙ୍କ ଘର ଭିତରକୁ ଆସିଲେ। ଭିନ୍ନ ଭିନ୍ନ ଆସନରେ ଉଭୟେ ବସିଲେ। ପାଟମହାଦେଇଙ୍କ ନିର୍ଦ୍ଦେଶ ମତେ ରସକଳା ସ୍ୱୟଂ ଭୋଜନପାତ୍ରାଦିରେ ଅନ୍ନ ବ୍ୟଞ୍ଜନାଦି ଆଣି ରାଜା ଓ ରଘୁନାଥ ସମକ୍ଷରେ ଥୋଇଦେଲେ। ଆଉ ଦୋହରା ପରିବେଶନ ଆବଶ୍ୟକ ହେବ ନାହିଁ ଏହିରୂପରେ ରାଜନବରରେ ଅନ୍ନବ୍ୟଞ୍ଜନାଦି ବଢ଼ା ହେବାର ରୀତି ଅଛି, ଏମନ୍ତ କି ବେଳେ ବେଳେ ଯାହା ବଢ଼ା ହୋଇଥାଏ ତାହା ଚାରିଜଣ ଲୋକ ସ୍ୱଚ୍ଛନ୍ଦରେ ଭୋଜନ କରିପାରିବେ। ପାଟମହାଦେଇ ଅନ୍ୟ ସମୟରେ ଅବା ନିଜେ ନିମନ୍ତ୍ରଣ କରିଥିବା ହେତୁ ଓ ଷଣ୍ଢ ରାଜାଙ୍କ ନବରର ବିଶେଷରୀତି ଅନୁସାରେ ରାଜାଙ୍କ ନିକଟରେ ବସିଥାନ୍ତେ ମାତ୍ର ଭାବୀ ଜାମାତା ଭୋଜନ କରିବାକୁ ଆସିଥିବା ହେତୁ ସ୍ୱଭାବସୁଲଭ-ଲଜ୍ଜାରେ ସେ ଘରେ ନ ରହି ତାହାକୁ ଲାଗିଥିବା ଅନ୍ୟ ଘରେ କପାଟ ଦରଆଉଜା କରି ବସି ଦେଖୁଥିଲେ ଏବଂ ରସକଳା ପ୍ରତିଦିନ ରାଜାଙ୍କ ଭୋଜନ ସମୟରେ ଯେପରି ବସନ୍ତି ସେହିପରି ଆଜି ମଧ୍ୟ ଅନତିଦୂରେ ବସି ଦୁଷ୍ଟମାର୍ଜାରକୁ ସମୟେ ସମୟେ ତାଡ଼ନା କରୁଥିଲେ।

ରାଜାଙ୍କର ନିମନ୍ତ୍ରଣ, ରାଜଘରେ ଭୋଜନ, ରାଜ-ଜେମାଙ୍କ ପରିବେଷଣ ଏବଂ ପାଟମହାଦେଇଙ୍କ ଅନୁରୋଧ ଏ ସମସ୍ତ ଏକତ୍ରିତ ହୋଇ ରଘୁନାଥଙ୍କୁ ଭୁଲାଇ

ଦେଇଥିଲା। ରଘୁନାଥ ରସକଲାଙ୍କୁ ଅଚେତନାବସ୍ଥାରେ ଆଣି ନବରରେ ପହୁଞ୍ଚାଇ ଦେଇ ଚାଲି ଯାଇଥିଲେ। ଭଲ କରି ଦେଖ୍ ନାହାନ୍ତି। ତହିଁଉଭାରୁ ପୁଣି ରାଜଭବନରେ ରାଜା-ଭୋଗରେ ଥାଇଁ ରାଜଭବନର ଉପଯୁକ୍ତ ବସ୍ତ୍ରାଳଙ୍କାରରେ ବିଭୂଷିତା ଥିବାରୁ ତାଙ୍କୁ ରଘୁନାଥ ଚିହ୍ନି ପାରି ନ ଥିଲେ ଏବଂ ରାଜଜେମା ବୋଲି ଅନୁମାନ କରିଥିଲେ। ମାତ୍ର ରାଜଜେମାଙ୍କୁ ରାଜ-ନିମନ୍ତ୍ରଣରେ କଟାକ୍ଷ କରିବାର ଅତି ଅନ୍ୟାୟ ବୋଲି ଜାଣୁଥିଲେହେଁ ରାଜଜେମାର ରୂପଲାବଣ୍ୟ, ଅଙ୍ଗଭଙ୍ଗୀ ଏବଂ ବସ୍ତ୍ରାଳଙ୍କାରରେ ମୋହିତ ହୋଇଯାଇ କେବଳ ସୌନ୍ଦର୍ଯ୍ୟ ଥରେ ଦେଖ୍ ନେବା ମାନସରେ ବେଳେ ବେଳେ ଜେମାଙ୍କ ଆଡ଼କୁ ଦୃଷ୍ଟି ପକାଇଥିଲେ। ଦୃଷ୍ଟି ତହିଁରେ ପରିତୃପ୍ତ ହେବାର ନୁହେଇ-ଯେତେ ଥର ଦୃଷ୍ଟି ପକାନ୍ତି ସେତେ ଥର ନୂଆ ପରି ଦେଖନ୍ତି।-ସେ ଅସୀମ ନବବ୍ୟ ରଘୁନାଥଙ୍କ ଚକ୍ଷୁଃ ଶେଷ ପାରିଲା ନାହିଁ!

ସେ ଯାହା ହେଉ ରାଜା ଓ ରଘୁନାଥ ଏହିପରି ଭୋଜନ କରିବାକୁ ବସିଲେ। ରାଜା ପଚାରିଲେ "ପଞ୍ଚନାୟକେ! ତୁମ୍ଭ ଘରେ ରୋଗୀ କିଏ ଥିଲା? ତୁମ୍ଭ ମାତାଙ୍କ ଶରୀର କିଛି ହୋଇଛି କି?" ରଘୁନାଥ ଉତ୍ତର କଲେ "ନା, ମାତାଙ୍କର ଶରୀର ଭଲ ଅଛି। ଆଉଜଣେ ସ୍ତ୍ରୀଲୋକ କଠିନ ରୋଗରେ ପଡ଼ିଥିଲେ।"

ରାଜା ପୁନର୍ବାର ପଚାରିଲେ "ତୁମ୍ଭ ଘରେ ଆଉ ଗୋଟିଏ ସ୍ତ୍ରୀଲୋକ କିଏ?

ରଘୁନାଥ କହିଲେ "ଛାମୁଙ୍କୁ ଜଣା ନାହିଁ। ନବଗ୍ରାମରୁ ଆଉ ଗୋଟିଏ ରମଣୀଙ୍କି ଆଣିଥିଲି।"

ରସକଲା ସଜାଡ଼ି ହୋଇ ବସିଲେ। କଥାଭଙ୍ଗୀରୁ ମନେକଲେ ନିଶ୍ଚୟ ଅପାର କଥା ପଡ଼ିଅଛି ଏବଂ ସେହି ହେତୁରୁ ଘନ ଘନ ସୋସ୍ବକଟିଉରେ ରଘୁନାଥଙ୍କ ମୁଖକୁ ଅନାଇ ରହିଥିଲେ। ରାଜା ପୁଣି ପଚାରିଲେ "କାହିଁ ମୋତେ ତ ଆର ରମଣୀର କଥା କହି ନାହଁ? ତୁମ୍ଭେ ଚିହ୍ନୁଛ ତ ତୁମ୍ଭେ ଯେଉଁ ରମଣୀଙ୍କି ଆଣି ଆମ୍ଭ ନବରରେ ଛାଡ଼ି ଦେଇଥିଲ ସେ ଏହି ରସକଲା।"-

ରସକଲା ଟିକିଏ ଲଜ୍ଜାଯୁତା ହୋଇ ମୁଖ ଉପରକୁ କିଞ୍ଚିତ୍‍ବସନ ଟାଣି ଆଣିବା ସଙ୍ଗେ ସଙ୍ଗେ ମାର୍ଜ୍ଜାରକୁ ତାଡ଼ନା କରିବା ଦ୍ୱାରା ମନୋଭାବ ଗୋପନ କଲେ। ରାଜା ବାକ୍ୟ ଶେଷ କରି ନ ଥିଲେ, କହିଲେ "ରସ ଅନେକ ସମୟରେ କଲାବତୀ ବୋଲି ଡାଉ ଅପା ଅଛି କହେ ଆଉ ମୋତେ ଓ ପାଟମହାଦେଇଙ୍କି ତାହା କଥା ପଚାରେ ମାତ୍ର ଆମ୍ଭେମାନେ କିଛି ବୁଝ୍ ନ ପାରି ତାକୁ ମିଥ୍ୟା ପ୍ରବୋଧ ଦେଉଁ। ସେହି ରମଣୀର ନାମ କଲାବତୀ? ସେ ଭଲ ଅଛି ତ?"

ରଘୁନାଥ ଉତ୍ତର କଲେ "ଦୁଇଜଣ ରମଣୀଙ୍କି ଏକସ୍ଥାନରେ ରଖ଼ିବା ଭଲ ବିବେଚନା ନ କରି ମୁଁ ଛାମୁକୁ ନ ଜଣାଇ ତାକୁ ଘେନି ଯାଇଥ଼ିଲି। ଏହାଙ୍କଠାରୁ ତାଙ୍କର କିଛି ଅଧ଼ିକ ରୋଗ ହୋଇଥ଼ିଲା ମାତ୍ର ଈଶ୍ୱରଙ୍କ ଇଚ୍ଛାରୁ ସେ ସମ୍ପୂର୍ଣ୍ଣ ରୂପେ ଭଲ ହୋଇଛନ୍ତି। ଆଉ ଯେ ଅଳ୍ପ ଦୁର୍ବଳତା ଅଛି ତାହା ଅଳ୍ପ ଦିନେ ଭଲ ହୋଇଯିବ।"

କଳାବତୀଙ୍କର ରୋଗ-ବାର୍ତ୍ତା ଶୁଣି ରସକଳାଙ୍କ ହୃଦୟ ଫାଟି ଆସୁଥ଼ିଲା ମାତ୍ର ସଙ୍ଗେ ସଙ୍ଗେ ଆରୋଗ୍ୟବାର୍ତ୍ତା ଶ୍ରବଣ କରି ମନ ଆଶ୍ୱସ୍ତ ହେଲା। ତଥାପି ତାଙ୍କୁ ଦେଖ଼ିବା କାରଣ ପୂର୍ବଠାରୁ ମନ ଅଧ଼ିକ ଉତ୍ସୁକ ହେଲା। ରାଜା ପଚାରିଲେ 'ରସ, ତୋର ଅପାର କଥା ଶୁଣିଲୁ? ଦେଖ଼ିବାକୁ ମନ ହେଉଁଛି କି?"

ରସକଳା ଅଧୋବଦନରେ ଉତ୍ତର କଲେ "ଆପଣ ଅନୁଗ୍ରହ କଲେ ଦେଖ଼ିବି।"

ରାଜା ରସକଳାଙ୍କର ସରଳ ଉତ୍ତରରେ ଭୋଳ ହୋଇଗଲେ। କହିଲେ ପଟନାୟକେ! କଳାବତୀର ଶରୀରରେ ଆଉ ଟିକିଏ ବଳ ହୋଇଗଲେ ସପ୍ତାହ ମଧ୍ୟରେ ତାକୁ ଏଠାକୁ ପଠାଇ ଦେବ। ଏତେବେଳେ ଦୁଇ ଭଉଣୀଙ୍କ ଦେଖା ହେବା ଉଚିତ। ଆଉ ପାଟମହାଦେଇଙ୍କ ଅନୁରୋଧ ମଧ୍ୟ ମୋହର ଆନ୍ତରିକ ଅଭିଳାଷରୁ ମୁଁ କହୁଁଛି- ତୁମ୍ଭେ ରସକଳାକୁତ ଦେଖ଼ିଲ, ସେତ ମାନବୀ ନୁହେ-ସାକ୍ଷାଦ୍‌ଗନ୍ଧର୍ବକନ୍ୟା- ତାହାକୁ ଆମ୍ଭେମାନେ କନ୍ୟା ପ୍ରାୟ ପାଳନ କରୁଛୁଁ, ତୁମ୍ଭର ମଧ୍ୟ ସ୍ତ୍ରୀ ନାହିଁ ଆଉ ରସ ମଧ୍ୟ ରୂପଗୁଣରେ ଲକ୍ଷ୍ମୀ-ତୁମ୍ଭେ ତାକୁ ବିବାହ କରି ଆମ୍ଭମାନଙ୍କ ଚିତ୍ତାଭିଳାଷ ଚରିତାର୍ଥ କରାଇ ନିଜେ ସୁଖୀ ହୁଅ ଓ ବୃଦ୍ଧା ମାତାର ମନୋଽଭିଳାଷ ପୂରଣ କର।"

ରଘୁନାଥଙ୍କୁ ଏ କଥା ଅଡୁଆ ହେଲା। ରଘୁନାଥ କଳାବତୀଙ୍କି ବିବାହ କରିବାର ସିଦ୍ଧାନ୍ତ କରିଅଛନ୍ତି। ତହିଁରେ ପୁଣ ରାଜା ଏତେ ଆଗ୍ରହ କରି ଏ କଥା ପକାଇଲେ। ରାଜାରାଣୀଙ୍କ ସମ୍ମୁଖରେ ଏ କଥାରେ ଅସ୍ୱୀକାର ପ୍ରକାଶ କରିବା ନିତାନ୍ତ ଅମନୁଷ୍ୟତା ବୋଲି ବିବେଚନା କରି କହିଲେ "ଦେଖାଯିବ"।

ରାଜା ସେ ଉତ୍ତରରେ ସନ୍ତୁଷ୍ଟ ନ ହୋଇ କହିଲେ "ପଟନାୟକେ! ତାହା ହେବ ନାହିଁ। ଦେଖା ଯିବାର କଥା ନୁହେ। ତୁମ୍ଭେ ବିବାହ କରିବ ବୋଲି ସ୍ୱୀକାର ନ କଲେ ଆମ୍ଭେମାନେ ଛାଡ଼ୁ ନାହୁଁ।"

କି ଆପଦ! ମନୁଷ୍ୟର ଇଚ୍ଛା ଏକ ମାତ୍ର ଈଶ୍ୱରଙ୍କ ଇଚ୍ଛାହିଁ ଫଳବତୀ ହୁଅଇ। ରଘୁନାଥ ଇତସ୍ତତଃ ହୋଇ ବିଚାର କଲେ କପାଳରେ ଯାହା ଥାଉ ଏଭଳି ରାଜାରାଣୀଙ୍କ କଥାତ ଟଳାଦେଇ ନ ପାରୁଁ। ବାଧ ହୋଇ କହିଲେ "ଛାମୁର ସେତେବେଳେ ଆଦେଶ ହେଉଁଛ ମୁଁ କି ଅନ୍ୟଥା କରିପାରେ"।

ନବରର ଯାବତ୍ତ ସ୍ତ୍ରୀଲୋକ ଜଳ ଇତ୍ୟାଦି ବାଟେ ଭୋଜନକ୍ରିୟା ଦେଖୁଥିଲେ-ଏ କଥା ଶୁଣି ନବରରେ "ରସର ବର" ବୋଲି ଶବ୍ଦ ଚହଳି ପଡ଼ିଲା।

ଆଉ ରସକଳା। ପାଠକଙ୍କର ମନେ ଅଛିତ କଳାବତୀ ଓ ରସକଳାଙ୍କର ପ୍ରଥମ କଥାବାର୍ତ୍ତାରେ କଳାବତୀ ଟାହୁଲି କରି କହିଥିଲେ "ଦେଖିଲେ ବାହା ହେବାକୁ ମନ ହେବ"। ଆଉ ପ୍ରକୃତରେ ରଘୁନାଥଙ୍କୁ ଦେଖି ରସକଳା ବିମୋହିତା ହୋଇଥିଲେ। ଏ ବିବାଦପ୍ରସଙ୍ଗ ଶୁଣି ନ ଶୁଣିଲା ପ୍ରାୟ ଫଳରେ ମାର୍ଜ୍ଜାରକୁ ସ୍ନେହଭାବରେ ଦୁଇ କାଠ ଦେଇଥିଲେ।

ଭୋଜନ ସାରି ରାଜା ଓ ରଘୁନାଥ ତାମ୍ବୁଲ ନେଇ ଅନ୍ତଃପୁରରୁ ବାହାରକୁ ଗମନ କଲେ ଏବଂ ସ୍ତ୍ରୀଲୋକମାନେ ଅନ୍ତଃପୁରରେ ଅଶେଷ ମଙ୍ଗଳ ମନାସି ହୁଳହୁଳୀ ଦ୍ୱାରା ରସକଳାଙ୍କ ବିବାହର ମଙ୍ଗଳାଚରଣ କରି ଚତୁର୍ଦ୍ଦିକ କମ୍ପାଇ ଦେଇଥିଲେ।

ଚତୁସ୍ତ୍ରିଂଶ ପରିଚ୍ଛେଦ

ଏକାକିନୀ

ରଘୁନାଥ ବିଦାୟ ହୋଇ କୁଚଙ୍ଗ ଗଲା। ଉଭାରୁ କଳାବତୀ ଆଉ ରଘୁନାଥଙ୍କ ମାତା ତାଙ୍କ ଘରେ ରହିଗଲେ। ଆମ୍ଭେମାନେ ପୂର୍ବରୁ କହିଅଛୁଁ ଯେ କଳାବତୀ ଟିକିଏ ଆରୋଗ୍ୟ ହେଲା ମାତ୍ରକେ ବୃଦ୍ଧାର ସେବା କରିବାରେ ନିରତା ହୋଇଥିଲେ। ବର୍ତ୍ତମାନ ରଘୁନାଥ ଘରେ ନ ଥିବା କାଳରେ ସେ ବିଶେଷରୂପେ ସେବାକଲେ ଏମନ୍ତ କି ବୃଦ୍ଧା ଦେଖିଲେ ଯେ ସେବା କରିବାରେ କଳାବତୀ ରଘୁନାଥଙ୍କୁ ବଳିଗଲେ। ବୃଦ୍ଧା ସେ ସେବାରେ ପରମାପ୍ୟାୟିତା ହେଲେ ଏବଂ ପୂର୍ବରୁ ତାଙ୍କୁ ବଧୂରୁପେ ଗ୍ରହଣ କରିବାର ମାନସ ଥିବାରୁ ସେ ରଘୁନାଥଙ୍କ ହସ୍ତ ଗ୍ରହଣ କଲେ ପରମ ମଙ୍ଗଳ ହେବ ବୁଝିପାରିଲେ। ଏଣୁ କଳାବତୀଙ୍କ ଇତିହାସ ଜାଣିବା କାରଣ ବୃଦ୍ଧା କଳାବତୀଙ୍କି ଏକାକିନୀ ପାଇ ଅନେକ କଥା ପଚାରିଲେ ଏବଂ କ୍ରମେ କଳାବତୀଙ୍କର ଇତିହାସ ଜାଣିବା ସଙ୍ଗେ ସଙ୍ଗେ ସେ ଆଶା ବିଦୂରିତା ହେଲା।

କଳାବତୀ ବିଧବା। ବୃଦ୍ଧା କେତେ ମନେ ମନେ କଲେ 'ଆହା! ଏହୁଟି ବିଧବା ନୋହିଥାନ୍ତା କି! ରଘୁନାଥ ପ୍ରାଣପରି ଏହାକୁ ଦେଖିପାରେ-ବୋଧହୁଏ ଏ ବିଧବା ବୋଲି ରଘୁନାଥକୁ ଜଣା ନାହିଁ। ହାୟ! କାହିଁକି ବିଧାତା ଏପରି ରମଣୀଙ୍କ ବିଧବା କରଛି?' ବୃଦ୍ଧା ଏହିପରି ଚିନ୍ତା କରି ନାନା ମତେ ବିଧାତାଙ୍କୁ ନିନ୍ଦା କଲେ ଏବଂ ପୁତ୍ର ଫେରି ଆସିଲେ ଏହାଙ୍କ ସମ୍ବନ୍ଧେ ବିଶେଷ ବିଚାର କରିବାର ମାନସି ରହିଲେ।

ବିଧବା ବିବାହ ଶାସ୍ତ୍ର ନିଷିଦ୍ଧ। ପ୍ରାଣ ଥାଉଁ ବୃଦ୍ଧା ପୁତ୍ରକୁ ବିଧବା-ବିବାହ କରିବାକୁ ଦେବେ ନାହିଁ। ତଥାପି ମନ ଜାଣିବା କାରଣ ବୃଦ୍ଧା କଳାବତୀଙ୍କି ବିବାହ କରିବାର ଇଚ୍ଛା ଅଛି କି ନାହିଁ ପଚାରିଲେ। କଳାବତୀ କହିଲେ 'ମୁଁ ଆପଣଙ୍କ କନ୍ୟା, ରଘୁନାଥ ମୋର ଭାଇ। ଆଉ ବିଧାତା ତ ମୋତେ ବିଧବା କରିଚନ୍ତି-ବିବାହର କଥା ପଚାରିବାରେ ପ୍ରୟୋଜନ ନାହିଁ! ବୃଦ୍ଧା କଳାବତୀଙ୍କଠାରୁ ଏ ଉତ୍ତର ପାଇ ବଡ଼ ଆନନ୍ଦିତା ହେଲେ। ପୁତ୍ରବଧୂରୁପରେ ତାହାଙ୍କୁ ପାଇଥିଲେ ଅବଶ୍ୟ ବିଶେଷ ଆନନ୍ଦର

କଥା ହୋଇଥାନ୍ତା। ମାତ୍ର କଳାବତୀ ଅଳ୍ପବୟସରେ ବିଧବା ହୋଇ ଯେ ଏ ଉତ୍ତର ପ୍ରଦାନ କଲେ ଏଥିରେ ତାଙ୍କର ବାସ୍ତବିକ ଅପରିସୀମ ଆନନ୍ଦ ହୋଇଥିଲା।

କଳାବତୀ ସ୍ୱାମୀ ହରାଇ ରସକଳାଙ୍କୁ ଆପଣା ସଙ୍ଗିନୀ କରି ପାଇଥିଲେ ଏବଂ ମନେ କରିଥିଲେ ରସକଳାଙ୍କୁ ବିବାହ ଦେଇ ସୁଖ୍ୟନୀ ହେବେ। ମାତ୍ର ବିଧାତା ସେ ସୁଖରେ ବାଧା ଘଟାଇ ପୁଣି ସଂସାର-ସାଗରେ ତାଙ୍କୁ ଏକାକିନୀ କରି ପକାଇଲେ। ବୃଦ୍ଧାର ସେବା! କରିବାକୁ ଥିବାରୁ ସମୟ କଥଞ୍ଜିତ୍‌କଟି ଯାଉଅଛି ମାତ୍ର ଆଶାଭରସା ନ ଥିଲେ ସଂସାରରେ ବଞ୍ଚିବାକୁ କାହାର ଇଚ୍ଛା? ତେଣେ ରଘୁନାଥଙ୍କ ମନୋଭାବରୁ ସେ ରଘୁନାଥଙ୍କର ପ୍ରେମଚକ୍ଷୁରେ ପଡ଼ିଥିବାର ଜଣା ଯାଉଥିଲା। ଏ ହେତୁରୁ ଆପଣାର ସ୍ୱାମିର ରୂପ ଧାରଣ କରି ସ୍ୱାମିର ନାମ ଏବଂ ଭାବଭଙ୍ଗୀ ଓ ସ୍ୱର ଗ୍ରହଣ ପୂର୍ବକ କଳାବତୀଙ୍କ ନିକଟରେ ଉପସ୍ଥିତ ହୋଇଥିଲେ ସୁଦ୍ଧା ସେ ଭାବ ତାଙ୍କୁ ବିସ୍ତବତ୍‌ଜଣା ଯାଉଥିଲା।

ହାୟ! ମୃତସ୍ୱାମୀ ଜୀବତି ହେଉଥିଲେ ସଂସାର କେଡ଼େ ସୁନ୍ଦର ହୋଇଥାନ୍ତା। ସରଲା ବିଧବାମାନେ ମୃତସ୍ୱାମୀ ପାଇ ଈଶ୍ୱରଙ୍କ ଠାରେ ଅଶେଷ ଠାରେ ଅଶେଷ କୃତଜ୍ଞତା ପାଶରେ ଆବଦ୍ଧ ହୋଇ କେତେ ପ୍ରକାର ମଙ୍ଗଲ ବାଞ୍ଛା କରୁଥାନ୍ତେ! ଏବଂ ଈଶ୍ୱରଙ୍କର ତହିଁରେ ଅବା କ୍ଷତି କି ଥିଲା? ମାତ୍ର ତାହା ସଂସାରରେ ହେବାର ନୁହଇ। ବାସ୍ତବରେ ସତ୍ୟବାନ ପରି ଆପଣା ସ୍ୱାମୀ ଫେରି ଆସିଥିଲେ କଳାବତୀ ରଘୁନାଥଙ୍କ ନେଇ ସଂସାର କରିବାରେ କ୍ଷତି ନ ଥିଲା। କ୍ଷତି କାହିଁକି-ତାହା କରିବା ତ ଉଚିତ ଥିଲା ଏବଂ ତାହା ହୋଇଥିଲେ କେତେ ସୁଖର କଥା ହୋଇଥାନ୍ତା! ମାତ୍ର ସ୍ୱାମୀତ ଫେରି ଆସି ନାହାନ୍ତି ଏବଂ ଅନ୍ୟ ଲୋକ ରୂପଗୁଣାଦି ସର୍ବପ୍ରକାରରେ ସମାନ ହେଲେ ସୁଦ୍ଧା ତାଙ୍କୁ ପତିରୂପରେ କି ରୂପେ ଗ୍ରହଣ କରାଯାଇ ପାରେ? ଆଉ ବିଧବାର ଅନ୍ୟ ପତିଗ୍ରହଣଠାରୁ ବିଷପାନଦ୍ୱାରା ମରିବା ଲକ୍ଷଗୁଣେ ଶ୍ରେୟସ୍କର ବୋଲି କଳାବତୀ ବୁଝି ରଖିଥିଲେ। ତେଣୁ ରଘୁନାଥଙ୍କ ପ୍ରେମଚକ୍ଷୁରୁ କିରୂପେ ଅନ୍ତର ହେବେ ତହିଁର ଉପାୟ ଉଦ୍ଭାବନରେ ବଡ଼ ବ୍ୟସ୍ତ ହୋଇଗଲେ।

ରଘୁନାଥ କଳାବତୀଙ୍କ ସେବାଶୁଶ୍ରୂଷା ଯେପରିଭାବରେ କରି ତାଙ୍କର ପ୍ରାଣ ବଞ୍ଚାଇ ଅଛନ୍ତି ତହିଁରେ ଆପଣାର ଜୀବନସର୍ବସ୍ୱ ଦେବା କର୍ତ୍ତବ୍ୟ। ମାତ୍ର ଧର୍ମତ୍ୟାଗ କଦାପି କର୍ତ୍ତବ୍ୟ ନୁହଇ। ରଘୁନାଥ ପାଣିଗ୍ରହଣ କରିବାକୁ ଚାହିଁଲେ ସେ ପାଣିରେ ପଶିବେ ମାତ୍ର ସେ ପାଣିରେ ପଶି ରଘୁନାଥଙ୍କ ମୃତ୍ୟୁର କାରଣ ହେବାଠାରୁ ଆଉ ପାପ କି ଅଛି? ଏହି ରୂପେ କଳାବତୀଙ୍କ ମନ ବିଶେଷରୂପେ ଆଲୋଡ଼ିତ ହୋଇଥିଲା।

ତେଣେ ରଘୁନାଥ ମନେ ପାଞ୍ଚି ପାଞ୍ଚି ଅଛନ୍ତି କଳାବତୀଙ୍କ ବିବାହ କରିବେ। ସେ କଳାବତୀଙ୍କ ଇତିହାସ ଡ଼କାୟତୀ କରିବାକୁ ଗଲା ପୂର୍ବରୁ ଜାଣିଥିଲେ ଏବଂ ଆମ୍ଭମାନଙ୍କର ଆଧୁନିକ ନବ୍ୟ ଯୁବକଙ୍କ ପ୍ରାୟ ତାଙ୍କର ବିଧବାବିବାହ କରିବାକୁ ମନ ନ ଥିଲା। ବିଶେଷରେ କଳାବତୀ ଏକପ୍ରକାର ବାଲବିଧବା ଏବଂ ତହିଁ ସଙ୍ଗେ ତାଙ୍କର ଆଚରଣ, ବ୍ୟବହାର, କଥାବାର୍ତ୍ତା ଏବଂ ଚାଲିଚଳନ ମନୁଷ୍ୟରୁ ବାହାର ଅଟଇ। ଏଭଳି ରତ୍ନ କେବଳ ଅଜ୍ଞାନରେ ଅଯତ୍ନଭାବରେ ପଡ଼ିଥିବାର ରଘୁନାଥଙ୍କୁ ଜଣାଗଲା ଏବଂ ଅଜ୍ଞାନରୁ ରତ୍ନଲାଭ କରିବାରେ କ୍ଷତି ନ ଥିବା ସେ ବୁଝିଥିଲେ। ଏଣୁ କେତେମତେ କେହି ମନା କଲେ ସୁଦ୍ଧା ସେ ଏଭଳି ରମଣୀରତ୍ନକୁ ଛାଡ଼ି ଅନ୍ୟ କାହାରିକି ବିବାହ କରିବେ ନାହିଁ ବୋଲି କୃତସଂକଳ୍ପ ହୋଇଥିଲେ। କ୍ଷଣେ ନିତାନ୍ତ ବାଧ୍ୟ କଲେ ବୋଲି ରସକଳାଙ୍କ ସମ୍ମୁଖରେ ସେ ସେପରି ଉତ୍ତର ଦେଇଥିଲେ ମାତ୍ର କଳାବତୀ ଥାଉଁ ସେ ରସକଳାକୁ ଛୁଇଁବେ ନାହିଁ ବୋଲି ପଣ କରିଥିଲେ।

ଆଉ ମାତା? ମାତା ଅଧିକଦିନ ବଞ୍ଚିବେ ନାହିଁ। ବଞ୍ଚିଲେ ସୁଦ୍ଧା କଳାବତୀଙ୍କ ସେବାରେ ସେ ସନ୍ତୁଷ୍ଟା ଅଛନ୍ତି। ସୁତରାଂ ମାତା ବୋଧ ହୁଏ ଅମତ କରିବେ ନାହିଁ। ଅମତ କଲେ ମାତାଙ୍କ ମୃତ୍ୟୁ ଉତ୍ତାରୁ କଳାବତୀଙ୍କ ବିବାହ କରିବା ଶ୍ରେୟଃ ତଥାପି ଅନ୍ୟ ରମଣୀ ଗ୍ରହଣ କରିବେ ନାହିଁ ବୋଲି ସ୍ଥିର ସିଦ୍ଧାନ୍ତ କରି ରଖିଲେ।

ହାୟ! ଏକଥା ରସକଳା ଜାଣିଥିଲେ କାହିଁକି ରଘୁନାଥଙ୍କୁ ଦେଖିଲା ମାତ୍ରକେ ତାଙ୍କଠାରେ ମନଃପ୍ରାଣ ଅର୍ପଣ କରିଥାନ୍ତେ। ଯାଉ ସେ କଥାରେ ବର୍ତ୍ତମାନ ଆମ୍ଭମାନଙ୍କର ପ୍ରୟୋଜନ ନାହିଁ। ରଘୁନାଥ କୁଞ୍ଜରୁ ଫେରିଆସି ଅଧିକ କ୍ଷଣ କଳାବତୀଙ୍କ ସଙ୍ଗେ ଦେଖା କରି ମନର ଅଭିଲାଷ ପୂରଣ କରିବାରେ କେତେ ସୁବିଧା ଖୋଜୁଥିଲେ ମାତ୍ର କଳାବତୀ ତ କେତେବେଳେ ବୃଦ୍ଧାର ସେବାରୁ ଅନ୍ତର ହୋଇ ରହନ୍ତି ନାହିଁ। ସୁତରାଂ ଏକାନ୍ତରେ ଦେଖାହେବା ଏକପ୍ରକାର ଅସମ୍ଭବ ହୋଇ ପଡ଼ିଲା।

ଦିନେ କଳାବତୀ ସ୍ୱୟଂ ଉପରୋକ୍ତ ରୂପ ଚିନ୍ତାଜାଲରେ ବିଶେଷ ଆଦୋଳିତା ହୋଇ ଦିବା ଦୁଇପ୍ରହର ସମୟରେ ରଘୁନାଥଙ୍କ ମାତା ଶୋଇଲା ଉତ୍ତାରୁ ଏକାକିନୀ ବାହାରକୁ ଯାଇ ନଦୀତୀରସ୍ଥ ଉପବନରେ ବସି ଦୁରସ୍ଥ ଜଳରେଖା ଓ ତତ୍ସନ୍ନିକଟସ୍ଥ ମରୀଚିକାର ସୁନ୍ଦର ଖେଳା ଦେଖି ଚିନ୍ତାମୟୀ ଅଛନ୍ତି ଏମନ୍ତ ସମୟରେ ବିଧିନିର୍ଦ୍ଦେଶମତେ ପଛରୁ ରଘୁନାଥ ଯାଇ ନିକଟରେ ଠିଆ ହୋଇ କହିଲେ, ''କଳାବତୀ!''

ପଞ୍ଚତ୍ରିଂଶ ପରିଚ୍ଛେଦ

ହୃଦୟୋଦ୍ଘାଟନ

କଳାବତୀ ଚମକି ପଡ଼ି ପଛକୁ ଅନାଇ ଦେଖିଲେ ଯେ ଯାହା ମନେ କରିଥିଲେ-ସ୍ୱୟଂ ରଘୁନାଥ ଆସି ଦଣ୍ଡାୟମାନ। ହାୟ! ନିର୍ଦୟ ବିଧି ସ୍ୱାମିରୂପରେ ସୃଷ୍ଟିକରି କାହିଁକି ଏହାକୁ ଅନ୍ୟ ସ୍ଥାନରେ ସ୍ଥାପିତକଲେ? ଏହାଙ୍କୁ ସ୍ୱାମିରୂପରେ ସୃଷ୍ଟି କରିବାରେ ଅବା ତାତ୍ପର୍ଯ୍ୟ କିସ? ଏଥିରେ ମନରେ ଯେ କଷ୍ଟ ହୁଅଇ ତାହା କି କାଗଜକଲମରେ ଲେଖାଯାଇ ପାରେ? ସମ୍ମୁଖରେ ଭୋଜନପାତ ଥାଉଁ ଯେ କ୍ଷୁଧାର୍ତ ଭୋଜନ କରି ନ ପାରେ ତାହାର କଷ୍ଟ କି ବର୍ଣ୍ଣନୀୟ?-ପାଠକେ! କଳାବତୀ ବିଷମସମସ୍ୟାରେ ପଡ଼ିଲେ ଏବଂ କାହିଁକି ଏମନ୍ତ ସମୟରେ ଏକାକିନୀ ହୋଇ ଆସୁଥିଲେ ଏ ହେତୁ ଆପଣାକୁ ଶତଧିକ୍କାର ପ୍ରଦାନପୂର୍ବକ କହିଲେ "ଭାଇ! ଏତେବେଲେ ଏରୂପରେ ଏଠାରେ କାହିଁକି?"

ଏସମ୍ବୋଧନରେ ରଘୁନାଥଙ୍କ ଭେଲା ବୁଡ଼ିଗଲା। କଳାବତୀ ସ୍ଥିର ବୃଦ୍ଧିଶାଳିନୀ ରମଣୀ ବୋଲି ତାଙ୍କୁ ଜଣାଅଛି। ଏପର୍ଯ୍ୟନ୍ତ ସେ ମନେ କରିଥିଲେ କଳାବତୀ ତାଙ୍କୁ ବିବାଦ କରିବାକୁ ଅସମ୍ମତା ନ ଥିବେ। ମାତ୍ର ଆଜି ଏକାବେଲେ 'ଭାଇ' ସମ୍ବୋଧନରେ ସବୁ ଆଶା ଶେଷ ହେଲା। ଅନପେକ୍ଷିତ ରୂପେ ଏ ସମ୍ବୋଧନ ତାଙ୍କ କର୍ଣ୍ଣକୁହରରେ ପ୍ରବିଷ୍ଟ ହେବାରୁ ମସ୍ତକ ଭ୍ରମିଗଲା ଏବଂ ଦୀର୍ଘନିଶ୍ୱାସ ତ୍ୟାଗ କରି କଳାବତୀଙ୍କ ନିକଟରେ ବସି କହିଲେ "କଳାବତୀ! ସତେ କି ମୋତେ ସେ ଆଶା ତ୍ୟାଗ କରିବାକୁ ହେବ?"

କଳାବତୀ ସେ ସମ୍ବୋଧନରେ ଆଶା ଫଳବତୀ ହୋଇଥିବାର ଜାଣି ମନେ ମନେ ଆନନ୍ଦିତା ହୋଇ ପଚାରିଲେ "କି ଆଶା?"

ରଘୁନାଥ ଧୀରେ ଧୀରେ ଅଧୋବଦନରେ ଉତ୍ତର କଲେ "କଳାବତୀ! ତୁମ୍ଭେ ଜାଣିଛ ମୋହର ଭାର୍ଯ୍ୟା ନାହିଁ। ତୁମ୍ଭଠାରେ ମୁଁ କି କପଟ କରିବି? ମୁଁ ତୁମ୍ଭକୁ ଦେଖିଲା କ୍ଷଣି ମନେ କରଥିଲି ତୁମ୍ଭକୁ ବିବାହ କରି ମୋର ଏବଂ ମାତାଙ୍କର ଦୁଃଖ

ମୋଚନ କରିବି! ମୋର ଆଉ ସଂସାରରେ କିଏ ଅଛି? ମୋର ଗୁଣବତୀ ଭାର୍ଯ୍ୟ ସଂସାର ତ୍ୟାଗ କରି ଗଲା ଦିନରୁ ଆଉ କାହାରିକି ମୁଁ ଆପଣା ପରି ଦେଖୁ ନ ଥିଲି! କଳାବତୀ! ଅଧିକ କି କହିବି ମୋର ଭାର୍ଯ୍ୟାର ରୂପ ଗୁଣ ତୁମ୍ଭଠାରେ ଦେଖି ମୁଁ ମନେ କରିଥିଲି ବିଧି ତୁମ୍ଭଙ୍କୁ ମୋ ପାଇଁ ଗଢ଼ିଛନ୍ତି!"-କହୁଁ୍ ରଘୁନାଥ କାନ୍ଦି ପକାଇଲେ।

କଳାବତୀ ତତ୍‌କ୍ଷଣାତ୍‌ଅଧୀରା ହୋଇ ବସ୍ତ୍ରାଞ୍ଚଳରେ ରଘୁନାଥଙ୍କ ଲୁହ ପୋଛି ଦେଇ କହିଲେ "କାନ୍ଦ ନାହିଁ। ବର୍ତ୍ତମାନ ଉପଯୁକ୍ତ ସମୟ ମିଳିଛି-ପରସ୍ପର ମନ ଖୋଲି କଥା କହି ହୃଦୟ ଶାନ୍ତ କରିବୁଁ।" ରଘୁନାଥ ଏ ସୁଧାମୟ କଥାରେ କଥଞ୍ଚିତ୍‌ଆଶ୍ୱସ୍ତ ହୋଇ କହିଲେ "ତୁମ୍ଭପରି ରମଣୀ ଘରଣୀ ହେଲେ ମୋର ସବୁ ଦୁଃଖ ପାସୋରି ଯିବ ବୋଲି ମନେ କରିଥିଲି, ମାତ୍ର ତୁମ୍ଭେ ତ ମୋତେ ଆଜି ଭାଇ ବୋଲି ଡ଼ାକିଲ! କଳାବତୀ! କପଟ ନ କରି ଯଥାର୍ଥ କହ ତୁମ୍ଭର ଅଭିପ୍ରାୟ କିସ?

କଳାବତୀ କହିଲେ "ଭାଇ! ମୁଁ ଅନେକ ଭାବି ଚିନ୍ତି ତୁମ୍ଭଙ୍କୁ ଭାଇ ବୋଲି ଡ଼ାକିଚି। ବିଧାତା ମୋତେ ତୁମ୍ଭଙ୍କୁ ଭାର୍ଯ୍ୟାର ରୂପଗୁଣ ଦେଇ ଗଢ଼ିଥିବା ସମୟରେ ତୁମ୍ଭଙ୍କୁ ମଧ ମୋହର ସ୍ୱାମିର ରୂପଗୁଣ ଏବଂ ନାମ ପର୍ଯ୍ୟନ୍ତ ଦେଇ ଗଢ଼ିଛନ୍ତି। ମାତ୍ର ବିଧବାର ବିବାହ କି ରୂପରେ ସମ୍ଭବ ହୋଇପାରେ? କିରୂପରେ ମନଃପ୍ରାଣ ସମାପଣ କରି ସାରି ଧର୍ମତଃ ଅନ୍ୟକୁ ସମର୍ପଣ କରାଯାଇ ପାରେ? ନୋହିଲେ ତୁମ୍ଭେ ମୋତେ ଯେ ସଙ୍କଟରୁ ଉଦ୍ଧାର କରି ଆଣି ବଞ୍ଚାଇତ ତୁମ୍ଭର ଘରଣୀ ହୋଇ ସେ ରଣା କିଛି ହେଲେ ପରିଶୋଧ କରିବାକୁ ମୁଁ ନାସ୍ତି କରି ନ ଥାନ୍ତି।" କହୁଁ କହୁଁ କଳାବତୀ ମଧ କାନ୍ଦି ପକାଇଲେ! ରଘୁନାଥ ନିଜ ବସ୍ତ୍ରରେ କଳାବତୀଙ୍କ ଚକ୍ଷୁରୁ ଅଶ୍ରୁ ପ୍ରୋଞ୍ଛନ କରି କହିଲେ "କଳାବତି! ବିଧବାର ବିବାହରେ ଦୋଷ କି ଅଛି? ବିଧି ଯେବେ ଆଶ୍ଚର୍ଯ୍ୟ ପ୍ରକାରରେ ଆମ୍ଭମାନଙ୍କୁ ସ୍ତ୍ରୀ ସ୍ୱାମୀ ରୂପରେ ଗଢ଼ିଛନ୍ତି ବିଧିଙ୍କ ବାଞ୍ଛା ପୂରଣକରିବାକୁ ହେବ।"

କଳାବତୀ ଧୀରଭାବରେ ଉତ୍ତର କଲେ "କିଏ କହି ପାରିବ ଯେ ବିଧିବାଞ୍ଛା ମୁଁ ତୁମ୍ଭଙ୍କୁ ପତିରୂପରେ ଗ୍ରହଣ କରେଁ? ମୋହର ସ୍ୱାମୀ ସଂସାରରୁ ତିରୋହିତ ହୋଇଥିଲେ ସୁଦ୍ଧା ଧର୍ମତଃ ମରି ନାହାନ୍ତି। ଲୋକେ ଧର୍ମତଃ ମରନ୍ତି ନାହିଁ। ମୁଁ ମନେ ମନେ ବେଶ ବୁଝିଛି ମୋର ସ୍ୱାମୀ ସ୍ୱର୍ଗରେ ଅଛନ୍ତି। ପୃଥିବୀରେ ମୋହର କାର୍ଯ୍ୟ ଶେଷ ହୋଇନାହିଁ। ତାହା ଶେଷ ହେଲେ ବିଧିନିର୍ଦ୍ଦେଶମତେ ମୁଁ ପ୍ରବାସରୁ ଯାଇଁ ନିଜ ଘରେ ସ୍ୱାମୀ ପ୍ରାପ୍ତ ହେବି। ତୁମ୍ଭଙ୍କୁ ପତିରୂପରେ ଗ୍ରହଣ କଲେ ମୋର ସେ ଅଭିଳାଷ ସିଦ୍ଧ ହେବ! ନାହିଁ କିମ୍ବା ତାହା ଈଶ୍ୱରଙ୍କ ଅଭିପ୍ରେତ ନୁହଇ।"

ଆଉ ଉତ୍ତର ନାହିଁ। ଧର୍ମରେ ଯାହାର ଆସ୍ଥା ଅଛି ତାହାର ଆଉ ଏଥିକି ଉତ୍ତର ନାହିଁ। ରଘୁନାଥ ପୁଣି ଏକ ଦୀର୍ଘନିଶ୍ୱାସ ପକାଇ କହିଲେ "କଳାବତୀ! ଆଉ ମୁଁ ସେ କଥା କହିବି ନାହିଁ। ମୁଁ ତୁମ୍ଭପରା ଲୋକର ମନରେ ଆଘାତ ପ୍ରଦାନ କରିବାକୁ ତିଳେମାତ୍ର ବାଞ୍ଛା ନ ରଖେ। ତୁମ୍ଭେ ଏତେ କଷ୍ଟ ସହିଲା ଉତ୍ତାରୁ ସୁଖରେ କେତେକ ଦିନ ଅତିବାହିତ କର ଏହା ମୋହର ଏକାନ୍ତ ଅଭିଳାଷ। ତୁମ୍ଭର ଯେବେ ତାହା ଅଭିମତ ନୁହେ ମୁଁ ମଧ ତାହା ବଳରେ କରିବାକୁ ଯାଇଁ ତୁମ୍ଭ ମନରେ କଷ୍ଟ ଦେବାକୁ ବାଞ୍ଛା ନ କରେଁ।" କଳାବତୀ ଏରୂପ କଥାରେ ପରମାହ୍ଲାଦିତା ହୋଇ କହିଲେ "ଭାଇ! ତୁମ୍ଭକୁ ଦେଖି ଓ ତୁମ୍ଭର କଥା ଶୁଣି ପ୍ରଥମରୁ ମୋହର ସ୍ୱାମୀ ବୋଲି ଭ୍ରମ ହୋଇଥିଲା ମଧ କେତେମତେ ମନେ କରିଥିଲି ଈଶ୍ୱର ବୋଧହୁଏ ଆମ୍ଭକୁ ସ୍ୱାମୀ ଫେରାଇ ଦେଲେ। ମାତ୍ର ସଂସାରରେ ସବୁକଥା ଏକଆଡ଼େ ଆଉ ଧର୍ମ ଅନ୍ୟଆଡ଼େ। ଧର୍ମହୀନ ହୋଇ ବଞ୍ଚିବାଠାରୁ ମରିବା ଶତଗୁଣେ ଭଲ। ତୁମ୍ଭେ ମନରେ ଚିନ୍ତା ନ କର। ଧର୍ମ ଲୋଡ଼ୁଥିଲେ ଈଶ୍ୱର ଅବଶ୍ୟ ଆମ୍ଭମାନଙ୍କର ମଙ୍ଗଳ ସାଧନ କରିବେ।"

ଏଥୁ ଉତ୍ତାରୁ ଉଭୟେ କିୟତ୍କାଳ ନୀରବ ହୋଇ ରହିଲେ। ଉଭୟଙ୍କ ସ୍ଥାନରେ ଧର୍ମ ଗୁରୁତରରୂପେ କାର୍ଯ୍ୟକରି ଆପଣା ମହତ୍ତ୍ୱ ଠିକ୍‌ରଖିଲା ଏବଂ ମ୍ଲାନହେବା ଦୂରେ ଥାଉ ଧର୍ମଜୀବନରେ ଉଦ୍ଦୀପିତ ହୋଇ ଉଭୟଙ୍କ ମୁଖମଣ୍ଡଳ ପ୍ରସନ୍ନ ଦିଶିଲା। ପରେ କଳାବତୀ ଖଣ୍ଡିଏ କୁଟାରେ ଭୂମିରେ ଗାର କାଟୁ କାଟୁ କହିଲେ "ଭାଇ! ମୋର ଗୋଟିଏ ଭଉଣୀ ଥିଲା-ତାହାର ନାମ ରସକଳା।-ତାହା ବିନା ମୋର ମନ ବଡ଼ ଘାଷ୍ଟି ହେଉଚି। ତୁମ୍ଭେ ତାହାର ଠିକଣା କିଛି କହି ପାରିବ?'

ରଘୁ।-ସେ କୁଜଙ୍ଗ ରାଜାଙ୍କ ଅନ୍ତଃପୁରରେ ଅଛନ୍ତି।

କଳା।-ରାଜାଙ୍କ ଅନ୍ତଃପୁରରେ ଥିବାର ତୁମ୍ଭେ କିରୂପେ ଜାଣିଲ? ଶୁଣିଚ? ଶୁଣିବା କଥା କେତେ ସତ, କେତେ ମିଛ!

ରଘୁ।-ମୁଁ ଦେଖିଆସିଛି!

କଳା।-ତୁମକୁ ରାଜା ଆମନ୍ତ୍ରଣ କରିଥିବାର କହିଯାଇଥିଲ-ତୁମେ କି ଅନ୍ତଃପୁର ଭିତରକୁ ଯାଇଥିଲ? ଭାଇ! ସତକରି କହିଲ ତୁମେ ରସକୁ ଦେଖିଚ?

ରଘୁ।-ମୋତେ ରାଜା ନଅର ଭିତରକୁ ଘେନି ଯାଇ ଥିଲେ-ଦୁହେଁ ସଙ୍ଗ ହୋଇ ଖାଇଲୁଁ। ରସକତା ନିଜେ ପରିବେଷଣ କରିଥିଲେ ଆଉ ଆମ୍ଭେମାନେ ଖାଇଲା ବେଳେ ନିକଟରେ ବସି ବିଲେଇ ତଡ଼ୁଥିଲେ।

କଳା।-ରସ ମୋର ଭଲ ଅଛି?

ରଘୁ।-ଭଲ ଅଛନ୍ତି? ରାଜା ତାଙ୍କୁ ବଡ଼ ଦେଖ୍ପାରନ୍ତି।

କଳାବତୀ ରସକଳାଙ୍କର ଶୁଭସମ୍ବାଦ ପାଇ ଅତୀବ ଆନନ୍ଦିତା ହେଲେ ମାତ୍ର ସଙ୍ଗେ ସଙ୍ଗେ ଭାଇଙ୍କ ବିଷୟରେ ସନ୍ଦେହ ଜାତ ହେଲା। ନବଗ୍ରାମଆଡ଼େ ଭୂୟାଁମାନେ ବେଳେ ବେଳେ ଡ଼କାୟତୀ କରନ୍ତି ଏବଂ ପୌଷପୂର୍ଣ୍ଣମୀରାତ୍ରେ କାନ୍ଦ ପଡ଼ିବା ଶବ୍ଦ ଶୁଣିବା ମାତ୍ରକେ ଭୂୟାଁଙ୍କ କର୍ତ୍ତୁକ ଡ଼କାୟତୀ ଘଟିବାର ଅନୁମତି ହେବା ସଙ୍ଗେ ସଙ୍ଗେ କଳାବତୀ ଓ ରସକଳା ମୂର୍ଚ୍ଛିତା ହୋଇ ପଡ଼ିଥିଲେ-ଆଉ କିଛି ତାଙ୍କୁ ଜଣା ନାହିଁ। ବର୍ତ୍ତମାନ ଆରୋଗ୍ୟ ଲାଭକରି କଳାବତୀ ମନେ ମନେ ଭଉଣୀଙ୍କ ଖୋଜି ମନୋମଧ୍ୟରେ ନାନା ପ୍ରକାର ତର୍କ ପାଞ୍ଚୁ ଥିଲେ ଏବଂ ରସକଳା କୁଜଙ୍ଗ ନବରରେ ଥିବାର ଜ୍ଞାତ ହୋଇ ଭୂୟାଁମାନେ ଡ଼କାୟତୀ କରି ରସକଳାଙ୍କୁ କୁଜଙ୍ଗରାଜାଙ୍କୁ ଭେଟିଥିବାର ସହଜରେ ବିଶ୍ୱାସ ହୋଇଗଲା। ମାତ୍ର ନିଜେ କିପରି ରଘୁନାଥଙ୍କ ଘରକୁ ଆସିଲେ? ରଘୁନାଥ କି ଡ଼କାୟତଙ୍କ ମଧ୍ୟରେ ଜଣେ? ଏଭଳି ସୁନ୍ଦର ଦୟା-ରସ-ପୂର୍ଣ୍ଣ ପୁରୁଷ କି କେବେ ଡ଼କାୟତୀରେ ଲିପ୍ତ ଥିବାର ସମ୍ଭବ ହୋଇପାରେ? ଅଥବା ପୃଥ୍ବୀରେ କିଛି ଅସମ୍ଭବ ନାହିଁ!-ଏହିପରି ନାନା ପ୍ରକାର ତର୍କ କଳାବତୀଙ୍କ ମନରେ ଉଦିତ ହେଲା। କଳାବତୀ ଡ଼କାୟତୀକର୍ତ୍ତୁକ ଅନୀତା ହୋଇ ଡ଼କାୟତୀଘରେ ଥାଉ ଡ଼କାୟତଠାରେ କୃତଜ୍ଞତାପାଶରେ ଜଡ଼ିତା ହୋଇଅଛି! ଅହୋ! ପୁଣି କ'ଣନା ସେହି ଡ଼କାୟତ ହସ୍ତ ଧାରଣ କରିବାର ପ୍ରସ୍ତାବ କରୁଥିଲା! ଏବଂ କୃତଜ୍ଞତାପାଶରେ ନିତାନ୍ତ ଜଡ଼ିତା ହୋଇ ଡ଼କାୟତକୁ ଭାଇ ବୋଲି ଡ଼ାକିବାକୁ ହେଲା! କଳାବତୀ ଡ଼କାୟତର ଭଉଣୀ! ଏବଂ ଡ଼କାୟତର ସେବାକାରିଣୀ!!-ଏହିରୂପେ ନାନା ଚିନ୍ତା ମନୋମଧ୍ୟେ ଛାଗରିତା ହୋଇ କଳାବତୀଙ୍କ ରକ୍ତ ଉଷ୍ଣ କରିଦେଲା। କଳାବତୀ କହିଲେ "ଭାଇ! ମୁଁ ଗୋଟିଏ କଥା ପଚାରିବି ମନରେ ଆନ ନ ଭାବି ନିଷ୍କପଟ ହୋଇ ଯଥାର୍ଥ ଉତ୍ତର ଦେବ ଟିକି?"

ରଘୁନାଥ ଚତୁର ଲୋକ। ପୁଣି ଚୋରର ମନ ଗର୍ଭିରେ। କଳାବତୀଙ୍କ ଭାବଭଙ୍ଗୀରୁ ସେ ଅନୁମାନ କରିଥିଲେ ଯେ ସେହି କଥା ପଚାରିବାକୁ କଳାବତୀ ଯାଉ ଅଛନ୍ତି ଏବଂ ସାହସ ବାନ୍ଧ ନିଷ୍କପଟଭାବରେ ସମୁଦାୟ ଯଥାଯଥ ବ୍ୟକ୍ତକରି କଳାବତୀଙ୍କ ମନୋଭାବ ଜାଣିବା କାରଣ ତେଷ୍ଟିତ ହୋଇ କହିଲେ "ତୁମ୍ଭଠାରେ ମୁଁ କପଟ କରି ମିଥ୍ୟାକଥା କାହିଁକ କହିବି? ଏ ଦେହକୁ ଏପର୍ଯ୍ୟନ୍ତ ମିଥ୍ୟାକଥାରୂପ ପାପ ସ୍ପର୍ଶ କରି ନାହିଁ।"

କଳା।-ଭାଇ! ମୋ ମନରେ ହେଉଚି, ତୁମେ ଡ଼କାୟତଙ୍କ ମଧ୍ୟରେ ଥିଲ।

ରଘୁ।-କିରୂପେ?

କଳା।–ନୋହିଲେ, ମୁଁ ଏଠାକୁ ଆସିଲି କିରୂପେ? ରସ ଆଉ ମୁଁ ଦୁହେଁ ଏକାଠି ଥିଲୁ। ରସକୁ ଭୁଞ୍ଆ ଏ ଆସି ମୋତେ କି ଛାଡ଼ି ଆସନ୍ତେ? ଭୁଞ୍ଆଙ୍କ ଠାରୁ ମଧ ତୁମେ ଛଡ଼ାଇ ଆସି ପାରି ନ ଥାନ୍ତ।

ରଘୁ।–ମୋ ଦେହରେ କି ଅଛ ବଳ ଅଛି?

କଳା।–ନା, ତୁମ ଦେହରେ ହଜାର ବଳ ଥାଉ ଭୁଞ୍ଆଙ୍କ ବଳ କାହାରିଠି ନାହିଁ। ଆଉ ଛଡ଼ାଇ ଆଣିଥିଲେ ରସକୁ କି ଛଡ଼ାଇ ଆଣି ନ ଥାନ୍ତ?

ରଘୁ।–ମୋର ଯେବେ ଜଣକୁ ଛଡ଼ାଇ ଆଣିବାକୁ ମନ ହେଲା?

କଳାବତୀ ଚାହୁଁଲି ବୁଝିପାରି ମୃଦୁମଧୁର ଭାବରେ ହସି କହିଲେ "ଭାଇ! ତୁମେତ କହିଲ ନାହିଁ, କପଟ କଲ, ମୁଁ ଆଉ ପଚାରିବି ନାହିଁ।–

ରଘୁନାଥ ମଧ ମୃଦୁହାସ୍ୟ କରି କହିଲେ "କହ କହ, ମୁଁ ଆଉ ସେପରି କହିବି ନାହିଁ।–ତୁମେ ତ କାହା ଆଗେ କହିବ ନାହିଁ?"

କଳା।–ମୋର ଆଉ ଏ ସଂସାରରେ କିଏ ଅଛି ଯେ କାହାଆଗେ କହିବି– ଆଉ ତୁମେ ପୁଣି ତହିଁରେ ମୋର ପ୍ରାଣ ବଞ୍ଚାଇ ମୋତେ କିଣି ନେଇଚ।

ରଘୁ।–ମୁଁ ଡକାୟତଙ୍କ ମଧରେ ଥିଲି।

କଳା।–ରୋଷନୀ କାହାର ହୋଇଥିଲା?–ନାୟେବ କି ସତେ ଅଭିଷେକ– ରୋଷନୀ କରୁଥିଲେ?

ରଘୁ।–ମୁଁ ନାୟେବ ହୋଇଥିଲି। ରୋଷନୀ ଆୟ୍ୟର।

କଳା।–ରୋଷନୀ କରି ଡକାୟତୀ କରିବାର ଅଭିପ୍ରାୟ କିସ?

ରଘୁ।–ଯେଉଁ ଶ୍ରମଜୀବିମାନେ କାର୍ଯ୍ୟ ବିନା ଗଡ଼ି ମରୁଥିଲେ ସେମାନଙ୍କୁ ପ୍ରଚୁର ଅର୍ଥସାହାର୍ଯ୍ୟ କରି କାର୍ଯ୍ୟ ନେବାହିଁ ରୋଷନୀର ଅଭିପ୍ରାୟ।

କଳା।–ତୁମେ କିପରି ନାୟେବ ହେଲ?

ରଘୁ।–ଯେଉଁ କାର୍ଯ୍ୟ ସୁବାଦାର କଲେ ନାହିଁ ମୁଁ ପ୍ରକାରାନ୍ତରେ ସେ କାର୍ଯ୍ୟ କଲେ ତାଙ୍କର ନାୟେବ ନ ହୋଇ ଆଉ କି ହେଲି?

କଳା।–ସୁବାଦାର କି ଡକାୟତୀ କରିଥାନ୍ତେ?

ରଘୁ।–ସୁବାଦାର ଉତ୍ତମରୂପେ ନ୍ୟାୟଭାବରେ ଦେଶଶାସନ କରିଥିଲେ ଆମ୍ଭେମାନେ ଡକାୟତୀ କରି ନ ଥାନ୍ତୁ। ସୁବାଦାରଙ୍କ କାର୍ଯ୍ୟ ଦେଶଲୋକଙ୍କର ପ୍ରାଣ ବଞ୍ଚାଇବା। ଆମ୍ଭେମାନେ ତାଙ୍କ ନିମିତ୍ତ ଘୋର ଦୁର୍ଭିକ୍ଷରୁ ଦେଶଲୋକଙ୍କର ପ୍ରାଣ ବଞ୍ଚାଇବା ପାଇଁ ଡକାୟତୀ କଲୁଁ।

କଳା।-ଉଦ୍ଦେଶ୍ୟ ଭଲ ହେଲେ ମଧ୍ୟ ଯାହାର ସର୍ବନାଶ କଲ ତାହାର କି ହେଲା?

ରଘୁ।-ଯାହାର ସର୍ବନାଶ କଲୁଁ ତାହାର ସର୍ବନାଶ ହେବା ବିଧ୍-ନିର୍ଦ୍ଦିଷ୍ଟ।-କଳାବତି! ତୁମ୍ଭର ପିତା ଅମନୁଷ୍ୟ! ସେ ବଞ୍ଚିଥିଲେ ଲୋକର କୌଣସି ଉପକାର ନାହିଁ।-ଯେଉଁ ଘୋର ଦୁର୍ଭିକ୍ଷ ଶୀଘ୍ର ଲକ୍ଷ ଲକ୍ଷ ମହାପ୍ରାଣିଙ୍କି ନଷ୍ଟ କରିବ ତହିଁ ମଧ୍ୟରୁ କାହାରି ମୁଠାଏ ସୁଦ୍ଧା ତୁମ୍ଭ ପିତାଙ୍କଠାରୁ ପାଇବାର ଆଶା ନ ଥିଲା।-ତାଙ୍କ ଧନରେ ଏରୂପେ କେତେ କେତେ ମହାପ୍ରାଣିଙ୍କ ଜୀବନ ରକ୍ଷା ହେବ!

କଳା।-ବିଧ୍ନିର୍ଦ୍ଦିଷ୍ଟ ବୋଲି ତୁମେ ଜାଣିଲ କିରୂପେ?

ରଘୁ।-କଳାବତି! ଭଲମନ୍ଦ ବିଚାର କରିବାର ମନୁଷ୍ୟର କ୍ଷମତା ଅଛି। ଆମ୍ଭେମାନେ ବିଚାର କରି ଯାହା ନିଷ୍ପତ୍ତି କଲୁଁ ତୁମ୍ଭର ହନୁମାନ ଦାସ ଓ ଗିରିଧରୀ ଦାସ ବାବାଜୀମାନେ ତାହା ସମର୍ଥନ କଲେ। ଆଉ ପାଞ୍ଚଙ୍କ ମତହିଁ ପରମେଶ୍ୱରଙ୍କ ମତ।-କଳାବତି! ଆହୁରି ଗୋଟିଏ କଥା ଜାଣି ରଖ, ତୋର କି ଡକାୟତମାନେ ଭଲଲୋକର ସର୍ବନାଶ କରନ୍ତି ନାହିଁ।

କଳା।-'ସେ ବାବାଜୀ ଆମ୍ଭମାନଙ୍କର ପିତା ଓ ଗୁରୁ।-' ଏହା କହି ଯୋଡ଼ହସ୍ତ ହୋଇ ବାବାଜୀଙ୍କ ଉଦ୍ଦେଶ୍ୟରେ ଦଣ୍ଡବତ୍ ହୋଇ କହିଲେ 'ତାଙ୍କ କଥାରେ କାହାରି କଥା କହିବାର ଶକ୍ତି ନାହିଁ। ମାତ୍ର ଦୁର୍ଭିକ୍ଷ ଈଶ୍ୱରପ୍ରେରିତ କି ନା?'

ରଘୁ।-ଈଶ୍ୱରପ୍ରେରିତ।

କଳା।-ତେବେତ ଲକ୍ଷ ଲକ୍ଷ ମହାପ୍ରାଣୀ ମରିବା ଈଶ୍ୱରଙ୍କ ଅଭିପ୍ରେତ। ତୁମ୍ଭେମାନେ ଡକାୟତୀ କରିବାଦ୍ୱାରା ଯଦି କୌଣସି ପ୍ରାଣିଙ୍କି ବଞ୍ଚାଇବ ତେବେ ଈଶ୍ୱରଙ୍କ ବିରୁଦ୍ଧରେ କାର୍ଯ୍ୟ କରି ପାପର ଭାଗୀ ହେବ ନାହିଁ କି?

ରଘୁ।-ଠିକ୍ତର୍କ କରିଛ, କଳାବତି! ଆମ୍ଭେମାନେ ସେ ସବୁ କଥା ବିଚାର କରିଥିଲୁଁ। କୌଣସି ଉଦ୍ଦେଶ୍ୟ ବିନା ଈଶ୍ୱରଙ୍କର କିଛି କାର୍ଯ୍ୟ ହୁଅଇ ନାହିଁ। ସେ ଲୋକରେ ପ୍ରଭୂତ ଶିକ୍ଷା ଦେବା କାରଣ ଦୁର୍ଭିକ୍ଷରୂପେ କରାଳକାଳକୁ ପୃଥିବୀକୁ ପ୍ରେରଣ କରନ୍ତି। ଆମ୍ଭେମାନେ ଯାହା କରୁଛୁଁ ତାହା ସୁଦ୍ଧା ଏଥିର ଅନ୍ତର୍ଗତ। ଯେଉଁମାନଙ୍କର ବଞ୍ଚିବାର ଥିବ ସେମାନେ ଏତଦ୍ୱାରା ସାହାଯ୍ୟ ପାଇ ବଞ୍ଚିଯିବେ।

କଳା।-ମୁଁ ବୁଝିଲି।-ରସର ଘରବି ତୁମ୍ଭେମାନେ ଲୁଟିପାଟି ଆଣିଚ?

ରଘୁ।-ତାଙ୍କର ପିତାମାତା ମନୁଷ୍ୟ ହୋଇ ନୃଶଂସତାରେ ପଶୁଠାରୁ ବଳି ତାଙ୍କର ଘରଦ୍ୱାର ଲୁଟିନେଇ ପିତାମାତାଙ୍କୁ ଇହଲୋକରୁ ବିଦାୟ ଦେଇ ତାଙ୍କୁ ଆଣି

ରାଜନବରରେ ଛାଡ଼ିଛୁଁ। ସେ ରାଜନବରର ସମ୍ପୂର୍ଣ୍ଣ ଉପଯୋଗିନୀ-ସେଠାରେ ଗନ୍ଧର୍ବକନ୍ୟା-ରୂପରେ ପରମାନନ୍ଦରେ ରସକଳା ଦିନାତିପାତ କରୁଁଛନ୍ତି।

କଳା।-ଏହା ଶୁଣି, ଭାଇ, ମୋର ବାସ୍ତବରେ ଆନନ୍ଦ ଜାତ ହୋଇଚି। ରସର ପିତାମାତାଙ୍କର ଏହିରୂପେ ଜୀବନଲୀଳା ଶେଷ ହେବା ବାଞ୍ଛନୀୟ। ଆଉ ମୋର ପିତା ଭଙ୍ଗା ଘରଦ୍ୱାର ଦେଖ୍ଲା ମାତ୍ରକେ ଜୀବନ ଛାଡ଼ିଥ୍ବେ।

ରଘୁ।-ସେ ମଧ ନରାଧମ। ସୁବାଦାରଙ୍କ କୁମନ୍ତ୍ରଣାରେ ରହି ବିପୁଳ ବିଭବ ଥିଲେ ସୁଦ୍ଧା ଦଣ୍ଡ ନେବାକୁ ଅଗ୍ରସର। ତାଙ୍କର ବାସ୍ତବରେ ସେହିରୂପେରେ ଜୀବନ ଯାଇଛି।

କଳା।-ତୁମ୍ଭେ ଠିକ୍ଜାଣ?

ରଘୁ।-ହିଁ, ମୁଁ ସେ ସମ୍ବାଦ ପାଇଛି।

କଳାବତୀଙ୍କ ଅନ୍ତଃକରଣ ବଡ଼ କୋମଳ। ତିତାର ଓ ଆୟ୍ୟ ଲୋକର ମୃତ୍ୟୁସଂବାଦ ଶୁଣି କିଞ୍ଚିତ୍ଅଶ୍ରୁ ବିସର୍ଜନ କଲେ। ରଘୁନାଥ "କି କାନ୍ଦିଲ ଯେ" କହି ଆପଣା ବସ୍ତରେ ଲୋତକ ପ୍ରୋଞ୍ଛନ କରି ଦେଲେ। କଳାବତୀ କହିଲେ "ଭାଇ, ଯେତେ ହେଲେ ସେ ପରା ଏତେ ଦିନ ମୋତେ ପାଳିଥ୍ଲେ"।

ରଘୁନାଥ ପ୍ରବୋଧ ଦେଇ କହିଲେ "ସେ ପାଳିବେ କାହିଁକି? ଈଶ୍ୱରଙ୍କର ତଙ୍କଠାରୁ ଅର୍ଥଦଣ୍ଡ ନେବାର ଥିଲା ବୋଲି ଈଶ୍ୱର ତୁମ୍ଭକୁ ସେଠାରେ ବଢ଼ାଇଥ୍ଲେ। ନୋହିଲେ ପାଷଣ୍ଡ ତୁମ୍ଭକୁ ତେବେ ଦେଖ୍ପାରୁ ନ ଥିଲା କି ତୁମ୍ଭେ ତାହା ଘରକୁ ଯୋଗ୍ୟ ନ ଥିଲ। ଅଧିକ କି କହିବି ଆପଣାର ସର୍ବନାଶ ଶୁଣିଲାଠାରୁ କଟକଣୁ ନବଗ୍ରାମ ଯାକେ ଆସିବାଯାଏ ପାପିଷ୍ଟ କେବଳ ଧନଚିନ୍ତା କରୁଥ୍ଲା।-ତୁମ୍ଭକୁ ଟିକିଏ ସୁଦ୍ଧା ମନେ ପକାଇ ନାହିଁ"।

କଳାବତୀ ସେ କଥାମାନ ଏଡ଼ିବା ବାଞ୍ଛନୀୟ ଜ୍ଞାନ କରି ରଘୁନାଥଙ୍କ ହସ୍ତ ଧରି କହିଲେ "ଭାଇ, ମୋତେ ଆପଣାର ଭଉଣୀ ପରି ଦେଖ୍ବ ଆଉ ମୁଁ ଯାହା କହିବି ତାହା କରିବାକୁ କେବେ ଅନ୍ୟଥା କରିବ ନାହିଁ"।

ରଘୁନାଥ ଅକପଟ ହୃଦୟରେ କହିଲେ "କଳାବତି! ମୁଁ ଆଜିଠାରୁ ତୁମ୍ଭକୁ ସାନ ହେଲେ ସୁଦ୍ଧା ମୋର ଗୁରୁପ୍ରାୟ ମଣିଲି। ତୁମ୍ଭେ ପୂର୍ବଜନ୍ମରେ ମୋର ଭଉଣୀ ଥିଲ-ଏ ଜନ୍ମରେ ସୁଦ୍ଧା ଭଉଣୀ ରୂପରେ ଦେଖା ଦେଇ ସତ୍ଶିକ୍ଷା ଦେଲ। ତୁମ୍ଭ କଥା ମୁଁ ପ୍ରତିଜ୍ଞା କରି କହୁଛି କେବେ ଅନ୍ୟଥା କରିବି ନାହିଁ।"

କଳାବତୀ ମନେ ମନେ ପରମାନନ୍ଦିତା ହୋଇ କହିଲେ "ଭାଇ, ଏ କଥା ଶୁଣି ମୋ ମନ ତରଳିଗଲା। ଭାଇ, ମୋର ଏକାନ୍ତ ବାସନା-ତୁମ୍ଭ ଘରେ କେହି ନାହିଁ-ତୁମ୍ଭେ ରସକଳାକୁ ବିବାହ କରି ମୋର ଆନ୍ତରିକବାସନା ଚରିତାର୍ଥକର।"

ରଘୁନାଥ ବାଧ୍ୟ ହୋଇ ରାଜାଙ୍କଠାରେ ପ୍ରତିଜ୍ଞା କରି ଆସିଥିଲେ। କୋମଳାନ୍ତଃକରଣା କଳାବତୀ ପୁଣି ସେକଥା ପକାଇଲେ। ତଥାପି ସେ ବିଷୟ ଏଡ଼ି ଦେବା ଉଚିତ ମନେ କରି କହିଲେ "ରସକଳା ତୁମ୍ଭକଥା ପଚାରୁଥିଲେ ଏବଂ ତୁମ୍ଭେ ଆମ୍ଭ ଘରେ ଥାଇଁ ଆରୋଗ୍ୟ ଲାଭକରୁ ଥିବାର ଶୁଣି ବଡ଼ ଆନନ୍ଦିତା ହେଲେ। ରାଜା ଆଉ ରସକଳା ଦୁହେଁ ତୁମ୍ଭକୁ ଡ଼ାକିଛନ୍ତି ସପ୍ତାହ ମଧ୍ୟରେ କୁଜଙ୍ଗକୁ ଯିବ।"

କଳାବତୀ କଟାକ୍ଷକରି କହିଲେ "ତୁମେ ରସକଳାକୁ ବିବାହ ନ କଲେ ମୁଁ ତ ଜୀବନ ରଖ୍ଖିବି ନାହିଁ-କୁଜଙ୍ଗ ଯିବା କଥା କାହିଁକି କହୁଚ?-ତୁମେ ପ୍ରତିଜ୍ଞା କର ରସକଳାକୁ ବିବାହ କରିବି, ମୁଁ ତୁମ କଥାରେ କଦାପି ଅବାଧ୍ୟହେବି ନାହିଁ।"

ରଘୁନାଥ ଅକଳରେ ପଡ଼ିଲେ। ସେ ସରଳ ଅମୃତମୟ ବାକ୍ୟ ଅନ୍ୟଥା କରିବା ରକ୍ତମାଂସଗଠିତ ଶରୀରର କାର୍ଯ୍ୟ ନୁହଇ। ରଘୁନାଥ କଳାବତୀଙ୍କର ହସ୍ତଧାରଣକରି କହିଲେ "ଭଉଣୀ! ତୁମ୍ଭ କଥାରେ ରଘୁନାଥ ଚିରକାଳ ବାଧ୍ୟ।"

କଳାବତୀଙ୍କ ମନସ୍କାମନା ପୂର୍ଣ୍ଣହେଲା। ସେତେବେଳକୁ ବେଳ ଗଡ଼ି ଯାଇଥିଲା ମାତା ଉଠିବାର କହି ଉଭୟେ ଉପବନ ତ୍ୟାଗକରି ଘରକୁ ବାହୁଡ଼ିଲେ। ପରେ ସେହି କଥା ସ୍ମରଣ ରଖ୍ଖି ରସକଳାର ପାଣିଗ୍ରହଣ ନିଶ୍ଚୟ କରିବେ ବୋଲି ଆଉଥରେ ପ୍ରତିଜ୍ଞା କରାଇ ନେଇ କଳାବତୀ ସନ୍ଧ୍ୟା ସମୟରେ ଗୋଟିଏ କ୍ଷୁଦ୍ର ସୁବର୍ଣ୍ଣନିର୍ମିତ କରାତ ରଘୁନାଥଙ୍କ ହସ୍ତରେ ଦେଇ କହିଲେ "ଭାଇ, ଏହାକୁ ଅଣ୍ଡାରେ ଖୋସି ଥାଅ। ରସକଳାକୁ ବିବାହ କରି ସାରି ଉଭୟେ ବସି ଏହାକୁ ଖୋଲିବ।"

ରଘୁନାଥ କରାଟଟି ନେଇ ମସ୍ତକ ହଲାଇ ସମ୍ମତି ଜ୍ଞାପନ ପୂର୍ବକ ଅଣ୍ଡାରେ ଖୋସିଲେ।

ଷଟ୍‌କ୍ରିଂଶ ପରିଚ୍ଛେଦ

ପୁଣି ଦୁଇ ଭଗିନୀ

ପୌଷପୂର୍ଣ୍ଣିମାର ଡକାୟତୀ ପରେ ଷଣ୍ଢଙ୍କଠାରୁ ଯେଉଁ ପାଞ୍ଚଦଶ ଦିନ ଅବସର ମିଳିଥିଲା ତାହା ଅତୀତ ହେଲା। ପୁଣି ଷଣ୍ଢରାଜାଙ୍କ ଦରବାର ଗୃହ ସମ୍ମୁଖରେ ତାଳ ଠୁକ୍‌ ବାହାବଳୀନ୍ଦ୍ର ଓ ବଳିଆର ସିଂହ ପ୍ରଭୃତି ଉପସ୍ଥିତ ହେଲେ। ପୁଣି ଜାଲିୟା ଓ ନୌକାମାନଗଡ଼-ପରିଖାରେ ସଜ୍ଜୀଭୂତା ହୋଇ ରହିଲେ ଓ ନାବିକମାନେ ଆହୁଲା ଇତ୍ୟାଦି ଠିକ୍‌କରି ନେଇ ବାହୁରେ କେତେ ବଳ ଅଛି ଦେଖିବା କାରଣ ଯେ ଯାହାର ବାହୁ ମୋଡ଼ିଲେ। ରାଜା ମଧ୍ୟ ସେ ଦିନ ଡକାୟତଙ୍କ ଅଭିଯାନ ହେବାର ଜାଣି ସମୁଦାୟ ଉଦ୍ୟୋଗ ଠିକ୍‌କରିବା ନିମିତ୍ତ ଆଦେଶ ଦେଇ ରଘୁନାଥଙ୍କୁ ଅପେକ୍ଷା. କରି ରହିଲେ।

ସେତେବେଳକୁ ବେଳ ତିନିପ୍ରହର। ରଘୁନାଥ ସେଦିନ ଅଭିଯାନ ହେବାର ଜାଣି ଅତିପ୍ରାତଃକାଳରୁ ଉଠି ନିତ୍ୟକର୍ମାଦି ଶେଷ କଲେ ଏବଂ ଷଣ୍ଢରାଜାଙ୍କ ନିମନ୍ତ୍ରଣବାର୍ତ୍ତା ମାତାଙ୍କୁ ଜଣାଇ କଳାବତୀଙ୍କ ସଙ୍ଗେ ନେଇ କୁଜଙ୍ଗ ଯାତ୍ରା କଲେ। କଳାବତୀଙ୍କ ଶୀଘ୍ର ଫେରି ପଠାଇବା କାରଣ ମାତା ବାରମ୍ବାର ପୁତ୍ରକୁ ଅନୁରୋଧ କରି ତେବେ କଳାବତୀଙ୍କ ଛାଡ଼ିଥିଲେ। ଏହିରୂପେ ରାଜା ଏବଂ ଡକାୟତଦଳ ଅପେକ୍ଷା କରି ରହିଥିବା ସମୟରେ କଳାବତୀଙ୍କ ଘେନି ରଘୁନାଥ ପାରାଦ୍ୱୀପରେ ପ୍ରବିଷ୍ଟ ହେଲେ।

କଳାବତୀ ଶିବିକାରେ ଷଣ୍ଢରାଜାଙ୍କ ସିଂହଦ୍ୱାରେ ପହଞ୍ଚିବା ମାତ୍ରକେ ରାଜାଙ୍କ ଆଦେଶକ୍ରମେ ଶିବିକାଟି ଅନ୍ତଃପୁରମଧ୍ୟକୁ ନିତା ହେଲା ଏବଂ ରଘୁନାଥ ଶିବିକାରୁ ଓହ୍ଲାଇବା ମାତ୍ରକେ ଡକାୟତ ଦଳରୁ "ଜୟ ମହାବୀରକି ଜୟ" ଶବ୍ଦ ଘୋର ନିନାଦରେ ଉତ୍ଥିତ ହୋଇ ସମଗ୍ର ପାରାଦ୍ୱୀପକୁ କମ୍ପିତ କଲା।

ରଘୁନାଥ ଶିବିକାରୁ ଓହ୍ଲାଇ ରାଜାଙ୍କ ପଦଧୂଳି ମସ୍ତକରେ ଦେଇ ରାଜାଦେଶକ୍ରମେ ପରିଖାର ଯେଉଁଠାରେ ଜାଲିଆମାନା ପ୍ରସ୍ତୁତ ହୋଇଥିଲା ସେଠାକୁ

ଦଳବଳ ସହିତ ଗମନ କଲେ ଏବଂ ବେଳ ଅତୀତ ହେଉ ଥିବାର ଜାଣି ରାଜାଙ୍କଠାରୁ ବିଦାୟ ନେଇ ଦଳବଳ ସହିତ ଜାଲିୟାରେ ଚଢ଼ିଲେ। ସମସ୍ତେ ଜାଲିୟାରେ ଚଢ଼ିଲା ଉତ୍ତାରୁ ରଘୁନାଥ ଜାଲିୟା ଖୋଲିବା କାରଣ ଆଦେଶ ଦେଲେ ଏବଂ ଜାଲିୟା ଖୋଲାହେବା ସଙ୍ଗେ ସଙ୍ଗେ "ଜୟ ମହାବୀରକି ଜୟ" ଘୋଷଣା କରିବାକୁ ଆଦେଶ ଦେଲେ। ସଙ୍ଗେ ସଙ୍ଗେ ଜୟ ନିନାଦ ଉତ୍ଥିତ ହୋଇ ଗଗନମାର୍ଗ ବିଦୀର୍ଣ୍ଣ କଲା ଏବଂ ପ୍ରତିଧ୍ୱନି ଶାନ୍ତ ହେଉଁ ନ ହେଉଁ ପବନବେଗରେ ଜାଲିୟାମାନ ଗତିବିସ୍ତାର କରି ଦୃଷ୍ଟି ପଥର ଅତୀତ ହେଲା। ରାଜା ଡ଼କାୟତମାନଙ୍କ ଆସ୍ଫାଳନ ଏବଂ ସ୍ଫୂର୍ତ୍ତି ଦେଖି ଅତି ଆନନ୍ଦିତ ମନରେ ନିଜ ପ୍ରାସାଦକୁ ପ୍ରତ୍ୟାବର୍ତ୍ତିତ ହେଲେ।

ତେଣେ କଳାବତୀଙ୍କ ଶିବିକା ଅନ୍ତଃପୁରରେ ପ୍ରବିଷ୍ଟ ହେବା ମାତ୍ରକେ ରସକଳା ଓ ପାତ୍ରମହେଦେଈ ପ୍ରଭୃତି ରମଣୀବୃନ୍ଦ ଦଉଡ଼ି ଆସି ଶିବିକାରୁ କଳାବତୀଙ୍କୁ ବାହାର କରି ନେଲେ। ପାତ୍ରମହାଦେଈ ତାଙ୍କର ଡ଼ାହାଣ ହାତ ଓ ରସକଳା ବାମହାତ ଧରିଥିଲେ। ଶିବିକାରୁ ବାହାରିବା ସଙ୍ଗେ ସଙ୍ଗେ କଳାବତୀ ରସକଳାଙ୍କର ହସ୍ତ ଉପରେ ମସ୍ତକ ରଖି କାନ୍ଦି ପକାଇଲେ ଏବଂ ରସକଳା ମଧ୍ୟ କାନ୍ଦୁ ୨ ତାଙ୍କର ଲୁହ ପୋଛି ଦେଇ କହିଲେ "ଅପା, ଆଉ କାନ୍ଦୁଚୁ କାହିଁକି-ବିଧାତାଙ୍କ ଇଚ୍ଛାରେ ଆମେମାନେ ଅରଣ୍ୟରୁ ଆସି ଘରେ ପହୁଞ୍ଚିଚୁଁ-ତୁ କାନ୍ଦ ନାହିଁ"। କଳାବତୀ ପ୍ରଥମତଃ କିଛି କହି ପାରିଲେ ନାହିଁ। କ୍ରମେ ବେଗ ଶାନ୍ତ ହୋଇ ଆସିଲାରୁ କହିଲେ "ରସ, ମୁଁ ତୋତେ ପୁଣି ଦେଖିବି ଏ ଆଶା କରି ନ ଥିଲି।"

ପାତ୍ରମହାଦେଈ କିପରି ଲୋକ ତାହା ପାଠକମାନଙ୍କୁ ଉତ୍ତମରୂପେ ଜଣାଅଛି। ସଂସାରରେ ଯେ ଯେତେ ବଡ଼ ଦୁଃଖରେ ନ ପଡ଼ୁ କାହିଁକି ପାତ୍ରମହାଦେଈ ତାଙ୍କର ଦୁଃଖ ରଖିବାକୁ ଦେବେ ନାହିଁ। ତାଙ୍କର ସ୍ନେହରସସିକ୍ତ ବାକ୍ୟ, ତାଙ୍କର ସୁକୋମଳା ସ୍ନେହଦୃଷ୍ଟି ଆଉ ତାଙ୍କର ନମ୍ରସ୍ୱଭାବ ଅତି କଠିନ ମନକୁ ସୁଦ୍ଧା ତରଳାଇ ଦିଅଇ-କଳାବତୀ ତ ସରଳ କୋମଳା ବାଳିକା। ଫଳତଃ ଏମନ୍ତ ଯତ୍ନରେ ପାତ୍ରମହାଦେଈ କଳାବତୀଙ୍କି ଆପଣା କୋଠରୀକି ଘେନିଯାଇ ରସକଳା ସହିତରେ ନାନା ପ୍ରକାର ରସାଳ ଖାଦ୍ୟ ଖୁଆଇ ନିଜ ହାତରେ ତାମ୍ବୁଲ ପ୍ରସ୍ତୁତ କରି ଦେଇ ନାନା ପ୍ରକାର କଥାରେ ମୋହିତ କରିଥିଲେ ଯେ କଳାବତୀ କହିଲେ "ମାତା ବିନା ପ୍ରକୃତରେ ତାହା ଅନ୍ୟତ୍ର ସମ୍ଭବି ନ ପାରେ" ଏବଂ ରସକଳା ମାତା ବୋଲି ପାତ୍ରମହାଦେଈଙ୍କି ଡ଼ାକୁ ଥିବାରୁ ସେହି ସମୟରୁ କଳାବତୀ ମଧ୍ୟ ପାତ୍ରମହାଦେଈଙ୍କି ମାତା ବୋଲି ଡ଼ାକିଲେ।

ପାଟମହାଦେଇତ ପଶୁପକ୍ଷିକ ଆପଣାର ପୁତ୍ରକନ୍ୟାରୂପେ ପାଳନ କରନ୍ତି। କଳାବତୀଙ୍କ କନ୍ୟାରୂପେରେ ପାଇ ତାଙ୍କର ଅତୀବ ଆନନ୍ଦ ଜାତ ହୋଇଥିଲା। ଏହି ରୂପେ କଳାବତୀ ପାଟମହାଦେଇଙ୍କ ମାତୃରୂପେ ପାଇବାରୁ ନବରର ଅନ୍ୟ ରମଣୀମାନଙ୍କ ସହିତ ସମ୍ବନ୍ଧ ସ୍ଥାପିତ ହୋଇଗଲା ଏବଂ କ୍ରମେ ରସକଳାପ୍ରାୟ କଳାବତୀ ମଧ୍ୟ ଷଣ୍ଡ-ନବରରେ ଜନ୍ମଗ୍ରହଣ କରିଥିଲା ପରି ଅନନ୍ୟଭାବରେ ବିଚରଣ କଲେ।

ରସକଳାଙ୍କୁ ପାଇ କଳାବତୀଙ୍କ ଆନନ୍ଦ ସୀମା ଅତିକ୍ରମ କରିଥିଲା। ରସକଳା ଛଡ଼ା କଳାବତୀଙ୍କର ସଂସାର ନାହିଁ ବୋଲି ବୋଇଲା ଅତୁ୍ୟକ୍ତି ହେବ ନାହିଁ। ସେ ସରଳା ପ୍ରତିମାକୁ ହରାଇ ପ୍ରକୃତରେ କଳାବତୀଙ୍କର ଜୀବନ ନ ଥିଲା ପରି ହୋଇ ଯାଇଥିଲା ଏବଂ ଯେ ସମୟରୁ ପୁଣି ରସକଳାଙ୍କ ସଙ୍ଗେ ଦେଖା ହେଲା ସେ ସମୟରୁ ଦଣ୍ଡେ ସୁଦ୍ଧା କେହି ସେମାନଙ୍କୁ ଅନ୍ତର ଥିବାର ଦେଖ଼ି ନାହାନ୍ତି।

ନାନାପ୍ରକାର କଥା-ରସରେ ରସକଳାଙ୍କ ସହିତ କଳାବତୀ ଷଣ୍ଡ-ନବରରେ ଦିନଯାପନ କରୁଥିଲେ। ସେହିଠାରେ କଳାବତୀ କଥାଛଲରେ ରସକଳାଙ୍କଠାରୁ ତାଙ୍କ ସହିତ ରଘୁନାଥ ପାଣି ଗ୍ରହଣ କରିବାର ପ୍ରତିଜ୍ଞା କରି ଥିବାର ଅବଗତ ହୋଇ ଅତୀବ ଆନନ୍ଦିତା ହୋଇଥିଲା। ଏତେବେଲକୁ ବିଗତ ରୋଷନୀ ଓ ଡ଼କାୟତୀର ସମୁଦାୟ କାଣ୍ଡ କଳାବତୀଙ୍କଠାରୁ ରସକଳା ଜ୍ଞାତ ହୋଇଥିଲେ ଏବଂ ରଘୁନାଥଙ୍କ ବିବାହସମ୍ବନ୍ଧୀୟ କଥା ଶୁଣି ସେତେବେଳେ ରସକଳାଙ୍କୁ କଳାବତୀ କହିଲେ ‘‘ରସ ମୁଁ ପରା କହିଥିଲି, ଦେଖ଼ିବୁ ନାଏବ କେମନ୍ତ ସୁନ୍ଦର’’ ସେତେବେଳେ ରସକଳା ମୃଦୁମଧୁରଭାବରେ ହସି ଗଡ଼ି ଯାଇଥିଲେ।

ଏତେ ଆନନ୍ଦରେ ଥିଲେ ସୁଦ୍ଧା କଲବତୀଙ୍କ ଅଧିକକାଳ ଷଣ୍ଡ-ନବରରେ ରହିବାକୁ ହେଲା ନାହିଁ। ରଘୁନାଥଙ୍କ ବୃଦ୍ଧା ମାତା ଏକାକିନୀ ଥିବରୁ ଦୁଇ ଦିନ ମାତ୍ର ସେଠାରେ ରହି ପୁଣି ରଘୁନାଥଙ୍କ ଘରକୁ ଆସିଥିଲେ ଏବଂ କେତେକ ଦିନ ରଘୁନାଥଙ୍କ ଘରେ ଓ କେତେକ ଦିନ ଷଣ୍ଡନବରରେ ରହି ଜୀବନର ଏ ଅଂଶକୁ ରମଣୀୟ କରିଥିଲେ।

ସପ୍ତତ୍ରିଂଶ ପରିଚ୍ଛେଦ

ଦୁର୍ଭିକ୍ଷ

ଏହିରୂପେ କେତେକ ଦିନ ଅତୀତ ହେଲା। ଡକାୟତୀମାନେ ଯେମନ୍ତ ଦିନକୁଦିନ ପ୍ରଭୁତ ଧନଧାନ୍ୟ ଏକତ୍ରିତ କରିବାକୁ ସମର୍ଥ ହୋଇଥିଲେ ତେମନ୍ତ ଦିନକୁଦିନ ବର୍ଷାକାଳର ମେଘ ପ୍ରାୟ କରାଳକାଳରୂପିଦୁର୍ଭିକ୍ଷ ଚତୁର୍ଦ୍ଦିକରୁ ଘେଟି ଆସିଲା, ଏମନ୍ତ କି ମାଘମାସ ଶେଷ ହେବା ସଙ୍ଗେ ସଙ୍ଗେ ମୁଲିଆ ପ୍ରଭୁତି ଅତି ଦୁଃଖୀଲୋକେ ଘରଦ୍ୱାର ଛାଡ଼ି ପଦାରେ ଅନ୍ନ ବିନା ହାହାକାର କଲେ!

ହାୟ! ଅନ୍ନର କି ମାହାମ୍ୟ! ଉଦରର ମହିମା ଅବା କେଡ଼େ।ଯେତେବେଳେ ଯାଏ ଅନ୍ନରେ ଉଦର ପୂର୍ଣ୍ଣ ଅଛି ସେତେବେଳେଯାଏ ସଂସାର ଅତୀବ ସୁନ୍ଦର ଦିଶଇ ମାତ୍ର ଉଦର ଅନ୍ନହୀନ ହେଲେ ସଂସାରକୁ ଅନାଇବାକୁ ଯାଏ ନାହିଁ। ଉଦର ଶୂନ୍ୟ ହେବା ସଙ୍ଗେ ସଙ୍ଗେ ସଂସାର ଶୂନ୍ୟ ହୁଅଇ, ମାୟାମମତା ଶୂନ୍ୟହୁଅଇ ଓ ସ୍ତ୍ରୀପୁତ୍ର ପରିବାରାଦିଜ୍ଞାନ ଶୂନ୍ୟ ହୁଅଇ। ଅଧିକ କି କହିବୁଁ ଶୂନ୍ୟୋଦର ଲୋକ ଆପଣାକୁ ତୁଚ୍ଛ ବୋଧ କରି ଅହଂଜ୍ଞାନଶୂନ୍ୟ ହୋଇ ସର୍ବଦା ମୃତ୍ୟୁ କାମନା କରଇ। ଯେତେବେଳେ ଲୋକେ ପଦାକୁ ବାହାରିଲେ ସେତେବେଳେ ଭିକ୍ଷା ଦ୍ୱାରା କିଞ୍ଚିତ୍‌ତଣ୍ଡୁଲ ଲାଭ କଲେ ହାତେ ହାତେ ସ୍ୱର୍ଗ ପାଇବା ପରି ମନେ କଲେ ଏବଂ ତଣ୍ଡୁଲ ପାଇବା ପର୍ଯ୍ୟନ୍ତ ବେଳେ ବେଳେ ସ୍ତ୍ରୀପୁତ୍ରାଦି ପ୍ରତି ମାୟାମମତା କିଞ୍ଚିତରେ ଅବା ଥିଲାପରି ଜଣା ଯାଉଥିଲା। ମାତ୍ର ଦେଖୁଁ ଦେଖୁଁ ଭିକ୍ଷୁକ ସଂଖ୍ୟା ବୃଦ୍ଧି ହେଲା ଏବଂ ସେ ସଂଖ୍ୟାବୃଦ୍ଧି ହେବା ସଙ୍ଗେ ସଙ୍ଗେ ଭିକ୍ଷା ମଧ ଦୁଷ୍ପାପ୍ୟା ହୋଇ ଆସିଲା।

ଏହିରୂପେ ଜୀବନ ଧାରଣ କରିବା କଠିନ ହୋଇଗଲା ଏବଂ ଗ୍ରାମଗ୍ରାମରେ ପଳ'ହୋଇ କଙ୍କାଳହୀନ ଲୋକେ ପରିଦୃଶ୍ୟମାନ ହେଲେ। କ୍ରମେ ମାୟାମମତା ହ୍ରାସ ହୋଇ ଆସିଲା ଏବଂ ସ୍ତୀଠାରୁ ଛଡ଼ାଇ ନେଇ ସ୍ୱାମୀ ଅତିଯତ୍ନଲବ୍ଧ ଅନ୍ନ ଭୋଜନ ପୂର୍ବକ କିଞ୍ଚିନୁ କ୍ଷୁ ଉଦୟ-ପୂରଣକୁ ସ୍ୱର୍ଗ-ସୁଖ-ସଂଯୋଗ ତୁଲ୍ୟ ଜ୍ଞାନ କରିବା ସଙ୍ଗେ ସଙ୍ଗେ ପୁତ୍ର ହାତ ବନ୍ଦ କରି ମାତା ଦୟୋଦର ପୂରଣ କରିବାରେ ବ୍ରତିନୀ ହେଲେ।

ହାୟ! 'ଅସ୍ୟ ଦଷ୍ଟୋଦରସ୍ୟଥେକଃ କୁର୍ୟ୍ୟାତ୍ପାତକଂ ମହତ୍'- ହିତୋପଦେଶକର୍ତ୍ତା ଏକଥା ସମୟରେ ଦୁର୍ଭିକ୍ଷ କଥା ତାଙ୍କୁ ଜଣା ନ ଥିଲା! ଜଣା ନ ଥିବାର କଥା। ସେତେବେଳେ ରାଜା ନୀତିପରବଶ ହୋଇ ରାଜ୍ୟ ଶାସନ କରୁଥିଲେ, ପ୍ରଜାର ମଙ୍ଗଳକାମନାରେ ପ୍ରଜାକୁ ଶାସିତ କରି ପୃଥ୍ବୀରେ ଶାନ୍ତିରସ ସେଚନ କରୁଥିଲେ, ଅକ୍ଷୁର୍ଣ୍ଣ ଭାବରେ ଧର୍ମ ପାଳନ କରି ଈଶ୍ବରଙ୍କ ସୃଷ୍ଟିର ସମଧିକ ଉନ୍ନତି ସାଧନ କରୁଥିଲେ। ରାଜାର ଧର୍ମରେ ପ୍ରଜାର ମଙ୍ଗଳ ଏବଂ ପ୍ରଜାର ମଙ୍ଗଳରେ ରାଜ୍ୟର ଶାନ୍ତି। ଯେତେବେଳେ ରାଜା ଧର୍ମ-ନିରତ, ଯେତେବେଳେ ପ୍ରଜାଙ୍କର ସମସ୍ତ ବିଷୟରେ କୁଶଳ ଏବଂ ଯେତେବେଳେ ରାଜ୍ୟ ଶାନ୍ତ ସେତେବେଳେ ସେଭଳି ମହାବାକ୍ୟ ଶୁଣିବାକୁ ସୁଖକର ଏବଂ ଶୁଣି ମଧ୍ୟ କର୍ଣ୍ଣ ପବିତ୍ର ହୁଅଇ। ମାତ୍ର ଯେତେବେଳେ ରାଜା ଅଧର୍ମନିରତ, ଯେତେବେଳେ ରାଜା ଧର୍ମ ଛାଡ଼ି ପ୍ରଜାଙ୍କ ସୁଖ ଲୋଡ଼ନ୍ତି ନାହିଁ ଏବଂ ଯେତେବେଳେ ସେ ମହାପାପରେ ଈଶ୍ବର ସୁଦ୍ଧା କ୍ରୁଦ୍ଧ ହୋଇ ଦୁର୍ଭିକ୍ଷରୂପଶସ୍ତ୍ରଦ୍ବାରା ପରମଶିକ୍ଷାର ଉପାୟ କରନ୍ତି ସେତେବେଳେ ସେ ମହାବାକ୍ୟର ମୂଲ୍ୟ କେଉଁଠାରେ? ସେତେବେଳେ ଆପଣାରପ୍ରିୟତମ ପୁତ୍ରକୁ ମାରି ତାହାର ମାଂସ ଭୋଜନରେ ପିଶାଚଠାରୁ ବଳି ସମଧିକ ଶ୍ରଦ୍ଧା ହୁଅଇ!-ମହାବାକ୍ୟର ଆଦର କେଉଁଠାରେ ରହିବ? ଯେଉଁ ଦୁର୍ଭିକ୍ଷର କରାଳ ସ୍ପର୍ଶ ପ୍ରଥମରେ ପୁତ୍ରର ଦକ୍ଷିଣ ହସ୍ତ ବନ୍ଦକରି ଆପଣା ଉଦର ପୂରଣ କରିବାର ଚେଷ୍ଟା ଜାତ କରାଇ ପରେ ପୁତ୍ରର ମାଂସଭୋଜନରେ ପ୍ରବୃତ୍ତ କରାଏ ସେ କି ହିତୋପଦେଶକଭାଙ୍କ ମହାବାକ୍ୟର ମୂଲ୍ୟ ରଖ୍ ଦେବ? ହାୟ! ଇତିହାସ-ପୃଷ୍ଠାରେ କେତେ ଅବା ଦେଖା ଯାଇ ନାହିଁ ଯେ ଲୋକେ ଦୁର୍ଭିକ୍ଷ-ପାଡ଼ିତ ହୋଇ ଅଶ୍ବମାଂସଠାରୁ ନର-ମାଂସପର୍ଯ୍ୟନ୍ତ ଭୋଜନ କରି ଆମ୍ଭା ଚରିତାର୍ଥ କରିଅଛନ୍ତି! ଏବେ ମଧ୍ୟ ବେଳେ ବେଳେ ତାହା ପୃଥ୍ବୀରେ ଦୃଷ୍ଟ ହୁଅଇ। ମାତ୍ର ସେଥିପାଇଁ ଦାୟୀ କିଏ? ଆମ୍ଭେମାନେ ସାହସ କରି କହିପାରୁଁ ରାଜା ଧର୍ମଚ୍ୟୁତ ହେଲେ ସେ ବିପଦ ଲୋକରେ ଉପସ୍ଥିତ ହୁଅଇ ଏବଂ ଶାସ୍ତ୍ର ତହିଁକି ଜ୍ବଳନ୍ତ ପ୍ରମାଣ।

ସୁବାଦାର ଲାଲବାଗ ପ୍ରାସାଦରେ ନିଶ୍ଚିନ୍ତ ହୋଇ ଶୋଇ ଅଛନ୍ତି। ତାଙ୍କ ରାଜ୍ୟର ପ୍ରାଣୀମାନେ ଯେ ହାହାକାର କରି ବୁଲୁ ଅଛନ୍ତି ତାହା ତାଙ୍କର କର୍ଣ୍ଣ-କୁହରରେ ପ୍ରବେଶ କରୁ ନାହିଁ। ସେ ସ୍ତ୍ରୀଲୋକ ପ୍ରାୟ ପ୍ରାସାଦରୁ ଆଉ ବାହାରିବାକୁ ନାହିଁ। ଚୌଧୁରୀ ଯେମନ୍ତ ତାଙ୍କର ଅଣ୍ଟା ଭାଙ୍ଗି ଦେଇ ଯାଇ ଅଛନ୍ତି। ଏଭଳି ଅଧର୍ମଶୀଲକୁ ଯେ ଚଉରାଶୀ ନର୍କ ଯଥେଷ୍ଟ ହେବ ନାହିଁ ବୋଲିବା ବାହୁଲ୍ୟ।

ଦେଖୁଁ ଦେଖୁଁ ଫାଲ୍ଗୁନ ମାସ ଶେଷ ହେଲା ଏବଂ ସେ ସମୟକୁ ଅନାହାର ଓ କଦର୍ଯ୍ୟ ଆହାରରୁ ଦେଶରେ ମଡ଼କ ଜାତ ହେଲା। ଅଷ୍ଟିକି ପବନ ପ୍ରାୟ ମଡ଼କ ଅନାହାରର ସଙ୍ଗୀ ହୋଇ ଲକ୍ଷ ଲୋକଙ୍କୁ ପୃଥିବୀରୁ ଅନ୍ତର କରିବାକୁ ବସିଲା। ଏତେବେଳେ ଯେଉଁ ଲୋକ ଦୁଃଖୀଙ୍କ ବନ୍ଧୁ ହୋଇ ବାହାରକୁ ବାହାରେ ତାହାଠାରୁ ଅଧିକ ପୁଣ୍ୟବାନ ଆଉ କିଏ ଅଛି? ଏପରି ଦୁର୍ଭିକ୍ଷ ଓଡ଼ିଶାରେ ପୂର୍ବେ ପଡ଼ି ନ ଥିଲା ଏବଂ ସୁବାଦାର ଘୋର ଗର୍ଜନରେ ନାସିକା ଡ଼କାଇ ଶୋଇଥିବା କାଳରେ କିଏ ଆଉ ଦୁର୍ଭିକ୍ଷ-ପୀଡ଼ିତ ଲୋକଙ୍କର ବନ୍ଧୁ ହୋଇ ଉପନୀତ ହେବ? ନା, ଈଶ୍ୱରଙ୍କ ବିଚାରକୁ କେହି ଲାଗିଇ ନାହିଁ। ସେ ଯେମନ୍ତ ଲୋକଙ୍କୁ ନଷ୍ଟ କରିବାକୁ ବସନ୍ତି ତେମନ୍ତ ଇଚ୍ଛାମତ ବଞ୍ଚିବା ଯୋଗ୍ୟ ଲୋକମାନଙ୍କୁ ବଞ୍ଚିବାର ମଧ ଉପାୟ କରି ଦିଅନ୍ତି। ଓଡ଼ିଶାରେ ତହିଁକି ଏକମାତ୍ର ଉପାୟ-କର୍ତ୍ତା ଡ଼କାୟତ-ଦଳପତି ରଘୁନାଥ ପଟନାୟକ। ସେ ତ ଡ଼କାଏତଙ୍କ ଦଳପତି ନୁହନ୍ତି-ସେ ଦେଶୋଦ୍ଧାରକାରିକ ଦଳପତି। ଆମ୍ଭମାନଙ୍କ ଦୟାଶୀଳ ଇଂରେଜ ଗବର୍ଣ୍ଣମେଣ୍ଟ ବ୍ରହ୍ମରାଜ୍ୟ ଜୟକଲା ଉଠାରୁ ସେ ଅଞ୍ଚଳରେ ଯେପରି ଡ଼କାଏତ ଶବ୍ଦ ପ୍ରଚଳିତ କରିଥିଲେ ସେହି ପରି ଏମାନଙ୍କୁ ଡ଼କାଏତ ବୋଲାଯାଇ ପାରେ ମାତ୍ର ଏହାଙ୍କଦ୍ୱାରା ଯେ ଦେଶରକ୍ଷା ହେଲା, ଏହାଙ୍କ ଯତ୍ନରୁ ଯେ ଲକ୍ଷ ଲକ୍ଷ ଲୋକ ମୃତ୍ୟୁ ମୁଖରୁ ବଞ୍ଚି ଆସିଲେ ବୋଲିବା ଅଧିକ।

ପ୍ରକୃତରେ ଫାଲ୍ଗୁନ ମାସର ମଧ୍ୟଭାଗରେ ଦେଶର ନାନା ସ୍ଥାନରେ ବଡ଼ ବଡ଼ ଆଠଚାଲିମାନ ନିର୍ମିତ ହୋଇ ଅନ୍ନଛତ୍ର ଆୟୋଜନ ହେଲା। ଡ଼କାଏତୀ ହୋଇ ଯେତେ ଧାନ୍ୟ ସଂଗୃହୀତ ହୋଇଥିଲା ଏବଂ ଦୟାଶୀଳ ବଡ଼ ବଡ଼ ଲୋକମାନଙ୍କ ଧାନ-ଅମାରରୁ ଯେତକ ସୁଲଭ ମୂଲ୍ୟରେ କିଣିବାକୁ ମିଳିଲା ଏବଂ ଯେଉଁମାନେ ସୁଲଭ ମୂଲ୍ୟରେ ଦେବାକୁ ନାସ୍ତି କଲେ ସେମାନଙ୍କର ପ୍ରାଣ ମାତ୍ର ରକ୍ଷାକରି ଯେତେ ଧାନ ଲୁଟି ହୋଇ ଆସି ପାରିଲା ସମସ୍ତ ଅନ୍ନଛତ୍ରମାନଙ୍କରେ ଗଦା ହେଲା। ଡ଼କାଏତମାନେ ମଧ ଅନେକ ଭାଗ ପାଇ ଥିଲେ ଏବଂ ତାହା ସୁଦ୍ଧା ସେମାନେ ଅଧିକାଂଶ ଦୀନଦୁଃଖୀଙ୍କ ଦାନକରି ଜୀବନ ସାର୍ଥକ କରିଥିଲେ।

ଅନ୍ନଛତ୍ରମାନଙ୍କର ପ୍ରଧାନ ତତ୍ତ୍ୱାବଧାରକ ପଦରେ ଆମ୍ଭମାନଙ୍କର ପୂର୍ବ କଥିତ ହନୁମାନ ଦାସ ଓ ଗିରିଧାରୀ ଦାସ ବାବାଜୀଦ୍ୱୟ ନିଯୁକ୍ତ ହୋଇ ଥିଲେ ଏବଂ କଳାବତୀ ରାଣୀ ନାମରେ ଅଭିହିତା ହୋଇ ତାଙ୍କରି ନାମରେ ଅନ୍ନଛତ୍ରମାନ ଖୋଲା ଯାଇ ସୁନିୟମରେ ଅନ୍ନଦାନ କାର୍ଯ୍ୟ ଚଳିଥିଲା। ଏ କାର୍ଯ୍ୟଠାରୁ ପରୋପକାରସାଧନର ଆଉ ଗୁରୁତର କାର୍ଯ୍ୟ ନାହିଁ ଏବଂ କଳାବତୀ ଏ ସମ୍ମାନ ସନ୍ତୋଷ ସହିତରେ ଗ୍ରହଣ ପୂର୍ବକ କାର୍ଯ୍ୟର ଗୁରୁତ୍ୱ ଉପଲବ୍ଧି କରି ଦିବାରାତ୍ର ତହିଁରେ ଲାଗିଗଲା। ବାବାଜୀଦ୍ୱୟ

କଳାବତୀଙ୍କ ଆଗରୁଁ ଜାଣି ଥିଲେ, ସେହିମାନେ ତାଙ୍କୁ ରାଣୀ କରିବାର ପ୍ରସ୍ତାବ କରିଥିଲେ ଏବଂ ଷଣ୍ଢରାଜା ପ୍ରଭୃତି ସମସ୍ତେ ତହିଁରେ ସମ୍ମତ ହୋଇ ବାବାଜୀଦ୍ୱୟଙ୍କୁ ଆଶୀର୍ବାଦ କରଣାର୍ଥ ପ୍ରସ୍ତାବ କଲାରୁ ବାବାଜୀ-ଦ୍ୱୟ ଆପଣାର ଚରଣଧୂଳି କଳାବତୀଙ୍କ ମସ୍ତକରେ ଦେଇ ଈଶ୍ୱରଙ୍କ କାର୍ଯ୍ୟରେ ବରଣ କଲେ ଏବଂ ନିଜେ ମଧ୍ୟ ତାଙ୍କୁ ଯଥୋଚିତ ସାହାଯ୍ୟ କରିବାରେ ତ୍ରୁଟିକଲେ ନାହିଁ।

ବିଧ୍ୟମତ ହୋମ ଆଦିହୋଇ ଅନ୍ନଛତ୍ରମାନ ଖୋଲା ହେଲା ଏବଂ ବିଦ୍ୟୁତ୍ ପ୍ରାୟ ତହିଁର ବାର୍ତ୍ତା ଚାରିଆଡ଼େ ଚମକି ଚାଲିଗଲା ଆଉ ଶତ ଶତ ଅନାହାର-କ୍ଲିଷ୍ଟ ଲୋକେ ଆସି ଅନ୍ନପ୍ରାର୍ଥୀ ହୋଇ ରୁଣ୍ଡ ହେଲେ। ପାଚକମାନେ ଅନ୍ନ, ଡାଲି ଏବଂ ତରକାରୀ ପାକକରତଃ ପରିମିତରୂପେ ସେମାନଙ୍କୁ ଦାନକରି ଅନେକ ମହାପ୍ରାଣିଙ୍କ ମୃତ୍ୟୁମୁଖରୁ ବଞ୍ଚାଇବାର କାରଣ ହେଲେ ଆଉ ଅନାହାର-କୃଶ ପ୍ରାଣୀ ଅନ୍ନ ପ୍ରାପ୍ତ ହୋଇ ଯେତେବେଲେ ଈଶ୍ୱରଙ୍କୁ ଡାକି ରାଣୀଙ୍କ ଆଶୀର୍ବାଦ କଲେ ସେତେବେଲେ ଈଶ୍ୱରଙ୍କର ଆସନ ସୁଦ୍ଧା ଦୋହଲି ଯାଇଥିଲା!

ଏଛଡ଼ା ଦୁମନସର୍ଦ୍ଦାର ଓ ରଘୁନାଥ ପଞ୍ଚନାୟକ ପ୍ରଭୃତି କେତେଜଣ ତଣ୍ଡୁଲ ନେଇ ଦୂରବର୍ତ୍ତୀଗ୍ରାମମାନଙ୍କରେ ଖୋଜି ୨ ବିତରଣ କରିବାରେ ସୁଦ୍ଧା ତ୍ରୁଟି କଲେ ନାହିଁ। ଯେଉଁମାନେ ଅନାହାର ଏବଂ ରୋଗପୀଡ଼ିତ ହୋଇ ଚଳଚ୍ଛକ୍ତିବିହୀନ ହୋଇ ଥିଲେ ସେମାନେ ଏତଦ୍ୱାରା ବିଶେଷ ଉପକାର ପ୍ରାପ୍ତ ହୋଇ ସାଶ୍ରୁନୟନରେ ଦୀନବନ୍ଧୁଙ୍କୁ ସାହାଯ୍ୟଦାତାର ପରମ ମଙ୍ଗଲ ସାଧନାର୍ଥ ଡାକ ଛାଡ଼ିଲେ!

ଏହିରୂପେ ଡକାୟତଦଲ ଯେତେଦୂର ପାରନ୍ତି ଲୋକଙ୍କ ଅଭାବମୋଚନରେ ତ୍ରୁଟି କଲେ ନାହିଁ ଏବଂ ରାଜା ନିଜେ ଚେଷ୍ଟା କରି ଯେତେ ଦୂର ସାହାଯ୍ୟ ଦାନ କରନ୍ତେ ତହୁଁ ଚତୁର୍ଗୁଣ ଅଧିକ ସାହାଯ୍ୟଦାନର ବ୍ୟବସ୍ଥା ହୋଇଗଲା। ତଥାପି ଯେତେବେଲେ ଦେଶଯାକରେ ଦୁର୍ଭିକ୍ଷ ଉପସ୍ଥିତ ହୋଇ ଅଛି ଯେତେ ସାହାଯ୍ୟ କଲେ ସୁଦ୍ଧା ମୃତ୍ୟୁ ନିବାରଣ କିଏ କରିବ? ସହସ୍ର ସହସ୍ର ଲୋକେ ପ୍ରତିଦିନ ମୃତ୍ୟୁମୁଖରେ ପତିତ ହେଲେ! ଗ୍ରାମଗ୍ରାମକେ ଏତେ ମରି ଗଲେ ଯେ ତାଙ୍କୁ ଉଠାଇବାକୁ ଲୋକ ମିଳିଲା ନାହିଁ। ଶ୍ମଶାନକୁ ଯିବାର ତେଣିକି ଥାଉ ଅନେକ ସ୍ଥଳରେ ଘରର ମୃଦାର ଘରେ ପଡ଼ିରହି ଅନ୍ୟ ଲୋକର ମୃତ୍ୟୁର କାରଣ ହୋଇଥିଲା। ଆଉ ଶ୍ମଶାନରେ ତ ସ୍ଥାନ ମିଳିଲା ନାହିଁ। ଗୃଧ୍ରଶୃଗାଲଙ୍କର ବିକଟ ସ୍ୱନରେ ଚତୁର୍ଦ୍ଦିକ ଭୟଙ୍କର ହୋଇଉଠିଲା ଏବଂ ଜଣାଗଲା ଯେମନ୍ତ ଜଗଦୀଶ୍ୱର ପୃଥିବୀକି ଶ୍ମଶାନମୟ କରିବାକୁ ସଂକଳ୍ପ କରିଅଛନ୍ତି!

ନିରାଶାର ପୃଥିବୀ ବାସ୍ତବରେ ଶ୍ମଶାନମୟ। ଯେଉଁମାନଙ୍କର ଆଶାଭରସା ଶେଷ ହୋଇଅଛି ସେମାନଙ୍କୁ ପୃଥିବୀ ଶ୍ମଶାନରୂପରେ ପ୍ରତୀୟମାନ ହେଲା ଏବଂ

ଶୀଘ୍ର ସେମାନେ ଶ୍ମଶାନଶାୟୀ ହୋଇ ଗୃଧ୍ରଶୃଗାଳଙ୍କର ଆନନ୍ଦର କାରଣ ହେଲେ। ମାତ୍ର ବିଧ୍-ଅନୁଗ୍ରହରୁ ଯାହାଙ୍କର ଆଶା ଫଳବତୀ ହେଲା ଶ୍ମଶାନର ଆକାର ପୃଥିବା ଧରିଥିଲେ ସୁଦ୍ଧା ତାଙ୍କୁ ବିଚିତ୍ରମୟୀ ଜଣାଯାଇ ବଞ୍ଚାଇ ରଖିଲା। ମନ ଘେନି ସଂସାର ଏବଂ ଆଶା ଓ ନିରାଶାରେ ପଡ଼ିଥିଲେ ଏକ ବସ୍ତୁ ଜୀବକୁ ବହୁପ୍ରକାରରେ ଦେଖା ଦିଅଇ। କ୍ରମେ ଗ୍ରୀଷ୍ମକାଳ ଦାରୁଣ ହୋଇ ବୈଶାଖ ମାସକୁ ପୃଥିବୀରେ ଆନୀତ କଲା ଏବଂ ସଙ୍ଗେ ସଙ୍ଗେ ଚାଉଳ ଟଙ୍କାକୁ ଦୁଇ ସେର ସୁଦ୍ଧା ମିଳିଲା ନାହିଁ। ଏହି ବୈଶାଖ ଓ ପରବର୍ତ୍ତୀ ଜ୍ୟେଷ୍ଠମାସରେ ଲକ୍ଷ ଲକ୍ଷ ଲୋକେ ପ୍ରାଣ ହରାଇଲେ ବୋଲିବା ଅଧିକ- କେତେକ ଅନାହାରରେ ଓ କେତେକ ଅସଂସ୍କୃତ ମୃତଦେହର ପୁତିଗନ୍ଧଜନିତ ମଡ଼କରେ।

ଅଷ୍ଟତ୍ରିଂଶ ପରିଚ୍ଛେଦ

ସୁବାଦାର

ସୁବାଦାର ଶମ୍ଭୁଜୀ ଗଣେଶ ଅତି ନୃଶଂସ ଓ ନରାଧମ ତାହା ପାଠକେ ବିଲକ୍ଷଣ ରୂପେ ଉପଲବ୍ଧି କରି ଅଛନ୍ତି । ଚୌଧୁରିଙ୍କି ହରାଇ ତାଙ୍କର ଏକ ପ୍ରକାର ଅକ୍ଷା ଭାଙ୍ଗିଯାଇ ଥିଲା ଏବଂ ଖାଡ଼ଙ୍ଗାକୁ ବିନାଦୋଷରେ ବଧ କରିବା ସଙ୍ଗେ ଅକାରଣ ଦୁଇଜଣ ରମଣୀର ମୃତ୍ୟୁର କାରଣ ହେଲାରୁ ତାଙ୍କ ମନରେ କି ରୂପ ଗୋଟାଏ ଲ୍ଲାନି ଉପସ୍ଥିତ ହୋଇଗଲା ଯେ ସେହେତୁ ସେ ଆଉ ବାହାରକୁ ବାହାରି ଲୋକରେ ମୁଖ ଦେଖାଇବା କାରଣ ସାହସ କଲେ ନାହିଁ । ଏହିରୂପେ ଯେଉଁ ଅକର୍ମଣ୍ୟତା ଜାତ ହେଲା ତହିଁରୁ ତାଙ୍କର ସୁଖଶାନ୍ତି ଇହଲୋକରେ ଏକପ୍ରକାର ଶେଷ ହେଲା ବୋଲିଲେ ଅତ୍ୟୁକ୍ତି ହେବ ନାହିଁ । ଏଭଳି କଠିନ ଲୋକର ଆଜ୍ଞା ପ୍ରଚଳିତ ହେବାର ବନ୍ଦ ହେବା ସଙ୍ଗେ ସଙ୍ଗେ କଚେରିର ଆମଲାମାନେ ବେତନାଭାବେ କଚେରିକି ଆସିଲେ ନାହିଁ ଏବଂ କଚେରି ଏକ ପ୍ରକାର ବନ୍ଦ ହୋଇଗଲା । ଫଳତଃ ରାଜକାର୍ଯ୍ୟ ସମସ୍ତ ଦୁମନ ସର୍ଦ୍ଦାରଙ୍କ ଘରେ ହେଲା । ଏବଂ ଶମ୍ଭୁଜୀ ନାମତଃ ସୁବାଦାର ଥିଲେ ସୁଦ୍ଧା ସେ ଆପଣା ମାହଲରେ ଥାଇ ନର୍କଭୋଗ କଲେ ଆଉ ରଘୁନାଥ କାର୍ଯ୍ୟତଃ ରାଜା ହୋଇ ହନୁମାନ ଦାସଙ୍କ ବାକ୍ୟ ସଫଳ କଲେ ।

କ୍ରମେ ଦୁର୍ଭିକ୍ଷ ଯେତେବେଳେ ଘୋରତର ହୋଇ ଆସିଲା ସେତେବେଳେ ଲୋକେ ସମ୍ଭାଳି ନ ପାରି ସୁବାଦାର ଘରେ ଅଗ୍ନି ଲଗାଇବାର ମନ୍ତ୍ରଣା କଲେ । କେତେ ସ୍ଥାନରେ ଅନାହାରକ୍ଲିଷ୍ଟଲୋକେ ଥିଲାଲୋକଙ୍କ ଘରେ ଅଗ୍ନି ଲଗାଇ ମୁଠାଏ ଚାଉଳ ପାଇବାର ପଥ ପରିଷ୍କାର କରୁଥିଲେ ଏବଂ ପାଆନ୍ତୁ ଅବା ନ ପାଆନ୍ତୁ ଅଗ୍ନିକାଣ୍ଡରେ ଚତୁର୍ଦ୍ଦିକ ଚମକିରହିଥିଲା ଏବଂ ପ୍ରଚଣ୍ଡ ସୂର୍ଯ୍ୟତାପରେ ତାପିତା ପୃଥିବୀକି ତାହା ଅତ୍ୟନ୍ତ ଭୟଙ୍କରକରିଥିଲା । ଚାଉଳ ଛଡ଼ା ଲୋକେ ସୁନାରୂପାକୁ ସୁଦ୍ଧା ଆଦର କଲେ ନାହିଁ,-ଆଦର କରିବେ କିରୂପେ-ପେଟ ସିନା ସବୁର ମୂଲ କରାଏ, ପେଟ ପୂରିଥିଲେ ସିନା ସୁନା ରୂପା ସୁନ୍ଦର ଦିଶିବାରୁ ତାହାର ମୂଲ୍ୟ ଚାଉଳ ବିନିମୟରେ ଲୋକେ ଧାର୍ଯ୍ୟ କରନ୍ତି ଅର୍ଥାତ୍ଦୁଃଖାଇବାଡ଼ାରୁ ଆହା ବଞ୍ଚ ପଡ଼ିଲା ତହିଁର କେତେ ଗୁଣରେ ସୁନାରୂପାର

ସିନା ମୂଲ୍ୟ ହୁଅଇ, ମାତ୍ର ପେଟ ପୋଡୁଥିବା ସମୟରେ ସୁନାରୂପାକୁ ପଚାରେ କିଏ? ସୁନାରୂପାରେତ ପେଟ ପୂରିବ ନାହିଁ-ସେତେବେଳେ ତଣ୍ଡୁଲର ମୂଲ୍ୟ ହେଲା ସୁନାରୂପାଠାରୁ ଲକ୍ଷେ ଗୁଣ ଅଧିକ। ଲୋକେ ଯେତେବେଳେ ଉଦରକ୍ଲେଶରେ ନିତାନ୍ତ ବ୍ୟସ୍ତ ହେଲେ ଓ ସୁବାଦାରର ଅମନୁଷ୍ୟତା ଉତ୍ତମରୂପେ ହୃଦୟଙ୍ଗମ କରି ପ୍ରତିଶୋଧନେବାର ସୁଯୋଗ ପାଇଲେ ସେତେବେଲେ ତାଙ୍କଘରେ ଅଟି ଲଗାଇ ତାଙ୍କୁ ଆକ୍ରମଣ କରିବା କାରଣ କେତେକ ଜଣ କଟକବାସୀ ପଣ କଲେ।

ପାଠକେ ମାୟାଧର ମମୁଙ୍କୁ ପାଶୋରି ନାହାନ୍ତି। ସେ ରଘୁନାଥ ନିକଟରୁ ରସକଲାଙ୍କୁ ପାଇବାର ଆଶାରେ ବିଫଳପ୍ରୟତ୍ନ ହୋଇ କୁଜଙ୍ଗକୁ ଗମନ କଲେ। ସେଠାରେ ପ୍ରଥମେ ରାଜାଙ୍କୁ ନ କହି ଅନ୍ତଃପୁରର ଦ୍ୱାରିଙ୍କ ଦ୍ୱାରା ରସକଲାଙ୍କୁ ଚୋରାଇ ନେବାର ଉପାୟ ଖୋଜିଲେ। ମାତ୍ର ଷଣ୍ଢନବରର ସମସ୍ତେ ରସକଲାଙ୍କ ଗୁଣରେ ନିତାନ୍ତ ଆବଦ୍ଧ ହୋଇଥିବାରୁ ସେ ଉପାୟ ସଫଳ ହେଲା ନାହିଁ। ଏବଂ ସଙ୍ଗେ ସଙ୍ଗେ ଷଣ୍ଢରାଜା ରସକଲାଙ୍କୁ ରଘୁନାଥଙ୍କ ସହିତ ବିବାହ ଦେବାର ବାର୍ତ୍ତା ଚତୁର୍ଦ୍ଦିକରେ ପ୍ରକାଶ ହେଲାରୁ ସମସ୍ତେ ଭୀତ ହୋଇ ଆଉ ରାଜାଙ୍କ ଛାମୁରେ କିଛି ଜଣାଇ ପାରିଲେ ନାହିଁ। ତହୁଁ ବିଫଳୀକୃତା ଆଶାରେ ରଘୁନାଥଙ୍କୁ ବିପଦରେ ପକାଇ ତହିଁର ପ୍ରତିଶୋଧ ନେବେ ଏହିଚିନ୍ତାରେ ନିରତ ହେଲେ। ଏହିରୂପ ମନ୍ଦ ଆଶାର ବଶଶବର୍ତ୍ତୀ ହେବାରୁ ଡକାୟତଦଲର କାର୍ଯ୍ୟରେ ବିଶେଷ ମନୋଯୋଗ ପ୍ରଦାନ କରି ପାରିଲେ ନାହିଁ ଏବଂ ଦଲର ଲୋକେ ତାଙ୍କୁ ଅମନୋଯୋଗୀ ଦେଖି ଛାଡ଼ ୨ କଲେ। ମାୟାଧର ମଧ ଉପାୟାନ୍ତର ନ ପାଇ ସୁବାଦାରଙ୍କଠାରେ ନବଗ୍ରାମ ଡକାୟତୀରେ ରଘୁନାଥ ଲିପ୍ତ ଥିବାର ପ୍ରକାଶ କରି ତାଙ୍କୁ ଧରାଇ ଦେବାର ଉପାୟ ପ୍ରକୃଷ୍ଟ ବୋଲି ସ୍ଥିର କଲେ।

ଦୁର୍ଭିକ୍ଷରୂପିକରାଳକାଲର ବିଶେଷ ସାହାଯ୍ୟକାରୀ ବୈଶାଖମାସ ଓଡ଼ିଶାରେ ସମୁପସ୍ଥିତ। ସେହି ବୈଶାଖ ମାସର ଅତି ଭୟଙ୍କରୀ ଅମାବାସ୍ୟାର ରଜନୀରେ ମାୟାଧର ସୁବାଦାରଙ୍କ ପ୍ରକୋଷ୍ଟରେ ଉପବେଶନ କରି ନବଗ୍ରାମର ଡକାୟତୀ କାଣ୍ଡ ଆମୂଲବର୍ଣ୍ଣନା କରୁଅଛନ୍ତି। ସୁବାଦାର ସେ ଲୋମହର୍ଷଣ କାଣ୍ଡ ଶୁଣି ରାଗରେ କମ୍ପିଯାଉ ଅଛନ୍ତ ଏବଂ ବେଲେ ବେଲେ ଦନ୍ତ କିଡ଼ିମିଡ଼ି କରି ରଘୁନାଥଙ୍କୁ ପାଇଲେ ଚୋବାଇ ଯିବାର ପଣ କରୁଅଛନ୍ତି। ସେହି ରାତ୍ରରେ ସୁବାଦାରଙ୍କ ସହିତ ଏହା ସ୍ଥିର ହେଲା ଯେ ରଘୁନାଥ ଓ କଲାବତୀଙ୍କ ଧରି ଆଣି ବନ୍ଦିବାସରେ ଅଶେଷ କ୍ଲେଶ ପ୍ରଦାନ କରି ଶେଷରେ ଶୁଲିରେ ଚଢ଼ାଇଲେ ଚୌଧୁରିଙ୍କ ମୃତ୍ୟୁର ସମୁଚିତ

ପ୍ରତିଫଳ ନିୟାଯିବ। ବୋଲିବା ଅଧିକ ଯେ ମାୟାଧର ତହିଁରେ ଲିପ୍ତ ଥିବାର ପ୍ରକାଶ ନ କରି ଗୋପନରେ ଦ୍ୱକାୟତଙ୍କ ମୁଖରୁ ତାହା ଶୁଣି ଥିବାର ବ୍ୟକ୍ତ କରିଥିଲେ।

ଚୋରର ଚୋରର ଭାରୀ ମନ ମିଳେ। ପରାମର୍ଶ ସିଦ୍ଧ ହେଲାରୁ ସେ ରାତ୍ରି ତାଙ୍କ ପ୍ରାସାଦରେ ଯାପନ କରିବା କାରଣ ସନ୍ତୁଷ୍ଟ ମନରେ ସୁବାଦାର ମାୟାଧରଙ୍କୁ କହିଲେ ଏବଂ ମାୟାଧର ମଧ ତହିଁରେ ପରମାପ୍ୟାୟିତ ହୋଇ ସମ୍ପ୍ରତି ଜଣାଉଅଛନ୍ତି ଏମନ୍ତ ସମୟରେ ସୁବାଦାରଙ୍କ ବାହାର ଘର ଧୁ ଧୁ ହୋଇ ଜ୍ୱଳି ଉଠିଲା। ଲୋକଙ୍କ ଚିକ୍ରାର ରବ ସଙ୍ଗେ ବଂଶଖଣ୍ଡର ଠୋ ଠା ଶବ୍ଦ ସୁବାଦାରଙ୍କ ଅନ୍ତଃପୁର ପର୍ଯ୍ୟନ୍ତ କମ୍ପିତ ଦେଲା ଏବଂ ବ୍ୟସ୍ତ ସମସ୍ତ ହୋଇ ମାୟାଧର ସହିତରେ ସୁବାଦାର ପ୍ରାଣରକ୍ଷାର୍ଥ ବାହାରକୁ ବାହାରି ପଡ଼ିଲେ ମାତ୍ର ଶତ ଶତ ଲୋକେ ଠେଙ୍ଗାବାଡ଼ି ଘେନି ସେମାନଙ୍କୁ ଆକ୍ରମଣ କରିବାକୁ ପ୍ରସ୍ତୁତ ଥିବାର ଦେଖ଼ି ଦ୍ୱାର ରୁଦ୍ଧ କଲେ।

ସେତେବେଳକୁ ଅନ୍ତଃପୁରର ସ୍ତ୍ରୀଲୋକମାନେ ହାହାକାରରେ ଗଗନମାର୍ଗ ବିଦୀର୍ଣ୍ଣ କରୁଅଛନ୍ତି। ସୁବାଦାର ଓ ମାୟାଧର ଅନ୍ତଃପୁରର ଖିଡ଼ିକି ବାଟେ ଅନ୍ତଃପୁରରକ୍ଷସ୍ତ୍ରୀଲୋକମାନଙ୍କୁ ନେଇ ପଳାୟନ କଲେ। ସୁବାଦାର କେତେ ଜଣ ସ୍ତ୍ରୀଲୋକ ନେଇ କାଠଯୋଡ଼ୀ ପାରିହୋଇ ନରାଜବନରେ ଆଶ୍ରୟ ନେଲେ ଆଉ ମାୟାଧର ଅନ୍ଧକାରରେ ରାତ୍ରେ ନଦୀ ସନ୍ତରଣ କରି ପଳାଇବା ସମୟରେ ଦୁର୍ଭାଗ୍ୟ କ୍ରମେ ନଦୀଜଳରେ ଆତ୍ମବିସର୍ଜନ କରି ଲୋକଙ୍କୁ ସମ୍ୟକ୍ରୂପେ ବୁଝାଇ ଦେଲେ ଯେ ପରମ ମନ୍ଦ କରିବାକୁ ଯାଇ କାହାରି ଭଲ ହୋଇନାହିଁ।

ଊନଚତ୍ବାରିଂଶ ପରିଚ୍ଛେଦ

ଶାନ୍ତି

ନିଦାରୁଣ ଗ୍ରୀଷ୍ମକାଲ ଶେଷ ହୋଇ କ୍ରମେ ବର୍ଷାକାଲ ସମୁପସ୍ଥିତ ହେଲା ଏବଂ ମୁଷଳଧାରରେ ମେଘବୃଷ୍ଟି ହୋଇ ପୃଥିବୀର ତାପ ନିବାରିତ ହେବା ସଙ୍ଗେ ସଙ୍ଗେ ଦୁର୍ଭିକ୍ଷର ଦାଉ ଊଣା ହୋଇ ଆସିଲା। ଓଡ଼ିଶା ତ ଏକରୂପ ପଦା ହୋଇ ଯାଇଥିଲା ଏବଂ ବର୍ଷାରମ୍ଭରେ ହଇପାଇଟି ଲାଗିଯିବାରୁ ଆଉ ସାହାଯ୍ୟର ଆବଶ୍ୟକତା ସେତେ ରହିଲା ନାହିଁ। କଳାବତୀ ଏହା ଦେଖି ଦିନେ ରଘୁନାଥଙ୍କୁ କହିଲେ "ରଘୁନାଥ! ବୃଷ୍ଟିହୋଇ ପୃଥିବୀର ତାପଶାନ୍ତି ହେଲା, ତୁମ୍ଭେ ପରିଶ୍ରମ-ଶାନ୍ତି କରି ଟିକିଏ ବିଶ୍ରାମ କର।" ଆହା! ଏଭଳି କାର୍ଯ୍ୟର ପରିଶ୍ରମ ଉଠାରୁ ଏ କଥା କେଡେ ମଧୁର ଶୁଭଇ! ରଘୁନାଥ ତହିଁରେ ସମ୍ମତି ଜ୍ଞାପନ କରି ଷଣ୍ଡ ରାଜାଙ୍କ ନବରକୁ ପରାମର୍ଶ ନିମିତ୍ତ କଳାବତୀଙ୍କ ସହିତ ଗମନ କଲେ।

ଏଣେ ଦୁର୍ଭିକ୍ଷ ଘୋର ଆକାର ଧାରଣ କରିଥିବା ସମୟରେ ଦେଶଲୋକଙ୍କ ପକ୍ଷରୁ ନାନା ଆବେଦନ ପତ୍ର ଦୁମନ ସର୍ଦ୍ଦାର ଏକାବେଲେ ନାଗପୁର ଭୌଁସଲାଙ୍କ ସମୀପକୁ ପଠାଇ ଥିଲେ। ସେଠାରୁ ମଧ୍ୟ ଦୁର୍ଭିକ୍ଷଶେଷରେ ତଦନ୍ତ କରିବାନିମିତ୍ତ ଜନେକ କର୍ମଚାରୀ ଆସି ଉପସ୍ଥିତ ହେଲା।-ପାଠକେ! ଏହା ଶୁଣି ହସ୍ତଥିବେ ପରା! ଦୁର୍ଭିକ୍ଷଶେଷରେ ଦେଶର ଅବସ୍ଥା ତଦନ୍ତ କରିବାକୁ କର୍ମଚାରୀ ଆସିବା ବଡ଼ ରହସ୍ୟଜନକ ଅଟଇ! ରହସ୍ୟ ନୁହେ ତ କିସ? ଯେଉଁମାନେ ଦେଶ ଶାସନ କରନ୍ତି ସେମାନେ ତ ସବୁ କଥାକୁ କୌତୁକ ମଣନ୍ତି! ସୁଖର ଦୋଲାରେ ଦୋହଲୁ ଥିଲେ କେତେଜଣ ଲୋକେ ପର-ଦୁଃଖରେ କାତର ହୁଅନ୍ତି? ସେ ଯାହାହେଉ ଏ କର୍ମଚାରୀ ଆସି ଦେଶ ଦୁର୍ଭିକ୍ଷଯୋଗେ ପଦା ଆଉ ଶ୍ମଶାନପ୍ରାୟ ହୋଇ ଯାଇଥିବାର ଦେଖିଲେ ଏବଂ ଶମ୍ଭୁଜୀ ଗଣେଶଙ୍କର ଅକର୍ମଣ୍ୟତା ସ୍ଥିର କରି ତାଙ୍କୁ କାର୍ଯ୍ୟରୁ ବହିଷ୍କୃତ କରିବାର ଭୌଁସଲାଙ୍କୁ ଜଣାଇଲେ। ଦେଶଲୋକଙ୍କ ବିଚାରରେ ଶମ୍ଭୁଲୀ ତ ଆପଣା କର୍ମରୁ ପଦଚ୍ୟୁତ ହୋଇ ବନବାସୀ ହୋଇଥିଲେ-ଏ କର୍ମଚାରିଙ୍କ ରିପୋର୍ଟ କେବଲ ସରକାରୀ ଆଡ଼ମ୍ବର ମାତ୍ର ହୋଇ ରହିଲା!

ରଘୁନାଥ ଷଣ୍ଢରାଜାଙ୍କ ନବରରେ ଉପସ୍ଥିତ ହୋଇ ରାଜାଙ୍କ ଅନୁମତିକ୍ରମେ ଡ଼ୁମନ ସର୍ଦ୍ଦାର ଓ ହନୁମାନ ଦାସ ଏବଂ ଗିରିଧାରୀ ଦାସ ବାବାଜୀଦ୍ୱୟଙ୍କୁ ଡ଼କାଇ ପଠାଇଲେ। ରାଣୀ କଳାବତୀଙ୍କ ଇଚ୍ଛାମତ ମହାନଦୀର! ନଦିକେଶ୍ୱରୀ ପଠାରେ ବୃହତ୍‍ଭୋଜିର ଆୟୋଜନ ହେବାର ପ୍ରସ୍ତାବ ଧାର୍ଯ୍ୟ ହେଲା ଏବଂ ତହିଁ ନିମିତ୍ତ ଦିନ ସ୍ଥିର କରି ବାବାଜୀଦ୍ୱୟ ସହିତରେ ଡ଼ୁମନ ସର୍ଦ୍ଦାର ଓ ରଘୁନାଥ ଭୋଜିର ଦ୍ରବ୍ୟାଦି ସଂଗ୍ରହ ପୂର୍ବକ ପଠାଇବାରେ ରତ ହେଲେ।

ଷଣ୍ଢରାଜା ପରାମର୍ଶ ସ୍ଥିର ହେଲା ପରେ ଅନ୍ତଃପୁରକୁ ବିଜେ ହେଲେ। ପାଟମହାଦେଈ ଭୋଜିର କାଣ୍ଡ ଶୁଣି ପାରି ସେଠାକୁ ଯିବାପାଇଁ ମାନସ ବଳାଇଲେ। କଥାପ୍ରସଙ୍ଗରେ କଳାବତୀ କହିଲେ ଯେ "ରଘୁନାଥ ତ ରସକଳାକୁ ବିବାହ କରିବା ନିମିତ୍ତ ପଣ କରିଚନ୍ତି-ସେହି ଭୋଜିରେ ଉଦ୍‍ବାହକାର୍ଯ୍ୟ ଶେଷ ହେଲେ କେମନ୍ତ ହେବ?"

ଏକଥା ସମସ୍ତଙ୍କୁ ମନକୁ ଆସିଲା। ରାଜା, ପାଟମହାଦେଈ ଓ ନବରର ସମସ୍ତ ସ୍ତ୍ରୀଲୋକମାନେ ପରମାନନ୍ଦରେ ଏକଥା ଗ୍ରହଣ କଲେ ଏବଂ ପରକ୍ଷଣରେ ମଙ୍ଗଳସୂଚକ ହୁଲହୁଳୀ ଓ ଶଙ୍ଖନାଦରେ ଅନ୍ତଃପୁର ପୂର୍ଣ୍ଣ ହୋଇଗଲା। କଳାବତୀ ପ୍ରାଣଠାରୁ ପ୍ରିୟତମା ରସକଳାଙ୍କର ଭାଗ୍ୟମଙ୍ଗଳର ନିଦାନ ସ୍ୱରୂପ ଉଦ୍‍ବାହକାର୍ଯ୍ୟରେ ପରମାନନ୍ଦିତା ହୋଇ ରସକଳାଙ୍କର ଗଳାରେ ମୃଣାଡତବତ୍‍ଭୁଜଦ୍ୱୟ ବେଷ୍ଟନ କରି ଗଣ୍ଡଦେଶରେ ଅତୀବ ସେହିଭାବରେ ଚୁମ୍ବ ପ୍ରଦାନ କଲେ ଏବଂ ସେ ସ୍ନେହରେ ରସକଳାଙ୍କ ହୃଦୟ ବିଗଳିତ ହୋଇ ପଦ୍ମବତ୍‍ଚକ୍ଷୁର୍ଦ୍ୱୟରୁ ଆଷ୍ରୁ ବିସର୍ଜାଇ ଥିଲା।

ସଂସାର ବିଷମ ସ୍ଥାନ। ଜନ୍ମଠାରୁ ମୃତ୍ୟୁ ପର୍ଯ୍ୟନ୍ତ କେତେବେଳେ କି ଘଟନା ହେବ ତାହା କେହି କହି ପାରଇ ନାହିଁ। ମଙ୍ଗଳମୟ ଈଶ୍ୱରଙ୍କ ମଙ୍ଗଳେଚ୍ଛା ସର୍ବଦା ସାଧିତ ହୁଅଇ ଏବଂ ଯେ ତାହାଙ୍କୁ ମଙ୍ଗଳମୟ ବୋଲି ବୁଝିଥିବ ସେହି ଏକା ଶାନ୍ତିରସରେ ସନ୍ତରଣ କରି ସଂସାରକୁ ସୁଖର ଅଗାର କରିଦେବ। ଅନ୍ୟଥା କ୍ଲେଶ ବିନା କିଛି ନାହିଁ।

ଆମ୍ଭମାନଙ୍କ କଥିତ ନଦିକେଶ୍ୱରୀ ପଠା ବର୍ତ୍ତମାନ ଯାହା ଦୃଶ୍ୟ ହୁଅଇ ପୂର୍ବେ ତହିଁର ପରିସର ଦ୍ୱିଗୁଣ ଅଧିକ ଥିଲା। ସୁତରାଂ ବୃହତ୍‍ଭୋଜିକି ତାହା ସେ ଅନୁପଯୁକ୍ତ ଏହା କେବେହେଁ ବୋଲାଯାଇ ନ ପାରେ। ଯାହାହେଉ ହନୁମାନ ଦାସ ଓ ଗିରିଧାରୀ ଦାସ ବାବାଜୀଦ୍ୱୟ, ରଘୁନାଥ ପଢ଼ନାୟକ, ଡ଼ୁମନ ସର୍ଦ୍ଦାର ଓ ବାହାବଳୀନ୍ଦ୍ର ପ୍ରଭୃତି ଅନ୍ୟାନ୍ୟ ଡ଼କାୟତମାନେ ଭୋଜିର ଆୟୋଜନ କରିବାରେ ବ୍ୟସ୍ତ ହେଲେ ଏବଂ ଷଣ୍ଢରାଜା, ପାଟମହାଦେଈ, କଳାବତୀ ଓ ଷଣ୍ଢନବରର ଅନ୍ୟସ୍ତ୍ରୀଲୋକମାନେ

ରସକଳାଙ୍କର ବିବାହର ସାମଗ୍ରୀମାନ ସଂଗ୍ରହ କରି ଭୋଜିଦିନ ତତ୍‌ସହିତ ନନ୍ଦିକେଶ୍ୱରୀ ପଠାରେ ଉପସ୍ଥିତ ହେବାର ବନ୍ଦୋବସ୍ତରେ ବ୍ରତୀ ହେଲେ।

ଚତ୍ଵାରିଂଶ ପରିଚ୍ଛେଦ। ବିବାହ ଓ ବିସର୍ଜନ।

ଆଜି ଆଷାଢ ଶୁକ୍ଲ-ଦ୍ୱିତୀୟ। ଆଜି ପୁରୁଷୋତ୍ତମ କ୍ଷେତ୍ରରେ ନୀଳାଦ୍ରିବିହାରିଦିବ୍ୟପୁରୁଷ ଶ୍ରୀ ଶ୍ରୀ ଜଗନ୍ନାଥ ଦେବଙ୍କ ଗୁଣ୍ଡିଚାଯାତ୍ରା। ଭାରତର ଲକ୍ଷ ଲକ୍ଷ ଲୋକେ ଆଜି ଜଗନ୍ନାଥଦେବଙ୍କୁ ରଥରେ ଦେଖି ଇହଜୀବନ ସାର୍ଥକ କରିନେବା ହେତୁ ବହୁଦୂରବର୍ତ୍ତୀସ୍ଥାନମାନଙ୍କରୁ କ୍ଷୁଧାତୃଷା ନ ମାନି ଆସି ସେଠାରେ ରୁଣ୍ଡ ହୋଇ ଅଛନ୍ତି। ବହୁଦୂରରୁ ଅସୀମ ପରିଶ୍ରମ ଏବଂ ଅସହନୀୟ କଷ୍ଟ ସହ୍ୟକରି ଚକାଡୋଳାର ସଦାବିସ୍ତାରିତ ଅମୃତମୟ-ଦୃଷ୍ଟି ସମ୍ପନ୍ନଚତୁର୍ଦ୍ଧାମ ଦେଖି ନୟନ ସାର୍ଥକ କରୁ ଅଛନ୍ତି। ଏହି ଶୁଭ ଦିନରେ ନନ୍ଦିକେଶ୍ୱରୀ ପାଠରେ ଦୁର୍ଭିକ୍ଷରୂପ କାଲାନଲ ନିର୍ବାପିତ ହେଲାପରେ ଦକ ଓ ପରିଶ୍ରମ ଜନିତ ଦେହର ବ୍ୟଥା ମାରିବା ହେତୁ ଶାନ୍ତିସୂଚକ ମହୋସ୍ବବର ଧୂମ ଲାଗି ଯାଇ ଅଛି।

ନନ୍ଦିକେଶ୍ୱରୀ ପଠା ଆଉ ଚିହ୍ନା ଯାଉ ନାହିଁ। ଆଜି ଅପୂର୍ବବେଶ ଧାରଣ ପୂର୍ବକ କେବଳ ଲୋକଙ୍କୁ ଅପୂର୍ବସୁଖ ପ୍ରଦାନାର୍ଥ ଅନବରତ ଇଙ୍ଗିତ କରୁଅଛି। ଆଠଦିନ ହେଲା ପରିଷ୍କାର ପରିଚ୍ଛନ୍ନ ହୋଇ ସେ ଯେଉଁ ଶ୍ରୀ ଧାରଣ କରିଅଛି ଭଲ ୨ ଗ୍ରାମ ନଗର ସେ ଶୋଭା କଦାପି ପାଇ ପାରିବ ନାହିଁ। ଜିନିସପତ୍ରାଦି ଆଠ ଦିନରୁ ବୁହାବୋହି ଲାଗିଅଛି ଓ ମଧ୍ୟସ୍ଥଳରେ ବୃହତ୍‌ଛାମୁଣ୍ଡିଆ ନିର୍ମିତ ହୋଇଅଛି ଏବଂ ତାହା ଉତ୍ତମରୂପେ ଛାଉଣି ହୋଇ ଥିବାରୁ ଆଉ ତିନ୍ତିବାର ଭୟ ନାହିଁ। ଏହି ଛାମୁଣ୍ଡିଆ ଏତେ ବୃହତୀ ଯେ ତହିଁତେବେ ଅଳ୍କେଶରେ ଦଶସହସ୍ର ଲୋକ ଏକତ୍ରେ ବସି ପାରିବେ। ଏଛଡ଼ା ପଠାଟିର ଏ ମୁଣ୍ଡରୁ ଆର ମୁଣ୍ଡ ପର୍ଯ୍ୟନ୍ତ ଅସଂଖ୍ୟ କ୍ଷୁଦ୍ର କ୍ଷୁଦ୍ର ଛାମୁଣ୍ଡିଆମାନ ନିର୍ମିତ ହୋଇ ଅଛି ଏବଂ ତହିଁ ତଳେ ଦଳେ ୨ ଲୋକମାନେ ବସି ଯାଇ ଯେ ଯାହା ଇଚ୍ଛାମତ ଖେଳ ବା ସଙ୍ଗୀତରେ ଉନ୍ମତ୍ତ ହୋଇ ଅଛନ୍ତି ଏବଂ ପଶ୍ଚିମ ପ୍ରାନ୍ତସ୍ଥ କେତେଗୁଡ଼ିଏ ତାହାଚାଲିଆ ଘରେ ବୃହତ୍‌ଖଦା ଖୋଲା ହୋଇ ଅନ୍ନ ଏବଂ ମିଷ୍ଟାନ୍ନ ପ୍ରସ୍ତୁତ ହେଉ ଅଛି।

ଯେତେଲୋକ ସେଦିନ ନନ୍ଦିକେଶ୍ୱରୀ ପଠାରେ ସମବେତ ହୋଇ ଥିଲେ ସେମାନଙ୍କୁ ଗଣିବା ସହଜ ନୁହଇ। ସ୍ଥଳରେ ପଠାଟି ନାନା ପ୍ରକାର ଲୋକରେ ପୂର୍ଣ୍ଣ ହୋଇ ଯାଇଥିଲା ଏବଂ ହନୁମାନ ଦାସ ଓ ଗିରିଧାରୀ ଦାସ ବାବାଜୀଦ୍ୱୟ ସେମାନଙ୍କୁ ଉତ୍ତମରୂପେ ଭୋଜନ କରାଇବା ନିମିତ୍ତ ପ୍ରାତଃକାଲରୁ ଅନ୍ନପୂର୍ଣ୍ଣାଙ୍କର ପୂଜାକରି ରନ୍ଧନକାର୍ଯ୍ୟର ତତ୍ତ୍ୱାବଧାନରେ ବ୍ରତୀ ହୋଇଥିଲେ। ଛାମୁଣ୍ଡିଆର ମଧ୍ୟଭାଗକୁ

ଷଣ୍ଢରାଜା ଓ ରଘୁନାଥ ଏବଂ ଦୁମନ ସର୍ଦ୍ଦାର ପତାକାଶ୍ରେଣୀ ବାୟୁରେ ଉତ୍ତୀନ ହୋଇ ସେ ବିଷୟ ସମର୍ଥନ କଲାପରି ଜଣା ଯାଉଅଛି।

ପଠାର ଉତ୍ତର ଦିଗରେ ଛାମୁଣ୍ଡିଆର କିଞ୍ଚିତ୍ଉଚ୍ଚଡ଼ାରେ ଟିକଟଣା ହୋଇ ସ୍ତ୍ରୀଲୋକମାନଙ୍କର ରହିଥିବାର ସ୍ଥାନ ନିର୍ଦ୍ଦିଷ୍ଟ ହୋଇଅଛି ଏବଂ ସେଠାରେ ପାଟମହାଦେଇ, କଳାବତୀ ଓ ରସକଳା ମନକୁ ମନ ମିଳାଇ ଭାବୀ ଆନନ୍ଦର ଆଲୋଚନାରେ ନାନା ରହସ୍ୟକଥାମାନ କହି ପଠାର ବାଲୁକା ଓ ପ୍ରସ୍ତରମୟ କଠିନ ପ୍ରାଣକୁ ସୁଦ୍ଧା ରସମୟ କରି ପକାଇ ଅଛନ୍ତି।

ରନ୍ଧନର ଆୟୋଜନ ଶେଷ ହେଲା। ହନୁମାନ ଦାସ ଓ ଗିରିଧାରୀ ଦାସ ବାବାଜୀଦ୍ୱୟ ଆସି ପୂର୍ବ ନିର୍ଦ୍ଦେଶମତେ ଷଣ୍ଢରାଜାଙ୍କ ନିକଟରେ ପହୁଞ୍ଚନ୍ତେ ରାଜା ଉଠିଯାଇ ସେମାନଙ୍କୁ ସମାଦର କରି ଆଣି ଆପେ ବସିବାସ୍ଥାନରେ ବସାଇ ନମ୍ର ଭାବରେ ସମ୍ମୁଖରେ ଉପବେଶନ କଲେ ଏବଂ କଥାପ୍ରସଙ୍ଗରେ ରାଜ୍ୟରେ ଦୁର୍ଭିକ୍ଷ ଉତ୍ତାରୁ ଉତ୍ତମ ଶାନ୍ତି ବିଚରଣ କରୁଥିବା ଓ ବଞ୍ଚିଥିବା ଦେଶଲୋକେ ନିର୍ଭିକ୍ତ ହୋଇ ପୁଣି ଭୂମିକର୍ଷଣାଦି କାର୍ଯ୍ୟରେ ଲିପ୍ତ ହୋଇ ଥିବା ଚର୍ଚ୍ଚାକରି ପରମ ଆନନ୍ଦିତ ହେଲେ। ଯେତେବେଳେ ଠିକ୍ଦୁଇପ୍ରହର ଉପସ୍ଥିତ ସେତେବେଳେ କଳାବତୀ ମୃଦୁମନ୍ଦଗତିରେ ରମଣୀମହଲରୁ ସେଠାରେ ଉପନୀତ ହୋଇ କରଯୋଡ଼ି କହିଲେ "ମହାରାଜ! ଆଜି ଆମମାନଙ୍କର ଭାଗ୍ୟ ଯେ ଈଶ୍ୱରଙ୍କ କୃପାରୁ ସମସ୍ତେ ସୁଖମୟ କାର୍ଯ୍ୟରେ ଏକତ୍ରିତ ହୋଇଛୁଁ। ଏତେ ସୁଖରେ ଆମମାନଙ୍କର ପ୍ରଧାନ ଉଦ୍ୟୋଗକର୍ତ୍ତା ରଘୁନାଥ ମହା ମହା ବିପଦ ନ ମାନି ଲକ୍ଷ ଲକ୍ଷ ପ୍ରାଣୀଙ୍କର ଉଦ୍ଧାରାର୍ଥ ଯେପରି ଶ୍ରମ କରିଥିଲେ ତାଙ୍କର ମନରେ ତିଳ ମାତ୍ର ଦୁଃଖ ରଖ୍ଦେବା ଆମମାନଙ୍କର ଉଚିତ ନୁହଇ। ଆଜ୍ଞା ହେଲେ ରସକଳାଙ୍କୁ ଆଣି ଏହିଠାରେ ତାଙ୍କର ପ୍ରତିଜ୍ଞାତ ଉଦ୍ବାହକାର୍ଯ୍ୟ ସଂପନ୍ନ କରାଇବୁ।"

ପ୍ରସ୍ତାବ ହେବା ସଙ୍ଗେ ସଙ୍ଗେ କଥା ସମସ୍ତଙ୍କ ମନକୁ ଆସିଲାରୁ ଅଦୂରେ ଠିଆ ହୋଇଥିବା ବାହାବଳୀନ୍ଦ୍ର ଓ ବଳିଆର ସିଂହ ମହା ଅସ୍ଖାଳନ କରି "ଜୟ ମହାବୀରକି ଜୟ" ଶବ୍ଦରେ ଗଗନମାର୍ଗ କମ୍ପାଇ ଦେଲେ ଏବଂ ସଙ୍ଗେ ସଙ୍ଗେ ମୃଦଙ୍ଗ କରତାଳାଦି ନାନା ଯନ୍ତ୍ର ନାନା ଦଳରୁ ବାଜିଉଠି ମହାମୋଦ ଘୋଷଣା କରିଦେଲା। ସେ ମଧୁର ରବ ଆକାଶରୁ ଉଠି ଚତୁର୍ଦ୍ଦିକ ପରିପୂରିତ କରିବା ସଙ୍ଗେ ସଙ୍ଗେ ରମଣୀମଣ୍ଡଳରୁ ଶୁଭସୂଚକ ହୁଳହୁଳୀ ଓ ଶଙ୍ଖଧ୍ୱନି ସଞ୍ଜାତ ହେଲା ଏବଂ ଦେଖୁଁ ଦେଖୁଁ ନନ୍ଦିକେଶ୍ୱରୀ ପଠା ଆମୋଦାର୍ଣ୍ଣବରେ ଭାସମାନା ହୋଇ ସମସ୍ତଙ୍କ ମନଃ ପ୍ରୀତି-ରସରେ ପୂର୍ଣ୍ଣକଲା।

ସ୍ତ୍ରୀଲୋକେ ରସକଳାଙ୍କୁ ସୁସଜ୍ଜିତା କଲେ। ବାବାଜୀଦ୍ୱୟ ଛାମୁଣ୍ଡିଆ ତଳେ ବେଦୀ ନିର୍ମାଣ କରି ରଘୁନାଥଙ୍କୁ ବରବେଶ ପିନ୍ଧାଇ ସେଠାରେ ଉପସ୍ଥିତ କରଣାନ୍ତେ ସ୍ତ୍ରୀମାନେ ରସକଳାଙ୍କୁ ସେ ବେଦିକି ଘେନି ଆସିଲେ ଏବଂ ନାନା ବାଦ୍ୟ ବାଜଣା ଏବଂ ହୁଳହୁଳୀ ଓ ଶଙ୍ଖଧ୍ୱନି ମଧରେ ବିଧ୍ୟମତେ ରସକଳା ଓ ରଘୁନାଥ ପଟ୍ଟନାୟକଙ୍କ ଉଦ୍ଵାହକ୍ରିୟା ସମ୍ପନ୍ନ ହୋଇଗଲା।

ତହିଁ ଉଭାରୁ ଭୋଜନ। ଯେ ଯାହାର ଇଚ୍ଛାମତ ପଠାଟିର ଏକ ପ୍ରାନ୍ତରୁ ଅପର ପ୍ରାନ୍ତ ପର୍ଯ୍ୟନ୍ତ ଲୋକମାନେ ପତ୍ର ବିଛାଇ ବସିଗଲେ ଏବଂ ନାନାବିଧ ଅନ୍ନ ବ୍ୟଞ୍ଜନ ଓ ମିଷ୍ଟ ପ୍ରଭୃତି ଖାଇ ସୁଖରେ ଭୋଜନ କଲେ। ଭୋଜନ ଶେଷ ହେଉଁ ହେଉଁ ଦିବା ପ୍ରାୟ ଅବସାନ ହୋଇ ଆସିଥିଲା ଏବଂ ଲୋକମାନେ ଭୋଜନ ସାରି ହରିନାମକୀର୍ତ୍ତନରେ ଦଳେ ଦଳେ ପଠାରେ ବସିଗଲେ।

କଳାବତୀ କିଛି ଭୋଜନ କରି ନାହାନ୍ତି। ତାଙ୍କର ଆଜି ବ୍ରତୋଦ୍ୟାପନ ହେବ ବୋଲି କହି ରାତ୍ରକୁ ଆବଶ୍ୟକ ହେଲେ ଫଳାହାର କରିବାର କହିଥିଲେ। ବର୍ତ୍ତମାନ ବେଳ ଜାଣି ରସକଳାଙ୍କ ନିକଟରେ ଉପସ୍ଥିତ ହୋଇ ତାଙ୍କ ଗଳଦେଶରେ ମସ୍ତକ ରଖ୍ୟାକରି କେତେ କାନ୍ଦିଲେ ଏବଂ ପରିଶେଷରେ ରଘୁନାଥଙ୍କ ମନ ରଖ୍ୟାକର ଜୀବନ ଯାପନ କରିବା ନିମନ୍ତ କହି ତାଙ୍କର ଗଣ୍ଡଦେଶରେ ଚୁମ୍ବନ ପ୍ରଦାନ ପୂର୍ବକ ରଘୁନାଥଙ୍କ ନିକଟରେ ସମୁପସ୍ଥିତା ହେଲେ। ରଘୁନାଥ ରସକଳାଙ୍କର ପାଣିଗ୍ରହଣ କରି ନବଜୀବନରେ ସମୁପସ୍ଥିତ ହୋଇଥିବାର ହୃଦୟଙ୍ଗମ କରି କିରୂପେ ସୁଖରେ ତାଙ୍କୁ ଚଲାଇ ନେବେ ତହିଁର ଚିନ୍ତାରେ ନିମଗ୍ନ ଅଛନ୍ତି। କଳାବତୀ ଆସି ହଠାତ୍ ହସ୍ତ ଧାରଣ କରି କହିଲେ "ଭାଇ! ରସ ତୁମକୁ ଲାଗିଲା। ମୋର ଚିରକଳାର ତାପିତ ପ୍ରାଣ ରସକଳା ହେତୁ ଶାନ୍ତି ପାଇ ରହି ଅଛି। ସଂସାରରେ ତୁମେ ରସକଳାକୁ ସୁଖରେ ନିଭାଇ ନେଲେ ମୋର ତାପିତ ପ୍ରାଣ ଶୀତଳ ହୋଇ ରହିଥିବ।" ଏହା କହି ରଘୁନାଥଙ୍କଠାରୁ ଆଶାଜନକ ବାକ୍ୟମାନ ଶୁଣି ସ୍ନାନାର୍ଥ ମହାନଦୀ-ଜଳରେ ପ୍ରବେଶ କଲେ।

ସମସ୍ତେ ଦେଖୁଅଛନ୍ତି କଳାବତୀ ସ୍ନାନ କରିବା କାରଣ ମହାନଦୀ ଜଳରେ ଅବତରଣ କଲେ। ଆସ୍ତେ ଅଣ୍ଟାଏ ହେଉଁ ହେଉଁ ବେକେ ପାଣି ପର୍ଯ୍ୟନ୍ତ କଳାବତୀ ଜଳରେ ପ୍ରବେଶ କଲେ ଏବଂ ସେଠାରେ କିଞ୍ଚିତ୍‌କାଳ ଠିଆ ହୋଇ ଆକାଶ ଓ ଚତୁର୍ଦ୍ଦିକ ସନ୍ଦର୍ଶନ ପୂର୍ବକ ଈଶ୍ୱରଙ୍କୁ କରଯୋଡ଼େ ଦଣ୍ଡବତ୍‌କରି ଆଗଭର ହୋଇ ଯେ ଜଳରେ ବୁଡ଼ିଗଲେ ଆଉ ଉଠିଲେ ନାହିଁ!

          ଏହା ଦେଖ୍ ତୁମୁଳ ଗୋଳମାଳ ଲାଗିଗଲା। ରାଣୀ ବୋଲି ଦେଶରେ ତାଙ୍କର ପରିଚୟ ହୋଇ ଯାଇଥିଲା ଏବଂ ରାଣୀ ବୁଡ଼ିମାଲେ ବୋଲି ଶବ୍ଦ ଉଠିବା ମାତ୍ରକେ ରାତ୍ରି ପ୍ରହରେ ପର୍ଯ୍ୟନ୍ତ ଜାଲ ପକାଇ ତାଙ୍କୁ ଖୋଜା ଲାଗିଲା ମାତ୍ର କିଛି ଠିକଣା ମିଳିଲା ନାହିଁ। ସୁଖମୟ ବିବାହାନ୍ତେ କଳାବତୀଙ୍କ ଜୀବନବିସର୍ଜନରେ ଯେମନ୍ତ ସୁଖମନରେ ସମସ୍ତେ ପଠାକୁ ଯାଇଥିଲେ ତେମନ୍ତ ସନ୍ତୁପ୍ତମନରେ ସେଠାରୁ ବାହୁଡ଼ି ଆସିଲେ।

ଏକଚତ୍ୱାରିଂଶ ପରିଚ୍ଛେଦ

ପ୍ରତ୍ୟୁପହାର

କଳାବତୀଙ୍କ ଦେହବିସର୍ଜନରେ ରଘୁନାଥ ଓ ରସକଳାଙ୍କର ଯେ କେତେଦୂର ଦୁଃଖ ହୋଇଥିଲା ତାହା ବର୍ଣ୍ଣନାତୀତ। କଳାସହକାରେ ସେ ଦୁଃଖ କଥଞ୍ଚିଦ୍ଧ୍ରାନ୍ତ ହୋଇ ଆସିଲାରୁ ଦିନେ ରଘୁନାଥ ଓ ରସକଳା ରଘୁନାଥଙ୍କ ଘରସଂଲଗ୍ନ ଉପବନରେ କି ଯେଉଁଠାରେ ଦିନେ କଳାବତୀ ଓ ରଘୁନାଥ ବସି ହୃଦୟୋଦ୍ଘାଟନ କରିଥିଲେ ସେଠାରେ ବସି କଳାବତୀଙ୍କୀ ସ୍ମରଣ କରି ତାଙ୍କ ଗୁଣରାଶି ଗୁଣୁ ଅଛନ୍ତି ଏମନ୍ତ ସମୟରେ ରଘୁନାଥ ହଠାତ୍‌କହିଲେ "ପ୍ରିୟେ! କଳାବତୀ ଆୟ୍କୁ ତୁମ୍ଭର ପାଣିଗ୍ରହଣ କରିବାକୁ ଏହିଠାରେ ପ୍ରତିଜ୍ଞା କରାଇ ନେଇ ସ୍ମରଣାର୍ଥ ଯେଉଁ ସୁବର୍ଣ୍ଣକରାଟଟି ପ୍ରୀତିପୂର୍ବକ ଉପହାର ଦେଇଥିଲେ ତାହା ଅଦ୍ୟାପି ଆମ୍ଭେ ଖୋଲି ନାହୁଁ। ବିବାହ ପରେ ଖୋଲିବା କାରଣ ସେ କହିଥିଲେ-ତୁମ୍ଭେ ଅନୁଜ୍ଞା କଲେ ଆମ୍ଭେ ଖୋଲିବୁଁ"।

ରସକଳା ସଜ୍ଜତା ହେଲେ ଏବଂ ରଘୁନାଥ କରାଟଟି ଅଣ୍ଡାରୁ ବାହାର କରି ଦେଖିଲେ ଯେ ତହିଁ ମଧରେ ଏକଖଣ୍ଡ କାଗଜରେ ଗୋଟିଏ ବୃହତ୍‌ହୀରକ ରକ୍ଷିତ ହୋଇଅଛି। କାଗଜ ଖଣ୍ଡିକ ସାଧା ନୁହେ-ତହିଁରେ କଳାବତୀଙ୍କ ସ୍ୱହସ୍ତଲିପି ରହିଅଛି। କୌତୂହଳାବିଷ୍ଟ ହୋଇ ତାକୁ ପଢ଼ିବାକୁ ଯାଇ ଦେଖନ୍ତି ଯେ ତହିଁରେ ତାଙ୍କୁ ଉଲ୍ଲେଖ କରି ଲେଖା ହୋଇଅଛି। ରସକଳା ରଘୁନାଥଙ୍କ ଗଳଦେଶରେ ମସ୍ତକ ରକ୍ଷାକରି ଶୁଣୁ ଅଛନ୍ତି, ରଘୁନାଥ ନିମ୍ନଲିଖିତରୂପେ ପତ୍ରଖଣ୍ଡ ପାଠକଲେ।

"ଭାଇ,

ସଂସାର ବଡ଼ ବିଷମ। ଚତୁର୍ଦ୍ଦିକ ବୁଡ଼ି ସୁଡ଼ି ଚଳିଲେ ଏହାଠାରୁ ରମଣୀୟ ପଦାର୍ଥ ଆଉ ନାହିଁ ମାତ୍ର ଟିକିଏ ହୁଡ଼ିଲେ ମନଃକ୍ଷୁର୍ଣ୍ଣହେବା ସଙ୍ଗେ ସଙ୍ଗେ ସଂସାର ଅରଣ୍ୟବତ୍‌ବୋଧହେବ। ଏଭଳି ସଂସାରରେ, ଜୀବନକୁ ସରସ କରିବା କାରଣ ବିଶୁଦ୍ଧ ପ୍ରେମସଞ୍ଚୟହିଁ ଏକମାତ୍ର ଉପାୟ ଏବଂ ଈଶ୍ୱରୋଦ୍ଦେଶରେ ସେ ପ୍ରେମ ସମୁଚିତ ରୂପେ ସଞ୍ଚାରିତ କରିବା କାରଣ ସଙ୍ଗେ ପଡ଼ିଥିବା ନିତାନ୍ତ ଆବଶ୍ୟକ।

ଈଶ୍ୱର ସଂସାରର କର୍ତ୍ତା। ସ୍କୁଲରେ ବିଶ୍ୱରୂପରେ ସେ ନିଜେ ବିକଶିତ ହୋଇ ଅଛନ୍ତି। ତାଙ୍କଠାରେ ପ୍ରେମକରି ଆମ୍ଭର ପରମ ଉତ୍କର୍ଷ ସାଧନ କରିବା ଜୀବର ପରମ ପ୍ରୟୋଜନ। ତୁମ୍ଭେ ସମୁଚିତରୂପେ ତହିଁର ଭାଜନ ହୋଇ ଜୀବନ ସାର୍ଥକ କର।

ଆମ୍ଭେ ବୁଝିଅଛୁ ବିକାରମୟ ଜଗତ୍ପରମ ପ୍ରବାସ ଅଟଇ। ବିକାରଗତ ଜୀବ ସ୍ୱଦେଶରୁ ଦୂରୀକୃତ ହୋଇ ଜଗତରେ ଥାଇଁ ଈଶ୍ୱରଙ୍କଠାରେ ପ୍ରେମ କଲେ ପୁଣି ସ୍ୱଦେଶକୁ ଯାଇପାରେ ଏବଂ ସୁବାସକୁ ଯିବାହିଁ ଜୀବର ଧର୍ମ। ସେ ଧର୍ମ ପାଳନ କରିବା ନିମିତ୍ତ ଜଗତର ସମସ୍ତ ବସ୍ତୁରେ ପ୍ରେମ ପ୍ରୟୋଜନୀୟ ଅଟଇ।

ଆମ୍ଭର ଜୀବନ ବ୍ରତ ସମ୍ପୂର୍ଣ୍ଣ ହେଲେ ଆମ୍ଭେ ଆପେ ତାହା ଉଦ୍ୟାପନ କରିବୁ। ତୁମ୍ଭେ ଆଗରୁଁ ତାହା ଜାଣି ପାରିବ ନାହିଁ। ପରନ୍ତୁ ରସକଳାର ପାଣିଗ୍ରହଣ କରି ତାକୁ ସୁଖରେ ରଖିଲେ ମୋହର ପ୍ରାଣ ଶୀତଳ ହେବ ଓ ଜଗଦୀଶ୍ୱର ତୁମ୍ଭର ପରମ ମଙ୍ଗଳ ସାଧନ କରିବେ।

ଆଉ କି କରିବୁ। ଏହି ହୀରକ ଖଣ୍ଡି ଆମ୍ଭେ ଅତି ଯତ୍ନରେ ରଖି ଅଛୁ। ଏହା ତୁମ୍ଭର ଓ ରସକଳାର ବିବାହକୁ ଆମ୍ଭର ପ୍ରୀତ୍ୟୁପହାର। ଆମ୍ଭେ ପ୍ରବାସରୁ ଗଲୁଁ ବୋଲି ଦୁଃଖିତ ହେବ ନାହିଁ। ସୁମନରେ ସ୍ମରଣ ରଖିଥିଲେ ପରକାଳରେ ମଧ ଆମ୍ଭର ଶାନ୍ତି ଅଛି। ତୁମ୍ଭେ ରସକଳାକୁ କହିବ ଆମ୍ଭେ ନିମ୍ନଲିଖିତ ଯେଉଁ ଶ୍ଲୋକଟି ଭାଗବତରୁ ପାଠକରି ତାକୁ ଅନେକଥର ପଢ଼ି ଶୁଣାଇ ଦେଇଅଛୁଁ ତାହା ସେ ଚିରକାଳ ସ୍ମରଣ ରଖିବ-

"ଯା ପତିଂ ହରିଭାବେନ ଭଜେଦ୍‍ଶ୍ରୀରିବତଦ୍‍ପରା।
ହର୍ଯ୍ୟାମ୍ୟନା ହରେଲ୍ଲୋକେ ପତ୍ୟା ଶ୍ରୀରିବମୋଦତେ।"
କିମଧ୍ୱକଂ।

ତୁମ୍ଭରି
ବିବାସିନୀ

ଶୁଣୁ ଶୁଣୁ ରସକଳା ଅଧୀର ହୋଇ କ୍ରନ୍ଦନ କରି ରଘୁନାଥଙ୍କ ଗଳଦେଶ ଭସାଇ ଦେଲେ। ରଘୁନାଥ ଅଶ୍ରୁ-ପୂରିତ ଲୋଚନରେ ତାଙ୍କର ଗଳଦେଶରେ ଭୁଜଦ୍ୱୟ ବେଷ୍ଟନ ପୂର୍ବକ ଓଷ୍ଟ ଧରି ଅର୍ଦ୍ଧ-ଉଚ୍ଚାରିତ ସ୍ୱରରେ କହିଲେ "ପ୍ରିୟେ! ଆଉ କାନ୍ଦିଲେ କି ହେବ? ବିବାସିନୀ ସୁଖରେ ସୁଧାମକୁ ଗମନ କଲେ, ଏହା ଜାଣି ସୁଖରେ ସ୍ୱଦେଶକୁ ଗମନ କରିବା କାରଣ ଯତ୍ନବତୀ ହୁଅ"!

ସମ୍ପୂର୍ଣ୍ଣ।

BLACK EAGLE BOOKS

www.blackeaglebooks.org
info@blackeaglebooks.org

Black Eagle Books, an independent publisher, was founded as
a nonprofit organization in April, 2019. It is our mission to
connect and engage the Indian diaspora and the world at large
with the best of works of world literature published on a
collaborative platform, with special emphasis on
foregrounding Contemporary Classics and New Writing.